Herman Grimm
Goethe

Grimm, Herman: Goethe
Hamburg, SEVERUS Verlag 2013
Nachdruck der Originalausgabe von 1959

ISBN: 978-3-86347-684-7

Druck: SEVERUS Verlag, Hamburg, 2013

Der SEVERUS Verlag ist ein Imprint der Diplomica Verlag GmbH.

Bibliografische Information der Deutschen Nationalbibliothek:
Die Deutsche Nationalbibliothek verzeichnet diese Publikation in der Deutschen Nationalbibliografie; detaillierte bibliografische Daten sind im Internet über http://dnb.d-nb.de abrufbar.

HERMAN GRIMM

DAS LEBEN
GOETHES

Goethe hat im geistigen Leben Deutschlands gewirkt, wie eine gewaltige Naturerscheinung im physischen gewirkt hätte. Unsere Steinkohlenlager erzählen von Zeiten tropischer Wärme, wo Palmen bei uns wuchsen. Unsere sich aufschließenden Höhlen berichten von Eiszeiten, wo Renntiere bei uns heimisch waren. In ungeheuren Zeiträumen vollzogen sich auf dem deutschen Boden, der in seinem heutigen Zustand so sehr den Anschein des ewig Unveränderlichen trägt, mächtige Umwälzungen. Der Vergleich also läßt sich ziehen, daß Goethe auf die geistige Atmosphäre Deutschlands gewirkt habe etwa wie ein tellurisches Ereignis, das unsere klimatische Wärme um soundso viel Grade im Durchschnitt erhöhte. Geschähe dergleichen, so würde eine andere Vegetation, ein anderer Betrieb der Landwirtschaft und damit eine neue Grundlage unserer gesamten Existenz eintreten.

Goethe hat unsere Sprache und Literatur geschaffen. Vor ihm hatten beide auf dem Weltmarkte der europäischen Völker keine Geltung. Es handelt sich bei solchen Urteilen nicht um die Ausnahmen, sondern um die Durchschnittsmaße. Noch im Jahre 1801, als von Goethe und sogar von seinen Schülern schon das meiste getan war, was für die Neugestaltung der deutschen Sprache getan werden konnte, spricht Karl August von der „betrübten“ deutschen Sprache, die von Schiller in die schönste Melodie gezwungen worden sei. Goethe selbst hatte sich kaum fünfzehn Jahre früher noch härter über unser Deutsch ausgedrückt.

Als Goethe zu schreiben begann, war die deutsche Sprache so beschränkt in ihrer allgemeinen Wirkung, wie es der deutsche nationale Wille in unserer Politik war. Die Nation existierte, fühlte sich im stillen und ahnte den Weg, der ihr bevorstände. Das war aber auch alles. Unter den Rezensionen, welche Goethe in seinen literarischen Anfängen schrieb, spricht er über den Begriff des „Vaterlandes" und begreift nicht, wie man von uns ein Gefühl wie das fordern könne, mit dem die Römer sich als Bürger eines Weltreiches empfanden. Unmöglich dünkte uns eine nach außen gehende Bewegung. Die englische, französische und italienische Kritik aber nahm von den deutschen literarischen Produkten nur insoweit Notiz, als unsere Autoren, im Anschluß an die fremden Literaturen, ihre Werke gleich so erscheinen ließen, daß sie als ein Teil derselben angesehen werden konnten. Friedrich der Große galt — wenn ihm überhaupt die Ehre zuteil ward, mitgezählt zu werden — in Paris als französischer Autor, und er selbst sah sein Verhältnis nicht anders an. Französisch wurde in allen Kreisen Norddeutschlands als zweite Muttersprache gesprochen, während in Österreich das Italienische vorwaltete. Voltaire debattiert im Artikel „Langue" der Enzyklopädie die Qualitäten der verschiedenen Sprachen als literarischer Ausdrucksweisen; die deutsche kommt darunter gar nicht vor. Erst seitdem Goethes „Werther" von Engländern und Franzosen gelesen worden war und selbst nach Italien vordrang, wurde auswärts die Möglichkeit einer deutschen Literatur höhern Ranges zugegeben.

Versuche waren vor Goethe oft gemacht worden, die deutsche Sprache so weit zu erheben, daß in ihr die feineren Wendungen der Gedanken Ausdruck finden könnten. Über den persönlichen Kreis aber ging die Wirkung nicht hinaus. Klopstock, Lessing und Winckelmann hatten ihr eignes Deutsch zu schaffen gesucht, indem sie sich die Bildung der klassischen Sprachen sowie der französischen und italienischen zunutze machten. Alle drei aber ohne durchgreifenden Erfolg. Noch mächtiger als sie hat, neben Goethe, Herder eine deutsche Prosa mit höheren Eigenschaften herzustellen gewußt. Er zumeist hatte Einfluß auf Goethe, als dieser, alles zusammenfassend, was vor ihm geleistet worden war, und es sich zum Vorteil verwendend, das wirklich lebende Deutsch hervorbrachte, das alle Spätern bei ihm schreiben lernten. Goethe will Wieland dies Verdienst zuweisen, doch er selbst hat die übrigen Versuche zu Boden gedrückt. S e i n e Verse erst haben die Schillers in Fluß gebracht. Goethe hat Schlegel die Fülle verliehen, Shakespeare beinahe in einen deutschen Dichter umzuwandeln. Goethes Prosa ist nach und nach für alle Fächer des geistigen Lebens zur mustergültigen Ausdrucksweise geworden. Durch Schelling ist sie in die Philosophie, durch Savigny in die Jurisprudenz, durch Alexander von Humboldt in die Naturwissenschaften, durch Wilhelm von Humboldt in die philologische Gelehrsamkeit eingedrungen. All unser Briefstil beruht auf dem Goethes. Unendliche Wendungen, die wir gebrauchen, ohne nach ihrer Quelle zu fragen, weil sie uns zu natürlich zu Gebote stehen, würden uns ohne Goethe verschlossen sein.

Aus dieser Einheit der Sprache ist bei uns die wahre Gemeinsamkeit der höheren geistigen Genüsse erst entsprungen, und ohne sie wäre unsere politische Einheit niemals erlangt worden, die einzig und allein der unablässig vordringenden Tätigkeit derjenigen bei uns verdankt wird, die wir im höchsten Sinne die „Gebildeten" nennen und denen Goethe zuerst die gemeinsame Richtung gab.

Es gibt drei große Dichter, welche vor Goethe auf die Völker, aus denen sie hervorgegangen sind, eine Wirkung gehabt haben, die mit dem Einflusse Goethes auf Deutschland verglichen werden kann: Homer, Dante und Shakespeare. Alles, was sich unter dem Begriffe „geistiger Einfluß" überhaupt denken läßt, ist von ihnen auf Griechen, Italiener und Engländer ausgeübt worden. Von jedem freilich in anderer Weise, dennoch so, daß der Erfolg sie in fast gleichem Range dastehen läßt. Von jedem einzelnen Griechen, Italiener, Engländer kann das Band gleichsam verfolgt werden, an dem er von einem dieser drei Völkerführer straff im Zügel gehalten wird. Homer und Dante haben die höhere Einheit Griechenlands und Italiens geschaffen, die vor der politischen war, und wer weiß, welche erhabene Rolle Shakespeare noch einmal zufallen wird, wenn bei dem Auseinanderbröckeln aller derer, welche Englisch sprechen, endlich nach einer höchsten Macht gesucht werden wird, auf deren Wort hin man sich dennoch vereinigt fühlen dürfe. Und wer weiß, welche Ämter Goethe für Deutschland noch vorbehalten sind in zukünftigen Wandlungen unserer Geschicke. Aber sprechen wir von dem, was er bereits getan hat. Kein Dichter oder Denker hat nach Luthers Zeiten einen in so viel Richtungen gleichzeitig wirkenden Einfluß gehabt als Goethe. Wie ganz anders wirkte Voltaire in Frankreich. Voltaire umfaßte, der Masse nach, weit mehr. Jedenfalls arbeitete er intensiver als Goethe. Auch sind seine Schriften reicher und tiefer und augenblicklicher, solange er lebte, ins Volk gedrungen. Aber es wurde ihm nicht so widerstandslos geglaubt. Er stand nicht auf der moralischen Höhe Goethes. Voltaire zerstörte, Goethe hat aufgebaut. Goethe hat niemals für augenblickliche Zwecke eine „Partei" bilden wollen. Goethe hat seine Gegner stets gewähren lassen. Seine unsterblichen Waffen waren ihm zu lieb, um sie gegen Sterbliche zu gebrauchen. Goethe wirkt sanft und unmerklich wie die Natur selber. Neidlos sehen wir ihm überall zugestanden, ein Mensch von höherer Begabung zu sein. Einen Olympier, der über der Welt throne, nennt ihn Jean Paul. Dem niemand etwas geben könne, der sich selber genug sei. Goethe stand erhaben über Liebe und Abneigung. Die wenigen, die sich als seine Feinde bekannt haben, erscheinen von Anfang an wie Leute, die

Mühe haben, ihren Standpunkt zu behaupten, während sie heute überhaupt kaum noch begriffen werden. Und selbst was diese anlangt: es war doch für jeden ein Glück, mit Goethe in Verbindung zu sein, und es war unmöglich, ihm aus dem Wege zu gehen.

Über Goethe scheint fast schon zuviel gesagt zu sein. Eine Bibliothek von Veröffentlichungen ist vorhanden, die ihn betreffen. Und doch, diese ihm zugewandte Arbeit bietet nur die Anfänge erst einer Tätigkeit, die in eine unabsehbare Zukunft hineinreichen muß. Goethes erstes Jahrhundert ist abgelaufen: keinem der folgenden aber, soweit wir die Zukunft ermessen dürfen, wird die Mühe erspart bleiben, Goethes Gestalt immer wieder neu sich aufzubauen. Das deutsche Volk müßte seine Natur ändern, wenn das ausbleiben sollte. Es gibt seit Jahrtausenden eine Wissenschaft, welche Homer heißt und die in nicht abreißender Folge ihre Vertreter gefunden hat, seit Jahrhunderten eine, die Dantes, eine, die Shakespeares Namen trägt: so wird es von nun an eine geben, welche Goethe heißt. Sein Name bezeichnet längst nicht mehr seine Person allein, sondern den Umfang einer ganzen Herrschaft. Jede Generation wird deren Natur besser zu verstehen glauben. Immer „jetzt erst" wird der rechte Standpunkt entdeckt zu sein scheinen, von dem Goethe sich „völlig unbefangen" beobachten lasse. Die Ansichten über seinen Wert werden wechseln, in verschieden gearteten Zeiten wird er dem deutschen Volke näher oder ferner zu stehen scheinen: niemals aber wird er gestürzt werden können oder sich aus sich selbst auflösen, abschmelzen wie ein Gletscher, von dem, wenn der letzte Tropfen verronnen ist, nichts mehr übrig bliebe; es sei denn, daß eintrete, was bei Homer geschah: daß nach Ablauf von Jahrtausenden, wenn unser Deutsch aufgehört hätte, eine lebende Sprache zu sein, ganz entfernte Generationen vorübergehend nicht mehr zu fassen imstande wären, von einem einzigen Menschen sei so Vieles und so

Verschiedenartiges geschaffen worden. Dann könnten Gelehrte, denen ja für einige Zeit geglaubt würde, die Idee aufbringen, daß Goethe nur als der mythische Name zu nehmen sei, unter dem die gesamte geistige Arbeit seiner ganzen Epoche verstanden werden müsse.

Was war Goethe — in großen Zügen seine Gestalt hingestellt?
Unter vielen, die mit ihm zugleich strebten, einer der Glücklichsten und Mächtigsten. Der, dem das Schicksal am offenbarsten die Wege ebnete. Ein Landwirt auf dem Boden geistiger Arbeit, bei dem niemals Mißjahre eingetreten sind, sondern immer volle Ernten. Mochten es dürre oder regnerische Jahre sein: Goethe hatte immer die Früchte gerade auf dem Felde, denen das zugute kam. Sein Fortschreiten ist nie durch unnütze Aufenthalte unterbrochen worden, auf die er wie auf verlorene Zeit hätte zurückblicken müssen. Er war gesund, schön und kräftig. Er hat immer ganz im Dasein der Gegenwart dringesteckt, die ihn umwebte, und ist zugleich dem allgemeinen Fortschritte der Menschheit um ein gutes Stück stets vorausgewesen. Er hat ein volles Menschenschicksal bis zum letzten Tage in ansteigender Entwicklung durchgemacht.
Diese Quantität seiner Lebensjahre ist wohl zu beachten. Goethe hat das doppelte Leben durchmessen, dessen zweite Hälfte für die Durchführung des in der ersten Hälfte Begonnenen so wichtig ist. Er hat die Eroberungen seiner Jugend, als sein eigener Erbe und Thronfolger gleichsam, zu einer ruhigen, festen Herrschaft ausbilden dürfen. Wenigen war dieser Vorteil gegönnt. Lessing und Herder ist die zweite Hälfte ihres Lebens verkümmert worden. Schiller begann schon leise zu sterben, als er eben anfangen wollte recht zu leben, sich auszubreiten und frei seine schöpferische Kraft auszubeuten. Die Namen so vieler andern sind uns geläufig, die vor dem vierzigsten Jahre schon ihre Lauf-

bahn unterbrechen mußten, während sie eine Kraft zu besitzen schienen, die durch das Doppelte nicht zu erschöpfen gewesen wäre. Es ist wunderbar zu beobachten, mit welch zweifelhaften Aussichten auch Goethe in diesen zweiten Teil seiner Lebensherrschaft eintrat. Er schien sich geistig erschöpft zu haben. Wir lesen in vielen Äußerungen aus den Abschlußjahren des achtzehnten Jahrhunderts und aus dem ersten Beginne des neunzehnten, wie seine Freunde in Weimar und seine Verehrer überall in Deutschland sich hineingefunden hatten, einen alternden Mann in ihm zu sehen. Den kühlen, mehr und mehr der Ruhe sich zuneigenden Geheimrat mit dem Doppelkinne. Vorüber die Feuerzeiten seiner Jugend. Er sucht in vornehmer Bequemlichkeit sich die Menschen und die Verhältnisse vom Leibe zu halten. Er geht dem aus dem Wege, was an vergangene Zeiten erinnert. Er sieht seine alten Freunde Jacobi in Düsseldorf wieder, er will ihnen etwas lesen, man gibt ihm die „Iphigenie“ in die Hand: er legt das Buch fort, es ist ihm zuwider, die alten Gefühle wieder anzurühren. Nur Zufall, wenn etwas von den Versen, die er hier und da noch liefert, an das erinnert, was einst in ihnen entzückte. Das erfahren selbst die, welche ihm am nächsten stehen. Sie bedauern ihn, aber sie müssen diesen Wechsel allgemein menschlichem Maße nach als einen natürlichen ansehen. Und um ihn her war eine tatbegierige neue Generation aufgewachsen, um die er sich kaum kümmert und der selber nichts lieber gewesen wäre, als die lästig werdende Autorität des alten Diktators abzuschütteln. Infolge der Französischen Revolution walteten ungünstige, neu geartete Zustände in Deutschland, in die einzugreifen, ja, die nur zu verstehen, Goethe nicht mehr gegeben schien. Schiller war der Mann des Tages, und, nachdem er fortgegangen, schien niemand mehr da, der seine und des ehemaligen Goethe Stelle einnähme.

Da erhebt sich Goethe wieder. „Faust“ erscheint. Im neuen

Jahrhundert steht Goethe mit diesem Gedicht auf in Deutschland, als wäre es zum ersten Male. Niemand hatte so Großes erwartet. Abermals reißt er die Jugend mit sich fort, während die Älteren sich zu ihm zurückwenden. Jetzt erst nimmt er ganz und gar von Deutschland Besitz. Es hatte immer noch Männer bei uns gegeben, denen er nicht nähergekommen war: dem Freiherrn vom Stein war bis dahin noch nichts von Goethe bekannt gewesen. Jetzt erst lernt Stein ihn kennen. In anderer Weise als früher zeigt sich nun Goethes Einfluß. Nach allen Seiten hin gewinnt er die Übermacht. Es scheint, als habe es jetzt nur bedurft, daß er die Hand ausstreckte, um seine Macht fühlbar zu machen.

Goethe hat, was die äußeren Gaben des Schicksales anlangt, Glück gehabt; er kam immer zur rechten Zeit, und die rechte Zeit hat für ihn gedauert, solange sie Sterblichen überhaupt dauern kann.

Nun aber das Höchste: die inneren Gaben des Schicksals. Hier sehen wir eine harmonische Entfaltung geistiger Kraft, die auch anderen vor ihm vielleicht zuteil geworden ist, die sich bei niemandem aber beobachten läßt wie bei ihm.

Es ist, als hätte die Vorsehung ihn, damit durch nichts seine Entfaltung gestört werde, in die einfachsten Verhältnisse versetzen wollen. Mit drei Worten ist sein gesamter bürgerlicher Lebenslauf berichtet.

Reicher Leute Kind in Frankfurt, macht er, nach zurückgelegten Universitätsjahren, in seiner Vaterstadt, einer überalterten Freien Stadt, den Versuch, als Advokat einzutreten. Begegnet dann zufällig einem eben majorenn gewordenen Fürsten, dessen Vertrauen er gewinnt, halb noch wie das eines Kindes, und dem er nach Weimar folgt, um dort als erster Minister und Hofdichter einzutreten.

Niemals in der Folge ist Goethe etwas anderes gewesen als erster Minister und Hofdichter zu Weimar. Beinahe ununterbrochen hat er dort gehaust. Seine gesamte Geschichte liegt darin begriffen. Nun aber sehen wir, wie er mit den Jahren die erst äußerlich ihm zufallende Stellung so lange modelt, bis sie ihm ganz und gar auf den Leib paßt. Dann wie er Weimar selbst umgestaltet, das er allmählich zu dem seiner Individualität völlig zusprechenden Boden macht, in den er mit weitausgebreiteten Wurzeln hineinwächst, aus dem er endlich die literarische Hauptstadt Deutschlands schafft. Goethe war von dem Tage seines ersten Erscheinens an das ideale Zentrum seines neuen thüringischen Vaterlandes und hat es mit sich zu unsterblichem Ruhm emporgehoben.

Und nun dürfen wir Schritt für Schritt verfolgen, wie das geschah.

Goethe war nicht der in Träume verlorene Poet oder der hinter abgeschlossenen Türen sitzende Schriftsteller, den niemand stören durfte. Sein dichterisches Schaffen vollzog sich unmerklich als eine kaum Zeit in Anspruch nehmende Nebenarbeit, von der wenig die Rede sein durfte, als tue das dem Abbruch, was Goethe mit gesamter Kraft, wie es schien, als Aufgaben des täglichen Lebens absolvierte. Goethe war immer und war für jeden zu haben. Als Advokat in Frankfurt, als Minister in Weimar. Um Recht und Verwaltung bis in die gemeinsten Details hinein kümmerte er sich unablässig und trat mit voller persönlicher Macht aus eigener Kenntnis der Dinge da ein, wo es sich darum handelte, gemeinnützige Maßregeln zu beraten oder durchzuführen. Goethe war der erste Verwaltungsbeamte in den weimarischen Landen und ist es geblieben, auch nachdem er dem Anschein nach sich von den Geschäften zurückgezogen. Er empfing nicht bloß das Gehalt eines Ministers, er tat auch Arbeit dafür. Immer trägt er das Schicksal des Herzogs und des Landes als das im Herzen, wofür er einzustehen hatte. Immer ist, bis zuletzt, Goethes persönliches Regiment neben dem des Großherzogs hergelaufen. Wenn er von den wissenschaftlichen Instituten Jenas redet, ist

ihm ebenso natürlich, statt „unsere": „meine" Institute zu
sagen.

Neben dieser Tätigkeit als vornehmster, verantwortlicher
Beamter eine zweite als Gelehrter. Kein Gebiet hier (die
rein mathematischen Wissenschaften vielleicht allein ausgenommen), auf dem er die Fortschritte nicht verfolgte. Als
Naturforscher wie als Historiker — um mit diesem Worte
den Umfang alles philologisch-philosophischen Wissens
am einfachsten zu ziehen — arbeitete er mit solchem Eifer
und Erfolge, daß seine Leistungen nach der einen oder
andern Richtung hin genügt hätten, das Leben eines Mannes überhaupt auszufüllen. Seine Entdeckungen sind bekannt. Der Wert seiner Mitarbeiterschaft und Teilnahme
war den Gelehrten unschätzbar. Eine Reihe von Sprachen
war ihm geläufig, und noch im Alter wußte er sich neuer zu
bemächtigen. Die Fürsorge für eine Universität lag ihm ob,
auf der er Anstalten für wissenschaftliche Zwecke hervor-
rief oder förderte, wo er die öffentliche Kritik organisierte
und ihre Leitung in Händen behielt.

Und zu diesen Ämtern, für lange Jahre, die Direktion
des Weimarer Theaters, bei dem peinlichsten Einstehen,
auch hier, für technische, pekuniäre und ästhetische Einzelheiten.

Und schließlich, alles dies doch wieder nur Nebensache
neben den Obliegenheiten seines scheinbar höchsten Amtes,
das den Zeitgenossen als der eigentliche Zweck seines Lebens erschien: der intime Verkehr mit unzähligen Personen
jedes Alters und jeder Lebensstellung.

Goethe drängte sich, ohne es zu wollen, in die Gedanken
der Menschen ein. Von ihm ist unablässig die Rede in Weimar vom ersten Tag seines Erscheinens dort bis zum letzten
seines Lebens. Jeder dort weiß immer von ihm und hält
nach ihm hin Augen und Ohren offen. Wenn in Weimar
nicht von Goethe gesprochen wird, so ist das nur der Fall,
weil es eben unmöglich war, immer nur ihn im Munde zu

führen. Wo wir einen Brief finden, der im Laufe seines Lebens aus Weimar geschrieben worden ist, suchen wir unwillkürlich gleich die Stelle darin, die von Goethe handelt, und wundern uns, wenn sie fehlt. Wissen die Leute nichts Besseres zu sagen, so melden sie wenigstens, ob Goethe anwesend oder ob er verreist sei. Und zwar das letztere als den anormalen Zustand: als habe man ein Recht auf seine Gegenwart. Seine geistige Gegenwart aber schien man in ganz Deutschland in Anspruch zu nehmen. Immer wieder treten von ungeahnter Seite neue Beweise hervor für die Ausdehnung des Verkehrs, in welchem Goethe mit seinen Zeitgenossen gestanden hat. Liest man seine Korrespondenz, so meint man, Goethe habe nichts zu tun gehabt, als fortwährend Briefe zu empfangen und zu beantworten, welche sämtliche Interessen betrafen, die innerhalb einer Epoche im Umlaufe sind. Mit einer Gewissenhaftigkeit, Feinheit, Sicherheit, Behendigkeit und zugleich mit einem inneren Behagen, welches ihn niemals als belästigt, sondern stets als in der besten Laune erscheinen läßt, hält er alle diese Fäden in seinen Händen und nimmt unablässig neue hinzu, eine Leistung, die ihn nach dieser Richtung allein schon als mit übermenschlicher Kraft ausgerüstet erscheinen läßt. Jeden behandelt er, oft mit rührender Selbstverleugnung, seiner Natur gemäß. Jeder, der mit Goethe in Berührung kam, stellte mit seinem Herzen die höchsten Anforderungen an das seinige, und Goethe ist allen gerecht geworden. So eingehend befaßt er sich mit jedem, als habe er auf Erden nichts weiter zu tun, als gerade das. Mit jedem verhandelt er, als sei dessen Spezialität einzig auch die seinige. Er gewinnt jedermanns Vertrauen, die Menschen werden hingebend wie Kinder ihm gegenüber, und er nimmt jeden auf, als berührte ihn nichts so nah als dies eine Schicksal. Goethe nur einmal im Leben gesprochen zu haben, einen Brief von ihm empfangen zu haben, finden wir als glänzendste Lichtpunkte im Leben vieler, auch solcher, von denen man im übrigen nicht sagen kann, daß ihr Leben lichtlos gewesen sei.

Ich sprach von dem Beginne der zweiten großen Lebensperiode Goethes: Vierzig Jahre lang hat Goethe als geistiger Autokrat von Weimar aus Deutschland so regiert. An allen Höfen hat er gleichsam Gesandte gehabt, die für seine Rechte eintraten. Man hat ihn spöttisch den „Kunstpapst" genannt: er repräsentierte etwas, das sich so nennen ließ, Kunst im weitesten Umfange genommen. Es ging eine unwiderstehliche Übergewalt von ihm aus. Seine Gunst und Zustimmung waren bei Unternehmungen höherer Art nicht gut zu entbehren. Er erteilte sie nicht immer bedingungslos, er verweigerte sie zuweilen. Er hatte seine feste Politik, seine hergebrachten, begründeten Überzeugungen. Nun erst, im neunzehnten Jahrhundert, begann bei uns die ruhige Verbreitung der „Sprache Goethes", die von Goethe selber als ein festes Idiom angewandt wurde.

Und all diese Macht auf natürlichem Wege, langsam, wie Bäume wachsen, erworben ohne die leiseste Anwendung literarischer Reklame. Goethe hatte einen solchen Widerwillen dagegen, sich dem Publikum aufzudrängen, daß ihm oft genug die Geflissentlichkeit zum Vorwurf gemacht worden ist, mit der er sich zurückzog. Seine ruhig ausharrende Persönlichkeit ließ die Gegenbestrebungen zu Boden sinken. Es ist zu Goethes Gunsten von Anfang an viel geschrieben und gesprochen worden: es hätte ungedruckt und ungesagt bleiben können, ohne an seiner Machtstellung etwas zu ändern.

So stirbt er endlich in hohem Alter. Das Land war erschüttert von seinem Verluste. Man kam sich verlassen und verwaist vor. Dann aber mußte man sich helfen ohne ihn, und schließlich: man half sich. Denn all das, was ich eben aufzählte als Goethes Tätigkeit, war sterblich wie er selber. Nun aber das, was unsterblich ist: wie ein mächtiger Strom, auf dem weder gesät noch geerntet wird, aber der die gewaltige Ader ist, die das Land belebt, ohne die ein Volk stumm und verlassen wäre, so belebt und beherrscht Goethes Gefilde der Strom seiner Dichtung. Mag er sich noch so sehr dem Gewühl der Menschen und der Geschäfte hingeben: einsam ist er zu gleicher Zeit, und nur das bewegt seine Einsamkeit, was er da, aus eigner Kraft, zu unsterblicher Dauer geschaffen hat. Goethe hatte die uns unbegreifliche Fähigkeit, in zwei Welten zugleich zu leben, die er völlig verbindet und dennoch zugleich völlig voneinander getrennt hält. Stück für Stück werden seine irdischen Schicksale für unsre Blicke sich zusammenziehen. Mit immer einfacheren Worten wird man sie abtun. Immer einsamer wird er dazustehen scheinen, und endlich nichts übrig bleiben, als Goethe, der Schöpfer von Gestalten von ewiger Jugendkraft.

Wer davon redet, daß Goethes Epoche vergangen sei, der frage sich: würden wir in Deutschland Iphigenie, Egmont, Faust, Gretchen, Klärchen, Dorothea irgendwie heute entbehren können? Fangen sie an zu verblassen? Klingt, was sie sagen, wie alte abgeleierte Melodien? Sind sie wie Puppen, mit denen das Volk genug gespielt hat? — So wenig wie Homers Achill und Odysseus oder Shakespeares Hamlet und Julie! Goethe lebt nicht mehr: als uralter Mann ist er über ein Jahrhundert tot, Shakespeare über dreihundert, Homer seit dreitausend Jahren: aber ihren Kindern haben sie eine unvergängliche Jugend mitgegeben: deren Blut fließt immer noch warm und feurig, die haben nichts von ihrer ersten Kraft eingebüßt. Wenn wir als alte Leute vielleicht einmal im Theater sitzen, wird irgendein achtzehnjähriges Gretchen über die Bühne gehen, als käme es zum ersten Male, und wird Augen, von denen heute niemand weiß, Tränen entlocken, als seien es die ersten, die um sein Schicksal geweint werden. Das sind Homer, Shakespeare und Goethe selber, die in ihren Gestalten unsterblich fortlebend uns ans Herz greifen. So lebendig sind ihre

Geschöpfe, daß wir fast meinen, die Natur habe sie gesetzmäßig hervorgebracht, und nicht die grübelnde, erfindende
Phantasie eines Dichters sie wie aus dem Nichts hervorgerufen.

Die Zeiten aber, in denen Goethe uns so fern stehen wird,
sind weiter Zukunft vorbehalten. Einstweilen freuen wir
uns des Überflusses, den wir an Nachrichten aus seinem
Leben haben. Eine unserer wichtigsten Aufgaben bleibt,
aus dieser Masse heraus das Bild Goethes zu gewinnen,
das uns am meisten fördert und dem wir am meisten vertrauen.

Dies Bild uns zu formen, wollen wir nun den Versuch
machen.

ERSTER TEIL

DER JUNGE GOETHE
1749—1775

1

FRANKFURT — LEIPZIG — FRANKFURT

1749—1770

Goethes Leben teilt sich in zwei den Jahren nach ungleiche
Hälften: die Frankfurter Zeit, 1749—1775, und die Weimarer Zeit, 1775—1832.

In die Frankfurter Zeit fallen die Anfänge fast all seiner
Werke ersten Ranges. Zur öffentlichen Erscheinung gebracht werden in ihr „Götz", „Werther" und „Clavigo".
Die Weimarer Zeit muß noch einmal geteilt werden. Ein
Ganzes für sich bilden die ersten zehn Jahre vom 26. bis 36.
seines Lebens. Goethe, als er nach Weimar ging, hatte es
aufgegeben, Dichter zu sein vor allem andern: es herrscht
der ernstliche Vorsatz bei ihm, nun, da er im Dienste eines
Fürsten eine höchst verantwortliche Stellung übernommen
hatte, seine ganze Kraft dem zu widmen, was der Herzog
und das Land von ihm verlangen durften. Nur die Neben-
stunden bleiben für dichterische Arbeiten übrig. In dieser
Epoche wird fertiggebracht „Iphigenie" in ihrer prosaischen Gestalt; „Tasso", „Egmont", „Wilhelm Meister"
und „Faust" — sämtlich aus Frankfurt mit herübergetra-
gen — werden fortgeführt.

Jetzt folgen die in die Mitte der beiden Weimarer Epochen
fallenden Jahre in Italien: wir können diese inhaltreiche
Zeit, 1786 bis 1788, als Abschluß der ersten oder als Beginn der zweiten ansehen. In ihr empfangen „Iphigenie",
„Tasso" und „Egmont" eine neue, vollendete Form. „Wilhelm Meister" und „Faust" werden gefördert.

Goethe kehrt nach Weimar zurück, und die ausgedehnte

letzte Periode seines Lebens nimmt dort ihren Anfang. Der Zwiespalt in seiner Brust über das, was er selbst und andere von ihm fordern könnten, ist gehoben. Eine ruhige Weiterentwicklung bis zur letzten geistigen Höhe und Klarheit vollzieht sich, unabhängig von äußeren Verbindungen. Auch das Zusammengehen mit Schiller, das auf eine Reihe von Jahren so tief eingriff, bildet keinen Abschnitt für sich.

In dieser langen Jahresreihe folgen nun aufeinander der endlich abgeschlossene „Wilhelm Meister", „Hermann und Dorothea", „Die natürliche Tochter", das Buch über Winkkelmann, „Die Wahlverwandtschaften", „Dichtung und Wahrheit", die „Italienische Reise", der „Westöstliche Diwan" und „Faust". Immer begegnen wir „Faust". An ihm beginnt Goethe als Student, und hört nicht wieder auf, an ihm fortzubilden. Das Ende wurde handschriftlich hinterlassen und erst nach seinem Tode gedruckt.

Halten wir nun daran fest, bei dem geschichtlichen Aufbau des Lebens Goethes immer an die Werke anzuknüpfen, welche im Laufe der drei Epochen zur Erscheinung oder Vollendung kamen, und zwar in der äußeren Folge, in der dies geschah, so gewinnen wir auf die einfachste Weise unsern Plan. Meine Darstellung beruht deshalb nicht auf einer besonderen, mir eigentümlichen Einteilung des Stoffes, sondern schließt sich den natürlichen Abschnitten des Lebens und der fortschreitenden Tätigkeit Goethes an. —

Das Material, welches uns für die Betrachtung Goethes zur Verfügung steht, ist ein sehr ausgedehntes. Hier wird, um einen Überblick zu geben, meine Einteilung schon eine willkürlichere; aber es kommt wenig darauf an, welche Kategorien wir bilden, wenn von diesen nur alles umfaßt wird. Ich scheide den Stoff in zwei Massen: die eigenen und die fremden Zeugnisse.

Nehmen wir die fremden Zeugnisse zuerst.

Aus der alles gewöhnliche Maß übersteigenden Ausbreitung des Verkehrs, in welchem Goethe bis zu seinem Tode mit mehreren Generationen der Mitlebenden gestanden hat, ergibt sich, welch ein Feld zu durchforschen sei. Kaum hat während der fünfzig Jahre, während deren wir Goethe im vollen Besitze seiner Macht sehen, ein bedeutender Mann in Deutschland gelebt, dem, sei es aus persönlicher Bekanntschaft mit dem Dichter oder aus der mit seinen Werken, nicht einmal im Leben die Gelegenheit, wir können fast sagen: aufgedrungen worden wäre, zu formulieren, wie er zu Goethe stehe. Diese Urteile, Bekenntnisse, oder in welcher Gestalt sonst man sich aussprach, sind öfter gesammelt, und ganze Reihen solcher geistiger Wechselbeziehungen zum Gegenstande besonderer Untersuchungen gemacht worden.

Goethes eigene Zeugnisse dagegen sind dreierlei Art. Erstens die Werke, als wichtigste Gradmesser für die wachsende Kraft; zweitens die Tagebücher und Briefe, als unverfänglichste Dokumente für die einzelnen Tage und Stunden; drittens die eigenen biographischen Versuche, als Beweise, wie sein Leben als vollendetes Werk vor Goethes Blicken selber stand.

Auch diese zweite Abteilung des Stoffes bietet sich in enormem Umfange dar und gewährt so viel, daß es schon der Erfahrung bedarf, um sich darin zurechtzufinden. Goethes Eigentümlichkeit war, unablässig über sein Tun und seine Gedanken sich selbst und andern Rechenschaft abzulegen. Es ist, als hätte die Natur vorausgesehen, wie einmal jede Stunde dieses Lebens von Wichtigkeit sein könne, und Goethe deshalb mit seiner so außerordentlichen Fähigkeit ausgestattet, unsern Wünschen hier entgegenzukommen. Goethe war das größte Reporter-Genie, Feder und Papier sein angeborenes Werkzeug. Das Höchste, wozu sich seine Begeisterung steigert, wenn er, mit sich allein und dem Eindruck der Dinge hingegeben, nach einer Äußerung seiner Gefühle sucht, ist — falls die Gedanken nicht zum Gedichte werden — daß er so treu als möglich niederschreibt, wie ihm zumute sei. Uns heute ist die dem vorigen Jahrhundert so natürliche Vertrautheit mit Feder und Papier längst in dem Maße abhanden gekommen, daß es eines Hinweises auf diese Eigentümlichkeit früherer Generationen bedarf. Im Momente der Empfindung selber suchte man, mit Worten nachzeichnend, was man fühlte, ihren Genuß zu erhöhen. Nicht im Gedanken an andere zuerst, sondern für sich selber. Nicht in der Absicht, mit diesen Aufzeichnungen bestimmte literarische Wirkungen zu erzielen, sondern nach der Feder greifend, als sei es unmöglich zu empfinden, ohne niederzuschreiben was empfunden wird. Solcher Seiten haben wir eine Fülle von Goethes Hand. Manche seiner Werke sind wie aus ihnen zusammengesetzt. Keines, das nicht innere Erlebnisse Goethes enthielte, von den Händen seiner Phantasie umgeformt, bis das Individuelle hinausgearbeitet und in allgemeine Linien aufgelöst worden ist. Die verschiedenen Personen derselben Dichtung sind oft immer wieder nur Goethe selbst, so daß in manchem Dialoge Goethe nur mit sich selbst redet. Deshalb bilden Goethes Werke, wenn sie nicht durch indiskrete Deutung mißbraucht werden, einen so wichtigen Bestandteil des Materials für die Geschichte seines Lebens. —

Mit der Betrachtung dieses Lebens beginne ich jetzt. Als Quelle für die Kenntnis der ersten Frankfurter Epoche hat zuerst Salomon Hirzel in Leipzig in einer vorzüglichen Zusammenstellung alle Arten der eigenen Zeugnisse Goethes herausgegeben. Hirzel besaß damals die umfangreichste Sammlung Goethescher Drucke und handschriftlicher Reliquien. Im „Jungen Goethe" sind Briefe und Werke, beide der Zeitfolge nach, gedruckt, und zwar die Werke in ihrer ursprünglichen frühesten Fassung, während sie heute gewöhnlich in den später von Goethe gemachten Überarbeitungen gelesen werden.

Hauptquelle für die Anschauung der Kindheit und der
Jünglingszeiten Goethes bleibt jedoch selbst neben dem
Wichtigsten, was jene authentischen Aktenstücke bieten
könnten, Goethes eigene Erzählung, die unter dem Titel
„Dichtung und Wahrheit" in aller Welt Händen ist.
Goethe verfaßte seine Selbstbiographie auf Grund unzu-
reichenden Materials. Er war fast sechzig Jahre alt, als er
sich ernstlich daran machte. Sorgfältig pflegte er zu sammeln und in Ordnung zu halten, was irgend von Wichtigkeit für seine Erinnerung sein konnte, und trotzdem mußte
er jetzt eine selbstverschuldete große Lücke bedauern. Im
Jahre 1797, vor einer, weil der Krieg dazwischen kam,
nicht zur Ausführung gebrachten (zweiten) Reise nach Italien, hatte er alle bis dahin an ihn gerichteten Briefe ver-
brannt. Uns heute erscheint der Verlust nicht so groß, da
uns Goethes eigene Briefe, die allmählich hervorkamen, zu
Gebote stehen; allein von diesen konnte er selber damals
gewiß nur weniges benutzen, da er erst später die Gewohnheit annahm, Abschriften seiner Briefe zurückzubehalten.
Es läßt sich erkennen, daß die Ereignisse seiner frühen
Jugendzeiten in seiner Erinnerung eine mythische Gestalt
angenommen hatten. Aber wir vermögen doch nicht zu beurteilen, ob die gleichsam organische Verwirrung hier anzunehmen sei, welche immer entsteht, wenn die Erinnerung
allein über Längstvergangenes zum Bericht veranlaßt wird,
oder ob Goethe, weil er in seiner Biographie zugleich ein
Kunstwerk liefern wollte, absichtlich frei mit dem Ver-
schieben der chronologischen Daten und des Inhaltes der
Ereignisse vorging. Genug, daß solche Verschiebungen sich
nachweisen lassen.
Es könnte nun scheinen, als habe Goethe aus dem Gefühle
dieser Sachlage heraus den Titel „Dichtung und Wahrheit"
gewählt und der „Dichtung" deshalb die erste Stelle gegeben.
Dem jedoch ist nicht so. Nirgends läßt sich nachweisen, daß

Goethe seinen Erlebnissen etwas „zugedichtet" habe. Nirgends gewahren wir eine Verletzung des wahrhaftigen Kolorits. Wo neue Quellen sich auftun, bestätigen sie meist Goethes Erzählung. Was sich an Irrtümern oder Umgestaltungen aufbringen läßt, ist geringfügig neben der großen Masse der mit zutreffender Richtigkeit geschilderten Ereignisse und Charaktere. Wir besitzen in Goethes eigner Lebensbeschreibung eine Erzählung, welche durch und durch als eine wahrhaftige bezeichnet werden kann.

Allerdings klingt die Zusammenstellung der beiden Worte „Dichtung und Wahrheit" herausfordernd genug. Dies ist sogleich von den Freunden Goethes empfunden sowie von seinen Gegnern ausgebeutet worden und hat endlich zur Folge gehabt, daß Goethe, welcher auf dergleichen sonst nie Rücksicht nahm, sich über seine Absichten erläuternd ausgesprochen hat. An verschiedenen Stellen ist dies geschehen, so daß heute keinem Zweifel unterliegen kann, was bei dem Titel „Dichtung und Wahrheit" gemeint war: Goethe wollte sagen, daß er aus seinem Leben nur die Tatsachen zur Erzählung ausgewählt habe, welche seinem rückwärts sehenden Auge als Stufen seiner höheren Entwicklung erschienen. Indem er das übrige fortließ, empfing das von ihm Gewählte eine einfachere, edlere, mehr künstlerische Struktur, bedurfte eigener Übergänge und gestaltete sich in diesem Sinne zur Dichtung, der gleichwohl die Wahrheit nicht abging.

Dieses Verfahren aber hat nicht allein die Schönheit, sondern auch den Wert des Buches nur erhöht. Es ist wichtiger für uns, zu sehen, wie Goethen die Tage seiner Kindheit und seines Jünglingsalters im Verhältnisse zu seinem gesamten Lebenslaufe in der Seele sich abspiegeln und wo er die ersten Schritte seiner späteren Bahn erkennt, als wenn uns, von ihm oder von andern, massenhaft aktenmäßig sichere Notizen über seine Vergangenheit zu Gebote gestellt worden wären, aus denen heraus, durch bloße Schich-

tung, sich niemals ein organisches Gefüge entwickeln
könnte.

Goethe, indem er sein Leben so als Dichtung und Wahrheit darstellt, gibt nur den Inhalt seiner Frankfurter Zeit.
Die Erzählung reicht bis zu seiner Abreise von Frankfurt
nach Weimar im Jahre 1775. Ihm deuchte es genug getan,
vielleicht auch allein möglich, in seinem Berichte bis zu dem
Punkte vorzuschreiten, wo sich das Kind zum Manne entwickelt hatte. Für die Darstellung seines späteren Lebens
wählte er die annalistische Form. Er gibt nach bestimmtem
Schema ausgefüllte Jahresberichte. Der Vergleich beider
Methoden läßt recht erkennen, wieviel wir der früheren
verdanken.

„Dichtung und Wahrheit" hat am meisten dazu beigetra-
gen, den Jugendzeiten Goethes in unseren Augen das entschiedene Übergewicht zu geben, das heute dahin geführt
hat, neben der Gestalt des ganzen, großen Goethe die des
„jungen Goethe" als besondere Schöpfung in unserer Literaturgeschichte aufzurichten.

Goethes späteres Leben empfängt durch den Sonnenglanz,
der aus „Dichtung und Wahrheit" uns entgegenströmt,
einen Schleier, der die Farben abschwächt. Selbst die „Italienische Reise", in der sein Leben in den für ihn vielleicht
wichtigsten Jahren mitgeteilt wird, kommt nicht dagegen
auf. Soweit ich die Literaturen kenne, gibt es überhaupt
nur eine einzige Arbeit, welche mit „Dichtung und Wahrheit" konkurrieren könnte: vielleicht diejenige zugleich,
welcher Goethe die Methode ablernte: Jean Jacques Rousseaus „Confessions", in denen er auch nur die erste Hälfte
des Lebens erzählt und in denen dieselbe wunderbare
Verschmelzung des Allgemeinen und des Individuellen
herrscht, die hervorzubringen großen Schriftstellern allein
gelingen kann. ---

Es ist bekannt, daß Goethe den 28. August 1749 in Frankfurt am Main zur Welt kam. Das väterliche Haus am Hirschgraben steht noch. Von innen und außen in veränderter Gestalt, aber durch die Gesellschaft, welche es angekauft hat, in den alten Stand gesetzt, auch mit vielerlei Reliquien angefüllt. Was die früheren Veränderungen anlangt, so bildet die Erzählung des Umbaues, welchen Goethes Vater in der seinem Charakter entsprechenden wunderlichen Pedanterie vornahm, eine der bekanntesten Episoden in „Dichtung und Wahrheit".

Jahrzehntelang ist ein Dachzimmer im Hinterhaus für die Wohnstätte in Goethes Jugend gehalten worden, entsprechend dem Bild der „Dichterkammer", das Bettina ihrem Buch „Goethes Briefwechsel mit einem Kinde" voranstellte. Aber es kann kein Zweifel walten, daß Goethe das Giebelzimmer im Dachstock bewohnt hat: „mein hübsches Giebelzimmer im Mansard". Er beschreibt den Blick vom Fenster aus, über den fließenden Brunnen unten im eigenen Hofe, über fremde Häuser und Gärten hin bis zum Horizonte hinüber. Man glaubt die Luft mit zu atmen, die da zu ihm einzog, und die Wolken schwimmen zu sehen, denen sein Auge folgte. Goethe hat sein lebelang dieses Bedürfnis gefühlt, von dem Orte zu sprechen, wo er sich befand, gleichsam die Atmosphäre zu zerlegen, die ihn umgab. Bei allen seinen Dichtungen ist das Örtliche mit einer Genauigkeit beschrieben und in Gedanken festgehalten, daß sich Landkarten aufzeichnen ließen der Wege, die seine dichterischen Gestalten gewandelt sind. Das Meer, über dessen Wellen hin Iphigeniens Augen die Heimat suchen, hat seit Homer niemand so leibhaftig vor unsern Ohren rauschen lassen als Goethe. Der Park, in dem der Roman der Wahlverwandtschaften sich abspielt, ist uns so vertraut, als kennten wir alle Gänge darin. Das Haus in Frankfurt steht in solcher Wirklichkeit vor uns, daß wir uns im Dunkeln darin zurechtzufinden vermeinen. Indem Goethe so auf ganz materiellem Grund und Boden die Geschichte seiner Kindheit aufbaut, verleiht er seinem Berichte darüber diesen äußersten Grad von Glaubwürdigkeit, mit dem sie uns anmutet. Und als Umgebung des elterlichen Hauses zeichnet er mit der gleichen Sicherheit seine Vaterstadt. Was wäre das alte Frankfurt heute in der Erinnerung der Menschen ohne diesen vornehmsten aller Chronisten? Was „Dichtung und Wahrheit" nicht enthält, das tragen Goethes Briefe hier nach. In jeder Tageszeit, in jeder Jahreszeit führt er uns durch die Straßen seiner ehrwürdigen Vaterstadt. In der Neujahrsnacht läßt er uns vom geöffneten Fenster in die Stille herablauschen und jeden Ton uns mit durchzittern, der sie durchbrach. Von der Mainbrücke herab sehen und hören wir, nachts neben ihm stehend, die dunkeln Wellen ihm entgegenströmen in zweifelhaftem Mondlicht. Morgens, bei Tagesanbruch, erleben wir an seiner Seite das Aufwachen des städtischen Getriebes. Goethe ist unerschöpflich in Wendungen und Wortverbindungen, um das flüchtige Gefühl, die Ahndungen des Momentes festzuhalten, in denen er solche Eindrücke aufnahm und weitergibt.

Wir heute sehen auf diese Frankfurter Dinge, auch wenn sie Goethe noch so leibhaftig vor uns hinstellt, schon aus größerer Ferne und mehr aus der Vogelperspektive herab: wir fragen nach der Stellung, die die alte Freie Reichsstadt um die Mitte des vorigen Jahrhunderts in Deutschland einnahm. Goethes Darstellung weicht für unser Auge schon zu weit zurück. Es lebt im Gedächtnisse der Menschen keine Wissenschaft mehr dieser Verhältnisse, die, als Goethe schrieb, jedermann noch frisch genug im Gedächtnisse waren.

Städte sind vorübergehende historische Erscheinungen. Sie schließen sich, sie lösen sich auf. Heute, wo jede Stadt fast wie die Vorstadt der anderen erscheint, begreift man die Zeiten kaum, wo, umfaßt von uralten, unverrückbaren

Mauern, eine Anzahl unabhängiger Republiken als fast einzige Bildungsstätten den deutschen Boden bedeckten.

Im 13. Jahrhundert kamen diese Staaten im Staate, die deutschen Freien Städte, empor als ein Bund in politischem Zusammenhange stehender Festungen, deren jede ihr allereigenstes Gemeinwesen besaß und selbst dem Kaiser die Tore zu verschließen gesonnen war, wenn ihre Freiheiten von ihm angetastet werden würden.

Republiken haben immer auf der Herrschaft weniger, mächtiger Familien beruht, so auch die der deutschen Freien Städte. Vom 13. bis 15. Jahrhundert läuft ihre Heroenzeit. Zerstört wurde ihre Macht im Zeitalter der Reformation, als klar geworden war, daß die großen Gedanken nur durchdrängen, wenn an jeden, auch den Geringsten im Lande, appelliert werden könne. Zur Herrschaft der Massen kam es damals nicht, wohl aber zur Herrschaft derer, denen außerhalb der Städte die Massen gehorchten: der Ländesfürsten.

In den Städten waren zudem die alten großen Geschlechter erschöpft. Über eine gewisse Anzahl Generationen halten Familien ohne Zufluß ganz frischen Blutes niemals aus. Dieser Zufluß versiegte. Die große Masse des Volkes drängte sich nicht mehr in die Mauern, um das zu geistig werdende Blut dort zu ersetzen; es erschien vorteilhafter, Fürsten zu dienen, als Bürgern zu gehorchen.

So standen die Dinge im Zeitalter der Reformation: unentschieden in allmählich sich vollziehender Umgestaltung — denn die Macht der Fürsten kam langsam auf, und die der Städte war noch lange nicht gebrochen —, als der Dreißigjährige Krieg, diese furchtbare, von außen her zu uns hineingetragene und künstlich genährte Krankheit, alle die jungen Triebe unserer Fortentwicklung welk werden und absterben ließ.

Mir ist die kulturhistorische Bedeutung dieses Krieges nie so klar vor die Seele getreten als eines Tages, wo ich im

vereinsamten Garten Boboli in Florenz die heute kaum
mehr angesehene monumentale Inschrift aus jenem Jahrhundert las, der „Öffentlichen Glückseligkeit" geweiht,
„welche in Italien alle Künste des Friedens habe gedeihen
lassen, während in der Ferne, draußen, der furchtbare
Krieg alle Saaten des Friedens bis in die Wurzeln zertrat".
Der Dreißigjährige Krieg bewirkte einen geistigen und
physischen Stillstand bei uns. Als der deutschen Wüstenei
der Frieden wieder geschenkt worden war, fand sich, daß
man nur älter geworden war, nichts sonst. Fürstentümer
und Städte bestanden noch, erschöpft die einen wie die
anderen, nebeneinander. Langsam, langsam setzte sich das
Emporkommen der Landeshoheiten und das Herabkom-
men der Städte bei uns fort, dann aber stand alles still in
Deutschland. Es war, als sei es überhaupt nicht mehr möglich, daß Ereignisse irgendwelcher Art kämen, welche die
nationale Entwicklung beschleunigten. Und so herrschten
in den Zeiten, in die Goethes Geburt fällt, Zustände bei
uns, die ein Luftzug, wie er heute um jede Ecke bläst, um-
gestürzt haben würde zum Niemals-Wiederaufstehen, und
welche damals fest- und fortbestanden, als seien diese
pappernen Quadersteine wahr und wahrhaftig aus echtem
Felsen zugehauen. Diese bloße Fiktion eines eigenen politischen Daseins ist es, die Goethe im Bilde seiner Vaterstadt Frankfurt so leibhaftig darstellt, als wenn wir sie
miterlebten.
Immer noch thronten um 1750 die Reichsstädte frei, stolz
und unantastbar, mit Mauern, Türmen und Toren. Immer
noch zogen ihre Bürger im Pompe des hergebrachten Regie-
rungsapparates einher. Mit dem Schimmer uraltehrwür-
diger Herrlichkeit war das umkleidet. Ungeheurem Bedarf
an gegenseitiger Hochachtung in allen nur denkbaren Formen wurde täglich genügt. Hochverrat, an diese Formen zu
rühren. Diese gravitätischen Bürger aber in wirklicher
Wehr und Waffen als mannhafte Verteidiger ihrer Mauern

zu denken oder gar sie in den Krieg ausziehen zu sehen,
wie die Nürnberger etwa, die unter Pirckheimer zum Kaiser als Hilfstruppen stießen, wäre im Traume eine Unmöglichkeit gewesen. Hartgesotten in ihrem eigenen Fette,
wie wunderliche Bäckerware, mit Zucker bestreut und mit
Rosinen betüpfelt, glaubten diese Herren sich genugsam
geschützt, wenn sie in den verwickelten Rechtsverhältnissen,
auf denen allein ihre Existenz beruhte, die rechten Wege
kannten. Die Magistrate ohne Initiative, die Bewohner ohne
das Gefühl, daß etwas geändert werden könne. Die Idee
eines politischen Zusammengehens Deutschlands, einer Bewegung im Ganzen, unfaßbar. Keine Vertretung der Interessen, keine berechtigten Debatten, keine Parteien im heutigen Sinne, nicht einmal öffentliche Wünsche. Jede Stadt
für sich, jedes Haus für sich, jeder Bewohner für sich.
Dies muß erwogen werden, um den unschätzbaren Wert zu
bezeichnen, den das einzige in jenen Zeiten unabhängige
Element bei uns besaß: die Literatur. Es gab keine politische Institution in Deutschland, wo der freie, energische
Charakter eines Mannes zur Entwicklung hätte kommen
können: aber es gab bei uns „die Republik der Gelehrten"!
Nur Gelehrsamkeit und Dichtkunst boten Gelegenheit, mit
dem Volke im allgemeinen in Berührung zu kommen. Sie
einzig gestatteten, öffentlich in Begeisterung zu geraten;
sich zu entwickeln angesichts eines erwartungsvollen, teilnehmenden Kreises, der damals nicht so unbestimmt und
formlos wie heute den Schriftsteller umgab, sondern disziplinierter und in reinerem persönlichen Zusammenhange
die Männer, welche einmal das öffentliche Vertrauen erworben hatten, trug und förderte und zugleich von ihnen
abhängig war.
Nun, Goethes Geschichte seiner Kindheit und Jugendzeit
enthält dieses: Sie zeigt einen Knaben, der so recht im
üppigsten Gartenboden des reichsstädtischen Wesens aufwächst. Der von einem reichen, pedantischen, ängstlichen

Vater für eine behagliche Fortsetzung der eigenen Existenz
mit aller Absicht erzogen und zugerichtet wird. Um den
sich, vom Heraustreten aus der ersten Kindheit an, von
hundert Seiten her die gröberen und feineren Fäden her-
umlegen, woraus sich die Schlingen drehen, die ein Entrinnen aus dieser Welt von Jahr zu Jahr unmöglicher
machen. Der seinerseits aber im leise sich regenden Gefühle, so in eine ungeheure Knechtschaft zu geraten, sich
loszumachen sucht; bei dem die Sehnsucht nach Freiheit
immer stärker wird, der immer kräftiger sich losreißen will
und nur immer tiefer zurücksinkt. Bis er endlich im letzten
Momente, wo es uns, die wir die Dinge werden sehen,
selber fast unmöglich scheint, daß eine Befreiung noch gelingen könne, mit einem gewaltigen Rucke dennoch durchbricht und, indem er seine Vaterstadt für immer verläßt, in
eigener Wahl den Boden sucht und findet, auf dem eine
seiner Natur entsprechende Entwicklung möglich wird.
Diesen Prozeß als den Inhalt seines Jugendlebens gezeigt
zu haben, schien Goethe das Wichtigste. Seine späteren Erlebnisse haben mit dieser ersten, großen Katastrophe nichts
gemein. Dies der Grund, weshalb „Dichtung und Wahrheit" an dem Punkte abbricht, wo Goethes Frankfurter
Schicksale ihr Ende erreichen.
Goethes Vater war Kaiserlicher Rat. Er hatte sich diese
Würde verschafft, um den Glanz dadurch zu ersetzen, der
ihm in betreff städtischer Vornehmheit den ganz alten
Frankfurter Patriziern gegenüber abging. Seine Familie
gehörte nicht zu den allervornehmsten. Goethes Vater
stand den städtischen Ämtern fern, die Verwandten der
Mutter aber waren Schöffen und Schultheißen: dem Sohne
sollte nun zufallen, was dem Vater versagt blieb. Die
andern Kinder waren sämtlich früh gestorben. Wolfgang
und seine Schwester Cornelia blieben als die einzigen den
Erziehungskünsten des Vaters anheimgegeben, den nur
dies einzige Interesse noch belebte. Sie wuchsen in einer

Bewachung auf, die den Kindern heute selten zuteil wird. Mit einer Beaufsichtigung wurde der junge Goethe erzogen, welche heutige Söhne in Schrecken setzen würde. Nicht mit Strenge, sondern mit unablässigem Aufpassen. Keine Staatsgewalt hätte sich damals anmaßen dürfen, anzuordnen, was mit Kindern, in einigen Hauptsachen wenigstens, zu geschehen habe, so daß ein gewisses Quantum frischer Luft von Staats wegen in jede Kinderstube hineingepumpt worden wäre. Goethe beschreibt, unter wie wunderbar sich kreuzenden Einflüssen er geistig so emporkam. Im warmen Schoße der Familie empfindet er keinen Hauch der rauhen Wirklichkeit, wie die etwa war, unter deren Windstößen Schiller sich in die Höhe arbeitete. Keine Spur der Dürftigkeit Lessings oder der jämmerlichen Armut Winckelmanns, die, bei jedem Wetter unter freiem Himmel, hier und da ausnahmsweise nur einem milden Sonnenstrahle begegnen. Bei Goethe die Gaben der Welt im Überflusse. Mit diesem Überflusse aber eine Beraubung der persönlichen Freiheit verbunden, gegen die, weil sie wie feiner Äther Goethes ganze Existenz umhüllte, kein Widerstand möglich war. Goethe, in vielen Dingen mit seiner Schwester zugleich unterrichtet, wird fast mehr auf den Umgang mit Frauen als auf den mit Männern vorbereitet. Inmitten des allmächtigen Stadtklatsches, welcher damals Zeitungen und öffentliches Leben ersetzte, lernt er sich von früh ab als geschulter Diplomat zwischen den Häusern bewegen, mit denen seine Verwandtschaft ihn in Berührung brachte. Er dringt in die Intimität der vielen Originale ein, welche in abgelegenen Ecken hangend sich in seltsam selbstgezogenen Kreisen bewegen, in die keine Hand hätte hineingreifen dürfen. Er durchstöbert die Winkel der Stadt, lernt mehr und mehr den gesamten Organismus kennen, als dessen Teil er sich selber betrachten mußte: zu natürlich, daß dieser Kenntnis allmählich die Einsicht entspringt, daß ihm selber doch auch nur beschieden sei, früher oder später als

aktiver Mitarbeiter dies wunderliche Wesen fortsetzen zu
helfen. Was denn irgend anderes konnte das Schicksal mit
ihm vorhaben? Wo denn anders konnte ihm eine Zukunft
bereitet sein als in Frankfurt? Deutschland fehlte der gegebene Punkt, der ein junges Talent mit geheimer unwider-
stehlicher Kraft angezogen hätte. Wir besaßen kein Paris,
wohin Corneille, Racine, Molière, gleichgültig woher sie
kamen, sich wandten, als ihre Zeit gekommen war, kein
London, wohin Shakespeare aus Stratford ging. Welche
Stadt hätte einen reichen Bürgersohn damals von Frankfurt auf die Dauer fortlocken können? Wien lag weit ab:
eine katholische, halb italienische, spanische Residenz. Berlin war arm und fern von der reichen Mitte Deutschlands.
Und so sehen wir Goethe mit sechzehn Jahren zum Rechtsstudium nach Leipzig abfahren, und sein Lebensplan ist
bereits in alle Zukunft hinein festgestellt. Er wird Doktor
werden, wieder nach Hause kommen, Advokat werden,
eine reiche Patriziertochter heiraten, in städtische Ämter
allmählich hineinaltern, dann seines Vaters Haus übernehmen und hoffentlich, wenn er stirbt, einmal Bürger-
meister gewesen sein.

Wir lesen in „Dichtung und Wahrheit" und finden es in
dem aus diesen Jahren erhaltenen Briefwechsel Goethes
bestätigt, daß er als Leipziger Student nicht viel mehr tat,
als das in Frankfurt begonnene enge Leben fortzusetzen.
Freilich flossen die Elbe und die Pleiße durch ein anderes
Land, als die Gelände waren, durch welche Main und Rhein
gingen. Alles war anders in Leipzig, und doch völlig das
gleiche! Auch auf der urehrwürdigen Universität herrschte
nur ein von Ehrfurcht schützend umgebautes Fortvege-
tieren. Allerdings berührte die allgemeine geistige Bewegung, welche, von Frankreich ausgehend, Europa mit
einer ersten leisen Bewegung hier und da ins Zittern
brachte, auch Leipzig. Lessing und Herder arbeiteten be-

reits und machten Aufsehen in Deutschland. Hauptpersonen in Leipzig blieben aber doch Gellert und Gottsched, als die beiden Orakel, von denen der Student, der Literatur hören wollte, seine Gedanken zu erwarten hatte. Gottsched, der pedantische, gedankenlose Vertreter der älteren französischen Bildung, von Goethe in seiner frechen Grandezza köstlich dargestellt; Gellert, alt und unbeweglich, ein feiner Mann, der das Neue mit offenen Augen verfolgte, aber es, selbst indem er es nachahmte, nicht verstand. Gellert hat seine altväterisch angelegten Lustspiele in der neuen Form der weinerlichen Komödie geschrieben und eine lobende Abhandlung über dieselbe verfaßt, er hat sogar in seinem Romane „Die schwedische Gräfin" etwas ganz Tolles verfaßt, das mit jedem Sensationsroman um den Preis streiten könnte. Und doch ist alles bei ihm veraltet. Ich hatte für Gellert eine besondere persönliche Verehrung. Er war der Lieblingsschriftsteller meiner guten seligen Mutter, die mir seine Lieder zumal immer wieder eindringlich empfohlen hat. Ich habe seine Schriften früh zum Geschenk erhalten, sie fürs „Deutsche Wörterbuch" exzerpiert und genauer kennengelernt, als sonst der Fall gewesen wäre: ich kann mir doch nicht helfen, in Gellerts Charakter die Mischung von Wohlwollen und Freundlichkeit mit Unterwürfigkeit und Trockenheit und die Abwesenheit eines freien Gedankenfluges unerträglich zu finden. Goethe verehrte Gellert, ist ihm aber niemals näher getreten. Es verdroß ihn, daß Gellert in seinen Literaturvorlesungen die neueren Schriftsteller, zu denen die Jugend damals aufsah, überging, als wären sie nicht da. Dagegen verdankte er Gellert den Hinweis auf Verbesserung der eigenen Handschrift, welche Gellert von seinen Zuhörern verlangte, weil eine höhere Selbstachtung der eignen Person in dieser Sorgfalt liege. Goethe war solchen Ermahnungen zugänglich. Wie bei ihm trotz allen Lebensgenusses das Achthaben auf die Regelung seines inneren Lebens

stets hervortrat. Sein ältester Brief, aus dem Jahre 1764,
enthält die Bitte um Aufnahme in eines der Bündnisse,
welche damals bei uns aufkamen und deren Zweck die
„Tugend" war. Dieses Wort, das heute, obgleich es an
seinem Adel nichts eingebüßt hat, dennoch einer gewissen
an Inhaltslosigkeit grenzenden Allgemeinheit wegen immer
seltener gebraucht zu werden pflegt, war damals prägnanten
Inhaltes voll und bezeichnete im tätigen, strebenden Sinne
das höchste geistige Gut, das dem gebildeten Menschen er-
reichbar dünkte.

Wir sehen Goethe also in Leipzig das gewohnte kleinstäd-
tische Treiben fortsetzen. Es herrschte dort, gehoben vom
Abglanze des Dresdener königlichen Hofes, zugleich aber
als echte, einheimische Spezialität, die Leipziger „Galan-
terie". Die Studenten konnten nicht roh umherlaufen wie
die Renommisten in Jena und Halle. Goethe bequemte sich
diesem feineren Leben an. Suchte, woran er gewohnt war,
Häuser, in denen man behaglich aus- und einging. Hatte
seine weiblichen Bekanntschaften und Liebesverhältnisse.
Huldigte in dem, was er dichterisch produzierte, dem herrschenden Geschmack, und kam endlich nicht viel anders zu
Hause wieder an, als er gegangen war.

Shakespeares Dramen sind von Goethe in Leipzig bereits
bewundert worden: Einfluß auf seine dortigen eigenen
Arbeiten aber hat er ihnen nicht gegönnt. Er nennt damals
schon Wieland und Shakespeare seine Lehrmeister in der
Poesie: in Wahrheit aber dichtet er als echter Schüler Gott-
scheds und Gellerts. Er beginnt eine Übersetzung des „Menteur" von Corneille. Er schreibt in Alexandrinern „Die
Mitschuldigen".|Rührte das Stück, für welches Goethe selt-
samerweise sein lebelang eine gewisse Zärtlichkeit behalten hat und das er gern vorlas, nicht von ihm her, so
würde heutzutage schwerlich jemand vermocht werden können, es durchzulesen.

Als Anfänge seiner lyrischen Dichtung schrieb er dagegen

eine Reihe kleiner Lieder, die als Unterlage musikalischer
Kompositionen das erste gewesen sind, was von Goethe im
Buchhandel erschien, und bei denen nicht zu verwundern
wäre, wenn für jedes einzelne ein französisches Original
nachgewiesen würde. Ihrerzeit sind sie kaum beachtet worden, fanden auch bei Goethes näheren Freunden nur be-
dingt gnädige Aufnahme. Er hat sie, soweit sie unter seine
gesammelten Gedichte aufgenommen wurden, später stark
überarbeitet. In diesen kleinen Sachen, meist „galanten"
Inhaltes, offenbart sich zuerst Goethes entzückendes Talent,
mit ein paar simplen Worten oder Wortverbindungen ein
Gefühl zugleich leise anzudeuten, zu erschöpfen und doch
wieder als unerschöpflich zu geben.
Recht auffallend tritt Goethes Abhängigkeit vom französischen Geschmacke in der äußeren Form seiner damals geschriebenen Briefe hervor. Einige sind geradezu französisch abgefaßt — auch französische Verse von Goethes Mache
laufen dabei unter — alle aber in Disposition wie Gedanken im Tone des damals herrschenden französischen Tän-
delstiles gehalten, der so mächtig war, daß selbst Voltaire
und Friedrich, wo sie von den ernstesten Dingen reden,
über diese Manier sich nicht zu erheben vermögen, weil sie
die einzige war, die sie kannten. Goethe leistet darin nicht
einmal Besonderes. Ihre Lektüre wirkt so niederschlagend,
daß die aus „Dichtung und Wahrheit" in so lieblicher Schilderung herausleuchtenden Figürchen der Leipziger Mädchen und jungen Damen, denen Goethes Huldigung besonders zuteil ward, angesichts dieser Briefe einen nachträg-
lichen Zusatz von Kleinlichkeit, Gewöhnlichkeit und Langeweile erhalten, den sie freilich auch für Goethe selber bald
genug empfingen. Sieben Jahre nach seiner Studienzeit
kam er wieder nach Leipzig und sah das dortige Wesen
mit ungemein ernüchterten Augen an.
Bekanntschaften von entscheidender Wichtigkeit für sein
späteres Leben hat Goethe in Leipzig nicht gemacht. Drei

Jahre brachte er dort zu, war ganz heimisch geworden und gedachte wohl, als er im Beginn der Herbstferien 1768 zum ersten Male wieder nach Hause·ging, nach Leipzig zurückzukehren. Er machte sich zumeist deshalb fort, scheint es, weil ihm sein unregelmäßiges Leben einen Blutsturz zugezogen hatte, dessen Folgen an Ort und Stelle nicht weichen wollten. Krank und in trüber Stimmung kam er bei seinem Vater wieder an. Nicht einmal tüchtig Jura hatte er getrieben. Monatelang mußte er dasitzen, ehe so viel Gesundheit wieder gewonnen war, um die Studien, wie nun gutbefunden wurde, in Straßburg fortzusetzen. Eine Reise nach Paris, auch wohl nach Italien, wo der Vater gewesen war, sollte den Abschluß bilden. Den 19. Oktober 1765 war Goethe in Leipzig inskribiert worden, den 28. August 1768 reiste er nach Hause wieder ab. Den 2. April 1770 ging er nach Straßburg. Er war schon über zwanzig Jahre alt.

Jetzt erst beginnen die Zeiten, wo jedes Wort aus Goethes Feder ein Denkmal von historischer Wichtigkeit für uns wird. Jetzt auch, zum ersten Male in seinem Leben, begegnet er einem Menschen, von dem er fühlte, daß er mehr sei als er.
Um den Namen dessen gleich zu nennen, der von allen Genossen Goethes den nachhaltigsten Einfluß auf ihn gehabt hat: Goethe traf mit Herder in Straßburg zusammen.

2

STRASSBURG UND SESENHEIM
1770—1771

Friederike

Auch in Straßburg wird gleich mit beiden Beinen in den
Überfluß des Daseins hineingesprungen. Der Gasthof „Zum
Geist" steht zwar nicht mehr, in dem Goethe abstieg, den
Weg von da zum Münster aber, wohin sein erster Gang
war, kann jeder heute, wohl ziemlich an denselben alten
Häusern vorüber, ihm nachgehen. Viele Tausende haben
seitdem oben auf der Plattform des Turmes Goethes ein-
gemeißelten Namen gelesen und seiner gedacht, indem sie
das herrliche Land weithin überschauten gleich ihm, und
dann wieder in die Häuser der „verzerrten Stadt" hinab-
sahen, welche damals noch so gut deutsch war, daß man
sich in ihr kaum außerhalb seines Vaterlandes fühlte.
Goethes Bedürfnis, Menschen zu sehen und die Welt in
wechselnder Verwirrung um sich brausen zu hören, führte
ihn rasch in mannigfachen Verkehr hinein. „Mein jetziges
Leben", heißt es in einem seiner Briefe, „ist vollkommen
wie eine Schlittenfahrt, prächtig und klingelnd, aber ebensowenig fürs Herz, als es für Augen und Ohren viel ist."
Fünf Jahre später, als er zuerst nach Weimar kommt,
braucht er genau dasselbe Bild. Niemals in seinem langen
Leben ist Goethe diese Schlittenbahn versagt geblieben.
Immer ist es mit Sang und Klang vorwärtsgegangen bei
ihm, ein vollzähliges Gefolge war stets um ihn her, das er
beherrschte und von dem er sich beherrschen ließ. Goethe
ist darin wie ein Fürstenkind erzogen worden, um die auch,
wenn es mit rechten Dingen zugeht, vom ersten Eintritt in

die Welt gleich ein Gedränge von Menschen zu tun hat, deren Gegenwart niemals ein Ende nimmt.

Dieses Straßburger Leben, vom Gesichtspunkte der Schlittenfahrt aus betrachtet, hat Goethe so schön geschildert, daß seine Darstellung für die Stadt denselben Wert einer Chronik hat, wie dies bei Frankfurt und Leipzig der Fall ist. Bei den gebildeten Klassen begann damals erst der Übergang aus echt deutschem in französisches Wesen, den die erste Revolution dann beschleunigte. Im alten französischen Königreiche waren die Provinzen unter sich scharf getrennt. Niemand wäre es damals überhaupt eingefallen, das Elsaß für französisches Land zu nehmen: die elsässischen Soldaten hießen „les troupes allemandes de Sa Majesté" und die Elsässer „les sujets allemands du Roi de France". Goethe hatte durchaus das Gefühl, auf einer deutschen Universität weiterzustudieren, und keine Seele hätte in Frankfurt später etwa den „Straßburger Doktor" beanstandet.

Goethe läßt dem französischen und dem deutschen Elemente gleiche Vorliebe zuteil werden. Er beschreibt auf das liebenswürdigste die Familie seines französischen Tanzlehrers und nicht minder anmutig die Tracht der deutschen Bürgermädchen: das knappe Mieder und die Nadel im Haar. Er schildert den festlichen Durchzug Marie Antoinettens, der blutjungen Gemahlin des Dauphins. Er stellt uns in das wunderliche Universitätsleben mitten hinein. Er läßt, wie bei Frankfurt und Leipzig, sozusagen keinen Winkel Straßburgs undurchkrochen und unbeschrieben und macht uns vertraut mit dem damaligen Zustande, als wäre man dabei gewesen und hätte man die Straßburger Straßenluft von 1770 selber eingeatmet.

Er beschreibt die Tischgesellschaft, in welche er eintrat. Ein paar alte Jungfern, Lauth mit Namen, kochten für eine Anzahl Leute aus verschiedenen Ständen und Lebensaltern. Obenan saß der Aktuar Salzmann, so etwa der Gellert

Straßburgs, ein trefflicher, untadeliger, älterer Herr (geboren 1722), stadtbekannt und durch seine bürgerliche Vorzüglichkeit der Mann des allgemeinen Vertrauens, auch, obgleich ihm eigentliche literarische Verdienste abgehen, aus der Literaturgeschichte nicht gut auszuweisen. Sein Briefwechsel mit Goethe, welcher auf der Straßburger Bibliothek lag, ist beim Bombardement 1870 mit zugrunde gegangen.

War Salzmann der respektabelste von allen, so war der genialste Lenz, allerdings erst später hinzutretend, als Mentor zweier junger Livländer vom Adel. Lenz ist unter den Freunden Goethes der gewesen, den er am freiesten als Dichter und seinesgleichen neben sich anerkannte und der ihm nachher am meisten Not gemacht hat. Der biederste von allen aber war Lerse, dem Goethe im „Götz" ein Denkmal gesetzt hat. Lerse ist nicht alt geworden, er starb 1800 als Lehrer an der Militärschule zu Kolmar.

Ferner saß da Leopold Wagner, der erste, der an Goethe, dessen Meinung nach, einen literarischen Diebstahl vollführte, indem er den Gedanken des „Faust" in seinem Drama „Die Kindermörderin" ausbeutete, ein Stück, das leidenschaftliche, höchst lebendig geschriebene Szenen und so wenig Ähnlichkeit mit „Faust" hat, daß wir heute ohne Goethes ausdrückliche Konstatierung des Plagiates kaum darauf kommen würden. Leopold Wagner ist Goethe auch sonst noch literarisch in die Quere gekommen. Er ist der einzige, der Goethe später einmal dazu gebracht hat, in literarischen Dingen eine öffentliche Berichtigung abzugeben.

Der geistig bedeutendste der Gesellschaft war Jung, nach seinem Schriftstellernamen Stilling meist Jung-Stilling genannt. Seine Selbstbiographie wird immer eines der Bücher bleiben, das gelesen zu haben niemand gereuen kann. 1740 geboren, hat er sich vom Bauernjungen zum Schneidergesellen, Schullehrer und endlich zum Professor und be-

rühmten Augenarzt heraufgearbeitet. Jung lebte ganz in
der Idee. Er ist einer der Hauptvertreter des zu Ende des
achtzehnten Jahrhunderts weitverbreiteten Pietismus, dessen Anhänger in direktem Verkehr mit den weltregieren-
den Mächten zu stehen glaubten. Goethe hat diesem Wesen
von Kind an nahe gestanden und ist erst durch die Erfahrungen, die er mit Lavater machte, gründlich davon ge-
schieden worden. Dennoch waren es nur die Personen und
nicht die Sache, von der er sich abwandte. Fräulein von
Klettenberg, die auf seine Jugendentwicklung so großen
Einfluß hatte und deren Andenken ihm sein lebelang teuer
blieb, ist die reinste und edelste Repräsentantin dieser
Richtung des Christentums, die durch die Französische
Revolution so völlig bei uns vernichtet worden ist, daß die
zurückgebliebenen Reste keinen Begriff ihrer früheren Bedeutung geben. Eher würde der Geisterverkehr der Spiri-
tisten in England und Amerika damit zu vergleichen sein,
waltete nicht der bedeutende Unterschied ob, daß, dem
ganzen geistigen Zuschnitte des achtzehnten Jahrhunderts
entsprechend, statt der prosaischen Roheit, mit der diese
Dinge später betrieben wurden, die Zartheit, welche ein
Kennzeichen des europäischen Lebens vor der Französischen Revolution ist, auch hier sich geltend machte.
In Jungs Lebensbeschreibung findet sich eine der frühesten
Äußerungen eines Gleichzeitigen über Goethe als jungen
Mann. Jung beschreibt die erste Begegnung mit ihm, Krä-
mergasse 13, wo die Damen Lauth residierten. Er hatte sich
mit einem Freunde bei guter Zeit dort eingefunden, sie
waren die ersten an diesem Tage und sahen die Eßgesell-
schaft allmählich eintreten. Besonders kam einer mit großen, hellen Augen, prachtvoller Stirn und schönem Wuchse
mutig ins Zimmer. Dieser fiel ihnen sogleich auf. „Das
muß ein vortrefflicher Mann sein", bemerkte Jungs Be-
gleiter leise zu diesem. Jung gab das zu, meinte aber, „sie
würden viel Verdruß mit ihm haben, weil er ihn für einen

wilden Kameraden ansah". Der andere fügte dem noch hinzu: „Hier ist's am besten, daß man vierzehn Tage schweigt."

Man nahm von den beiden Neuen keine Notiz, nur daß Goethe zuweilen „seine Augen zu ihnen hinüberwälzte". Bald aber bot sich die Gelegenheit, mehr zu tun. Einer von der Tischgesellschaft, ein Mediziner aus Wien, führte die Szene herbei. Jung trug eine alte runde Perücke, die er aus Sparsamkeit aufs letzte Haar ausnutzen wollte, und der Wiener warf mit einem Blick auf dieses Stück die Frage auf: ob Adam im Paradiese wohl eine runde Perücke getragen habe. Jetzt fuhr Goethe in einer Weise dazwischen, die ihn sofort zu Jungs Freunde machte, was er immer geblieben ist. Goethe hat Jungs Selbstbiographie herausgegeben.

Der Aktuar Salzmann war der Stifter der „Deutschen Gesellschaft", in welche Goethe eintrat. Goethe war mit der Idee nach Straßburg gegangen, sich dort im Französischen recht zu befestigen und sich in Paris endlich den letzten Schliff zu geben. Er beschreibt, wie diese Pläne durchkreuzt wurden. Die französische Literatur erschien ihm geschmacklos, es kam über ihn und seine Genossen als eine neue, unerwartete Erfahrung. Das Gefühl, daß die französische Literatur alt und abgelebt sei, erfüllte die jungen Leute, ohne daß damit politische Gedanken heutiger Art verbunden gewesen wären. Sie wußten selbst nicht, unter welchem Einflusse sie hier standen. Rousseaus berühmter „Contrat social", der damals die Welt erregte, war ihnen eine gleichgültige Lektüre, aus der sie nichts zu ziehen verstanden. Dagegen wurde Shakespeare verehrt, dessen Kraft und Ursprünglichkeit alles zu übertreffen schien, was die gesamte Literatur sonst darbot.

Das waren die Anfänge der Straßburger Zeit. Von vielen Seiten strömte Goethe zu, was das gewöhnliche Leben an Vorteilen für den mit sich bringt, der mit Geld gut ver-

sorgt, mit Empfehlungen versehen und von der Natur reich
ausgestattet ist. Wie sehr aber zu all solchem Überflusse
dennoch besondere Fügungen hinzutreten müssen, wenn
die günstigen Bedingungen, die es gewährt, wirklich nutz-
bar gemacht werden sollen, das zeigte sich auch hier. Es
mußte erst der Mann kommen, der Goethe die Welt als
lebendiges Ganzes erkennen ließ, der ihm zeigte, wohinaus
der Weg ginge für dieses Ganze und wo der einzelne einzugreifen habe, um an der großen Arbeit sich zu beteiligen,
deren Resultat wir den „Fortschritt der Menschheit" nennen.
Das Goethe zu gewähren, war Herder vorbehalten, der im
Herbste 1770 in Straßburg erschien.
Wir sind heute daran gewöhnt, Herder als einen von
denen zu betrachten, die nur das Piedestal umgeben, auf
dessen Höhe Goethe allein steht. Als Herder und Goethe
in Straßburg zusammentrafen, war es bald Goethes höchster Wunsch, nur als Planet Herder umkreisen zu dürfen.
Was Herders Laufbahn gefehlt hat, ist bereits gesagt worden: die zweite Hälfte seines Lebens gewährte ihm nicht,
in breitem Besitztume des Gewinstes der ersten Hälfte froh
zu werden. Und für diese erste Hälfte war er doch so wunderbar ausgerüstet worden. Einmal: die Entbehrungen
wurden ihm zuteil, die in der Jugend überwunden zu
haben, energischen Naturen ein fast nicht zu missender
Teil der Erziehung ist. Die Einsamkeit und Verlassenheit,
die alle Kräfte des Widerstandes im Menschen entwickelt,
ohne die das Zurückziehen auf sich selbst und die stoische
Tapferkeit und Gleichgültigkeit gegen die Launen des
äußeren Lebens kaum erlangt werden können, deren leidenschaftliche Naturen bedürfen, um ihren Weg sicher innezuhalten. Als bestes Geschenk des Schicksals aber wurde
Herder früh ein Freund gegeben, dessen Lehren ihm zu
einer Zeit, wo man sie aus sich selbst noch nicht findet,
würdige Probleme lieferten, an denen seine Arbeitskraft
sich proben konnte.

Herder kam 1744 in Mohrungen zur Welt. In einer „nicht dürftigen, aber von trüber Mittelmäßigkeit" befangenen Familie. Mit zwanzig Jahren, wo Goethe noch planlos und unfertig im väterlichen Hause saß, hatte Herder längst die Studentenjahre hinter sich und (1767) auf Grund seiner Fragmente „Über die neuere Deutsche Literatur" als berühmter Schriftsteller eine Predigerstelle in Riga erhalten. Während seiner Studienzeit (1762—1764) hatte er in Königsberg den Mann kennengelernt, der zuerst seinem Geiste die Richtung auf die höchsten Ziele gab, Hamann. Es ist schwer, über Hamann zu reden. Er steht zu sehr außerhalb der großen Linien, in denen man die Männer der Vergangenheit aufmarschieren läßt, um sie zu überblicken. Hamann muß studiert werden, es läßt sich wenig Vorläufiges, Allgemeines, Andeutendes über ihn sagen. Man hat ihn den „Magus des Nordens" genannt. Goethe sagt, man werde seine Schriften einst wie die sibyllinischen Bücher lesen. Hamann sucht seine Gedanken gleichsam zu philosophischen Zauberformeln zu machen. Das Wesen einer Zauberformel ist, daß sie mit Worten, die unverständlich oder unzusammenhängend erscheinen, eine plötzliche Wirkung ausübt. Hamann hat Seiten geschrieben, die uns sofort ergreifen, mit der höchsten Erwartung erfüllen und uns nicht loslassen, und deren Sinn doch erst allmählich uns aufgeht, nachdem wir sie einige Male durchgelesen: ihr letzter Inhalt erschließt sich dann, als erhellte eine plötzlich eintretende Illumination die Worte. Wer Hamann einmal so kennenlernte, teilt ihm seinen Rang unter den Höchsten zu, und immer wieder treffen wir bedeutende Gelehrte an, welche Hamann ihre volle Arbeitskraft widmen.
Kaum begreiflich ist seine äußere Existenz. Er war des Brotes wegen Beamter in untergeordneter Stellung, lebte in fortwährenden Bedrängnissen und zeigt in seinen Handlungen eine Mischung von Hartnäckigkeit und Nachgiebigkeit, für die uns die Vergleiche fehlen. Er faßte alle Er-

scheinungen in ihrer Tiefe. Einem feurigen, jugendlichen Geiste wie dem Herders konnte nicht Fördernderes zuteil werden, als in den entscheidenden Jahren der Umgang mit einem solchen Geiste.

Der große Kritiker in Deutschland war damals Lessing; Herders Kritik schlug einen neuen Ton an. Lessing kannte nur die eine Taktik, mit gefälltem Bajonette dem Gegner auf den Leib zu gehen. Er macht keine Gefangenen: wenn die Arbeit vorüber ist, ist auch von seinem Gegner nichts mehr übrig. Herder dagegen greift gar nicht an. Er sucht seinen Gegner, indem er von allen Seiten mit Gedanken auf ihn eindringt, zum Rückzuge zu bewegen. Er ist unerschöpflich in seinen Wendungen. Heute steht er weit im Nachteile gegen Lessing, dessen scharfe, kurzangebundene, aufs Ziel dringende Sprachweise nichts von ihrer anfänglichen Verständlichkeit verloren hat, während Herders üppige, in sich verwickelte Perioden, seine eigentümlichen Versuche, sich eine eigne Sprache zu schaffen, in der neue, seltsame Worte und Wortverbindungen zur Anwendung kommen, fremdartig und veraltet erscheinen. Herder war ein Dichter und ein Theologe. Er wollte überzeugen und beherrschen, aber niemand verwunden. In der Tiefe seiner Seele lag ein ruhiger Spiegel, in dem die Geschichte der Menschheit sich als Kunstwerk abzeichnete. Die Schönheit und die Kraft seiner Sprache zeigen sich da am reinsten, wo sie in begeisterter Anschauung der Dinge den treffendsten Ausdruck der Sprache gleichsam abringen, während sie trübe wird, sobald er sich in Streit einläßt, was leider im Fortgange seiner Entwicklung mehr und mehr der Fall gewesen ist.

Herder hat 1769 eine neue Schrift herausgegeben, die seinen Ruhm vermehrte, die „Kritischen Wälder", neue Fragmente eines Glaubensbekenntnisses, das die sittliche Welt umfaßte. Auf beinahe abenteuerliche Weise war er dann nach Straßburg verschlagen worden. Er hatte sein Amt aufgegeben und war zu Schiffe von Riga nach Frankreich gegangen. Herausgerissen aus dem bisherigen Zustande und auf der Entdeckungsreise nach einer neuen Existenz, seinen Gedanken überlassen im Anblicke des unendlichen Meeres, das ihn umgab, schrieb er damals nieder, was ihn bewegte, indem er, den Horizont seines Wissens, seiner Erfahrungen, seiner Erwartungen um sich durchmessend, sich klar zu werden suchte, wieweit seine Blicke reichten. Diese Blätter sind lange nach seinem Tode erst gedruckt worden, sie geben den besten Begriff seiner grandiosen Weltanschauung, sie enthüllten einen scharfblickenden, umfassenden Geist und eine Macht, die Sprache zu gebrauchen, die in Erstaunen setzt, wenn man bedenkt, wie wenig damals unsere Muttersprache solche Betrachtungen auszusprechen geeignet war. Man muß das im Auge haben, um die Masse französischer Fremdwörter richtig zu beurteilen, welche Herders wie Lessings Schriften erfüllen, selbst bei Schiller und Goethe noch in so großem Maße anzutreffen sind und deren Verständnis uns unentbehrlich ist.

Von Paris ging Herder nach Eutin, wo er Hofprediger wurde, und von da auf Reisen mit einem jungen holsteinischen Prinzen. Herder hatte ein Übel am Auge, das eine langwierige und schmerzhafte Operation nötig machte und ihn an Straßburg, diesen „elendesten, wüstesten, unangenehmsten Ort“ (wie er Merck schreibt) fesselte. Hilfsbedürftig durch seinen Zustand, daran gewöhnt persönlichen Einfluß auszuüben, kam ihm Goethes Dienstfertigkeit nun eben recht. Zufällig lernten sie sich kennen. Ein Verhältnis gründete sich, das anfangs nur auf Goethes sich andrängender Zuneigung beruhte. Goethe aber empfand zu lebendig, was hier zu gewinnen sei, und ließ nicht los, und es gestaltete sich aus diesem Beginn, nachdem Goethe die paar Jahre noch älter geworden war, deren es bedurfte, um den Altersunterschied auszugleichen, der in dieser Lebensperiode zwischen Männern bedeutende Unterschiede mit sich zu bringen pflegt, die innige Verbindung, von der wir sagen dürften, nur der Tod habe sie lösen können, wäre nicht in den allerletzten Jahren durch Herders Schuld, wie es scheint, die Entfremdung eingetreten, die dem Verkehre der beiden Männer äußerlich ein sichtbares Ende machte. Innerlich sind sie sich niemals fremd geworden.

Sehen wir nun, was Herder Goethe damals gewähren konnte und was kein anderer in Deutschland Goethe hätte gewähren können.

Es ist nötig, hier wieder von allgemeinen Betrachtungen auszugehen.

Wir hatten, als von den Folgen des Dreißigjährigen Krieges die Rede war, bis jetzt nur Deutschland in Betracht genommen. Der gleiche geistige Stillstand, der bei uns herrschte, war, soweit es sich um das politische Leben handelt, seit dem Abschlusse des Dreißigjährigen Krieges beinahe in ganz Europa eingetreten. Die Unabhängigkeit des freien Bürgertums war zerstört worden, das als Mittelstand sich dem Adel unterordnete, dessen einziges Bestreben dahin ging, das Bestehende zu erhalten; die regierenden Herren thronten mit absoluten Befugnissen über den Völkern, und die Fortentwicklung der europäischen Geschichte schien für alle Zeiten nur noch darin zu bestehen, daß, völlig abgesehen von den echten nationalen Interessen, in unablässigen Hin- und Widerzügen für die Machterhöhung der Familien gekämpft würde, in deren Besitz die Herrschaft war. Die Staatseinrichtungen dienten direkt oder indirekt diesem einzigen Zwecke. Die katholische und protestantische Geistlichkeit erhielt diese Anschauungen dienstwillig aufrecht. Beim gesamten europäischen Adel und dem Beamtentume kam zuletzt nur das eine in Frage: ob man bei Hofe in Gnade oder Ungnade stehe. Die erstere zu gewinnen, die letztere vermeiden zu lernen, war das Geheimnis der höheren Erziehung. Ein Umsturz dieser Verhältnisse wurde von keiner Seite versucht, und man kann

sagen, daß sich um 1700 etwa die europäische Welt so sehr
in diese Ordnung der Dinge eingelebt hatte, daß sie uner-
schütterlich erschien wie die Natur der Elemente und des
Menschen selber. Man begriff nicht, daß, wo Europäer zu-
sammenlebten, sie in anderem gesellschaftlichen Gefüge
sich verhalten könnten als in dem vorhandenen. Es schien
immer so gewesen zu sein und immer so dauern zu sollen.
Es gibt eine Anekdote von der Darstellung der Sintflut
durch einen französischen Maler der damaligen Zeit, der
einem der schwimmenden Menschen eine Rolle Pergamente
in die Hand gab und ihm einen Zettel aus dem Munde
gehen ließ mit den Worten: „Sauvez les papiers de la
famille Montmorency", „Rettet die Familienakten der
Montmorency!" Natürlich sind die Montmorency nie so
weit gegangen, zu behaupten, daß sie schon vor der Sintflut existierten, allein im Prinzip wurde für die großen
Familien ein unbestimmtes Alter angenommen, ebenso wie
die großen römischen Familien einst ihre Anfänge von den
Göttern ableiteten. Und es wurde an ewige Dauer geglaubt, ebensogut wie Horaz, um den Begriff der Unendlichkeit auszudrücken, die Wendung braucht: solange die
Jungfrau das Kapitol hinansteigen wird.
Daher die allgemeine Unbekümmertheit, als diesem Zustande gegenüber das Gefühl erwachte, daß er nicht der
richtige sei. Daher auch bei denen, welche, weiter blickend,
das geradezu Unmögliche dieser Verhältnisse sahen, die
Überzeugung, man werde sich nicht durch allmähliche Übergänge zu etwas relativ Besserem durcharbeiten können,
sondern es müsse ein allgemeiner Einsturz erfolgen, aus
dem dann vielleicht, als etwas ganz und gar Neues, einfache, naturgemäße Zustände sich entwickelten.
Das Zusammentreffen dieser beiden Stimmungen: der absoluten Sicherheit im Genusse der Gegenwart und der Erwartung eines Chaos mit völlig neuer Weltschöpfung hinterher, charakterisiert die erste Hälfte des achtzehnten

Jahrhunderts. Man lebte lustig weiter und sah dem Laufe der Dinge mit frivoler Ironie zu. Das ist der Sinn des Ausspruches: „Après nous le déluge." Ludwig XV., der großartigste Repräsentant des ungeheuren Leichtsinnes, mit dem damals darauflos gewirtschaftet wurde, erkennt ein bevorstehendes Ende dieses Abwärtsgehens der Dinge, überläßt es der späteren Menschheit aber durchaus, dann ihrerseits die Sünden ihrer Vorfahren auszubaden. Daß er selbst aber oder seine Familie in nächster Nähe dabei beteiligt sein könnten, war ein Gedanke, der ihm niemals kam. Er dachte an ein Ersaufen in unbestimmter Zukunft. Mindestens rechnete er auf einen Vorschuß der Vorsehung von 100 oder 200 Jahren. Dies die Ursache, warum man die Weltverbesserer, ohne sie groß zu beunruhigen, gewähren ließ, wenn sie sich damit zu beschäftigen begannen, neue Reiche zu konstruieren, in denen die „Freiheit" zu Hause war und in denen „Philosophen" sich selbst und die Völker regierten.

Die Versuche dieser Art wurden jedoch in dem Maße bedenklicher, als sich handgreiflich die Zeichen mehrten, es werde nicht bloß einer fernen Zukunft, sondern der lebenden Generation beschieden sein, die Erfahrung zu machen, daß abgewirtschaftet sei. Die Geschichte von Robinson, der auf einer wüsten Insel wie Adam ganz von neuem anfangen mußte, war in der Form eines unschuldigen Romans die Ausführung des Gedankens, daß es einmal für jeden einzelnen dahin kommen könnte, wie Robinson Schiffbruch zu leiden und sich mit etwas erbärmlichem Hausrate ein neues Leben zimmern zu müssen. Derartige Gedanken fingen an, populär zu werden. Und nun geschah es, daß gerade in der Mitte des vorigen Jahrhunderts eine Art plötzlich sich meldender Pubertät des Publikums eintrat, daß die bis dahin gleichgültig fortlebende frivole Masse eines Morgens sich dieser Gedanken bemächtigte und die große Frage der Weltverbesserung feurig aufgriff.

Die drei Männer, welche diesen Umschwung in Frankreich, oder vielmehr in Paris, das damals das „Hirn der Menschheit" war, vermittelt haben, sind Voltaire, Rousseau und Diderot.

Voltaire war der mächtigste unter ihnen. Voltaire hat den Boden Frankreichs umgegraben und für die neue Saat empfänglich gemacht, die, neben ihm, Rousseau auszustreuen begann. Diderot, mit ihnen beiden kaum zu vergleichen, muß trotzdem genannt werden, weil er der fähigste unter all den Schriftstellern zweiten Ranges gewesen ist, welche in Voltaires und Rousseaus Geiste für das Emporkommen der jungen Saat Sorge trugen. Diderot gelang es, die ästhetisch-literarische Form für die neuen Ideen zu finden und auszufüllen, obgleich er nur ein Schriftsteller und kein Dichter war. Diderot erfand die prosaische Tragödie, die sogenannte „comédie larmoyante", die „weinerliche Komödie", deren Vertreter in Deutschland Lessing war. Lessings Hauptdrama in dieser Richtung ist „Miß Sampson", während Goethes Hauptwerk darin „Clavigo" ist. Heute figuriert Diderot nur als Kritiker und Erzähler unter den Klassikern, da seine Theaterstücke abgetan und unerträglich sind.

Voltaire ist von Goethe am besten charakterisiert worden, indem er ihn als den Inbegriff aller Eigenschaften hinstellt, welche die französische Nation im guten und bösen auszeichnen. Voltaire ist der glänzendste „Franzose", den die Geschichte aufweist. Auch das Element persönlicher Bravour fehlte ihm nicht, denn er hat einen hohen Herrn, der ihn blutig beleidigt hatte, dazu zwingen wollen, sich mit ihm zu schlagen, und hat nicht abgelassen, als bis er auf dessen Veranlassung in die Bastille gesteckt wurde. Goethe hat kurzweg ausgesprochen, daß Voltaire der Urheber der Französischen Revolution sei, indem er von ihm sagt, daß er die alten Bande der Menschheit gelöst habe. Voltaire starb vor ihrem Ausbruche. Was ihn verhinderte, mit noch gewaltigerer Kraft zu wirken, war nur der Umstand, daß ihm der Eintritt in die höchste Pariser Gesellschaft zu leicht gemacht worden war. Hätte sein agitatorischer Kopf auf dem Rumpfe eines niedriger gestellten Mannes gesessen, den Armut und Entbehrung erbittert und gegen die höheren Klassen mit Antipathie erfüllt hätten, so würde Voltaire vielleicht Wirkungen hervorgebracht haben, welche den Männern der Revolution und Revolte, die wenig Jahre nach seinem Tode sich erhoben, viel Arbeit vorweggenommen hätte. Auf der andern Seite braucht kaum gesagt zu werden, in wie ungemeinem Maße Voltaires gesellschaftlich ungehinderte Laufbahn seine Gedanken überallhin gelangen ließ. Niemals hat ein Schriftsteller so ganz und gar seine Epoche beherrscht, wie Voltaire die seinige. Voltaire ist auch für uns heute noch einer der größten Geschichtsschreiber.

Als junger Schriftsteller war Voltaire gezwungen gewesen, Frankreich zu verlassen, und hatte sich nach England begeben. Dieses und die niederländischen Freistaaten repräsentierten im achtzehnten Jahrhundert die protestantisch-germanische Freiheit. Die politische Unabhängigkeit des Individuums, die Unantastbarkeit der philosophischen Überzeugung jedes einzelnen waren dort gewährleistet. Konnte irgendwoher ein Muster genommen werden für die Neugestaltung des übrigen Europas, so stand England als natürliches Vorbild da. Dies war es, was Voltaire jetzt an Ort und Stelle aufging. Er studierte die englische Philosophie. Es war ihm die wunderbare doppelte Gabe verliehen, sich in fremde Gedanken rasch hineinzufinden, sie sodann aber mit unermüdlicher Sorgfalt so lange durchzuarbeiten, bis jedes letzte überflüssige Wort aus seinen Sätzen entfernt worden und ihnen die Leichtigkeit verliehen war, welche die literarische Form haben muß, wenn sie wirken soll. Voltaire besaß bei unbegrenzter Produktionskraft ein ungeheures Maß von Selbstkritik.

Die Werke, in denen er jetzt die politisch-moralischen Anschauungen der englischen Philosophen vor das Pariser
Publikum brachte, schlugen durch. Von da ab erst begann
die tiefer gehende Bewegung der Geister in Frankreich.
Voltaire hatte das vorbereitende Element damit geschaffen,
unter dessen Schutze Rousseau nun eintreten konnte. Rousseau war jünger als Voltaire. Er fand sein Publikum schon
halb fertig vor.

Rousseau stand als Künstler lange nicht auf Voltaires
Höhe. Aber er brauchte bei seinen Arbeiten auch nicht soviel zu richten und zu feilen, denn seiner Sprache war ein
Element eigen, das einzige vielleicht, das der Voltaires
fehlte: die unmittelbar auf den Leser eindringende Lebenswärme, welche, wo es sich um den Erfolg bei nur einer einzigen Generation handelt, die Wirkung der Kunst übertreffen kann. Rousseau hat sich aus den Tiefen der Gesellschaft erhoben und, obgleich ihm der Verkehr mit den höchsten Kreisen von vielen Seiten aufgedrungen wurde, er ist
immer ein Plebejer geblieben.

Rousseau trat rücksichtslos auf: rücksichtslos sowohl aus
eigner Natur, als weil er es sein wollte. Er ließ sich nicht
auf Allgemeinheiten ein, sondern ging praktisch den Dingen zu Leibe. Frage für Frage debattierte er in jedermann
verständlichen Schriften den gärenden Stoff, der die Gemüter beunruhigte, und erweckte offenen Haß und offene
Liebe gegen sich in gewaltigem Umfang. Voltaire war immer Künstler geblieben; es gelang ihm, das Bestehende
so lange hin- und herzuwenden, bis alle Welt eingesehen
hatte, daß es abgetan und unhaltbar sei; zumeist aber hatte
er sich an die herrschenden oberen Gesellschaftsschichten
gewandt. Rousseau dagegen, aus der Tiefe emporsteigend,
wendete sich an jedermann. Jeder empfand ihn als seinesgleichen. Voltaire hatte die Deutschen nur interessieren
können, Rousseau erschütterte sie. Rousseaus Ideen waren
in Herders Seele eingedrungen, als dieser, in seinem gan-

zen Wesen Rousseau verwandt, als einsamer armer junger
Mensch im äußersten Osten deutscher Bevölkerung aufzukommen suchte. Herder wendet sich gegen Rousseau und
kritisiert ihn: aber er trug ihn in der Seele!
Wir haben gesehen, daß Goethe in Straßburg mit Rousseaus Schriften nichts anzufangen wußte. Ein großer Mann
ist nicht immer gleich verständlich, er braucht oft erst Propheten, die der Welt sagen müssen, was bei ihm zu finden
sei. Ich spreche deshalb bei Rousseaus Einfluß auf Herder
nicht von Bestimmtem, was dieser ihm entnahm, sondern
es hat etwas stattgefunden, das wir mit einer elektrischen
Berührung vergleichen könnten und das auf Goethe durch
Herder weitergegangen ist, während es Goethe aus sich
allein nicht finden konnte. Rousseau sah nur einen Weg
des Loskommens von der auf den Völkern lastenden Tyrannei: der einzelne mußte empfinden lernen, welche Rechte
und Pflichten ihm aus der Tatsache zuwüchsen, daß er ein
Teil seines Volkes sei. Jede Nation war in Rousseaus Augen
ein Individuum, verantwortlich für ihre eignen Schicksale.
Er wandte sich an die französische, als komme es auf sie
allein an: jede andere aber konnte seine Lehren als für
sich geschrieben betrachten. Und dies geschah, indem man
außerhalb Frankreichs einfach den Begriff „Menschheit"
einsetzte. Das politische Separatgefühl, ohne das heute ein
rechter Patriotismus gar nicht möglich scheint, war damals
unbekannt. Man hatte auch in Frankreich nur die Menschheit als Ganzes im Auge. Die Entwicklungsgeschichte der
gesamten Menschheit, die Herder bei all seinen Arbeiten
als Grundidee vorschwebte, auf die seine einzelnen Leistungen einheitlich zurückzuführen sind, hätte sich in seiner
Seele nicht aufbauen können ohne die Hilfe Rousseaus.
Rousseaus Lehre: Zivilisation sei die Verschlechterung eines
ursprünglich vollkommenen Zustandes, entsprach so sehr
dem allgemeinen Gefühle, daß sie ohne Beweis angenommen wurde. Alles sei gut aus der Hand des Schöpfers her-

vorgegangen, alles sei vom Menschen verdorben worden. Der Weg zum uranfänglichen Zustande zurück müsse gefunden werden. Während heute diejenige Lehre der Denkungsart der meisten entspricht, welche ein Emporkommen der Menschheit aus durchaus tierischem Zustande für wissenschaftlich bewiesen annimmt, so daß hier wiederum der einzelne nicht erst den Beweis selber zu schaffen sucht, ehe er sich ihr zuwendet, begegnete damals die Lehre ursprünglicher Vollkommenheit derselben Glaubensgeneigtheit. In gewisser Art bot sie nichts Neues: die Theologie erzählte ja seit jeher vom verlorenen Paradiese; Rousseau aber wollte zeigen, wie ohne Christentum die Philosophie zu diesem Paradiese zurückführe. Herder zog zuerst die Konsequenzen aus dieser Lehre, die sich auf die Dichtkunst bezogen. Die Poeten sollten zur reinen Natur zurück. Natur war hier gleichbedeutend mit eigner, nur der inneren Stimme gehorchender Schöpfungskraft. Auf die Dichter sollte als Muster zurückgegangen werden, welche als Heroen an der Spitze ihrer Völker standen. Winckelmann hatte auf die Griechen hingewiesen und gezeigt, wie ihre bildende Kunst eine Blüte des gesamten Volkslebens gewesen war, Herder faßt die Psalmen, die Gesänge Homers, Pindar, Ossian, vor allem Shakespeare, ins Auge und daneben, als die Wiesenblumen, die ohne menschliche Aussaat um die Rieseneichen aufsprossen: die Lieder des Volkes. Während man in den Ästen droben die Stürme rauschen hörte, zitterte über die Gräser unten die leise seufzende Luft, der sehnsuchtsvolle Atem der Natur. Herder brachte das nicht in kritischen, geistreichen Darlegungen vor, sondern er war Prediger! Was Herder geschrieben hat, wird erst ganz verständlich, wenn wir es als Predigt auffassen. Die Art und Weise des Predigers ist nicht, bei besonderer Gelegenheit mit wohlüberlegten Dingen vorzukommen, die gedruckt werden sollen, sondern bei jeder Gelegenheit in freier mündlicher Mitteilung das volle Herz auszuschütten. Man muß Herders Sätze als gesprochene Sprache nehmen, wenn man seiner Sprache gerecht werden will.

Goethe war einundzwanzig Jahre alt, als er Herder begegnete. Es gärte in ihm, er suchte nach einem Meister, er fand nirgends jemand, bei dem er empfunden hätte: der kann mehr wie du, der ist im Besitze von Geheimnissen, die dir helfen können. Endlich kam einer, bei dem die ersten Worte entscheidend waren, dem er sich unterwarf. Und was Herders Herrschaft um so sicherer befestigte, war sein eignes Benehmen Goethes hingebender Liebe gegenüber. Herder war an solche Unterwerfungen gewöhnt. Er sah bei Goethe nichts Besonderes darin und behandelte ihn mit Gleichgültigkeit. Manchmal scheint es sogar beinahe, als habe Herder in aller Stille Goethes Stärke bald gefühlt und, vielleicht unbewußterweise, versucht, ihn nicht zu sehr neben sich emporkommen zu lassen.

Von jetzt ab können wir rechnen, daß Goethes echte Produktivität ihren Anfang nimmt. Das Vorhergehende waren nur planlose Versuche gewesen. Die Richtung hatte Goethe geahnt: nun kam Herder, um ihm die Straße zu zeigen. Jetzt erst tritt Goethe in die Epoche freudiger, jugendlicher Selbstüberhebung ein, die ihn in den nächstfolgenden Jahren so liebenswürdig erscheinen läßt und die er so reichlich gerechtfertigt hat.

Nun aber setzen wir dem allen doch etwas entgegen. Goethe hat in „Dichtung und Wahrheit" ausgiebig und im Gefühle, von der erfolgnisreichsten Begebenheit seines Lebens zu sprechen, sein Straßburger Zusammentreffen mit Herder erzählt. Dennoch ist es und was er sonst mit seinen Freunden und Bekannten dort erlebte, nur der Rahmen für ein Begegnis, das die wahre Mitte seines Straßburger Daseins war. Wie er Friederike Brion in Sesenheim fand und liebte, wird mit anderer Feder beschrieben als das übrige. Wäre aus Goethe ein großer Philosoph, ein

Staatsmann, ein Gelehrter geworden und nichts als das, so würde er, als er im Alter die Ereignisse durchzählte und ordnete, aus deren Kette sein Leben bestand, Friederike vielleicht kaum erwähnt haben. Aber das Auge des Dichters sah die Dinge in einer höheren Ordnung. Goethe fühlte, sich erinnernd an die Tage seiner Jugend, daß in dem Aufblühen dieser Liebe, deren längst verflogner Duft ihn einmal entzückt hatte, die höchsten Momente seines Lebens lagen. Goethe wußte zu gut, daß ihm das mehr gewesen sei als alles übrige. Friederiken schuldete und verdankte er am meisten. Zu ihr wendet er seine Augen am liebsten zurück, hier stellen sich ihm die Dinge am klarsten wieder dar.

Goethe hat all seine Kunst aufgewandt, um die Gestalt dieses Mädchens so schön und rein darzustellen, wie er nur immer vermöchte.

Seine Leipziger Verhältnisse erscheinen wie Spielereien dagegen. Sie waren im Scherze geschürzt, und es konnte, als sie zu Ende waren, in graziösen Wendungen von Trauer und Verzweiflung gesprochen werden. Jetzt begegnet ihm die erste, die Fleisch und Blut hat. Die erste auch, der er das Herz brach und die er niemals vergessen konnte. Nachdem ein langes Leben vorbeigerauscht, das ihr Andenken immer mehr hatte verschwinden lassen, nötigte ihn die Beschreibung dieses Lebens, die Momente jener Zeit wieder durchzuleben. Schreiben ist mehr als bloßes Erinnern. Jetzt, um Friederike mit dem höchsten Glanze zu umgeben, hat Goethe gegen sich selbst eine Härte walten lassen, in der allein schon, wenn es dessen bedürfte, eine nachträgliche Buße liegt. Etwas unbeschreiblich Rührendes empfängt Friederike in Goethes Darstellung, als sei ihm und ihr die Jugend noch einmal wiedergeschenkt worden und noch einmal die Möglichkeit gegeben, daß sie sich doch nicht trennten.

Friederikens Gestalt, der wir in „Dichtung und Wahrheit"

begegnen, ist nicht, wie man heute zu sagen pflegt, von der Natur abgeschrieben, sondern Goethe hat ein Wesen, welches in Erinnerung an Friederike in seiner Phantasie aufstieg, so weit wieder mit allerlei kleinen Zügen seiner Freundin ausgestattet, bis es ihr täuschend ähnlich sah. Die höchste Wirkung jeder Kunst ist, daß der Künstler seinen Gebilden diesen Anschein von Wirklichkeit verleihe. Als habe nicht er, sondern die Natur gearbeitet und er sein Vorbild nur auf das getreueste nachgeahmt. Je mehr ihm das gelingt, um so vollkommener wird seine Schöpfung sein, und um so lebendiger wird er wirken; während derjenige, der ohne diesen vorausgehenden mühsamen Prozeß sich darangibt, nur nachzuahmen, was die Natur darbietet, im besten Falle einen beängstigenden Doppelgänger der Natur hervorbringen wird, der uns stumm und starr ansieht, weil ihm Sprache und Bewegung nicht verliehen werden konnte. Dies der Grund, weshalb manche Porträts bei auffallender scharfer Ähnlichkeit so beängstigend wirken.
Bei Friederiken ist es Goethe in hohem Maße geglückt, das Gefühl hervorzubringen, diese Gestalt entspreche aufs treueste der wirklichen Pfarrerstochter von Sesenheim, die er einst liebte. Man möchte darauf schwören, genau so müsse Friederike gewesen sein, nur daß wir sie in der Stille für noch viel liebenswürdiger zu halten geneigt wären, als Goethe sehen und beschreiben konnte. Man meint, er habe ihr noch zu wenig getan.
Auch das ist eine Wirkung, die von wahrhaft gelungenen künstlerischen Gestaltungen ausgeht: daß der, der sie betrachtet, sie besser zu kennen glaubt als der Dichter selber. Gleichsam als sei der Dichter nur ein ausgewähltes Werkzeug gewesen, das, im höheren Auftrage der Vorsehung, eine Figur auf die Welt zu setzen hatte, die ihr eignes Leben für sich lebt. Wie Kinder, die sich zu ihren Eltern sofort als Individualitäten in Gegensatz bringen, so scheinen Figuren wie Julie, Hamlet, Faust ihrem Hervorbringer

gegenüber für sich eine gewisse Unabhängigkeit beanspruchen zu dürfen, so daß ihnen schließlich fremd hinzutretende Personen näher stehen könnten als der Erzeuger selbst. Mancher Erklärer des Hamlet wird sich einbilden, den Prinzen mindestens ebensogut zu kennen, als Shakespeare ihn kannte. Bei Darstellungen dieses Stückes hat sich das Publikum schon dem traurigen Ausgange des Prinzen widersetzt, während Alexander Dumas der Ältere, der die Tragödie in französische Alexandriner gebracht hat, sogar am Ende das Gespenst des Vaters noch einmal erscheinen und Hamlet die Mahnung erteilen läßt, die Regierung zu übernehmen, wozu er ihm bestens Glück wünsche. Was dann auch geschieht. Ich weiß, daß einer meiner Jugendfreunde mit Vorliebe auf die Beweisführung zurückkam, Shakespeare habe kein Recht gehabt, Romeo und Julie umzubringen.

Shakespeare würde, wenn dergleichen bei seinen Lebzeiten vor ihm verhandelt worden wäre, darin wohl nur den schmeichelhaftesten Beweis gefunden haben, daß es ihm geglückt sei, echt lebendige Wesen zu erschaffen, und Goethe, wenn ihm die härtesten Vorwürfe gemacht worden sind, ein so entzückendes Geschöpf wie Friederike verlassen zu haben, sah sicherlich darin nur den Beweis, der Effekt sei erreicht worden, den er hervorbringen wollte.

Es würde vergeblich sein, feststellen zu wollen, wieweit Goethes Friederike und die echte Friederike übereinstimmten. Uns, die wir unter der Herrschaft der Goetheschen Dichtung stehen, erscheint das Mädchen, wie Goethe sie geschildert hat. Ich werde zeigen, wie weit es möglich ist, den Unterschied beider Gestalten, der idealen und der realen, zu verfolgen. Dazu bedarf es, daß wir untersuchen, mit welchen künstlerischen Mitteln Goethes Darstellung seiner Sesenheimer Erlebnisse vollbracht worden ist.

Um von vornherein die Ahnung eines tragischen Ausganges zu erregen, läßt er als Einleitung sein Abenteuer mit den

Töchtern des alten Franzosen, bei dem er in Straßburg tanzen lernte, vorhergehen. Eine kleine, in sich abgerundete Erzählung, deren Abschluß eine ergreifende dramatische Szene bildet, das Ganze in seiner Art das Muster einer modernen Novelle. Der Inhalt ist, daß von den beiden Töchtern des Tanzlehrers die jüngere Goethes Interesse erregt, während die ältere, Lucinde, ohne daß er es ahnt, für ihn in Flammen gerät.

Goethe beschreibt, wie eines Tages Lucinde ins Zimmer stürzt, ihn, der mit der jüngeren Schwester eben in einem Gespräche begriffen war, das für sie beide vielleicht ernstlicheren Inhalt hätte annehmen können, leidenschaftlich unterbricht, offen ausspricht, was sie für ihn empfinde, und endlich, nachdem sie zugunsten ihrer jüngeren Schwester auf ihn verzichtend Abschied von ihm genommen, ihm mit einem Kusse die Lippen schließt, der, wie sie ausruft, derjenigen zum Verderben gereichen solle, die zum ersten Male wieder von diesen Lippen geküßt werde. Goethe verläßt das Haus, in das er niemals wieder zurückkehrt. Mit einer gewissen Beängstigung erwartet der Leser, wen dieser Fluch treffen werde.

Um dieses Gefühl jedoch wieder zu beschwichtigen, ehe Friederike vor uns erscheint, und zugleich um wie durch ein Spiegelbild auf das Pfarrhaus von Sesenheim und seine Bewohner vorzubereiten, gibt Goethe nun den Bericht über Herders Lektüre des „Landpredigers von Wakefield". Dieser Roman, heute als uraltes Buch bekannt, besaß damals den vollen Reiz der Neuheit. Goethe, indem er erzählt, wie Herder es seinen jüngeren Freunden vortrug und was dabei zur Sprache kam, läßt eine neue Seite des Herderschen Charakters offenbar werden: daß er die höchste Wirkung hervorbrachte und sie gleich auch wieder zu zerstören wußte, und daß er so früh schon die Mischung von begeisternd erhebender Kraft und von dem Vermögen, zu verstimmen und niederzuschlagen, in sich trug, welche Her-

der selbst mit der Zeit immer verderblicher geworden ist.
Der Landprediger von Wakefield ist das Haupt einer Familie, welche mit ihm durch mannigfache Not zur höchsten
Bedrängnis vorwärtsschreitet, bis endlich, nachdem alle
Charaktere geläutert und gekräftigt aus vielen Prüfungen
hervorgegangen sind, die Schicksalsmächte sich besänftigen, bei allmählich eintretendem immer besserem Wetter
die Widerwärtigkeiten verschwinden und wir die Familie
in dem vollen Sonnenscheine des Glückes verlassen, in dem
wir zuerst ihre Bekanntschaft machten.
Damit sind wir auf Sesenheim vorbereitet, ohne es zu wissen. Es scheint, als hübe ein ganz neues Kapitel an, das mit
dem vorhergehenden nichts zu tun hat. Es ist im Frühling
1771. Herder ist von Straßburg wieder abgereist, Goethe
hat alle Ursache, sich auf sein Jus zu konzentrieren, da er
im Herbste Doktor werden will. Aber das herrliche Land
macht seine Rechte geltend, während zugleich der angeborene Trieb bei Goethe hervorbricht, von keinem Fleck
der Erde, den er einmal bewohnt hat, sich wieder zu trennen, ohne ihn gründlich erforscht zu haben. Elsaß, zwischen
Rhein und Vogesen ein abgeschlossenes Land, hat schon
auf manchen die Wirkung geäußert, die auch die Schweiz
zu haben pflegt: daß man sich bewogen fühlt, die Provinz
von Anfang bis zu Ende zu durchwandern, und daß man
endlich jeden Weg im Tal und im Gebirge begangen haben
will. Es hat immer Gelehrte und Naturfreunde gegeben,
welche, wie man sagt „bibelfest", im Elsaß historisch und
topographisch fest und zu Hause waren. Das Land hat seine
eigne Geschichte und seinen eignen Charakter.
Zu Goethes Bekannten zählte auch ein geborener Elsässer,
„der sein stilles fleißiges Wesen dadurch erheiterte, daß er
bei Freunden und Verwandten in der Gegend von Zeit zu
Zeit einsprach". Mit ihm verabredete er eine Partie zu
einem Verwandten, dem Pfarrer Brion in Sesenheim oder,
wie wohl geschrieben werden müßte, Sessenheim.

Goethe hat immer die Neigung gehabt, unter Annahme
einer Verkleidung oder eines fremden Namens aufzutreten. Seine am liebsten objektiv beobachtende Natur befand sich wohl beim Inkognito. Als Leipziger Student
machte er so seine berühmte Fahrt nach Dresden, wo er bei
dem sokratischen Schuster einkehrte, dessen Hauswesen er
so malerisch beschreibt. Auf seiner einsamen Winterreise
in den Harz — später, von Weimar aus — läßt er sich bei
Plessing in Wernigerode, der ihn in Briefen mehrfach über
innere geistige Bedrängnisse um Rat angegangen hatte,
unter einem fremden Namen melden und geht, ohne sich
zu erkennen gegeben zu haben. In Rom lebt er die ersten
Wochen unter gleichem Schutze unbehelligt, in Sizilien besucht er so die Familie Balsamo: die Liste seiner Abenteuer dieser Art wäre noch zu vermehren. Auch jetzt bricht
sein Hang zu diesem Annehmen einer indifferenten Persönlichkeit durch: er beschließt als Theologe und „lateinischer Reiter" aufzutreten, steckt sich in eine ärmliche
Kleidung, bringt sein zierlich gehaltenes Haar in die einfachste Form und reitet mit seinem Freunde eines Morgens
ab. Im Mai 1771.
Der Ritt wird mit einer Anschaulichkeit beschrieben, daß
der Leser als unsichtbarer dritter nebenher zu traben glaubt.
Vor allem, damit man festen Boden unter den Füßen habe,
wie Goethes Manier war, die vortreffliche Chaussee. Das
herrliche Wetter. Die Nähe des Rheinstromes. Das fruchtbare Land: die Ebene mit dem duftigen Gebirge in der
Ferne. Endlich biegen die beiden Reiter auf einem an-
mutigen Fußpfade von der großen Straße nach Sesenheim
ab, stellen die Pferde im Dorfe ein und begeben sich in das
Pfarrhaus.
Wie genau werden wir, was dieses Haus betrifft, wieder
unterrichtet. Wo es zu bauen gibt, war Goethe stets bei der
Hand. Auch hier war ein Umbau notwendig und das Interesse dafür einer der Wege, auf denen Goethe später des

alten Pfarrers Gunst gewann. Er selbst zeichnete Risse dafür, deren einen Riemer — Goethes Amanuensis in dessen letzten Lebensjahren — noch unter seinen Papieren gesehen haben will. Es war wohl die schöne Rötelzeichnung des Pfarrhofes, die heute im Weimarer Goethehaus hängt und die oft abgebildet worden ist.

Der Pfarrer empfängt die beiden allein: die Töchter sind ausgegangen. Nun bemerken wir, mit welchem Kunstverstande Friederikens erstes Auftreten in Szene gesetzt wird. Hier erkennt man recht den gewiegten Schriftsteller und sogar den Theaterdirektor. Zuerst läßt er die ältere Schwester „hereinstürmen" und nach Friederike fragen. Eine leise Ungeduld beschleicht uns und zugleich die Erwartung, in Friederiken etwas zu begegnen, was einen Gegensatz zu diesem „Stürmen" bilden werde. Aber er hält sie noch zurück. Zum zweiten Male muß die ältere Schwester — Salomea, Goethe nennt sie jedoch in Erinnerung an die älteste Tochter des Landpredigers von Wakefield: Olivie — „hastig" in die Stube kommen und nach Friederiken fragen.

„Laß sie immer gehen, sie kommt schon von selbst wieder", beruhigt der Vater. Friederike hatte sich auf einem Spaziergange über Land verspätet. Jetzt tritt Besorgnis, es möchte ihr etwas zugestoßen sein, zur bloßen Erwartung hinzu. Da endlich erscheint sie. Und nun, wonach jeder begierig ist, mit einigen meisterhaften Zügen ein Bild des schönen Mädchens. Friederike ist als Heldin und Hauptperson eingeführt, ohne für ihren Teil noch mehr getan zu haben, als sich erwarten zu lassen.

Sie trägt sich „deutsch". Ein kurzes weißes Röckchen mit einer Falbel. Die „nettesten Füße sichtbar". Ein knappes weißes Mieder und eine Taffetschürze: der ganze Anzug auf der Grenze zwischen Städterin und Bäuerin.

Heitere, blaue Augen. Artiges Stumpfnäschen. Ein Strohhut hängt ihr am Arme. Lieblichkeit über sie ausgegossen.

Mit ganz bescheidenen Farben ward hier ein entzückendes Bild gemalt.

Vater, Mutter und Töchter suchen es nun den beiden armen Studenten bequem zu machen. „Ein anmutiges Geklatsch der Schwestern" beginnt sich über die gesamte Nachbarschaft zu verbreiten. Friederike spielt dann Klavier, „wie man auf dem Lande spielt", auf einem verstimmten Klaviere. „Lassen Sie uns hinauskommen", sagt sie, „dann sollen Sie meine Elsässer- und Schweizerlieder hören."

Jetzt fällt Goethe die Ähnlichkeit mit der Familie des Vicar of Wakefield auf. Dadurch ist der Leser vollends mit den Leuten bekanntgemacht. Zugleich aber empfinden wir nun auch, daß Schicksale bevorstehen, daß diese guten stillen Menschen auf die Probe gestellt werden könnten. Abends im Wirtshause rekapituliert Goethe mit seinem Freunde die Erlebnisse des Tages. Die Ähnlichkeit der Familie mit der des Romans kommt zur Sprache. Zugleich aber erwachen jene Konsequenzen in Goethes Seele. Auch in die Familie des Vicar hat sich Thornhill, der Verführer der einen Tochter, verkleidet eingeschlichen. Goethe vergleicht sich mit diesem. Noch ohne einen Schimmer von Schuld. Aber die Vergleichung allein scheint ihm hinreichend Gewissensbisse in die Seele zu tragen.

Dies Gefühl läßt sich begreifen. Die Unschuld und Wahrheit der Leute bildeten einen zu empfindlichen Gegensatz gegen Goethes Versteckspielen. Er hatte bei einem Spaziergang durch die Felder bemerkt, wie die Bauern mit einer gewissen Ehrfurcht das junge Mädchen grüßten, wenn sie ihr begegneten. Er war mit Friederike abends im Mondschein gegangen, aber „ihre Reden hatten nichts Mondscheinhaftes; durch die Klarheit, mit der sie sprach, machte sie die Nacht zum Tage". All dem hatte er nichts als Schauspielerei entgegengesetzt. Am andern Morgen, von der Unwürdigkeit seiner Rolle durchdrungen, wirft er sich auf sein Pferd und reitet davon.

Er will nach Straßburg zurück. In dem Maße aber, als die Erinnerung an das Erlebte im einzelnen ihm wiederkehrt, reitet er langsamer und macht endlich kehrt. In Drusenheim hält er an. Vor dem Wirtshause trifft er, im Sonntagsstaate und mit bebändertem Hute, den Sohn des Wirtes, der eben der Frau Pfarrerin in Sesenheim einen Kindtaufkuchen bringen will. Mit ihm tauscht Goethe den Anzug, um eine neue Maske vorzunehmen. Den Kuchen in den Händen tragend, tritt er bald in das Sesenheimer Pfarrhaus wieder ein. Niemand merkt den Betrug, bis endlich Friederike ihm entgegenkommt. Auch sie nimmt Goethe zuerst für den, den die Kleidung vorstellt, und fragt zutraulich: „George, was machst du?" Dann wird sie den Irrtum gewahr. „Ihre bläßlichen Wangen hatten sich mit dem schönsten Rosenrote gefärbt."

So nun erfahren wir langsam weiter, was in Sesenheim geschah. Wie Goethe die Familie durch sein Wesen bezaubert. Wie er sich zu jedem einzelnen in ein Verhältnis setzt. Wie er sich bis zur Ausgelassenheit manchmal dem Gefühle des Glückes hingibt. Die Gedichte rühren uns heute noch, die er damals an Friederike richtete. Herder hatte ihn zuerst auf die Lieder des Volkes hingewiesen: jetzt hört er sie von Friederiken singen, sammelt sie aus dem Munde der Leute und dichtet im Geist und Tone des Volkslieds seine eignen herrlichen Verse hinzu. Wie begreiflich dieses unbekümmerte Drauflosleben Goethes. Wie begreiflich auch die Arglosigkeit, mit der Friederike seine Zuneigung erwiderte, die sich bald mit schwesterlicher Vertraulichkeit an ihn anschloß.

Hierbei ist wohl zu erwägen, daß eine solche Intimität damals nichts Auffallendes hatte. Der Verkehr junger Leute untereinander war in jenen Zeiten höchst unbefangen. Wie es erlaubt ist, sobald die Musik als drittes Element hinzutritt, daß ein junger Mann ein junges Mädchen in den Arm nimmt und sich im Takte mit ihr bewegt, so trat damals das in ganz Europa allgemeine Gefühl, einem höheren menschlichen Dasein entgegenzugehen, als Musik gleichsam zu allen Verhältnissen hinzu und gestattete eine Annäherung, welche später nicht mehr geduldet wurde. Man ging zusammen, man schrieb sich, man besprach unbefangen eine Menge Dinge, von denen im Gespräche junger Leute heute kaum mehr die Rede ist. Auch die Grenzen zwischen Verlobtsein und Nichtverlobtsein wurden damals nicht so streng innegehalten. Je freier man sich jedoch bewegen durfte, um so sorgfältiger mußte im besonderen Falle unterschieden werden, wie weit man ginge. Demgemäß trat Goethe, den Friederike und ihre Eltern und deren Verwandtschaft bald als den erklärten Liebhaber Friederikens ansahen und behandelten, in diese Stellung ein, ohne sich mit Friederiken, geschweige denn mit den Eltern ausgesprochen zu haben. Er war zu nichts verpflichtet und konnte jeden Augenblick wieder gehen, wie er gekommen war.

Nun beschreibt Goethe, wie er mitten im Vollgefühle seiner Liebe zu Friederiken zu empfinden begann, daß alles doch nur in seiner Phantasie liege. Diese Entdeckung macht er, noch ehe ein bindendes Wort gesagt war. Bei einem ländlichen Feste erreicht dieser Widerstreit seinen Höhepunkt. Goethe, der nicht weiß, ob er fliehen oder bleiben soll, bringt Friederiken zum Geständnisse, daß sie ihn liebe, und der erste Kuß wird von den Lippen gegeben und empfangen, über die der Fluch gesprochen war. Sofort kehrt Goethe das ins Gedächtnis zurück. Nachts erscheint ihm Lucinde im Traume und wiederholt die Verwünschung, während Friederike ihr gegenüberstehend zu sprachlosem Schrecken erstarrt, nicht begreifend, um was es sich handle. Die Erzählung erhebt sich zu hoher Lebendigkeit, und wir erwarten Gewaltsames.

Statt dessen wieder ein Kunstgriff, den Glauben zu erwecken, es werde hier nicht ein Roman, sondern nur einfach mitgeteilt, was sich ereignete. Es wird im gelassenen alten Tone nun forterzählt, wie das Leben mit den Mädchen und ihren Eltern ruhig weiterfloß. Goethe galt wohl als Friederikens Verlobter und genießt das wachsende Zutrauen der Familie. Er kommt öfters nach Sesenheim heraus, wohnt dort wochenlang oder steht mit Friederike im Briefwechsel. Immer ruhiger aber wird es in seinem Herzen. Wir besitzen einige Briefe, welche er bei solchen Besuchen von Sesenheim an Salzmann geschrieben hat. In einem derselben wird sein Zustand in seltsamer Weise ausgedrückt: „In meiner Seele", schreibt er, „ist's nicht ganz heiter; ich bin zu sehr wachend, als daß ich nicht fühlen sollte, daß ich nach Schatten greife." Den letzten Stoß gibt ein Besuch der Schwestern in Straßburg, wo Goethe sie, dem ländlichen Boden entrissen, in einer Gesellschaft findet, für die sie nicht erzogen waren. Er erzählt, wie Friederike sich trotzdem richtig zu benehmen weiß. Er teilt einen Zug von ihr mit, der mich immer gerührt hat.

Sie nahm, wozu sie berechtigt war, das in Anspruch, was Goethe „seine Dienerschaft" nennt. Eines Abends vertraute sie ihm, die Damen des Hauses, bei denen sie wohnte, wünschten Goethe lesen zu hören. Goethe nahm den „Hamlet", las ihn mit Feuer von Anfang bis zu Ende vor und erwarb sich großen Beifall. „Friederike", erzählt er, „hatte von Zeit zu Zeit tief geatmet und ihre Wangen eine fliegende Röte überzogen." Das einzige Zeichen, aus dem er erkennen durfte, wie stolz sie auf den Beifall war, den ihr Goethe davongetragen. Er berichtet dann weiter über der älteren Schwester leidenschaftliches Benehmen, die sich in viel stärkerem Maße als Friederike auf dem unrichtigen Terrain empfand und von Straßburg fort wollte. Es fiel ihm ein Stein vom Herzen, als er sie beide endlich abfahren sah. Goethe mußte sich gestehen, daß dieser Traum zu Ende sei.

Aber auch jetzt kein gewaltsames Ende, und das wieder

gibt dem Abschluß etwas besonders Trauriges. Wie ein leise verklingender Ton löst sich alles auf. Langsam wie die Bäume im Herbste die Blätter verlieren. Festgehalten wird die alte Vertraulichkeit bis zu Ende. Kein Wort des Vorwurfes, als Goethe, im Begriffe Straßburg für immer zu verlassen, zum letzten Male draußen erscheint und Abschied nimmt, als er Friederiken, der die Tränen in den Augen stehen, vom Pferde herab zum letzten Male die Hand reicht. Erst später dann empfängt er auf seinen schriftlichen Abschied einen herzzerreißenden Brief von ihr. Goethe läßt uns annehmen, daß er ihn unbeantwortet ließ.

Goethes Benehmen ist derart, daß es fast unabweisbar erscheint, daraus Folgerungen auf seinen Charakter zu ziehen. Seit dem Erscheinen von „Dichtung und Wahrheit" ist dies geschehen, und mancher ist dadurch in seinem Enthusiasmus für Goethe irre geworden. Man wolle ihm vieles verzeihen, aber das Herz eines solchen Mädchens gebrochen zu haben, sei unmenschlich. In jenem selben Sommer schrieb Herder an Goethe, daß er ihn eines wahren Enthusiasmus gar nicht für fähig halte.

Wir heute dürfen in ihm den größten deutschen Dichter verehren, ohne die Verpflichtung zu übernehmen, alles, was er getan, zu verteidigen. Wir sehen die Dinge nicht kälter an, aber kritischer. Wir verstehen deshalb, wenn Goethe in eigner Kritik seines Verhaltens in Sesenheim sagt: „es sei hier nicht die Rede von Gesinnungen und Handlungen, inwiefern sie lobenswürdig oder tadelnswürdig sind, sondern inwiefern sie sich ereignen können." Er will sagen: ergötzt euch an der Geschichte; was mich selbst anlangt, so bedurfte es, damit ich würde, was ich geworden bin, meiner Fehler ebensosehr als meiner Tugenden.

Allein ich mache auf eine stilistische Wendung aufmerksam: es ist, sagt Goethe, die Rede von Gesinnungen und Handlungen, inwiefern sie sich ereignen **können**. Nicht

also: inwiefern sie sich ereignet h a b e n. Das ist ein Unterschied. Mit dem Worte „k ö n n e n“ wird die ganze Sesenheimer Affäre aus dem Bereiche des Faktischen in den des
Möglichen versetzt. Und, in der Tat, Goethe hat nicht bloß
Friederikens Charakter idealisiert, sondern er hat in seinen Sesenheimer Ereignissen nichts als einen kleinen Roman
geliefert, eine „Idylle“, wie Loeper sagt, bei der sich nachweisen läßt, daß nur das Allgemeine Wahrheit, das Spe-
zielle dagegen Dichtung sei. Eine der Erklärungen, welche
Goethe selbst über die Bedeutung des Titels „Dichtung und
Wahrheit“ gegeben hat, sagt, kein Zug in seiner Selbstbiographie sei mitgeteilt, der nicht erlebt sei, keiner aber
auch, wie er erlebt sei. Goethe hatte sich für das Äußerliche
unbeschränkte Freiheit vorbehalten.

Um einige Kleinigkeiten hier anzuführen: es scheint, daß
der sokratische Schuster, bei dem Goethe auf seiner, weil
sie ihm verboten worden war, heimlichen Studententour
nach Dresden logierte, nur eine mythische Person war, und
es könnte sich mit seinem jungen Freunde in Frankfurt,
den Goethe Pylades nennt, ja sogar mit den beiden Töchtern des Tanzmeisters so verhalten. Dies aber sind nur
Vermutungen. Was Sesenheim anlangt, dürfen wir dagegen mit Sicherheit sagen, daß die Dinge dort nicht so
verlaufen k o n n t e n, wie Goethe sie darstellt.

Es läßt sich der Beweis führen, daß er die Pfarrersleute
anders kennengelernt haben muß, als er erzählt, daß die
Familie anders beschaffen war, als er mitteilt, und daß
wahrscheinlich auch der Abschied anders verlief, als im
Buche steht.

Ich habe das erste Auftreten Goethes in Sesenheim in
ziemlich genauem Auszuge mitgeteilt. Wir haben gesehen,
welche Rolle Goldsmiths Roman dabei spielt, wie Goethe
in den Sesenheimer Gestalten die wiedererkennt, welche
im „Vicar of Wakefield“ die Hauptrolle spielen, ja wie er
die Namen sogar eintreten läßt. Zwei Schwestern nur sind

Goethes Erzählung nach in der Brionschen Familie: die
ältere Salomea, die er Olivie nennt, die jüngere Riekchen.
Es waren ihrer aber vier. Eine noch ältere, bereits ver-
heiratet, und eine von fünfzehn Jahren, noch im Hause.
Der von Goethe Moses genannte Bruder hieß Christian.
Dies will jedoch wenig besagen. Dagegen hat Loeper zuerst
nachgewiesen, daß Goethes erster Besuch im Dorfe nicht in
das Frühjahr 1771, sondern in den Oktober 1770 falle, wo
Goethe den „Vicar of Wakefield" noch gar nicht kannte!
Lucius dagegen hat gezeigt, daß Drusenheim nicht zum
Sesenheimer Sprengel gehörte, Georg also auch nicht in der
Lage war, dem Pfarrer einen Kindtaufkuchen bringen zu
müssen. Damit ist bis in die Fundamente hinein zerstört,
was wir über diesen ersten Besuch berichtet finden.
Stehen die Dinge aber so, dann sind wir berechtigt, weiter
vorzugehen. In Goethes Erzählung finden wir die Ereignisse vom ersten Tage in Sesenheim bis zum letzten in
einem idealen Zusammenhange, daß eines genau dem andern entspricht und der Abschluß mit tragischer Notwendigkeit erfolgt. Goethe gesteht aber, was den Abschied anlangt, schließlich selbst, er erinnere sich der letzten Tage
nicht mehr so genau, schafft sich für diese Partie mithin
noch einen besonderen Vorbehalt in betreff der realen Richtigkeit seiner Erzählung. Und so, glaube ich, wollte es
Goethe verstanden wissen, wenn er sagt: es sei von Gesinnungen und Handlungen hier nur insoweit die Rede, als
sie sich hätten ereignen k ö n n e n. Das heißt: von den einzelnen Zügen der Partie wisse er nichts mehr, allein es
k ö n n e wohl so gewesen sein, wie er erzählt habe.
Goethes Erzählung selbst aber verliert wahrhaftig dadurch
nicht an Wert, daß wir sie nun als eine Mischung von schwa-
cher Erinnerung und höchst lebendiger dichterischer Phantasie ansehen müssen. Die Zahl der Dichtungen Goethes
erhöht sich in ihr um eine der schönsten Nummern. Die Er-
wägung, daß das wirkliche Riekchen Brion eine andere war

als die Friederike, welche uns in „Dichtung und Wahrheit"
so rührend entgegentritt, tut ihrem Andenken selber so
wenig Schaden, als Charlotte Buff die Gewißheit geschadet
hat, daß Werthers Erlebnisse in keiner Weise dem entsprechen, was in Wahrheit sich in Wetzlar zwischen Goethe
und ihr im Hause ihres Vaters ereignet hatte. Goethe hat
beiden Mädchen trotzdem einen Teil seiner Unsterblichkeit
abgegeben.

Friederike ist unvermählt geblieben. Goethe hat sie 1779
wiedergesehen. Seine Erzählung in „Dichtung und Wahrheit" schließt damit, wie ihm, nach dem Abschiede beim
Fortreiten von Sesenheim, auf dem Wege plötzlich seine
eigene Gestalt, im grauen Kleide mit Gold, zu Pferde entgegengekommen sei, ein Doppelgesicht, das darauf zu deuten schien, er werde einmal wieder nach Sesenheim zurückkehren. Und so geschah es. Über seinen Besuch 1779 besitzen wir den Brief an Frau von Stein mit einer Beschreibung der elsässischen Natur, einen der schönsten, die Goethe
geschrieben hat, der als abschließender Epilog dieser Idylle
gelten kann.

„Ein ungemein schöner Tag, eine glückliche Gegend, noch
alles grün, kaum hie und da ein Buchen- und Eichenblatt
gelb. Die Weiden noch in ihrer silbernen Schönheit. Ein
milder, willkommner Atem durchs ganze Land. Trauben
mit jedem Schritt und Tage besser. Jedes Bauerhaus mit
Reben bis unters Dach, jeder Hof mit einer großen voll-
hangenden Laube. Himmelsluft weich, warm, feuchtlich,
man wird auch wie die Trauben reif und süß in der Seele.
Wollte Gott, wir wohnten hier zusammen, mancher würde
nicht so schnell im Winter einfrieren und im Sommer aus-
trocknen. Der Rhein und die klaren Gebürge in der Nähe,
die abwechselnden Wälder, Wiesen und gartenmäßigen
Felder machen dem Menschen wohl und geben mir eine
Art des Behagens, die ich lange entbehre."
So schreibt er am Mittag des 25. September. Und nun macht

er sich abends nach Sesenheim auf, worüber drei Tage
später Bericht abgestattet wird.

„Den 25. abends ritt ich etwas seitwärts nach Sesenheim,
indem die andern ihre Reise grad fortsetzten, und fand
daselbst eine Familie, wie ich sie vor acht Jahren verlassen
hatte, beisammen und wurde gar freundlich und gut aufgenommen. Da ich jetzt so rein und still bin wie die Luft, so ist
mir der Atem guter und stiller Menschen sehr willkommen.
Die zweite Tochter vom Hause hatte mich ehmals geliebt,
schöner als ichs verdiente, und mehr als andre, an die ich
viel Leidenschaft und Treue verwendet habe, ich mußte sie
in einem Augenblick verlassen, wo es ihr fast das Leben
kostete, sie ging leise drüber weg, mir zu sagen, was ihr von
einer Krankheit jener Zeit noch übrigbliebe, betrug sich
allerliebst mit so viel herzlicher Freundschaft vom ersten
Augenblick, da ich ihr unerwartet auf der Schwelle ins Gesicht trat und wir mit den Nasen aneinander stießen, daß
mirs ganz wohl wurde. Nachsagen muß ich ihr, daß sie auch
nicht durch die leiseste Berührung irgend ein altes Gefühl
in meiner Seele zu wecken unternahm. Sie führte mich in
jede Laube, und da mußte ich sitzen und so wars gut. Wir
hatten den schönsten Vollmond; ich erkundigte mich nach
allem. Ein Nachbar, der uns sonst hatte künsteln helfen,
wurde herbeigerufen und bezeugt, daß er noch vor acht
Tagen nach mir gefragt hatte, der Barbier mußte auch kommen, ich fand alte Lieder, die ich gestiftet hatte, eine Kut-
sche, die ich gemalt hatte, wir erinnerten uns an manche
Streiche jener guten Zeit, und ich fand mein Andenken so
lebhaft unter ihnen, als ob ich kaum ein halb Jahr weg
wäre. Die Alten waren treuherzig, man fand, ich sei jünger
geworden. Ich blieb die Nacht und schied den andern Morgen bei Sonnenaufgang, von freundlichen Gesichtern verabschiedet, daß ich nun auch wieder mit Zufriedenheit an
das Eckchen der Welt hindenken und in Friede mit den
Geistern dieser Ausgesöhnten in mir leben kann.“

Dieser Brief erklärt etwas, was in „Dichtung und Wahrheit" nicht völlig erklärt wird: Goethes dauernde Verzweiflung nach dem Abschiede, die innere Zerstörung, der er anheimfiel. Er irrte, gepeinigt von Gewissensbissen, einsam umher und konnte keinen Frieden finden.

Friederike hatte ihm doch vergeben. Was war vorgefallen, das ihm noch auf Jahre hinaus so peinigende Gedanken erweckte?

Schon aus einem Briefe, welchen Goethe von Sesenheim an Salzmann geschrieben hat, ersehen wir, was die „bläßlichen Wangen" bedeuten, von denen er sagt, da wo er von seiner Verkleidung als Wirtssohn von Drusenheim erzählt, es hätte sie das schönste Rosenrot überflogen. Das junge, nur achtzehnjährige Mädchen war brustleidend, sie kränkelte. Goethes Fortgehen hatte sie darauf in eine lebensgefährliche Krankheit gestürzt. Man hat geglaubt, Fausts Gretchen dürfe auf Friederike zurückgeführt werden; näher liegt, Marie Beaumarchais im „Clavigo" mit ihr in Verbindung zu bringen. Alles, was Goethe aus eignen Vorwürfen sich sagen mußte, Friederiken gegenüber, finden wir in Clavigos Charakter wieder, während die heroische Milde Mariens, in einer zerbrechlichen irdischen Erscheinung, so schön auch dem entspricht, was Goethe über Friederikens Benehmen im Jahre 1779 an Frau von Stein schreibt.

Dadurch, daß wir Marie Beaumarchais als eine Schilderung Friederikens aus anderer Perspektive gleichsam kennenlernen, wird Friederikens Bild, wie „Dichtung und Wahrheit" es geben, um ein Bedeutendes erhöht. Die Katastrophe der Idylle gestaltete sich für die Wirklichkeit fast zu einem tragischen Umschwunge. Wir ahnen in der echten Friederike einen herrlichen Charakter. Und so auch, wie sie in Wirklichkeit gelebt und gehandelt hat, ist sie keine unebenbürtige Schwester der idealen Friederike gewesen, welche uns in „Dichtung und Wahrheit" entgegentritt. —

In diese Aufregungen hinein fiel für Goethe die Vorbereitung zur Promotion. Sie sollte erlangt, und dann in Frankfurt sofort mit der Anwaltspraxis begonnen werden.
Goethe konnte es nicht schwerfallen, sich die nötigen Kenntnisse anzueignen. Von früh auf hatte ihn der Vater in das Rechtsstudium eingeführt. Goethe war ein guter Nachschlager im Corpus Juris. Daß er in Leipzig das zuerst hartnäckige Mitschreiben bald aufgegeben hatte, daran war nur schuld gewesen, daß er von zu Hause her so gründliche Vorkenntnisse mitgebracht. Es langweilte ihn, aufzuschreiben, was er schon wußte.
In Straßburg untergab er sich mit seinen juristischen Studien Salzmanns Leitung. Er trieb sie „mit so viel Eifer, als nötig war, um die Promotion mit einigen Ehren zu absolvieren“. Nebenbei studierte er alles Mögliche. Die Medizin reizte ihn am meisten. Aus den eigenen Aufzeichnungen Goethes über seine damalige Lektüre und seinen Exzerpten aus den gelesenen Büchern sehen wir, daß, wenn er sich im Alter gegen den Kanzler Müller rühmen durfte, tagtäglich im Durchschnitte etwa einen Oktavband zu lesen, er sich auf diese Leistung früh vorbereitet hatte. Er hegte den Wunsch, einfach von „allem“ Kenntnis zu nehmen. Er sammelte an geistigem Gut, was nur immer zu haben ist. Goethe hatte auch den echten Gelehrtentrieb, seine Ansichten weiterzugeben. Wäre ihm einiges Gefühl für Kollegialität und die Gabe eigen gewesen, sich in eine Spezialität einzuschließen, so würde er dem Schicksale, Professor zu werden, vielleicht kaum entgangen sein. Er war mehr zum „Schriftsteller“ angelegt, der sich von seiner einsamen Stelle an das große Publikum wendet und niemandem, dem er mündlich Rede zu stehen hätte, ins Auge zu sehen braucht.
Den 6. August 1771 wurde Goethe promoviert, und zwar zum Lizentiaten, nicht zum Doktor, wie er seitdem jedoch tituliert zu werden pflegte.
Seine Thesen haben wir noch, ex officina Henrici Heitzii:

die Dissertation dagegen, obgleich in gutem Latein, das zu sprechen und zu schreiben ihm geläufig war, abgefaßt, blieb ungedruckt. Der Vater hatte „ein Werk" verlangt. Der junge Doktor sollte mit einem respektabeln Bande wiedereinrücken. Der alte Herr hatte auch das Thema und die Behandlung gebilligt, die Fakultät jedoch Bedenken gehabt. Goethes Arbeit handelte darüber, daß der Gesetzgeber verpflichtet sei, einen gewissen Kultus vorzuschreiben, von dem weder die Geistlichen noch die Laien sich losreißen dürften.

Dazu hatten wohl Rousseau und Herder ihren Segen gegeben. Man sieht, wie auch in dieser Richtung damals die Ideen verbreitet wurden, welche zwanzig Jahre später in Frankreich so tolle Früchte trugen. Die französische Republik zerstörte nicht bloß; sie hatte konstruktive Gedanken. Wenn sie die katholische Religion abschaffte, so geschah das nicht, um das Volk überhaupt der Mühe zu entheben, einen Kultus zu haben. Die französische Gesetzgebung führte den Kultus der Vernunft ein, für den auf öffentlichen Altären Opferfeuer entzündet wurden. Dies und einiges andere ist bekannt, nimmt heute aber zu sehr den Anschein von Besonderheiten an. Wir wissen heute zu wenig von den positiv-romantischen Versuchen der französischen ersten Republik. Von den Anstrengungen, ein eignes Kostüm für die neue Zeit zu bilden. Rousseau hatte im Abschlusse seines „Émile" dieser Religion der Zukunft zum ersten Male äußere Formen gegeben. Auf seligen Inseln findet sich bei ihm die gereinigte, wiedergeborene Menschheit zusammen, wo in griechischen Tempeln das höchste Wesen verehrt wird. Das Griechische galt damals für das Reinmenschliche.

Wieweit Goethe in seiner Abhandlung eigne Ideen vorbrachte, wieweit er auf Rousseau einging, wissen wir nicht. Er selbst berichtet daraus nur, daß er die Herstellung sämtlicher Religionen als Ausfluß gesetzgeberischer Tätig-

keit nachgewiesen und die Entstehung des Protestantismus als letzten Beweis dafür angeführt. Daß der Dekan die Arbeit nicht unter den Auspizien der Universität gedruckt zu sehen wünschte, soll besonders deshalb der Fall gewesen sein, weil einige Äußerungen gegen die Grundlehren des Christentums darin vorkamen.
Die Promotion lief glücklich ab. Die Tischgesellschaft lieferte die Opponenten. Der übliche Schmaus wurde gegeben, und Straßburg war abgetan. —

Den 28. August 1771 wurde in Frankfurt eine Eingabe des Doktor Goethe gemacht, welche um Zulassung zur Advokatur bat: „Wohl- und Hochedelgebohrne, Vest und Hochgelahrte Hoch- und Wohlfürsichtige Insonders Hochgebietende und Hochgeehrteste Herren Gerichts Schultheiß und Schöffen. Ewre Wohl auch Hochedelgebohrne Gestreng und Herrlichkeit habe ich die Ehre, usw." Drei Tage nachher erfolgte die Gewährung.

3

FRANKFURT

1771—72

„Götz von Berlichingen"

Nachdem Goethe als Advokat angenommen und in die Frankfurter Bürgerrolle eingetragen war, ließ sich sein Vater den literarischen Verkehr im eigenen Hause gern gefallen, der der gesamten Familie die Freundschaft vieler vorzüglicher Menschen eintrug. Und als der alte Herr sah, mit welcher Leichtigkeit, mitten in dieser Unruhe, der Doktor seine juristischen Kenntnisse anwandte, steigerte sich die Zufriedenheit zur Bewunderung. Er soll gesagt haben, als Jurist würde er seinen Sohn beneiden, wenn er nicht sein Vater wäre. Goethes eigne Mitteilungen über seine gerichtliche Praxis sind durch Kriegk ergänzt worden, welcher zuerst die noch vorhandenen Akten durchgesehen und eine Reihe juristischer Äußerungen Goethes daraus ans Licht gebracht hat. Der Standpunkt, welchen Goethe hier einnimmt, zeigt, wie sehr sein Wesen damals aus einem Gusse war. Er geht als Anwalt frisch und leidenschaftlich auf die Dinge los.

Es traten damals auch im öffentlichen Rechtsleben die Folgen des Umschwunges hervor, der sich auf den andern Gebieten geistiger Arbeit vollzog. Statt der bisherigen pedantischen, gelehrten Auffassung und Behandlung sollten rein menschliche Gesichtspunkte maßgebend sein. Goethe sagt, er habe sich die Plaidoyers der französischen Advokaten zum Muster genommen. Er scheint seine Vorbilder jedoch um ein gutes Teil überholt zu haben. Der Vertreter der Gegenpartei geriet beim ersten Prozeß in solche Aufregung, daß der juristische Streit in einen persönlichen Handel ausartete, bei dem man sich beinahe Injurien sagte, und daß zuletzt jeder der beiden Advokaten vom Gericht einen Verweis erhielt. Wenn Prokurator Theiß hinterher erklärte, er habe sich durch Goethes Erwiderungen zu einer ihm sonst fremden Leidenschaftlichkeit hinreißen lassen, so begreifen wir das angesichts der Akten wohl. Übrigens gewann Goethe den Prozeß. In den späteren Sachen identifiziert er sich weniger mit den Parteien, die er zu vertreten hat.

Selten wohl hat ein junger Jurist so großartig zu praktizieren begonnen. Der Vater studierte als geheimer Referendar die Akten und legte sie zur Ausfertigung vor, welche dann mit jener ihn zur Bewunderung hinreißenden Leichtigkeit erfolgte. Goethe aber hat damals offenbar nur deshalb die Advokatur zu betreiben angefangen, weil er den alten Herrn so lange zufriedenstellen wollte, bis er mit sich selber einig wäre, wohin er sich wenden könnte.

Die Art und Weise, wie er in „Dichtung und Wahrheit" über seinen Vater geurteilt hat, ist ihm zum Vorwurfe gemacht worden. Goethe aber, indem er seine Erlebnisse rekapitulierte, um sie der Welt als Kunstwerk mitzuteilen, wog im Hinblick auf seine Aufgabe ab, welche Stellung den verschiedenen Erscheinungen gebühre, durch die hindurch sein Weg gelaufen war, und wie man sie zu fassen habe, um ihnen die darstellbare Seite abzugewinnen. Er war längst zu der Erkenntnis gekommen, daß, wo es sich darum handelte, einen Menschen als historische Tatsache zu geben, nur sehr weniges bei ihm der Erwähnung würdig sei. Ein Mann kann die vorzüglichsten Eigenschaften besessen haben, ohne daß aus ihrer Harmonie ein Ton herausklänge, der sich als das eigentlich Charakteristische für die Kenntnis der Nachwelt fixieren ließe. Dagegen kann ein Mensch durch Handlungen, welche weder die ihm gebührende Ehre vermehrten noch überhaupt, um getan zu werden, besonderer Kräfte

bedurften, denen aber ein gewisses Leben an sich innewohnt, Gestalt gewinnen. Er muß sich gefallen lassen, nur
auf diese eine Seite seiner Tätigkeit hin geschildert zu werden, während der Rest, vorzügliche Betätigungen einer
edlen Denkungsart vielleicht, in Dunkelheit versinkt. Als
Goethe seinen Vater schilderte, faßte er ihn aus den Erfahrungen heraus, die er selbst, alternd und sich beobach-
tend, an der eignen Natur gemacht. In jüngeren Jahren
hatte er einmal in einem Briefe an die Fahlmer, der er über
seine Eltern offen reden konnte, im Hinblick auf seinen
Vater ausgerufen: „Bin ich denn selbst vom Schicksal dazu
bestimmt, so kleinlich zu werden?" Später aber mußte er in
der Tat an sich manches von der pedantischen Richtung
seines Vaters gewahr werden. Das Registrieren war ihm
von dieser Seite her überkommen. Das Sammeln, das Aufheben von Kleinigkeiten. Der Vater treibt den Sohn, An-
gefangenes zu vollenden; weniger aus Interesse an der
Sache als aus Ordnungsliebe. Er klebt seine unfertigen
Zeichnungen auf und umzieht sie mit Rändern. Wir werden sehen, wie diese Neigung zu äußerlicher Ordnung auf
Goethe übergehend sogar eine eigne literarische Form auf
dem Gewissen hat, denn das Einschachteln, durch das „Wilhelm Meisters Wanderjahre" zuletzt ein so umfangreicher
Roman wurde, muß auf diesen Ordnungstrieb zurückgeführt werden, und vielleicht steht sogar die dissolute
Form des „Faust" mit ihr im Zusammenhang.
Goethes Vater freilich hatte kein geistiges Element in sich,
an dem seine Schwächen sich so zu Stärkeseiten umbilden
konnten. Er quälte sich mehr und mehr mit den Äußerlichkeiten des Daseins. Er war in allem, was Geldausgeben anlangte, peinlich, zuletzt krittelig. Endlich zwang er seinen
Sohn sogar, den freien Verkehr mit ihm aufzugeben und
das, was mitgeteilt werden sollte, in bedachter Weise erst
zurechtzulegen, um nicht auf hemmenden Widerspruch zu
stoßen. Sollte vom Alten etwas erlangt werden, so mußten

besonders präparierte Briefe deshalb verfaßt werden. In dem kleinen Gedicht, in welchem Goethe sein eignes Wesen auf Vater und Mutter zurückführt, gibt er als Erbschaft von seiten des Vaters „die Statur" und „des Lebens ernstes Führen" an.

In demselben, aller Welt bekannten Verse wird dann als das, was Goethe „Mütterchen" zu verdanken hatte, von ihm die „Frohnatur" genannt und „die Lust zu fabulieren". Damit ist in der Tat erschöpft, was Goethes Mutter, „die Frau Rat", auszeichnete.

Frau Rat hatte das Zeug, zu einer historischen Person zu werden. Goethes Vater ist uns entbehrlich: wir brauchen ihn nicht, um in Gedanken Goethe zu konstruieren; die Mutter aber ist unzertrennlich von ihm. Sie bildet einen Teil seines Wesens. Sie verstand ihn von Anfang an. Sie ahnte ihn. Alles, was Goethe Herrliches erfüllt hat, entsprach vielleicht nur einem Teile noch größerer Erwartungen, welche diese Frau hegte.

Wer aber auch ist so sehr berufen und befähigt, das Schöne und Hoffnungsreiche in einem andern zu sehen, als eine Mutter, die ihren Sohn beurteilt? Der elendeste, verstoßenste Mensch: ein paar Augen haben ihn einmal schön gefunden und hatten ein Recht dazu. Welche Scharfsichtigkeit, welche zukünftigen Königreiche nun aber erst, wo Vorzüge wirklich vorhanden sind! Und nun müssen wir sagen, daß Goethes Mutter Extragaben für ihre Mission empfangen hatte. Sie war eine geniale Natur. Eine unverwüstliche Lebenskraft stand ihr zu Gebote und eine festgestempelte Eigentümlichkeit in jeder Gedankenwendung, die mit wachsenden Jahren nur zunahm.

Sie war ihrer Zeit mit Goethes Vater, wie man sagt: verheiratet worden. Sie trat ein als treue Genossin und Wirtschafterin eines Mannes, dessen Beschäftigungen und Individualität ihr gleichgültig waren. Wir sehen sie erst glücklich werden und gleichsam mehr und mehr aufwachen in dem Maße, als sie dahinterkommt, was für einen Riesen sie in ihrem Sohne zur Welt gebracht hat. Sie versteht Goethes Natur völlig; in ihren Inkonsequenzen zumeist, weil sie eine Frau war. Sie verteidigte ihn. Sie vermittelt dem Vater gegenüber. Die Erfolge, die sie niemals überraschen, erfüllen sie mit unbeschreiblichem Stolze. Als Goethe dann für immer nach Weimar ging, von seinem Vater aber noch abhängig blieb, ließ er seine Mutter gleichsam als Kommandant eines Platzes zurück, der besetzt gehalten werden mußte. Dort thront sie als Generalbevollmächtigte und zieht für sich ihre Prozente von allen Ehren ein, die dem großen Goethe zuteil werden. Sie meldet ihm später nach Rom, seine Frankfurter Freunde hätten gesagt: „Wir waren ja alle doch nur seine Lakaien." Aber sie sollten alle gut bei ihr zu essen bekommen, wenn Goethe wiederkomme. Ihm zu Ehren hielt sie bei sich Tafel für seine durchreisenden Freunde, die bei ihr vorsprachen, als ginge das nicht anders.

Besonders aber tat sie sich auf, als der Vater endlich gestorben war. Schon 1779 hatte Goethe auf der Durchreise durch Frankfurt, während die Mutter in alter Kraft und Liebe wirkte, den Vater „stiller" gefunden. 1782, zehn Jahre also nach der Zeit, von der jetzt die Rede ist, schreibt Merck an einen Freund: „Goethes Vater ist ja nun abgestrichen, und die Mutter kann endlich Luft schöpfen." Daran ließ es Frau Rat dann auch nicht fehlen. Jetzt, Herrin ihres Vermögens und ihrer Zeit, begann eine neue Entwicklung.

Ihre Gesundheit war wie von Eisen. Sie „tat alles gleich frischweg und verschluckte den Teufel, ohne ihn erst lange zu begucken". Das alte Haus wird, mit Einwilligung des Sohnes, verkauft und eine neue Wohnung bezogen. Erste Bedingung beim Mieten: es darf ihr kein Geschwätz wiedererzählt werden. Dagegen alles Neue, Große, Weltbewegende, besonders alles literarisch Bedeutende fängt sie be-

Johann Caspar Goethe

Katharina Elisabeth Goethe

Das Goethehaus vor dem Umbau

Das Goethehaus nach dem Umbau

gierig auf. Das ist ihr eine „Wollust". Sie urteilt dann über die Dinge ungeniert und treffend. Sie war breit und stattlich und trug imponierende Hauben. Sie hatte immer einen Kreis von jungen Mädchen um sich, die ihr mit schwärmerischer Liebe anhingen. Im Theater saß sie in ihrer eignen Loge und applaudierte, als geschehe es in Goethes speziellem Auftrage. Von dort aus präsentierte sie ihre kleinen Enkelkinder dem Publikum. Am schönsten und wahrhaftigsten, im Sinne von „Dichtung und Wahrheit", ist sie von Bettina beschrieben worden. Es gibt viele Briefe von ihr, unbefangen und lebendig abgefaßt, rechte Großmutterbriefe, und kein totes Wort darin.

Wichtiger aber als Vater und Mutter, Frankfurt und juristische Praxis wird für Goethe nach der Straßburger Zeit jetzt die Bekanntschaft mit einem Manne, der einen Einfluß auf ihn gewinnt, wie ihn nur Herder gehabt hatte: Merck in Darmstadt.

Durch Herder war Goethe nach Darmstadt gewiesen worden. In Darmstadt lebte Karoline Flachsland, mit der Herder sich verlobte, noch ehe er nach Straßburg ging. Fräulein Flachsland — damals hieß es: die Flachsland, oder Demoiselle Flachsland — gehörte zu einer Gesellschaft, welche sich mit den Darmstädter Hofkreisen berührte, im Sinne der damaligen Zeit hochgebildet, eine Gesellschaft etwa, wie sie Jean Pauls Romane schildern. Ein Vorwalten der geistigen Existenz, ein Schweben in höheren Anschauungen, eine auf das Innere gerichtete Energie und mit alledem eine Einfachheit und Zuversicht verbunden, wie die heutige Welt sie nicht mehr besitzen kann. In diesen Kreisen wurde Goethe bald heimisch, und hier trat er zuerst als Dichter und nichts weiter auf. Hier fand er Merck. Einen jüngeren Mann, aber viel älter als Goethe, Beamten, noch nicht lange in Darmstadt ansässig; was seine Vergangenheit anlangt: niemand wußte recht zu sagen, was er vorher betrieben hatte.

Ich habe für Goethe auch den Titel eines Historikers beansprucht. Ich hatte dabei nicht etwa daran erinnern wollen, daß Goethe einmal die Absicht hegte, die Geschichte Bernhards von Weimar zu schreiben, für die er sich bis zu einem gewissen Grade in die weimarischen Archive einarbeitete; ich meine damit auch nicht, daß Goethe sich, wie er getan hat, mit systematischem Studium eine quellenmäßige Kenntnis der allgemeinen Historie zu verschaffen suchte; sondern ich habe folgendes im Auge. Zwei Dinge machen den Historiker: daß die Ereignisse der Vergangenheit in organischem Zusammenhange sich ihm vor die Blicke stellen, und daß er die Fähigkeit besitze, künstlerisch wiederzugeben, was er so sieht. Beides war Goethe eigen. Wir brauchen nur die Einleitung zu seiner „Farbenlehre" durchzulesen, um zu gewahren, wie die historische Methode als die natürliche in ihm lag. Wir dürfen nur „Dichtung und Wahrheit" auf Komposition und Sprache hin untersuchen, um zu beobachten, wie hier mit bewußt angewandter Kunst die memoirenhafte Darstellung durchgeführt worden ist.

In „Dichtung und Wahrheit" nun hat Goethe eine Reihe von Charakteristiken so gänzlich hineingearbeitet, daß man ihnen neben dem übrigen Texte keine besondere Aufmerksamkeit widmet. Für sich betrachtet aber treten sie als Meisterstücke hervor, und es zeigt sich in ihrer Behandlung eine Anlehnung an römische Muster, daß diese Partien, von jemand, der die Wendungen des Tacitus im Gedächtnisse hätte, ins Lateinische übertragen, uns wie taciteische Fragmente anmuten würden. Während Johannes von Müller eine äußerliche Nachahmung versuchte, derentwegen er schließlich Spott ertragen mußte, hat Goethe sein Studium seiner Vorbilder durchaus versteckt. Hören wir, wie er über Merck sich ausspricht:

„Von seiner früheren Bildung wüßte ich wenig zu sagen. Mit Verstand und Geist geboren, hatte er sich sehr schöne Kenntnisse, besonders der neueren Literaturen, erworben und sich in der Welt- und Menschengeschichte nach allen Zeiten und Gegenden umgesehn. Treffend und scharf zu urteilen, war ihm gegeben. Man schätzte ihn als einen wackern, entschlossenen Geschäftsmann und fertigen Rechner. Mit Leichtigkeit trat er überall ein, als ein sehr angenehmer Gesellschafter für die, denen er sich durch beißende Züge nicht furchtbar gemacht hatte. Er war lang und hager von Gestalt, eine hervorspringende spitze Nase zeichnete sich aus, hellblaue, vielleicht graue Augen gaben seinem Blick, der aufmerkend hin- und widerging, etwas Tigerartiges. In seinem Charakter lag ein wunderbares Mißverhältnis: von Natur ein braver, edler, zuverlässiger Mann, hatte er sich gegen die Welt verbittert und ließ diesen grillenkranken Zug dergestalt in sich walten, daß er eine unüberwindliche Neigung fühlte, vorsätzlich ein Schalk, ja ein Schelm zu sein. Verständig, ruhig, gut in einem Augenblick, konnte es ihm in dem andern einfallen, wie die Schnecke ihre Hörner hervorstreckt, irgend etwas zu tun, was einen andern kränkte, verletzte, ja was ihm schädlich ward. Doch wie man gern mit etwas Gefährlichem umgeht, wenn man selbst davor sicher zu sein glaubt, so hatte ich eine desto größere Neigung, mit ihm zu leben und seiner guten Eigenschaften zu genießen, da ein zuversichtliches Gefühl mich ahnen ließ, daß er seine schlimme Seite nicht gegen mich kehren werde."

Mercks Einfluß auf Goethe, von dem dieser selbst sagt, daß er der „größte" gewesen sei, ist deshalb so auffallend, weil Goethe Merck ausdrücklich das „Positive" abspricht. Goethe kommt im höchsten Alter, als Merck längst der Erinnerung der Menschen entrückt war, auf ihn zurück. In den Unterhaltungen mit Eckermann ist anfangs nicht, später mehrfach von Merck die Rede. Was konnte Goethe daran liegen, Eckermann, dessen Fähigkeiten er genau kannte, über einen seltsamen Menschen aufzuklären, den er doch niemals verstanden hätte? Sicherlich hatte Mercks Charakter etwas,

das Goethe bis zuletzt neu zu denken gab und nach einer
Auflösung verlangte. Goethe sagt einmal zu Eckermann:
ein solcher Mensch, jetzt, 1830, auf die Welt kommend,
würde gar nicht mehr das werden können, was er gewesen
ist. Dies scheint mir jedoch nicht das Wichtigste bei Merck,
sondern das Problem beunruhigte Goethe offenbar, daß ein
Mann wie Merck, bei durchdringendem Verständnisse der
Menschen und der Dinge und bei entschiedenem persönlichen Einwirken auf andere und auf ihn selbst, trotzdem, mit dem höchsten Maß gemessen, gleich Null war.
Goethe spricht dies hart aus. Er verneint jetzt ausdrücklich,
daß Merck „edel" gewesen sei. Wir wissen, wieviel bei
Goethe mit dem Begriffe zusammenhing, den er mit diesem
Worte deckte.

Dem Edlen setzt Goethe das Gemeine (Banausische) entgegen, und das ist das Diabolische bei Mephistopheles, daß
ihm das Positive, Schöpferische aus eigner Initiative abgeht
und er trotzdem Faust so unentbehrlich ist; daß er, um
wirksam zu sein oder überhaupt nur zur Erscheinung zu
kommen, sich zu einem Gedanken erst in Gegensatz bringen muß, den ein andrer hegt. Fehlt dieser Stoff, so kommt
sein Geist nicht ins Phosphoreszieren und ist so gut, als
wäre er nicht vorhanden.

Goethe notiert einmal in seinem Tagebuche, Merck sei „der
einzige, der ganz erkenne, was er (Goethe) tue". Nirgends
aber drückt er jemals Sehnsucht nach ihm oder nur Respekt
vor ihm aus. Er überschaut ihn in seiner Hohlheit von Anfang an, kann ihn aber als unbestechlichen Spiegel der Erscheinungen, wie sie sind, nicht entbehren. Merck ist wie
ein vorzügliches Lexikon, in dem sich über jedes Wort Auskunft findet, während zugleich das alles gewährende Buch
nicht einen einzigen Gedanken um seiner selbst willen
enthält.

Es ist behauptet worden, Merck sei gegenüber dem, was
Goethe über ihn sagt, nicht zu seinem Rechte gelangt. Es

läßt sich nicht leugnen: Goethe spricht mit Härte von Merck, sosehr er zugleich die Verpflichtungen eingesteht, die er gegen ihn hat. Hätte Goethe als jüngerer Mann, im augenblicklichen Gefühle dessen, was Merck bei seinen Lebzeiten ihm war, ihn darstellen sollen, so würde er vielleicht in einem Tone geschrieben haben, der jener Tagebuchnotiz mehr entsprach. Zu der Zeit, wo er „Dichtung und Wahrheit" schrieb, mußten die Gesichtspunkte künstlerischer Art, von denen bei der Charakterisierung des alten Rates Goethe die Rede gewesen ist, den Ausschlag geben. Goethe erkannte, daß Merck, nachdem seine wirkende Persönlichkeit und der Kreis derer, die sie gekannt und verstanden hatten, hinweggegangen war, nur noch in den Elementen fortexistierte, die er für Mephistopheles geliefert hatte: in der persönlichkeitslosen Kritik, in der energischen Verkörperung des Geistes, dessen einzige Macht ist, zu verneinen. Hätte Goethe bei seiner Porträtierung Mercks nicht hieraufhin die Farben gewählt, so würde aus seiner Schilderung eine sanfter gefärbte Erscheinung hervorgegangen sein, die jedoch in verschwimmenden Umrissen sich unter der Masse der übrigen guten und braven Menschen verloren hätte, welche damals zu Millionen in Deutschland lebten (wie sie heute tun), aber die viel zu weich sind, um auf den Erztafeln der Geschichte auch nur den leisesten Ritz zu hinterlassen. Das Erstaunlichste bei der von Goethe gegebenen Charakteristik Mercks ist, daß neben dem Bilde einer durchaus eigenartigen Individualität, von der man glauben möchte, es habe nie ein zweites Exemplar dieser Art gelebt, eine allgemein typische Gestalt aus Merck geworden ist, mit der mancher Charakter zusammenfallen möchte, dem man im Leben begegnete und dem gegenüber man selber vielleicht sich in ähnlicher Lage fühlte.

Mögen jetzt, wo Mercks Unsterblichkeit durch Goethe auf diesem Wege gesichert worden ist, wohlwollende Menschen ihn in Schutz zu nehmen und seine Ecken abzuglätten

suchen. Wer aber, was Goethe über ihn gesagt hat, überhaupt ausgelöscht zu sehen wünschte, würde Mercks Angedenken auf Nimmerwiedersehen unter das Eis stoßen.
Merck also war das Zentrum des Darmstädter Kreises.
Solche Gesellschaften fühlen sich erst recht vereinigt, wenn
einer unter ihnen, auf dessen Urteil man absolutes Vertrauen setzen darf, sich als unbarmherziger Kritiker auftut. Dies war die Rolle Mercks in Darmstadt, bald auch in
Frankfurt, wo er mit Goethes Eltern bekannt wurde. In
Mercks Druckerei, in Langen bei Darmstadt gelegen, wurde
später der „Götz" gedruckt, und das Haus hat seine Denktafel erhalten, ebenso wie eine Felseninschrift am Herrgottsberge im Bessunger Walde die Stelle bezeichnet, wo
Goethe im Kreise seiner Darmstädter Freunde und Freundinnen 1772 den „Felsweihgesang an Psyche" dichtete.
Diese Erlebnisse sind in „Dichtung und Wahrheit" behaglich geschildert, während die Briefe der Flachsland noch
feinere und momentanere Schilderungen einzelner Tage
hinzufügen.
Sie beschreibt, wie man zusammen las, spazieren ging,
schwärmte, Punsch trank — ein Getränk, das als eine Art
Nektar zweiter Klasse sich überall von selbst verstand, wo
die Götter dieser Erde damals beieinander waren —, wie
man zusammen tanzte, schließlich auch sich küßte. Karoline
Flachsland ist nicht nur, was jene Darmstädter Tage anlangt, eine wichtige Persönlichkeit für Goethe gewesen, als
Herders Frau ist sie ein langes Leben hindurch neben Goethe
hergegangen und gehört zu den Frauen, die ihm am meisten zu schaffen gemacht haben. Die Mischung erhabener
Leidenschaftlichkeit und platter, wohlberechnender Realität, die ihren Charakter bildete, ergab, alles in allem betrachtet, ein unerfreuliches Fazit. 1772 jedoch, jung, energisch und gehoben durch das Bewußtsein, von einem der
ersten Männer Deutschlands geliebt zu werden, gereichte
ihr stürmisches Wesen ihr eher zum Vorteile. Sie war

Goethes besondere Freundin, nahm ihn gegen Herder in
Schutz und machte ihm die Honneurs in Darmstadt, wo
man ihn auf Merck und die Flachsland hin als einen Menschen ansah, der, anders und besser als die übrigen, ein
Recht hatte, als etwas Besonderes aufzutreten. Auch seinen
Kummer über Friederike durfte er in Darmstadt aussprechen. Er schreibt, wie er auf dem Wege nach Darmstadt,
den er zu Fuß zurücklegte, durch Sturm und Wetter fortschreitend, sich die Gedichte vorsagte, die ihm als unmittelbare Erzeugnisse des Augenblickes auf die Lippen kamen.
Wanderers Sturmlied ist so entstanden: „Wen du nicht ver-
lässest, Genius" —, und viele seiner schönsten Verse sind
damals gedichtet worden. Aus wenig Epochen dagegen
mangelt uns so sehr die Korrespondenz: vom November
1771 bis Juli 1772 sind höchstens fünf Briefe erhalten.
Wohl fast alle seine an Merck gerichteten Briefe dieser Zeit
sind vernichtet. Es ging eine Veränderung mit Goethe vor:
seine alten Brieffreunde waren abgetan, neue noch nicht
gewonnen. Für Herder war er immer noch zu jung. Herder
hatte andere Leute, denen er sein Herz ausschütten konnte.
Ihm lag daran, Verbindungen zu pflegen, durch die er eine
Professur erhalten könnte, da es ihm in Bückeburg nicht
gefiel. Hätte die Flachsland nicht zwischen Goethe und
Herder gestanden, so hätten sie sich damals vielleicht für
immer gegenseitig abgeschüttelt. Herder scheint ein Vorgefühl dessen gehabt zu haben, was das Schicksal später
fügte; als könne die Wucht des Goetheschen Geistes ihn
einmal zu Boden drücken. Im Spotte nennt er Goethe in
seinen Briefen damals bald „zu spatzenmäßig", bald doch
wieder den „großen Goethe". Solche Witze macht man
nicht aus freier Luft.
Aber Herder konnte auch aus der Ferne Goethe nicht mehr
beurteilen. Als sie sich trennten, hatte Goethe noch viel
von dem gefehlt, was jetzt, nach dem Abschlusse der Straßburger Zeit, als ein Geschenk des Himmels über ihn ge-

kommen war. „Faust" und „Götz" wurden in Straßburg noch als Kontrebande betrachtet; das Studieren ging vor. Auch in Frankfurt mußte angesichts des Vaters die erste Zeit der Schein bewahrt bleiben, als sollten Prozesse geführt werden. Aber mit seinen literarischen Plänen im Kopfe stand er auf und ging er zu Bette. Es breitet sich nach der Rückkehr ins väterliche Haus seine Existenz bald in solchem Umfange aus, daß ihm selber, als er in „Dichtung und Wahrheit" zur Darstellung dieser Epoche kam, der chronologische Faden riß, an dem sich bis dahin die Ereignisse leicht aufreihen ließen. Goethe, in dessen Geiste jetzt eine unermeßliche Gedankenproduktion sich entfaltet, der auf Schritt und Tritt mit neuen Menschen in Berührung kommt, und zwar mit den bedeutendsten, die in Deutschland zu finden waren, der zugleich alles Neuerscheinende liest und sich assimiliert, verläßt die gewöhnlichen Wege und entweicht vor unserer Betrachtung wie in die Lüfte. Wer wollte auch unternehmen, einen Menschen von solcher Kraft in der Zeit seiner blühendsten Entwicklung ausreichend zu schildern, in der selbst die mit gewöhnlichen Gaben Ausgerüsteten den Anschein außerordentlicher Begabung anzunehmen pflegen? Würden alle jungen Mädchen das, was die meisten zwischen 16 und 18 Jahren zu werden scheinen, hielten alle jungen Männer, was viele zwischen 20 und 25 versprechen, so ständen Schönheit und Geist und Genialität und unerschöpfliche Lebenskraft in späteren Jahren nicht in so großem Ansehen. Ein Glück, daß jeder im Genusse dieser Lebensblüte an ihre Unendlichkeit glaubt. Diesen Glauben an die eigne unerschöpfliche Jugendkraft müssen wir in entsprechender Stärke hinzunehmen, um uns ein Bild zu machen von Goethes außerordentlicher Erscheinung in den Jahren, welche nun beginnen und deren steigender Reichtum in der Tat niemals ein Ende nahm. Herder wußte wohl, daß es Menschen geben könne, die auf so wunderbare Weise über den Rest

der Menschheit erhoben werden, allein als eine kritische
Natur konnte er sich nicht entschließen, ohne die entschei-
dendsten Proben und aus der Ferne, Goethe zuzugestehen,
daß er das Recht besitze, als ein solcher Liebling der Vorsehung einherzuschreiten. Diese Probe nun aber sollte geliefert werden. Goethe schrieb den „Götz von Berlichingen". An der Art und Weise, wie Herder das Stück aufnahm, läßt sich das verfolgen, was in bezug auf Goethe
damals Herders Bekehrung genannt werden könnte.
Von „Götz" muß jetzt die Rede sein.

„Götz von Berlichingen" war Goethes erste Frankfurter
Arbeit. Es ist Goethes erste große Dichtung, die ihn innerhalb Deutschland „mit einem Schlage" zum ersten Dichter
erhoben hat. Mit „Götz" traf er mitten ins Schwarze, und es
konnte von Rangstreitigkeit nicht mehr die Rede sein. Es
wurde ihm als demjenigen gehuldigt, der die erste Stelle
einnehme, und zwar ehe noch sein Name bekannt geworden war; denn das Drama war anonym herausgekommen.
Gegner hatte Goethe jetzt nur noch in denen, welche ihn
beneideten, sich die Augen zuhielten, oder zu alt waren,
um zu empfinden, welche Luft in dem Stücke wehte. So ist
Friedrich des Großen Urteil aufzufassen, von dem nicht zu
verlangen war, daß er Shakespeare und Goethe in seinen
ältesten Tagen noch schätzen lernte.
Um uns klar zu werden, was von Goethe hier geleistet worden sei, müssen wir ein paar Jahrhunderte europäischer
Bühnenentwicklung rasch durchschreiten. Goethes „Götz"
ist der erste gelungene Versuch, dem deutschen Volke, dem
das Schicksal eine eigne Bühnenentwicklung versagen zu
wollen schien, dennoch ein historisches Drama zu schaffen,
kein Bühnenstück, sondern nur ein gelesenes Drama. Wir
werden sehen, inwieweit die heute im tadelnden Sinne gebrauchte Bezeichnung „Buchdrama" ihre Berechtigung und,
für uns Deutsche, ihre Geschichte hat.

Das moderne europäische Theater ist keine autochthone
Schöpfung der modernen Zeit, sondern nichts anderes als
das durch die Jahrhunderte hindurch in immer neu umge-
wandelter Gestalt bis auf uns fortgeführte antike Theater.
Dieselbe Kontinuität und legitime Erbfolge, die wir bei
Dichtkunst, Malerei, Bildhauerei, Rechts- und Staatseinrichtungen beobachten, waltet auch hier. Die griechische Bühne
wird von den Römern aufgenommen, sowohl im eigenen
Idiom beibehalten als im lateinischen nachgeahmt, und
macht die Schicksale des römischen Reiches, erst blühend,
dann stagnierend, dann herunterkommend und endlich nur
fortvegetierend, mit durch. Nie aber wird überhaupt aufgehört, Tragödie und Komödie zu lesen und zu spielen,
ebensogut wie immer lateinisch und griechisch gesprochen
wird. Im 5. Jahrhundert, als die Goten Gallien eroberten,
delektiert sich der gallisch-römische Apollinaris Sidonius,
der ein christlicher Geistlicher war, mit seinen Freunden
am Menander, und unter Goten, Franken und Vandalen
werden immerfort nach dem Muster des Virgil Hexameter
gebaut, nach dem des Sueton Historien geschrieben und aus
dem Terenz Gespräche gelernt. Einhards Geschichte Karls
des Großen ist meist aus Suetonischen Phrasen zusammengesetzt. Terenz' und Plautus' Komödien, die die echt griechische Bühne in sich tragen, sind sicherlich in allen Jahrhunderten in Italien gespielt worden. Das römische Theater ist durch die trübsten Jahre Italiens — in denen aber
doch wohl jeden Frühling die Rosen blühten und jeden
Herbst Wein gekeltert wurde — armselig und lebendig
durchgerettet worden, um in der Zeit dann, wo die klassische Bildung in jungen Trieben, erst ganz bescheiden,
dann immer üppiger neu auszuschlagen begann, an der allgemeinen Renaissance teilzunehmen. Im 15. Jahrhundert
gehören Aufführungen klassischer Stücke, bei oft kostbarem
szenischen Luxus, zu dem Hergebrachten, und im 16., dem
Raffaels und Ariosts, erheben sich die italienische Komödie,

Tragödie und Oper. Um die Mitte dieses Jahrhunderts etwa hatte sich schließlich ein besonderer italienischer Schauspielerstand mit dazugehöriger Literatur gebildet, und es begannen organisierte Banden von Komödianten die Länder des übrigen Europas, wo glänzende Höfe waren, zu bereisen.

Das aber konnten nur drei Länder sein: Spanien, Frankreich und England. Deutschland hatte keine Hauptstadt und keinen im Sinne der anderen Nationen gebildeten Adel. Dies die erste Ursache, warum sich die Bühne bei uns nicht entfaltete wie anderswo.

In jedem jener drei Länder entstanden aus dem Zusammenstoße italienisch-klassischer Bühnenpraxis und der bereits vorhandenen Anfänge inländischer dramatischer Kunst, über die hier zu sprechen unnötig ist, eigne nationale Bühnen mit bedeutenden Dichtern. Dies ist der Boden, auf dem in Spanien Lope de Vega und Calderon, in England Shakespeare aufkamen, während Italien und Frankreich Namen von Bedeutung anfangs nicht aufzuweisen haben. Um die Mitte des 17. Jahrhunderts jedoch übernahm Frankreich die Führung. Corneilles Jugendarbeiten gehören noch der eben charakterisierten Richtung an, dann erhob er sich zu seiner eignen glänzenden Manier und zog Molière und Racine nach sich, und damit war, wie in Dingen der Politik und des Geschmackes und der Gelehrsamkeit überhaupt, die Suprematie des französischen Dramas entschieden. Überall wird es nachgeahmt, und um 1700 etwa ist seine Oberherrschaft eine dermaßen vollendete Tatsache, daß in ganz Europa von Gelehrten wie vom Publikum als ausgemacht angenommen wird, es sei selbst die griechische Tragödie von der französischen in Schatten gestellt worden. Als dann gar die erste Tragödie Voltaires erschien, der dem Urteile seiner kompetentesten Zeitgenossen zufolge Corneille und Racine samt den Griechen übertroffen hatte, schien eine derartige Höhe erreicht, daß weitere Sprossen dieser Leiter überhaupt undenkbar wurden. Die maßgebende Überzeugung vom höchsten Werte des hier nun endlich Erreichten stimmt zu den übrigen Symptomen äußerster Zufriedenheit mit sich selber, die wir bei anderer Gelegenheit bereits als das Charakteristische der ersten Hälfte des 18. Jahrhunderts erkannten.

Nun aber auch hier der Umschwung.

Derselbe Voltaire, der das Bestreben hätte haben sollen, die Überzeugungen seiner Mitmenschen, die ihm einen so hohen Rang zuerteilten, unerschüttert zu lassen, war auch der große Zerstörer des geistigen Zustandes, auf dem seine Herrschaft beruhte. Voltaire ist kein Mensch zweiten Ranges gewesen, der mühsam berechnete, was seiner Berühmtheit zuträglich sein dürfte. Er stand zu hoch, um so kleinlich zu sein. Er wollte vor allen Dingen vorwärts und rüttelte die alte Maschine zusammen, ohne an sich zu denken. Er bereitete die Umänderung der Gesinnungen Europas vor, die in allen Richtungen menschlich geistiger Tätigkeit nun sich geltend machte. Die Bühne war damals ein zu wichtiger Faktor des öffentlichen Lebens, um nicht auch in erster Linie berührt zu werden. Auch hier wollte man Rückkehr zur Natur, war man der allgemeinen, über den Zeiten und Naturen stehenden Helden müde und verlangte bestimmte nationale, historische Charaktere. Voltaire, den man mit Unrecht den Verkleinerer Shakespeares genannt hat (den er natürlich nur so weit verstand, als er ihn in seiner Zeit verstehen konnte, und über den er freilich mit derselben hochmütigen Sicherheit urteilte, wie er es über Corneille tat), hat zuerst Shakespearische Gestalten in den Rahmen der bisherigen, mustergültigen französischen Tragödie hineinzupassen gesucht und den Umschwung herbeigeführt, welcher in Frankreich durch die Bekanntschaft mit der englischen Bühne, wie diese vor der Alleinherrschaft der französischen bestanden hatte, Platz griff.

Denn war auch in England die sogenannte klassische Tragödie der Franzosen siegreich gewesen, so konnte doch nur ein Achtungserfolg errungen werden, und das alte englische Theater mit Shakespeare hatte sich nicht verdrängen lassen. Der dem englischen Volke eingeborene Realismus ließ das volksmäßig entstandene Drama nicht wieder untergehen. Man bewunderte die französische Form, genoß Shakespeare aber nach wie vor. Voltaire entdeckte mit Erstaunen, wie Shakespeare in Julius Cäsar eine politisch fast modern handelnde Figur hingestellt hatte, welche Seiten herauskehrte, die mittelst der französischen Tragödienpraxis gar nicht zu fassen waren. In dem Maße, als die englische Staatsphilosophie in Frankreich größeres Verständnis fand, wandte man sich in Paris der Nachahmung des englischen Dramas zu. Diderot schuf nach seinem Vorbilde die „comédie larmoyante", die Vorführung tragischer Stoffe im Kostüme der Gegenwart und in prosaischer Form.

Von Diderot empfingen wir jetzt in Deutschland den ersten Anstoß zur Bildung eines nationalen Theaters. Die „weinerliche Komödie" sagte uns zu. Eine Handlung, bei der zu Anfang Angst ausgestanden und zuletzt gelacht wird. In Frankreich spielte man nach den Tragödien eine Farce zum Lachen: das deutsche Publikum wünscht dies abschließende, beruhigende Wohlgefühl gleich aus dem Drama selber zu schöpfen. Wir wissen, was Lessing Diderot zu verdanken hatte.

Der Grund, warum sich bei uns kein nationales Theater bilden konnte, ist bereits ausgesprochen worden. Mehr als jede andere Kunststätte bedarf die Bühne, wenn sie sich zu höherer Existenz erheben soll, eines getreuen, die wirkliche Kritik des Volkes repräsentierenden Publikums. Nur wo das Theater von der unausgesetzten, feinsten Beobachtung der höher Gebildeten und zugleich von dem mehr oder weniger gereizten Beifallsgeschrei der Ungebildeten, welchen ihr wichtiger Anteil an der allgemeinen Kritik hier zuerkannt bleiben muß, kontrolliert wird und von ihr abhängt, kann es sich fruchtbringend entwickeln. Dies, soweit wir den Schauspieler in erster Linie in Betracht ziehen. Was den Dichter dagegen anlangt, so muß noch ein anderes Element hinzutreten, das ebenfalls nur große nationale Zentren zu liefern imstande sind: vor seinen Augen muß sich wirklich politisches Leben in handelnden Charakteren entfalten, deren Tätigkeit nicht weniger offenbar ist und der Begutachtung dieses selben ausgebreiteten Publikums unterliegt. Woher anders sonst soll er Vorbilder für seine Gestalten nehmen? Die Helden Corneilles sind die der Frondekriege, die Racines die siegreichen Prinzen des königlichen Hauses in den ersten berauschenden Feldzügen Ludwigs XIV., die Figuren Molières lieferte der Adel von Paris und Versailles, dessen glänzende und schwache Seiten vor aller Leute Augen sich breit machten und über die Spott und Bewunderung in aller Munde waren. In Madrid wiederum trat die ungeheure Betriebsamkeit der Habsburgischen Dynastie zutage, aus der trotz ihrer geheimen Wege kein Geheimnis zu machen war. Da wurden Günstlinge und Feldherren erhoben und gestürzt und jede Art menschlichen Schicksales auf den Markt gebracht. In London vor Shakespeares Augen ging es nicht anders zu. Überall handelte es sich um Leben und Tod der Höchsten wie der Geringsten. Und überall wußte man, daß die Interessen des Landes damit in Verbindung standen. Das Volk draußen war nicht bloß blinder Zuschauer. Es empfand mit. Es flüsterte sich zu, was nicht laut gesagt werden durfte; es konnte die Gewalttätigkeiten nicht verhindern, aber es war Zeuge von ihnen. In Frankreich ließ man die Leute verschwinden, in Spanien verbrannte man, in England enthauptete man. Der ganze furchtbare Männer- und Frauenapparat der englischen Geschichte bewegte sich vor Shakespeare durcheinander. Wenn Shakespeare den Tower auf die Bühne brachte, so wußte jeder Zuschauer, welchem großen Herrn zuletzt der Kopf darin abgehackt worden war. Der Dichter der damaligen Zeit hatte nur die Augen aufzumachen: wie in einem Aquarium mit gläsernen Wänden schwammen die großen und kleinen Tiere durcheinander, fraßen einander und ließen sich beobachten. Um jede Straßenecke herum kam ihm Adel und Volk entgegen, wie er es für seine Stücke brauchte.

Was aber stand einem deutschen Dichter zu Gebote? Unsere Zentralstellen geistiger und politischer Bewegung, soweit sie damals noch existierten, setzten niemals alle Klassen des Volkes in Bewegung. Es gab keine agierenden Massen. Das war kein echter nationaler Geist, keine wirkliche Politik, die im 18. Jahrhundert bei den Wienern oder Dresdener Intriguen an den dortigen Höfen zutage traten, auch wenn ganz Dresden oder Wien auf der Straße daran teilzunehmen schien. Die wirklichen Entscheidungen verhüllten sich. Unsere Dichter konnten nirgends das Volk in einer folgenreichen Bewegung sehen, wo vor ihren Augen historisches Korn aufgeschüttet und gemahlen und das Brot geknetet und gebacken worden wäre, von dem hoch und niedrig leben mußte. Sie hatten, wenn sie Helden schaffen wollten, ihrer Phantasie nichts als gelesene papierene Helden zum Muster zu geben, und es kamen papierene Helden wieder zum Vorschein.

Nur Lessing war es vergönnt gewesen, in seiner Weise ein Stück Welt zu sehen. Er hatte das Lagerleben des Siebenjährigen Krieges vor sich und arbeitete als Schriftsteller in dem Berlin Friedrichs des Großen um das tägliche Brot. Er mußte sich mit saurer Mühe durchschlagen, aber er ging nicht zugrunde, sondern er kam empor. Es lag etwas Vornehmes in Lessings Natur und in seinem Auftreten, das er durchgeführt hat. Lessing war der erste, der, ausgerüstet mit der Kenntnis der französischen, spanischen und englischen Bühne, soweit ein Gelehrter zu Hause sie erwerben kann, zugleich die Erfahrungen erworben hatte, die das

damalige elende deutsche Theaterleben gewähren konnte.
Er schrieb „Minna von Barnhelm", ein Stück, dem all das
zugute kam. Die erste volle deutsche Bühnenschöpfung nach
dem Chaos.
Hier wurden dem Schauspieler Charaktere geboten, die sein
Herz herausforderten.
Trotzdem scheiterte Lessing in seinen Bemühungen. Wir
brauchen nur seine „Hamburgische Dramaturgie" anzusehen. Ein hoffnungsreiches Programm. Ein liebevoll müh-
sames Rezensieren der vorkommenden Aufführungen, dann
allmähliches Absehen davon, endlich nur literarhistorische
Untersuchungen. „Emilia Galotti", obgleich noch für die
Bühne zubereitet, wirkte nur als Lesedrama, und „Nathan"
wurde als solches ersonnen. Damit war die Probe gegeben:
Lessing, der am meisten Beruf zu ihr gehabt hatte, trennte
sich am offenbarsten von der deutschen Bühne und schrieb,
als er zum letzten Male die dramatische Form wählte, nur
ein Gedicht, für das er weder Schauspieler noch Parterre
bedurfte.

Goethes Laufbahn als Bühnenenthusiast, Bühnendichter,
Schauspieler in den eignen Stücken, Rezensent und Theaterdirektor läßt sich so genau verfolgen, daß darüber, wie über
alles, was in klaren Daten vorliegt, mit wenig Worten berichtet werden kann.
In Frankfurt verdankte er französischen Schauspielern die
ersten theatralischen Eindrücke. In „Dichtung und Wahrheit" bildet der Bericht darüber ein anmutiges Kapitel. In
Leipzig fand er Gottsched als den Vertreter der französischen Bühne, deren Produkte von ihm in Gemeinschaft mit
seiner Frau übersetzt wurden. „Die Mitschuldigen" zeigen
am besten, wie Goethe selber sich zu dem allen stellte.
Seine Übersetzung des „Menteur" von Corneille in Alexandrinern war damals eine ebenso natürliche Unternehmung,
als es heute bei einem angehenden Philologen natürlich ist,

wenn er griechische Hexameter, Chöre oder Horazische
Maße nachzubilden unternimmt. In Straßburg fiel Goethe
abermals dem französischen Theater anheim und lernte
nun vorzüglichere Schauspieler kennen. Dann aber geht
ihm jetzt Shakespeare auf, und zugleich macht die naive
Sprache des älteren deutschen Theaters Eindruck auf ihn.
Alles das jedoch rief keine Gedanken an die Bühne selbst
in ihm hervor. Er, der bei den „Mitschuldigen" das Bühnen-
hafte mit Sorgfalt herauszuarbeiten gesucht hatte, unternimmt den „Götz", indem er ihn ohne Plan und ohne Rücksicht auf die Szene wie einen dialogisierten Roman schreibt.
Goethe wollte nicht für die Bühne schreiben, die er vor
Augen gehabt hatte. Goethe hatte nicht einmal Hamburg
oder Berlin kennengelernt: ohne Lessings Erfahrungen
stellte ihn sein bloßes Gefühl auf Lessings Standpunkt. Er
empfand sich in bewußter Opposition zum Vorhandenen.
„Wir stecken noch völlig im Gottschedianismus drin", heißt
es in einem seiner Briefe, während am „Götz" gedruckt
wurde. Wir würden heute sagen: „wir lassen uns von der
gemeinen Bühnenroutine irreführen, richten uns nach dem,
was den Schauspielern erwünscht ist, suchen ihnen Akt-
schlüsse, Gelegenheit zu Kostümwechsel und dergleichen
zu verschaffen." Sich bei einem Werke der Begeisterung
solchen Anforderungen zu fügen, konnte ihm nie beikom-
men. Bei Goethe bedurfte es keines besonderen Entschlusses:
er konnte nur für die einzige Bühne schreiben, die jedermann sich still in seiner Phantasie aufschlug. In diesem
Sinne auch ist sein „Götz" aufgenommen worden. Goethe
hatte so sehr ein Gefühl davon, sich nur im allgemeinen
der dramatischen Form zu bedienen, daß er seine Dichtung
in der ersten Niederschrift nicht wie später den Titel „Schauspiel" gab, sondern die Wendung wählte: „Geschichte
Gottfriedens von Berlichingen mit der eisernen Hand,
dramatisiert."
Bei Goethes „Götz von Berlichingen" sind vier Lebensalter

der Arbeit in Betracht zu ziehen. Die anfängliche Konzeption in Straßburg, von der nichts Schriftliches erhalten blieb. Die erste Niederschrift in Frankfurt, im Manuskripte unbekannt liegend, bis sie erst nach Goethes Tode gedruckt wurde. Sodann die definitive Fassung des Stückes, wie es 1773 herauskam. Und, als letzter Zustand, die Versuche, das Stück für das Theater in Weimar zuzurichten.

In Straßburg bildeten sich nur die allgemeinen Grundlagen der Dichtung. Goethe war Gottfried von Berlichingens selbstgeschriebenes Leben, welches 1731 zu Nürnberg im Druck erschien, zu Gesichte gekommen. Er begegnete darin einem Naturprodukte, wie es ihm für seine damalige Stimmung gelegener nicht kommen konnte. Hier fiel ihm die reine literarische Unschuld so handgreiflich vom Baume herab, daß Rousseau die Schriftstellerei aus der Natur der Dinge einfacher nicht hätte herleiten können. Götz von Berlichingen, der bis in sein Mannesalter nichts gekannt hatte als das rauheste männliche Handwerk, sich in unendlichen Fehden herumzuschlagen, der nur in Pferden und Waffen Sachverständiger war, wird durch bindendes Urteil zu unfreiwilliger Muße verurteilt und setzt sich hin, um zu schreiben, was er von Kind auf erlebt habe. Seine einzige Absicht ist, dem Herzen Luft zu machen.

Das verstand Goethe. Seine Dichtungen kamen ja damals auf dieselbe Weise zur Entstehung. Er setzte sich an den Schreibtisch, ohne zu wissen, was werden sollte, und ließ die Feder laufen.

Götz also schreibt drauflos, wildes gesprochenes Deutsch, keine Syntax, keine Interpunktion, nur manchmal Pausen, wie man beim Erzählen innehält, um Atem zu schöpfen. Kein Druckenlassen in Aussicht, nicht einmal Mitteilen oder Vorlesen. Nur die dunkle Idee, seine Nachkommen sollen wahr und wahrhaftig erfahren, wie gut er es gemeint, wie ungerecht man ihn behandelt habe. Und so nun läßt er ein Abenteuer aufs andere folgen. Kein Zweifel,

daß er nicht für jedes Wort mit seiner eisernen Faust auf
den Tisch zu schlagen bereit gewesen: alles habe sich wahr
und richtig so begeben, wie er es jetzt darstelle, und er
wolle jedem Rede stehen, wer auch immer etwas dagegen
vorzubringen habe.

Geboren wurde Götz 1480 in Württemberg „zu Jaxthausen
an der Jaxt". Das Geschlecht blüht heute noch. Fünfzehn-
jährig ging er mit seinem Onkel auf den Reichstag zu
Worms. Er lernte früh, wie es auf diesen Reichstagen zuging, wo der Zank und Streit, der Deutschland erfüllte, die
Träger dieser Unruhe nur noch in persönlichem Zusammentreffen aufeinanderplatzen ließ. Bald tritt er dann in
Kriegsdienste, verschiedenen Fürsten schließt er sich an,
mancherlei Feldzüge macht er mit, immer als unabhängiger
Mann, der sich für seine Person die Kritik der Sache vor-
behält, für die er eintritt. Bei der Belagerung von Lands-
hut, im Landshutischen Erbfolgekriege, verliert er die eine
Hand und ersetzt sie durch eine kunstreich gearbeitete
eiserne.

Nun gebietet der Kaiser Landfrieden im Reiche. Diese Gebote aber waren von jeher illusorisch, weil die Händelsucht
der Fürsten und Ritter Frieden nicht aufkommen ließ. Und
so sehen wir Götz von Kampf zu Kampf ziehen, er wird gefangen und wieder losgelassen, geht wieder und wieder
drauflos und erwirbt sich den Namen eines der rechtlich-
sten und tapfersten Männer im Vaterlande. 1525 läßt er
sich bereit finden, die Stellung eines Oberanführers der
aufrührerischen Bauern zu übernehmen. Beim Ausgange
des Krieges wird er gefangen, jedoch wieder losgelassen,
wenn er sich stellen wolle. Er stellt sich in Augsburg, bleibt
zwei Jahre dort und beweist klärlich, den Oberbefehl der
Bauern nur übernommen zu haben, weil größeres Unheil
so verhütet werden konnte. 1530 wird er deshalb losge-
sprochen, aber unter Bedingungen! Er soll sich still auf
seinem Schlosse Hornberg halten, soll Mainz und Würz-

burg Genugtuung geben, wenn nicht, 25 000 Gulden bezahlen. Hierfür bringt er viele Bürgen auf und lebt fortan, wie er gelobt hatte. Noch einmal erhebt er sich, um 1541 Kaiser Karl Heerfolge gegen die Türken und hinterher gegen Frankreich zu leisten. Nach geschlossenem Frieden kehrt er nach Hornberg zurück, wo er, den 23. Juli 1562, als Zweiundachtziger seine Tage beschließt.

Dieser Lebenslauf bietet nichts Tragisches. Die Fahrten eines Reichsritters, der, nachdem er es sich und andern weidlich sauer im Leben gemacht, eines friedlichen Todes stirbt. Nicht anders vielleicht wäre Hutten gestorben, hätte ihn nicht seine allerdings tragische Krankheit vor der Zeit fortgerafft, und nicht anders ist Luther gestorben, der als der eigentliche Typus des tätigen, streitbaren, unverwüstlichen Deutschen des 16. Jahrhunderts vornan steht. Die Devise war damals: Gott helfe mir, ich kann nicht anders! und dann in der allgemeinen Verwirrung drauflos, solange die Kräfte reichten.

Man hat unserem Reformationszeitalter den Vorwurf gemacht, daß nichts Rechtes im ganzen geschehen, bei ewigen Kompromissen nichts Einheitliches zustande gekommen sei. Aber man sehe sich das Einzelne und die Einzelnen an: welche harten Köpfe und welche harten Fäuste! Und man betrachte und erwäge gerecht das Ganze: bei unablässigem Nichtweiterkönnen dennoch der schönste Fortschritt.

Was nun focht Goethe an, diesen langen, friedlich dem natürlichsten Tode entgegenschreitenden Lebenslauf durch einen tragischen Abbruch zu verwirren, von dem die Geschichte nichts weiß? Goethes Drama gibt mit beliebigen Zutaten und Fortlassungen Götzens Leben bis zum 30. Jahre vor seinem Tode: er läßt Götz bis nach Augsburg gelangen und dort oder, wie es im Stücke heißt: in Heilbronn im Gefängnisse sterben. Im Momente des Todes empfängt er die Nachricht des freisprechenden Urteils, allein zu spät. Im flagranten Verstoße gegen das Tatsächliche wälzt Goethe

durch diesen Abschluß dem deutschen Volk scheinbar den
Vorwurf auf, einen seiner besten Leute so untergehen gelassen zu haben. War das erlaubt?
Hier kommen wir auf ein wichtiges Kapitel: den Gegensatz zwischen historischer Treue und poetischer Wahrheit.
Warum ist gegen Goethe, obgleich man genau weiß und
wußte, daß sein Drama dem geschichtlichen Verlaufe nicht
entspreche, dennoch nie der Vorwurf erhoben worden, daß
er die Geschichte verfälscht habe?
Deshalb ist dies niemals geschehen, weil Goethe im „Götz“
ein so wahrhaftes Bild deutscher Männlichkeit und deutschen Lebens im Zeitalter der Reformation gegeben hat,
daß niemandem in den Sinn kam, die Wirklichkeit mit
Goethes Dichtung zu vergleichen. Für uns sind der Götz,
der die eigne Biographie verfaßte, aus welcher Goethe
schöpfte, und der Götz, welcher der Held des Dramas ist,
zwei Personen, deren Identität uns gleichgültig ist.
Wenn wir die Werke eines großen Dichters betrachten, der
historische Namen verwendet, so müssen wir davortreten
wie vor die Gemälde eines großen Malers, dessen Gestalten
historische Namen tragen. Ich gebrauche beide Male das
Adjektiv „groß“, weil wir bei derartigen Untersuchungen
immer nur Meisterwerke ersten Ranges als Material benutzen können.
Wir bewundern an einem Gemälde die Komposition, die
Farbe, die Linien, an einer Statue die Behandlung des
Marmors, die verschiedenen Ansichten, das Festaufgebaute.
Wo wir eine lebensvolle Figur sehen, loben wir nicht an
ihr, daß sie dem ähnlich sei, den sie darstelle, sondern daß
sie lebendig, charakteristisch, gut gemalt und von Wirkung
sei. Es sind Tausende von Marienbildern gemalt worden,
oft mit den individuellsten Zügen: niemandem ist eingefallen zu sagen, sie müßten ja alle falsch sein, weil keines
dem andern ähnlich sei. Wir haben blonde, schwarzhaarige,
brünette Marien; niemand hat an diesen Unterschieden

jemals Anstoß genommen; wir fragen, ob ein Marienbild schön sei, und verlangen nicht mehr von ihm und von seinem Künstler. Als Michelangelo die Statuen Giulianos und Lorenzos dei Medici auf ihre Grabmäler in Stein gehauen hatte und man ihm vorwarf, daß sie keine Ähnlichkeit mit den beiden Herzögen selber hätten, antwortete er mit der Frage, wer in zukünftigen Zeiten denn wissen werde, wie Giuliano oder Lorenzo in Wirklichkeit ausgesehen. Heute in der Tat erkennen wir jeden von diesen beiden nur daran, daß man ihre höchst verschieden gearteten Charaktere mit dem vergleicht, was die Statuen zum Ausdrucke bringen. Wir machen diese Erfahrung öfter, als wir wissen. Wir glauben, in einem Werke historische Fakta genau und wahrhaftig dargestellt zu sehen, und haben doch nur empfangen, was in der Seele dessen sich bildete, der sie erzählt hat. Dichtungen sogar dienen oft als bare historische Münze. Wir wissen zwar genau, daß Schillers Maria Stuart der wirklichen Maria nicht entspreche, denn hierüber ist zu oft verhandelt worden; allein wir sind nicht so klar darüber, welcher Unterschied zwischen Shakespeares historischen Stücken und den Ereignissen der englischen Geschichte selbst walte, die Shakespeare dramatisierte.

Sobald wir empfinden, es mit einem wirklichen Kunstwerke zu tun zu haben, wird die Frage nach der urkundlichen Begründung der Tatsachen gleichgültig. So gleichgültig, als bei „Götz" die Frage, ob Goethe, als er dessen Burg und den Wald und die Landschaft ringsum darstellte, vorher in Jaxthausen gewesen und die Örtlichkeit studiert habe. Das Jaxthausen, das aus Goethes Drama vor unsern Blicken sich aufbaut, und die Bäume, aus deren Wipfeln es aufragt, sind uns lieb und bekannt wie eine zweite Heimat, während uns die Örtlichkeit selber, wenn wir daran vorbeifahren, gerade so gleichgültig ist, wie Juliens Sarkophag in Verona oder Tassos Gefängnis, das heute in Ferrara gezeigt wird. Wir möchten von Goethes Jaxthausen auch nicht einen Stein missen, auch wenn uns noch so überzeugend nachgewiesen würde, die Burg habe anders ausgesehen, als das Drama sie erscheinen läßt. Die Wahrheit eines historischen Kunstwerkes liegt nicht in der exakten Darstellung dessen, was der Zeit, in die es verlegt worden ist, eigentümlich war, sondern in dem, was in allen Zeiten verständlich ist. Das Kostüm ist nur die scheinbare Hülle, in der etwas sich darstellt, dem in Wahrheit aller chronologisch und geographisch zu bestimmende Grund und Boden mangelt. Es hat nie ein England in dem und dem Jahrhundert gegeben, in dem Shakespeares Lear oder Richard hätten leben können: England an sich, erhaben über Zeit und Zufälligkeiten, ist ihrer beider Vaterland. Und so ist Götz von Berlichingens Vaterland nicht das Deutschland in der Zeit von 1480 bis 1562, sondern unser unveränderliches Deutschland, dessen Wälder heute wie vor tausend Jahren dastehen.

Wir haben gesehen, was Goethe und die mit ihm lebende jüngere Generation bedrängte: wie sie sich innerhalb einer die Welt mit allmächtigen Formen fesselnden allgemeinen Daseinsordnung festliegen sahen, von deren Unwert man innig überzeugt war, in der aber und nach deren Gesetzen sich fortzubewegen geboten war. Denn nichts anderes konnte an deren Stelle gesetzt werden. In der Folge freilich hat dann die Französische Revolution als eine Tat der Verzweiflung den Versuch gemacht, ein neues besseres Dasein künstlich hervorzubringen und, wo sich Widerstand zeigte, es mit den äußersten Mitteln der Menschheit aufzudrängen; an dergleichen aber dachte niemand in den Tagen, wo Goethe in Straßburg oder Frankfurt Götzens Biographie fand.

Mit Staunen mußte er über dem Buche jetzt gewahren, daß diese Bedrängnis nicht zum ersten Male von der deutschen Nation empfunden worden war; in Götz stand ihm eines der Schlachtopfer vor Augen, das längst verflossene, aber der Gegenwart ähnliche Zeiten in Deutschland gefordert hatten.

Goethe sah Deutschland zu Anfang des Reformationsjahrhunderts in einem unübersehbaren Gewebe politischer Verhältnisse stecken, von dem man gleichwohl jedes Fädchen sorgfältig und gewissenhaft vor gewaltsamem Risse zu hüten bestrebt war. Goethe brauchte nur in der eignen Zeit die Augen umhergehen zu lassen, um die Verhältnisse noch als lebendig zu erkennen, welche um Götz von Berlichingen herum mächtig und gewaltig und zugleich ohnmächtig und kraftlos waren. Nicht Götzens Welt bewegte ihn, als er das Buch las, sondern die eigne Welt, deren Spiegelbild er zu erblicken vermeinte.

Obenan erblickte er den Kaiser, die denkbar höchste Herrschaft im Lande, der allmächtig ist, dessen Befugnisse keine Urkunde umfaßt, und der doch bei der geringsten Betätigung seiner Autorität überall auf b e r e c h t i g t e n Widerstand stößt. So war es 1771 noch in Deutschland.

Neben dem Kaiser die Geistlichkeit. Der Idee nach dem Kaiser und dem Papste untertan: faktisch unabhängig von einem wie vom andern; arm und besitzlos der Theorie nach: faktisch im Besitz der fettesten Teile Deutschlands. Der Idee nach die Träger der geistigen Bewegung: faktisch die heftigsten Widersacher des Fortschrittes. Goethe brauchte am Rheine nur um sich zu sehen, oder in Straßburg, wo jener Rohan Erzbischof war, den Cagliostro so zu täuschen wußte, und wo die Bevölkerung in der alten Unwissenheit hinbrütete.

Neben Kaiser und Geistlichkeit die Städte, der Kern Deutschlands, nach außen hin die einzigen Mächte, welche das Vaterland zu repräsentieren und ihre Angehörigen zu verteidigen imstande sind. Die Plätze, wo das Geld liegt, das die Kaiser und Fürsten borgen müssen, um irgendwie sich bewegen zu können. Und diese Städte, weil sie längst aufgehört haben, gemeinsam zu handeln, zu politischer

Stagnation und unfruchtbarem konservativen Dasein verurteilt. Auch davon ein letztes Schattenbild sichtbar. Wie es zu Goethes Zeiten um die deutschen Städte beschaffen war, ist gesagt worden.

Neben denen wieder die weltlichen Fürsten, erfüllt vom Bestreben, selbständige Landesherren zu werden, aber ohne Gelegenheit, Ereignisse herbeizuführen, welche ihnen möglich machten, ihre Macht auszudehnen. Und neben denen die Ritterschaft. Die Enfants terribles des damaligen Jahrhunderts, das gefährlichste, stolzeste und unentbehrlichste Element. Dem Gedanken nach dem Kaiser und ihren Lehensherren zur Heeresfolge verpflichtet: faktisch unabhängige wilde Leute, von denen man mit jedem einzeln unterhandeln mußte, wenn man ihn haben wollte; Leute, die sich selbstverständlich vorbehielten, sich auf die Seite zu schlagen, die ihrem Interesse am meisten zusagte. Untereinander in fortwährenden Fehden begriffen. Stets geneigt, sich gegen jede Obergewalt aufzulehnen. Unter sich trotzdem von einem gewaltigen Esprit de corps erfüllt, der in einem komplizierten Komment zum Ausdrucke kam, auf den der Kaiser die höchste Rücksicht nehmen mußte, wenn er überhaupt Krieg führen wollte.

Die Fürsten hatten in Friedrich dem Großen ihren letzten großen Nachfolger gefunden. Die Ritterschaft freilich war 1771 längst nicht mehr die alte. Mit diesen Leuten aber identifizierte Goethe sich und die Seinigen selber: die unabhängige, tatkräftige, patriotische junge Generation, die nirgends sah, wo ihre Hände angreifen und zugreifen könnten.

So flutete es noch immer bei uns durcheinander. Keiner ist übermütig: jeder verlangt nur sein Recht. Keiner will wissentlich den andern beeinträchtigen: niemand aber auch will sich beeinträchtigen lassen. Jeder will sich den Gesetzen willig unterwerfen, und den Gerichten, denen über ihn zu richten zukommt: keiner aber will sich Gesetze und

Gerichte aufdrängen lassen, die er nicht selber als die gehörigen anerkennt. Und schließlich behält sich jeder eine Revision der Sache vor seinem eignen Gewissen vor, und besteht da das von andern gefällte Urteil nicht die Probe, so kassiert er es aus eigner Machtfülle.

Wir fragen, worin bei solchen Zuständen das eigentlich Beharrende in Deutschland lag? Was hielt das große Meer zusammen und verhinderte es, verheerend überzufließen? Was trat dazwischen, damit nicht blindlings jeder den andern gefaßt hielt und sich mit ihm herumschlug?

Die Elemente, die alle die Verwirrung herbeigerufen hatten, besaßen auch die Kraft, ihr die Gefahr zu nehmen: die uns angeborene Ehrlichkeit, die Absicht wissentlich niemandem Unrecht tun zu wollen, die Verläßlichkeit auf die Person, sobald sie einmal ihr Wort gegeben, und die Macht einer den allgemeinen Zustand kontrollierenden öffentlichen Meinung, die immer auf ideale Gesichtspunkte losging und der gegenüber der gemeine Eigennutz stets verlorenes Spiel spielte. Mit diesen Elementen war es möglich, einen Durchweg zu finden durch dieses Wirrsal: eine Reformation, die mit langsam vorschreitender Gewalt die Dinge zu gedeihlicher neuer Ordnung umgestaltete und deren letzte wohltätige Blüte eben Frucht ansetzen wollte, als sie durch den Dreißigjährigen Krieg geknickt worden ist. Die Reformation steht als politischer Teil unserer Geschichte in keiner besonderen Achtung. Wir sehen so viel geistige Kraft, so viel Anstrengungen, so viel Erfolge und doch im ganzen nichts, was feste Gestalt annimmt. Es erfüllt uns mit Ungeduld, durch die Geschichte dieser Kompromisse hindurchzuwaten: wir meinen, es hätte sich aus diesem Chaos ein Deutschland mit glänzenden Seiten und scharfen Kanten und Spitzen kristallisieren müssen. Jedoch gerade dieses leise, aber sichere Sichfortwälzen des allgemeinen Zustandes brachte uns mehr und mehr empor, ohne daß einem der Faktoren ein Leides geschah. Der Dreißigjährige

Krieg aber, der unsrer stillen Entwicklung ein Ende machte,
ist so wenig eine innere Folge dieser gedeihlichen Zustände
gewesen, als eine plötzlich hereinbrechende Pest, die die
Bewohner eines Landes hinrafft, so angesehen werden
kann.

Alle diese Elemente des deutschen Lebens im 16. Jahrhundert, keines ausgenommen, haben ihre erkennbare Mitwirkung bei Götz von Berlichingens Leben gehabt, der in solchem Maße das Produkt seiner Zeit gewesen ist, daß er,
obgleich mit seinem Andenken nichts in Verbindung zu
bringen wäre, was irgend „eine Tat“ genannt werden
könnte, dennoch als Musterstück gleichsam für die Zustände seines Jahrhunderts bedeutend dasteht. Goethe sah
hier zum ersten Male, worin das eigentliche deutsche Wesen
liege. Er erkannte, wie Götzens Zeiten auch darin seiner
eignen Zeit glichen, daß jeder nur auf sein eigenstes persönliches Gefühl angewiesen sei, um innerhalb unbrauch-
barer, in Auflösung begriffener Zustände den rechten Weg
innezuhalten. Nur der Unterschied waltete, daß die Lage
um 1771 noch bei weitem schwieriger war als zwei Jahrhunderte früher.

Goethe, indem er die eigne Zeit als die letzte Fortsetzung
dessen ansah, was im Reformationszeitalter unternommen
war, mußte sich fragen, warum seit jenen herrlichen Anfängen bei uns die Dinge immer elender geworden wären.
Darauf konnte niemand bessere Auskunft geben als Götz
von Berlichingen. In diese Zeit nationaler Verwirrung und
trotzdem Blüte sieht Goethe fremde Anschauungen hinein-
brechen und Zwiespälte im Herzen des deutschen Volkes
hervortreten, an denen, Goethes Ansicht nach, die besten
Männer zugrunde gehen. Sein Held, ein Deutscher vom
reinsten Gehalt und reinsten Gepräge, aus eigner edler
Natur daran gewöhnt, sich schuldlos auf deutschem Boden
zu bewegen, solange rein vaterländische Quellen ihn trän-
ken, sieht plötzlich die verräterischen welschen Gewässer zu

uns herüberfließen und, von ihnen herausgelockt und ge-
nährt, eine giftige Saat rings um sich her aufsprießen.
Es wächst ihm über den Kopf. Seine Begriffe verwirren sich,
er wird zum Rebellen, ohne zu wollen, und zum Verbrecher,
ohne zu wissen. Was kümmerte sich das neue Römische
Recht um jene alte deutsche Gesetzgebung, in der jedes
Dorf, womöglich jedes Haus seine eignen natürlichen Gesetze hatte, jedes vom andern doch ebenso verschieden, als
der Horizont selber immer ein andrer jedem, der vor die
Türe trat, vor Augen stand. Es geht einem durch Mark und
Bein, wenn Götz vor den Augsburger Bürgern im Gerichts-
saal vor allen Dingen wissen will, was aus seinen Knechten
geworden sei. Götz weiß nicht mehr aus und ein diesem
Rechte gegenüber, das keinen Unterschied der Verhältnisse
kennt. Weislingen wiederum geht zugrunde an einem Hofe,
in den welsche Feinheit und Verlogenheit eindringen. Alles
schließlich unterliegt den Ränken und den Reizen Adel-
heids, der das deutsche Blut verderbt worden ist und die
Goethe so verführerisch schilderte, daß er, wie in „Dichtung
und Wahrheit" erzählt wird, sich am Ende selber in sie
verliebt hatte. Überall scheint Redlichkeit verloren Spiel
zu haben gegen Machiavellistische Klugheit, und die romanische unpersönliche Formel wird Herr über die individuellen Gedanken des deutschen Rechtes. Aus der Einsamkeit des Lebens mit der Natur drängt sich der deutsche
Ritter, der eigentliche Repräsentant des Volkes in Goethes
Sinne, in die Städte und an die Höfe. Daher Goethes Motto
für sein Drama: „Das Herz des Volkes ist in den Kot getreten und keiner edlen Begierde mehr fähig."

Wir wissen nicht, wie weit Goethe mit dem „Götz" in Straßburg vorrückte. Es scheint, daß er nur in der Phantasie
daran arbeitete. Das Politische nahm den ersten Rang ein:
es sollte ein Bild des öffentlichen und Familienlebens der
guten alten Zeit gegeben werden, etwas, woran die Deut-

schen sich wieder emporrichten könnten, wie Rousseau
wollte, daß, es an seinem „Emile" geschähe. Das aber genügte noch nicht, die Dichtung aus Goethes Phantasie herauszulocken und wirklich zur Erscheinung zu bringen. Es
mußten zu dieser ersten allgemeinen Substanz des Dramas
neue, durchaus persönliche Elemente erst hinzutreten, ehe
das sich bilden konnte, was nun in Frankfurt als erste Niederschrift zustande kam.

Wenn wir Goethes „Dichtung und Wahrheit" und seine
Korrespondenz betrachten, so tritt uns als innerstes Zeichen
seiner Natur, als die Feder gleichsam, von der das gesamte
Uhrwerk getrieben wird, das Bestreben entgegen, sich zu
befreien von dem, was nur konventionelle äußere Schranke
des Lebens war. Offenbar war sich Goethe, als er in Frankfurt wieder heimisch wurde, über seine Stellung zu Vaterstadt, väterlichem Hause und väterlicher Gewalt klar geworden: er sagte sich, der Mensch habe das Recht, sich loszureißen, wenn er Grundrechte seiner geistigen Existenz
beeinträchtigt sehe. Aber die Umstände boten keine Gelegenheit, dieses Resultat seiner Philosophie einzuführen.
Im Gegenteil, der entscheidende erste Schritt für Frankfurt
hatte schon getan werden müssen: er sah sich als Advokat
zur Ausübung eines Berufs verpflichtet, dessen Betreibung
er nimmermehr zur Lebensaufgabe machen wollte, er war
als eingeschriebener Frankfurter Bürger einem städtischen
Körper einverleibt, dessen bloßer Atem genügte, ihn zu
vertreiben. Die Nötigung, in Frankfurt zu leben, war Goethe
ebenso unerträglich wie Götzen die vom Kaiser ihm auferlegte Ruhe in Hornberg.

Bei ruhiger Überlegung mußte auch er jedoch sich immer
wieder sagen, daß auszuhalten sei. Er fügte sich. Immer
aber auch rebelliert sein Freiheitsgefühl wieder. „Ich, lieber
Mann", heißt es in einem seiner Briefe, „lasse meinen
Vater jetzt ganz gewähren, der mich täglich mehr in
Stadt-Zivilverhältnisse einzuspinnen sucht, und ich laß es

geschehn. So lang meine Kraft noch in mir ist: ein Riß! und
all die siebenfache Bastseile sind entzwei!"
Zwei Mittel boten sich dar, die ersehnte Freiheit zu erlangen: ein reales und ein ideales. Das reale: er ging eines
Tages auf und davon. Was diesen äußersten Entschluß
jedoch anlangt, so sagte ich eben schon: dazu konnte die
Gelegenheit nicht vom Baume gebrochen werden, sie mußte
sich als etwas bieten, das als deutlicher Fingerzeig des
Schicksals ihn vor sich und den Seinigen rechtfertigte,
wenn er fortging. Das ideale: er sucht eine dichterische
Gestalt, der sich als Schmerzensträger all seine Bedrängnis
aufbürden ließe. Diese läßt er sagen, was ihm selber zu
sagen verboten war. Ihre Worte empfangen den geheimen
Sinn eines Manifestes. Je mehr er selbst sich fügen muß,
um so freier läßt er diesen poetischen Stellvertreter seinem
innersten Herzen Luft machen. Das ist der Gesichtspunkt,
unter dem Goethe immer sich seine poetischen Stoffe aus-
gesucht und sie zurechtgelegt hat.
Goethe verglich das Leben, das er führte, mit dem, das er
hätte führen sollen. Indem er seinen Lebenslauf unter dem
bisherigen Drucke weiterdachte, sah er seinen Untergang
vor Augen, wie den Götzens im Gefängnisse zu Augsburg.
Fremde Formeln, die nichts zu tun hatten mit deutscher
Natur, mußten langsam in ihm das erwürgen, was er als
das Beste und Heiligste anerkannte. In ganz anderem Sinne
als früher steht ihm Götz nun vor den Augen. Goethe fühlt,
wie die historische Gestalt ihm näherrückt und Züge annimmt, die seinen eigenen gleichen. Unter einem neuen Gesichtspunkte waren Götzens innere Kämpfe jetzt ein Eben-
bild derer geworden, die er selber durchzumachen hatte.
Allein es trat etwas hinzu, das in noch viel mächtigerem
Antriebe bewirkte, daß in der ersten Frankfurter Zeit
unser Drama in Goethes Phantasie die erste Stelle einnahm. Wieder von ganz neuer Seite her kam das. Goethe
selbst erzählt es. Nicht mehr das Vaterland, nicht die Lage

Götz von Berlichingens selber, sondern eine andere Figur
drängte in seiner Seele nach einer Darstellung. Erfüllt von
dem Friederike zugefügten Unrecht sucht Goethe Rettung,
wo sie sich nur immer bieten wollte, und unternimmt in
einer Gestalt das zu verkörpern, was er sich dem verlassenen Mädchen gegenüber zum Vorwurf machen mußte:
treuloses Hinwegschleichen von ihrem Herzen, das so arglos ist, daß es den Begriff der Treulosigkeit nicht einmal
fassen konnte. So verläßt Weislingen Götzens Schwester,
und Weislingens Gestalt nimmt Goethes vornehmstes Interesse jetzt in Anspruch. Erst von diesem Augenblicke ab
wird das Stück lebensfähig bei ihm und lebendig.
Seltsam, wie er dazu kam, die Szenen endlich zu Papier zu
bringen, die ihn erfüllten. Er kann sich nicht entschließen,
die Feder in die Hand zu nehmen, aber seiner Schwester
Cornelia, die sein Vertrauen besaß, erzählt er so lange
davon, bis diese ihn zwingt, an die Arbeit zu gehen. Ruckweise und in großen Schritten vorwärtskommend schreibt
er jetzt das ganze Drama nieder und liest es Cornelia vor,
wie es zustandekommt. Ihr Lob treibt ihn zur Fortsetzung
der Arbeit an, die im Herbst 1771 zum Abschlusse gelangt.
„Ich dramatisiere die Geschichte eines der edelsten Deutschen", schreibt er im November 1771 an Salzmann, „rette
das Andenken eines braven Mannes, und die viele Arbeit,
die mich's kostet, macht mir einen wahren Zeitvertreib,
den ich hier so nötig habe, denn es ist traurig an einem Ort
zu leben, wo unsere ganze Wirksamkeit in sich selbst summen muß." In sechs Wochen ist die Arbeit getan. Immer
darauf losgeschrieben. Der Flachsland liest er einzelne Szenen. Abschriften sendet er aus: an Salzmann, Merck und an
Herder. Salzmann läßt das Manuskript bald zurückgehen,
das er sorgsam und wohlwollend rezensiert hat. Ebenso
äußert sich Merck. Anders aber ergeht es mit Herder.
Jetzt zeigt sich wieder Herders Natur. Das Stück hat ihm
gefallen — das sehen wir aus Herders Äußerungen gegen

die Flachsland —, aber zugleich: Goethe soll nicht aufkommen! Er verspottet Goethe, er macht Witze auf ihn
und seine Arbeit, alles aber indirekt! Weder schreibt er
ihm, noch sendet er das Stück wieder. Und als er dann endlich schreibt, schreibt er hart und unfreundlich, zugleich
aber mit so überlegenem Urteil, daß Goethe wiederum
fühlte, wie er in Straßburg immer getan: er stehe einem
gegenüber, der stärker sei als er und von dem er lernen
könne. Wo Goethe aber wirkliche Kritik geboten wurde,
mochte sie in der schärfsten Form an ihn kommen, da sehen
wir ihn stets dankbar und demütig, und so auch diesmal. Er
antwortet Herder mit rührender Unterwürfigkeit. Der Brief
ist vom Juni 1772. Er gibt Herder alles zu. Es sei richtig,
daß Shakespeare ihn verdorben habe. Daß sein Drama nur
kalt und „nur gedacht“ sei. „Genug“, schließt er, „es muß
eingeschmolzen, von Schlacken gereinigt, mit neuem edle-
rem Stoff versetzt und umgegossen werden. Dann soll's
wieder vor Euch erscheinen.“

Ohne am alten Stücke etwas zu ändern, schreibt Goethe in
wenigen Wochen das Ganze um. Das muß im Herbst 1772
gewesen sein, ein Jahr nach der Entstehung der ersten Niederschrift. Die Arbeit bestand besonders darin, daß die
Dichtung, wie eine Hecke, der zu üppige Triebe nach allen
Seiten ausgewachsen sind, unbarmherzig beschnitten ward.
Im Winter 1772 und 1773 wurde dann der Druck ausgeführt, mit Merck auf gemeinschaftliche Kosten, und im Juni
1773 erschien das Buch. Jetzt war Herder ehrlich genug,
den Eindruck zu bekennen, den es ihm gemacht hatte.
Von jetzt ab ließ er Goethe neben sich, vielleicht über sich
walten.

Der Beifall, welchen das Drama in weiteren Kreisen fand,
kam Goethe nur allmählich zu Ohren. Ein geschickter Nachdrucker nahm ihm sogar den besten Gewinst vorweg, und
die Geschäfte gingen zum Teil so schlecht, daß er seine
Freunde bitten mußte, den Absatz etwas zu fördern, weil

ihm Geld fehlte, um nur das Papier zu bezahlen. Eine neue Auflage durfte er selber noch veranstalten, alle andern machte der berüchtigte Berliner Buchhändler Himburg im Nachdrucke.

So viel aber mußte Goethe doch bald klar sein, daß er eine Bewegung hervorgerufen hatte, welche außerordentlicher Art war. Im August 1773 heißt es in einem seiner Briefe: „Und nun meinen lieben Götz! Auf seine gute Natur verlaß ich mich, er wird fortkommen und dauern. Er ist ein Menschenkind mit viel Gebrechen und doch immer der Besten einer. Viele werden sich am Kleid stoßen und einigen rauhen Ecken. Doch hab ich schon so viel Beifall, daß ich erstaune. Ich glaube nicht, daß ich so bald was machen werde, das wieder das Publikum findet."

Indes, während ich so die Entstehung des „Götz" in großen Zügen dargelegt habe, sind Ereignisse von mir unberührt gelassen worden, welche die Jahre 1772 und 1773 abgesehen von dieser Arbeit zu den wichtigsten für Goethes weitere Entwicklung gestalteten. Als er „Götz" in Angriff nahm, bildeten seine Schwester, die Flachsland, Merck, Herder und wenige andere sein gesamtes Publikum: als das Stück herauskam, hatte sich dieser Kreis nach neuen Seiten hin weit ausgedehnt. Die persönlichen Gefühle, die zu beschwichtigen Goethe die Arbeit aufgenommen hatte, waren längst in den Hintergrund gedrängt worden, und sein Herz hatte neue Verbindungen eingegangen, aus denen hervorblühend eine neue Dichtung in seiner Seele sich zu entfalten begann, deren Erfolg den des „Götz" bei weitem übertreffen sollte.

4

WETZLAR 1772 : LOTTE

„Die Leiden des jungen Werthers“

„Götz“ war in der ersten Frankfurter Bearbeitung eben niedergeschrieben und den vornehmsten Vertrauten mitgeteilt worden, als im Frühjahre 1772 in Frankfurt für gut befunden wurde, daß der junge Doktor die eben begonnene Praxis wieder unterbräche, um in Wetzlar als Praktikant am Reichskammergerichte einzutreten. Das Reichskammergericht war die höchste Zentralstelle für die Prozesse, welche in den unzähligen staatlichen Bestandteilen des Heiligen Römischen Reiches Deutscher Nation geführt wurden. Von verwickelten Rechtsverhältnissen waren diese Herrschaften voll, und es konnte an immer neuen Streitigkeiten kein Mangel sein. Der Fülle der Akten aber entsprach die Zahl der in Wetzlar arbeitenden Juristen nicht. Dadurch entstanden Bevorzugungen und Vernachlässigungen. Es kam dahin, daß die Hauptsache bei den Prozessen war, überhaupt nur zu bewirken, daß sie an die Reihe kämen. Hundertundsechzig Jahre hatte dieser Zustand sich hingezogen, als Kaiser Joseph jetzt eine Visitation anordnete, die schmähliche Mißbräuche zur Entdeckung brachte. Keine bessere Gelegenheit für einen jungen Mann, der in Frankfurt seinem Range gemäß die große städtische Karriere machen sollte, als in Wetzlar bei diesen Arbeiten einige Zeit mit einzutreten, das überdies von Frankfurt in einer Tagereise zu erreichen war. Dahin also ging Goethe ab. Er stak so tief in seinen Frankfurter und Darmstädter Freundschaften drin, daß Platz für neuen Zuwachs in seinem Herzen kaum möglich schien, — und gerät dennoch in einen Kreis hinein, der ihn bald ebenso gänzlich umgibt und einschließt wie der des Pfarrhauses in Sesenheim: es beginnt sein Verhältnis zu Lotte, das jeder zu kennen glaubt, der sich einmal mit Goethes Leben beschäftigt hat. Dem Triebe nachgebend, sich in einem behaglichen Hause als Familienmitglied festzusetzen, wird Goethe in dem des Amtmannes Buff heimisch, in dem berühmten „Deutschen Hause", das noch in Wetzlar steht. Lotte, die älteste Tochter, hat ihr Herz und auch ihre Hand bereits so gut wie vergeben, und der junge Kestner, der Glückliche, welcher halb und halb als ihr Bräutigam aus und ein geht — eins jener Freundschaftsverhältnisse der damaligen Zeit — wird auch Goethes genauer Freund. Jetzt entsteht ein Kampf in Goethe, ob er, was ihm vielleicht gelungen wäre, Kestner in Lottens Herzen ausstechen solle. Er bleibt fest. Ein paar Monate dauert das, bis es endlich nötig wird, Wetzlar wieder zu verlassen. Goethe reist eines Tages Knall und Fall ab, aber es bleibt als Resultat dieser Kämpfe die innige Freundschaft zwischen ihm und der gesamten Familie Buff bestehen.

Wie war es Goethe möglich, aus diesem einfachen Erlebnisse, bei dem Leidenschaft und gewaltsame Szenen fehlen, den ergreifendsten deutschen Roman zu bilden, der je geschrieben worden ist? Das zu untersuchen, wird uns beschäftigen. Die Genesis des Kunstwerkes liegt klar vor. Wie wir verfolgen durften, aus welchen Erlebnissen die Sesenheimer Idylle erwachsen ist, welche Goethe vierzig Jahre erst, nachdem er sie erlebt hatte, zu dichterischer Form verklärte, so verfolgen wir jetzt, wie Goethes Neigung zu Lotte im Laufe eines einzigen Jahres schon in seiner Phantasie sich zu dem gestaltete, was in den „Leiden des jungen Werthers" enthalten ist. Ein wunderbarer Anblick, Goethe in jenen Jahren alle Wirklichkeit seines Daseins in unwillkürlicher Arbeit zu Dichtung umschaffen zu sehen. Wir beobachten ihn wie auf einer Jagd durch die Menschen hindurch. Eine verzehrende Sehnsucht treibt ihn, Neues zu erleben, sich hinzugeben, sich mit Schmerzen loszureißen und rastlos neue Netze aufzusuchen, in denen er sich willig wieder fangen läßt. Diese Erwartungen, Täuschungen, Erregungen lassen Bilder in seiner Seele zurück, die ein eignes Leben beginnen, sich verbinden, sich trennen, sich ändern, um endlich als herrliche neue Gebilde fest dazustehn, und um selbst dann oft noch keine Ruhe zu finden, weil sie auch jetzt immer wieder vom Dichter umgeschmiedet werden.

Nicht immer aber verfährt er hier auf dieselbe Weise. Um Friederiken dichterisch darzustellen, hatte Goethe sie gleichsam geteilt. Noch ehe er sie zu verlassen gedachte, war Gretchen der erste doppelgängerische Schatten, der sich von ihr ablöste. Dann Marie im „Clavigo". Dann vielleicht noch Marie im „Götz" und endlich die Gestalt, die Friederikens Namen selbst trägt, in „Dichtung und Wahrheit". Damit Lotte dagegen dichterisch zur Erscheinung käme, sehen wir Goethes Phantasie einen anderen Weg einschlagen. Die Lotte, die im Deutschen Hause zu Wetzlar gewaltet hat und die Kestner heiratete, genügte in ihrem einfachen Wesen und Schicksale nicht, um die Heldin des Romans zu werden. Es mußte der Selbstmord eines Goethe wie Lotten beinahe fremden Menschen sich ereignen, um den äußeren Umschwung des Romans zu liefern. Und dieser Selbstmord trat erst länger als einen Monat nach Goethes Fortgang von Wetzlar ein. Aber auch dies genügte nicht, dem Romane den nötigen Inhalt zu schaffen: Goethe hat noch eine andere, ganz fern von Lotte sich bewegende Gestalt zu ihr hinzunehmen müssen, aus denen beiden dann erst die ideale Figur sich bildete, deren poetischer Glanz in der Folge freilich der einzigen Lotte Buff in Wetzlar zugute kam.

Sehen wir nun im einzelnen näher an, was in Wetzlar geschehen ist. Vom 9. Juni bis 10. September 1772, ein Vierteljahr gerade, hat Goethe mit Lotte und Kestner in Wetzlar zusammengelebt. Kestner gehört so innig dazu, daß er von Lotte und Goethe nicht zu trennen ist. Vergleichen wir das, was der Roman über dieses Verhältnis erzählt, mit dem Bericht in „Dichtung und Wahrheit", und halten dazu, was Goethes gleichzeitige Korrespondenz enthält, und schließlich, was Goethe sowohl als Kestner sonst gelegentlich über die Dinge äußern, so ergibt sich, daß nicht nur der Roman nur eine Dichtung ist, sondern daß auch in „Dichtung und Wahrheit" — wie bei Friederike, aber aus anderen Ursachen — ein Mythus erzählt worden ist. Der wirkliche Verlauf der Dinge ergibt sich nicht so ohne weiteres.

Schon die Rücksicht auf Lotte, deren langjährigen Ruhm, ihm in seiner Jugend eine ungeheure Leidenschaft eingeflößt zu haben, Goethe nachträglich nicht antasten wollte, machte unmöglich, in „Dichtung und Wahrheit" einfach zu berichten, was sich ereignet hatte. Zwar gesteht Goethe ein, er habe, wie Zeuxis zu seiner Helena eine ganze Reihe Vorbilder benutzen durfte, mehrere Lotten zu der Lotte des Romans vereinigt: allein es wird das so gesagt, daß Lotte Buff durch ihre Nebensonnen kaum an Leuchtkraft einbüßt. Goethe nennt außer dem ihren keinen Namen. Doch schon in seiner Darlegung der Gründe, warum er von Wetzlar fortgegangen sei, liegt ein Widerspruch. Einmal stellt er die Dinge so dar, als habe ihn die Rücksicht auf Kestner in dem Momente zurücktreten lassen, wo er gefühlt, daß er den Kopf verliere; und dann wieder erzählt er, Merck sei in Wetzlar erschienen und habe ihn durch seine Kritik abgekühlt und von Lotte zurückgebracht. Entweder das eine oder aber das andere: beides zu gleicher Zeit scheint nicht gut möglich. Man vergleiche mit beiden Auffassungen nun aber die im Momente des Fortgehens geschriebenen authentischen Briefe Goethes! Diesen zufolge, die wir vor uns haben, bricht Goethe im äußersten Moment ab, als handle es sich um Leben und Tod, reist fort, als sei jede Stunde mehr in Lottens Nähe verderblich, und schreibt auch hinterher wie ein Verzweifelter. Nicht aber an Lotte, sondern an Kestner schreibt er, an Lottens Bräutigam, der ihm hätte zuwider sein müssen! Und diesen verzweifelten Ton über Lottens Verlust, die eigentlich ihm gehöre, sehen wir in seinen Briefen von jetzt an als stereotype Stimmung festgehalten. Goethe unterhält sich mit Lotten in Gedanken, träumt von ihr, hat ihre Silhouette über dem Bette, besorgt ihr die Trauringe, erlebt in Gedanken ihre Hochzeit mit, immer der gleiche Ton. Vergleichen wir damit aber, was in Goethes erlebtem Leben während dieser nicht kurzen Zeit sich ereignete, so enthält die Buff-Kestnersche Korrespondenz davon sehr wenig. Lotte und ihre Umgebung bilden eine arkadische Schäferprovinz für Goethes Gedanken, ein weites einsames Gefilde, wo an der einen Stelle Lotte und ihre Familie in ihrer Hütte und an einer andern Stelle in der Einsamkeit, getrennt von ihr, Goethe sitzt.

Und nun vergleichen wir ferner damit wieder, was Kestner, der von pedantischer Wahrheitsliebe war, in Briefen und Tagebüchern aufgezeichnet hat: Kestner behauptet einmal, Goethe habe sich „viel größer benommen" als Werther im Romane, und dann wieder, Lotte und Goethe hätten einander nicht einmal sehr nahe gestanden. In der Tat, Goethe scheint Kestnern näher gestanden zu haben als Lotte selbst.

Hier muß irgend etwas also nicht erzählt worden sein, was eine Auflösung dieser Widersprüche gibt.

Erinnern wir uns nun an Goethes Erzählung, wie ihn bei Friederike bereits das Gefühl, daß er „nach Schatten greife", überkommen habe, noch ehe er und sie das entscheidende Wort nur ausgesprochen hatten, daß sie sich liebten. Sollte bei Lotte, bei anderem Ausgange freilich, etwas Ähnliches der Fall gewesen sein? So daß Merck als Mephistopheles ein Werk nur vollendete, das bereits von Goethe aus eigner Naturnotwendigkeit halb getan worden war? Goethe scheint sich in seinem Verhältnis zu Lotte wirklich selbst bereits kritisiert und abgekühlt zu haben, ehe Merck in Wetzlar ankam. Es ist darüber ein Dokument erhalten.

Goethe war seit Anfang 1772 eifriger Rezensent für die „Frankfurter gelehrten Anzeigen". Der schönste aller Artikel, die er für dieses Journal schrieb, wurde in Wetzlar verfaßt und kam den 1. September 1772 heraus. Mußte also doch wenigstens einige Tage früher geschrieben und noch einige weitere Tage früher bedacht worden sein. Es ist die Rezension der 1772 in Mitau und Leipzig erschienenen „Gedichte eines polnischen Juden". Was Goethe über die Gedichte selbst schreibt, lassen wir beiseite; der Schluß seiner Besprechung ist es, auf den es hier ankommt. Er lautet:

„Laß, o G e n i u s unsers Vaterlands, bald einen Jüngling aufblühen, der voller Jugendkraft und Munterkeit zuerst für seinen Kreis der beste Gesellschafter wäre, das artigste Spiel angäbe, das freudigste Liedchen sänge, im Rundgesange den Chor belebe, dem die beste Tänzerin freudig die Hand reichte, den neusten, mannigfaltigsten Reihen vorzutanzen, den zu fangen die Schöne, die Witzige, die Muntre alle ihre Reize ausstellten, dessen empfindendes Herz sich auch wohl fangen ließe, sich aber stolz im Augenblicke wieder losriß, wenn er aus dem d i c h t e n d e n T r a u m erwachend fände, daß seine Göttin nur schön, nur witzig, nur munter sei; dessen Eitelkeit, durch den Gleichmut einer Zurückhaltenden beleidigt, sich der aufdrängte, sie durch erzwungne und erlogne Seufzer und Tränen und Sympathien, hunderterlei Aufmerksamkeiten des Tags, schmelzende Lieder und Musiken des Nachts endlich auch eroberte und — auch wieder verließ, weil sie nur z u r ü c k - h a l t e n d war; der uns dann all seine Freuden und Siege

und Niederlagen, all seine Torheiten und Resipiszenzen
mit dem Mut eines unbezwungenen Herzen vorjauchzte,
vorspottete; des Flatterhaften würden wir uns freuen, dem
gemeine, einzelne weibliche Vorzüge nicht genugtun.

„Aber dann, o G e n i u s ! daß offenbar werde, nicht Fläche,
Weichheit des Herzens sei an seiner Unbestimmtheit schuld;
laß ihn ein Mädchen finden, seiner wert!

„Wenn ihn heiligere Gefühle aus dem Geschwirre der Gesellschaft in die Einsamkeit leiten, laß ihn auf seiner Wallfahrt ein Mädchen entdecken, deren Seele ganz Güte, zugleich mit einer Gestalt ganz Anmut, sich in stillem Familienkreis häuslicher tätiger Liebe glücklich entfaltet hat.
Die Liebling, Freundin, Beistand ihrer Mutter, die zweite
Mutter ihres Hauses ist, deren stets liebwürkende Seele
jedes Herz unwiderstehlich an sich reißt, zu der Dichter und
Weise willig in die Schule gingen, mit Entzücken schauten
eingeborne Tugend, mitgebornen Wohlstand und Grazie.
Ja, wenn sie in Stunden einsamer Ruhe fühlt, daß ihr bei
all dem Liebeverbreiten noch etwas fehlt, ein Herz, das
jung und warm wie sie, mit ihr nach fernern verhülltern
Seligkeiten dieser Welt ahndete, in dessen belebender Gesellschaft sie nach all den goldnen Aussichten von e w i g e n
B e i s a m m e n s e i n , d a u r e n d e r V e r e i n i g u n g , u n -
s t e r b l i c h w e b e n d e r Liebe fest angeschlossen hin-
strebte.

„Laß die beiden sich finden, beim ersten Nahen werden sie
dunkel und mächtig ahnden, was jedes für einen Inbegriff
von Glückseligkeit in dem andern ergreift, werden nimmer
voneinander lassen. Und dann lall er ahndend und hoffend
und genießend, ,was doch keiner mit Worten ausspricht,
keiner mit Tränen, und keiner mit dem verweilenden
vollen Blick und der Seele drin'. Wahrheit wird in seinen
Liedern sein und lebendige Schönheit, nicht bunte Seifen-
blasenideale, wie sie in hundert deutschen Gesängen her-
umwallen.

„Doch ob's solche Mädchen gibt? Ob's solche Jünglinge
geben kann? —"
Das ist schon die Sprache, in der „Werther" später geschrieben wurde. Das quillt aus dem Herzen. Unzweifelhaft ist hier Lottens Bildnis gegeben, und der Schluß zeigt,
daß Goethe sogar für nötig hielt, den Gedanken abzu-
wenden, als könne er nach dem Leben gezeichnet haben.
Zugleich aber spricht Goethe hier schon wieder von einem
„Erwachen aus dem dichtenden Traume", und es wäre die
Frage, ob dies Erwachen nicht bei ihm selbst bereits auch
im gegenwärtigen Falle sich ereignet hatte, so daß das
ideale Bildnis, das er uns zuletzt darstellt, nicht Lotte ist,
wie sie war, sondern wie sie hätte sein müssen, wenn sie
ihn wirklich hätte fesseln sollen.
Indessen, mag ich hier nun recht geraten haben oder nicht:
Merck kommt eines Tages in Wetzlar an und beginnt Goethes ausschließliche Bewunderung für Lotte auf Proben zu
stellen, die sie nicht besteht. Er weiß Goethe so weit abzu-
kühlen, daß dieser in gemütsruhiger Stimmung den Abschied ins Auge faßt und Wetzlar nach ihm verläßt. Hatte
der ehrliche Kestner anfangs Kämpfe in sich durchzumachen
gehabt, ob er nicht vor Goethe als dem vorzüglicheren zurücktreten müsse, so konnte davon jetzt längst keine Rede
mehr sein. Das Verhältnis hatte seine natürliche Krisis gehabt, die ohne Nachteil für eines der drei Herzen, um die
es sich handelte, verlaufen war.
War Goethe aber, als er Lotten und Wetzlar am 10. September 1772 verließ, längst in solchem Maße beruhigt, wie
sind damit die letzten Briefe zu vereinigen, mit denen er
von Lotte und Kestner Abschied nahm? Hatte Goethe den
Willen, sich Kestner zuliebe Lotte gegenüber fest zurück-
zuhalten, warum diese glühende Sprache, die im letzten
Momente Lottens Herz ja noch hätte mit Gewalt zu ihm her-
überreißen können? Und, wie verträgt es sich mit der ver-
zweiflungsvollen Stimmung dieser letzten Stunden, wenn

Goethe, nachdem er diese Briefe eben geschrieben, nun in ruhiger Stimmung die Lahn entlang wandelt, neue Freunde findet und sich auf das innigste an sie anschließt?

Dieser Widerspruch erklärt sich nur, wenn wir den Abschied Goethes von Lotten nicht, wie „Dichtung und Wahrheit" oder der Roman ihn darbietet, fassen, sondern indem wir uns absehend von allem andern nur an Goethes Briefe und gleichzeitige Äußerungen halten. Diese Briefe lauten:

Goethe an Kestner

(Den 10. Sept. 1772)

Er ist fort, Kestner, wenn Sie diesen Zettel kriegen, er ist fort. Geben Sie Lottchen inliegenden Zettel. Ich war sehr gefaßt, aber Euer Gespräch hat mich auseinandergerissen. Ich kann Ihnen in dem Augenblicke nichts sagen, als leben Sie wohl. Wäre ich einen Augenblick länger bei Euch geblieben, ich hätte nicht gehalten. Nun bin ich allein, und morgen geh ich. O mein armer Kopf.

Goethe an Lotte

(Einschluß des vorigen)

Wohl hoff ich wiederzukommen, aber Gott weiß wann. Lotte wie war mir's bei Deinem Reden ums Herz, da ich wußte, es ist das letztemal, daß ich Sie sehe. Nicht das letztemal, und doch geh ich morgen fort. Fort ist er. Welcher Geist brachte euch auf den Diskurs. Da ich alles sagen durfte, was ich fühle, ach, mir war's um hienieden zu tun, um Ihre Hand, die ich zum letztenmal küßte. Das Zimmer, in das ich nicht wiederkehren werde, und der liebe Vater, der mich zum letztenmal begleitete. Ich bin nun allein, und darf weinen, ich lasse Euch glücklich, und gehe nicht aus Euern Herzen. Und sehe Euch wieder, aber nicht morgen ist nimmer. Sagen Sie meinen Buben, er ist fort. Ich mag nicht weiter.

Goethe an Lotte
(Zu dem vorigen, Einschluß)

(Den 11. Sept. 1772)

Gepackt ist's, Lotte, und der Tag bricht an, noch eine Vier-
telstunde, so bin ich weg. Die Bilder, die ich vergessen
habe, und die Sie den Kindern austeilen werden, mögen
Entschuldigung sein, daß ich schreibe, Lotte, da ich nichts
zu schreiben habe. Denn Sie wissen alles, wissen, wie glücklich ich diese Tage war. Und ich gehe zu den liebsten besten
Menschen, aber warum von Ihnen. Das ist nun so, und mein
Schicksal, daß ich zu heute, morgen und übermorgen nicht
hinzusetzen kann — was ich wohl oft im Scherz dazusetzte.
Immer fröhlichen Muts, liebe Lotte, Sie sind glücklicher als
hundert, nur nicht gleichgültig, und ich, liebe Lotte, bin
glücklich, daß ich in Ihren Augen lese, Sie glauben, ich
werde mich nie verändern. Adieu, tausendmal adieu!

Goethe

Dies zu erklären, entnehmen wir einem ein halbes Jahr
später fallenden Briefe an Kestner, vom April 1773, folgende Stelle: „Und ich habe heut einen schönen Tag gehabt,
so schön, daß mir Arbeit und Freude und Streben und Genießen zusammenflossen. Daß auch am schönen hohen Ster-
nenabend ganz mein Herz voll war vom wunderbaren
Augenblick, da ich zu'n Füßen Eurer an Lottens Garnierung
spielte, und ach mit einem Herzen, das auch d a s nicht mehr
genießen sollte, von drüben sprach, und nicht die Wolken,
nur die Berge meinte."
Was also war vorgefallen? Goethe, völlig resigniert, sitzt
eines Abends zu Lottens Füßen, und eine Unterredung, die
zu dreien da geführt wird, nimmt plötzlich eine Wendung,
die ihn so gewaltig aufregt, daß er fühlt, es müsse ein Ende
gemacht werden. Was ihn aufregt, ist das Mißverständnis

Lottens, die in einer erhöhten idealen Stimmung sich bereit
zeigt, auf Goethen für dieses Leben gänzlich Verzicht zu
leisten, während er selber nur von einem kurzen Abschiede
gesprochen hat.

Das käme aber beinahe wie beleidigte Eitelkeit heraus?
Goethe macht sich in späteren Jahren, wenn er zu Zeiten
seine Vergangenheit die Revue passieren läßt, wiederholt
den Vorwurf dessen, was er seine „Dumpfheit", auch seine
Vorliebe zu „unklaren Verhältnissen" nennt: er hat sich
und andere durch seine Leidenschaftlichkeit in eine Lage
gebracht, bei der eine prompte und klare Auseinander-
setzung nötig ist, und plötzlich wird er wie lahm, sieht die
Dinge vor Augen, ohne sich entschließen zu können, und
lebt weiter, indem er auf irgendeine momentane zufällige
Lösung nicht gerade hofft, aber sie doch als einziges Lö-
sungsmittel im voraus anerkennt. Goethe spricht hierüber
so klar und klagt sich bei entscheidenden Fragen so offen
an, dieser Neigung nachgegeben zu haben, daß mit voller
Sicherheit davon gesprochen werden kann.

So hatte es auch hier gestanden. Goethe, der zugleich die wunderbare Gabe besaß, lange Entwicklungen in der Ahnung
durch alle Konsequenzen zu verfolgen und abzuschließen,
hatte ein doppeltes Unheil herannahen gesehen: eine Neigung Lottens zu ihm, ein edelmütiges Zurückweichen Kestners zu seinen Gunsten und bei sich selber dann vielleicht
nicht einmal die Fähigkeit, eines und das andere anzunehmen. Goethe traute dem eignen Herzen nicht. Unnützer-
weise wäre zweier Menschen Schicksal durch ihn vernichtet
worden. Und so: er sah, wie die Dinge lagen, und wußte,
was er zu tun und zu lassen hatte. So war es ja auch in Sesenheim gewesen. Dort aber hatte er die „süße Gewohnheit"
nicht aufgeben können: fortzuleben, wie zu leben einmal
begonnen war, in der Nähe der Geliebten.

Bei Lotten jedoch fühlte er sich nun ganz sicher, als ihn an
jenem Abend eine Erfahrung überraschte, auf die er nicht

vorbereitet war. Man hatte beieinandergesessen und von Goethes bevorstehendem Abschiede gesprochen, und Goethe dabei nur an sein Fortgehen nach Frankfurt gedacht. Die Gleichgültigkeit aber, mit der Lotte ihn jetzt mißversteht, indem sie ruhig den Begriff des Wiedersehens in jenem Leben akzeptiert, während sie ihm für dieses Leben auf Nimmerwiedersehen ruhig die Hand reicht, läßt in Goethe plötzlich etwas auflodern, wovon er selbst keine Ahnung gehabt. Er war stark gewesen, solange es in seiner Macht und Wahl gelegen hatte, von Lotte fortzugehen, nun aber ist sie es plötzlich, die ihn so voller Gleichmut für dieses Leben aufgibt, und jetzt regt sich eine dämonische Ahnung in ihm, diesem Mädchen zu zeigen, daß man ein Herz wie das seine nicht so ohne weiteres von sich schiebe. Jetzt empfindet er, er habe sich größere Stärke zugetraut, als er sie besitze. Und jetzt wird ihm klar, daß sofort ein Ende gemacht werden müsse.

Diese plötzlich erwachende, gleichsam neue Leidenschaft ist es, die jene beiden gleich am ersten Abend des 10. Septembers geschriebenen Billetts erfüllt. Am nächsten Morgen sieht er die Dinge schon ruhiger an und setzt in dieser Stimmung einige Worte hinzu, und ein halbes Jahr später spricht er mit leichtem Spotte über sich selbst davon.

Von alledem steht allerdings nichts in „Dichtung und Wahrheit".

Wenn ich Goethes Darstellung seiner Liebe zu Lotte in „Dichtung und Wahrheit" für einen Mythus erkläre, so meine ich damit nicht, daß sie Unrichtiges gebe, sondern daß Goethe dem Ganzen eine gewisse bildliche Allgemeinheit der Linien verliehen habe, die das Faktische aussprach und dennoch verhüllte. Goethe wollte verschweigen, was ihn fortgetrieben hatte. Wer auch brauchte davon zu wissen? Daher die erste mystische Formel: „Ich trennte mich von ihr nicht ohne Schmerz und doch ohne Reue."

Merck also war bemüht gewesen, Goethe von Wetzlar loszumachen, vielleicht indem er sehr wohl wußte, was er tat. Merck war es nun auch, der, um die Heilung zu vollenden, ehe Goethe wieder in Frankfurt sich festsetzte, die Reise vorschlug, deren letzter Erfolg gerade schuld daran war, daß „Werthers Leiden" geschrieben werden konnten: er lud Goethe ein, mit ihm bei Frau von Laroche am Rheine zusammenzutreffen. Man verabredete, sich in Koblenz zu finden, Goethe sendet das Gepäck voraus und geht zu Fuß hinterher die Lahn hinab.

Er beschreibt den Weg dahin, den kaum jemand heute, wo die Eisenbahn so unvermeidlich bequem nebenherläuft, Goethe in dem Sinne nachwandern könnte, in dem er ihn damals zurücklegte. Er verfolgte ihn mit solchem Schlenderschritt, daß er erst nach einigen Tagen Ems erreicht. Von da fährt er mit einem Kahne weiter. „Da eröffnete sich mir der alte Rhein."

All die Schlösser und Stifter, die sich in seinen Fluten spiegelten, saßen noch voll von fettem, weltlichen und geistlichen Adel, und all die bunte unvordenkliche Wirtschaft war noch lebendig, von der heute längst niemand mehr zu erzählen wüßte. Wie vieler Herren Länder stießen damals an den Fluß und wurden von ihm durchschnitten. Über dem Rheine schwebte damals noch der volle warme Atem Süddeutschlands, während er heute norddeutsch und kühler geworden ist. Goethe erzählt von seiner Fahrt langsam, wie er selber langsam vorwärtskam. „Herrlich und majestätisch erschien (endlich dann) das Schloß Ehrenbreitstein."

An seinem Fuße, in Thal, lag das Landhaus des Geheimrats von Laroche. Seine Lage, die Aussicht von da, der innere Schmuck wird uns nun behaglich breit und wie für ewige Zeiten feststehend vor Augen gebracht. Als Goethe das niederschrieb, hatte er selbst schon am Rheine andere Zeiten gesehn und die Stürme aus Frankreich miterlebt, die dem früheren Überflusse ein Ende machten: er schreibt mit dem Bewußtsein, als alter Mann zu berichten, wie es in

den alten Zeiten, als er noch jung war, am Rheine zuge-
gangen sei.

Diese Zeiten und mit ihnen Frau von Laroche und die vielen Bände, die sie hat drucken lassen, sind heute in Deutschland vergessen. Ihre Romane machen kein Auge mehr
feucht. Ihre Erlebnisse sind veraltet. Es wohnt ihnen keine
Kraft inne. Das Schicksal hat die Frau freilich hin- und
hergeblasen, zu einem rechten Sturme aber ist es nie um sie
gekommen, der sie ganz zur Entfaltung ihrer Natur gebracht hätte. Sie war in ihrer Jugend mit einem schönen
Italiener verlobt, von dem sie sich nach ihres Vaters Willen, der Religion wegen, wieder trennen mußte. Sie hatte
dann eine verunglückte Heiratsgeschichte mit Wieland gehabt, dessen Mutter dazwischengetreten war, während er
sein lebelang ihr Freund blieb. Endlich heiratete sie aus
äußeren Gründen Herrn von Laroche, und nun waren die
Kinder fast erwachsen, als ihr erstes Werk erschien, das
Wieland herausgab: die „Geschichte des Fräulein von Sternheim“, ein Sensationsroman, der sie bekannt oder, wie man
zu sagen pflegt, berühmt machte. Und an diesem Romane
hatte sich Goethe als Rezensent die beinahe ersten literarischen Sporen verdient.

Ich erwähnte die von Merck und Schlosser gegründeten
„Frankfurter gelehrten Anzeigen“. Goethes Rezensionen
bilden eine stattliche Reihe. Den 14. Februar 1772 bereits
war diese Besprechung erschienen, welche den zweiten,
nachträglich folgenden Teil des Romans in einer Weise
behandelt, über die Frau von Laroche sich nicht zu beklagen hatte.

Diese Rezensionen Goethes bekunden als Arbeiten eines An-
fängers vollendete Gewandtheit im Gebrauche der Sprache
und eine Fülle richtiger Gedanken, die er mit herausfor-
derndem Selbstgefühl vorträgt. Man hat ein Gefühl, wie
dieser Ton den älteren, im Besitze der Macht befindlichen
Schriftstellern in die Glieder fahren mußte, und daß sie

sich in Güte mit dem auftauchenden jungen Genie abzu-
finden suchten. In der Rezension des „Fräuleins von Sternheim" wird die bisherige öffentliche Kritik des ersten Teiles
des Romans vorgenommen und zurückgewiesen. Goethes
Urteil war so schmeichelhaft, daß hierauf vielleicht sein
erstes Zusammentreffen mit Frau von Laroche, das im
Frühlinge 1772, vor der Reise nach Wetzlar also, stattgefunden hat, zurückzuführen ist. Sie ging damals bis Darmstadt, wo man enttäuscht gewesen war, statt einer einfachen Seele, wie Fräulein von Sternheim, eine Dame erscheinen zu sehen, die mit Weltkenntnis und nicht ohne
Ansprüche noch auf Schönheit die erste Stelle im Salon behauptete. Karoline Flachsland schrieb darüber erbost an
Herder. Goethe habe dieses Wesen bereits in Frankfurt so
satt gehabt, daß er gar nicht mit nach Darmstadt kommen
wollte. Die Flachsland, die den Pinsel immer stark voll
Farbe nimmt, drückt das mit der Wendung aus, Goethe sei
„ergrimmt wie ein Löwe" auf Frau von Laroche.
In „Dichtung und Wahrheit" wird von dieser Reise nichts
verraten. Als Goethe seine Erinnerungen aufzeichnete,
fühlte er, daß, wenn Frau von Laroche würdig eingeführt
werden sollte, sie als Hausfrau im Landhause zu Thal am
Rhein auftreten müsse. Er läßt deshalb das vorher Ge-
schehene ganz auf sich beruhen. Wir empfangen den Eindruck, als sei er bei seiner Rheinfahrt im September 1772
zum ersten Male von der Liebenswürdigkeit der Frau und
von der Schönheit und Anmut ihrer Tochter Maximiliane
betroffen gewesen, welche doch ebenfalls im Frühlinge schon
ihrer Mutter zur Seite gewesen war. Er beschreibt das Auftreten der Frau, ihre „Mittelstellung zwischen Edeldame
und Bürgerfrau". Ihre sich immer gleichbleibende bescheidene, aber vornehme Kleidung, entsprechend dem
sich gleichbleibenden Benehmen. Dazu die weltmännisch
freundliche Haltung ihres Mannes und die Liebenswürdigkeit der Kinder. Maximiliane eben sich entfaltend. Eher

klein als groß von Gestalt. Niedlich gebaut. „Die schwär-
zesten Augen und eine Gesichtsfarbe, die nicht reiner und
blühender gedacht werden konnte." Halb noch ein Kind,
aber durch den Umgang mit dem Vater, an dem sie mit besonderer Zärtlichkeit hing, über ihre Jahre erhaben. Maximiliane Laroche ist die Mutter von Bettina und Clemens
Brentano gewesen. Es wird später davon die Rede sein:
nur erinnere ich hier schon daran, warum Bettina ihre Korrespondenz mit Goethe, als sie sie drucken ließ, den Briefwechsel Goethes „mit einem Kinde" nannte. Wie die Kinder Lotte Kestners, glaubten später auch die Maximilianens
zu Goethe in besonderer Verwandtschaft zu stehen.
Im Hause von Frau von Laroche, wo die Freunde immer
aus und ein gingen, kam Goethe zum ersten Male mit dem
in Berührung, was wir herrschende Literatur nennen können.
In Leipzig hatte er Gellert und Gottsched als Häupter
mächtiger Richtungen wirken sehen, war natürlich aber
viel zu jung, um an dergleichen, sei es mitarbeitend oder
dagegen wirkend, sich zu beteiligen. Was er selber damals
schrieb, sind Versuche eines Schülers, der noch nicht weiß,
wohin er will. In Straßburg hatte man sich schon reifer gefühlt, war aber auch dort über den Umkreis der Mitteilung
unter Freunden nicht hinausgegangen. In Frankfurt war
endlich Fühlung mit dem großen Publikum gewonnen worden. Aber die „Anzeigen" und ihre Mitarbeiter empfanden sich als jüngere Generation. Ihre Losung war Kampf.
Man wollte sich erst eine Straße bahnen. Es war eine neue
Firma, von neuen Leuten repräsentiert. Frau von Laroche
dagegen war, unter dem Schutze Wielands, Teilnehmerin
eines alten, geprüften Hauses von Macht und Erfahrung.
Wieland war ein Mann, der etwas bedeutete in Deutschland, dessen Einfluß nicht von gestern datierte. Und wie er
selbst sich durchaus fest und sicher fühlte, empfanden auch
die, die an seiner Firma teilnehmen durften, sich als Schutz-

verwandte. Goethes und Wielands Verhältnisse beruhten für die nächsten drei Jahre auf dem Geltendmachen des verschiedenen Standpunktes, den man einnahm: Wieland versuchte mit der Gewandtheit eines Mannes vom Fach dem Anfänger gegenüber seine Autorität zu behaupten, bis ihm endlich aufging, daß er sich zu fügen habe, wie das seinerzeit zur Sprache kommen wird.

Goethes behagliche Darstellung seines Aufenthaltes im Hause zu Thal läßt nicht erkennen, daß er nur fünf Tage dort blieb. Man meint, es müßten mindestens vierzehn Tage gewesen sein. Die verschiedenen Phasen des Zusammenseins werden in ihrer gleichsam organischen Folge beschrieben, die verschiedengearteten Gestalten der neu hinzutretenden Freunde geschildert und endlich erzählt, wie alles zuletzt beinahe ein böses Ende genommen hätte: Merck traf mit seiner Familie ein! Sofort beginnt es zu gären in der Gesellschaft. Innerer Stoff zur Unverträglichkeit stellt sich heraus. Merck spottet, seine Kälte und Unruhe lassen in sämtlichen Anwesenden ein Gefühl der Unbehaglichkeit erwachen, so daß eben zu rechter Zeit noch zum Aufbruche geblasen wird. Bemerken wir wohl, daß Goethe Merck hier, wie bereits in Wetzlar, in mephistophelischer Weise wirken läßt. Goethe fährt „mit der zurückkehrenden Jacht", der Repräsentantin des offiziellen Verkehres auf dem Rheine, langsam den Strom entlang nach Mainz und trifft in der besten Stimmung zu Hause wieder ein. In begeisterten Worten dankt er Frau von Laroche für die empfangenen Freundlichkeiten.

Noch war nichts von den Stimmungen zu ahnen, aus denen, durch das spätere Erscheinen Maximilianens in Frankfurt, der zweite Teil des „Werther" seine Entstehung schöpfen sollte. Goethe hatte eine herzliche Zuneigung zu dem reizenden und klugen Mädchen gefaßt, die aber, wie schon die Jugend Maximilianens mit sich brachte, rein geschwisterlicher Natur war. Dieses Gefühl ist bei Goethe auch niemals ein anderes geworden. Die Verhältnisse jedoch, in welche Maximiliane bald nach Frankfurt versetzt werden sollte, waren so absonderlicher Art, daß daraus in Goethes Phantasie die Anschauungen entstanden, welche, mit den in Wetzlar empfangenen Eindrücken in Verbindung geratend, „Werthers Leiden" sich bilden ließen.

Nichts aber ereignet sich auch hier in unerwarteten Erschütterungen, sondern langsam treten die Dinge ein, und ganz allmählich äußert sich ihre Wirkung auf Goethe.

Zwischen ihn und die Wetzlarer Freunde war kein Schatten von Mißverständnis getreten. Kestner kam im September, gleich nach Goethes Rückkehr von dem Besuche bei Frau von Laroche, nach Frankfurt und war dort meist mit Goethe zusammen. Er reist wieder ab. Goethes Briefe berichten ausgiebig über das jetzt beginnende zerstreuende Leben in Frankfurt. Es handelt sich darum, Schlossers und seiner Schwester Verlobung zustande zu bringen, und es gelingt. Es drängt sich ein Gewirre von Menschen um Goethe herum, denen er sich seiner Natur nach völlig hingibt. Dabei haben sich seine Gedanken daran gewöhnt, nach Wetzlar sich zu richten, als dem Ort, wo Stille und Friede herrschten. Er schreibt von Zeit zu Zeit dahin, tagebuchartige Blätter, fast gleichgültig an welche Adresse sie gehen, meist an die Kestners. Sich und sein Verhältnis zu Lotte behandelt er darin wie einen sich fortspinnenden Roman, der aber mit „Werthers Leiden" keine Ähnlichkeit hat. Zu diesem äußeren Auftreten stand ein innerer Zustand im stärksten Gegensatze, von dem niemand erfuhr, als wer etwa gelegentlich hingeworfene Worte Goethes sorgsam zusammengesetzt und gedeutet hätte. Ein Zustand seltsamer Art, über den Goethe uns nachträglich Auskunft gibt.

Er hatte, als er von Wetzlar nach Frankfurt zurückging, einen Schauder vor der Existenz, in die er wieder hinein mußte. Damals war der „Götz" ja noch nicht einmal zum

Druck umgearbeitet, und keine Ahnung der späteren Rechtfertigung seiner dichterischen Bestrebungen durch die Stimme der öffentlichen Anerkennung belebte und erfrischte Goethe. Er sah sich in den alten Sumpf aufs neue hineingestoßen, in dem herumzuwaten ihm unerträglich war. Er übersah die Frankfurter Verhältnisse. Er haßte das väterliche Haus und konnte es doch zugleich nicht entbehren. Er sah seine einzige Vertraute, seine Schwester Cornelia, durch ihr Verhältnis zu Schlosser in gewissem Sinne bereits auch von ihm getrennt, und so mitten im lebendigen, anscheinend frohen Lebensgenusse hegte er verzweifelnde Gedanken. Die Leute sagten damals von ihm (wie er in einem Brief an Lotte schreibt): der Fluch Kains liege auf ihm. Goethe erzählt es selber. Sein unstetes Wesen fängt an, ihn in dem Maße mehr zu beängstigen, als er es kritisch selbst zu beobachten beginnt und zur Überzeugung gelangt, es gebe kein Mittel dagegen. Und so kommt er dahin, Selbstmordgedanken, die in ihm aufsteigen, immer ernstlicher bekämpfen zu müssen. Bis zur wirklichen Absicht, seinem Leben ein Ende zu machen, kam es bei ihm. Und in diese Stimmung hinein die Nachricht, daß Jerusalem, ein junger Mann in seinem Alter, der in Wetzlar gleich ihm am Kammergerichte gearbeitet hatte, aus Lebensüberdruß sich erschossen habe. Kestner meldet es. Kestner hat Jerusalem die Pistolen dazu geliehen: das Billett, in dem dieser sie von ihm fordert und das anfangs zerrissen und in den Papierkorb geworfen, später wiedergesucht und wiedergefunden wurde, befindet sich jetzt im Goethe- und Schiller-Archiv in Weimar und ist wiederholt faksimiliert worden. Goethe beschreibt, was in seiner Phantasie vorging, als er Kestners Brief empfangen.

Jerusalem, der Sohn eines angesehenen, berühmten Theologen, hatte mit Goethe zusammen in Leipzig studiert, sich dort aber wenig aus ihm gemacht. Goethe fand ihn am Kammergerichte in Wetzlar wieder vor, sah ihn dort aber meist am dritten Orte. Es ist allerart Schriftliches von Jerusalem gedruckt worden, darunter ein Brief, aus dem hervorgeht, daß er damals Goethe nicht mochte.

Jerusalem war in die Frau eines Wetzlarer Beamten verliebt. Ihretwegen erschoß er sich im Oktober 1772, einen Monat also, nachdem Goethe Wetzlar verlassen hatte, unter Nebenumständen, die genau dem entsprechen, was wir im „Werther" erzählt finden.

Dieses Ereignis traf Goethe wie ein Donnerschlag. Aber aus Gründen, die mit Lotte Buff wenig zu tun hatten. Weder die Erinnerung an sie noch auch die an Jerusalem persönlich wurde in seiner Seele jetzt wieder wachgerufen, sondern aus tieferen, ihn selbst berührenden Gründen beginnt seine Phantasie sich der Tat zu bemächtigen. Aus ihm selber und Jerusalem ist plötzlich ein und dieselbe Person geworden. Er sieht sich wie im Spiegel. Und zu gleicher Zeit hat Jerusalems Geliebte Lotte Buffs Züge und Gestalt angenommen, und er und sie, Werther und Lotte, die beiden Träger des Romans, stehn Goethe vor der Seele, jede der beiden Persönlichkeiten als von ihm selber abgetrenntes, fertiges Kunstwerk. Jetzt beginnt die innere Arbeit an seiner Dichtung. Im November führt ihn eine Geschäftsreise nach Wetzlar. Er sieht Lotte dort wieder, sammelt genauere Nachrichten über Jerusalems Tod und Charakter und läßt sich, was er selbst in der kurzen Zeit an Ort und Stelle nicht erfahren konnte, von Kestner nachträglich berichten. Der Gedanke, etwas zu schreiben, wodurch das Andenken Jerusalems gerettet würde, scheint sich nun zu einem festen Plane gebildet zu haben.

Damit ist aber auch vorderhand die Sache erledigt. Das Projekt versinkt wieder langsam, und ganz anderes nimmt Goethes Gedanken in Anspruch.

Erst jetzt nämlich wird die kleine Schrift über das Straßburger Münster gedruckt und herausgegeben, dann, Anfang 1773, „Götz" völlig für den Druck zurechtgemacht und zu drucken angefangen. Im Frühjahre heiraten sich darauf Lotte Buff und Kestner, unter Goethes freundschaftlicher Teilnahme. Er besorgt die Ringe und übernimmt andere Besorgungen. Darauf dann, als das junge Paar nach Hannover abgegangen, treten natürliche, längere Pausen in Goethes Verkehr mit ihnen ein. Andere Menschen erscheinen, und er hat nicht mehr das Bedürfnis, sich mit seinen Gedanken in die Stille des Deutschen Hauses nach Wetzlar zu flüchten. Nun kommt „Götz" heraus. Der Ruhm, der Goethe plötzlich umgibt, bringt ihn völlig auf andere Wege. Es regt sich in ihm ein neues Gefühl: er möchte, da „Götz" ihm so viel Bewunderung eingetragen, etwas arbeiten, das „Götz" noch überträfe. Schon jener Brief vom August an Kestner, wo es in betreff des „Götz" heißt, er werde schwerlich wieder etwas schreiben, das ihm so viel Beifall eintrüge, kann als Andeutung genommen werden, daß dieser Gedanke in ihm aufgetaucht war. Am 15. September — fast ein Jahr nach Jerusalems Tode — lesen wir in einem Briefe an Kestner: „Jetzt arbeit ich einen Roman, es geht aber langsam." Das muß wohl „Werther" gewesen sein, denn wie käme Goethe dazu, dem fernen Kestner über etwas so in den Anfängen Begriffenes zu schreiben, dem er von dergleichen sonst gar nicht sprach? Ähnliche Andeutungen fallen dann gelegentlich weiter, und im Winter 1774 bekommt Merck die Arbeit zu sehen.

Der Erfolg des „Götz" hatte auf Goethe einen entscheidenden Einfluß gehabt. Man fühlt es sofort dem Tone seiner Korrespondenz an. Goethe besaß endlich, was ihm bis dahin gefehlt und ihn so unruhig gemacht hatte: die äußere Berechtigung, zu leben, wie er lebte, zu sein, wie er war. Er hatte sich bis dahin sagen müssen, daß er die Anerkennung noch zu erwartenden Beifalles bereits vorweggenommen, daß er auf Borg zukünftigen Ruhmes sich ziemlich hohe Ausgaben erlaubt habe: nun eröffnete ihm das Schicksal endlich unbegrenzten Kredit. Nun war er Herr im eigenen

Hause, und die literarische Laufbahn verstand sich von selbst für alle Zukunft.

Trotz alledem will es auch jetzt mit dem Romane noch nicht vorwärts. Die Elemente, die sich in Goethes Erfahrung angesammelt hatten, boten in e i n e r Beziehung eine Lücke dar, die sich, seiner eigentümlichen Anlage nach, nur aus der Fülle wirklichen Lebens seine Phantasie zu nähren, einstweilen unausfüllbar zeigte: es fehlte der rechte Abschluß der Charaktere für den zweiten Teil des Romans. Es bedurfte noch einer gewissen äußeren Tragik. Es mangelte für Albert als Lottens Mann das Vorbild. Goethe kannte Kestner nur als Bräutigam und hatte ihn niemals als eifersüchtigen Ehemann gesehen. Er wollte nur schreiben, was er erlebt hatte. Das Erlebte nahm andere Gestalt in ihm an, aber es mußte vorhanden sein. Es fehlte ihm an Erfahrung, um Werther als Liebhaber einer verheirateten Frau erscheinen zu lassen. Erfinden konnte Goethe auch das nicht.

Nun aber zeigt sich die Fügung der Dinge so günstig, daß auch für diesen Mangel Abhilfe eintritt. Unerwarteterweise kommt die Heirat zustande, welche Goethe als denjenigen, der der Laroche in Frankfurt am nächsten stand, nahe betraf. Maximiliane, siebzehnjährig wie sie war, wird durch Vermittlung guter Freunde, in deren Augen die günstigen äußeren Verhältnisse maßgebend waren, mit dem Frankfurter Brentano, einem nicht mehr jungen Manne, Witwer mit fünf Kindern, rasch verlobt und verheiratet. Im Januar 1774 wird die Hochzeit gefeiert, und das neue Paar trifft samt der Mama in Frankfurt ein, wo Goethe die Last aufgebürdet wurde, der jungen Frau, die immer noch halb wie ein Kind auftrat, die fremde Stadt und überhaupt die neue Existenz behaglich zu machen. Maximiliane war an den Umgang bedeutender Menschen gewöhnt wie an etwas Selbstverständliches: ihr Mann war Geschäftsmann in der strengsten Bedeutung des Wortes und war obendrein

Italiener. Goethe sah auf der Stelle voraus, was entstehen würde und was in der Tat geschah: Brentano wurde eifersüchtig, und es kam dahin, daß Goethe, den kein anderes Gefühl als das des reinsten Wohlwollens immer wieder in das Haus zurücktrieb, das ihn die Mutter Laroche flehentlich nicht aufzugeben bat, schließlich doch einen Strich unter die Rechnung machte.

Allein noch ehe das eingetroffen war, bereits in den ersten Tagen des Zusammenseins, als die Eifersucht des Mannes noch gar nicht zum Vorschein gekommen war, während Goethe freilich sicher voraus wußte, daß sie nicht ausbleiben werde, stand ihm der zweite Teil des „Werther" fertig vor der Seele. Die Entwicklung war gefunden. Auf Kestners duldende, zutrauensvolle Gestalt wurde die des mißtrauischen italienischen Gatten Maximilianens gepfropft, und es kam aus beiden Gestalten jener unerträgliche „Albert" des Romanes heraus, der Kestner hernach so vielen Kummer bereitet hat und dessen unliebenswürdige Härte Goethe dann vergebens zu mildern suchte.

In einem Briefe Goethes vom 26. April 1774 an Lavater lesen wir: „Ich will verschaffen, daß ein Manuskript Dir zugeschickt werde. Denn bis zum Druck währt's eine Weile. Du wirst großen Teil nehmen an den Leiden des lieben Jungen, den ich darstelle. Wir gingen neben einander, an die sechs Jahre, ohne uns zu nähern. Und nun hab' ich seiner Geschichte meine Empfindungen geliehen, und so macht's ein wunderbares Ganze." So also wollte Goethe den Roman aufgefaßt haben: Jerusalem, des armen Jungen, dessen Schicksal er so gut verstand, Gedächtnis sollte gerettet werden. Und die Freunde werden darauf vorbereitet, daß die erzählten Schicksale nicht die Goethes seien.

Inwieweit aber waren Lotte und ihr Mann selber im Geheimnisse? Hatten sie eine Ahnung dessen, was ihnen be-

vorstand? Hier bietet sich ein sonderbares Schauspiel.
Goethe kann es nicht übers Herz bringen, ihnen, mit denen
er in fortwährendem aufrichtigen Verkehre steht, von seiner Arbeit zu schweigen, wendet seine Mitteilungen aber
so, daß sie ihnen unverständlich bleiben mußten.
Goethe, wenn er überhaupt Lottens wegen jemals des Trostes bedurft hatte: Anfang 1774, als er den Roman zu ver-
fassen begann, hatte er ihren Verlust sicherlich überwunden. Sie und Kestner waren durch ihren Fortgang nach
Hannover schon zu halb mythischen Wesen für ihn geworden. Goethe wird öfter zum Vorwurf gemacht, daß das
Sprichwort: Aus den Augen, aus dem Sinn, bei ihm so scharf
zutreffe. Er gesteht es offen ein: Wer nicht in seiner nächsten Nähe lebte, existierte oft genug nicht für ihn. Galt dies
auch nicht von denen, die seinem Herzen besonders teuer
waren (wofür seine Briefwechsel genugsam Zeugnis ab-
legen), so bedurfte er doch, damit seine Phantasie seine
Freunde in voller Kraft begleiten könnte, der sinnlichen
Anschauung ihrer Umgebungen. Fehlte der landschaftliche
Hintergrund, so fingen die Umrisse der Personen an zu
verschwimmen. Lotte Buff in Wetzlar, im Deutschen Hause,
in den Straßen des Städtchens, auf ihren Spaziergängen
stets vom wohlbekannten Horizonte umgeben, war eine
andere Gestalt für Goethe als Lotte Kestner in Hannover,
einer norddeutschen Stadt, die er nicht kannte. Lotte war
historisch für ihn geworden.
Nun aber, Anfang 1774, führt die Arbeit am Roman Goethe
wieder in die alten Gefühle zurück; wunderbar, wie das
schon hart und trocken gewordene Laub der Blätter und
Blüten des Sommers 1772 in seiner Phantasie wieder neu
aufgrünt. In einem Briefe, der in den März 1774 gehört,
schreibt er Kestners: freilich seien ihre Briefe lange unbeantwortet geblieben, doch habe er sich diese Zeit mehr mit
Lotte beschäftigt als jemals. „Ich lasse es Dir ehstens
drucken", sagt er, „es wird gut, meine Beste." Und in dem

Maße nun, in dem die fortschreitende Arbeit ihn nötigt,
Lotte als junges Mädchen noch einmal wie von frischem
kennenzulernen und die ganze Stufenleiter seiner Gefühle
gegen sie noch einmal mit langsamen Schritten emporzu-
klimmen, erhebt ihre Gestalt sich schöner und reizender
vor ihm, als er sie in Wirklichkeit vielleicht jemals vor
Augen gehabt, und es wird natürlich, daß er diese Anschauungen auf Lotte Kestner überträgt, die er ja nicht anders zu
sehen vermochte, als wie er sie zum letzten Male, als junges Mädchen, in Wetzlar verlassen hatte.
Die wirkliche Lotte aber stellt Goethes Phantasie jetzt freilich eine starke Zumutung: sie erwartet ein Kind. Indes, die
Lotte des Romans war bereits so fest gezeichnet, daß die
Wirklichkeit an ihren idealen Umrissen nichts mehr ändern konnte. Bei weitem schwerer war etwas anderes zu
überwinden.
Lottens Bildnis war im Romane zu deutlich geraten. Goethe
hatte die Ereignisse und die Personen zu realistisch sichtbar
dargestellt. Nun sahen wir: es gab für die Öffentlichkeit
damals kaum ein anderes Interesse als die Beschäftigung
mit neuen Büchern und neuem Familienklatsch: hier wäre
beides diesmal zusammengetroffen. Goethe wußte im voraus, was entstehen müsse. Er war entschlossen, sich von
diesen Befürchtungen nicht beirren zu lassen, aber die
Freundespflicht schien zu gebieten, nicht ganz ohne Kestners
Mitwissen vorzugehen, ihn und seine Frau andeutungsweise
wenigstens von dem unterrichtet zu haben, was ihnen bevorstände. Dies geschieht nun auf die sonderbarste Weise.
Im Mai 1774 kommt Lotte mit einem Jungen nieder, der
aus allzu großer Bedenklichkeit nicht einmal Wolfgang genannt werden sollte. Goethe war gerade dabei, einen Verleger für den „Werther" zu suchen (der, wenn die Über-
lieferung recht hat, von einem Leipziger Buchhändler zurückgewiesen worden war). „Küßt mir den Buben", schreibt
Goethe an Kestner, „und die ewige Lotte. Sagt ihr, ich

kann mir sie nicht als Wöchnerin vorstellen. Das ist nun unmöglich. Ich seh sie immer noch, wie ich sie verlassen habe (daher ich auch weder Dich als Ehemann kenne, noch irgend ein ander Verhältnis als das alte, — und sodann, bei einer gewissen Gelegenheit, fremde Leidenschaft aufgeflickt und ausgeführt habe, daran ich Euch warne, Euch nicht zu stoßen). Ich bitte Dich, laß das eingeschlossene Radotage bis auf weiteres liegen, die Zeit wird's erklären."
Sich mystischer auszudrücken, war kaum möglich, so daß Kestner allerdings nur abwarten konnte, was die Zeit klären würde.
Im nächsten Briefe, vom 11. Mai, eine neue Anspielung: „Adieu, Ihr Menschen, die ich so liebe (daß ich auch der träumenden Darstellung des Unglücks unsers Freundes die Fülle meiner Liebe borgen und anpassen mußte)." Die Parenthese war noch unverständlicher als die frühere. Nun lange Zeit gar nichts, und endlich, am 16. Juni, ein Brief, der mit den Worten schließt: „Adieu, liebe Lotte, ich schick Euch ehstens einen Freund, der viel Ähnlichs mit mir hat, und hoffe, Ihr sollt ihn gut aufnehmen, er heißt Werther und ist und war — das mag er Euch selbst erklären." Hiermit glaubt Goethe genug getan und sein Gewissen entlastet zu haben. Die folgenden Briefe enthalten nichts mehr über seine Arbeiten. Ein Vierteljahr später, den 23. September, sendet er Lotte das fertige Buch. Sie solle es noch niemand zeigen. Es komme die Leipziger Messe ins Publikum. „Ich wünschte", schreibt er, „jedes läs' es allein vor sich, Du allein, Kestner allein, und jedes schriebe mir ein Wörtchen." Goethe scheint so überzeugt davon, beide würden ihr himmlisches Vergnügen an dem Werke haben, daß er die Möglichkeit ganz aus den Augen verloren hat, es könne anders kommen.
Wir haben Kestners Brief an Goethe nicht, worin er sein und seiner Frau Gefühle nach der ersten Lektüre des Romans ausspricht, sondern nur das Fragment eines Brief-

konzeptes, in sehr ungeschminkter Sprache abgefaßt. Der Erwiderung Goethes darauf fehlt das Datum: „Ich muß Euch", beginnt er, „gleich schreiben, meine Lieben, meine Entzürnten, daß mir's vom Herzen komme." Der Sturm kam für ihn nicht unerwartet. Er bittet um Verzeihung, aber mäßig. Noch war kein Ton des ungeheuren europäischen Beifalls damals zu ihm gedrungen; aber es scheint ein Gefühl von der Größe seiner Leistung ihn zu erfüllen, neben dem Kestners Empfindlichkeit kaum mehr in Rechnung kam. Und merkwürdig, wie dies Gefühl auch bei Kestners sofort maßgebend wird. Sosehr sie sich getroffen und gekränkt fühlen, noch mehr empfinden sie, daß ihnen eine Ehre erwiesen sei, welche über Verdienst hinausgehe. Kestner zumal mußte sich durch die unerträgliche Rolle verletzt fühlen, welche Albert in dem Romane spielt, aber es ließ sich ja so nachrechnen, daß zu der Zeit, wo Jerusalem sich erschoß und auch wo Goethe Lotte zum letzten Male gesehen hatte, diese noch unverheiratet war. Alberts Rolle ergab sich daraus mit aller nur wünschenswerten Sicherheit als eine erfundene, mochte noch so faktisch sein, daß Kestner Jerusalem die Pistolen geliehen, mit denen der Unglückliche sich erschoß. Und vor allen Dingen: die im Roman auftretende, über alle idealen Gestalten erhobene Lotte war jetzt doch seine Frau! An Lotte hatte Goethe gut gemacht, was er an Kestner gesündigt; was diesem von der einen Seite genommen war, wurde ihm von der andern reichlich ersetzt. Denn obgleich Lotte Kestner blondes Haar und blaue Augen, die Lotte des Romans aber schwarze Augen hatte, so konnte doch darüber kein Zweifel sein, daß Kestners Frau und Werthers Lotte ein und dieselbe Persönlichkeit seien.

Kestner hatte einen Freund, dem er von Zeit zu Zeit Generalbeichte ablegte. Diesem schüttet er sein Herz aus. Wir sehen, das hannöversche Stadtgeschwätz war über das junge Ehepaar hereingebrochen. Eine schöne junge Frau, eine

Fremde, eine Süddeutsche, um die ein Braunschweiger sich totgeschossen hat, und der berühmteste junge Dichter Deutschlands, der die Geschichte haarklein mitteilt! Dabei eine so unentwirrbare Vermischung von Wirklichkeit und Erfindung, daß eine Darlegung, wie die Dinge eigentlich sich verhielten, kaum möglich war. Man mußte den Sturm über sich ergehen lassen, genug, wenn die genauesten Freunde wenigstens über den Zusammenhang im klaren waren. Als immer wirksameres Gegengift jedoch gegen diesen Kummer scheint Lotte bald eine solche Glorie umgeben zu haben, daß Kestner, der sich in der glücklichen Lage befand, einmal der gewesen zu sein, welcher Lotte davongetragen hatte, und zweitens der zu sein, der sie nun besaß, eine gute Handvoll dieses Ruhmes für sich selber abnehmen durfte.

Er schreibt an seinen Freund über Goethe selbst mit der höchsten Schonung. Ja, es scheint ihm sehr daran gelegen, daß diesem nichts zu Ohren komme, was einer Klage von ihrer Seite ähnlich sah.

Wie denken wir heute über Goethes Handlungsweise? Ein Schriftsteller, der sich in das Vertrauen einer Familie einschleicht, um literarisch zu verwertenden Stoff zu gewinnen, betreibt ein sehr niedrig stehendes Gewerbe. Ein Dichter dagegen, der in unbewußt drängender Geistesarbeit sein Werk schafft, kann nicht aus äußeren Rücksichten Anschauungen, die seiner Phantasie entquellen, zurückdrängen, weil sie mit wirklichen Erlebnissen zusammenfallen. Dagegen ließe sich zweierlei freilich einwenden. Erstens, welches sind die zuverlässigen Kennzeichen eines solchen Dichters? Hier kann allerdings nur an unser Gefühl appelliert werden. Und zweitens: es beherrscht uns heute so sehr das Gefühl, es müsse mit demselben Maße hoch und niedrig gemessen werden, daß es uns schwer fiele, Ausnahmen zu gestatten. Hier aber bilden w i r die Ausnahme und nicht der Dichter, der gegen das Gesetz zu verstoßen scheint! Wären

wir alle, wie wir sein sollten, so würden alle menschlichen
Verhältnisse rein dargelegt werden können. Jedes Mißverständnis, jeder Verdacht würde unmöglich sein, das
Reine rein, das Unechte verwerflich erscheinen. Mit wie
reinen Händen entfaltet Shakespeare die furchtbarsten Verbrechen vor uns. Ein wahrer Dichter geht durch die Welt
wie ein Kind, das von keinen Geheimnissen weiß und selbst
das Abscheuliche mit seinen unschuldigen Lippen wiederholt, ohne zu ahnen, um was es sich handelt. Was unsere
Frage entscheidet, ist die Überzeugung dessen, was im Willen des Dichters gelegen habe. Goethe hat in der Lotte
seines Romans eine ideale Gestalt geschaffen, deren Schönheit allein schon sein Werk über jeden Vorwurf erhebt. Er
hat in Albert einen Charakter geschildert, dessen böse Seiten nur der ästhetischen Forderung des künstlerischen
Gegensatzes ihren Ursprung verdanken: auch nicht ein
Schimmer, daß er Kestner habe treffen wollen. Wie wahr
dies sei, ergibt sich schon daraus, daß Goethe hernach, als er,
aus Rücksicht auf Kestner, Alberts Charakter zu mildern
suchte, mit allen seinen Abschwächungen einzelner Züge
nichts erreichte. Was mit Werthers Gestalt beabsichtigt
war, wissen wir. Diese drei Figuren wurden durch seltsam
sich verbindende Ereignisse in Goethes Seele gleichsam
zum Keimen gebracht, ausgebildet, gezeitigt und endlich
wie mit Gewalt ans Licht gestoßen. Ich hätte den Verlauf
der Dinge, aus deren äußerem Anstoße der Roman hervorging, nicht so genau zu verfolgen brauchen, wäre uns die
Kenntnis dieser Details für unser abschließendes moralisches Gefühl nicht so nötig gewesen. Hätte Goethe nicht
mit so reinem Gewissen die Arbeit angegriffen, so würden
einfache unschuldige Leute wie Kestners hinter seinem
Rücken nicht mit so großer Achtung von ihm gesprochen
haben. In Kestners Brief nämlich, worin er seinem Freunde
zum ersten Male über den Roman und die ihm zugrunde
liegenden realen Verhältnisse Auskunft gibt, findet sich die

schon früher zitierte Äußerung: Goethe habe sich in Wahrheit viel größer benommen, als der Roman ihn erscheinen lasse. Die äußerliche Eitelkeitsbefriedigung, von der ich bei Kestner sprach, hätte einem ehrlichen, graden Menschen wie ihm den giftigen Stachel nimmermehr aus der Wunde ziehen können, wäre wirklich ein giftiger Stachel hineingestoßen worden.

In der Tat fiel dies Geschwätz auch bald zu Boden. Dem Publikum war wenig an Albert gelegen, es hatte Werther im Auge. Es sah den Unglücklichen in überzeugender Leibhaftigkeit vor sich, der den Jammer der irdischen Welt durchschaut, deren Teil er doch bildet. Der wie Hamlet zuviel Sonne hat. Dem keine Gelegenheit sich bietet, eine große Tat zu vollbringen, bis er sich selbst zu deren Objekte macht. Der, in eine hoffnungslose Leidenschaft verwirrt, eine noch rasendere Fähigkeit, sich selber bis in die feinste Faser zu kritisieren, in sich wachsen fühlt — daß er es endlich nicht mehr ertragen kann. Wohin hätte Werther sich flüchten sollen?

Jeder junge Mensch in der damaligen Welt, der sich selbst betrachtete, mußte ein Stück Werther in sich erkennen. Er sah die geheime Geschichte seiner Empfindungen von einem Fremden geschrieben, der ihn besser kannte, als er sich selbst. Und so wurde nicht bloß in Deutschland empfunden, sondern wohin der Roman in fremden Sprachen drang, erweckte er das gleiche Gefühl. Wie ging es zu, daß Werther und Lotte, zwei wurzelecht deutsche Gestalten, von Franzosen, Italienern, Engländern verstanden wurden, als seien sie keltischem, romanischem oder normannisch-sächsischem Boden entsprossen? Es ist bekannt, daß Napoleon als junger Mann „Werther" gelesen hatte und wahrscheinlich kein anderes Werk von Goethe kannte, auf das hin sich für ihn von selbst verstand, daß er, als er im Triumphschritt Deutschland durcheilte, Goethe als den größten deutschen Dichter kennenlernen müsse.

Ich habe diese Fragen aufgeworfen, weil ihre Beantwortung unsere Blicke auf ein in Goethes Roman und in den darin handelnden Figuren enthaltenes Element lenken muß, das bis jetzt außer acht gelassen wurde. Es sind bisher nur die persönlichen Verhältnisse als etwaige Quellen des Romans in Betracht gezogen worden. Ich suchte zu zeigen, welche Personen Goethe begegnen mußten, damit Werther, Lotte und Albert in seiner Phantasie Gestalt gewönnen. Ohne Zweifel waren diese Personen unentbehrlich für das Zustandekommen des Werkes. Allein, damit sie für Goethe benutzbar würden, dazu bedurfte es einer Mitwirkung von anderer Seite her, ohne welche sie innerhalb seiner Phantasie niemals Keimkraft besessen haben würden. Oder vielmehr, diese Personen bilden nur den Zusatz zu etwas anfänglich in Goethe Lebendigem, mit dem sie sich vereinigten, das jedoch auch ohne sie vorher schon vorhanden war. Mag Werther noch so deutlich die Gedanken Goethes und die Schicksale Jerusalems aufweisen: das Zusammenfließen dieser beiden Elemente genügte nicht, um Werthers Gestalt zur Erscheinung zu bringen: noch ehe Goethe nach Wetzlar ging, ehe er Lotte und Kestner und Maximiliane und Brentano und Jerusalem kennenlernte, lag die poetische Möglichkeit Werthers als eine in den Umrissen bereits vorhandene Gestalt, sehnsuchtsvoll nach Leben gleichsam, in seiner Seele: existierte Werthers Schicksal fertig bereits in der Idee. Nicht als Schöpfung Goethes, sondern als die eines anderen Dichters, aus dessen Taubenschlage Goethe ein Nest voll Brut entwandte, die er als seine eigene dann ausfliegen ließ. Und damit verlassen wir den Boden der persönlichen Erlebnisse und gehen, um einen neuen Anblick dieser Dinge zu gewinnen, auf den der allgemeinen literarischen Schicksale der modernen Völker über.

Zum vollen Verständnisse „Götz von Berlichingens" war es nötig gewesen, die Geschichte des Dramas im Fluge zu überblicken. In gleicher Weise muß dies jetzt beim Roman geschehen. Hier waltet der Unterschied, daß wir uns um das Altertum nicht zu kümmern haben: der Roman ist eine moderne Erscheinung, denn er beruht auf der Erfindung der Buchdruckerkunst. Zum Begriffe des Romans gehört, daß er gedruckt sei, in vielen Exemplaren gleichzeitig verbreitet und von vielen Personen gleichzeitig, und zwar von jedem ganz in der Stille, gelesen werden könne.

Um zu dem Begriffe eines Kunstwerkes zu gelangen, müssen wir immer zwei Parteien ins Auge fassen: hier den Künstler, der seine Arbeit hervorbringt und sie darbietet, und dort die Nation, die sie in Empfang nimmt und genießt. Das D r a m a wäre undenkbar, wollten wir nur vom Dichter und den Schauspielern, nicht auch vom Publikum reden, das an bestimmter Stelle sich zusammenfindet, gemeinsam genießt und gemeinsam Lob oder Tadel spendet. Wir haben beim „Götz" gesehen, von wie entscheidender Wichtigkeit die Beschaffenheit des deutschen Theaterpublikums für die deutsche Bühne war, und wie sie uns zum Buchdrama drängte, während dieses in Frankreich und den andern Ländern, wo das Publikum anders beschaffen war, kaum zu bemerken ist. Nun, wie das Buchdrama zum Bühnendrama, so verhält sich der R o m a n zum V o l k s e p o s. Der Roman entstand in Europa, als eine Reihe äußerer Bedingungen von seiten der empfangenden und genießenden Völker das Volksepos zur Unmöglichkeit werden ließen, während doch das Grundbedürfnis des gemeinsamen Genusses erzählender Gedichte bestehen blieb.

Alle Nationen bedürfen Speise für ihre Phantasie. Die Völker verlangen wie die Kinder ihre Märchen. Es sollen überraschende Dinge berichtet werden, an denen jeder teilnimmt. Nicht nur hören will sie der einzelne, sondern zugleich empfinden, daß alle übrigen sie hören. Nicht nur das war eine Bedingung der Wirkung, welche Homer auf die Griechen gehabt hat, daß er ein großer Dichter war und daß das Volk seine Gesänge gern hörte, sondern ebensosehr muß in Betracht gezogen werden, daß Homer in allen Teilen seines Vaterlandes gleichmäßig zu Hause war und daß das Volk sich zu großen Massen vereinigte, um seine Gedichte besser und voller zu genießen.

Das Volksepos, das die antike Welt und die des sogenannten Mittelalters beherrschte, verschwand, als die Buchdruckerkunst eine leichtere und sicherere Weise des gleichzeitigen Genusses einer Dichtung von seiten des gesamten Volkes möglich machte. Der fundamentale Unterschied zwischen Volksepos und Roman liegt allein in der verschiedenen Art der Aneignung eines im übrigen sich gleichgebliebenen dichterischen Erzeugnisses von seiten des Publikums. Beim Volksepos mußten an festen Stellen, zu fester Zeit und Stunde die Gemeinschaften körperlich vereinigt sich zusammenfinden, um des poetischen Genusses teilhaftig zu werden; beim Roman bedarf es dessen nicht. Weder Dichter noch Publikum sind hier sichtbar oder kennen sich. An irgendeiner Stelle, die niemand zu wissen braucht, sitzt der Dichter, den niemand zu sehen und zu hören braucht, und schafft in der Stille sein Werk; und zerstreut, im ausgedehntesten Kreise um ihn her, jeder einsam, keiner weder dem Dichter noch dem Mitgenießenden sichtbar, sitzt sein Publikum und schlürft, mit den Augen auf den gedruckten Blättern, die Gedanken und Bilder ein, die das Buch ihm auftischt. Der Dichter muß s c h r e i b e n können, es muß ein B u c h h a n d e l existieren, es müssen Menschen da sein, welche l e s e n können, damit ein Roman denkbar sei. Das Volksepos existiert, sobald diese Bedingungen eingetreten sind, dann nur noch für diejenigen, welche nicht lesen können, sinkt zur Unterhaltung der Bettler und Bauern und zum Märchen der Mägde- und Kinderstuben herab.

Diese Periode des abgeschlossenen geistigen Genusses in der Stille (wobei jedoch das Gefühl, daß von vielen andern

das gleiche Buch zur gleichen Zeit gelesen werde, nie fehlen
durfte) trat bei den modernen Nationen zuerst ein in Italien, dann in Spanien und Frankreich, dann in England
und Deutschland. Dieser Ordnung entspricht die Aufeinanderfolge der Blüte der modernen Romanliteratur in den
verschiedenen Ländern. Was Italien anlangt, so entwickelte
sich hier jedoch der Roman nicht so, wie sich hätte erwarten
lassen. Wir haben dasselbe beim italienischen Drama beobachtet. In den Zeiten, wo der Buchhandel die Romanliteratur zu einem Elemente von Bedeutung in Europa an-
wachsen ließ, dämpfte das daniederliegende öffentliche
Leben in Italien die Literatur zu nichtiger Spielerei herab.
Alles ernste Gefühl kam dort als Musik zur Erscheinung,
während der Roman nicht die Kraft besaß, die Form des
Volksepos niederzuwerfen: Ariost und Tasso waren Romanschreiber, deren Romane jedoch im Volksepos gleichsam steckengeblieben sind. Spanien war ein ganz anderer
Boden. Hier wurde nicht rezitiert, sondern gelesen. Man
saß still und einsam über den Romanen, wie Cervantes
selber den Don Quichote als über seinen Büchern brütend
darstellt. Eine unglaubliche Lesewut und eine ebenso große
Überzeugtheit, alles Gelesene sei wahr, beherrschten im
16. Jahrhundert das spanische Publikum. Zumal dieses
guten Glaubens bedarf es aber, wenn die erzählende Literatur in Blüte kommen soll. Nach der spanischen Romanliteratur kam die französische. Zu der Zeit Goethes endlich
war in Spanien das literarische Leben längst erschöpft, und
das Frankreichs sogar schon im Herabsinken, in England
dagegen stand es nun in voller Blüte. Was für das Drama
galt, gilt in betreff Englands auch für den Roman: in der
Behandlung des Stoffes gehen dort beide literarische Formen jetzt in der gleichen Richtung weiter. Ich brauche deshalb das über die Entwicklung dieser Dinge bereits Gesagte nur wiederholend zu berühren.
Um die Mitte des 18. Jahrhunderts war dem englischen

bürgerlichen Familienroman die leitende Stellung in Europa zugefallen. Wir sahen, welches Aufsehen Goldsmith's „Vicar of Wakefield" gemacht hatte, der von Herder den Straßburger Studenten vorgelesen wurde, nachdem er ihn selber dreimal für sich gelesen. Doch nicht nur auf direktem Wege, sondern auch über Frankreich gelangte der englische Roman nach Deutschland. Im Drama hatte Diderot uns die englische Form und den englischen Gehalt vermittelt, im Roman kam jetzt ein viel mächtigerer als er: Rousseau.

Die Engländer hatten einfachere Ziele als die französischen Schriftsteller. Sie suchten mit edlen Charakteren zur Nacheiferung anzureizen, mit bösen zu warnen, mit lächerlichen zu unterhalten. Der bedeutendste der englischen Romanschreiber war zu jener Zeit Richardson. „Der Brite Richardson", den Gellert den größten Wohltäter der Menschheit nennt. In Goethes Jugendversen an die Unschuld heißt es: „Mehr als Byron, als Pamele Ideal und Seltenheit"; diese beiden sind die Haupthelden seines Romanes „Pamela", welcher bereits 1740 erschienen war. Es gab damals keine höhere Vorstellung eines tugendhaften Paares. In seiner Epistel, vom Jahre 1768, an Friederike Oeser wirft Goethe den Frankfurter Mädchen vor:

> Denn will sich einer nicht bequemen,
> Des Grandisons ergebner Knecht
> Zu sein und alles blindlings anzunehmen,
> Was der Diktator spricht,
> Den lacht man aus, den hört man nicht.

„Grandison" (1753) war Richardsons berühmtester Roman. Der Held der Dichtung ist ein Kompendium edler Eigenschaften, an dessen Möglichkeit fest geglaubt wurde. Im „Grandison", erzählte mir mein seliger Onkel Jacob, habe er als Kind seine Mutter eifrig lesen sehen. Eine solche Lektüre war nichts Geringes. Sie erforderte lange Zeit und

nahm die Gedanken in Anspruch. In unser von Politik
kaum berührtes Leben wurden diese Romane wie große Ereignisse eingepflanzt. Sie drangen in Übersetzungen überall bei uns ein. Die außerordentlich breite und deutliche
Durchführung gemeinverständlicher wie gemeinnütziger
moralischer Probleme machte das Hineinleben in sie neben
dem Genusse fast zur Pflicht. Es schien keine naturgemäßere
Art zu geben, praktisch, auf unschädlichem Wege und dabei
höchst angenehm Lebenserfahrung der edelsten Art sich
anzueignen. Romane dieser Art erschienen bald als die
beste Form, dasjenige zusammenzufassen, was der inneren
Erziehung dienlich sein könnte. Sie traten ergänzend da
ein, wo die Predigt von der Kanzel nicht mehr ausreichte.
Daher denn eine große Zahl der Romanschriftsteller dem
geistlichen Stande angehörte.

Weiter gingen Engländer und Deutsche nicht: erst die
Franzosen mußten sich, wie beim Drama, des Romanes bemächtigen, um die letzten Konsequenzen für das öffentliche
Leben daraus zu ziehen. 1760 erschien Rousseaus „Neue
Heloise", 1762 sein „Émile", zwei Romane didaktischen
Inhaltes, von denen eine ungemeine Bewegung in Europa
ausging. Die Engländer hatten unterhalten und interessiert:
Rousseau erschütterte und ergriff. Die Wirkung dieser beiden Werke ist das größte, umfangreichste Ereignis der
modernen Literaturgeschichte. Mitten in die verderbte französische Welt hinein werden entzückende Debatten über
Tugend und Unschuld hineingebracht. Weder ist Paris der
Hauptschauplatz der dargestellten Ereignisse, noch ist es
sogar ein Pariser, der sie beschreibt. Ein provinziales Französisch, von ungewohnter farbiger Kraft und von sinnlicher
Stärke erfüllt: man war außer sich. Rousseau erhob sich als
moralischer Prophet und Reformator. Der „Roman" war
zu neuen, ungeahnten Ehren durch ihn gebracht worden.
Richardson hatte Unterhaltungslektüre für Frauen geschaffen, die Tendenz der Predigt, der breiten Darlegung

auch für einfacheres Verständnis tritt hervor; Rousseau
bringt unumgängliche Probleme auf, behandelt Fragen,
welche von Männern und Philosophen als die wichtigsten
des Jahrhunderts anerkannt werden, und löst sie durch
gründliche Diskussion und doch wie im Spiele. Nicht der
richtende Verstand, welcher irren kann, sondern das empfindende Herz, das seiner Sache sicher ist, wird zum Richter
über die Fragen der sittlichen Weltordnung eingesetzt, und
niemand rebelliert dagegen.

Wunderbar, in welcher Schärfe sich heute dies Verhältnis
der Dinge darstellt. Als Dichtung sind Rousseaus beide
Werke kaum noch genießbar. Sie bieten sich als die fast
mechanische Aneinanderreihung von Briefen und Debatten
dar, in denen Zeitfragen leidenschaftlich erörtert werden.
Die Personen bilden keine dichterisch abgerundeten Erscheinungen, sondern dienen überall dem Zwecke. Seinerzeit aber bemerkte das niemand. Die Welt bewunderte
St. Preux und Julie als großartige Repräsentanten dessen,
was das Jahrhundert erfüllte. Man glaubte an sie, wie an
die Ideale Richardsons. Der höchste Wunsch war, zu fühlen,
wie diese Seelen fühlten, die Welt zu sehen, wie sie. Die
Luft, welche Goethe atmete, war erfüllt vom Geiste Rousseaus. Und wir brauchen nur Werther und Lotte mit
St. Preux und Julie zu vergleichen, um zu gewahren, wie
ohne diese letzteren jene beiden niemals zur Entstehung
gekommen wären.

Der entscheidende Charakterzug bei Werther, der ihn, noch
bevor er die unglückliche Leidenschaft zu Lotten gefaßt
hat, als eine Beute des Schicksals zeichnet, ist die Stellung,
die er sich selbst außerhalb der Menschheit gibt. Werther
ist ein Verstoßener, nicht der Menschheit, sondern der ver-
derbten menschlichen Verhältnisse. Überall weiß er die
feinste Handschrift jedes Herzens zu lesen, überall aber
liest er sie nur und geht kopfschüttelnd weiter. Der Begriff
der Arbeit im heutigen Sinne ist ihm unbekannt. Er ißt und

trinkt und kleidet sich als Gentleman und er kritisiert. Die Welt ist zu elend, um einen Geist wie den seinigen zu anderer Tätigkeit zu veranlassen. Über Kirchtürmen und Palästen hoch in den Lüften schwebend, betrachtet er mit wehmütigen Adlerblicken, was sich unten ereignet. Die denkbar edelste Beschäftigung des Höchstgebildeten schien damals: sich unzufrieden zu fühlen mit allem und dafür ausreichende Beweise zu suchen; sich beleidigt zu fühlen durch alle menschlichen Einrichtungen, ohne den leisesten Versuch aber, sich gegen sie zu stemmen. St. Preux liebt die Tochter eines Mannes, dessen Adelsstolz diese Verbindung überhaupt gar nicht als eine mögliche fassen kann. Aus dieser Unmöglichkeit fließt dann das tragische Schicksal aller Personen. Ich erinnere daran, wie auch Werther dies Gebiet berührt; Werther gerät, im II. Teil des Romans, in einen geselligen Zirkel von Adligen, die ihn, ohne daß böser Wille dabei ist, nicht als ebenbürtig gelten lassen, so daß er die Gesellschaft verlassen muß. Dieser Gegensatz aber machte sich einige Jahrhunderte früher bei weitem schärfer noch in Europa fühlbar, keiner jedoch dachte damals daran, ihn von der sentimentalen Seite zu nehmen. Der niedrigste Diener im Schlosse liebt die Prinzessin. Was, ruft der alte König, ein Stallknecht will meine Tochter heiraten? Prügelt ihn hinaus! Was, ruft der Stallknecht, nachdem er sich mit blauen Flecken draußen wiedergefunden, ihr denkt, damit sei die Sache zu Ende? Geht hin, erobert ein Königreich, präsentiert sich damit wieder, und es wird die Hochzeit gefeiert. So ging es in den alten Märchen und so in der Poesie zu bis zu Rousseaus Zeiten. Die Unmöglichkeit wird anerkannt, aber man kämpft sich wacker durch, und es fällt endlich ein Auskunftsmittel vom Himmel. In den englischen Romanen heiratet der Lord schließlich das arme Mädchen aus dem Volke, wie er heute die Gouvernante heiraten muß. Rousseau dagegen, dessen eigne Schicksale bekannt sind, schuf den neuen Romanhelden nach seinem Bilde, der, um glücklich zu werden, einer andern neueingerichteten Welt bedurft hätte. Der in seiner Verzweiflung herumwühlend sich immer tiefer in unlöslichen Problemen verirrt und doch zu gleicher Zeit das richtigste, klarste, treffendste Urteil über die Dinge äußert, mit größter Scharfsichtigkeit den Kern überall von der Schale sondert, ohne ihn jedoch genießen zu wollen, und schließlich für den Ausdruck all dieser geistigen Mühsale eine Sprache besitzt, die ihn bewunderungswürdig erscheinen läßt.

Das war, lange ehe an Werther gedacht wurde, Rousseaus St. Preux. Der Held der „Neuen Heloise" und der des Goetheschen Romans würden, wollte man ihre Silhouetten aufeinanderlegen, so genau in den Linien passen, daß sie zusammenfielen. Wären St. Preux und Werther einander im Leben nahegekommen, so würden sie sich mit einem Schrecken betrachtet haben, mit dem der Mensch seinem Doppelgänger begegnet. St. Preux, in Werthers Verhältnisse gebracht, würde sie in derselben Weise aufgenommen haben und in der gleichen Ratlosigkeit gewesen sein, in irgendwelcher Lage, sei es die unbedeutendste, aus eigner Initiative positiv zu handeln. Beider Energie ist durchaus von dem abhängig, was die Welt tut, was andere tun; allein gelassen, sind sie nicht imstande, aus eigenem inneren Antriebe einen Schritt vorwärts oder rückwärts zu machen.

Sobald wir uns klarmachen, mit welcher Konsequenz aus dieser Haupteigenschaft alles bei Werther fließt, bis zuletzt der Selbstmord den natürlichen künstlerischen Abschluß bildet, so müssen wir uns sagen, daß die Zutaten, welche Goethe seinem eignen Charakter und Jerusalems Figur entnahm, fast nur als Kostüm- und Situationszufälligkeiten erscheinen. Der älteste Repräsentant des Charakters ist Hamlet: in anderer Weise suchte Molière im Misanthropen ihn zu fassen; dann erschien Rousseaus St. Preux und endlich Goethes Werther. Im Werther stecken seine drei Vorgänger. Wir werden sehen, wie im Faust endlich diese Richtung ihren Abschluß und ihre Versöhnung findet.

Was Goethes Roman über Rousseaus „Neue Heloise" stellt, was ihm auch den Rang über den gleichzeitigen englischen Romanen anweist, warum der Gestalt Werthers selbst das Vergängliche fehlt, was Rousseaus St. Preux anklebt, so daß diese Gestalt längst verblaßt und unlebendig geworden ist, liegt in Goethes höherer Kraft als Dichter. Goethe war weder Philosoph noch Sittenprediger. „Werthers Leiden" haben keine Zwecke. Die englischen Dichter wollten die Moral verbessern; Rousseau wollte die gesamte Menschheit umgestalten: für beide Teile war der Roman nur ein Mittel. Goethe aber beabsichtigte überhaupt nichts. Er wollte weder den Selbstmord empfehlen, wie anfangs geglaubt wurde, noch von ihm abschrecken, wie er selber später auszusprechen scheint. Goethe wollte nur aus seiner Phantasie herausbringen, was sich in ihr gebildet hatte, ihn quälte, sich zur Darstellung aus seiner Seele fortdrängte. Er wollte sich aussprechen, weil es ihm sonst die Brust zersprengt hätte. Sein Werk ist nichts als ein Gedicht. Daher die Gewalt, mit der es gewirkt hat, und dies der Grund, weshalb es heute noch lebendig ist. „Götz" und „Werther" haben dem deutschen Volke zum ersten Male ein Drama und einen Roman geliefert, die rein aus eigner Gewalt wirkten.

Wir haben in der modernen Literaturgeschichte wenig Beispiele ähnlicher Erscheinungen. Corneilles „Cid" hatte so in Frankreich gewirkt, hundertfünfzig Jahre früher, und Cervantes' „Don Quichote" vielleicht so in Spanien. Sowohl Dante als Shakespeare sind nur langsam eingedrungen. Von Homers Gedichten wissen wir, was die ersten Jahrhunderte ihrer Existenz anlangt, überhaupt nichts. Nicht einmal, ob Äschylos und Sophokles mit plötzlich wirkenden Meisterwerken in Athen aufglänzten. Nur Rousseau selbst hatte mit der „Neuen Heloise" in Paris einen

Erfolg gehabt, welcher an Umfang den Goethes noch über-
traf. Seltsamerweise — sein Roman war, was die Liebes-
briefe anlangt, ebenso nach der Natur geschrieben, wie
Goethe, was Lotten betraf, nach der Natur geschrieben
hatte. Rousseau liebte, als er seine Dichtung schrieb, eine
Frau, die auch ihn liebte und von der ihn die Rücksicht auf
einen Freund trennte, den er und sie nicht täuschen und
verraten wollten. Auch darin war der Roman Rousseaus
Goethe wie von der Vorsehung in die Hände gespielt worden, und es lag ein Zwang für ihn vor, sich an ihn als
Muster zu halten. So sehr ist dies auch gleich empfunden
worden, daß eine Goethe unbekannte Hand in ein ver-
liehenes, in seinen Besitz zurückkehrendes Exemplar des
„Werther" damals die Worte geschrieben hatte: „Tais-toi,
pauvre Jean-Jacques, ils ne te comprendront pas." Und so
sehen wir: nicht nur Goethe selber, sondern auch seine Leser
standen unter dem allmächtigen Einflusse Rousseaus. Als
Goethe und Kestner in Wetzlar zum ersten Male zusammengetroffen waren und einander examiniert hatten über
ihre Grundsätze und was man sich sonst abzufragen pflegt,
wenn man mit zwanzig Jahren und etwas zusammentrifft,
war sofort von Rousseau die Rede gewesen.

Wie tief Goethe in Rousseau drinsteckte, zeigt eine der schönsten Szenen im „Faust", deren Situation aus der „Neuen
Heloise" geschöpft worden ist: die, wo Faust allein in Gretchens Schlafzimmer mit Entzücken den Hausrat mustert,
weil alles, was sie berührt hat, wie vollgesogen erscheint
von ihrer Gegenwart. Diese Szene ist die der „Neuen
Heloise", wie St. Preux, die geliebte Julie in ihrem eignen
Mädchenzimmer erwartend, in Ekstase gerät bei der Betrachtung all der Einzelheiten, die ihr angehören. (Wie
weit Fausts Naturphilosophie überhaupt mit Rousseaus
Lehren im Zusammenhange steht, soll hier jetzt nicht erörtert werden.)

Nicht aber allein was die Bildung der Gestalten anlangt,

ist Goethe beim „Werther" Rousseau verschuldet. In ebenso hohem Maße ist er in der koloristischen Behandlung von ihm abhängig. Im „Werther" zuerst offenbart sich der Kultus der Landschaft und des Wetters, der so recht aus Goethes eigenster Naturanlage zu stammen scheint und der doch erst von den Entstehungszeiten des „Werther" an bei ihm durchbricht.

Es hat keinen größeren literarischen Landschaftsmaler gegeben als Goethe. Sehen wir aber seine Dichtungen daraufhin durch, so gewahren wir mit Staunen, daß es sich nicht um eine reine Naturanlage bei ihm handelt, um etwas, das sich von Anfang an Bahn bricht, ohne daß andere erst den Weg zeigen müssen; sondern erst von der Zeit an, wo „Berlichingen" und „Werther" entstehen, überraschen uns diese leidenschaftlichen Beschreibungen der Landschaft bei Goethe. Goethe ist dann dabei geblieben, er hat bis in seine letzten Tage das Wetter, die Wolken, die Stimmung der Erde und des Himmels beobachtet und sich von ihr abhängig gefühlt. Auf Rousseau ist das zurückzuführen. Rousseau zuerst stellte den Menschen im fortwährenden Zusammenhange mit den elementaren Mächten dar. Dem Einflusse der Sonne, der Nacht, der landschaftlichen Schönheit sind wir bei ihm unterworfen. Rousseaus Romane sind voll von Schilderungen der Natur, die er mit Geist zu erfüllen weiß, als lebte sie, und hier hat er in Goethe einen Lehrling gefunden, der weit über seinen Meister hinausging. „Werthers Leiden" enthalten eine solche Fülle von Naturschilderungen, daß, wenn einmal der ethische Stoff des Romanes verlorengehen, d. h. unverständlich werden sollte, diese Seite allein genügen könnte, das Gefühl von der Schönheit dieser Dichtung wach zu erhalten. Rousseau ist hier allerdings nicht allein zu nennen: Herders Schriften und die Bekanntschaft mit Ossian und Homer leiteten Goethe ebensosehr auf die Natur hin und lieferten ihm die Sprache, auszudrücken, was er beschreiben wollte. Allein

Herder hatte selbst ja erst aus Rousseau schöpfen müssen, und ohne Rousseau würden Herder und Goethe in Ossians und Homers Geheimnisse nicht so tief eingedrungen sein. Homer und Ossian waren Goethes Lieblingslektüre in jenen Zeiten, als er am „Werther" arbeitete. Dante war ihm damals fremd, aber auch die italienische Natur, welche Dante schildert. Noch fremder Wolfram von Eschenbach, der für mich unter den Deutschen der größte Darsteller der Natur ist, der am meisten mit den geringsten Mitteln hervorbringt, aber von dem Goethe wohl überhaupt niemals gewußt hat.

Goethes Erwachen, was die Schönheit der Natur anlangt, könnte fast als ein plötzliches bezeichnet werden. Es ist merkwürdig, welch ein Abstich in Sprache und Anschauungen sich bietet, wenn wir in seinen Briefen zu der Zeit kommen, wo Herders persönlicher Einfluß beginnt. Die zartverschlungene Wielandische Satzbildung, der man die französische Syntax anmerkt, geht über zu abgerissenen, die gesprochenen Redewendungen nachahmenden Sätzen; die Adjektiva werden inhaltvoll und erweitern das Hauptwort in oft absichtlich überraschender Weise; den Verben wird durch neue Präpositionsverbindungen oder durch Abstoßen aller Präpositionen ein frischer Geist eingeflößt und das Streben offenbar, die Sätze in architektonischer Weise aufzutürmen. Im Wohlklang ihrer Wendungen sollen sie den Rhythmus der Gedanken verstärken. Ein Bestreben, das endlich zur direkten Nachahmung der Pindarischen Oden führt. Goethes Rezensionen und seine Schrift auf Erwin von Steinbach sind die ersten Proben dieses neuen Stils. In auffallender Weise bringt, besser als diese Beispiele, ein Brief die wie mit einem Schlage in Goethe erwachende Fähigkeit, die Natur zu sehen und zu beschreiben, zur Anschauung: die am 27. Juni 1771 aus Saarbrücken an eine Freundin gerichteten Zeilen, in denen sich ein Stück Landschaft im neuen Stile findet, das zu den schönsten ge-

hört, die von Goethes Feder gezeichnet worden sind. Nichts
Früheres reicht irgend hier heran, und nichts Späteres ist
darüber hinausgegangen.

Lassen wir nun aber Rousseau und gehen zu dem über, was
Goethe in seinem Roman allein gehört.

Ich hatte auch Lotte, als poetische Schöpfung, auf St. Preux'
Geliebte Julie zurückgeführt; hier aber geht die Priorität
Rousseaus doch nur so weit, daß er ein unglückliches Paar
zum Hauptträger seiner Dichtung gemacht hat und daß
Goethe ihm darin gefolgt ist, gerade wie Bernardin de
Saint-Pierre „Paul und Virginie" danach geschaffen hat.
Weiter kann von Nachahmung nicht die Rede sein. Lotte
hat nichts mit Julie gemeinsam, das einzige ausgenommen,
daß sie wie diese ganz natürlich ist, d. h. nicht nach ange-
lernten Prinzipien handelt, sondern nur den Regungen
ihres Herzens folgt.

Werthers Lotte ist Goethes berühmteste Schöpfung und
sein gänzliches Eigentum. Die Gestalt war so glücklich allgemein gehalten, daß jedes Mädchen sich in sie hinein-
denken konnte, und doch wieder so besonders, daß jedes
Mädchen sich auch sagen mußte, dieses Ideal nie erreichen
zu können. So viel Natur, Güte und Gesundheit besaß keine
andere. Ganz Europa war begeistert und suchte mit neu-
gierigen Blicken das Urbild dieser entzückenden Erscheinung, neben der weder Pamela noch Rousseaus Julie stand-
hielten. Lotte ist auch die Fürstin geblieben unter Goethes
Freundinnen, und zu gleicher Zeit unter seinen poetischen
Gestalten. Auch Lottens Familie faßte es so, und ihre Enkel
noch sind umhergegangen, als stünden sie zu Goethe in
einer geistigen Verwandtschaft, welche leiblicher wohl ebenbürtig sei.

Bis zu Lottens Regierungsantritt im Publikum war Klopstocks Fanny die ideale höchste Erscheinung in Deutschland
gewesen. Frau Professor Heyne in Göttingen schreibt an
Herder: „Grüßen Sie Ihre Fanny, d. h. grüßen Sie Ihre

Braut, der ich durch den Namen Fanny den höchsten ästhetischen Adel verleihe." Von nun an geht nichts über Lotte.
Nach dem Erscheinen von „Werthers Leiden" wollen junge
Mädchen, die Lotte heißen, künftig nicht mehr so genannt
werden, weil sie sich für unwürdig halten, diesen Namen
zu tragen. Lotte war von ganz anderer Herkunft als Fanny.
Es fehlt ihr auch die geringste Beimischung von Sentimentalität, und sie hat nicht den kleinsten Ansatz der Engels-
flügel, die bei Klopstocks weiblichen Gestalten stets sichtbar werden. Lotte hat keine Spur von der über das Bürgerliche hinausgehenden Vornehmheit, die Jean Pauls idealen
Hofdamen eigen ist und auch bei Goethe in späteren Zeiten
Vertreterinnen findet. Lotte ist das einfachste und liebenswürdigste deutsche Mädchen, von dem sich etwas Besonderes gar nicht sagen läßt. Sie tanzt gern, sie liest gern Gedichte, sie kann schwärmen: aber es braucht sich nur das
leiseste häusliche Geräusch hören zu lassen, so ist sie mit
einem Sprunge mitten aus ihren Himmeln in der gewohnten Sphäre und nichts als Hausfrau. Hausfrau auch als junges Mädchen, denn sie hat einer Schar jüngerer Geschwister
die Mutter zu ersetzen. Dies ist das, was am meisten entzückte: auch das hausbackenste junge Mädchen konnte Lotte
zu ihrem Ideale erheben, ohne sich ihr allzu entfernt zu
fühlen.
Dies Element des Romanes entwaffnete auch die, welche in
Werthers Gestalt das Verderbliche hervorhoben. Lotte
machte alles wieder gut. Was Goethe in Götzens Hauswesen in vergangene Jahrhunderte verlegt hatte, das führte
er jetzt aus der eigenen Zeit vor: eine Häulichkeit, die reiner und wahrhaftiger und gemütlicher nicht zu ersinnen
war. Das ist auch das Entzückende bei Dürer, daß sein
Marienleben und die übrigen unzähligen Marienbilder
fortlaufende Illustrationen des deutschen Familienlebens
im eignen Hause bilden. Das hat auch Luthers Lehre solchen Nachdruck gegeben: gerade was die Römischen ihm

am schärfsten vorwarfen: daß er ein Hauswesen gründete und daß Frau und Kinder um ihn her standen, als er die Augen schloß. Goldsmiths „Vicar of Wakefield" kommt dagegen nicht auf. Das Familienelement ist hier nur das Versuchsfeld, auf dem Experimente gemacht werden. Ebenso wie bei Rousseau Julies spätere glückliche Ehe mit Herrn von Wolmar nicht den eigentlichen Inhalt des Romanes bildet. Beide Male schadet der didaktische Zweck. Goethe läßt sich darauf gar nicht ein. Wie Dürer begnügt er sich, darzustellen, was ihm vor Augen steht, und überläßt dem, in dessen Hände das Werk gerät, das Gute daraus zu ziehen, das darin enthalten sein könnte. Wie tiefsymbolisch bei „Götz von Berlichingen" der Zug, daß Götzens und Elisabeths Kind, zweier Eltern wie aus altem Riesengeschlechte, der weichliche Bengel wird, der sich am liebsten von seiner Tante Legenden erzählen läßt und so in allem das komplette Gegenteil von Vater und Mutter ist. Man könnte in der Übertreibung sagen, die ganze Zukunft Deutschlands liege darin. Goethe aber läßt es vor unserer Phantasie nur so vorbeiziehen, ohne mit dem Finger darauf zu deuten. Dies Absichtslose macht die Werke großer Künstler den Schöpfungen der Natur ähnlich, die auch an ihren Rosen und Lilien nicht besondre Anweisungen auf die Blätter druckt, wie sie zu bewundern und zu genießen seien, sondern sich begnügt, sie wachsen und blühen zu lassen.

Die Jahre, in denen „Werther" geschrieben wurde, sind die der höchsten produzierenden Kraft bei Goethe gewesen. Wir glauben ihm gern, wenn er sagt, er hätte nach dem „Götz", wenn sie verlangt worden wären, eine ganze Reihe Dramen aus dem Ärmel schütteln können. In jener Zeit sind noch „Clavigo" und „Stella" und „Claudine von Villa Bella" in der ersten Gestalt und eine Fülle seiner schönsten Lieder und Balladen geschrieben worden. Ich verfolge diese Sachen hier nicht, da sie mich nur nötigen würden, bereits

Gesagtes in anderer Anwendung zu wiederholen. „Clavigo" entsprang nicht bloß, was den Inhalt anlangt, der Nachahmung Beaumarchais', der als Dramatiker bei Diderot in die Schule gegangen war. Auch die Anfänge des „Egmont" sind in dieser Zeit entstanden. Des „Faust" nicht zu gedenken, der damals schon bis zum Vorlesen fertig war. Alles in den Jahren 1774 und 1775. Menschen und Arbeiten drängen sich bei Goethe in dieser Epoche so sehr durcheinander, daß genaueres Verfolgen dieser Dinge unmöglich ist. Diejenigen, welche das Material am sorgfältigsten geordnet hier beisammen haben, werden am offensten bekennen müssen, daß doppelter und dreifacher Reichtum an Notizen hier nicht ausreichen würde. Am ehesten dürfte noch gelingen, über die Menschen um Goethe her in einer gewissen Vollständigkeit zu berichten.

Goethe war zu jener Zeit gewiß die erstaunlichste Erscheinung, die Deutschland auf dem Gebiete der Literatur aufzuweisen hatte. Klopstock, Wieland, Lessing und Herder waren schon ältere Leute, deren Weg sich im allgemeinen voraussehen ließ: Goethe eine frische Kraft. Seine Tiefe schien unergründlich, seine Phantasie unerschöpflich. Und zwischen seiner Person und seinen Werken herrschte eine Harmonie, daß eins ohne das andere nicht verständlich schien. Man mußte mit ihm zusammengewesen sein, um ihn zu verstehen. Mußte Tage und Nächte mit ihm gesessen und gesprochen haben. Wer von Bedeutung nach Frankfurt kam, suchte seine Bekanntschaft zu machen. Wir haben viele Berichte über solches Zusammentreffen: stets wird Goethe wie ein seltnes Phänomen beschrieben, ein aus der Masse der übrigen Menschheit hervortretender Genius, von dem alles zu erwarten sei. Der Ruhm, welcher Goethe nach „Werthers" Erscheinen umgab, ist das Höchste gewesen, das die Welt ihm geleistet hat. Das übermütige Glück dieser Tage hat er niemals wieder genossen. Sein Name war in jedermanns Munde. Druck auf Druck seines Werkes erfolgte. Gegenschriften. Fortsetzungen. Dramatisierung. Übersetzungen. Werthers Tracht: blauer Frack und gelbe Hosen, wie Jerusalem sie trug (und wie man sich gewöhnlich in Niederdeutschland trug), wurde die Uniform der jungen Leute. In ihr trat Goethe in Weimar auf, und wer sich bei Hofe dort aus eignen Mitteln keine ähnliche anschaffen konnte, dem schenkte sie der Herzog. In Wetzlar dagegen wurden Schritt auf Schritt die Wege des Selbstmörders verfolgt, der nicht geahnt hatte, daß man ihm nach seinem Tode so nachgehen werde. Hinzu traten Goethes eigne Wege und Ruheplätze. Der Brunnen vor dem Wilsbacher Tor, wo er dem Dienstmädchen den Zuber auf den Kopf setzte, heißt der Wertherbrunnen. In Garbenheim werden die historischen Stätten gezeigt. Eine dort aufgestellte steinerne Urne wurde von den Offizieren eines im Jahre 1814 durchziehenden russischen Regimentes als Reliquie mit fortgeführt. Eine Pyramide von weißem Marmor wurde an Goethes Ruheplatz aufgerichtet, und dieser noch 1840 frisch bepflanzt. Wetzlar wird heute noch mit Ehrfurcht aufgesucht.

Goethes Roman ist heute selber zum Denkmale vergangener Zeiten geworden, deren wir ohne ihn kaum gedenken würden. Die Menschen, die am „Werther" teilhatten, sind vergessen, sogar die Sprache, in der er geschrieben worden ist, unterscheidet sich bereits wesentlich von der unsrigen heute. Die Wirkung des Buches beruht auf der geistigen Kraft, die es ausströmt. Diese aber ist groß genug, um der Dichtung eine lebendige Existenz für alle Zeiten zu sichern. Es werden Jahrhunderte kommen, für deren Blicke unsere heutigen Tage nicht viel jünger dastehen als die vor hundert, zweihundert Jahren, etwa wie wir heute, wenn von Dante und Petrarca oder von Corneille und Voltaire die Rede ist, wenig an die Zeiten denken, die zwischen ihnen liegen.

Dantes Gedicht hat durch Generationen passieren müssen,

denen seine Sprache zu roh erschien, ist dann von Menschenalter zu Menschenalter immer von neuen Gesichtspunkten aus bewundert und erklärt worden und hat an Verbreitung gewonnen. Heute steht Dante gleichsam außerhalb der Jahrhunderte. Nicht er wird verglichen, sondern andere mit ihm. Uns heute hat die Sprache des „Werther" in manchem etwas Altmodisches. Wir glauben besser zu schreiben. Aber es werden Zeiten kommen, deren rückwärtsgewandtem Blicke unsere heutigen Tage ebenso fremd in der Vergangenheit liegen, wie die Jugendzeiten Goethes uns. Dann erst, wenn wir von heute verschwunden sind, wird wieder voll hervortreten wie in den Tagen selber, in denen „Werther" zum ersten Male herauskam, welch eine jugendliche Stärke das Deutsch durchströmt, mit dem Goethe, als er jung war, die Welt überraschte, während die toten Formeln, mit denen wir heute unsere besten Gedanken auszudrücken gezwungen sind, oder die Provinzialismen, mit denen wir etwas Leben in unsere Schriften hineinzubringen versuchen, in Lehrbüchern der Zukunft ihrem richtigen Werte gemäß längst abgeschätzt worden sind. Nichts wird heute geschrieben, das gegen die Prosa aufkäme, die im „Werther" einst sich offenbart hat.

5

FRANKFURT 1772—75

Freunde / Weltanschauung / Lili

Die Menschen, mit denen wir Goethe jetzt im Verkehre sehen, bilden, wenn wir sie aus seiner Beschreibung und aus vielfachen um seinetwillen aufgestöberten Korrespondenzen und anderen Aktenstücken kennenlernen, eine lichte, bunte, belebte Gesellschaft mit feinen Rangunterschieden. Man vergißt ganz, daß diese Leute, wäre Goethe nicht heute noch so lebendig, jeder nur einen Teil der dunklen Menge bilden würde, welcher im Gedächtnisse der Menschheit kein Fünkchen irdischer Unsterblichkeit mehr innewohnt. Suchen wir nach solchen unter Goethes damaligen Bekannten, die auch ohne ihn heute noch genannt würden, Leuten mit eigner historischer Souveränität, so heben sich nur wenige heraus. In erster Linie ist hier Lavater zu nennen, nach ihm Jacobi.

Beide gleichen darin Herder, daß sie Goethe zu überwältigen suchen. Der Unterschied liegt darin, daß sie, statt Goethe mitzuziehen, ihm bald einen Einfluß auf sich gestatten, welcher Störungen für ihre eigne Bahn zur Folge hat. Sie klammern sich an Goethe an. Jacobi gelang es, Goethes Versuchen, sich frei zu machen, Widerstand entgegenzusetzen: es kam zum Bruche, aber es blieb ein dünnes Fädchen zurück, an dem Jacobi sich allmählich wieder fest an ihn zurückzog. Lavater dagegen wurde völlig abgestoßen, und zwar deshalb, weil er die bedeutendere Natur war.

Diese Kämpfe gehören zu den wichtigsten Ereignissen der

Goetheschen Fortentwicklung. Sie bilden den Abschluß der in „Dichtung und Wahrheit" beschriebenen Jugendzeiten. Sie sind die Blüte dieses Werkes als historischen Kunstwerkes. Lavater und Jacobi werden hier als Erscheinungen vorgeführt, wie sie mit ähnlicher Meisterschaft, soweit meine literarische Umsicht reicht, überhaupt niemals dargestellt worden sind. Sie leben, sie enthüllen sich vor unsern Augen organisch, ruckweise gleichsam, wie Leben und Erfahrung uns Menschen kennen lehren. Goethe weiß immer wieder zu ihnen zurückzukehren, wir durchschauen sie nicht, indem sie sich uns mit einem Schlage vor die Seele stellen, nicht wie Bücher, die man in einem Tage gleich zu Ende liest, sondern sie bieten sich uns gleichsam in Feuilletonfragmenten einer Zeitung, wo man Nummern überschlägt und oft Anfang oder Ende zufällig und unerwartet irgendwo findet. Die Kunst, Menschen in dieser Weise aus scheinbaren Fragmenten zusammenzufügen, so aber, daß am Abschluß auch nicht die kleinste Lücke unausgefüllt übrigbleibt, hat Goethe im höchsten Maße besessen. Hier gewahren wir recht, wie Dichtung und Geschichtsschreibung zusammenfallen.

Goethe rühmt Shakespeare nach, man sehe in die Seele seiner Gestalten hinein wie in gläserne Uhren. Darin liegt ein hohes Lob, aber ein begrenztes. Goethe spricht damit etwas aus, das mit dem Vergleiche vielleicht nicht gemeint war, für mich aber darin liegt: Shakespeares Gestalten haben etwas Uhrenartiges. Man sieht oft nur allzu genau die sich bewegenden Räder statt menschlichen Blutumlaufes. Der Vergleich zwischen Shakespeare und Goethe ist ein Thema, bei dessen Behandlung Goethe, zumeist seinen eignen überbescheidnen Bekenntnissen nach, neben Shakespeare auf ein zu niedriges Piedestal gestellt zu werden pflegt. Goethes Gestalten sind aus einer andern Welt als die Shakespeares. Goethe läßt uns in ihre Seele blicken, als wären es nicht Uhren, sondern Pflanzen von Glas, deren Gefäße wir durchsichtig vor Augen haben und in denen wir die Säfte steigen und niedergehen sehen. So durchschauen wir hier auch Goethes Lavater und Goethes Jacobi. Wie wir im Frühjahre Bäume von Knospe zu Knospe und Blatt zu Blatt verfolgen, im Frühjahre, wo die Natur uns am wenigsten fremd ist, sondern im Einverständnisse mit uns uns in ihre Pläne einzuweihen scheint und die Erwartungen bescheiden, aber sichtbar erfüllt, die sie selber erregte, so beobachten wir jetzt in „Dichtung und Wahrheit" Goethes und seiner Freunde Entwicklung.

Lavater war nach Goethes Ausspruch „ein Individuum, einzig, ausgezeichnet, wie man es nicht gesehn hat und nicht wieder sehn wird". So formuliert sich das Urteil aus späteren Jahren. Nehmen wir eine Briefstelle hinzu, welche aus unmittelbarer Anschauung entsprang: „Es ist mit Lavater", schreibt Goethe den 7. Dezember 1779, „wie mit dem Rheinfall, man glaubt auch, man habe ihn nie so gesehen, wenn man ihn wiedersieht, er ist die Blüte der Menschheit, das Beste vom Besten." Und nehmen wir nun dazu noch, daß Goethe, nach kurzer Bekanntschaft mit Lavater, dessen Charakter dahin poetisch zu konzentrieren suchte, daß er ihn als Mahomet zum Helden einer Tragödie machte. In dem Sinne, daß Mahomet, anfangs in gutem Glauben auftretend, um seiner Anhänger willen zu Lüge und Täuschung gezwungen ward. Dies ist das merkwürdigste bei Goethes Begeisterung für Lavater: Goethe war von der ersten Bekanntschaft ab über die Haupttriebfedern seines Wesens nicht im unklaren, aber er ließ sich von der übermächtigen Persönlichkeit des Mannes im Banne halten.

Goethe begegnete auch in ihm wieder jemand, der älter war als er. Lavater, geboren 1741, war ein Zürcher. Der Sohn eines Arztes. Als Kind träumerisch: man wußte nichts mit ihm anzufangen, er neigte zu Bibellesen, Meditationen und Gebet. Die Religion, als eine in allen bürgerlichen

Verhältnissen sichtbar voranstehende Institution, lag den Leuten damals näher als jetzt, und es störte noch niemanden die Kritik, mit der man heute den historischen Wert der Evangelien fest ermittelt zu haben glaubt. Lavater war zum Geistlichen angelegt. Schon früh trat der Grundzug seines Wesens hervor, entschieden, aber mit genauer Berechnung der Umstände öffentlich einzugreifen. Er war erst zwanzig Jahre alt, als er über die verwerfliche Amtsführung des Landvogtes Grebel eine anonyme Anzeige an die Regierung richtete und deshalb zur Untersuchung gezogen wurde. Lavater hatte bald heraus, daß, wenn er zu wirklichem Einflusse gelangen wolle, die Anerkennung vom Auslande her unentbehrlich sei. 1763 trat er seine erste große theologische Tour durch Deutschland an, verschaffte sich Verbindungen und kam als beinahe berühmter Mann wieder nach Hause. Jetzt beginnt er sein Hauptwerk: die „Aussichten in die Ewigkeit", welche 1768—1773 erschienen: das maßgebende große Buch, das Lavater nun eine feste Stellung verlieh.

Wieder sehen wir hier Rousseaus Geist oder, was dasselbe sagt, die allgemeine Stimmung des Jahrhunderts aus einem energischen Menschen neu hervorbrechen. Es handelt sich um Umarbeitung der menschlichen Natur. Lavater unterscheidet sich für unsere Augen nur wenig von Rousseau, obgleich dieser als Philosoph und Atheist auftrat, Lavater alles auf dem Wege des Gebetes zu erreichen hoffte.

Lavater wurde in Zürich jetzt zum einfachen Diakonus gemacht. Immer mächtiger wird er durch die Gabe, den Menschen auszuhören und aus dessen Aussehn und Benehmen Schlüsse auf die innere Verfassung zu machen. Es ist bekannt, daß Ärzte, Polizeileute und überhaupt Beamte, die mit dem Publikum unmittelbar verkehren, wobei ihnen der Glanz einer gewissen Autorität zu Hilfe kommt, mit der Zeit die Leichtigkeit erlangen, zu wissen, wes Geistes Kind jemand sei, noch ehe man ihnen gegenüber den Mund aufgemacht hat. Der geübte Zollbeamte sieht nicht den Koffer, sondern den Besitzer daneben an, wenn er urteilt, ob Steuerbares mitgeführt werde. Lavater war als Sohn eines Arztes vielleicht schon von Haus aus mit physiognomischen Studien vertraut. Zu weiterem Emporbringen seiner Stellung in Zürich erwuchs ihm die Verpflichtung zu einer abermaligen literarischen Leistung, es mußte etwas Großes, dem Zeitgeiste Entsprechendes sein, etwas absolut Neues: so entstand die ausgedehnte Unternehmung seiner „Physiognomischen Fragmente zur Beförderung der Menschenkenntnis und Menschenliebe". Der Titel schon sagt alles. Nur Fragmente also und nicht die Absicht, ein rundes, stichhaltiges System zu geben. Und nicht bloß die Wissenschaft sollte gefördert werden, sondern ebensosehr die „Liebe". Philanthropie war damals das große Wort. Der „Menschenfreund" stand überall am höchsten, der „Menschenfreund auf dem Throne" war das Ideal der Zeit. Jeder, hoch und niedrig, Mann und Frau, sollte zur Lektüre des Lavaterschen Werkes berufen sein, jeder auch mitarbeiten. Überallhin dringen Lavaters Aufforderungen um Porträts, die er zu deuten erbötig sei. Wir heute, die wir die Unternehmung kalt beurteilen, müssen gestehen, daß Lavater seiner Zeit weit voraus war, denn selbst jetzt könnte dergleichen, vom Standpunkte der gemeinen Reklame aus betrachtet, nicht glänzender in Szene gesetzt werden. Für dieses Werk hat Goethe sich zum Mitarbeiter heranholen lassen, bis er zuletzt den Druck selbst zu besorgen unternahm und gleichsam für das Buch mit einstand.

Die „Physiognomischen Fragmente" sind ein Buch von vier starken Teilen in Quart. Die stattlichen Lederbände schon, in deren Gestalt es sich in älteren Bibliotheken zu finden pflegt, zeugen von der Ehrfurcht, mit der es aufgenommen wurde. Es erschien von 1775 bis 1778, mit ungemeiner Erwartung kam man ihm entgegen, ungemeine Befriedigung erregte es. Die kühlen Rezensionen einiger Gelehrten, welche den Schwindel durchschauten, wurden als neidische Verkleinerungsversuche zurückgewiesen. Neben den Dedikationen der einzelnen Bände an die menschenfreundlichsten deutschen Fürsten zierten das Werk eine Fülle zum Teil guter Stiche und Radierungen. Das Porträt von Goethes Vater ist auf diesem Wege am besten auf die Nachwelt gelangt.

Der Grundgedanke des Buches ist, die äußere Erscheinung des Menschen müsse als harmonisches Kunstwerk der schaffenden Meisterkünstlerin Natur erklärt werden, da die Beschaffenheit der Seele in der des gesamten Körpers, besonders aber der des Antlitzes sich abspiegele. Die Lehre dieser Harmonie war damals jedermann geläufig, auf ihr beruhten auch Diderots naturalistische Kunstverbesserungsversuche: aus einem einzigen Finger wollte Diderot demonstrieren, ob der ganze Mensch gerade oder verwachsen sei. Statt jedoch Gesetze zu suchen oder gar zu finden, statt als Ausgangspunkt zu nehmen, wieviel sich hier überhaupt beobachten lasse, stellte man unter dem Anschein exakter Untersuchungen abenteuerliche Probleme auf und glaubte, daß Einfälle genialer Menschen als Beweise zu erachten seien. Aus dem Porträt eines Knaben, bei dem nicht einmal feststand, ob der Zeichner ihn annähernd ähnlich gegeben habe, wollte man die moralischen Fähigkeiten und die zukünftige Karriere des Kindes erkennen. Lavater täuscht sich immer. Entweder entwickelt er aus seinen Vorlagen den Charakter ihm ohnedies bekannter Persönlichkeiten: da geht er kühn bis in die kleinsten individuellen Details; oder er kennt die Leute nicht und macht allgemeine Redensarten. Daß ein geistreicher, vielerfahrener Mann wie er viel scharfsinnige und zumal amüsante Dinge vorbringen konnte, läßt sich nicht in Abrede stellen, ebensowenig, daß seine Beobachtungen oft fein und zutreffend sind. Denn wie sehr das äußere Ansehen eines Menschen oft unentbehrlich sei, um dessen geistige Existenz erkennen zu lassen, da-

für will ich, was Lavater selbst anlangt, hier etwas an-
führen.

Goethe deutet an — wie er auch bei Merck getan — man
müsse Lavater eben gekannt haben, um ihn zu begreifen.
Etwas wie einen Ersatz seiner Persönlichkeit aber verschaffte mir Lavaters Büste, die Dannecker gearbeitet hat
und die ich in Stuttgart, Danneckers Heimat, zuerst sah. Von
Dannecker stammt bekanntlich die Büste Schillers auf der
Bibliothek in Weimar, eine der besten Büsten, welche überhaupt in Deutschland je gearbeitet worden sind.

Damit eine Büste brauchbares historisches Material werde,
ist nicht etwa vonnöten, daß sie genau zeige, wie der Mann
in den Stunden aussah, wo der Künstler ihn porträtierte,
sondern der Bildhauer muß fähig sein, die Gestalt, unabhängig vom Aussehen, das sie in bestimmten Tagen bot, als
eine eigne Schöpfung hinzustellen. Dannecker vermochte
das. Seine Büste Lavaters gewährte mir den Abschluß dessen, was ich vergebens auf anderm Wege erreichen wollte:
ich erlangte den Eindruck seiner persönlichen Gegenwart,
als lebe er. Offenbar ging bei Lavater mit der träumerischen,
weichen Zerfahrenheit etwas sehr reell fest Menschliches
Hand in Hand, das in seinem angreifend drauflosgehen-
den Wesen, seiner diplomatischen Klugheit, seiner körper-
lichen Unermüdlichkeit und in der Macht seiner überwäl-
tigenden Gegenwart hervortrat. Der Mann muß wie aus
lauter Uhrfedern konstruiert gewesen sein: zarte, dünne
Streifen, aber vom härtesten Stahl. Dannecker hat in Lavaters Kopf die Vereinigung eines kräftigen, festen Schädel-
und Knochenbaues mit dem feinsten Muskelspiel darüber
in Meisterschaft zum Ausdruck gebracht. Man fühlt, welche
Beredsamkeit diesen feinen Lippen eigen gewesen sein
konnte, wie frei und friedlich diese Stirn scheinen konnte
und doch wie hartnäckig sie ihre innersten Gedanken festhielt und verbarg. Diese Büste leistet uns Dienste, wie sie
kein anderes plastisches oder gezeichnetes, nichts als die

sogenannte Ähnlichkeit wiedergebendes Porträt gewähren
würde. Denn bei einem Antlitze müssen wir, wenn seine
Züge reden sollen, gleichsam ihre Bewegung sehen.
Lavaters Erklärungen seiner Porträts dagegen mischen sich
in die Privatverhältnisse der Menschen, deren Charakter
und Schicksale er aus den Zügen zu lesen glaubt. Seine
Freunde kommen dabei als Ausbünde von Vortrefflichkeit
fort, zumal wo er einfache Naturen aus mittlerem oder ein-
facherem Stande beschreibt. Ein Meisterstück in anderer
Richtung ist die Charakteristik Goethes, die gegen dessen
Willen und hinter seinem Rücken nebst mehreren Porträts
von ihm in das Buch hineingebracht wurde. Mit vollendeter
Schlauheit werden ihm hier Lobsprüche gespendet, die in
verhüllenden Wendungen ahnen lassen, daß man den
außerordentlichsten Mann des Jahrhunderts in, wie ausdrücklich versichert wird, unvollkommenen und unzurei-
chenden Versuchen vor Augen habe.
Goethes Porträt, das Lavater für die „Physiognomischen
Fragmente" zu haben wünschte, scheint der erste Anlaß zu
persönlicher Berührung gewesen zu sein. Goethe hatte die
„Aussichten in die Ewigkeit" für die „Frankfurter gelehrten Anzeigen" rezensiert, ohne daß daraus ein Briefwechsel
entstanden wäre. Nun aber sollte das Profil des Verfassers
des „Götz von Berlichingen" in Frankfurt beschafft werden, Goethe hörte davon und erbot sich, überhaupt für Lavaters Werk zu zeichnen. Die erste Sendung erfolgte im
April 1774, die zweite mit dem Profil des Fräuleins von
Klettenberg im Mai. Goethe schreibt hier schon ganz in
Lavaters orakelndem Tone, der zwischen ihnen seitdem
innegehalten wurde und der das erste Zeichen von Lavaters
Einfluß auf Goethe war.
Lavater hatte sich aus der Verbindung seines einfachen
Zürcher Dialektes mit höchst natürlich und nachlässig schei-
nendem Satzbau eine Sprache für sich gebildet, deren Vor-
teile Goethe sofort einleuchteten. Es ließen sich da auf das

treuherzigste die Dinge heraussagen oder nur andeuten oder auch verschweigen. Mit einem Sprunge war man mitten in einer Gedankenreihe drinnen und auch wieder draußen. Der Reiz des Dialektes als literarischer Form liegt in dieser Verbindung von fein nüancierten Gedanken und einer scheinbar ungefügen Form. Klaus Groth verleiht den grobklingenden unbeholfenen Wendungen des Plattdeutschen, das in Wahrheit keinen modernen Gedanken exakt wiedergeben kann, die Fähigkeit, die zartesten lyrischen Empfindungen auszudrücken, als ständen in Schleswig-Holstein kostbare Gartenblumen wie Unkraut am Wege und Bauernkinder flöchten sich Kränze daraus.

Lavaters scheinbar natürliche Sätze, die wie lauter hingeworfene Interjektionen klingen, schienen damals die Sprache der wahrhaft rechtschaffenen Naturmenschen zu sein. Die biederen republikanischen Schweizer mit ihrer schmucklosen Rechtlichkeit waren zu Lavaters Zeit als historische Musterbilder frisch aufgebracht. Jede Schweizer Kuh melkte gleich die reinste Sahne, die nach Freiheit und Alpenluft schmeckte. Die Freiheit fing damals eben an auf den Bergen zu wohnen. Lavater wußte im weichen Akzente seiner Mitbürger (die sich als Tyrannen untereinander in eiserner Knechtschaft hielten) erhabene Gedanken dem Zuhörer gleichsam in die Seele zu hexen. Im Juni 1774 hielt Lavaters Reisewagen auf dem Hirschgraben vor dem Goetheschen Hause. Man begegnete sich zum ersten Male: „Bischt's?“ ruft Lavater. „Bin's!“ antwortet Goethe. Sie umarmen sich. Und sofort beginnt das Gespräch, kommen die tiefsten Fragen zu leidenschaftlicher Erörterung. Ganz Frankfurt hatte den Mann mit erwartet, von dessen Gegenwart man sich Heil und Segen versprach. Lavater kannte die Mechanik solcher Reisen schon: er hatte sich vorher angekündigt, und das Publikum wußte überall, daß er und wann er eintreffen würde.

Goethe gibt, indem er über diesen Besuch berichtet, die

erste umfassendere Schilderung Lavaters. „Wir andern",
sagt er, „wenn wir uns über Angelegenheiten des Geistes
und Herzens unterhalten wollten, pflegten uns von der
Menge, ja von der Gesellschaft zu entfernen, weil es, bei
der vielfachen Denkweise und den verschiedenen Bildungs-
stufen, schon schwer fällt, sich auch nur mit wenigen zu ver-
ständigen.

„Allein Lavater war ganz anders gesinnt: er liebte seine
Wirkungen ins Weite und Breite auszudehnen, ihm ward
nicht wohl als in der Gemeine, für deren Belehrung und
Unterhaltung er ein besonderes Talent besaß, welches auf
jener großen physiognomischen Gabe ruhte. Ihm war eine
richtige Unterscheidung der Personen und Geister verliehen, so daß er einem jeden geschwind ansah, wie ihm
allenfalls zumute sein möchte. Fügte sich hiezu nun ein auf-
richtiges Bekenntnis, eine treuherzige Frage, so wußte er
aus der großen Fülle innerer und äußerer Erfahrung, zu
jedermanns Befriedigung, das Gehörige zu erwidern. Die
tiefe Sanftmut seines Blicks, die bestimmte Lieblichkeit seiner Lippen, selbst der durch sein Hochdeutsch durchtönende
treuherzige Schweizerdialekt und wie manches andere, was
ihn auszeichnete, gab allen, zu denen er sprach, die angenehmste Sinnesberuhigung; ja, seine bei flacher Brust etwas
vorgebogene Körperhaltung trug nicht wenig dazu bei, die
Übergewalt seiner Gegenwart mit der übrigen Gesellschaft
auszugleichen. Gegen Anmaßung und Dünkel wußte er sich
sehr ruhig und geschickt zu benehmen: denn indem er auszuweichen schien, wendete er auf einmal eine große Ansicht, auf welche der beschränkte Gegner niemals denken
konnte, wie einen diamantnen Schild hervor und wußte
denn doch das daher entspringende Licht so angenehm zu
mäßigen, daß dergleichen Menschen, wenigstens in seiner
Gegenwart, sich belehrt und überzeugt fühlten."
Was ich hier gebe, sind nur einige Sätze aus Goethes Darlegung. Während seine Charakteristik Mercks an Tacitus'

Stil erinnerte, fällt er bei Lavater in eine breitere, sanftere Redeweise, die an Ciceros volltönende Perioden mahnt.

Dies war der erste überwältigende Eindruck von dem persönlichen Wesen eines Mannes, über den er neunzehn Jahre später an Herder schreibt: „Ich habe meinen Genius verehrt (d. h. meinem mich schützenden guten Dämon gedankt), daß er mich unterwegs sowohl als in Weimar den Propheten nicht antreffen ließ. — Die Welt ist groß, laßt ihn lügen drin! — Wo sich dieses Gezücht hinwendet, kann man immer vorauswissen. Auf Gewalt, Rang, Geld, Einfluß, Talent usw. ist ihre Nase wie eine Wünschelrute gerichtet." Und endlich, im hohen Alter, im Gespräche mit Eckermann, tut Goethe Lavater mit dem kurzen Satze ab: „Er belog sich und andere."

Daß Goethe über Lavaters schwache Stelle von Anfang an nicht im unklaren gewesen sei, sehen wir, wie ich schon bemerkt habe, daraus, daß er ihn als Mahomet zum Helden einer Tragödie machte. Freilich hatte Boie das Gedicht „Mahomets Gesang", das ursprünglich für den 4. Akt bestimmt war, bereits im April 1773 in Händen, woraus sich ergibt, daß die Idee des Stückes bereits früher gefaßt worden und Lavater nur als willkommener Repräsentant eingetreten ist. Dies entspricht dem Gange der Goetheschen Phantasiearbeit. Goethe hat also, mitten im Taumel, in den Lavaters Erscheinung ihn versetzte, eine unbewußte Kritik des Mannes produziert, die zugleich eine Entschuldigung seines Wesens enthielt und die sein innerstes Wesen im voraus erklärte.

Mochte aber Goethe persönlich dieses richtige Erkennen Lavaters sofort gegönnt sein, wobei ihm Merck, der wie überall auch hier seinen mephistophelischen Standpunkt innezuhalten wußte, vielleicht wieder zu Hilfe kam: im übrigen war ganz Frankfurt vom Propheten hingerissen. Goethes Mutter stand an der Spitze seiner Verehrerinnen. Wir haben einen rührenden Brief von ihr an Lavater, als

er sie wieder verlassen hatte. Nur die Tränen blieben ihr
noch, schreibt sie, die sie ihm nachweine.

Goethe aber sehen wir, als Lavater die Reise fortsetzt, mit
ihm gehen. „Es war so viel unter uns zur Sprache gekommen", berichtet Goethe, „daß in mir die größte Sehnsucht
entstand, diese Unterhaltung fortzusetzen. Daher entschloß
ich mich, ihn, wenn er nach Ems gehen würde, zu begleiten,
um unterwegs, im Wagen eingeschlossen und von der Welt
abgesondert, diejenigen Gegenstände, die uns wechselseitig
am Herzen lagen, frei abzuhandeln.

„Ein schönes Sommerwetter", fährt er fort, „begleitete uns,
Lavater war heiter und allerliebst. Denn bei einer religiösen und sittlichen, keineswegs ängstlichen Richtung
seines Geistes blieb er nicht unempfindlich, wenn durch
Lebensvorfälle die Gemüter munter und lustig aufgeregt
wurden. Er war teilnehmend, geistreich, witzig, und mochte
das gleiche gern an andern, nur daß es innerhalb der Grenzen bliebe, die seine zarten Gesinnungen ihm vorschrieben.
Wagte man sich allenfalls darüber hinaus, so pflegte er
einem auf die Achsel zu klopfen und den Verwegenen durch
ein treuherziges ‚Bisch guet!‘ zur Sitte aufzufordern. — In
Ems sah ich ihn gleich wieder von Gesellschaft aller Art
umringt und kehrte nach Frankfurt zurück, weil meine
kleinen Geschäfte gerade auf der Bahn waren, so daß ich
sie kaum verlassen durfte."

Nun läßt Goethe in einem seltsamen Kollegen Lavaters zugleich dessen vollständigen Gegensatz eintreten, durch den
er zum zweiten Male nach Ems geführt wird, worauf dann
die eigentliche Reise erst beginnt: Basedow, abermals ein
anderer Erziehungsapostel der Menschheit, trifft in Frankfurt ein. „Einen entschiedeneren Kontrast konnte man nicht
sehen als diese beiden Männer. Schon der Anblick Basedows deutete auf das Gegenteil. Wenn Lavaters Gesichts-
züge sich dem Beschauenden frei hergaben, so waren die
Basedowischen zusammengepackt und wie nach innen ge-

zogen. Lavaters Auge klar und fromm, unter sehr breiten Augenlidern, Basedows aber tief im Kopfe, klein, schwarz, scharf, unter struppigen Augenbrauen hervorblinkend, dahingegen Lavaters Stirnknochen von den sanftesten braunen Haarbogen eingefaßt erschien. Basedows heftige rauhe Stimme, seine schnellen und scharfen Äußerungen, ein gewisses höhnisches Lachen, ein schnelles Herumwerfen des Gesprächs, und was ihn sonst noch bezeichnen mochte, alles war den Eigenschaften und dem Betragen entgegengesetzt, durch die uns Lavater verwöhnt hatte."

Bemerken wir, mit welcher Kunst Goethe, nachdem er zuerst Lavaters allgemeines Bild entworfen, nun seine Darstellung ein Stück weiterführt. Ganz gelegentlich, scheinbar als ob es sich nur um Basedow handele, gibt er ein zweites, anderes Porträt Lavaters, bei dem sich seine wunderbare Gewalt bekundet, die Sprache zur völligen Wiedergabe des Bildes zu zwingen, das ihm vorschwebt. Niemand hat so schildern können wie Goethe, kein vor ihm lebender und kein ihm nachfolgender Schriftsteller.

Was Basedows Erziehungslehre anlangt, so verweise ich auf „Dichtung und Wahrheit". Diese Dinge sind wichtig, weil sie einen Beitrag zu der unendlichen Mühe der Völker in Europa bilden, sich auf menschenwürdigerer Basis neu zu konstituieren, eine Arbeit, die im Begriffe des Gelingens zu stehen schien, als die Französische Revolution wie ein furchtbares Fieber dazwischenkam und uns in ganz andere Bahnen warf.

Von Basedow also wird Goethe bewogen, die Reise nach Ems zu Lavater zurück von neuem zu machen. „Ich vermochte Vater und Freunde, die notwendigsten Geschäfte zu übernehmen, und fuhr nun, Basedow begleitend, abermals von Frankfurt ab. Welchen Unterschied empfand ich aber, wenn ich der Anmut gedachte, die von Lavatern ausging! Reinlich, wie er war, verschaffte er sich auch eine reinliche Umgebung. Man ward jungfräulich an seiner

Seite, um ihn nicht mit etwas Widrigem zu berühren. Basedow hingegen, viel zu sehr in sich gedrängt, konnte nicht
auf sein Äußeres merken. Schon daß er ununterbrochen
schlechten Tabak rauchte, fiel äußerst lästig, um so mehr,
als er einen unreinlich bereiteten, schnell Feuer fangenden,
aber häßlich dunstenden Schwamm nach ausgerauchter
Pfeife sogleich wieder aufschlug und jedesmal mit den
ersten Zügen die Luft unerträglich verpestete. Ich nannte
dies Präparat Basedowschen Stinkschwamm und wollte ihn
unter diesem Titel in der Naturgeschichte eingeführt wissen, woran er großen Spaß hatte.“
Goethe beschreibt nun weiter, mit welchem Entzücken er
Lavater von neuem begegnete und wie es ihm einige Wochen in Ems und Umgegend mit seinen beiden Freunden
erging. Man empfindet, wie gedankenfrisch und zukunfts-
sicher das geistige Leben damals in Deutschland war. Mitte
Juli zogen sie weiter. Jetzt beginnt die bekannte Reise,
über die wir, neben Goethes Berichte, Lavaters eignes
Tagebuch besitzen.
Zu Schiff ging es diesmal von Ems die Lahn hinab dem
Rheine zu. Lavater schreibt ununterbrochen nieder, was
geschah, kurz, als seien es Telegramme, die tags mehrmal
abgeschickt würden. Das Leben auf dem Wasser scheint die
Reisenden in einen erhöhten Zustand versetzt zu haben.
Gegenüber Lahneck diktiert Goethe:

> Hoch auf dem alten Turme steht
> Des Helden edler Geist,
> Der, wie das Schiff vorübergeht,
> Es wohl zu fahren heißt.

Wie lebendig wird uns dies Gedicht, wenn wir denken, daß
Goethes Schiff es selber war, das da vorüberging, und daß
die Verse ihm gleichsam aus der Seele sprangen.
„Itzt“, lesen wir in Lavaters Aufzeichnungen weiter, „fahren wir Lahnstein vorbei, zur Rechten liegt der Flecken...?

Ich stieg aus. Basedow vor uns in ein Haus, wo man zu Mittag aß, überfiel und aß mit, Speck und Bohnen. Alle ihm nach, Gewirr und Leben und Freude.

Wieder ins Schiff, Kapelle, ein zerstörtes Schloß vorbei. Goethe über die Kerls in Schlössern — nun von der Lahne in den Rhein. Goethe las. Wir fuhren Horchheim vorbei. Die Festung und Tal Ehrenbreitstein. Fliegende Brücke zwischen Tal und Koblenz, stiegen da aus, aßen zu Mittag." Und so weiter.

In „Dichtung und Wahrheit" dagegen finden wir das Aufsehen beschrieben, das ihr Erscheinen in Koblenz macht. Das neugierige Gedränge, das sie umgibt. Die Diskurse an der Wirtstafel. Goethes übermütiges Benehmen, Lavaters vermittelnde Klugheit. Liest man das in Goethes ruhiger Erzählung, welche in späten Jahren zustande kam, so klingt es bei weitem nicht so frisch als in Lavaters im Momente des Erlebens niedergeschriebenen Sätzen. Ich kenne wenig andere Aufzeichnungen, die in so hohem Grade die Kraft besäßen, unsere Phantasie mit dem Gefühl des Erlebten zu erfüllen, als dieses Lavatersche Tagebuch. Seltsam, nicht ihn, sondern Goethe selber würde man für den Verfasser halten. Wir müssen uns erinnern, daß Goethe es war, welcher Lavaters Schreibweise annahm; heute scheint eher das Entgegengesetzte der Fall gewesen zu sein.

„Mittwoch, den 20. Juli 1774", heißt es weiter im Tagebuche, „morgens nach 6 Uhr im Schiff unterm nassen Decktuch, vor Schmoll (Schmoll einer der Reisegesellschaft) und neben Goethe, der in romantischer Gestalt, grauem Hut mit halbverwelktem l i e b e n Blumenbusch sein Butterbrot hinter dem braunseidnen Halstuch und grauen Kapottkragen wie ein Wolf verzehrt und sich nach dem übrigen eingepackten Essen schon weiter umsieht."

Goethe bildet immer die Mitte. Wie in Straßburg, wie überall. Seine Gestalt erscheint als die beschreibungswür-

digste: wir sehen, wie er Lavater und den andern imponiert. Er strömt die meiste Lebenskraft aus. Und nun läßt
ihn seine Bescheidenheit das so wenig merken, daß er sich
neben Lavater und Basedow unterdrückt und unbehaglich
fühlt und an der Gemeinschaft bald genug hat. Er wollte
nicht „im Dunstschweife der großen Wandelsterne" weiter
mitziehen. Es war ihm ganz recht, daß in Köln Lavater für
einige Zeit sich von ihm trennte.
Das Zusammentreffen mit Fritz Jacobi stand Goethe bevor.
So viel Versuche hatte er gemacht, einen wirklichen Herzensfreund zu finden: jetzt endlich sollte es den Anschein
gewinnen, als ob er einen gefunden habe. Bei Lavater, so
nahe er ihm gekommen war, blieb immer ein Rest Fremd-
heit zurück, den kein Gefühl der Bewundrung aufheben
konnte. Goethe traf auf der Rückreise wieder mit ihm zusammen, und die gemeinsame Arbeit an den „Physiognomischen Fragmenten" wurde jetzt erst verabredet; dennoch
hält Goethe sich immer auf seiner Hut vor dem berühmten
Mann, während er sich Jacobi, vielleicht zum ersten und
letzten Male in seinem Leben, völlig hingab.

Fritz und Georg Jacobi waren, als Goethe sie kennenlernte,
geachtete Schriftsteller. Georg, der ältere, ein, wie man zu
sagen pflegt, geschätzter Dichter, französierender Ana-
kreontiker und beliebter Mitarbeiter an den Journalen,
welche die dichterische Mittelproduktion vermittelten. Der
hervorragendste unter den deutschen Dichtern dieses Schlages war damals Gleim. Um ihn scharten sich die übrigen,
sprachen bei ihm ein und borgten auch wohl mäßige Be-
träge. Viel bedeutender und für uns heute allein von Wichtigkeit ist der jüngere Bruder, Friedrich Heinrich, kurzweg
Fritz Jacobi genannt. Geboren 1743, war er einunddreißig
Jahre alt, als er dem fünfundzwanzigjährigen Goethe begegnete.
Fritz Jacobi war sehr jung nach Frankfurt a. M. gekommen

und hatte dort, und in der Folge weiter herum, die Handlung erlernt. Seine religiösen Neigungen und das Bedürfnis, sich wissenschaftlich auszubilden, trugen ihm anfangs Spott ein, ohne ihn irrezumachen. Nachdem er einen weiten Kreis von Bekannten gewonnen, kehrte er nach Düsseldorf zurück, um das väterliche Geschäft zu übernehmen. Allmählich wurde ihm das jedoch unerträglich. Er knüpfte Verbindungen mit der kurfürstlichen Hofkammer an — Düsseldorf war damals kurpfälzisch — und als Goethe kam, fand er Jacobi als kurfürstlichen Rat in sehr angesehener Stellung. Durch Wieland war er mit Sophie Laroche in Verbindung gekommen, durch diese wieder waren seine Frau und seine Schwester, zwei vorzügliche Charaktere, mit Goethes Schwester Cornelia bekanntgeworden, welche sie in Frankfurt besucht hatten. Goethe stand mit diesen Frauen längst in Briefwechsel; natürlich war, daß die Bekanntschaft mit dem Bruder folgte.

Die Schwester, Helene Jacobi, wurde später, nachdem die Frau gestorben war, der Sekretär der Freundschaften ihres Bruders und hat öfter zwischen ihm und Goethe gestanden. Goethe charakterisiert sie für jene Zeiten mit „treuherzig". Jacobis Frau dagegen, die ein früher Tod über die getrübten Stimmungen der späteren Jahre hinaushob, muß ebenso schön als liebenswürdig gewesen sein. Goethe sagt von ihr: „Ohne eine Spur von Sentimentalität richtig fühlend, sich munter ausdrückend, eine herrliche Niederländerin, die, ohne Ausdruck von Sinnlichkeit, durch ihr tüchtiges Wesen an die Rubensschen Frauen erinnerte." Goethe macht, indem er nur diese Frau zu beschreiben scheint, hier das Geheimnis aller Rubensschen Frauen offenbar. So lassen sie sich sämtlich erklären, soviel ihrer sind. Auch Jacobi hat seine Frau in seinem Romane „Allwill" dargestellt. Ihr Charakter ist das Beste im Buche. Die Briefe, die er sie darin schreiben läßt, sind entzückend, offenbar lagen ihm ihre eigenen Briefe dabei vor. Dennoch tritt uns diese Gestalt erst dann leibhaftig vor die Seele, wenn wir Goethes Worte dazunehmen.

Damals also lebte die Frau noch, in der Blüte ihrer Jahre, von ihren Kindern umringt. Jacobi verließ im Sommer sein Haus in der Stadt, um nach Pempelfort hinauszuziehen. Heute sind Haus und Garten im Besitz der Künstlerverbindung Malkasten und ihnen so ihr alter idealer Ruhm erhalten worden.

Um uns einen Vorgeschmack zu geben, was das bedeuten wolle: eine bürgerliche Familie, wohlgestellt und auf eignem Grund und Boden, beschreibt Goethe, ehe er von dem Pempelforter Aufenthalt berichtet, die in Köln empfangenen Eindrücke. Der Dom mit dem weltbekannten großen Krane stand noch als hoffnungslose Ruine da, denn länger als dreißig Jahre später erst begannen die Versuche der Gebrüder Boisserée, die als seine zweiten Gründer genannt werden müssen, um die Wiederaufnahme des Baues. Die Stadt aber stand noch erfüllt von ehrwürdigen Kirchen und Hallen und Häusern, deren Zerstörung in den französischen Zeiten begann. Unter ihnen, unberührt, mit dem Garten, der dazu gehörte, das Haus des über ein Jahrhundert schon verstorbenen berühmten Bankiers Jabach, und in ihm, an Ort und Stelle, das beste Bild seines Freundes Lebrun, der ihn im Kreise seiner Familie dargestellt hatte. Goethe wünschte dem Bilde einen Platz in einer öffentlichen Sammlung; heute befindet es sich auf dem Berliner Museum. Still und verlassen wie die alten Räume thronte es damals über dem unberührten wohlerhaltenen Hausrate des früheren Jahrhunderts, ein Denkmal der vergangenen Zeit und der Pietät der damals gegenwärtigen. Dieses Haus wird für Goethe zu einem Symbol, das zu begeisterter Anschauung von Tagen ehemaliger Größe mahnt. Indem er sich auch in seiner Darstellung diesem Eindrucke wieder hingibt, gewinnt er die richtigen Akkorde, mit denen er die Beschreibung dessen einleitet, was ihn in Düsseldorf erwartete.

Goethe fühlte sich glücklich in Pempelfort. Er hatte endlich einmal, losgelöst von Freunden, Familie und Vaterstadt, nur als das erscheinen wollen, wozu er allein sich gemacht hatte: als selbständiger und selbstbewußter Autor. So trat er bei Jacobi ein, und so wurde er von ihm empfangen. Jacobi ließ den Altersunterschied beiseite, er behandelte Goethe aber auch nicht als das exotische junge Genie, dem niemand gleichkomme. Er fühlte sich selber. Sie hatten beide eine überströmende Sehnsucht, endlich einmal sich ganz verstanden zu sehen. Sie gaben sich einer dem andern hin, wie zwei Meere, zwischen denen ein Damm durchstochen wird und deren Wellen durcheinander fluten. Goethe berichtet, wie sie eines Abends bis spät zusammen geredet und sich dann getrennt hatten, um zu schlafen. Wie sie einander dann doch noch einmal aufsuchten und, tief in der Nacht am Fenster stehend, während der Mondschein über dem Rheine zitterte, sich zu besprechen fortfuhren. Das war auf der Rückreise, auf der Jacobi seinem Freunde das Geleite gab. Als Goethe „Dichtung und Wahrheit" schreiben wollte und auch Jacobi um Material anging, erinnerte ihn dieser an jene Nacht und bat ihn, sich ihre damaligen Gespräche zurückzurufen. „Als wir schieden" — ich wiederhole das Zitat aus „Dichtung und Wahrheit" — „schieden wir in der seligen Empfindung ewiger Vereinigung."

Goethe besaß bereits Erfahrung genug, um zu wissen, daß es immer ein gefährliches Experiment sei, sich dem Einflusse einer Persönlichkeit hinzugeben. Auf der Rheinreise hatte er gesehen, wie Lavater „geistige, ja geistliche Mittel zu irdischen Zwecken gebrauchte". Er durchschaute, daß, was er zuerst für reine Natur gehalten, doch nur in einer Schauspielerei edelster Art bestand, in welche die natürliche eigne Anregung des Herzens bei Lavater zuletzt sich mit aufgelöst hatte. Goethe mußte das um so mehr erkennen, als er selber schon sich gezwungen sah, den Men-

schen gegenüber eine gewisse Manier anzunehmen. Goethe
aber nahm diese Manier nicht an, um etwas zu erreichen,
sondern um sich zu schützen und frei zu halten. In Jacobi
nun begegnete er einer Natur, deren völlige Reinheit und
Absichtslosigkeit er erkannte und deren geistiger Reichtum
seinen Ansprüchen genügte. Hier sein erster Brief nach der
Abreise:

„Ich träume, lieber Fritz, den Augenblick, habe Deinen
Brief und schwebe um Dich. Du hast gefühlt, daß es mir
Wonne war, Gegenstand Deiner Liebe zu sein. — O das ist
herrlich, daß jeder glaubt, mehr vom andern zu empfangen, als er gibt! O Liebe, Liebe! Die Armut des Reichtums
— und welche Kraft würkt's in mich (d. h. läßt es in mich
einströmen), da ich im andern alles umarme, was mir fehlt,
und ihm noch dazu schenke, was ich habe. — — Glaub mir,
wir könnten von nun an stumm gegen einander sein, uns
dann nach Zeiten wieder treffen, und uns wär's, als wären
wir Hand in Hand gangen. Einig werden wir sein über
das, was wir nicht durchgeredt haben." So hat Goethe niemals wieder geschrieben. Wie konnte auch diese Freundschaft sich auflösen?

Nur in einem hatte Goethe seinen neuen Freund nicht sogleich zu ermessen vermocht: er konnte nicht wissen, wie
weit Jacobis Wesen auf eignen oder nur auf angeeigneten
Ideen beruhte.

Jacobi hat auf sein Jahrhundert bedeutenden Einfluß gehabt, ist von den Besten geehrt worden bis in ein hohes
Alter hinein und hat einen Namen hinterlassen, dessen
Ruhm heute noch dauert. Bei solchen Männern, zumal wenn
sie fruchtbare Schriftsteller gewesen sind, ist es dem ihre
gesamte Entwicklung überfliegenden Blicke nicht schwer,
die entscheidenden Akzente des Charakters herauszufinden. Es lag etwas Anschmiegendes in Jacobis Natur, er
bedurfte in zu hohem Maße der Gefühle, die seine Freunde
und Bücher ihm gewährten, und er verwechselte begei-

sterte Reproduktion mit Produktion. Goethe hatte seinen
noch unerschienenen „Werther" mitgenommen und daraus erzählt oder vorgelesen. Jacobi, entflammt von diesen
Gefühlen, ahmt Goethes Dichtung in zwei eignen Werken
nach, von denen das eine, „Allwills Briefsammlung", noch
vor Erscheinen des „Werther" begonnen wurde. Allwill
soll Goethe sein. Schon 1775 und 1776 kamen die ersten
Briefe, denn auch dieser Roman ist in Briefen geschrieben,
in der „Iris" und im „Teutschen Merkur" heraus. Jacobi
schildert eine einfache Familie (seine eigene), in die plötzlich ein junger Feuergeist hineingreift. Später, als „Allwill" bis zu Ende herauskam, lautet die Charakteristik der
Hauptperson ganz anders als in diesen Anfängen. So sehr
sind Allwills Briefe in Goethes Stil gehalten, daß Lavater
Goethe für ihren Verfasser hielt. Denn wie Goethe sich Lavaters Schreibweise angeeignet hatte, nahm Jacobi Goethes neuumgestaltete Sprache an. Hier unterscheiden wir
recht Natur und Übertreibung: Goethe nimmt unbefangen
in Gebrauch, was ihm zupasse kam, Jacobi stürzt sich bewußt nachahmend in Goethes Manier und sucht ihn zu überbieten. Jacobis in diesem ersten Taumel abgefaßte Briefe
haben heute etwas Leeres, Fatales, Haltloses, während
Goethes begeisterte Ausbrüche zwar überschwenglich, aber
inhaltreich und natürlich klingen.
Noch auffallender tritt die Nachahmung in Jacobis zweitem
Werke, dem Roman „Woldemar", hervor, der später erschien, als Goethe bereits in Weimar war. Ein so wunderliches, abgeschmacktes Produkt, daß ein heutiger Leser
schwer über die ersten Seiten hinauskäme. Goethes Werther
sieht, daß er zu der Frau seines Freundes, die er liebt, niemals in ein natürliches Verhältnis kommen könne, und bringt
sich um: sein Schicksal hat etwas Begreifliches, Folgerichtiges. Er hätte früher fliehen sollen, allein wir fühlen, daß
es außer seiner Macht lag. Jacobi dagegen läßt sein Liebespaar das Schicksal kaltblütig herausfordern. Jacobi stellt

einen ausgezeichneten, auf der Höhe der Bildung stehenden jungen Mann als Liebhaber eines ebenso vorzüglichen Mädchens hin: Woldemar und Henriette. Es ist kein zwingender Grund vorhanden, sich nicht zu heiraten, denn daß Henriette nicht schön ist und daß Woldemars alter Vater gegen die Heirat war, kommt als Nebensache gar nicht in Betracht. Aber sie heiraten nicht, weil sie einander so sehr lieben, daß sie fühlen, irdische Verhältnisse könnten einen Mißklang in dies rein geistige Verhältnis bringen. Um diese Anschauung zu einer Tatsache zu machen, heiratet Woldemar Henriettens Freundin Alwine, die ihm auch alsbald Hoffnungen zu einem Kinde gibt. Jacobi hat dieses zweite Verhältnis in den reinsten und reizendsten Farben geschildert. Zugleich dauert die geistige Ehe mit Henriette fort, immer mehr tritt hervor, daß in diesem Verhältnisse etwas Unmögliches liege, dessen Natur sich gleichwohl beide nicht klarzumachen wissen, bis der Roman mit einem höchst leidenschaftlichen Gespräche Henriettens und Woldemars abbricht, worin sie sich nicht verstehen und das die Perspektive eröffnet, daß aller drei Personen Schicksal für immer zerstört sei.

Seinerzeit jedoch wurde „Woldemar" mit Begeisterung aufgenommen, und Jacobi rechnete sicher auf Goethes beistimmendes Urteil, als ihm aus Weimar schreckliche Dinge zu Ohren kamen. In Ettersburg sollte das Buch in dem schönen Einbande, in dem es Goethe zugesandt worden war, von diesem selber an einen Baum genagelt, wie Raubzeug an einen Scheunengiebel, und verhöhnt worden sein; durch ganz Deutschland wurde darüber geklatscht. An dem Buche war außerdem etwas ausgeübt worden, das man nur Voltaire hätte zutrauen können: Goethe hatte mit leichter stilistischer Änderung die letzten Seiten so verändert, daß der Teufel kommt und Woldemar holt. Nun schreibt Jacobi in einem beweglichen Briefe: das und das hast Du jetzt an mir getan, und dann zitiert er Stellen aus Goethes

Briefen, worin dieser ihn als seinen einzigen Herzensfreund vor Gott und Vorsehung anerkennt. Und Goethe
war durch diesen Brief so zusammengehauen, daß er nichts
antworten konnte. Er ließ Jacobi durch dritte Personen
sagen, die Sache sei nicht so böse gemeint gewesen. Er hat
selber schreiben wollen, aber es ist kein Brief zustande gekommen.

Goethe führt einmal als den Grundsatz Bernhards von
Weimar an, daß man sich niemals entschuldigen solle. Es
entsprach das seiner Natur. Goethe hat sich in der Stille
manches vorgeworfen, das er getan oder zu tun unterlassen
hatte, unter all seinen Briefen aber kenne ich nur zwei oder
drei, worin er es offen eingesteht. Vier Jahre nach jener
Szene schrieb er an Jacobi, bekannte sein Unrecht und bat
um Entschuldigung. Es heißt in dem Briefe (1782): „Wenn
man älter und die Welt enger wird, denkt man denn freilich manchmal mit Wunden an die Zeiten, wo man sich
zum Zeitvertreibe Freunde verscherzt und in leichtsinnigem
Übermut die Wunden, die man schlägt, nicht fühlen kann,
noch zu heilen bemüht ist." Jacobi antwortet sogleich,
Goethe sendet ihm dann die „Iphigenie", und beide sind
nie wieder ernstlich auseinander gekommen.

Bei Jacobi steigern sich mit den Jahren die überirdischen
Tendenzen. Er ist in seinem Fache leidenschaftlich und
kampfbereit. Er sendet Goethe seine Streitschriften zu, und
dieser gibt sein Mißfallen oft sehr scharf zu erkennen.
Schon in der allerersten Zeit ihrer Freundschaft fand Goethe
Gelegenheit, den Druck solcher Dinge offen zu bedauern.
Aber trotz dieses harten, abweisenden Widerspruches bleiben sie Freunde. Jacobi hat eine wunderbare Art, sich das
nicht anfechten zu lassen. Sie waren sich stets bewußt, einer
vom andern die beste Meinung zu hegen. Wir sehen dann
später, wie Jacobis Sohn, als er zu Goethe kommt, wie ein
Familienglied von ihm aufgenommen wird. Ihm teilte
Goethe zuerst „Hermann und Dorothea" mit, im Jahre

1796. Und so hat diese Freundschaft sich fortgesetzt, und die Herausgabe der Briefe ist noch 1846 vom Sohne wie eine heilige Opferhandlung vollbracht worden. Es hat etwas Schönes, die Familien derer, die mit Goethe in Verbindung gestanden haben, so ihre Schätze allmählich ans Licht bringen zu sehen. Und überall erschließen sich uns reine und auch da, wo das letzte harmonische Ausklingen fehlt, erhebende Verhältnisse. Denn überall bricht die auf das Geistige gerichtete Bewegung als der Inhalt des Verkehrs heraus.

Bei Gelegenheit seines Zusammentreffens mit Jacobi erwähnt Goethe nun den Mann, dessen Schriften für ihn wichtiger gewesen sind als alle Philosophie, die Herder, Lavater und Jacobi ihm vermitteln konnten: Spinoza. Es scheint, daß der heftige Gegensatz, in welchem Jacobi sein lebelang zu Spinoza stand, den natürlichen Anlaß bot, gerade hier auf ihn zu kommen, denn schon in früheren Zeiten hatte Goethe Spinoza kennengelernt. Jacobis Ruhm aber beruht zum Teil auf der Stellung, die er gegen Spinoza einnahm. Eine Unterredung, die er mit Lessing in dessen letzten Zeiten über Spinoza gehabt hat, macht ihn heute für viele, die anders kaum von ihm wissen würden, wichtig. Jacobi hat sich aufs äußerste bemüht, gegen das anzukämpfen, was er für Spinozismus hielt. Und um einen weiteren Grund dafür zu nennen, weshalb Goethe jetzt auf Spinoza kommt: dieser besaß als Philosoph alles, was Goethe bei Jacobi, als Philosoph, in der Folge vermissen mußte.

Das Kapitel Spinoza ist bei Goethe von Wichtigkeit.

In der Betrachtung des gesamten Goetheschen Lebens sehen wir zwei große Tatsachen walten, die ich Grundlebensfakta nennen will.

Das erste: Soviel wir wissen, hat Goethe niemals etwas erlebt, das ihn vollständig hingenommen hätte. Und wenn er aufs leidenschaftlichste erregt scheint, es bleibt ihm stets die Kraft übrig, sich im Momente selbst zu kritisieren. Erlebnis und nachfolgende Reflexion muß bei ihm stets unterschieden werden. Wenn Goethe an Frau von Stein schreibt, getrennt von ihr, einsam, die Feder in der Hand, empfindet er heftiger als neben ihr. Erst indem er reflektiert, kommt die volle Leidenschaft zum Ausbruche. Wir haben gesehen, wie sein Verhältnis zu Lotte erst dann verständlich wird, wenn wir all seine Leidenschaft in die Stunden verlegen, wo er nicht bei ihr ist.

Das zweite: Goethe nennt keinen lebenden Mann und kein gleichzeitiges Buch, welches vollständig seiner Natur entsprochen hätte: keinen Mann, bei dem er gefühlt hätte: so möchtest du sein; kein Buch, bei dem er gedacht: das ist, als hättest du es selbst geschrieben, und noch besser, als du es hättest schreiben können! Für Herder begeisterte er sich nur als Lernender, nach dem ersten Rausche stellte sich das Bewußtsein der eignen Stellung wieder ein. Und so sind Lavater und Jacobi nach kurzer Zeit überstanden, und nach ihnen kam niemand weiter, von dem Goethe sich betören ließ wie von diesen dreien. Sobald er einigermaßen Lebenserfahrung gesammelt hatte, wußte er immer gleich im voraus, daß nach einiger Zeit allen Erscheinungen gegenüber Klarheit über ihn kommen würde, welche ihn wieder auf sich selber stellte.

Überschlagen wir nun aber die Erscheinungen samt und sonders, welche auf Goethe dauernden Einfluß gehabt und in seiner Seele gleichsam feste Plätze behalten haben, von denen sie nie wieder vertrieben worden sind, so kenne ich deren nur vier, in der Gestalt von vier Männern: Homer, Shakespeare, Raffael, Spinoza. Sie sind für ihn die Repräsentanten der vier gewaltigen Völkerelemente geworden, aus deren untrennbar zusammenwirkender Arbeit unsere europäische Kultur, der geistige Zustand, innerhalb dessen wir leben und arbeiten, hervorgegangen ist und immer noch hervorgeht.

Ich will nicht sagen, daß die vier Männer, die ich genannt
habe, an sich ihre bedeutendsten Repräsentanten seien, als
hätten diese vier Völkerelemente — Griechen, Römer, Germanen und Semiten — keine höheren hervorgebracht,
denn neben Homer wären Phidias oder Plato, neben Raffael Michelangelo, Dante, neben Shakespeare Luther, neben
Spinoza Männer des Alten und Neuen Testamentes zu
nennen: für Goethe aber nahmen Homer, Shakespeare,
Raffael und Spinoza diese ersten Plätze ein. In dem Maße,
als er sie kennenlernte, ging ihm das Gefühl des allgemein
Menschlichen neben dem bloß Nationalen auf, ihnen verdankt er die Einführung in die geschichtliche Anschauung,
auf der sein geistiges Wachstum beruhte.
Homer und Shakespeare wurden ihm zuerst bekannt. In
Straßburg und Frankfurt offenbarte sich ihm die Macht
dieser Menschheitsfürsten: nun trat auch Spinoza hinzu.
Goethes Stellung zu Homer und Shakespeare ist leichter zu
begreifen als die zu Spinoza. Jene beiden haben auch heute
über uns noch die alte Macht, denn alle die Versuche, Homer um seine eigne Persönlichkeit zu bringen oder Shakespeare zu verkleinern, haben keinen Einfluß darauf. Spinoza dagegen ist weniger bekannt und steht uns aus verschiedener Ursache heute ferner; hier bedarf es, um Goethes
Standpunkt klarzulegen, einiger Umschweife.
Goethe war aufgewachsen in einer bürgerlich religiösen
Familie, in voller Kenntnis dessen, worauf der christliche
Glaube beruht. Wer heute das Vaterunser, die zehn Gebote,
das Bekenntnis und einige Lieder anstandslos aufsagen,
auch über die Bücher des Alten und Neuen Testamentes
und über etwas Kirchengeschichte Auskunft zu geben vermag, glaubt wohlunterrichtet zu sein. Das war damals
anders. Man mag sich mit dem persönlichen Glauben stellen, wie man will: jedenfalls muß man unterrichtet sein
über den Lauf, den die religiöse Entwicklung in Deutschland genommen hat.

Man war bei uns in der Bibel in einer Weise belesen und über das Unterscheidende der Konfessionen und Sekten bis in Feinheiten hinein geschult, die jetzt nur dem studierten Theologen geläufig sind. Wie man heute über alles, was die Armee betrifft: Organisation, Dienst, Avancement und dergleichen fast in jeder Familie das Nötige weiß, auch über die Heimat und Tätigkeit der Regimenter und die Inhaber der bedeutendsten Stellen unterrichtet zu sein pflegt, weil jede Familie eben so oder so mit der Armee in Verbindung steht, so wußte man damals in den kirchlichen Dingen Bescheid und kannte die Namen und Machtverhältnisse der kommandierenden Pastoren. Wissenschaft, Poesie und Theologie gestatteten damals allein freie Bewegung und öffentliche Leidenschaft, wie schon erwähnt worden ist. Wer so recht den Geruch und Geschmack dieser Zustände gewinnen will, der lese den Roman des während seines Lebens berühmten Berliner Buchhändlers Nicolai: „Das Leben und die Meinungen des Herrn Magisters Sebaldus Nothanker." Seine vier Teile enthalten eine ununterbrochene Prügelei mit dem Schicksal in Gestalt zelotischer Pastoren, in die der Held, ein philosophisch denkender offenherziger Landpastor, hineingerät. Ohne diese Zustände zu kennen, ist es unmöglich, einen Begriff der Kämpfe zu haben, in welche Lessing stets verwickelt war, oder auch die Macht Herders zu begreifen, der als freisinniger Theologe sich des in Bewegung geratenden Stoffes bemächtigte. Goethe war schon als Kind und dann durch sein Verhältnis zu der Herrnhuterin Fräulein von Klettenberg in diese Dinge eingeweiht worden. Noch nach Straßburg nahm er ihre Empfehlungen an eine herrnhuterisch gesinnte Familie mit und benutzte sie.

Goethe hatte deshalb die Bibel inne. Sein eignes literarisches Eingreifen in die christliche Bewegung, das in mehreren kleinen Aufsätzen stattfand, sein intimes Verhältnis zu dem Propheten Lavater war ein natürliches. Er brauchte keine Umwege zu machen, um dahin zu gelangen. Goethes ältestes Gedicht ist ein bombastischer Gesang auf die Höllenfahrt Christi, im Stile der donnernden Pastorensprache des Jahrhunderts abgefaßt. Nun aber gewahren wir, wie das Zuhausesein in diesen Materien ihn trotzdem niemals ganz und gar ergreift und ihn in keiner Weise von andern Gedanken abwendig macht, die aus andern Quellen ihm zuflossen.

Herder und Lavater waren für ihn die Repräsentanten der beiden großen Strömungen, auf denen das kirchliche Leben der Zeit vorwärtsschwankte. Herder ging aus von historischen Betrachtungen. Er suchte in seinem universellen Streben die hebräische und griechische Literatur sich anzueignen, unter deren Zusammenwirken die älteste Kirche sich gebildet hatte. Er erkannte in der christlichen Idee den mächtigsten Hebel, welcher jemals angesetzt worden war, um das niedersinkende geistige Leben der europäischen Völker wieder emporzurichten. Wir haben von Herder die historische Begründung der allgemeinen Literaturgeschichte, welche in prachtvollen, heute noch ergreifenden Sätzen den Umschwung darlegt, wie das Heidentum zusammenstürzt, wie das Christentum ein Neues in die Welt bringt, und wie dieses Neue um sich greift und mächtig wird. Dabei bei Herder der ungemeine Respekt vor dem Christentum. Aber auch nicht mehr. Herder war ein Gelehrter; später, wo die seelsorgerische Wirksamkeit größeren Einfluß auf ihn gewann, wechselten seine Überzeugungen, immer aber hat er sie als Gelehrter zu begründen gewußt.

Lavater ging von der praktischen Tätigkeit aus. Er hatte die Erfahrung gemacht, daß der ethische Inhalt der Bibel für alle menschlichen Fälle ausreiche, daß Heilmittel für jedes Gebrechen darin zu finden seien, und daß Glauben weiter bringe als Erkenntnis. Er führte das in seiner Weise durch, er trat auf als Prophet, aber er bekehrte nicht eigentlich, sondern suchte gleichgestimmte Anhänger dadurch zu

gewinnen und zu halten, daß er sanft diplomatische Mittel
anwandte.

Beide Männer konnten Goethe nichts bieten. Er brauchte
die Religion nicht, die Herder oder Lavater für die beste
hielten, sondern er wollte wissen, wie der einsame, nur auf
sich beschränkte Mensch zu den überirdischen Dingen sich
zu verhalten habe. Er hätte das eher von Jung-Stilling
lernen können. Aber dieser, der ganz und gar im Christen-
tume lebte und webte und der der einzige Pietist ist, den
Goethe gelten ließ, war wieder so besonders beschaffen,
daß sich auch von ihm nichts lernen ließ. Man hätte ganz so
sein müssen wie er.

Uns alle berührt ja die große Frage des religiösen Bedürfnisses, auch diejenigen unter uns, die durch den heute so
natürlichen Skeptizismus oder durch eine von der Kirche
kaum Notiz nehmende Erziehung so weit gebracht zu sein
scheinen, daß sie diese Dinge als ihnen beinahe fremde betrachten. Dies ist nur scheinbar. Auch ein negatives Verhältnis ist ein Verhältnis. Um was handelt es sich? Nicht
darum, herauszubekommen, welche Form und welcher Inhalt des religiösen Bekenntnisses, welche Behandlung und
Stellung der Geistlichen für das Volk etwa die beste sei,
wie der Staat sich zu verhalten habe, wie die Kirchengeschichte aufzufassen und die Kritik der Evangelien zu
beurteilen sei; sondern es kommt darauf an, sich darüber
klar zu sein, wie wir, ohne alle Verheimlichung des innersten geistigen Bedürfnisses vor uns selber, zu den Dingen
uns verhalten, die über das irdische Leben und die menschliche Erfahrung hinaus liegen. Diese Fragen steigen in
jedem Menschen auf, beunruhigen uns und lassen sich nicht
abweisen, und jeder nimmt die Antwort darauf, woher er
immer kann. Ob man denen, die gestorben sind, wieder be-
gegne, und wie und wo, und ob dabei von der Vergangenheit die Rede sein könne, und wie, und ob diese neue Existenz noch weitere Folgen haben müsse, darüber will jeder

etwas wissen, und sei es auch nur, um „nein" zu antworten:
er will Gründe für dieses „Nein" gewinnen. Nun, die
kirchliche Erziehung, welche Goethe zu Hause empfing, und
das Christentum Herders und Lavaters gaben ihm nichts,
was er für den eigensten Gebrauch benutzen konnte. Auch
haben ihn die Ereignisse seines ganzen Lebens, soweit wir
wissen, nie mit kirchlichen Formeln bekannt gemacht, die
ihn hier beruhigt hätten. Nur zwei Überzeugungen hat er
stets gehabt und ausgesprochen. Die eine: daß ein persönlicher Gott sei, welcher, was die Geschichte der Menschheit anlangt, einen Willen und ein Ziel habe, und die
zweite: daß es eine individuelle Unsterblichkeit gebe.
Diese beiden Glaubensartikel bekennt Goethe, ohne Beweise zu verlangen oder zu geben, er hat sie, sie sind in
die Fundamente seines Daseins eingemauert. Über sie hinaus aber auch nichts weiter. Er weist jedes Detail ab.
Alles Überirdische, dem diese beiden Gedanken nicht ge-
nügten, ließ ihn ruhig. Dagegen verlangte er, was jeder
Mensch verlangt, eine Theorie der sittlichen Organisation
der Menschheit, und zwar diese auf die sichersten Beweise
gegründet.
Wir gewahren, mögen wir hoch oder niedrig stehen, daß
wir alle eine Gemeinschaft bilden. Wir fühlen, daß diese
Gemeinschaft keine bloß zufällige und mechanische sei,
sondern daß innerhalb ihrer, als zusammenhaltende und
treibende Kraft, eine große geistige Arbeit walte, welche
nach einem Ziele vorwärtsstrebt. Dieses Ziel nennen wir
das „Gerechte", das „Gute", das „Schöne", die „höchsten
Ideen", „Gott". Die Geschichte erscheint als das Bemühen
der Völker, dieses abschließende höchste Gut zu erlangen
und zu verwirklichen. Wie wird es erkannt? Und ehe wir
diese Frage beantworten, fragen wir vorher: wie erkennt
man überhaupt? Wer als Mensch niemals imstande war,
diese beiden Fragen aufzuwerfen, und wer niemals den
Versuch gemacht hat, ihnen zu genügen, der steht auf einer

niederen Stufe. Hier aber eine Antwort zu finden, ist ohne Übung des Geistes nicht möglich, und deshalb studieren wir Philosophie. Und deshalb ist das Studium der Philosophie etwas, das alle Jahrhunderte als das höchste Interesse der Menschheit anerkannt haben.

Goethe mußte von diesem Interesse in dem Maße mehr als andere ergriffen werden, als er geistig die andern überragte, und nun, indem er sich einen Lehrer suchte: keine Philosophie hat Goethe genügt als die Spinozas. Wir sehen Goethe innerhalb seines langen Lebens viele philosophische Systeme prüfen und mit vielen Philosophen in persönliche Berührung kommen: Spinozas System ist das einzige, an dem er festhält und das er überhaupt gar nicht kritisiert. Er sagt bescheiden von sich: er wisse selbst nicht, was er aus Spinozas „Ethik" sich herausgelesen habe, allein das Buch habe ihn angezogen, habe für ihn Geheimnisse enthalten, die ihm nützlich waren.

Sehen wir nun, wie Spinozas Buch zustande gekommen ist! Baruch oder, den Namen ins Lateinische übertragen, Benedictus Spinoza wurde 1632 in Amsterdam geboren. Er stammte aus einer jüdisch-portugiesischen Familie. Aus Portugal, wo die Juden unmenschlich behandelt wurden, hatte eine Auswandrung in großem Maßstabe stattgefunden, sie waren zu Schiffe in Holland angekommen und bildeten dort eine Kolonie, welche, ganz in sich konstituiert, eine ausgezeichnete Stellung innerhalb des holländischen Staatslebens einnahm. Wenn wir Rembrandts Darstellungen der biblischen Ereignisse ansehen, Gemälde und Radierungen, so erblicken wir ein eigentümliches Kostüm seiner alt- und neutestamentarischen Persönlichkeiten: die Männer in langen Kaftanen und pelzbesetzten Gewändern, die Frauen seltsam geschmückt: das ist die Tracht der in Holland lebenden portugiesischen Juden, welche Rembrandt künstlerisch verwandte und die in so auffallendem Kontraste gegen die Gewandungen steht, worin die italienischen Künstler der klassischen Zeit dieselben Gestalten erscheinen lassen.

Spinoza brachte es durch abweichende religiöse Meinungen dahin, daß er zuerst aus der Synagoge, dann aus der Judengemeinde überhaupt ausgestoßen wurde. Er war völlig verlassen und verstoßen. Es wurde von seiten der jüdischen Gemeinde in Amsterdam ein Meuchelmord gegen ihn versucht, dem er jedoch entging. Er ging zu einem holländischen Arzte, von dem er Griechisch und Lateinisch lernte. Er warf sich ganz in die philosophischen Studien und erlernte, durch seinen Lehrer Descartes darauf gebracht, das Schleifen optischer Gläser, um unabhängig seinen Unterhalt gewinnen zu können. Durch diese Beschäftigung kam er mit den bedeutendsten Naturforschern seiner Zeit in Berührung. Die Juden in Amsterdam bewirkten endlich seine Verbannung, und er lebte von da an in Leyden oder im Haag. Dort ist er als ein Mann von etwa 45 Jahren an der Schwindsucht gestorben.

Was Spinoza bei Lebzeiten herausgab: eine Darstellung der Philosophie des Descartes, ist nicht von der Bedeutung, wie die nach seinem Tode erschienenen Hauptwerke: „Die Ethik" und „Der politische Traktat". Zu ihnen kommen als wichtige Dokumente seine Briefe.

Unter dem Namen „Ethik" hat er folgendes zustande gebracht: eine Theorie des Verkehres der Menschen untereinander, die Menschen als Teile eines Ganzen betrachtet. Spinoza hat das ungeheure Gewirre sowohl der Gefühle, welche der menschliche Verkehr erzeugt, als der Motive, von denen er hervorgebracht wird, auf eine Anzahl einfacher Formeln reduziert. Es findet sich nichts Persönliches in dem Buche. Nicht im entferntesten etwas, das einer Anekdote ähnlich sähe, nicht die leiseste Absicht, jemanden durch andere Mittel als die mathematischer Beweisführung gleichsam zu bekehren, ihm zu sagen: tue das! glaube das! es ist gut, oder: tue das nicht! es ist schlecht. Ja, es ist das

Buch in einer Sprache geschrieben, die man nicht einmal
eine Sprache nennen könnte. Spinoza, um ganz exakt zu
sein, hat das tote Gelehrtenlatein seiner Zeit so mechanisch
als möglich angewandt. Er gebraucht mit der Schärfe eines
Geschäftsmannes diejenigen Worte und Wendungen, welche am meisten Garantie bieten, daß ein Mißverständnis
ausgeschlossen sei; da gibt es keine Provinzialismen, keine
angenehme Satzbildung, keine Vergleiche, keine leiseste
Erinnerung an die Lektüre der guten lateinischen Autoren,
sondern die kahlsten Ausdrücke werden im kahlsten Satzbau aneinandergereiht. Deshalb wählte Spinoza den Titel:
„Ethica ordine mathematico demonstrata" — „Die Lehre
vom sittlichen Verkehre der Menschen mathematisch folge-
richtig dargelegt."
Und dieses Buch sollte nicht nur erst nach seinem Tode,
sondern dann sogar noch ohne seinen Namen erscheinen.
Spinoza sagt: der Name des Autors auf dem Titel beeinflußt den Leser. Das soll nicht sein. Niemand darf wissen,
daß das Buch von mir sei. Es möge daliegen, als hätte es die
Menschheit aus sich hervorgebracht.
Wir haben ein Buch von Desor (von Carl Vogt übersetzt),
das die Geschichte der Bemühungen einer Gesellschaft von
Gelehrten enthält, die Fortbewegung der Gletscher zu ergründen. Eine Anzahl Leute begeben sich an Ort und
Stelle; man weiß nur zwei Tatsachen: erstens, die Gletscher
bewegen sich, und zweitens, auf welche Weise sie das tun,
ist unbekannt. Man beginnt zu studieren, als wolle man
ein Manuskript lesen, das in einer unbekannten Sprache
verfaßt ist. Man findet mühsam und langsam die Methode,
wie zu beobachten sei, und entdeckt endlich, wie die ge-
birgsfeste Eismasse sich fortschiebe. So nahm Spinoza die
moralische Fortbewegung der Menschheit als Objekt seiner
Untersuchungen. Ohne sich auf historisches Material zu
stützen, sieht und hört er nur, was er vor Augen und Ohren
hat. Unendliche Symptome bringt er in bestimmte Massen,

gibt jeder Masse ihren Namen und stellt das Verhältnis der einzelnen Massen untereinander fest. Endlich hat er herausgebracht, wie der gesamte Menschenstrom fließe und wohin er fließe. Nur das aber will er ergründen, nichts sonst. Keine persönlichen Lieblingsideen, keine nationalen Vorurteile, keine Absichten irgendwelcher Art, sondern die Sache, wie sie ist. Und deshalb schließlich nur das eine Resultat, daß das Gute etwas Wirkliches, Positives sei und daß das Böse nichts Wirkliches, sondern nur die Negation des Guten sei. Dieses Buch tat in seiner Art, die Dinge zurecht zu legen, einer Forderung in Goethes Natur genug, die nirgends sonst Befriedigung finden konnte. — Welcher? Goethe läßt Faust von den „beiden Seelen" reden, die in seiner Brust lebten. Diese Doppelheit der geistigen Existenz hatte er an sich selbst zumeist beobachten können.

Es lag in Goethes Wesen eine Mischung von Blindheit und Scharfsichtigkeit, die seltsam unvermittelt in ihm nebeneinander herlaufen. Er sagt von sich, wenn er schreibe, wisse er nicht, was er schreibe; er „wühle es nur so auf das Papier hin" und sehe erst hinterher, was er getan. Dazu kam die Nötigung, sich in Gleichnissen auszusprechen. Im Sommer 1805 hörte er in Halle Vorträge des Doktor Gall, der die Phrenologie aufbrachte und persönlich seine Lehre in Deutschland verbreitete, und in einem geselligen Kreise, der sich im Anschluß daran versammelte, behauptete Gall scherzweise: Goethe könne nicht den Mund auftun, ohne einen Tropus auszusprechen. Goethe vermag seine Gedanken nicht exakt in Worte zu übertragen, sondern kann nur mit andeutenden Bildern umschreiben, was er sagen möchte. Und um das Stärkste in dieser Richtung zu sagen: Goethe hatte es aufgegeben, sich selbst zu kennen! Er spricht im hohen Alter darüber mit dem Kanzler Müller. Wie man eigentlich sei, sagt er, das müsse man von andern erfahren. Und so: Goethe zeigt sich nach dieser einen Seite als Dichter, als einen „Nachtwandler", der nicht weiß, was, indem er schreibt, ihm aus der Feder fließt, als einen Träumer, der sich selbst nicht kennt und in seinen eignen Augen eine halbe Romanfigur ist. Er ist schwankend, unklar, leidenschaftlich. Er will sich dem dunkeln Triebe seiner Natur hingeben und räumt aus dem Wege, was ihm darin hinderlich ist.

Dieser einen Seite steht jedoch eine andere gegenüber. Da gewahren wir unbarmherzige Objektivität und Klarheit. Ein Dämon raunt ihm sofort zu, wo die schwache Stelle der Menschen und der Dinge liege. Nun übt er eine aufs äußerste gehende Kritik, anatomisiert den Menschen — andere wie sich selber — und erlaubt sich keine Ausschmückung an seinen Resultaten. So sehen wir ihn als Naturforscher, als Historiker, als Staatsmann. Er ist fest, scharf, kühl. Hier will er nicht genießen, sondern stellt auf, daß Entsagung geboten sei. Das ist nun sein großes Wort. Mit unnachsichtlicher Rücksichtslosigkeit in erster Linie gegen sich selbst sucht er seine Pflichten zu erfüllen.

Und nun das Entscheidende: wir sehen Goethe im Leben immer das eine oder das andere sein, niemals beides zusammen. Nie laufen die Kreise dieser zwei Systeme ineinander. Entweder er dichtet, oder er sieht beinahe teilnahmslos, was er geschrieben hat, und weiß dann nichts mehr damit anzufangen; entweder er gibt sich wie ein betörtes Kind vertrauensvoll dem Menschen hin, oder er tritt ihm wie ein Mann, der alle Erfahrungen des Lebens hinter sich hat, hart entgegen. Immer begegnet er neuen Menschen, liebt sie von neuem und stößt sie, wenn die Stunde der Kritik kommt, unbarmherzig von sich, denn das Gefühl der eignen überwundnen Torheit macht ihn gereizt, und sobald er erst einmal kritisiert, genügt ihm überhaupt nichts mehr.

Zu dieser seiner doppelten Weltanschauung fand Goethe bei Spinoza die einzige ihm genügende Philosophie. Gemeinhin pflegen diejenigen, welche einem Philosophen sich hin-

geben, nicht nur von ihm zu verlangen, daß ihnen das erklärt werde, was dem kalten Verstande sich darlegen läßt,
sondern wollen auch die Dinge in sein System aufgenommen sehen, welche über die gemeine Erklärung hinaus nur
der ahnenden Seele eines höherbegabten Menschen sich
offenbaren. Für das, was sich hier nicht beweisen läßt, soll
die Person des Philosophen dann eintreten. Das eine beweist er, das andere glaubt man ihm. Gerade das wollte
Goethe nicht. Und Spinoza nicht. Die Dinge, die über Erkennen und Beweisen hinausliegen, brauchten Goethe von
fremden Händen nicht erst geordnet dargereicht zu werden. Die Scheidung, welche Spinoza festhielt, der, wenn er
von Gott sprach, Gott nur insoweit meinte, als menschliche
Vernunft Gott zu erkennen vermöge, und was darüber hin-
auslag, blindlings der Theologie überantwortete, entsprach
Goethes innerstem Bedürfnisse. Der Gott, den er empfand,
hatte nichts zu tun mit dem Gotte, den er zu deuten suchte.
Gleich Spinoza betrachtete er Theologie und Philosophie
als verschiedene Elemente, unähnlich einander wie Meer
und Festland. Auf dem einen steht und geht man mit
sichern Füßen, auf dem andern wird man von Wind und
Wellen fortgeführt. Ebenso hatte Lessing empfunden, der
aus innerster Seele Spinozas Lehre anhing. Jacobi dagegen,
für den der Philosoph eigentlich da erst anfing, wo er für
Goethe bereits nichts mehr zu sagen hatte, tastete an den
überirdischen Geheimnissen herum und suchte Spinozas
heilige Scheu vor dem, was der Verstand nicht berühren
sollte, als Atheismus zu verdächtigen. Das ist der Punkt,
wo Goethe und Jacobi sich scheiden mußten. Goethes Glaube
an Gott und Unsterblichkeit hatte mit seiner Philosophie
nichts zu tun. Das war in ihm gewachsen und gehörte ihm:
er brauchte keine Beweise dafür und wollte überhaupt nicht
daran gerührt wissen. Nur in seltenen Momenten sprach er
davon, wenn er sich von seinen Freunden völlig verstanden
glaubte; Jacobi wollte mit Gegnern darüber disputieren.

Dieser Grundunterschied ihrer Naturen ist immer wieder, bis in die letzten Zeiten, zwischen ihnen zur Sprache gekommen. Jacobi hat den seltsamen Irrtum gehegt, Goethe ließe sich, wenn nur der rechte Hebel angesetzt würde, doch noch zu dieser theologisierenden Philosophie hinüberziehen, während Goethe ihn immer mit der gleichen Festigkeit zurückweist. Goethe hat viele Gegner gehabt, die das nicht verstehen konnten und ihn den „großen Heiden" nannten. Er hat sich gelegentlich selbst einen Heiden genannt, nie aber einen Atheisten oder einen Ungläubigen. Nach Jacobi hat Goethe keinen Herzensfreund mehr gefunden, dem er sich so ganz hingab, und nach Spinoza hatte er nur noch Raffael neu kennenzulernen, um auch im Reiche der Toten dann weiter keinen mehr zu haben, dem er sich hingegeben hätte. Unter diesem verstehe ich nicht nur Raffael allein, sondern Raffael, seine Epoche und Rom mit den weltlichen und geistigen Schätzen, die es in sich schloß. Ehe Goethe diese letzte Bekanntschaft gewährt wurde, bedurfte es einer Reihe von Jahren voll harter Arbeit.

Es liegt in unserm Plane, nur dasjenige zu besprechen, was auf Goethes Entwicklung von unmittelbarem Einflusse gewesen ist. So genommen, ist es fast eine Abschweifung, wenn ich, honoris causa, noch einen der Besuche besonders erwähne, die er im Herbste 1774 empfing. Klopstock kam in Frankfurt durch. Er ging auf Einladung zum Markgrafen von Baden, um an dessen Hofe, da er auf immer zu bleiben abgelehnt hatte, ein Jahr wenigstens zuzubringen. In jenen Zeiten „menschenfreundlicher Aufklärung" gab es eine Reihe kleiner Fürsten in Deutschland, denen der Verkehr mit solchen Männern Herzensangelegenheit war. Es ist seltsam, daß Klopstock, zu dem Goethe von Kindesbeinen an mit einer Verehrung aufsah, die wir sonst nicht bei ihm beobachten, was Goethes Schriftstellerei und Dichtung anlangt, keine Einwirkung auf ihn geübt hat. Bei

Goethe ist nichts auf Klopstock zurückzuführen. Selbst die Oden, in denen er nach der Straßburger Zeit gern sein Gefühl ergießt, deuten mehr auf Pindar als auf Klopstock. Die eine aus der Tragödie „Mahomet", welche in der Tat klopstockisch genannt werden kann, bildet so sehr eine Ausnahme, daß sie das Gesagte nur bestätigt. Man würde sie, ohne ihren Ursprung zu kennen, kaum Goethe zuschreiben. Die Eindrücke der Kinderjahre scheinen eine Art historischer Ehrfurcht bei Goethe begründet zu haben, die Klopstock gegenüber ausnahmsweise ein Herausgehen aus der, man könnte fast sagen, frechen Unbekümmertheit um derartige Venerabilitäten zur Folge hatte, die ihm sonst eigentümlich war. Goethe sagt einmal im hohen Alter von sich „wir andern dummen Jungen von 1772", er wollte damit die respektlose Gleichgültigkeit bezeichnen, mit der er und seine Genossen sich den Vorurteilen ihrer Zeit in jeder Richtung damals entgegensetzten. Was ihnen nicht paßte, erkannten sie nicht an und sprachen das trocken aus. Bei Klopstock aber ließ Goethe eine Ausnahme zu.

Als Lotte und Werther auf jenem verhängnisvollen Balle am Fenster nebeneinanderstehend in die Nacht hinaussahen, wurde nur das eine Wort zwischen ihnen gewechselt: Klopstock! Damit war erschöpft, was in jenem Momente sich Erhabenes sagen ließ.

Klopstock repräsentierte die deutsche Dichtung als oberste geheiligte Behörde. Sein „Messias" stellte ihn den Augen seiner Zeitgenossen so gut über Homer, als Voltaire mit seiner „Henriade" von sich selbst und den Franzosen über Homer gestellt wurde. Seine Oden waren erschienen, als Goethe in Straßburg studierte. Vom „Messias", an dessen Lektüre Goethe und seine Schwester als Kinder sich verbotenerweise begeistert hatten, waren die letzten fünf Gesänge eben erst (1773) zustande gekommen. Klopstock zählte erst 51 Jahre; seinem Ruhme hatte er bereits die letzte höchste Weihe gegeben. Sein Deutsch war das edelste, freieste, reichhaltigste; große Gedanken ließen sich bei uns nur in der Sprache ausdrücken, die er geschaffen hatte.

Klopstock war eine Erscheinung im großen Stile, Freund und Vertrauter von Prinzen und Prinzessinnen, und hatte in seinem persönlichen Auftreten etwas Fürstliches. Goethe sagte als er Eckermann von Klopstock erzählte, er habe ihn wie seinen Oheim betrachtet. Dasselbe wohl hatte er im Sinne, als er ihn dem Kanzler Müller als vornehmtuerisch, steif und ungelenk charakterisierte. Man sah zu Klopstock empor, und diese scheue Verehrung der zu ihm aufblickenden jüngeren Generation war ihm eine gewohnte Umgebung geworden. Auch Klopstock hatte als Theologe angefangen, und das freiwillig Eingreifende, Seelsorgerische war seiner Natur gemäß. Wo unter den jungen Dichtern etwas nicht war, wie es sein sollte, schrieb Klopstock aufgefordert oder unaufgefordert einen Brief, und man fügte sich. Mit Goethe freilich ist er gerade dadurch sehr unsanft auseinandergekommen.

Klopstock hatte diese hohe Stellung sich nicht erkämpft, sondern der Lorbeer war friedlich und üppig um sein Haus emporgewachsen fast ohne sein Zutun. Er war stets in behaglichen Verhältnissen. Lessing, der einsam in Wolfenbüttel saß, oder Herder, der, beinahe noch verlassener, in Bückeburg sich festgefahren hatte, von wo als Professor nach Göttingen zu kommen selbst bei erniedrigenden Bedingungen kaum möglich war, verhielten sich zu Klopstock wie kleine energische Seestaaten zu einem ausgedehnten Binnenkaisertum: sie standen für sich allein und betrieben ihre Politik auf eigne Faust. Klopstock dagegen arbeitete mit einem umfangreichen Regierungsapparate, und als symbolische Darstellung dieses Reiches, das ihm gehorchte, verfaßte er seine „Gelehrtenrepublik“, eine Mischung von romantischer Erzählung und nüchternem Räsonnement wie Rousseaus „Émile“, und diesem nachgebildet.

Klopstocks Schriften werden heute kaum mehr gelesen. Die

Prosa der „Gelehrtenrepublik" und seiner Briefe erscheint schleppend und monoton, seinen Oden fehlt in den Bildern das Anschauliche, während die schwer dahin tänzelnde Anmut der Verse nicht mehr imponiert und den Reiz der Neuheit verloren hat. Doch wir können nicht wissen, ob auch in Zukunft stets so geurteilt werden könne. Klopstocks Pathos entsprang wahrem Gefühl, seine Sprache besitzt eignes Leben, und seine Stellung in der literarischen Entwicklung ist eine unumgängliche. Vielleicht wird er, wie Ennius in der römischen Literatur, auch dadurch immer bedeutend bleiben, daß er die ersten gelungenen Versuche machte, den Akzent der Worte und der Sätze mit ihrem geistigen Inhalte in Übereinstimmung zu bringen.

Wir wissen, daß Goethe Klopstock hoch verehrte; worüber sie jedoch damals persönlich miteinander hätten verhandeln können, weiß ich nicht. Goethe trug jener Tage seine „Stella" mit sich herum, ein Stoff, der Klopstock empört haben würde. Selbst Friedrich der Große, obgleich ihm weder an offizieller Moral noch an deutschen jungen Dichtern das mindeste gelegen war, fühlte sich bewogen, über dieses Stück sein Mißfallen zu erkennen zu geben. Klopstock würde nicht anders geurteilt haben, denn Goethe selber, nachdem der Enthusiasmus verflogen war, mit dem er ein paar Jahre an dieser Dichtung gehangen, stimmte dem allgemeinen Urteile bei, indem er dem Schlusse eine andere Wendung gab.

Auch über dies Stück, das unserm Plane nach mit kurzer Erwähnung abgetan worden wäre, um seines absonderlichen Inhaltes willen noch einige Worte. Um zu begreifen, wie Goethe die scheinbar so kapitale Änderung am Schlusse dieses Stückes vornahm, daß der Held, statt die Frauen, die beide an sein Herz Ansprüche haben, beide zu heiraten, sich erschießt, müssen wir bedenken, daß die neue Fassung sich leichter bietet, als es scheinen könnte. „Stella" schloß mit der doppelten Heirat: nichts natürlicher als der Vorwurf, daß Goethe die Bigamie verteidige. Allein dieses Ende war in keiner Weise der notwendige Abschluß, auf den die Entwicklung des Stückes drängt. Wo es sich darum handelt, wie bei den Mormonen heute, daß ein Mann mehr als eine Frau heiratet, wird davon ausgegangen, daß es im Belieben des M a n n e s stehen müsse, sich mehr als eine Frau zu nehmen. In Goethes Stücke aber handelt es sich um zwei F r a u e n, welche beide ein Recht auf den Mann zu haben glauben, dem sie zu verschiedenen Zeiten voll angehört hatten. Zur Überraschung nicht nur des Zuschauers, sondern des Helden selber, der an dergleichen nie gedacht hatte, wird nun im höchsten kritischen Augenblicke an die Geschichte des Grafen von Gleichen mit seinen beiden Weibern erinnert, woraus man sich zu einem ähnlichen Verhältnisse verbindet. Im Entzücken, einen solchen Ausweg gefunden zu haben, schließt das Stück, und dem Zuschauer wird keine Zeit gelassen, weiter hinauszudenken. Für Goethe war das Wichtigste in „Stella" der Charaktergegensatz der beiden Frauen, die in all ihrer Leidenschaft und Lebhaftigkeit noch heute unvergänglich vor uns stehen.

Goethe war durch den Ruhm, welchen das Erscheinen „Werthers" in diesen Tagen ihm zubrachte, ein Ruhm, der lange Jahre frisch vorgehalten hat, nun endlich in das Fahrwasser geraten, dessen er bedurfte. Er war glücklich und übermütig. So süßen Wein, als der Herbst 1774 für ihn zeitigte, hat das Schicksal ihm niemals wieder vorgesetzt. Und um dieses Glück zu vollenden, sollte ihm nun auch das bisher Versagte zuteil werden: die Liebe zu einem schönen jungen Mädchen, das ihn wieder liebte und nichts dagegen hatte, seine Frau zu werden. Alle Elemente schienen vorhanden, jetzt ein solides bürgerliches Glück für die ganze Lebenszeit aufzubauen.
Wir haben gesehen, wie jedes neue Herzensverhältnis

Goethe innerhalb eines erweiterten Horizontes erscheinen
läßt. Zuerst, als er Gretchen liebte oder in Leipzig gute
hübsche Mädchen ihn fesselten, bildet nur eine Wirtshaus-
stube den Hintergrund der Bühne. In Straßburg erweitert
sich schon die Szene: da haben wir ein Dorf mit weiter
Fernsicht; in Wetzlar gibt das Deutsche Haus, die ganze
kleine Stadt dazu samt ihrer landschaftlichen Umgebung
den Schauplatz ab: mit Lili aber spielt das Stück auf einer
großen Opernbühne, gleichsam bei brillanter Beleuchtung.
Es handelt sich um die Tochter eines vornehmen Frankfurter Hauses. Salons, Maskenbälle, Fahrten zu Wasser
und zu Lande kommen vor, viele wichtige Personen greifen
ein: statt kleiner Stücke, bei denen wenige Personen tätig
sind, haben wir hier eine Komödie von fünf vollen Akten,
die erst nach heftigem Hin- und Herkämpfen ihren sich
lang hinziehenden Abschluß findet.

Goethe war damals gewiß eine von den guten Partien in
Frankfurt. Er stand als ein schöner, junger Mann da, der
den besten Ruf genoß. Er hatte die überquellende Jugendkraft, der niemand widerstand: er war wohl dazu gemacht,
daß ein junges Mädchen von sechzehn Jahren sich in ihn
verliebte. Aus Goethes damaliger Art zu sein ist eine Figur
seiner Dichtungen zu erklären, für welche sich sonst kein
rechter Schlüssel bietet und die auf Goethe selbst erklären-
des Licht zurückwirft: der Rugantino oder, wie er in der
ersten Bearbeitung heißt, Crugantino des damals entstandenen Dramas „Claudine von Villabella", ein „Vagabund",
d. h. ein Sohn aus gutem Hause, der im Sinne der spanischen Novellen seine Zeit auf den Landstraßen und im Gebirge mit lustigen Gesellen verbringt, die ihn in seinen
Abenteuern unterstützen, bis ihn endlich die Liebe wieder
in die Ruhe einer geordneten Existenz hineinlockt. Eine
mildere Ausgabe des Don Juan, den Mozart damals freilich noch nicht komponiert hatte, während Cervantes längst
zu Goethes Lieblingslektüre gehörte. Später hat Goethe

das gleiche Thema im „Wilhelm Meister" wieder auf-
genommen.
So sollte Goethe, der ideale Vagabund, jetzt seine Claudine
finden, und fast wäre das Experiment gelungen wie bei
Crugantino.
Goethe erzählt sehr anmutig vom Sommer 1774, den er in
Frankfurt verlebte. Seine Reise mit Lavater unterbrach nur
zeitweilig eine bewegte Geselligkeit, zu der eine große Anzahl jüngerer Leute sich verbunden hatten. Aus diesem
Kreise empfing Goethe auch die Anregung, den „Clavigo"
zu schreiben.
Im Laufe dieses Sommers vielleicht hat Goethe Lilis nähere
Bekanntschaft gemacht. Er war schon früher mit ihr zusammen gewesen: ein gutes, offenherziges, blutjunges Ding,
das ihm sein Vertrauen schenkte. Bei sechzehn Jahren aber
leistet ein kurzer Zeitraum oft viel: als Goethe zu Anfang
1775, wo das rauschende Gesellschaftsleben in Frankfurt
begann, Lili wieder begegnete, fand er, daß sie zu einer
repräsentierenden Dame geworden war.
Wir besitzen über das Verhältnis zu Lili, neben Goethes
eigenem Berichte in „Dichtung und Wahrheit", eine Reihe
besonders gearteter, höchst intimer Dokumente in den Briefen, welche Goethe damals an die ihm persönlich fremde
Gräfin Auguste Stolberg schrieb, die er trotzdem mit „Gustchen" und oft mit „Du" anredet. Nirgends tritt die Nachahmung Lavaters so hervor als in diesen Briefen, sie sind
in solchem Grade in einer besonderen Manier verfaßt, daß
sie sich von allen übrigen Briefen Goethes abheben. Im
Januar hatte er Lili zuerst wiedergesehen, Mitte Februar
schreibt er der Gräfin: „Wenn Sie sich, meine Liebe, einen
Goethe vorstellen können, der im galonierten Rock (sonst
von Kopf bis zu Fuße auch in leidlich konsistenter Galan-
terie), umleuchtet vom unbedeutenden Prachtglanze der
Wandleuchter und Kronenleuchter, mitten unter allerlei
Leuten, von ein Paar schönen Augen am Spieltische ge-

halten wird, der in abwechselnder Zerstreuung aus der Gesellschaft ins Konzert und von da auf den Ball getrieben wird und mit allem Interesse des Leichtsinns einer niedlichen Blondine den Hof macht: so haben Sie den gegenwärtigen Fastnachts-Goethe, der Ihnen neulich einige dumpfe tiefe Gefühle vorstolperte" usw. Wir sehen, was das für eine gefährliche kleine Blondine war. Keine Blume im Walde wie Friederike, keine vor dem Fenster eines stillen Hauses blühend wie Lotte, sondern mitten im prächtigen Garten zwischen Springbrunnen und unter der Bewunderung der Menschen sich aufschließend, wo keiner sie pflücken, viele aber sie bewundern und ihren Duft einatmen durften. Sehen wir, wie Goethe die Gedanken jenes Briefes noch einmal zum eignen Gebrauche in Verse bringt:

> Warum ziehst Du mich unwiderstehlich,
>   Ach, in jene Pracht?
> War ich guter Junge nicht so selig
>   In der öden Nacht?
>
> Heimlich in mein Zimmerchen verschlossen,
>   Lag im Mondenschein,
> Ganz von seinem Schauerlicht umflossen,
>   Und ich dämmert' ein.
>
> Träumte da von vollen, goldnen Stunden
>   Ungemischter Lust,
> Hatte schon Dein liebes Bild empfunden
>   Tief in meiner Brust.
>
> Bin ich's noch, den Du bei so viel Lichtern
>   An dem Spieltisch hältst?
> Oft so unerträglichen Gesichtern
>   Gegenüber stellst?

> Reizender ist mir des Frühlings Blüte
> Nun nicht auf der Flur;
> Wo Du, Engel, bist, ist Lieb' und Güte,
> Wo Du bist, Natur.

So weit also, will Goethe der Geliebten sagen, hast du mich gebracht, daß ich das mir verhaßte gesellige Treiben für höher halte als die Natur selber.

Dabei durfte er sich nicht einmal beklagen. Er hätte alles im voraus wissen können. Lili hatte ihm offen und aufrichtig über sich selbst gesprochen. Sie war „im Genuß aller geselligen Vorteile und Weltvergnügungen" aufgewachsen und machte kein Hehl daraus, daß sie dies für die Folge weder entbehren könne noch wolle. Wir würden sie ohne weiteres eine kleine Kokette nennen. Aber auch darüber war Lili ganz offen gewesen: es machte ihr Freude, Verehrer um sich zu haben. Goethe umschreibt es auf die zarteste Weise. „Auch kleiner Schwächen", erzählt er, „wurde gedacht, und so konnte sie nicht leugnen, daß sie eine gewisse Gabe anzuziehen an sich habe bemerken müssen, womit zugleich eine gewisse Eigenschaft fahren zu lassen verbunden sei."

Aber es war etwas anderes, sich dergleichen von einem jungen Mädchen, das im einfachen Kleide neben einem im Walde spaziert, erzählen zu lassen, und hinterher dann die Wahrheit dieser Mitteilungen an sich selber zu erfahren. Lili trat Goethe als große Dame wieder entgegen, wurde bewundert und ließ sich bewundern und hielt nun, zumal was Goethe anlangte, ihre eigene Methode inne.

Ohne Zweifel hatte sie sich in der Zwischenzeit nach diesem und jenem erkundigt, was Goethe ihr bei jenen Geständnissen sicherlich nicht mit derselben Offenheit anvertraut hatte, und war dahinter gekommen, ein wie gefährlicher Kunde auch er sei. Sie nahm sich das ad notam. Ein junges Mädchen von sechzehn Jahren hat nicht viel Gewissen in solchen Dingen: Lili macht ihren Verehrer eifersüchtig und läßt ihn zappeln, beruhigt ihn dann wieder und setzt ihn aufs neue in Verzweiflung, kurz, sie schlägt den rechten Weg ein, ihn unverbrüchlich festzuhalten, und das dauert drei Monate, bis die Verlobung erfolgt.

Lili hatte gesiegt; allein kaum war die Partie gewonnen, als das Blatt sich wandte. Wir erinnern uns von Friederike her: Goethe brauchte nur zu ahnen, daß er ein Herz überwunden habe, um zugleich die Empfindung in sich erwachen zu fühlen, daß die Höhe erreicht sei und der Weg wieder abwärts führe. Goethe beschreibt auch diesmal den gleichen Verlauf. Seine wachsende Leidenschaft, sein Glück, und dann das Erwachen aus dem Taumel. Sobald er als offizieller Bräutigam dastand, war die Parole gegeben: sich zu befreien. Er sieht, wie seine Mutter sich auf die Schwiegertochter ernstlich gefaßt macht. Ein Schrecken überkommt ihn, eben im April hat er sich verlobt, und schon im Mai meldet er Herder, daß alles vorbei sei. Aber er täuschte sich, so rasch ging das diesmal nicht. Nachdem Lili ihn gequält, beginnt er sie zu quälen. Ich deute das alles nur in großen Zügen an, ich gebe nichts, was auch nur als Auszug der langsam vorrückenden, mit dem reizendsten Detail ausgestatteten Darstellung in „Dichtung und Wahrheit" gelten könnte, deren Genuß nicht verkümmert werden soll. Goethes Darstellung ist unübertrefflich, und kein Wort darf verloren werden.

Es hat etwas Jammervolles, zu sehen, wie das arme Mädchen, mit ihren paar Künsten zuletzt unterjocht, es nun dem recht zu machen sucht, den sie liebt. Aber all ihre Klugheit reicht nicht aus zu erkennen, mit welcher Macht sie sich in einen Kampf eingelassen hatte. Goethes dämonischer Trieb, keine Bande zu leiden, und wenn es die liebsten wären, zerbrach und zerriß wieder, was so zart gewebt und geknüpft worden war.

Aus Goethes Briefen an die Gräfin Stolberg ersehen wir,

Goethe 1779

Werther und Lotte mit ihren Geschwistern

wie völlig ihn die Sache hinnahm. Dieser Freundin gegenüber, die er nie mit Augen gesehen, konnte er sich gehen
lassen, als schreibe er nur für sich selber. Man fühlt, er will,
gegen irgend jemand, durch Schreiben loswerden, was ihn
bedrängt. Es ist seltsam, wie er in diesen Berichten den
Wechsel des Wetters und der Jahreszeit immer mehr als
unentbehrliche Zugabe mit beschreibt. Er hat das schon
früher getan, der „Werther" ist voll davon, hier aber räumt
er diesen Äußerlichkeiten ein solches Recht ein, als hätten
sie in der Tat mitzusprechen. Goethes Darstellung erweckt
dadurch in uns das Gefühl, als erlebten wir in dieser Verlobung und den Stimmungen vorher und nachher einen
Naturprozeß, wo alles organisch geschieht, alles schön,
alles notwendig ist, alles aus den Charakteren fließt, und
wo die Trennung zuletzt als eine unausweichbare Notwendigkeit erscheint, wie der Herbst und Winter die Blätter ja
wieder von den Bäumen schütteln müssen, die der Frühling und der Sommer daran wachsen ließen.
Zuerst dauert uns Goethe, dann in noch höherem Grade
Lili, dann bedauert man beide gleichmäßig. Man sieht, wie
sie ein starkes Gefühl zueinander geführt hat und zusam-
menhält. Sie sagen sich dennoch, daß sie sich trennen müssen, können aber das rechte Wort nicht finden. Beide empfinden sich in ruhigen Momenten, wo das, was schön und
liebenswürdig in ihnen war, zu seiner vollen Geltung kommen konnte, mit Entzücken als Verlobte in gegenseitigem
Besitze, und kein Gedanke von Trennung hat in solchen
Zeiten Macht über sie.
Im Mai macht Goethe den ersten Versuch, sich loszureißen.
Er unternimmt eine Reise in die Schweiz, bei der Italien im
Hintergrunde lag. Es waren die beiden jungen Grafen
Stolberg, die Brüder Gustchens, Musterzöglinge Klopstocks,
erschienen und in Goethes Hause abgestiegen. Goethe ist
später mit ihnen auseinandergekommen, er bespricht sie
mit einer gewissen Ironie, die er sonst nicht leicht anwendet.

Er schildert ihr begeistertes Wesen, ihren Freiheitsdurst und wie sie auf den Tod des Tyrannen mit den Gläsern anstoßen — natürlich ohne irgendeinen speziellen Tyrannen im Sinne zu haben. Wie der alte Goethe ängstlich dabei steht und, noch ängstlicher, die Mutter nicht begreifen kann, daß man auf den Tod eines Menschen so fidel anstoßen könne. Die dann folgende Szene ist oft nacherzählt worden, wie die Frau in den Keller geht, wo die vorzüglichsten Jahrgänge in den Fässern friedlich nebeneinander lagen, einen der besten aussucht und, indem sie den Wein dann oben einschenkt, die Erklärung abgibt, daß das das beste Tyrannenblut sei, das vergossen und vertilgt werden müsse. Von diesem Zusammensein rührte der Namen „Frau Aja" her, den Goethes Mutter fortan als höheren literarischen Kneipnamen führte und auf den sie selber stolz war.

Mit diesen beiden Stolbergs also macht Goethe sich auf. Noch ehe sie Karlsruhe erreichen, hat der eine junge Graf bereits Proben seines exzentrischen Wesens gegeben. Er war in eine Engländerin verliebt gewesen und verfiel in Erinnerung daran in periodische Tollheitszustände. Der Graf Haugwitz, der mit von der Partie war, suchte den jungen Mann in solchen Augenblicken zu beruhigen, während Goethe der Meinung war, man müsse ihn vielmehr austoben lassen. Wir lassen hiermit die beiden Grafen auf sich beruhen, die für die Betrachtung des Goetheschen Lebens von keiner Wichtigkeit mehr sind.

Goethes Reise war kein Flug über die Landkarte wie heute. Stadt auf Stadt wird mit Gemächlichkeit vorgerückt, die verheiratete Schwester besucht und bei Freunden vorgesprochen. Mit der Schwester kam es zur Aussprache: Cornelie verlangte, daß er seine Verlobung auflösen solle.

Ein Zweck der Reise waren auch Konferenzen mit Lavater in Zürich, an dessen „Physiognomik" Goethe längst druckte und mit nachträglicher Redaktion eigentlich das meiste tat.

Goethe lebte damals im vollen Glauben an diese Dinge: Auguste Stolberg sendet ihm ihren Schattenriß, und er findet darin ihre ganze Seele wieder, wie er ihr in begeisterter Auslegung mitteilt. In Zürich wohnt Goethe im „Schwert", das noch heute besteht. Wer die Beschreibung dieser Reise kennt, kann nicht auf dem See dort fahren und auf die Berge sehen, ohne sich Goethes zu erinnern, der im Gedanken an Lili auf dem Wasser da die Verse dichtete:

> — Aug', mein Aug', was sinkst du nieder?
> Goldne Träume, kommt ihr wieder? —

Man fühlt, wie in der Einsamkeit Lilis Gestalt ihm immer reizender wieder vor die Seele tritt und wie, während er sich befreit glaubt, Sehnsucht zu ihr mehr und mehr sich seiner bemächtigt.

Die Reise ging nun über die Berge zum Vierwaldstätter See hinüber. Im Nebel und Regen klimmt Goethe zum Rigi hinauf, fährt an den Ufern herum, die viele von uns so gut kennen, und geht dann den Sankt Gotthard aufwärts mit dem fertigen Entschlusse, nach Italien hinunterzusteigen. Hier vollzieht sich nun aber der Umschwung. Die Sachen stehen aufgepackt und bereit, da trifft es sich, daß der Tag gerade Lilis Geburtstag ist, und ein kleines, goldnes Herz kommt Goethe zu Gesichte, das sie ihm geschenkt hatte und das er an einem Bändchen um den Hals trug. Er küßt es. Eine unbezwingliche Sehnsucht bemeistert sich seiner. Er läßt die Leute mit dem Gepäck kehrtmachen und tritt den Rückweg nach Frankfurt an. Damals ist, wie er erzählt, das Gedicht entstanden:

> Angedenken du verklungner Freude,
> Das ich immer noch am Halse trage,
> Hältst du länger als das Seelenband uns beide?
> Verlängerst du der Liebe kurze Tage?

Flieh ich, Lili, vor dir! Muß noch an deinem Bande
Durch fremde Lande,
Durch ferne Täler und Wälder wallen!
Ach! Lilis Herz konnte so bald nicht
Von meinem Herzen fallen.

Wie ein Vogel, der den Faden bricht
Und zum Walde kehrt,
Er schleppt des Gefängnisses Schmach
Noch ein Stückchen des Fadens nach;
Er ist der alte freigeborne Vogel nicht,
Er hat schon jemand angehört.

Goethe verlegt diese Verse in jene Tage, die Kritik dagegen glaubt sie in spätere Zeit setzen zu müssen, wo
Goethe, für immer von Lili getrennt, in Thüringen ihrer
noch gedachte und seiner Sehnsucht so Worte gab. Ich glaube
selbst, daß die Sache sich so verhält und daß die Erinnerung
ihn getäuscht hat. So wenig vermochte selbst ein Mann wie
Goethe, der über seine Erlebnisse beinahe Buch zu führen
gewohnt war, vom Vergangenen genaue Rechenschaft abzulegen, denn nichts nötigte, der literarischen Abrundung
wegen, etwa das Entstehungsdatum des kleinen Gedichtes
umzuändern.
Vor Ende Juli traf Goethe zu Hause wieder ein. Lili war
nicht da, sie hielt sich bei Verwandten in Offenbach auf.
Seine Leidenschaft für sie erwachte mit der alten Lebendigkeit. Seine Briefe aus diesen Tagen lassen erkennen, wie
glücklich er sich fühlt, in die alte geliebte Sklaverei wieder
eintreten zu dürfen. Ein Brief an Lavater, Mitte August
geschrieben, bringt uns die Gestalt des schönen Mädchens
so recht anschaulich vor die Augen: „Gestern waren wir“,
schreibt er, „ausgeritten. Lili, d'Orville und ich, Du solltest
den Engel im Reitkleide zu Pferd sehn.“ Lili war nicht
bloß schön, sie war gewandt, sie war reizend, sie war — ich
bitte das Wort nicht falsch zu nehmen — elegant. Auch

Goethe war das. Er verwandte Sorgfalt auf seine Erscheinung und kleidete sich kostbar. Er gab mehr Geld damals aus, als sein Vater ihm zur Verfügung stellte oder seine Schriftstellerei ihm einbrachte, und wir sehen ihn bei guten Freunden, bei Jacobi, Frau von Laroche und andern Anlehen aufnehmen. Und so, da er für sich selber Sinn dafür hatte, wußte er auch an andern den harmonischen Glanz der äußeren Erscheinung wohl zu schätzen, und Lili, die sich ungezwungen als große Dame bewegte, verlor dadurch gewiß nicht in seinen Augen.

Und doch heißt es am Ende dieses Briefes an Lavater unerwarteterweise wieder, er möge ihm näher angeben, von welchen Dingen er wünsche, daß er sie in Italien sähe. In einem Winkel seiner Seele also doch die Reise! Auch dauerte es nicht lange, und der Umschwung war wieder eingetreten. Es kamen eine Reihe von Mißverständnissen, an denen Lili und Goethe nicht allein die Schuld trugen. Es waren Leute in ihrer Familie, die die Heirat nicht wollten. Goethe spricht in „Dichtung und Wahrheit" nicht alles aus, in der Unterhaltung mit Sulpiz Boisserée, 40 Jahre später, ist er deutlicher. Heute wissen wir, daß Lilis Mutter dagegen war.

Lili wollte offenbar nicht diejenige sein, welche verlassen wird, konnte sich aber auch nicht entschließen, die zu sein, welche zuerst zurücktrat. Goethe sagt, sie habe ihm einmal den Vorschlag gemacht, alle Verhältnisse, die hindernd und störend zwischen sie traten, abzuwerfen, nach Amerika zu gehen und dort nur sich zu leben. Goethe aber konnte den Entschluß nicht billigen, und es scheint, als sei der Gedanke auch bei Lili nur, wie Bancroft sagt, zufällig wie eine Wolke über einen Garten gezogen. Die Art, wie sie endlich auseinanderkamen, bildet einen fast prosaischen Abschluß.

Alljährlich war in Frankfurt die Messe das große Ereignis. Eine Menge Bekannte strömten von allen Seiten zu, und in den Familien ging es bewegt und hoch her. Hier ließ Lili sich die zärtliche Zutunlichkeit vieler jüngerer und älterer

Hausfreunde und Verwandten in einer Weise gefallen, welche Goethe unerträglich wurde. Er sprach sich entschieden darüber aus, und sie trennten sich, ohne allzuviel Tränen, scheint es.

Goethe fühlte, daß mit diesem Bruche Frankfurt überhaupt kein Boden mehr für ihn sei. Die Stadt war „wie mit Besemen für ihn gekehrt". Er mußte und wollte fort von da. Am nächsten lag es, nach Italien zu gehen, als, wie vom Schicksal vorbereitet, plötzlich ein anderes Verhältnis eine ungeahnte Wendung nahm und ihn eine andere Richtung einschlagen ließ.

Kurz nach Klopstock waren die beiden weimarischen Prinzen, der ältere, Karl August, mit dem Grafen Görtz als Gouverneur, der jüngere, Konstantin, mit dem ehemals preußischen Offizier von Knebel, bei Goethe erschienen. Sie blieben nur ein paar Tage, man verstand sich sogleich und fand Gefallen aneinander. Knebel besonders, ein stattlicher Mann von dreißig Jahren, den Goethe, als er zum ersten Male in der Dämmerung in sein Zimmer getreten war, der Gestalt nach für Jacobi gehalten hatte (und dem sein begeistertes hingebendes Wesen in der Jugend ebenso zum Vorteil gereichte, als es ihm im Alter im Wege stand) war Goethes Freund geworden. Als die Prinzen nach Mainz weitergingen, blieb er bei Goethe zurück, um mit diesem dann nachzukommen. In Mainz begann der Verkehr mit den Prinzen von neuem, auf der Reise in die Schweiz war Goethe ihnen dann in Karlsruhe wieder begegnet, Karl August als deklariertem Verlobten der Prinzessin Louise von Hessen-Darmstadt. Goethe trat den Prinzen jetzt näher, und es entspinnt sich ein Briefwechsel mit Knebel, durch den eine dauernde, lebhafte Verbindung mit Weimar unterhalten ward. Dann hatte Karl August am 3. September 1775 an Stelle seiner Mutter, der verwitweten Herzogin Amalia, die Regierung selbst übernommen und sich nach Karlsruhe aufgemacht, wo seine Vermählung gefeiert wurde. Auf der Hin- und Rückreise sah er Goethe wieder, und als er Mitte Oktober mit seiner jungen Frau in Frankfurt auf einen Tag haltmachte, wurde ein Besuch in Weimar verabredet. Ein aus Karlsruhe nachkommender Kammerjunker des Herzogs sollte Goethe in seinem Wagen aufnehmen. Tag und Stunde waren bestimmt, und von Goethe wird alles für die Abreise fertig gemacht.

Noch einmal scheint die Sache nun aber in Frage gestellt zu werden. Der Wagen bleibt aus. Tag auf Tag wird vergebens gewartet, und auch keine Briefe erscheinen, die Sache aufzuklären. Es sah aus, als sei man anderen Sinnes geworden und habe es für das kürzeste Mittel gehalten, sich von dem Frankfurter Advokaten loszumachen, daß man ihn einfach sitzen ließe. Weniger Goethe selber als sein Vater, der einmal mit Fürstlichkeiten nichts zu tun haben mochte, vertrat diese Auffassung. Der alte Herr wollte seinen Sohn nicht aus Frankfurt fortgeben, und es scheint ihm, nun aus der Heirat nichts ward, eine Ahnung aufgestiegen zu sein, als handle es sich mit Weimar vielleicht auf Nimmerwiedersehen. Schon von Kestners waren Versuche gemacht worden, Goethe in fremde Dienste zu bringen. Diesmal schien der Vater recht behalten zu sollen. Goethe, schnell entschlossen, entscheidet sich für Italien, und am 30. Oktober macht er sich auf den Weg. Jetzt schreibt er an niemand mehr, auch an Auguste Stolberg nicht, sondern vertraut sich einfach seinem Tagebuch an. Die wenigen Blätter, welche seine Fahrt nach Heidelberg schildern, sind schöner, als Briefe gewesen wären. In Heidelberg aber hört er unter seinem Fenster plötzlich einen Postillon blasen, eine aus Frankfurt ihm nachgesandte Stafette. Goethe kehrt Italien abermals den Rücken, und den 7. November 1775 trifft er in Weimar ein.

Am letzten Abend vor seiner Abreise war er noch einmal durch die dunkeln Straßen Frankfurts gegangen und an Lilis Hause vorbeigekommen. Die Wohnzimmer lagen zu

ebener Erde. Er sah durch die herabgelassenen Rouleaux,
wie Lili sich zum Klavier begab, wie die Lichter dahin getragen wurden, und dann mußte er ihre Stimme hören, wie
sie sein Lied sang: „Warum ziehst du mich unwiderstehlich." Goethe sagt, in diesem Augenblicke habe er die
ganze Kraft seines Charakters zusammennehmen müssen,
um nicht zu ihr hineinzugehen.
Es hat diese Anhänglichkeit seines Herzens an ein Wesen,
von dessen eigenem Herzen eigentlich niemals die Rede ist,
etwas Auffallendes. Lilis Eigenschaften, wenn wir in die
Tiefe gehen, finden in einer gewissen Energie, mit der sie
Goethe nicht loslassen will, ihren Abschluß. Tiefer kommen wir überhaupt nicht. Nichts von Friederikens zartem
Gemüt, der die Trennung einen tödlichen Stoß versetzt,
nichts von Lottens allen Eindrücken offener Seele; sondern
ein frisches, lebendiges, aber etwas kühles Weltverständnis,
zugleich aber, wo das Wort einmal gegeben war, eine solide
bürgerliche Anhänglichkeit, die sich vielleicht als Treue
geben durfte. Gerade dieser Gegensatz erklärt das Verhältnis. Lilis Widerstand, ihre ungebrochene Selbständigkeit übten einen gewaltigen Reiz auf Goethe aus. Obgleich
er sie zu verlassen schien, konnte er sich sagen, daß es Lili
war, die ihn verlassen hatte. Zugleich aber mußte er hierin
die letzte Rechtfertigung des Schrittes sehen, den er tat.
Doch hat er sie nicht so bald vergessen. Schon jenes Gedicht
an das goldne Herz, wenn es wirklich, statt in der Schweiz,
erst in Thüringen entstand, erinnert daran. Noch deutlicher
spricht ein anderes, mit dem er die im Druck erschienene
„Stella" zu Anfang des nächsten Jahres von Weimar an
Lili sandte:

> Im holden Tal, auf schneebedeckten Höhen,
>   War stets dein Bild mir nah;
> Ich sah's um mich in lichten Wolken wehen,
>   Im Herzen war mir's da.

Empfinde hier, wie mit allmächt'gem Triebe
  Ein Herz das andre zieht,
Und daß vergebens Liebe
  Vor Liebe flieht.

Am schönsten hat er Lilis ihm immer wieder in der Seele
auftauchendes Bild in dem im Januar schon geschriebenen
„Nachtliede des Jägers" gefeiert:

Im Felde schleich ich still und wild ...

Jetzt, wo nur die Erinnerung sie ihm darstellt, ward er sich
bewußt, was er an ihr gehabt hatte und was sie ihm hätte
sein können. Lilis kindliche Natur entschuldigte die leichte
Art, mit der sie ihn endlich aufgegeben hatte. Es wäre
möglich, daß Goethe erst dann sich entschloß, in Weimar
zu bleiben, als die letzte Aussicht auf eine Versöhnung mit
Lili verschwunden war.
In schöner Weise sehen wir nun aber das Schicksal dafür
Sorge tragen, daß lange Jahre, nachdem diese Ereignisse
Goethes Herzen so viel zu schaffen gemacht, Lilis Bild zum
allerletzten Male vor ihm erschien und daß sie und er selbst
neben ihr eine Art Verklärung empfingen.
Lili hatte drei Jahre nach ihrer Trennung von Goethe
einen elsässischen Baron von Türkheim geheiratet, und
Goethe sie, als er im Jahre 1779 in Straßburg durchkam,
mit ihrem ersten Kinde gefunden, sie dann aber nie wiedergesehen. Als die Französische Revolution ausbrach, flüch-
teten Türkheims und gelangten so im Jahre 1794 oder
1795 nach Erlangen, wo Lili mit einer jungen Gräfin Egloffstein vertraut wurde, einer Weimarerin, welche, obgleich
mit Goethe bekannt, nicht ahnte, daß eine Lili lebe und
daß Frau von Türkheim diese Lili sei. Eines Tages beginnt
diese aber selbst davon zu erzählen, ihr ganzes Leben zu
beichten und nun in einer Weise von Goethes Einfluß auf

sie zu reden, die etwas Ergreifendes hat. Wie sie ihm ihre
geistige, ihre moralische Existenz schuldet, als deren Schöpfer sie ihn ansehe, wie er allein in ihrem Verhältnis in
rührender Weise für sie Sorge getragen, er allein bewirkt
habe, daß sie „ohne Schaden ihrer bürgerlichen Ehre“ daraus hervorgegangen sei. Mit einer Rückhaltlosigkeit, die
den inneren Seelendrang bekundet, Goethe nachträglich
ihre Dankbarkeit zu beweisen, macht Lili diese Geständnisse nicht für die Gräfin Egloffstein allein, sondern bittet
diese am Schluß, alles das Goethe in ihrem Namen wieder-
zusagen.

Die Gräfin jedoch unterläßt das. Sie sei damals, entschul-
digt sie sich, eine zu schüchterne junge Frau gewesen, um
den Mut zu haben, Goethe von diesen Dingen zu reden.
Später, als sie ihn in älteren Jahren wiedergesehn, habe
ihre Taubheit sie verhindert, sich mit ihm mündlich darüber zu vernehmen; endlich in ganz hohem Alter entschließt
sie sich zu schreiben. Der Brief ist aus dem Jahre 1830, als
Goethe achtzig Jahre zählte und gerade damit beschäftigt
war, die letzten Partien von „Dichtung und Wahrheit“ abzuschließen, mit denen er eben Lilis wegen so lange ge-
zögert hatte. Er antwortet ihr: „Nur mit den wenigsten
Worten, verehrte Freundin, mein dankbarstes Anerkennen.
Ihr teures Blatt mußte ich, mit Rührung, an die Lippen
drücken. Mehr wüßt ich nicht zu sagen. Ihnen aber möge,
zu geeigneter Stunde, als genügender Lohn, irgendeine
ebenso freudige Erquickung werden!“
Die Gräfin beschreibt Frau von Türkheim als eine schlanke
Gestalt, mit mildem, schwermütigem Ausdrucke.
Auch Lilis Kinder wurden, als sie in Weimar erschienen,
auf das freundlichste von Goethe aufgenommen. Als Goethe
im Jahre 1815 Boisserée über sein Verhältnis zu Lili erzählte, im Wagen zwischen Heidelberg und Karlsruhe,
hoffte er Frau von Türkheim in Karlsruhe wiederzusehen,
allein er fand sie nicht.

ZWEITER TEIL

DIE ERSTEN ZEHN JAHRE IN WEIMAR

Dezember 1775 bis August 1786

6

GOETHES EINTRITT IN WEIMAR

Als Goethe nach Weimar ging, konnte er nach Hause nicht
wieder zurück. Der Frankfurter Advokat war abgetan. An
den Vater wurden einige Monate später, als sich heraus-
stellte, daß Goethe in den sächsischen Staatsdienst treten
müsse, Briefe geschrieben, welche scheinbar die Einwilligung verlangten; aber die Antwort hätte ausfallen können, wie sie wollte, Goethe wäre nicht wieder in die alten
Verhältnisse zurückgekehrt. Auch sehen wir gleich in den
ersten Tagen entschieden, daß er in Weimar bleiben werde,
wird auch die Form festgehalten, als handle es sich nur um
einen Besuch. Goethe schreibt hinterher, als alles klar und
abgemacht war, seiner Mutter einen sehr vernünftigen
Brief, worin er ihr die Vorteile der neuen Lage ausein-
andersetzt und sie aufs Gewissen fragt, was denn geworden wäre, wenn er etwa in Frankfurt hätte bleiben wollen.
Auch scheint mit Hilfe der Mutter der Vater das verstanden
zu haben und willigte ein, daß sein Sohn weimarischer
Legationsrat mit 1200 Talern Gehalt würde, „weil der
Herzog ihn nicht entbehren konnte".
Goethe war sechsundzwanzig Jahre, als er nach Weimar
kam. Um diese Zeit pflegt in der menschlichen Entwicklung
ein Umschwung einzutreten: der Trieb aufzunehmen, zu
lernen, sich anzuschließen, sich unterzuordnen geht über in
das Bedürfnis weiterzugeben, zu lehren, zu befehlen. Goethe
besaß nun das, was er sich lange gewünscht hatte: eine Stellung, wo er ganz auf sich angewiesen war. Das Vergan-

gene versinkt und empfängt etwas Traumhaftes, sein Leben beruht auf neuen Grundlagen.

Als Goethe 1775 Frankfurt mit Weimar vertauschte, war für ihn derUnterschied ein stärkerer, als wenn heute jemand nach Amerika geht, um dort zu bleiben. Entfernungen sind heute fast illusorisch: damals war das kleinste Fortgehen von zu Hause „eine Reise". Goethe war ein Süddeutscher, vielmehr ein Südwestdeutscher: der Rhein sein Heimatsstrom; überall, wo er gewesen, flossen die Wasser dem Rheine zu. Die kurze Episode in Leipzig kann kaum gerechnet werden, denn da war nicht ein einziger Faden angesponnen worden, der gehalten hätte. Das rheinische Leben war ein rasches, bewegtes Leben auf der Straße oder doch außer dem Hause. Das Land war reich und üppig. Jahre, in denen nicht ein gewisser Überfluß herrschte, wurden unter die schlechten Jahre gerechnet. Reicher unabhängiger Adel, reiche Kaufleute, reiche Landleute gaben den Ton an.

Mitteldeutschland dagegen und Thüringen waren dürftiger, man lebte im Hause und behalf sich. Man hatte da nicht seinen eignen Wein im Keller, es wurde Bier getrunken. Sparsam gleichmäßig und still lebende Beamte gaben den Ton an, und die Jahre waren schon gute, die nicht ge· radezu schlechte waren.

Im 18. Jahrhundert bot sich das fließende, schiffetragende Wasser der rheinischen Lande noch in ganz anderem Maße als heute zum belebenden Verkehrsmittel: Frankfurt war das Zentrum einer unablässig zu- und abströmenden Bewegung; Weimar dagegen ein kleines, armes Städtchen, abseits vom Wege. Erfurt erhob sich daneben als eine große Stadt, gegen die Weimar nicht aufkam. Die Frankfurter Häuser waren Paläste gegen die Weimarer Häuschen. Goethe war an belebte Straßen, an Drängen und Treiben gewöhnt: hier fand er nur sparsames Hin- und Hergehen, wo es niemandem darauf ankam, ob er schneller oder lang-

samer vorwärts käme. Den jämmerlichen Eindruck, den die
Stadt damals machte, die mit Mauern und Gräben und
einem eben abgebrannten alten Schlosse in kahler Umgebung lag, finden wir oft hervorgehoben.
Zu diesen Äußerlichkeiten aber gesellten sich noch weit
wichtigere innere Unterschiede.
Goethe war in Frankfurt der Sohn eines der ersten Häuser.
Die Familie gehörte nicht zu den vornehmsten Patrizier-
geschlechtern der Stadt, aber wenn das auch bei Goethes
Vater noch hervortreten konnte, Goethe selber, der Sohn,
hatte diesen Mangel gänzlich in Vergessenheit gebracht.
Der junge Goethe war etwas wie ein Prinz unter den andern jungen Leuten. Elegant, überall dabei, ein Advokat,
der sich etwas herausnehmen durfte, eine anerkannte literarische Macht. Mit seiner eignen, vorwärtsstrebenden Unruhe stand er in lauter festen, wohlgefügten, ihm durchaus
bekannten und geläufigen Verhältnissen. Jetzt war er in
eine unsichere Lage versetzt worden, die er sich aus eigner
Energie erst neu schaffen und befestigen mußte, war in die
Mitte eines hochmütigen, nur an den Verkehr im eignen
Kreise gewöhnten Adels gestellt, von dem sich die Bürgerlichen auch ihrerseits, ohne Haß, aber mit Entschiedenheit,
abgeschlossen hielten: in die bürgerliche Ressource in Weimar durfte kein Adliger aufgenommen werden. Die Stellung und Stimmung des thüringischen Adels wurde dadurch verschärft, daß er des Geldes wegen auf den Staatsdienst und die Stellen bei Hofe angewiesen war.
Goethe, dessen Umgang dieser Adel von nun an sein sollte,
welcher ihn als „Genie" und als Vertrauten des Herzogs
gelten lassen mußte, ohne ihn jedoch zu sich zu rechnen, sah
sich in eine nicht leichte Position gebracht. „Unter meinen
Jugendfreunden befand sich kein Edelmann", erzählt er
selber. Nun war er mitten in diese Gesellschaft hineinver-
setzt als Freund, Gewissensrat, Minister und Erzieher eines
Souveräns von noch nicht zwanzig Jahren. Er kannte die

weimarischen Verhältnisse nicht. Er hatte keine Vorschule für befehlende praktische Tätigkeit durchgemacht, noch weniger wußte er zu gehorchen, und beides war fortan seine Aufgabe.

Dagegen kam ihm freilich der Leichtsinn der Jugend zugute, welche sich durch Schwierigkeiten nicht erschrecken läßt, die sie nicht aus Erfahrung kennt. Ein ungemeines Selbstgefühl belebte ihn. Er traute sich zu, durchzuführen, was er einmal angriffe. Er sah auf die ganze Wirtschaft in gewissem Sinne herab, er wußte, daß er jeden Moment seine Zelte wieder abbrechen und nach Italien oder sonstwohin gehen könne. Er besaß das unbeschränkte Vertrauen des Herzogs und stand als alter Darmstädter der Herzogin besonders nahe, die, gleich ihm, aus Süddeutschland nach Thüringen neu versetzt worden war. Goethe gehörte von Anfang an zum nächsten Umgang der herzoglichen Familie und war als Familienrat hier bald unentbehrlich. Besiegelt wurde dieses Verhältnis durch die Gunst der Herzogin-Mutter. Diese Frau war die Seele des Weimarer Lebens. Eine ausgezeichnete Fürstin. Die Nichte Friedrichs des Großen.

Anna Amalias Gatte, der Vater Karl Augusts, Ernst August Konstantin, war als eine Waise unter gothaischer Vormundschaft in Gotha erzogen worden. Die Gräfin Egloffstein deutet, in einem erhaltenen Bericht über die Jugend der Herzogin Anna Amalia, die in Gotha vorhandene Absicht an, den Prinzen zu ruinieren, um ihn zu beerben. Er war schwächlich, das benutzte man als Vorwand. Alle Weimarer werden von ihm entfernt gehalten. Er darf das Zimmer nicht verlassen, man verstattet ihm die notwendige Bewegung nicht, man gibt ihm eine Art von Hofnarren zur Gesellschaft. Durch diesen Menschen jedoch setzt sich der Prinz dennoch insgeheim mit den Weimarer Beamten ins Einvernehmen. Von dort aus werden ganz in der Stille Schritte in Wien getan, um seine Großjährigkeitserklärung

Abendgesellschaft bei der Herzogin Anna Amalia, um 1795

Herzog Karl August

Joh. Gottfr. Herder

im achtzehnten Jahre durchzusetzen. Ebenso wird im geheimen mit Braunschweig wegen der Heirat mit einer dortigen Prinzessin verhandelt. Auf beiden Seiten setzt man die Sache durch und kommt plötzlich damit zum Vorschein. Der Prinz, befreit von seiner Gothaer Haft, wird 1755 für majorenn erklärt und 1756 mit der siebzehnjährigen Anna Amalia verheiratet. Im nachsten Jahre kommt Karl August zur Welt, und abermals im nächsten Jahre stirbt der Herzog. Anna Amalia, noch nicht zwanzig, bleibt mit dem kleinen Prinzen, guter Hoffnung mit dem zweiten Kinde, allein zurück, durch das Testament des Herzogs zum einzigen Vormunde der Kinder und zur Regentin erklärt. Das war 1758. (Erinnern wir uns daran, daß der Siebenjährige Krieg zwischen 1756 und 1763 geführt wurde und daß die Herzogin eine Nichte Friedrichs des Großen war.) Sie hatte im ersten Augenblicke niemanden, auf den sie sich verlassen konnte, aber sie war entschlossen, ihr Amt durchzuführen, und es ist ihr gelungen.

Bewundrungswürdig, mit welchem Scharfblick Anna Amalia die Männer herauserkennt, deren sie bedurfte, wie sie sie zu gebrauchen weiß, und wie sie, hilflos zwischen der Politik von Dresden, Wien und Berlin mitteninne stehend, ihr kleines Schiff zu steuern weiß.

Dabei hatte sie zwei Söhne zu erziehen, deren Charaktere zu formen keine leichte Aufgabe war. Der jüngere Prinz Konstantin kommt für uns hier nicht in Betracht. Er war die schwächere, weichere Natur und hat immer nur Verlegenheiten, nicht eigentliche Schwierigkeiten bereitet. Karl August dagegen war von härterem Stoffe. Es lag etwas Unbändiges in ihm, eine gewisse Wildheit, die zuweilen von denen, die ihm nahe standen, Roheit genannt wurde, hervorgerufen und getragen durch eine gewaltige physische Kraft, im Schach gehalten aber durch die edelsten Eigenschaften des Herzens und des Geistes. Ohne Goethes Freundschaft würde nicht so viel Licht auf ihn fallen, wir würden nicht so genau wissen, wie sein Charakter sich bildete. So aber verfolgen wir seine Entwicklung wie die Goethes selber, und sie erträgt die Helligkeit wohl, die uns, wenn auch nicht in alles, so doch in vieles hineinsehen läßt.

Wir sehen, wie diese kraftvolle Natur sich früh als künftiger Fürst fühlen lernte, und wie die Energie der Mutter dem Trotze des Sohnes entgegentreten mußte, welcher Kämpfe es auf beiden Seiten erst bedurfte, bis die Herzogin, welche die Zügel zu halten gewohnt war, und ihr Sohn, dessen Hände sie früh zu fassen wünschten, jedes die richtige Stellung gefunden. Endlich war die Großjährigkeit erreicht, die einen Abschluß dieser schwankenden Lage brachte. Eine gute Heirat hatte dem Werke die Krone aufgesetzt. Die Herzogin-Mutter zog sich ins Privatleben zurück. Diese Frau war die erste in Weimar, welche erkannte, daß des Herzogs Wahl, Goethe an seine Person zu fesseln, eine glückliche sei. Sofort tritt sie für Goethe ein, und ihr darf wohl zumeist beigemessen werden, daß Goethe in Weimar geblieben ist.

Der Herzogin Anna Amalia war in all ihren Unternehmungen zustatten gekommen, daß sie neben männlicher Festigkeit und Nüchternheit in geschäftlichen Dingen die angenehmste Leichtigkeit im geselligen Verkehre besaß. Sie war gutmütig, trug den besten Willen entgegen, hatte Freude am Leben und hegte das herzliche. freie Wohlwollen, das, wenn es nicht mit Schwäche gepaart ist, die Menschen sofort gewinnt und an untrüglichen Zeichen sogleich erkannt werden kann: diese Herzenswärme vermag niemand zu heucheln.

Sie war feingebildet und wußte mit Gelehrten und Künstlern umzugehen. Sie zeichnete selbst, sie komponierte, sie liebte das Theater, sie bedurfte einer unbefangenen. heiteren Umgebung. Endlich, sie war noch jung. Die Herzogin zählte erst sechs- bis siebenunddreißig Jahre, als sie, wie eine Witwe, die nun nichts mehr zu tun hat, sich auf ihr Altenteil setzte. Sie besaß ihre volle Energie und wußte sich auch jetzt noch zu tun zu machen.

Es gibt viele und gute Porträts von ihr. Sie hatte ausdrucksvolle lebendige Züge. Ihr Auge erinnert an das Friedrichs des Großen, dem sie in älteren Jahren, wie eine Büste aus dieser Zeit erkennen läßt, auch in den Zügen immer ähnlicher geworden ist. Friedrichs Augen werden einmal mit zwei durchbohrenden Lichtern verglichen, die ihrigen mögen etwas davon gehabt haben. Wie Goethes Augen blickten und leuchteten, ist oft genug bemerkt und beschrieben worden. Wenn zwei solche Naturen sich begegneten, konnten sie sich über einander nicht täuschen. Goethe war der Rechte!

Sehen wir nun, welche außerordentlichen Vorteile Goethe wiederum mitbrachte, um diese Entscheidung der Herzogin für ihn hervorzurufen.

Goethe war neu in Weimar; keine Erinnerung an vergangene Mißhelligkeiten, von denen die Regentschaft der Herzogin erfüllt gewesen war, knüpfte sich an seine Person. Er war jung: wenn ein junger Fürst von achtzehn einem Freunde folgen sollte, mußte auch der jung sein. Er besaß den geistigen Horizont, der Karl August imponierte, denn er stak nicht nur völlig in den Ideen des neuesten Tages, sondern er sah noch über sie hinaus. Und dazu, er war gesund, kraftvoll, lebenslustig und unbekümmert wie der Herzog selber. Wen hätte man Besseres finden können, Karl August zu imponieren, sich an ihn zu attachieren und ihn zu leiten, ohne daß er es merkte?

Sagte dies der Herzogin ihr natürlicher Takt, so bestärkte sie darin jemand, der ihr Vertrauen besaß und den sie, was das Literarische anlangte, als Autorität ansah: Wieland. Wieland wurde von Goethe in Weimar vorgefunden. Er hatte als alter zünftiger Dichter und Schriftsteller in Deutschland eine angesehene Stellung inne und saß, bereits drei Jahre früher nach Weimar berufen, dort fest und sicher. Auch er wurde von Goethe jetzt mit Sturm genommen.

Wieland darf in jeder deutschen Literaturgeschichte viel Raum beanspruchen. Er hat großen Einfluß gehabt, und wenn er auch heute nicht mehr gelesen wird, so ist er seinerzeit dennoch einer der mächtigsten und fruchtbarsten Schriftsteller gewesen. Neben Klopstock, Lessing und Herder bildete er die vierte literarische Großmacht in Deutschland. Daß sich Goethe anfangs gegen ihn aufgelehnt hatte, verstand sich von selbst, und ebenso, daß Wieland dadurch beleidigt worden war. Desto überraschender deshalb und desto vollständiger, als sie in Weimar zusammentraten, die nun stattfindende Überrumpelung, desto rückhaltloser nun auch die Unterwerfung Wielands unter Goethe.

Derselbe Taumel, in den wir Wieland verfallen sehen, bemächtigte sich der gesamten Weimarer Gesellschaft, als Goethe, der Dichter des „Götz“ und des „Werther“, auf kurzen Besuch, wie man wähnte, dort eingetroffen war. Er wurde wie der Adam einer neuen geistigen Weltordnung begrüßt, auf die man in Weimar, wie überall, so sehnlich hoffte. Der erste Winter stand bevor, an dem der junge Hof mit Festlichkeiten debütieren würde. Rauschende Vergnügungen, sehr unschuldig an sich, aber die Köpfe der Menschen und ihre Tage und Nächte völlig ausfüllend, werden ins Werk gesetzt. Zugleich jedoch beginnt in dem Maß, als offenbar wird, daß es bei Goethes Anwesenheit auf mehr als bloßen Besuch abgesehen war, das ingrimmige Gefühl derer zu wachsen, welche zu alt waren, um sich durch dergleichen amüsieren zu lassen, wohl aber wußten, daß schließlich doch nur aus voller Sachkenntnis heraus regiert und nüchtern gewirtschaftet werden könne; die den bisherigen Zustand mit Mühe geschaffen und aufrechterhalten und das Geld, das jetzt flott ausgegeben wurde, müh-

sam bei Pfennigen gespart hatten. Sie wußten, eines Tages
werde man sich wieder an sie wenden müssen. So haben
wir die Dinge zu nehmen, nicht nur um das Widerstreben
des Herrn von Fritsch zu verstehen, des Ministers, auf dem
bis zur Mündigkeitserklärung alles beruht hatte, sondern
auch um die Meisterschaft Goethes zu würdigen, welcher
den durch die Verhältnisse tief gekränkten Mann dem Herzoge, dem Lande und sich selbst zu erhalten verstand. In
diesen Verhandlungen lernen wir Goethe als einen vorsich-
tigen Diplomaten kennen, wir sehen den Herzog sich ebenso
würdig als in echt fürstlicher Weise nachgiebig zeigen und
gewahren mit einer Art Genugtuung, wie es zuletzt, als
niemand mehr aus und ein weiß, Anna Amalias bedurfte,
um das rechte Wort zu finden, das Fritsch zum Bleiben be-
wog. Die Briefe, in denen diese Dinge zum Austrag kommen, haben etwas Ergreifendes. Alle vier Charaktere zeigen sich rückhaltslos und machen die höchsten geistigen Anstrengungen, deren sie fähig sind. Der Kampf, in den man
sich eingelassen hatte, mußte jedem klarmachen, mit wem
er es zu tun habe. Und indem Fritsch sich endlich mit Vertrauen erfüllen und zu bleiben bewegen läßt, stellt er dadurch nicht nur Goethe, neben dem er von nun an weiter
dienen will, zu dessen eigner Genugtuung das glänzendste
Zeugnis aus, sondern gibt zugleich dem Herzog und seiner
Mutter zu erkennen, daß sie in der Wahl dieses neuen
Freundes nicht fehlgegriffen hätten.

Dieses Nachgeben eines Mannes, den keine äußeren Rücksichten bewegten und der auf das gewissenhafteste mit sich
zu Rate ging, soll uns für die Beurteilung Goethes und des
Herzogs aber noch weitere Dienste leisten.

In demselben Mai 1776, in welchem diese Verhältnisse zum
Ausgleich gebracht wurden, langte bei Goethe das berühmt
gewordene Schreiben Klopstocks an, der in Hamburg von
Hörensagen Ungeheuerlichkeiten über die Weimarer Wirtschaft vernommen hatte. Goethe war in Klopstocks Augen

jetzt ein Mensch, durch den ein junger, zu Tugend und Völkerglück bestimmter Fürst auf den Weg des Lasters geführt wurde. Wir müssen bedenken, um wie ernste Dinge es sich für Goethe damals in Weimar handelte, um völlig zu begreifen, daß er dem ehrwürdigen Hamburger Onkel in einer Weise antwortete, welche rücksichtslos klingt; denn bei allem, was Klopstocks Brief Scharfes enthält, leuchtet die innere Besorgtheit um das Seelenheil des Herzogs und Goethes durch, zweier junger Leute von großen Hoffnungen, auf die moralisch einzureden er sich wohl gestatten durfte. Goethe weist Klopstock trocken oder sagen wir: grob ab. Zugleich aber gibt er doch die nötigen Aufklärungen, wenn auch nicht nach dieser Seite.

Die Gebrüder Stolberg waren an der Sache schuld gewesen. Man wollte sie in Weimar zu Kammerherren machen, alles war fest verabredet, als Klopstock, auf Gerüchte der Schwelgerei in Weimar hin, wo man Kognak aus Biergläsern tränke und der Herzog und Goethe gemeinschaftlich dieselbe Mätresse hätten usw., sein Veto einlegte und jenen Brief schrieb.

Goethe wendet sich jetzt einmal wieder an seine vertraute Freundin „Gustchen“. Der Inhalt seines langen Briefes ist ein Bericht, was einige Tage lang in Weimar damals so etwa vorzufallen pflegte, mit welchen Gedanken er morgens aufgestanden sei, wohin er gegangen sei, was er getan, gedacht, empfunden habe. Ganz wie aus den Zeiten, als er ihr von Lili schrieb. Dieser Brief gibt einen Einblick in die damalige Weimarer Existenz, der wie ein Sonnenblick über die ganze Zeit fällt, und neben dem Verwirrten, Gehetzten, Unruhvollen das stille, einfache, ländliche Leben hervortreten läßt. Übrigens erklärte der eine Stolberg, auch wenn er Weimar aufgab, Klopstock sogleich auf das entschiedenste, daß er die über Goethe und den Herzog verbreiteten Gerüchte für Geschwätz halte.

Indessen nicht aus diesem Briefe allein lernen wir, wie es am Hofe zu Weimar zuging: mit Goethes Eintritt in die neue Heimat bildete sich dort ein neues Herzensverhältnis, das ihn Jahr auf Jahr und beinahe Tag auf Tag zu Miteilungen über sein Tun und Denken brachte, die einzig in hrer Art sind.

7

CHARLOTTE VON STEIN

„Dichtung und Wahrheit" schließt ab mit Goethes Eintritt
in Weimar. Die Fortsetzung seiner Selbstbiographie hat er
in jährlichen summarischen Berichten gegeben, deren Ab-
fassung von der in „Dichtung und Wahrheit" festgehal-
tenen sehr abweicht. Es sind gleichsam nur Inhaltsangaben
dessen, was an Ereignissen und Menschen und Tätigkeit
absolviert wurde. An Material fehlt es nun nicht für die
weitere Darstellung dieser Jahre, im Gegenteil, die Dokumente jeder Art mehren sich so, daß die Fülle immer nur
größer wird; unersetzlich aber bleibt Goethes eigne Erzählung im alten Tone, weil nichts für den nun anhebenden
Mangel desjenigen Elementes eintreten kann, das Goethe
selbst neben der „Wahrheit" mit „Dichtung" bezeichnet.
In jedes Menschen Erinnerung bildet sich der Mythus des
eignen Lebens. Nur vor dem nach innen gewandten Blicke
runden sich unsere Erlebnisse zu den großen Massen, die
ihre besonderen Umrisse und Färbung haben. Die Propor-
tion dieser Massen zueinander kann fremde Beobachtung
nicht feststellen. Und so, da Goethe die Geheimnisse seines
Lebens von nun an nicht mehr im Zusammenhange verraten hat, gehen wir nicht mehr mit der Sicherheit weiter,
wie wir bisher durften.
Es beginnt mit seiner Übernahme der neuen Stellung in
Weimar die Epoche der „Zehn Jahre", welche mit der Reise
nach Italien ihren Abschluß findet und als deren vornehmstes Kennzeichen wir den unerwarteten Umschwung hin-

stellen, der mit Goethe als literarischer Persönlichkeit eintrat.

Wir haben gesehen, wie Goethe von Jahr zu Jahr seinem
Ideale mehr entgegenkam: frei von bürgerlichen Pflichten
nur der Dichtung zu leben, und wir gewahren nun mit dem
Beginn der Weimarer Zeit eine Änderung seiner Grund-
sätze in dieser Beziehung und eine Umwandlung seiner
Gewohnheiten, die in Erstaunen setzt. Goethe bricht in der
bisherigen literarischen Tätigkeit kurz ab. Er gibt den alten
Kreis seiner Frankfurter, Darmstädter und rheinischen
Freunde als natürliches Publikum, für das er arbeitete, auf;
weder als Dichter noch als Kritiker bleibt er mit ihnen im
Zusammenhang, er verzichtet überhaupt auf alle dichterische und schriftstellerische Tätigkeit in erster Linie. Der
Ruhm, zu den jungen Dichtern zu gehören, auf die man in
Deutschland Hoffnungen setzte, reizt ihn nicht mehr. Wenn
wir in den Bibliographien ansehen, was Goethe von 1776
bis 1786 an Dichtungen und anderen Arbeiten veröffentlicht hat, so bemerken wir, wie die Jahreskolumnen immer
enger werden und weniger enthalten. Goethe zieht sich
während dieser ersten zehn Jahre in seine amtliche Tätigkeit völlig zurück, opfert ihr seine beste Kraft und erfüllt
die übernommenen Pflichten mit einer Ausdauer, die wir
um so mehr bewundern, als wir zu ermessen imstande sind,
wie sehr er die Last dieser Bemühungen und zugleich ihre
Fruchtlosigkeit bald zu empfinden begann. Das ist der Inhalt der Epoche, die jetzt beginnt, über die wir in Einzelheiten so genau unterrichtet sind, daß wir fast von Tag zu
Tag den materiellen Inhalt von Goethes Tun und Lassen
bestimmen können. Auf das intimste wissen wir in Dingen
Bescheid, von denen gewiß seinerzeit niemand glaubte,
daß ihr Zusammenhang nach so vielen Jahren mit so haar-
spaltender Genauigkeit festgestellt werden würde, und
dennoch: alle diese Notizen ersetzen den Einblick in den
eigentlichen Zusammenhang der Ereignisse nicht, den

Goethe in vielen Fällen verschweigen wollte und den keine
Kritik wieder zum Vorschein bringen kann. Dadurch eben
ist es gekommen, daß wir mitten im Übermaß unserer
Kenntnis bei jedem neuen Zuwachse nur um so schmerz-
licher die formende Hand des Mannes selber vermissen,
der von jetzt ab die Bausteine seines Lebens nicht mehr zu
einer klaren Architektur zusammenfügt, wie er bis dahin
getan hat.

Indessen je weiter der Mensch in den Jahren fortschreitet,
je zerzauster sind seine Tage. Goethe selber mußten seine
Erlebnisse immer weniger zusammenhängend erscheinen
und das Ziel immer rätselhafter, dem er zusteuerte. Er
fühlte wohl — abgesehen von äußeren Rücksichten, die ihn
zu schweigen zwangen —, daß nur die Jugend sich in
unserer Erinnerung in ein Märchen umwandle und daß die
späteren Jahre weniger dazu gemacht seien. Suchen wir, so
gut wir können, das Besondere nun zum Allgemeinen zusammenzufassen. Die „Zehn Jahre", von denen ich jetzt
als geschlossener Epoche rede, sind keine Erfindung der
beobachtenden Kritik. Goethe selber spricht von ihnen als
einem Ganzen, indem er sie auch seine „zweite Schriftstel-
lerepoche" nennt. Auch stechen sie so sehr von der vorhergehenden wie der folgenden Zeit ab, daß von diesen Jahren als einer besonderen Zeit zu reden geboten ist.

Am offenbarsten aber tritt Goethe uns während ihrer
Dauer in seinem Verhältnisse zu Frau von Stein entgegen,
die ihn so ganz an sich kettete, daß es fast den Anschein gewinnt, als habe diese Frau ihn festgehalten, wie Ulysses
von Kalypso gehalten wurde.

Goethes leidenschaftliche Verhältnisse vor seiner Weimarer
Zeit haben etwas Gemeinsames: Goethe selbst und alleinzig
ist es da immer, der seinen Geliebten die Macht schenkt,
ihn zu entzücken. In einem indischen Märchen wird erzählt,
daß die Berührung durch die Hand eines jungen Mädchens
Bäume zum Blühen bringt: Goethe begegnet einer ein-

fachen und lieblichen Erscheinung, sein Herz bedarf gerade
einer Göttin, das ganze Feuer seiner eignen Natur strahlt
ihn jetzt aus den Blicken dieses Mädchens wieder an, dessen
Augen, und wären sie noch so schön, ohne Goethe selber
niemals so viel leuchtende Kraft besessen hätten: jedesmal
wiederholt sich dann derselbe natürliche Prozeß: nach einer
kurzen Zeit der Blüte tritt Stillstand ein, dann Mattwer-
den, dann Verwelken, und endlich ist alles vorüber und
nur die Frage bleibt: Wie war das ganze Erlebnis möglich
gewesen? Auch mit Lili erging es ihm nicht anders, und
daß diese ein bißchen klüger gewesen war als Lotte und
Friederike und die übrigen, die ich gar nicht genannt habe,
ändert nicht viel. In Frau von Stein aber begegnete Goethe
zum ersten Male einer Kraft, die ihr eignes Feuer besaß.
Die Briefe Goethes an Charlotte von Stein bilden eines der
schönsten und rührendsten Denkmale, welches die gesamte
Literatur besitzt. Man wird diese Blätter lesen und kom-
mentieren, so lange unsere heutige deutsche Sprache verstanden werden wird. Aus diesen Briefen nicht nur, sondern aus einer ungemeinen Fülle von Material jeder Art
sind wir über Frau von Steins Charakter sowie über ihren
und ihrer weitverzweigten Familie Verkehr mit Goethe
unterrichtet. Auf alle diese Akten hin aber ist es meiner
Ansicht nach nicht möglich, Goethes und Frau von Steins
Verhältnis anders zu charakterisieren, als daß wir es eine
hingebende Freundschaft edelster Art nennen.
Wir sehen eine etwas kühl angelegte Frau, die von Jugend
auf daran gewöhnt ist, sich genaue Rechenschaft über ihr
Leben abzulegen.
Diese Frau ist verheiratet und Mutter von vielen Kindern.
Sie lebt in keiner Weise von ihrem Manne getrennt, den sie
zwar niemals leidenschaftlich geliebt hat, allein von dem
sie gut behandelt wird und mit dem sie in jeder Richtung
stets im besten Einvernehmen gestanden hat und ferner
verbleibt.

Mit dieser Frau wird Goethe bekannt. Eine begeisterte Verehrung für sie ergreift ihn und dehnt sich, wie wir das nicht zum ersten Male bei ihm erleben, auf die gesamte Familie aus, den Mann nicht ausgeschlossen. In jeder Weise macht Goethe von nun an die Interessen dieser Familie zu den eigenen. Er wird der Erzieher des einen Sohnes, den er zeitweise zu sich ins Haus nimmt, und bleibt sein Leben hindurch der hochverehrte Freund dieses Kindes, das sich zu einem scharfsichtigen, energischen, nicht unbedeutenden Manne entwickelte, der selbst dann mit Goethe in ungetrübtem Verhältnisse ausharrte, als dieser mit seiner Mutter sich zu sehen aufgehört hatte. Es kann nichts Respektvolleres geben als die Briefe Fritz von Steins an Goethe, welche bis in die letzte Zeit reichen. Es hat niemals zwischen dem Manne der Frau von Stein und Goethe eine Mißhelligkeit stattgefunden. Stein selbst ist es, dem Goethe oft die Briefe an Frau von Stein als Einschluß sendete. Nie ist an der Ehrenhaftigkeit dieses Mannes gezweifelt worden. Und, um das Allerletzte zu erwähnen, es ist, nachdem in ganz späten Zeiten Goethes Verhältnis zu Frau von Stein aufs neue den Charakter einer Freundschaft angenommen hatte, eine natürliche gegenseitige Hochachtung abermals an Stelle der alten Vertraulichkeit getreten.

Sehen wir nun, wie man in Weimar dieses Verhältnis beurteilte, welches auf Frau von Stein den einzigen Schatten wirft: einen jüngeren Mann unter so hoffnungslosen Aussichten lange Jahre mit seinen Gedanken und Gefühlen in Beschlag genommen zu haben.

Es ist bekannt, daß Schiller vor seiner Freundschaft mit Goethe dessen heftiger Gegner war. Schiller gesteht ein, er war neidisch, es würde ihm Freude gemacht haben, Schwächen an Goethe zu entdecken. Nicht um damit hervorzutreten, sondern um gleichsam seine Abneigung gegen seinen mächtigen Nebenbuhler damit vor sich selbst zu entschuldigen.

Schiller kam nach Weimar, als Goethe in Italien war. Er erwähnt, indem er das Weimarer Dasein beschreibt, Frau von Stein als diejenige, welche am meisten Briefe von Goethe aus Italien empfange. Er sagt aber zugleich, ganz gelegentlich, wie man dergleichen Klatsch mitteilt, niemand sei imstande, dieser Frau in bezug auf Goethe das mindeste vorzuwerfen. Und man erzählte damals in Weimar alles voneinander.

Goethes Briefe an Frau von Stein bestehen aus einer Reihe von fast unzählbaren Billetts. Ich kenne keine andere Korrespondenz, die so unmittelbar die leisesten Stimmungen eines Herzens abspiegelte. Gedichte sind eingestreut. Sobald er oder sie Weimar verläßt, dehnen sich die Billetts zu Briefen, zu Tagebüchern aus. Wie eine breite ununterbrochene Melodie empfangen wir zehn Jahre lang Goethes Leben nach dieser einen Richtung. So völlig sehen wir Tag und Nacht den Gedanken an diese Frau ihn umschweben, daß es scheint, als tue und denke er überhaupt nichts anderes, als was die Briefe enthalten. Wir übersehen, daß oft Wochen dazwischen liegen; das Ganze gewinnt den Anschein einer dichterischen Kontinuität. Was er irgend erlebt, nimmt die Gestalt einer Mitteilung an Frau von Stein an. Zu Anfang beherrscht ihn, vielleicht auch sie, das unklare Gefühl, als sei es möglich, daß sich irgendwie eine Form finden lasse für eine Vereinigung. Dies sind die ersten Jahre, in denen er sich unendlich glücklich fühlte. Eine ungewisse Erwartung hob ihn über das hinweg, was er für den Augenblick entbehren mußte. Allmählich aber stellt sich die Unmöglichkeit heraus. Einige Jahre braucht es dann wieder, um dies Gefühl: für immer resignieren zu müssen, bei Goethe zur Gewißheit zu erheben. Und nun erst, da diese Kämpfe vorüber sind und die Dinge ganz fest stehen, gewinnt beider Vertraulichkeit die natürliche Gestalt, daß sie denen, die dergleichen nicht zu deuten wissen, in dieser Einfachheit gar nicht mehr verständlich war. Hier kann ich mich auf meine Erfahrung berufen. Ich habe solche Verhältnisse mit angesehen, die unter harten Kämpfen jahrelang sich hinzogen und die sich endlich ohne einen Rest böser Erinnerung auflösen mußten.

Ich hatte versucht, die jungen Mädchen zu schildern, welche Goethe geliebt hat. Es war keine schwierige Aufgabe, sie stehen uns wie fertige Bilder vor Augen. Goethe hat uns mit so künstlerischer Feder den rechten Eindruck zu geben gewußt, daß man an seinen Porträts fast die Art der Ausführung unterscheiden möchte. Wir sehen Friederike und ihr Pfarrhaus wie eine flüchtige Skizze in Wasserfarben, wir erblicken Lotte wie ein sanftes Pastellbild, und Lili war eine Arbeit Watteaus, keck und geistreich hingemalt. Diese Gestalten blicken uns wie aus goldnen Rokokorahmen fest an, Frau von Stein dagegen ist anders geartet. Wir gewinnen kein Bild von ihr für unsere Phantasie, das Geistige tritt zu sehr hervor bei ihr. Goethe wurde, kurz ehe er an Weimar denken konnte, in Straßburg einmal ihr Schattenriß für Lavaters Werk mitgeteilt. Dieser bloße Umriß machte tiefen Eindruck auf ihn. Ohne weiteres zu wissen, als was derjenige ihm erzählte, der die Silhouette mitgebracht, sucht er ihre Linien zu deuten und bringt eine ganze Liste feiner Eigenschaften heraus, welche alle auf ungemeine Ausbildung des Geistes hinauslaufen. Als er sie nun endlich traf, was fand er? Eine Mutter unter ihren Kindern. Eine schöne Frau, aber keine wie ein junges Mädchen, dessen Schönheit sich eben aufschließt. Kein schüchternes, erwartungsvolles Geschöpf, dem alle Erfahrungen noch bevorstehen, sondern eine Frau, welche das Leben kennt. Goethe entzückte die Lebhaftigkeit, mit der sie die Dinge begriff und festhielt, die unbefangene Sicherheit, mit der sie auftrat, die Vornehmheit ihrer Erscheinung. Von den ersten Tagen in Weimar an war Frau von Stein seine Vertraute.

Goethe kam beladen mit einer ihm unerträglich dünkenden

Last von Erinnerungen. Er begegnet einer milden, resignierten, verständnisvollen Frau, bei der ihm zumute ist, als kenne sie sein ganzes Leben. Er wird still und ruhig in ihrer Nähe. Ihre Stimme glättet alle Wogen seines Herzens. Er schließt sich an sie an, und sie duldet es, als verstehe es sich von selbst. Auch sagt er ihr sofort, was sie ihm sei, und findet als die Formel dafür das Gedicht, welches die Wendung enthält: „Ach, du warst in abgelebten Zeiten / meine Schwester oder meine Frau." Diese Verse gehören zu seinen frühesten, die er für sie dichtete. Er nimmt an, vor undenklichen Zeiten schon mit ihr ein Leben gewesen zu sein. Damals waren sie nicht getrennt wie jetzt. Ihr heutiges Leben ist gleichsam nur eine Erinnerung an jene Tage.

> Kanntest jeden Zug in meinem Wesen,
> Spähtest, wie die reinste Nerve klingt,
> Konntest mich mit einem Blicke lesen,
> Den so schwer ein sterblich Aug' durchdringt;
> Tropftest Mäßigung dem heißen Blute,
> Richtetest den wilden, irren Lauf,
> Und in deinen Engelsarmen ruhte
> Die zerstörte Brust sich wieder auf;
> Hieltest zauberleicht ihn angebunden
> Und vergaukeltest ihm manchen Tag.
> Welche Seligkeit glich jenen Wonnestunden,
> Da er dankbar dir zu Füßen lag,
> Fühlt' sein Herz an deinem Herzen schwellen,
> Fühlte sich in deinem Auge gut,
> Alle seine Sinne sich erhellen
> Und beruhigen sein brausend Blut!
> Und von allem dem schwebt ein Erinnern
> Nur noch um das ungewisse Herz —

so beginnt die abschließende Strophe des Gedichts. Anfangs scheint die Trauer um den Verlust dessen, was in längst verlebten Zeiten ihm ganz gehört hätte, nur von ihm allein empfunden worden zu sein: nun aber entdeckt er, daß auch Frau von Stein niemals glücklich war! Ihre Existenz bis dahin war ziellos, nüchtern, zufällig. Sie war jung in fast geschäftsmäßiger Weise verheiratet worden. Sie ist leidenschaftlich, ohne je der Leidenschaft begegnet zu sein. Sie bedarf des Trostes ebensosehr als Goethe: auch sie fühlte, was hätte sein können. Nicht ihm allein war ihre Gegenwart unentbehrlich, auch ihr die seinige. Zu fest aber war ihre Stellung zwischen ihren Kindern und neben ihrem Manne, als daß sie oder Goethe daran hätten denken können, den Verhältnissen Trotz zu bieten.

Dennoch mußten Gedanken dieser Art in beiden emporkommen. Ein Schwanken tritt ein, das bis zur Unerträglichkeit sich steigert. Endlich erlöst sie dann ein befreiendes gegenseitiges Sichaussprechen. Es ist fast erkennbar, zu welcher Zeit etwa Goethe sich dazu zwingen mußte, für immer nur eine Schwester in Frau von Stein zu sehen. Er wird jetzt ruhiger, und es tritt das Zusammenleben ein, das freilich in dieser Form, wie vorauszusehen war, nur eine abgegrenzte Zeit dauern konnte; allein diese Jahre sind entzückende für sie beide gewesen. Wir durchleben sie mit ihnen. Die Zufälligkeiten ihrer fortschreitenden kleinen Erlebnisse verketten sich zu einer Reihe in unsere Phantasie sich einnistender Bilder. Nicht bloß um das innere Leben handelt es sich: wir kennen Goethes Drang, zu beschreiben, was er sah und erlebte: wir werden mitten hineingeführt in die Zustände um sie beide, wir sehen die Dinge und Menschen, als hätten wir alles mitgesehn. Goethes kleines Gartenhaus am Park: wir lernen es kennen wie unsere eigne Heimat, als hätten wir selbst einen Teil unserer Jugend da zugebracht, hätten bei Tage und bei nächtlicher Weile Sonne und Mond es bescheinen sehen. Wissen, wie aus eigner Erfahrung, wie Regen und Wind, Wärme und Kälte darum walteten; wie die Trauben, für die Goethe Einsenker aus der Heimat hatte kommen lassen, am Fenster sich aufranken, die jung im Garten gepflanzten Bäume ihre ersten Zweige allmählich zu Ästen entwickeln. Wir sehen Goethe da aus und ein gehn, nachts im Mantel da im Freien schlafen und zuzeiten erwachend nach den Sternen über sich sehen. Heute noch steht das Haus im Garten da als die unmittelbarste Erinnerung an jene ersten Weimarer Zeiten.

Auch das Haus ist noch unverändert, in dem, wenn ich von denen recht berichtet bin, die es mir zeigten, Frau von Stein wohnte. Ja, Sommers stehen noch, wie damals, große Orangenbäume in Kübeln unter den Fenstern, alles freilich grau und verwittert. Nur die Ilm, die im Park nebenan fließt, ist jugendfrisch wie vor Zeiten. Diesen Bach hat Goethe unsterblich gemacht, der zwischen den nun hohen Bäumen sich hinschlängelt, die er einst mit dem Herzoge pflanzte. All diese mächtigen Baumalleen waren damals junge Stämme, für die er und der Herzog die Plätze wählten, all diese Wege sind von ihren Händen gezogen worden.

Aber nicht nur der Stadt und dem Park hat Goethe durch seine Briefe an Frau von Stein ein Denkmal gesetzt, sondern ganz Thüringen ist darin für immer verherrlicht. Wie Friederike das Elsaß umgibt, und Lotte die Wetterau, so Frau von Stein ihre Heimat Thüringen. Die schönen Punkte dieses Landes sind zu etwas Höherem erhoben, weil Goethe von ihnen an Frau von Stein schrieb. Woher nicht alles sind seine Briefe und Zettel an sie datiert? Und immer genau gesagt, von welcher Stelle. Der Thüringer Wald liegt vor unsern Blicken, das ganze Land, das in seiner bescheidenen Schönheit, neben Hessen, am echtesten die deutsche Landschaft zeigt. Im üppigen Sommer, im Herbste, im Winter, im wiedererwachenden Frühling sehen wir Goethe sein neues Vaterland beschreiben. Immer wieder dürfen wir in seinen Briefen mit Sicherheit erwarten, daß das Erwachen der Natur in jedem Frühlinge neu verfolgt werde, als sei nie vorher Frühling gewesen. Einsam die Wälder durchstreifend, zu Fuß, zu Pferde, zu Wagen, oder mit dem Herzog, auf der Jagd, auf Inspektionsreisen, zu Besuch an den kleinen Höfen oder auf Gütern, von überall her wendet Goethe aus der Fülle der ihn umgebenden Natur heraus seine Blicke zu der geliebten Freundin. Sie zieht ihn stets nach Weimar zurück. Die Tage scheinen ihm verloren, in denen er entfernt ist. Sie und ihre Familie sind seine erste Sorge. Wie Lotte im Deutschen Hause im Kreise der Ihrigen, kann er Frau von Stein nicht sehen, ohne sie als Hausfrau und Mutter ihrer Kinder zu erblicken. Zuweilen redet er sie in seinen Briefen mit dem Ehrennamen „Hausfrau" an: man lebt sich ein in diese Verhältnisse, man nimmt teil an den Schicksalen der Menschen, all die kleinen Vorkommnisse werden zu Ereignissen. Unmöglich, diese Dinge hier sämtlich anzudeuten, von Belvedere, von Wilhelmsthal, von der Wartburg, von Kochberg, dem Gute der Frau von Stein, und von andern Tälern, Burgen und Bergen zu reden.

Und nicht das allein. Der Verkehr mit Frau von Stein zeigt uns, was Goethe arbeitete, las, schrieb, zeichnete, vorlas. Er diktiert Frau von Stein. Er teilt ihr seine Dichtungen mit, bruchstückweise, wie sie entstehen. Er lernt die neuen Erscheinungen der Literatur mit ihr kennen. Er hamstert unendliches geistiges Material tagtäglich sorgfältig für sie zusammen. Das Leben bot damals nichts anderes. Es verfolgten einen nicht die Zeitungen; selbst das ganz in der Nähe sich Ereignende kam nur langsam und tropfenweise zu weiterer Kenntnis. Wir können Goethes Briefe an Frau von Stein als den Beweis nehmen, wie sanft die Wolken damals am politischen Himmel trieben. Eine festgegründete, wohltuende Stille atmet dieses Buch aus. Wir sehen, wie das sturmlose Dasein jener Jahre geeignet war, eine geistige Kultur reifen zu lassen, die im kühlen Winde der heutigen Zeit längst unmöglich geworden ist. Sparsam und langsam erscheint das Neue und wird harmonisch dem bereits Erworbenen zugefügt. Ruhig löst ein Tag den andern ab. Rückblickend immer auf den Inhalt der verlebten Zeit und weithin sorgend für die kommende, wird mit einer Gewissenhaftigkeit das Leben Schritt für Schritt durchmessen, zu der uns heute ebensowenig Zeit gegönnt wird. Am 9. April 1781 schreibt Goethe an Lavater: „Die nächsten Wochen des Frühlings sind mir sehr gesegnet, jeden Morgen empfängt mich eine neue Blume und Knospe. Die stille, reine, immer wiederkehrende, leidenlose Vegetation tröstet mich oft über der Menschen Not, ihre moralischen und noch mehr physischen Übel." Man glaubt einen philosophischen Gärtner zu hören, der sein Leben lang nur mit seinen Blumen umging. Wie wenigen gewährt heute die Existenz diesen stetigen Verkehr mit der Natur, wenn es nicht eben Leute sind, an die das Leben überhaupt keine andern Aufgaben mehr stellt. Goethe besaß die Fähigkeit, mit jeder Wendung dem, was ihn berührte, seine volle Persönlichkeit zuzuwenden.

Und nun zum Schluß: in dieser Atmosphäre sehen wir unter Frau von Steins Teilnahme die Dichtungen langsam wachsen, die als sicherer Gewinn dieser „Zehn Jahre" dastehen und die das Höchste sind, was die deutsche Literatur an Dichtungen besitzt. Von diesen Werken sind „Iphigenie", „Tasso", „Egmont" und „Wilhelm Meister" die vornehmsten. Von ihnen wird gesprochen werden, wenn von Italien die Rede sein wird, wo Goethe ihnen die entscheidende Form verlieh.

8

GOETHE UND KARL AUGUST

Goethes und Karl Augusts Freundschaft fand darin ihren unzerstörbaren Halt, daß Goethe dem Herzog unentbehrlich war. Zwischen beiden fand Ungleichheit statt in den Jahren, in der gesellschaftlichen Stellung und in den Gaben des Geistes. Das wußten beide: daß Goethe der stärkere, die leitende Kraft sei. Niemals hat der Herzog diese Position zu verrücken versucht. Alle Briefe Goethes an den Herzog, auch wo er sich noch so sehr in den Formen hält, welche der Rang vorschreibt, sind von oben nach unten, und alle Briefe des Herzogs, auch wenn er manchmal den Anschein völlig umzudrehen suchte, sind von unten nach oben geschrieben.

Dagegen stand vom ersten Begegnen ab fest, daß der Herzog als Fürst gewisse Rücksichten zu fordern habe, und niemals hat Goethe hier gefehlt. Dieser esprit de suite, den Richelieu beim großen Corneille vermißte, ist oft bei Goethe mißverstanden worden. Man hat die Geschicklichkeit, mit der er sich neben „seinem allergnädigsten Herrn" in zweiter Linie zu halten wußte, nicht anders deuten können, als daß man ihn als unter dem Banne der Hoheit unterdruckend genommen hat: Goethe und der Herzog wußten jedoch, daß es sich hier nur um eine Form handle und weshalb diese Form innegehalten werden müsse. Beide fühlten, wie sehr sie einander gewährten, was niemand sonst dem einen wie dem andern von ihnen hätte gewähren können. Der Herzog, daß er einen treueren, klareren Ratgeber niemals finden würde; Goethe, daß er in keinem andern Verhältnisse eine so befriedigende Verwendung seiner edelsten Kräfte fände. Wir Deutsche sind alle geborene Marquis Posas. Der Deutsche ruht nicht eher, als bis er die Stelle gefunden hat, auf der er bei Wahrung seiner geistigen Unabhängigkeit dem dienen kann, dem er legitime Ansprüche auf diese Dienste zuerkennt. Es fehlt uns etwas, wenn wir dies nicht gefunden haben. Selbst Friedrich der Große wollte es nicht entbehren, indem er sich als den ersten Diener seines Volkes hinstellte und indem er sich von Voltaire die härtesten Vorwürfe gefallen ließ, nur weil Voltaire der einzige Mensch war, dessen geistige Kraft er für größer als die eigene anerkannte und mit dem im Zusammenhange zu stehen ihm unentbehrlich war. Bei Goethe und dem Herzoge gewahren wir diese Unterordnung als eine gegenseitige nach verschiedener Richtung, und darin lag das Unverwüstliche ihrer Freundschaft.

In diesem Sinne ist Goethes Verhältnis zum Herzog eines der reinsten und fruchtbringendsten gewesen. Nie hat sich zwischen beide ein unedler Verdacht hineingedrängt. Niemals ist ein ernstlicher Versuch gemacht worden, ihre Gemeinschaft aufzuheben. Selbst bei jenem berühmten vorübergehenden Zerwürfnis wegen des Hundes auf der Bühne (als beide schon alte Leute waren) — wo es sich nicht bloß um diesen Hund handelte — als Goethe sein Amt niederlegte, Weimar verließ und nach Jena ging, ist zwischen ihm und dem Herzog die Korrespondenz nicht aufgehoben und der Schein stets gewahrt worden, als sei nicht das mindeste vorgefallen, worauf der Riß sich langsam wieder zuzog. Bis zum letzten Atemzuge hat die Freundschaft dieser Männer gedauert, und ich wüßte nicht, wohin anders man den Sarg Goethes hätte stellen können als dahin, wo der des Herzogs steht.

Über Goethe als Beamten liegen unendliche Aktenstücke vor. Im allgemeinen läßt sich wohl annehmen: von 1775

bis 1828 geschah nichts von Wichtigkeit in Weimar ohne
Goethes Mitwissenschaft oder Mitarbeit. Im speziellen aber,
soweit wir irgend diese Mitarbeiterschaft verfolgen, müssen
wir eingestehen, Goethe hat nie eine Angelegenheit als
Nebensache behandelt, er hat peinliche Sorgfalt auch in
unbedeutende Geschäfte hineingetragen und hat mit uner-
müdlichen Augen nach allen Richtungen das Beste des
Landes verfolgt. Es ist kaum ein Fall bekanntgeworden,
wo die Dinge, nachdem Goethes Rate gefolgt worden war,
einen üblen Ausgang genommen hätten.

Das Gefährliche des Verhältnisses lag darin, daß erstens
diese Art Arbeit nicht das war, was Goethes Natur und
Fähigkeiten zumeist entsprach: kurz oder lang mußte sie
ihm deshalb unerträglich werden; und zweitens, daß der
Herzog Goethes besseren Einsichten, wo es sich um das
Wohl des Landes handelte, in praktischen Verwaltungs-
und Finanzfragen, oft nicht folgen wollte. Sobald Goethe
einsah, daß seine Mühe in der Tat eine fruchtlose sei, mußte
das Gefühl jener Unerträglichkeit die Oberhand gewinnen.
Und dies ist der Verlauf der Dinge gewesen; in einer Art
jedoch, die weder die Arbeit der „Zehn Jahre" als eine
vergebliche, noch das später auf neuer Basis fortgeführte
Verhältnis als ein gegen das frühere irgend zurückstehen-
des erscheinen läßt.

Goethe hat in diesen Zehn Jahren seinen Freund so geleitet, daß sich ihr beiderseitiges Dasein auf das natürlichste
gestaltete. Er gibt der Jugend und den Neigungen Karl
Augusts weiten Spielraum und läßt ihn dennoch niemals
aus den Augen, ist als sein guter Genius ihm stets zur Seite.
Während er mit jugendlichem Herzen am Übermute des
Herzogs selbst teilnimmt, vergißt er nicht einen Augenblick, was er ihm und sich schuldig sei. Von Jahr zu Jahr
haben wir hierüber Äußerungen in Briefen und Tagebüchern: sie beurkunden die fast pedantische Gesinnung,
mit welcher Goethe seinen Pflichten nachzukommen be-

strebt war. Die bedenklichsten Punkte freilich durfte er sogar seinen Tagebüchern nicht anvertrauen. Wir sehen, wie die Härte, oder besser: die Härtigkeit des Herzogs, seine Art, sich nirgends festhalten zu lassen, Goethe zuweilen zur Verzweiflung brachte, auch daß es ihm zuviel ward, immer wieder zwischen ihm und der Herzogin vermitteln zu müssen, mit der Karl August sich, um ein umfassendes Wort zu brauchen, nicht verstand, worauf Goethe von zwei Seiten dann zum Vertrauten gemacht wurde. Über diese Dinge konnte und durfte Goethe niemandem reden, nur zuweilen bricht er Frau von Stein und wenigen Vertrauten gegenüber los. Wenn wir die bezüglichen Stellen seiner Briefe sämtlich vergleichen: von Jahr zu Jahr dieselben Stoßseufzer, dann wieder dieselben Momente der innersten Befriedigung, die wiederkehrenden Andeutungen, daß er mit dem Herzoge gesprochen und sich mit ihm über dies und das auseinandergesetzt habe, immer aber, schon aus der Fassung dieser Sätze, die gleiche Anhänglichkeit an ihn herausleuchtend, welche von Anfang an das Charakteristische ihrer Freundschaft war. Goethe war sich stets bewußt, wie er mit dem Herzoge daran sei. Er rekapituliert und kontrolliert auf das sorgfältigste den Stand der Dinge wie ein Kaufmann, der immer den Status seines Vermögens in klaren Zahlen in seinen Büchern hat. Einmal, als er fühlte, daß das Verhältnis durchaus einer Auffrischung bedürfe, entführte er den Herzog in die Schweiz, im Winter 1779 auf 1780, auf eine Reise, die dann auch von wohltätigen Folgen war. Goethe wollte einmal eine Zeitlang mit Karl August ganz allein sein, abgetrennt vom Hofe, den Sinn nur auf erhabene Naturerscheinungen gerichtet, in deren Genusse hoch und niedrig sich gleich fühlen mußten. Hier, einfachen Erlebnissen gegenüber, tritt das, was der eigentliche Grundzug des Herzogs war, recht hervor. Ein Gefühl von Übermaß an Kraft läßt ihn stets zu viel tun, so daß er, wenn der Gipfel eines Berges mit Müh und

Gefahr erreicht ist, ohne Zweck und Not und mit noch größerer Müh und Gefahr ein letztes Abenteuer verlangt. Goethe nennt das des Herzogs Art, „den Speck zu spicken". „Ich bin auch einige Mal unmutig in mir drüber geworden", schreibt er, „daß ich heut nacht geträumt habe, ich hätte mich drüber mit ihm überworfen, wäre von ihm gegangen und hätte die Leute, die er mir nachschickte, mit allerlei Listen hintergangen. Wenn ich aber wieder sehe, wie jedem der Pfahl ins Fleisch geben ist, den er zu schleppen hat, und wie er sonst von dieser Reise wahren Nutzen hat, ist alles wieder weg. Er hat gar eine gute Art von Aufpassen, Teilnehmen und Neugier, beschämt mich oft, wenn er da anhaltend oder dringend ist, etwas zu sehen oder zu erfahren, wenn ich oft am Flecke vergessen oder gleichgültig bin."
Nehmen wir zu diesem an Ort und Stelle gefällten Urteile, was Goethe in hohem Alter, nachdem er, als der Ältere und doch Überlebende, den Herzog verloren hatte, an Eckermann über ihn sagte: „Er hatte Interesse für alles, wenn es einigermaßen bedeutend war, es mochte nun in ein Fach schlagen, in welches es wollte. Er war immer vorschreitend, und was in der Zeit irgend an guten, neuen Erfindungen und Einrichtungen hervortrat, suchte er bei sich einheimisch zu machen. Wenn etwas mißlang, so war davon weiter nicht die Rede. Ich dachte oft, wie ich dies oder jenes Verfehlte bei ihm entschuldigen wollte, allein er ignorierte jedes Mißlingen auf die heiterste Weise und ging immer sogleich wieder auf etwas Neues los. Es war dieses eine eigene Größe seines Wesens, und zwar nicht durch Bildung gewonnen, sondern angeboren."
Goethe besaß selber dies Absehen von allem Mißlungenen. Er ging darüber hinweg, indem er es als bloße Negation und gar nicht vorhanden ansah. So auch nahm er die Fehler des Herzogs und hielt sich an das Reale. Die guten Folgen der Schweizerreise: größere Ordnung, mehr Konsequenz, und was er sonst noch daran rühmte, waren sichtbar; bald

genug aber gingen die Dinge doch wieder im alten Geleise.
Goethe empfand es schmerzlich genug, hielt aber uner-
schütterlich an seiner Stelle aus.
Von Goethes Gedichten enthält eines („Ilmenau") eine in-
haltreiche und zugleich schöne Charakteristik des Herzogs.
Es ist gedichtet, nachdem Goethe sieben Jahre bereits in
Weimar ausgehalten, oft genug schon am Herzoge ver-
zweifelt hatte, um immer wieder von seiner großartigen
Natur sich hinreißen zu lassen. Es atmen diese Verse eine
Liebe und Hingebung aus, die Karl August selber am reinsten erkannte und die, wie ich sagte, die eigentlichen Bande
gewesen sind, die Goethe in Weimar und am Herzoge fest-
hielten.
Die Zeiten, wo Goethe so in die Weimarer Verhältnisse
hineingewachsen war, wie wir sie unwillkürlich denken,
wenn von Goethe und Weimar die Rede ist, sind die seines
Alters. In den ersten Zehn Jahren lagen die Dinge anders.
Der Widerstand, den Fritsch leistete, beschränkte sich nicht
auf einen Fall. Es wurde notwendig, Goethe in den Adel-
stand zu erheben. Was dies anlangt, müssen wir bedenken,
wie es in Deutschland um 1780 in dieser Beziehung aussah.
Goethe sagt über den Unterschied der Adligen und der
Bürgerlichen: „In Deutschland ist nur dem Edelmanne eine
gewisse allgemeine, wenn ich sagen darf, personelle Ausbildung möglich. Ein Bürger kann sich Verdienste erwerben
und zur höchsten Not seinen Geist ausbilden: seine Persönlichkeit geht aber verloren, er mag sich stellen, wie er will."
Das wurde 1782 niedergeschrieben. Es war kein Grund
vorhanden, Goethe die Vorteile des Adelstitels vorzuent-
halten, der ihm seine Stellung in Weimar sehr erleichterte
und der ohne Mühe für ihn zu beschaffen war. Goethe
dachte sehr hochmütig darüber. Es habe ihm nicht den mindesten Eindruck gemacht, er, als Frankfurter Patriziersohn,
habe sich immer als zum Adel gehörig angesehen. 1782
empfing er aus Wien das Diplom. Schon 1776 war er zum

Geheimen Legationsrat, 1779 zum Geheimen Rat ernannt worden, jetzt, 1782, wird ihm auch der Vorsitz in der Kammer zuteil. Wir haben uns Goethe hier nicht als bescheiden zurücktretenden Dichter zu denken, der nicht recht weiß, wo seine Stelle ist, sondern als strammen, seiner hohen amtlichen Position sich bewußten Beamten, der, wenn es nötig war, ebensogut wie der Herzog das Rauhe herauszukehren wußte.

Goethe war ein kräftiger, breitschultriger Mann, dem Hitze und Kälte wenig Unterschied machten, der den langen Tag über im Sattel bleiben und die Nacht im Walde liegen oder auch durchkneipen konnte, ohne daß ihm sonderlich daran gelegen war. Bei Schlittenpartien, Bällen, Jagden, Feuersbrünsten, überall war er einer von denen, die am längsten aushielten. Er faßte vornan Posto, wo er meinte, daß es ihm zukomme. Bei Maskenzügen sah man ihn zu Pferde im prachtvollen altdeutschen Anzuge glänzen, ebenso wie er als Sechziger noch auf der Redoute als Tempelherr erschien und alle Welt durch seine imponierende Schönheit in Erstaunen setzte. Nicht anders aber ist er bei der Affäre von Valmy hinausgeritten, wo die Kugeln der berühmten Kanonade dicht um ihn einschlugen, und hat die Symptome des Kanonenfiebers an sich beobachtet und hinterher genau beschrieben. Ein solcher Körper gehörte dazu, um bei der eisernen Natur des Herzogs immer die Stelle dicht neben ihm innezuhalten. Goethe war die ganze Unverwüstlichkeit verliehen, deren er für sein Amt bedurfte. —

Nachdem wir nun aber Goethe und Weimar, Goethe und Frau von Stein, Goethe und den Herzog betrachtet haben, wie stand es mit dem Goethe, der mit sich selber ganz allein war?

„Wilhelm Meister" ist bereits erwähnt worden. In diesem Romane hat Goethe die Erfahrungen seines ersten Weimarer Lebens niedergelegt. Dem Anscheine nach empfangen wir die Geschichte eines reichen Kaufmannssohnes, welcher, mit dem Triebe zu jener allgemeinen persönlichen Ausbildung geboren, die Goethe nur als ein Vorrecht des Adels jener Zeit ansah, in vornehme Kreise gerät, sich in ihnen gefällt, von ihnen, soweit er sich als literarisches und schauspielendes Genie gibt, anerkannt und verzogen, aber nimmermehr als ihresgleichen aufgenommen wird. Goethe war eines der eifrigsten Mitglieder des fürstlichen Liebhabertheaters. Als Alcest in seinen „Mitschuldigen", als Belcour im „Westindier" und in mancher anderen Rolle trat er auf. Es ist bekannt, daß es sich bei solchen Gelegenheiten meist mehr um die Proben als um die Aufführungen selber handelt. Jeder, der einmal dabei war, weiß, daß nichts die Menschen gesellig so durcheinander und in so intime Berührung bringt als Theaterproben von Dilettanten. Vieles ist erlaubt und das Tollste natürlich, weil es die Sache zu verlangen scheint. Diese Verwirrungen lieferten Goethe den Stoff. Von Episode zu Episode fortschreitend, wird das Ziel, wirklich in die vornehme Welt einzutreten, von Wilhelm Meister zuletzt erreicht. Das ist Goethes Geschichte. Seine Erlebnisse wurden in durchsichtiger Verhüllung so verwendet. Daher auch die tagebuchartige Form und die allmähliche Entstehung. Aus einer noch in Frankfurter Zeiten entstandenen kleinen Novelle, welche den Anfang bildet, wuchs die Dichtung in fast zwanzig Jahren zu dem inhaltreichen Werke an, als das der Roman heute dasteht.

In späteren Selbstbekenntnissen über diese Arbeit läßt Goethe verlauten, wie er sich anfangs in Weimar befunden habe. „Der ,Meister' belegt", äußert er gegen den Kanzler Müller, „in welcher entsetzlichen Einsamkeit er verfaßt worden, bei meinem stets aufs Allgemeinste gerichteten Streben." Hier haben wir den Punkt, wo Goethe selbst neben Frau von Stein und dem Herzoge sich arm fühlte.

Freilich wimmelte es auch in Weimar von Menschen, denen

geistige Regsamkeit nicht abzusprechen war. Jeder saß damals ja am Strome der neuen Ideen, hatte seine Angel ausliegen und hoffte auf die großen Fische, die anbeißen würden. Da war ja Knebel, der bis in seine späten Jahre als eine Natur erscheint, die ihren eignen Weg verfolgen will. Aber man lese, was von ihm gedruckt vorliegt: er schwindet zu einem von jenen zusammen, die ohne Goethe nur zu den Schatten gehören. Und so schwindet, ganz genau gewogen, alles um ihn her und verliert die eigne Schwerkraft. Wenn wir so herumsuchen, empfinden wir die bittere Wahrheit in Goethes Äußerung. Und doch führte sein gutes Glück bald nach seiner eignen Ankunft den einzigen Menschen nach Weimar, von dem er damals lernen konnte, den einzigen, mit dem ihn für diese Jahre eine fördernde Freundschaft von gleich zu gleich verbunden hat. Dies war endlich wieder Herder. Goethes erste Bemühungen in Weimar gingen dahin, Herder, der mit seiner Frau in Bückeburg hockte, in Weimar eine Stellung zu verschaffen. Goethe ließ nicht nach, bis alle Hindernisse aus dem Wege geräumt waren.

Herder, nachdem er sich zu einem der berühmtesten Schriftsteller in Deutschland erhoben hatte, war allmählich aus dem großen Zuge herausgekommen. Seine Arbeiten wurden zu Früchten der Gelehrsamkeit eines theologischen Forschers und wandten sich an ein engeres Publikum. In Weimar blieb es anfangs auch so. Goethe war in den ersten Jahren zu sehr von den neuen Verhältnissen eingenommen, um Herder suchen zu müssen: erst allmählich wurde er zu ihm gedrängt. Nun aber, in dem Maße, als das Gefühl gemeinsamer Entbehrungen in ihnen aufkam, deren Inhalt außer ihnen beiden niemand zu ermessen imstande war, schlossen sie sich inniger aneinander. Der ehemalige Unterschied an Alter und Erfahrung und Kenntnissen war verwischt, Goethe war ruhiger, Herder ein wenig mürbe geworden (die Unterhandlungen über die Göttinger Pro-

fessur, von der die Berufung nach Weimar ihn errettete, hatten seinen Stolz erschüttert), es entwickelte sich eine Freundschaft, die von Goethes Seite sogar die Beimischung vermittelnder Protektion empfing, zu welcher er oft genug bei Herders stürmischem, ungleichem Charakter der Welt gegenüber sich genötigt sah; während Herder, wie Schiller aus einem Gespräche mit ihm später berichtet, für Goethe abgöttische Verehrung gewann. Herder empfand, wie er in Goethes Nähe auflebte. Den Gedanken dieser Jahre entwuchsen seine „Ideen zur Philosophie der Geschichte der Menschheit", das Umfassendste, was er geschrieben hat, vielleicht die Grundlage unserer heutigen Geschichtsauffassung. Allerdings hatten Montesquieu und seine Nachfolger den Ton angegeben, niemals aber war eine Weltgeschichte aus der allgemeinen Natur der an ihr beteiligten Völker heraus von dieser Höhe herab und in diesem Umfange unternommen worden. Und Goethe war der Vertraute bei Entstehung des Buches. Alles, was wir über seinen Verkehr mit Herder aus jenen Jahren wissen, läßt erkennen, daß Goethe bei ihm am freiesten zumute war, und daß er seinen schweifenden Gedanken hier am unbefangensten den Lauf in alle Weiten gestattete. Herders Frau, damals noch nicht gereizt durch die Eifersucht auf vermeintliche Nebenbuhler Herders bei Goethe, deren näheres Verhältnis zu diesem sie besorgt und neidisch machte, gewährte Goethe neben dem Umgange mit Frau von Stein noch eine zweite Häuslichkeit. Ihr soll er sogar noch lieber als dieser seine Sachen vorgelesen haben: jedenfalls empfingen Herders Frau und Frau von Stein in erster Linie die damals entstehenden Dichtungen. Kapitelweise wurde ihnen der Roman, szenenweise die Dramen mitgeteilt.
Damit ist aber auch die Reihe erschöpft. Wieland hatte bald genug aufgehört, Goethe besonders fragwürdig zu erscheinen. In literarischen Dingen war er eine behagliche Autorität, der man nachgeben konnte oder auch nicht; im

ganzen hatte er zu sehr nur die eigne Person im Auge, um andern viel zu sein. Die Stein, der Herzog, Herder und seine Frau, auch allenfalls Knebel, darauf beschränkt sich Goethes Umgang. Diese nennt er bei der ersten Aufführung der „Iphigenie": „sein Publikum". Ich würde gern hier noch von Corona Schröter, der Schauspielerin und Sängerin, reden, von der behauptet worden ist, daß sie Goethe näher gestanden habe als Frau von Stein selber, und bei der seine Tagebücher allerdings erkennen lassen, in wie bedeutendem Maße er seine Zeit zwischen ihr und Frau von Stein geteilt hat; doch es sind die Nachrichten über Corona Schröter so fragmentarisch, widerspruchsvoll und resultatlos, daß ihre Gestalt mit Sicherheit für Goethes Leben noch nicht verwertet werden kann. Ich bemerke hier überhaupt folgendes: Wir dürfen nicht denken, weil wir aus Briefen und andern Quellen so vieles wissen, daß wir alles wissen. Goethe erscheint oft in Verhältnissen, deren Natur uns unbekannt ist. Es sind manche Mädchennamen aufbewahrt, deren Trägerinnen er eine besondere Zuneigung gewidmet hat, es gibt manche Figuren in seinen Dichtungen, die offenbar nach der Natur gezeichnet sind und für welche die Originale fehlen. Wir wissen nicht, wer, aus der Frankfurter Zeit noch, Klärchen im „Egmont" war, wer Marianne war im „Wilhelm Meister", wer Mignon, wer Philine war. Goethe sagt, die erste Weimarer Zeit sei „durch Liebschaften vielfach verdunkelt" worden: wir wissen über all dies so wenig, daß wir nicht einmal Vermutungen aufstellen dürfen. Es ist möglich, daß Corona Schröter, aus der man das Urbild der Iphigenie hat machen wollen, eher das der Philine war; wer aber will darüber entscheiden, und was nützt es, darüber viel nachzudenken? —

Zu besprechen bleibt jetzt nur noch: aus welchen Gründen Goethe nach Ablauf der „Zehn Jahre" plötzlich aus Deutschland verschwand, erst wieder in Rom auftauchte, fast zwei volle Jahre in Italien blieb und nach seiner Rückkehr sich unter veränderten Bedingungen eine neue Existenz in Weimar gründete.

Goethe war als Minister und zugleich Erzieher bei einem unerfahrenen, jungen Fürsten eingetreten, der sich nun jedoch von Tag zu Tag mehr zu entwickeln begann. In dem Maße, als Goethe das vorgesteckte Ziel erreichte, wandelte sich seine Stellung in eine nachteiligere um. Als erstem Beamten kamen ihm nach und nach alle wichtigen Dinge in die Hände, zugleich aber wurde er immer unselbständiger durch die erhöhte Einsicht und Teilnahme des Herzogs. Ein Punkt mußte kommen, wo Goethe alles in Händen hielt, zugleich über nichts mehr zu entscheiden hatte. Hier nun sehen wir den Grund, warum innerhalb der Zehn Jahre bereits Goethe um „Erleichterung im Conseil" bittet. Überall, wo der Herzog eingreift, tritt er zurück. Stück für Stück gibt er das Terrain auf, das unmerklich so den Herrn wechselt.

Es war das nichts, was ihn beleidigen konnte, im Gegenteil, gerade das hatte er ja erstrebt. Der Herzog sollte mehr und mehr wirklicher Regent werden, und daß es gelang, ihm allmählich die Zügel völlig in die Hand zu geben, war ein Triumph für Goethe. Allein diese Wandlung durfte sich nicht in der Art vollziehen, daß Goethe mit der Zeit vielleicht den weimarischen Boden unter den Füßen verloren hätte. Er fühlte sich da als in seiner neuen Heimat. Auch dafür mußte eine Form gefunden werden: daß er bleiben könnte, ohne kostspieliges fünftes Rad am Wagen zu sein. Und endlich nun, als die Dinge reif waren und der große Umzug beginnen durfte, sind sie in der Tat durch ihn so glücklich gewandt worden, daß, ohne sein freundschaftliches Verhältnis zum Herzoge zu verletzen, zwischen beiden alles neu festgestellt wurde. Kein Zweifel ist für mich, daß, als Goethe im Herbste 1786 nach Italien reiste, ohne selbst Frau von Stein davon wissen zu lassen, Grund

und Folgen dieser Abwesenheit, sowie die Modalitäten der Rückkehr mit dem Herzoge reiflich überlegt worden waren. Schon für das Jahr 1785 enthält eine schematische Übersicht seiner Lebensereignisse nichts als die Titel: „Prüfung meiner Zustände — Was abging — Reise nach Italien vorgesetzt — Aberglaube". Aberglaube bedeutet, daß Goethe die Überzeugung hatte, es werde aus der Reise nichts werden, wenn irgend jemand vorher darum wisse. Der Herzog aber war mit allem einverstanden. Ehe Goethe nach Karlsbad ging, von wo aus er nach vollendeter Kur an seinem Geburtstage heimlich abreiste, während man ihn in Weimar sicher zurückerwartete, hatte der Herzog ihm noch 200 Taler Zulage und einen bedeutenden Reisezuschuß verliehen; mir scheint, Goethe habe das zum Abschied angenommen in der Voraussetzung, daß er damit gleichsam nach glücklich vollendeter Aufgabe in Pension trete.

Die Briefe, welche er dann aus Italien an den Herzog schrieb, wären danach zum Teil nur als Schaustücke anzusehen, damit einmal auch in den Akten alles seine amtlich und bürgerlich zu verantwortende Form fände. Ich glaube, Goethe nahm eine Art heimlicher Mündigkeitserklärung mit dem Herzoge vor. Sie standen früher auf Du und Du, dies wurde feierlich begraben. Der Herzog wird von nun an auch für den Privatverkehr der allergnädigste Herr, und Goethe sein alleruntertänigster Diener; das, was früher ein befreiendes Aufgeben von leeren Förmlichkeiten gewesen war, wurde mit den Jahren eine unnötige, lästige Spielerei, während die festgehaltene Form nun bei weitem größere Unabhängigkeit gestattete. Goethe hatte die Absicht, auf kurze Zeit nach Italien zu gehen, dann in Frankfurt seine Mutter zu besuchen und von dort aus als freier Mann und Freund des Herzogs in denjenigen selbstgewählten Kreis von Geschäften wieder einzutreten, der ihm die nötige Muße gestatten würde, ihm zugleich aber mit Rat und Tat einzugreifen Gelegenheit gäbe.

Wenn wir die Zehn Jahre daraufhin, daß diese letzte Wendung keine unerwartete, plötzliche war, genauer ansehen, so zeigt sich, wie organisch sich dieser Wechsel vollzog und wie, genau in dem Maße, in welchem die Teilnahme an den Staatsgeschäften geringer war, die literarische Arbeit bei Goethe wieder in ihre alten Rechte eintrat.

Bis in die ersten achtziger Jahre hält er mit spartanischer Selbstüberwindung seinen Pegasus im Stalle fest angebunden. Noch 1780 schreibt er an Kestner, seine Schriftstellerei „subordiniere sich dem Leben". „Doch erlaub ich mir, nach dem Beispiel des großen Königs, der täglich einige Stunden auf die Flöte wandte, auch manchmal eine Übung in dem Talente, das mir eigen ist. Geschrieben liegt noch viel, fast noch einmal so viel als gedruckt, Pläne hab' ich auch genug, zur Ausführung aber fehlt mir Sammlung und Langeweile. Verschiednes hab' ich fürs hiesige Liebhabertheater, freilich meist konventionsmäßig, ausgemünzt."

Im September desselben Jahres schreibt er an Frau von Stein: „O thou sweet poetry! rufe ich manchmal und preise den Marc Antonin glücklich, wie er auch selbst den Göttern dafür dankt, daß er sich in die Dichtkunst und Beredsamkeit nicht eingelassen. Ich entziehe diesen Springwerken und Kaskaden soviel möglich die Wasser und schlage sie auf Mühlen und in die Wässerungen, aber eh ich's mich versehe, zieht ein böser Genius den Zapfen, und alles springt und sprudelt. Und wenn ich denke, ich sitze auf meinem Klepper und reite meine pflichtmäßige Station ab, auf einmal kriegt die Mähre unter mir eine herrliche Gestalt, unbezwingliche Lust und Flügel und geht mit mir davon."

Und am letzten Tage desselben Jahres 1780 an Frau von Stein: „Mein ‚Tasso' dauert mich selbst, er liegt auf dem Pult und sieht mich so freundlich an, aber wie will ich zureichen, ich muß alle meinen Weizen unter das Kommißbrot backen."

So, als er vier Jahre in Weimar gesessen hatte. Mit dem Eintritte der achtziger Jahre aber beginnt leise der Umschwung. Anfangs sucht er durch historische Schriftstellerei Pflicht und Neigung zu vereinigen. Er arbeitete 1780 an einem Leben Bernhards von Weimar, für das er in den Archiven studierte, welches aber liegen blieb, weil es sich nicht zu einer künstlerischen Einheit zusammenschließen wollte. Im Oktober 1780 beginnt er am „Tasso" ernstlich zu schreiben. Im März 1781 sind die beiden ersten Akte fertig, und im Jahre 1782 nehmen Wissenschaft und Dichtung ohne Entschuldigung breiten Rang ein. „Heute früh habe ich das Kapitel im ,Wilhelm' geendigt", schreibt er im August 1782 an Frau von Stein, „wovon ich Dir den Anfang diktierte. Es machte mir eine gute Stunde. Eigentlich bin ich zum Schriftsteller geboren. Es gewährt mir reinere Freude als jemals, wenn ich etwas nach meinen Gedanken gut geschrieben habe."

Das klingt schon ganz anders und weniger als Selbstvorwurf. Von da brauchte es immer noch vier Jahre, bis er wirklich nach Italien aufbrach, von der ehemaligen freiwilligen Abstinenz in dichterischer Tätigkeit aber merken wir nun nichts mehr. In seiner Korrespondenz sehen wir die alten literarischen Dinge und daneben seine gelehrten Bestrebungen in den Vordergrund dringen. Mag auch dem Anscheine nach seine amtliche Tätigkeit sich jetzt immer mehr ausdehnen: die naturhistorischen Arbeiten nehmen ihn mindestens ebensosehr in Beschlag, astronomische, mikroskopische und andere Untersuchungen, an „Wilhelm Meister" wird in umfangreicherer Weise vorgeschritten und die erste große Gesamtausgabe seiner Schriften vorbereitet. Im Jahre 1785 zumal treten diese Dinge so sehr hervor, daß nun fast nur von ihnen die Rede ist. Damals waren, wie wir sahen, die stillen Vorbereitungen für die große Änderung in vollem Gange. Und wenn Goethe dann endlich aus Rom dem Herzoge als neueste Entdeckung meldet: er habe sich als „Künstler" in Italien wiedergefunden, so war dies Wiederfinden schon vollbracht, ehe er Weimar verlassen hatte. Als Künstler — und als Gelehrter, können wir dazusetzen — hatte Goethe sich bereits aufgemacht, der Staatsbeamte war längst nur noch in zweiter Linie tätig gewesen.

Eine glückliche, Goethes Charakter höchst angemessene Stellung war zugleich für den Fall der Rückkehr nach Weimar im voraus dort für ihn vorbereitet, wie sie in dieser Art niemals vielleicht einem zweiten Sterblichen zuteil ward, und wenn auch während seiner Abwesenheit Neid und Mißgunst daran zu mäkeln fanden, so wirkte seine persönliche Gegenwart, als er endlich wieder erschien, so imponierend, daß die Dinge den glücklichen Verlauf nahmen, welcher vom Herzoge und von ihm gewollt und vorgesehen war.

9

DIE DEUTSCHE UND DIE RÖMISCHE IPHIGENIE

Wir haben gesehen, wie maßgebend Shakespeare für „Götz von Berlichingen" geworden war. Goethe hatte mit dem Stücke, wie er selbst sagt, Shakespeare seinen Tribut dargebracht. Wir haben ihn dann im „Clavigo" die Form des bürgerlich prosaischen Rührstückes annehmen sehen: es wäre natürlich gewesen, wenn Goethe, nachdem er sich in verschiedenen Richtungen als Nachahmer gezeigt, endlich mit dem Eintritt in die Jahre eigner Selbständigkeit als Schöpfer einer eignen Form sich aufgetan hätte, in der er weitere dramatische Werke vorführte. So hatte sich ja Lessing nach mancherlei Nachahmung zur reinen Form des „Nathan" erhoben. Goethe kam zudem jetzt in Weimar mit dem Schauspielerwesen praktisch in Berührung. Zwar waren Schloß und Theater abgebrannt, und eine Schauspielertruppe in den ersten Jahren nicht in der Stadt zu halten, allein die Hofgesellschaft selber, wie schon bemerkt worden ist, ersetzte den Verlust durch eigne Tätigkeit, und Goethe griff von den ersten Tagen an hier tüchtig ein. Auf dieser Bühne spielte er selber, für sie dichtete er: zum ersten Male also mit der unmittelbaren Absicht, für die Bretter zu schreiben. Keine schönere Gelegenheit, die durch Studium gewonnenen Überzeugungen endlich praktisch zu erproben.

Diese Erwartungen aber, wenn sie gehegt worden wären, wurden getäuscht. Goethe hatte als Dichter und Schriftsteller abgedankt. Er gibt den bereits gewonnenen groß-

artigen Standpunkt, von dem aus er sich dem deutschen, ja
dem europäischen Publikum als einen Mann gezeigt hatte,
von dem das Höchste zu erwarten sei, ohne weiteres auf,
liefert nichts als eine Anzahl kleiner Schauspielerstücke
und beginnt nun auch seine „Iphigenie" nicht etwa in dem
Sinne, mit den Alten konkurrieren zu wollen und eine neue
Richtung zum höchsten Ziele einzuschlagen, sondern nur,
um dem engen Weimarer Hofkreise ein, kaum für den
Druck bestimmtes, Theaterstück zu dichten, bei dessen
äußerer Gestaltung der zufällige Umstand mitwirkte, daß
dem in der Ehrfurcht vor den französischen Klassikern er-
zogenen Herzoge gezeigt werden sollte, es lasse sich dergleichen auch in deutscher Sprache hervorbringen. „Iphigenie" war, so betrachtet, ein Schritt nach rückwärts.

Goethe suchte von Anfang an nach einem dichterischen
Symbole für sein Verhältnis zu Frau von Stein und glaubte
es, wie wir sahen, in der schönen Wendung gefunden zu
haben: „Du warst in abgelebten Zeiten meine Schwester
oder meine Frau." So formuliert lag ihm das Thema in der
Seele. Zu lösen versuchte er es zuerst in diesem Sinne in
dem kurzen Schauspiele „Die Geschwister". Bruder und
Schwester leben zusammen und lieben sich, ohne es zu
wissen: da entdeckt ein Zufall dem Mädchen, daß sie nicht
die Schwester sei, und alle Tragik löst sich auf die reinste
Weise in Glück auf. Man muß, um dieses rührende kleine
Stück, das in Prosa geschrieben ist, ganz zu würdigen, es
gut darstellen sehen.
Aber es lagen höhere dichterische Möglichkeiten in Goethes Verhältnisse zu Frau von Stein. Da sprang der Stoff:
„Iphigenie" in Goethes Phantasie. In Iphigenie konnte
dargestellt werden, welchen Frieden die schwesterliche
Freundschaft der geliebten Frau seinem Herzen geschenkt
hatte. Auf eine Höhe konnte ihr beiderseitiger Verkehr erhoben werden, daß alles zu sagen erlaubt war. Orest, von

inneren Qualen gepeinigt — ich erinnere an den „Fluch Kains", der Goethe so ruhelos machte —, wird durch Iphigeniens bloße Gegenwart befreit. Der Moment, wo Orest in der Nähe der Schwester und des Freundes sich wiederfindet, bildet, wie Goethe ausdrücklich sagt, die Achse des Stückes. In diesem neuen Sinne begann er innerlich zu arbeiten, und drei Jahre dauert es nun wieder, bis die Dichtung sich so weit schließt, daß sie zum ersten Male niedergeschrieben werden konnte und der vierte und fünfte Akt an die begonnenen drei ersten sich anfügten.

Denn in dem bloßen Verhältnis Orests zu Iphigenie lag noch kein Abschluß der Handlung: es hatte neben dem vereinigenden das trennende, widerstandleistende Element der Komposition gefehlt. Allmählich erst mußte die Erfahrung wieder auch dies liefern. Denn allmählich erst begann die Last sich anzusammeln, mit der die neuen Verhältnisse auf Goethe drückten. In der Gestalt des Thoas personifizierte er sie. Ich will nicht sagen, daß Thoas Karl August sei, aber Elemente der Natur des Herzogs haben Thoas gebildet. Man fasse zusammen, was uns über den Charakter des Herzogs überliefert ist, und frage sich, ob Thoas nicht jeden Zug enthält und ob er einen Zug enthalte, der dem entgegen wäre. An diesen Charakter war Goethe durch heilige Bande des Dienstes und der Dankbarkeit gebunden. Die Ahnung einer Trennung steigt auf, während zugleich Ehrfurcht und Dankbarkeit ihn zurückhalten. Nur dichterisch sollte diese Trennung sich wirklich vollziehen: Goethe deutet einmal an, als das Stück bei Hofe vorgelesen worden war, der Herzog werde wohl verstanden haben, was mit dem „Lebtwohl", mit dem die Tragödie schließt, gemeint gewesen sei und was Thoas bedeute. Mir ist es unmöglich, die letzte Szene des Aktes zu lesen, diese erschütternde Bitte um Freiheit, ohne in Iphigenie Goethes um Erlösung aus unerträglichen Zuständen bittende Seele zu erblicken.

Öfter sehen wir Goethe so arbeiten. Zuerst entsteht ein

erster Gedanke der Dichtung. Dann lange Pause. Dann erst beginnt die wirkliche Formulierung. Und deshalb setzt Goethe später „die Arbeit" an der „Iphigenie" erst in den Anfang 1779, wo er das Stück zum ersten Male ernsthaft vornahm, damit es zu einer bestimmten Gelegenheit aufgeführt werden könnte.

Vom Februar 1779 an begegnen wir den Erwähnungen der fortschreitenden Dichtung. Vom 14. Februar haben wir die Tagebuchnotiz: „Früh angefangen ,Iphigenie' zu diktieren." Hätten wir nichts als sie, so würde anzunehmen erlaubt sein, Goethe habe an diesem Tage mit dem Stück überhaupt begonnen. Ein Brief an Frau von Stein, vom selben Tage, aber belehrt uns, wie dieses Diktieren gemeint war. „Den ganzen Tag", schreibt Goethe an sie, „brüt ich über ,Iphigenie', daß mir der Kopf ganz wüst ist, ob ich gleich zur schönen Vorbereitung letzte Nacht zehn Stunden geschlafen habe. So ganz ohne Sammlung, nur den einen Fuß im Steigriemen des Dichter-Hippogryphs, will's sehr schwer sein, etwas zu bringen, das nicht mit Glanzleinwandlumpen gekleidet sei. Gute Nacht, Liebste. Musik hab ich mir kommen lassen, die Seele zu lindern und die Geister zu entbinden." Wir sehen daraus, daß es sich an diesem Tage nicht um eine erste Offenbarung des Dramas, sondern nur um eine redigierende Tätigkeit handelte. Goethe wollte die in ihm kämpfenden Versionen seines Werkes gleichsam zur Ruhe zwingen, indem er, die Worte zur Niederschrift laut vorsagend, die lebendige Sprache zum Richter machte. Er hoffte, auf diesem Wege die Elemente seiner Dichtung zu festerer Gestalt zusammenzuziehen.

Wir dürfen hier noch weiter gehen und die Schwierigkeit nennen, welche Goethe zumeist vielleicht angetrieben hat, gerade durch Diktieren sein Werk der endlichen Form entgegenzuführen, in der er damals schon „Iphigenien" abzuschließen hoffte.

Goethe hatte sich während seiner Frankfurter Zeit eine eigne Sprache gebildet: eine Mischung aus den verschiedenen süddeutschen Dialekten, die er allmählich sprechen gehört und selbst gesprochen hatte, versetzt mit Reminiszenzen aus Volksliedern und aus dem Deutsch des 16. und 17. Jahrhunderts, sowie aus griechischer und Shakespearischer Sprache, dem allen zuletzt Lavaters Sprechart den entscheidenden Stempel aufgedrückt. Die Prosa, in welcher Goethe den „Werther" verfaßte, zeigt die Anwendung dieses so entstandenen Idioms in bewußter, sorgfältiger Durcharbeitung.

Während des ersten und zweiten Jahres in Weimar bleibt dieser Ton bei ihm noch der herrschende. Er setzt von dort aus seine Korrespondenz in der gewohnten Art und Weise fort. Er läßt „Stella" jetzt erst drucken, er schreibt seine kleineren Gedichte noch in der Art, wie er vorher getan hatte. Diese Gedichte, von unsterblicher Schönheit und von einer Melodie der Worte und Gedanken beseelt, die nur von einigen Stücken der alten griechischen Lyriker erreicht wird, trugen nicht am wenigsten dazu bei, Goethes damaligen Freunden ein Gefühl zu geben, daß er ein großer Dichter sei. Sie streifen ans Volkslied und scheinen für den Gesang bestimmt. Er sagte sie gern her, wenn er darum gebeten wurde. Oft hören wir, daß er den „König von Thule" deklamiert habe. Er war nicht zurückhaltend und las vor oder rezitierte aus dem Kopfe, was gerade am nächsten lag.

Bald aber schläft diese Schriftstellerei mit seinen westlichen Freunden ein. Bald auch hören diese Romanzen und Balladen auf. Der Einfluß des neuen Vaterlandes macht sich geltend, wo mehr gelesen als geredet wurde. Die bisherigen Mittel leisten Goethe keine Dienste mehr. Sein neues Publikum versteht ihn nicht, die neuen Gedanken brauchen eine andere Einkleidung. Der herausfordernde Ton seiner Prosa in der Frankfurter Zeit hatte Goethes jungen Jahren entsprochen, in denen man, je talentvoller man ist, um so radikaler zu denken pflegt: jetzt verlangte die veränderte Stellung Würde und Gemessenheit. Die Dinge, die ihm nun in der Seele lagen, durfte er nicht mehr so flott hinwerfen, einerlei was darüber gesagt werde, sondern verlangten oft Verhüllung und Geheimnis. Schon 1776 war Goethe der „herrliche Junge" nicht mehr, als den ein Jahr früher die Stolberge ihn gepriesen hatten. Es ging nicht so weiter. Goethes Sprache beginnt sich in die Wendungen des norddeutschen, mehr geschriebenen als gesprochenen Satzbaus zu fügen, und das Bestreben wird ersichtlich, nicht mehr zu schreiben, wie das Volk spricht, sondern das Volk die Sprache sprechen zu lehren, die für den Ausdruck der Gefühle und den Bericht der Tatsachen nach höheren Rücksichten die geeignetste sei.

Nur die Anfänge dieses Bestrebens zwar zeigen sich, allein vorhanden sind sie. Dieses Schwanken und Suchen führt jedoch zu der Unsicherheit, mit der Goethe jetzt seine Sachen, auch wenn er sie noch so oft durchgearbeitet hat, nicht als vollendet anerkennen und drucken lassen mag. Daher die Lässigkeit im Fortschreiten seiner Arbeiten. Er fühlt sich vaterlandslos in der Literatur. Er will sich eine eigne Sprache formen, aber findet nichts Lebendiges mehr in seiner Umgebung, das sich dazu benutzen läßt, und es bleibt ihm endlich doch nichts übrig, als aus sich selbst zu schöpfen. Am Klange seiner eignen Worte will er prüfen, ob die Worte das Gefühl und die Gedanken wiedergeben, und er beginnt zu diktieren: eine Art Verzweiflungsmaßregel, sich aus dem Chaos zu erretten, das ihn endlich in Italien dann genötigt hat, zu ganz neuen Mitteln zu greifen und an Stelle des zufälligen Naturklanges den Wohlklang einer nach Prinzipien verfahrenden bewußten Kunst zu schaffen.

Auffallend ist auch, wie er jetzt, wo er die Arbeit an „Iphigenie" wieder aufnimmt, die Musik zu Hilfe nimmt. Es er-

scheint als kein bloßer Zufall, daß er unter ihrem Beistand
arbeitete. Eine Woche, nachdem er zuerst davon gesprochen, finden wir sie abermals bei „Iphigenie" erwähnt. Den
22. Februar heißt es in einem Briefe an Frau von Stein:
„Meine Seele löst sich nach und nach durch die lieblichen
Töne aus den Banden der Protokolle und Akten. Ein Quat-
tro neben in der grünen Stube, sitz ich und rufe die fernen
Gestalten leise herüber. Eine Szene soll sich heut absondern, denk ich, drum komm ich schwerlich. Gute Nacht."
Dieses Eingreifen des musikalischen Elements zeigt, wie
selbst das Diktieren noch nicht genügte, Goethe den Rhythmus in die Seele zu schaffen, dessen er bedurfte, um eine
neue Sprache für ganz neue Gedanken und Anschauungen
zu finden. Im „Götz" hatte er die Frauen ein herzliches,
hausbackenes Deutsch reden lassen: es waren Deutsche, die
sich in ihrer eigenen Sprache an Landsleute wandten; Iphigenien dagegen, einer Königstochter, die vor Tausenden
von Jahren mit Göttern und Göttinnen im Verkehr stand,
ließen sich so kreuzbrave Redensarten nicht in den Mund
legen. Die mythischen Verhältnisse verlangten den reinen
dialektlosen Ausdruck der Gefühle. Die Erfahrungen des
realen Lebens vermochten Goethe hier nichts zu bieten, er
mußte sich an diejenigen Vorbilder halten, an denen dergleichen vor ihm zustande gebracht worden war. Der bloß
syntaktische Wohlklang der französischen Dichtersprache,
der Wortwohlklang der Italiener stand ihm plötzlich näher,
als was irgend die deutsche Sprache ihm zu leisten vermochte, und so, um sich gänzlich aus der Region der all-
täglichen Erfahrung emporzuheben, sucht Goethe sich eine
poetische Sprache zu bilden, indem er unter dem Einflusse
der Musik dichtet.
Goethe war im Februar so sehr in diese Arbeit hineinge-
kommen, daß er sie während einer Dienstreise, auf der
ihm nur selten ruhige Augenblicke blieben, mit sich führte
und daran weiterschrieb. Vom 1. März 1779 ist ein Brief

datiert, den er aus Jena an Frau von Stein sendet. Er hatte
da Rekruten ausheben müssen. „Mit meiner Menschen-
klauberei bin ich hier fertig und haben mit den alten Soldaten gegessen, und von vorigen Zeiten reden hören. Mein
Stück rückt." Von Dornburg, am nächsten Tage: „Knebeln
können Sie sagen, daß das Stück sich formt und Glieder
kriegt. Morgen hab' ich die Auslesung, dann will ich mich
in das neue Schloß sperren und einige Tage an meinen
Figuren posseln. — Jetzt leb ich mit den Menschen dieser
Welt und esse und trinke, spaße auch wohl mit ihnen, spüre
sie aber kaum, denn mein inneres Leben geht unverrückt
seinen Gang."
Diesen inneren Umgang mit den Gestalten seiner Phantasie nennt Goethe „mit Geistern reden". Den 5. März
schreibt er Knebel: „Ich muß Dir gestehen, daß ich als
ambulierender Poëta sehr geschunden bin, und hätt' ich
die paar schönen Tage in dem ruhigen und überlieblichen
Dornburger Schlößchen nicht gehabt, so wäre das Ei, halb
angebrütet, verfault."
So geht es nun weiter: Rekruten und „Iphigenie". Aus
Apolda meldet er: „Hier will das Drama gar nicht fort, es
ist verflucht, der König von Tauris soll reden, als wenn
kein Strumpfwürker in Apolde hungerte." So meldet er
am 6. März, kehrt dann nach Weimar zurück, ohne, wie er
sicher gehofft, das Drama fertig zu haben, geht noch einmal fort ins Gebirge und schreibt den 19. März „allein auf
dem Schwalbenstein" den vierten Akt. Den 1. April finden
„Proben von ‚Iphigenie' und Besorgung des dazu Gehörigen" statt, und den 6. April (1779) erfolgt endlich die erste
Aufführung. Goethe spielte den Orest, Knebel den Thoas,
Prinz Konstantin den Pylades, Corona Schröter die Iphigenie. Bei der zweiten Aufführung trat der Herzog selber
als Pylades auf. Die Hofdame Fräulein von Göchhausen
berichtet an Goethes Mutter, ihres Sohnes Kleid, wie das
des Pylades, sei griechisch gewesen, nie habe sie ihn so

schön gesehen. Eine rechte Vorstellung, wie es dabei zuge-
gangen sein könnte, fehlt uns. Wir sind im Theater heute
an die historischen Kleider gewöhnt, damals waren sie
etwas Neues. Man spielte im achtzehnten Jahrhundert auch
die im Altertume heimischen Stücke in einer idealen, kon-
ventionellen Tracht, wobei Perücken, Kniehosen nebst
Hackenschuhen und Strümpfen nicht fehlen durften; in den
siebziger Jahren war zum ersten Male versucht worden,
nationales Kostüm auf die Bühne zu bringen.

Goethe beruhigte sich bei dieser ersten Redaktion der
„Iphigenie“ nicht. Er nannte sie von Anfang an „nur eine
Skizze, bei der zu sehen sei, welche Farben man auflege“.
Die Darstellung wurde von ihm als das betrachtet, worauf
es ankomme. Schon für die neue Aufführung im folgenden
Jahre war eine zweite Bearbeitung fertiggestellt. Das Stück
kommt nicht zur Ruhe, das Manuskript begleitet Goethe
auf seinen Reisen oder ist in Weimar selber zwischen ihm
und Frau von Stein beständig unterwegs. Sie, Wieland,
Herder, Knebel geben fortwährend besseren Beirat; kein
Wort darin, das nicht prüfend hin und her gewandt wird.
An den Druck denkt Goethe nicht, aber er verschenkt Abschriften. Knebel liest auf einer seiner Reisen die „Iphigenie“ an vielen Stellen vor und erweckt Begeisterung.
Kestners wird eine Kopie mitgeteilt, 1783. Einzelne Szenen
gelangen sogar per nefas in ein Journal. Auch der Herzog
nahm fortwährenden Anteil. Im August 1786 las Goethe
ihm das Stück wieder vor. „Dem Herzog ward's wunderlich dabei zumute“, schreibt er an Frau von Stein, vielleicht
weil damals, wovon die Freundin freilich nichts wußte, die
Trennung zwischen Goethe und dem Herzog neu besprochen worden war, die bevorstand. „Iphigenie“ ist Goethes
„Schmerzenskind“. Sie war die Vertraute seiner geheim-
sten Gefühle. Unaufhörlich ist in seinen Briefen und Aufzeichnungen von ihr die Rede. Und all diese Arbeit von
zehn Jahren war doch nur die später völlig aufgegebene

Vorarbeit zu der neuen „Iphigenie", welche in Italien entstand. Ein Zweck dieser Reise war für Goethe auch der gewesen, für die Besorgung der ersten rechtmäßigen Gesamtausgabe seiner Werke freie Zeit zu gewinnen. Bisher hatte nur der Berliner Nachdrucker Himburg Goethes Arbeiten, in vier Bänden zusammengefaßt, ausgebeutet: jetzt war mit Göschen die erste legitime Sammlung der sämtlichen Werke verabredet. Anfangs sollte „Iphigenie" darin zum Abdrucke gebracht werden, wie sie 1786, vor Goethes Abreise, vorlag. Goethe konferierte darüber mit Wieland und Herder. Er saß mit ihnen, wie er schreibt, „zu Gericht über ‚Iphigenie‘ ". Schließlich nahm er das Manuskript doch mit, nach Karlsbad nämlich, von wo er bekanntlich nach Italien verschwand, „um ihm noch einige Tage zu widmen". Daraus sind in der Folge dann freilich v i e l e Tage geworden.

Gleich in einem der ersten Briefe aus Italien ist von dem Stücke die Rede. Er beschreibt den Übergang über den Brenner. Goethe sitzt allein im Wagen, er sondert aus dem großen Pakete, das seine Schriften enthielt, das Manuskript des Stückes ab. „Der Tag ist so lang", schreibt er, „das Nachdenken ungestört, und die herrlichen Bilder der Umwelt verdrängen keineswegs den poetischen Sinn, sie rufen ihn vielmehr, von Bewegung und freier Luft begleitet, nur desto schneller hervor."
Wie wahr ist diese Bemerkung! Das Poetisch-Erweckende des Gebirges liegt darin, daß die verflachende Menschenarbeit zurücktritt und den einfachen, großen, zerstörenden und bildenden Naturgewalten ihre sichtbare Macht verbleibt: man erwartet ihre Wirkungen und weiß von Anfang an, daß gegen sie kein Aufkommens ist, während man in der Ebene immer wieder die Flüsse so kunstreich eingedämmt zu haben glaubt, daß nach der letzten Überschwemmung nun keine mehr eintreten dürfe. Goethes Darstellung der Alpen, der Mondnacht, in der er, von

Unruhe getrieben, allein im kleinen Wagen über den Paß fährt; dann das Hinabsteigen in die anders geartete italienische Natur ist mit allem Aufwande seiner beschreibenden Kunst ausgeführt. Und dadurch, daß die Arbeit an „Iphigenie“ stets nebenherläuft, fällt auf den Weg, den er zurücklegt, ein Abglanz der Gedanken, die seine Dichtung erfüllen. Er scheint nichts anderes in der Seele getragen zu haben. „Iphigenie“ muß ihm die abwesende Freundin ersetzen, an die aus Italien seine meisten Briefe gingen. Ich habe das Verlassen Weimars früher so aufgefaßt, als könne, wie bei der Schweizerreise der Versuch einer Trennung von Lili, so auch hier die Absicht gewaltet haben, sich Frau von Stein gegenüber in eine freiere Lage zu bringen. Ich glaube darin jedoch geirrt zu haben. Das trennende Element bildete sich erst später. In seinem letzten Briefe an sie, ehe er Karlsbad verließ, um auf einige Zeit völlig unterzutauchen, schrieb er ihr die andeutenden Worte (wie er einst Kestners das Erscheinen „Werthers“ verhüllt mitgeteilt hatte): „Auf alle Fälle muß ich noch eine Woche bleiben, dann wird aber auch alles so sanfte endigen, und die Früchte reif abfallen. Und dann werde ich in der freien Welt mit Dir leben und in glücklicher Einsamkeit, ohne Namen und Stand, der Erde näherkommen, aus der wir genommen sind.“ Iphigenie war die Stellvertreterin der geliebten Frau, die Gestalt, in der sie ihn begleitete.

„Am Gardasee, als der gewaltige Mittagswind die Wellen ans Ufer trieb, wo ich wenigstens so allein war als meine Heldin am Gestade von Tauris, zog ich die ersten Linien der neuen Bearbeitung, die ich in Verona, Vicenza, Padua, am fleißigsten aber in Venedig fortsetzte.“ So in dem Briefe der „Italienischen Reise“, worin der Generalbericht über diese Arbeit gegeben wird. Aus Verona schreibt er den 16. September: „Ich fühle mich müd und ausgeschrieben, denn ich habe den ganzen Tag die Feder in der Hand. Ich

muß nun die ‚Iphigenie‘ selbst abschreiben.“ Eine Woche
später aus Vicenza (gegen Ende September): „Ich schreibe
nun an ‚Iphigenie‘ ab, das nimmt mir manche Stunde, und
doch gibt mir's unter dem fremden Volke, unter den neuen
Gegenständen ein gewisses Eigentümliches und ein Rück-
gefühl ins Vaterland.“ Nun nach Venedig. Ununterbrochen
begleitet sein Fortschreiten die Arbeit an dem Stücke. Wir
kennen die Verse in Goethes Gedicht „An Lida“:

> ... seit ich von Dir bin,
> Scheint mir des schnellsten Lebens
> Lärmende Bewegung
> Nur ein leichter Flor, durch den ich Deine Gestalt
> Immerfort wie in Wolken erblicke.

So drang ihm überall durch die Erscheinungen des neuen,
ungewohnten Daseins Iphigeniens Bild vor die Seele. Einen
ganzen Monat lang, in Venedig, dauert das, bis er Mitte
Oktober nach Rom weitergeht.
Goethe stand im Glauben, an dem Stücke jetzt endlich die
abschließende Arbeit zu tun. Und dennoch, als er Venedig
verläßt, ist „Iphigenie“, obgleich zu so vielen Malen ab-
und umgeschrieben, unfertig wie zuvor und muß ihn auch
ferner begleiten. Warum wohl?
Schon in Venedig überkommt Goethe ein, was gerade diese
Dichtung anlangt, ganz fremder Gedanke: im Theater von
San Crisostomo sitzend, fängt er an zu überlegen, wie er
seine „Iphigenie“ mit d i e s e r Truppe vor d i e s e m Publikum spielen würde. Und am selben Tage meldet er: „Heute
habe ich keinen Vers an ‚Iphigenie‘ hervorbringen können.“ Und gerade heute hatte er abzuschließen gehofft.
So verläßt er Venedig, ohne das Manuskript nach Hause zu
senden. Die Stadt war für Goethe immer noch der deutschen Grenze zu nahe gewesen: nun erst, wo er nach Bologna weiterfahrend in das mittlere Italien eintritt, ist ihm,

als sei er mit Weimar fertig. Die Vergangenheit wird undeutlicher. Aber „Iphigenie" bleibt ihm treu, als sei sie das einzige, was er aus einem großen Schiffbruch gerettet hat. In neuer Gestalt tritt sie ihm plötzlich vor die Seele: auch Taurien versinkt, und eine andere Landschaft erschließt sich: „Iphigenie auf Delphi". Im Wagen sitzend, der ihn nach Bologna führt, sieht Goethe überraschend neue Gedanken und Bilder seine Phantasie erfüllen. Elektra soll jetzt eintreten: „Es gibt einen fünften Akt", schreibt er, „und eine Wiedererkennung, ich habe selbst darüber geweint wie ein Kind."

Doch auch das zieht durch seine Seele nur hindurch wie ein Traum, um später erst wieder aufzutauchen. Dagegen in Bologna abermals eine neue Erfahrung. Von einem Gemälde, das die Heilige Agathe darstellt, schreibt er: „Der Künstler hat ihr eine gesunde, sichere Jungfräulichkeit gegeben, doch ohne Kälte und Roheit. Ich habe mir die Gestalt wohl gemerkt und werde ihr im Geiste meine ‚Iphigenia' vorlesen und meine Heldin nichts sagen lassen, was diese Heilige nicht aussprechen möchte."

Darin lag das Schicksal des Stückes beschlossen. Abermals stellte sich heraus, daß die scheinbar letzte Arbeit daran doch nur wieder als eine überwundene Vorstufe betrachtet werden müsse. Vor jenem Gemälde wurde sich Goethe bewußt, daß Frau von Stein nicht mehr allein in seiner Dichtung herrsche, daß andere Gestalten mit einflußreicher Gewalt neben ihrem Bilde mächtig zu werden begannen. Goethes Gedanken waren immer noch zu sehr in Deutschland zu Hause gewesen: je mehr er sich Rom näherte, je deutlicher ward ihm, aus welchen Gründen seine Arbeit bis dahin keinen Abschluß gewinnen konnte. Im Theater von San Crisostomo hatte sich ihm in bezug auf sein Stück die Idee eröffnet, daß neben dem Weimarer Liebhabertheater und neben denen, die darauf spielten, jene alte Bühne höherer Art, für die Goethe vor der Weimarischen Zeit gedichtet, Ansprüche auf seine Arbeit haben könne; und vor dem Bild in Bologna: daß andere Linien die Figur seiner Heldin umschließen müßten als die, von denen umzogen das Bild seiner Freundin oder Corona Schröters ihm in die Seele gegraben war. Die höchste Arbeit an dem Stücke wurde jetzt erst möglich. Losgelöst aus dem bisherigen Boden war es in neues, klassisches Erdreich versetzt, um nun sich völlig zu entfalten. Nur in Rom konnte das geschehen.

DRITTER TEIL
ITALIEN
1786—1788

Den 1. November 1786 schreibt Goethe wieder an den
Freundeskreis in Weimar. Der Brief beginnt (in der „Italienischen Reise"): „Ja, ich bin endlich in dieser Hauptstadt
der Welt angelangt."
Was nennt Goethe hier Welt? und was versteht er unter
Hauptstadt?
An dieser Äußerung werden wir recht inne, daß Goethe,
schon von uns aus betrachtet, einer vergangenen Welt angehört. Wie Homer das erste große Phänomen der europäischen Welt war, im Gegensatze zur asiatischen, in deren
Kreisen vor Homer die Geschicke der Menschheit liefen, so
kann Goethe als das letzte große Phänomen dieser europäischen Welt gelten, da durch das Eintreten des Dampfes
und der Elektrizität die Entfernungen aufgehoben und
alle Erdteile zu gemeinschaftlicher solidarischer Unterlage
der weiteren Menschenentwicklung erhoben worden sind.
Es genügt nicht mehr, bei der Betrachtung der jetzt laufen-
den Politik die Karte von Europa zu betrachten: sie muß
am Globus studiert werden.
Erst seitdem dies Bewußtsein uns erfüllt: daß das Vergangene abgetan sei und daß die Dinge auf neuen Bahnen
neuen Zielen entgegenstreben, sind wir imstande, das, was
ich so die „europäische Geschichte" nennen darf, als ein
rundes Faktum zu betrachten, von dessen Anfängen und
von dessen Abschlusse gesprochen werden kann.
Die älteste, historisch begründete Epoche der europäischen

Geschichte ist die griechische. Sie aber rollt nur scheinbar auf europäischem Boden ab. Die Blicke der Griechen waren zurück auf Asien gerichtet, sie haben das Gefühl gehabt, als äußerster Westen des alten Mutterlandes ein Teil desselben geblieben zu sein. Xerxes wollte nur eine abgefallene Provinz zurückerobern; selbst für Äschylos, indem er die Siege der Griechen über die Perser feierte, ist Asien die alte Mutter. Alexander der Große wollte Persien erobern, was lag ihm an Europa? Diese Zusammengehörigkeit Griechenlands mit Asien charakterisiert die ersten europäischen Zeiten so stark, daß damit vorweg der entscheidende Unterschied zwischen der Herrschaft der Griechen und der der Römer ausgesprochen worden ist. Mit Rom beginnt die eigentliche europäische Geschichte; und mit Rom endigte sie auch.

Erst von dem Eintreten der römischen Politik fangen Menschen und Dinge an, uns verständlich zu werden. Jetzt erst sind wir in der Lage, mit der Elle zu messen, mit der wir es noch heute tun. Alles Griechische, bis in die festesten historischen Zeiten hinein, behält für unsere Blicke etwas Märchenhaftes. Auch da, wo die in Stein oder Bronze gegrabenen Urkunden vorliegen, steht allen Ereignissen ein „Es war einmal" als Einleitung vorgeschrieben. Wir glauben die Dinge gerne, aber hören auf, sie zu begreifen, sobald die Erzählung stockt. Es sind lauter Irrfahrten und Abenteuer, die wir erfahren. Alcibiades ist der reine Märchenfürst, mit Cäsar verglichen, der bei so viel schwarzen doch nicht eine einzige dunkle Stelle hat. Die Griechen aber sind auch im praktischen Geschäftsleben phantastisch und scheinen von Einfällen regiert zu werden. Menschliches und Göttliches läßt sich nicht bis auf den letzten Rest scheiden. Ein Nachklang früherer Schöpfungsgedanken weht uns an, der uns mit dem fremden Gefühle erfüllt, mit dem wir die Überreste der Palmen und der Tiere, die unter ihnen lebten, aus deutschen Gebirgen und Höhlen hervorkommen sehen: wir halten sie fest in der Hand und bezweifeln ihre Echtheit nicht, aber wir lassen sie beiseite als etwas, das mit unserem vaterländischen Boden für uns dennoch in keiner Verbindung steht.

Dieses Fremde im griechischen Wesen überwinden wir niemals. Den Römern aber fehlt das Märchenhafte völlig. Sie haben keine Spur mythischer Abstammung und sind verständlich vom ersten Augenblick an als Politiker, Rechtsgelehrte, Soldaten, Beamte, Kaufleute. Ihre Tugenden und ihre Laster liegen offen da und ohne poetischen Überglanz. Weder Dichter noch Künstler brauchten sie, noch fanden diese sich freiwillig unter ihnen. Von diesen Römern ist dreitausend Jahre lang das Drama der europäischen Geschichte gespielt worden, dessen letzter Akt eben in den letzten Versen stand, als Goethe in Rom eintraf, ohne eine Ahnung freilich, wie bald nach seinen Zeiten das große Schauspiel ein Ende haben und die Lichter gelöscht werden würden. Aber auch nur diese letzten Verse an Ort und Stelle mit gehört zu haben, war entscheidend für Goethe.

Die Geschichte Roms ist unsere Weltgeschichte.

Zwischen schon uralten, aus den europäisch-ägyptischen Zeiten stammenden Staaten, die den Boden Italiens innehatten, setzten sich energische Leute, von deren Herkommen niemand recht wußte, an einer unzugänglichen Stelle fest. In Zeiten geschah das, von denen bis zu Alexander dem Großen noch drei- bis vierhundert Jahre fehlen. Über ein halbes Jahrtausend bedurfte dieses Rom, um zu vollen Kräften zu kommen. In den ungesunden Sümpfen des Tiberufers machte den ersten Ansiedlern niemand ihre Stelle streitig. Von Anfang an aber gehen sie selber mit den eisenharten Prinzipien vorwärts, die sie später niemals aufgegeben haben: blutiger Gewalt nach außen, blutiger Ordnung nach innen. Was wir als römische Geschichte, als europäische also, beobachten, ist: die Bürgerschaft dieser Stadt um sich fressen zu sehen, bis im Verlauf von tausend

Jahren nach ihrer Gründung alle Völker der Welt, die von diesem Zentrum aus überhaupt sichtbar und zu packen sind, sich in Teilhaber oder in Untergebene verwandelt haben.

Rom war von seiner Gründung an nicht der Hauptort einer Völkerschaft, sondern ein mit Mauern geschützter Punkt, die Stätte heimatloser Männer, deren Ursprung sich auf römischem Boden alsbald verwischte: niemals hat es diesen Charakter aufgegeben. Solange Rom bestand, hat es alle energischen Elemente aus der Fremde an sich gezogen, welche brauchbar erschienen. Ein ungehemmtes Zuströmen findet statt aus immer weiterem Umkreise, und jeder Ankömmling wird in die Interessen dieser Politik hineingezogen. In dem Maße, als der Bedarf an Männern wächst, wird es dem Fremden leichter gemacht, römischer Bürger zu werden, und so sehen wir zuletzt, als das Weltreich der Römer eine Tatsache ist, nicht eine eigenartige Nation in seinem Besitze, sondern eine ungeheure Beamtenmasse und Soldatenmasse, die beide nur das einzige römische Interesse kennen, und über ihnen, beide Elemente umfassend, die auf gemeinsamem Gesetze beruhende Rechtsgemeinschaft der römischen Bürger. Nur was den öffentlichen Dienst angeht, sind römische Sprache und Religion notwendig, sonst darf jeder Römer denken und reden, wie er will, und beten, zu wem er will. In Rom finden alle Kulte: etruskische, griechische, ägyptische, jüdische, freiwillige Aufnahme. Das ist die Geschichte des e r s t e n J a h r t a u s e n d s der römischen und europäischen Geschichte.

Der Inhalt des z w e i t e n J a h r t a u s e n d s ist die Geschichte des Untergangs dieser Gewalt, aber zugleich des Emporkommens einer neuen, abermals europäisch-römischen Herrschaft, an derselben Stätte aus den Trümmern der früheren, fast noch ehe diese zu Trümmern zerfallen war, erwachsen, die, aus denselben Prinzipien handelnd,

zu noch erweiterterem Machtumfange sich ausbreiten
durfte. In Rom, nachdem es als Heimat allmächtiger Kai-
sergewalt viele Jahrhunderte sich auf seiner Höhe erhalten,
war endlich doch der letzte Tropfen des Lebenssaftes, aus
dessen ewiger Erneuerung es seine Kraft sog, verbraucht
worden. In den Völkern, welche, unbezwungen oder als
unbrauchbares Material ausgeschlossen, rings um die Grenzen des Reiches umhersaßen, erwachte ein leises Gefühl wie
bei Geiern, die sich ansammeln, ehe der Körper die letzten
Züge ausgehaucht hat, der ihnen zur Beute werden soll.
Diese Völker durchschauerte eine Ahnung, über kurz oder
lang würden die heiligen römischen Grenzen offenstehen.
Immer unruhiger drängten sie heran, und immer häufiger
mußte mit ihnen, statt siegreich gekämpft, unterhandelt
werden. Aber so natürlich war die Herrschaft der Römer
immer noch, und so angeboren ihr Geschick, die Herren zu
sein, daß sie, nachdem ihre selbsterzeugte Kraft längst ver-
siegt war, aus jenen Angreifern die Heere rekrutierten,
mit denen sie sie selber bekämpften, und daß aus einer
Schwäche eine neue Stärke hervorging. Die römische Politik
organisiert die Feindschaften der Barbaren untereinander,
zum Schutze Roms, mit immer größerer Gewandtheit.
Allein während der Jahrhunderte, in denen die Schlauheit
an die Stelle der Kraft tritt, erhebt sich die Armee, die fast
ganz aus Germanen besteht, im Reiche zu politischer Macht
und eigener Organisation, und so sehen wir in natürlichem
Übergange die Germanen mächtiger und mächtiger werden und nach dem Umschwunge von Jahrhunderten in
Rom ein germanisches Kaisertum an die Stelle des alten
Kaisertumes setzen. Aber doch nur ein Faktor war dabei
geändert worden: der deutsche Stoff hat römische Form
annehmen müssen, Rom bleibt die Hauptstadt der Welt.
Die Härte und blutige Rücksichtslosigkeit bestehen fort.
Das alte Prinzip, alle energischen Männer nach Rom zu
ziehen und zu Römern zu machen, wirkt wie vorher. Nur

an Stelle der juristischen Gemeinschaft, deren Quelle das in Rom sich entwickelnde Recht gewesen war, tritt allmählich die Gemeinschaft, deren Quelle die in Rom in Formeln gebrachte kirchliche Lehre ist. Bewunderungswürdig, mit welcher Konsequenz in diesem neuen Prinzipe das alte sich wiederholt, und wie in den trübsten Zeiten, wo Rom erniedrigt, fast zerstört und menschenleer daliegt, der Glaube an die Mission dieser Stadt lebendig fortwirkt, so daß die Ruinen der früheren Größe dieselben Dienste leisten, wie diese selber einst getan. Rom bleibt das Zentrum der Welt, das Haupt der Welt, das Wunder der Welt, das goldne kaiserliche Rom, aureae arces Romae. Wer es betritt, ist um Freiheit und Vaterland betrogen, und was dem alten Rom nie gelungen war, die völlige Unterjochung der germanischen Lande, England und Skandinavien einbegriffen, wird jetzt von den römischen Bischöfen vollbracht, welche diese Länder in Provinzen der römischen Kirche verwandeln. Die zerfallenen Paläste der Kaiser und die Tempel der Götter steigen als Kirchen und Paläste von Päpsten wieder empor, und über dem Schutte der zerstörten Straßen werden neue Straßen gezogen. Und der von der alten Stätte gebietenden neuen Macht gelingt schließlich das Unerhörte: gegenüber den hinzugekommenen germanischen Provinzen, die das Vaterland der in Rom herrschenden neuen Kaiser sind, die Bewohner des ehemaligen römischen Kaiserreiches nun in eine wirkliche Nation, die der Romanen, umzugestalten, die Herrschaft der frischen germanischen Kaiser zu stürzen, das Papsttum ganz in romanische Hände zu bringen, und damit im nationalen Sinne das zu vollenden, was in der Urzeit von den Räubern in den Sümpfen der Tiber begonnen worden war.

Dieser letzte Umschwung gibt den Inhalt des d r i t t e n J a h r t a u s e n d s der römischen Geschichte ab. Damit aber war auch erschöpft, was von historischen Möglichkeiten von Rom ausgehen konnte. Dieses dritte Jahrtausend war das glänzendste! Lassen wir uns nicht täuschen durch die Geschichte des republikanischen und kaiserlichen antiken Roms: das moderne päpstliche ist größer gewesen.

Das Rom des ersten und zweiten Jahrtausends hat keine eigne Kunst und Dichtung hervorgebracht. Das wüste Agglomerat von Völkern hatte den Boden nicht verwandelt, auf dem sie lebten. Griechische Künstler und Literaten, wenn auch selbst nun zu bloßen Bewohnern einer römischen Provinz geworden, erfüllten Rom mit ihren Arbeiten; kein spezifisch römisches Kunstwerk aber ist jemals zustandegekommen, selbst kein echt römisches Buch, Tacitus' Geschichte, das Corpus juris und die Werke der Kirchenväter ausgenommen. Die römischen Schriftsteller und Dichter von Plautus bis auf Plinius haben nur die griechische Sprache in lateinischen Wendungen wiederholt. In den Zeiten aber, wo das zweite Jahrtausend der Stadt ins dritte überging, Zeiten, die uns, von einseitig politischem Standpunkt aus betrachtet, als die des tiefsten Verfalles zu gelten pflegen, vollzog sich auf italienischem, spanischem und französischem Boden eine Vermählung der Völker und des Vaterlandes und bildeten sich die romanischen Nationen, die mit eigner Sprache eigne geistige Produktionskraft zu offenbaren begannen. Auch hier bedurfte es langsamer Jahrhunderte, aber der Fortschritt ist sichtbar zu verfolgen. Während der griechisch redende Teil Europas, von Rom abermals losgetrennt, sich wieder an Asien anschloß und geistig produktionslos als eine große vegetierende Masse zwischen Europa und Asien noch heute daliegt (obschon ein gewisses Erwachen an immer mehr Stellen eingetreten ist), entfaltete sich Europa zu schöpferischem Leben, und Dante ist als der erste Genius dieser romanischen Welt zu betrachten. Dante ist ihr, was Homer für die griechische Welt war. Von Dante ab gewinnt das italienische geistige Leben wachsende Kraft, und es entfaltet sich in und um Rom, aber Rom stets als erste Stelle gedacht, eine Blüte der Künste und Wissenschaften, die alles übertrifft, was im vergangenen kaiserlichen Rom geleistet worden war. Italien, Spanien, endlich Frankreich wetteifern; weder der Abfall Deutschlands, noch der Englands und der Niederlande ändert etwas an dieser Übermacht, und abermals erst mußte die Lebenskraft auch dieses neuen romanischen Frühlings völlig in Herbst und Winter hineingeraten, ehe ein Umschwung und ein Umsturz eintrat. Wir heute erleben diesen endlich. In Amerika, Asien und Afrika haben wir die ungeheure Schaubühne geschaffen, auf der die weiteren Schicksale der Menschheit nun fortspielen. Was niemals im Laufe der menschlichen Geschichte erlebt worden ist, trifft heute ein: der sichtbare Schluß einer Epoche von 3000 Jahren und der Übergang ihrer einst prachtvollen lebendigen Ornamentik in bloßen historischen Zierat.

Goethe hatte auch das geahnt. Der mitlebenden Generation seiner letzten Jahre war s e i n e Erwartung dieses Umschwunges in, wie er es deutlich aussprach, der zweiten Hälfte des 19. Jahrhunderts unverständlich: Revolutionen sah er voraus, denen gegenüber die politischen Versuche der eignen Zeit ihm wertlos und unbedeutend erschienen. In dem Rom aber, in das er 1786 eintrat, erlebte er noch die letzten Zeiten des dritten römischen Jahrtausends, damals ohne Vorgefühl, daß diese Herrlichkeit so bald ein Ende nehmen müsse. Nicht das leiseste Zittern der Völker kündigte das Nahen der Französischen Revolution an. Der Kampf der amerikanischen Staaten gegen England wurde wie ein Abenteuer in weiter Ferne angesehen. Europa lag still, als hätte es noch Jahrhunderte der Ruhe vor sich. Vergoldet wie im Glanze einer ewigen Abendröte stand die Stadt, die Raffaels und Michelangelos und einer unendlichen Reihe von großen Männern zweite Vaterstadt geworden war, Goethe vor den Augen, um auch für ihn eine zweite Vaterstadt zu werden.

Rom herrschte noch ohne einen scheinbaren Abbruch seiner

Macht. Der französische, deutsche und italienische Klerus
saß noch, jeder in seinem Vaterlande, im vollen Besitze der
aufgehäuften Reichtümer und Einkünfte, deren Prozente
nach Rom gingen. Rom war der Mittelpunkt des gebildeten
Europas. Den widerhaarigen protestantischen Norddeutschen, den Engländern und Skandinaviern war diese Gewalt ebenso fühlbar, als wären sie selber Romanen. Von
früh auf lag Goethe die Sehnsucht nach Italien in der Seele.
Dreimal hatte er angesetzt dahin und war innerlich elend
geworden vor Sehnsucht: von einer „ungeheuren Krankheit" fühlte er sich befreit, nachdem er Rom kennengelernt.
Goethes trocken geartetem Vater war in Italien das Herz
aufgegangen, daß er im ganzen Leben da allein sich begeistert fühlte. Der alte Goethe hatte seinerzeit darauf bestanden, seinen Sohn nach Rom zu schicken, um ihn von
Weimar abwendig zu machen. Herders schönste historische
Ausführungen sind die, wo er die zivilisatorische Macht
der römischen Kirche beschreibt, Lessing beruhte auf Altertum und Renaissance, und der tief im protestantischen Norden geborene und erzogene Winckelmann hatte sich sogar
zu den Formeln der römischen Kirche selber bequemt, um
nur nach Rom zu gelangen. Niemals würde er von da wieder fortgegangen sein. Rom und Italien war voll von
Deutschen, die da suchten und fanden, was keine andere
Stätte zu gewähren vermochte. Mit Recht durfte Goethe
schreiben: „Ja, ich bin endlich in dieser Hauptstadt der
Welt angelangt!"
Goethe umfing die Fülle der geschichtlichen Erinnerungen,
die diese Stadt ausatmete, wie ein Traum, den er mit
wachenden Augen erlebte. In einem endlosen Gemälde
rollten die Geschicke der Völker vor seinen Augen vorüber.
Diese Träume werden dem, der sie zu hegen fähig ist, auch
heute in Rom noch aufsteigen. Welch ein Gefühl, nun da der
Schutt von tausend Jahren fortgeräumt wird, das alte aus-
getretene Marmorpflaster des Forums unter den Sohlen zu

fühlen, über das so viele Deutsche als Feldherren, Kaiser und Sklaven, als Sieger oder Besiegte einhergeschritten sind! Es war keine schönere, freiere Stätte für künstlerische und wissenschaftliche Arbeit denkbar als Rom damals. Die Paläste der Kardinäle die Zufluchtsstätten geistreicher Gelehrten, gleichviel woher sie kamen, die Stadt erfüllt von der unablässig zu- und abströmenden Aristokratie aller Länder. Man muß nicht Goethes Briefe allein lesen, um dies recht innezuwerden. Goethe redigierte seine „Italienische Reise" in späterer Zeit, wo in Deutschland selber längst frische Luft wehte; man muß Winckelmanns Briefe an Berendis lesen, um den Unterschied zu kosten, welcher zwischen Rom und Deutschland damals waltete. Eine Fähigkeit, zu genießen und genießen zu lassen, die nur an dieser einen Stätte damals möglich war. Ein sanfter Überfluß des Daseins. Man durfte denken und laut sagen, was man dachte. Erlaubt war alles, das einzige etwa ausgenommen, wie Kardinal Albani meinte, daß auf dem Spanischen Platze eine Kanzel aufgestellt und der Antichrist gepredigt würde. Kein Hagelschlag hatte seit einem Jahrhundert die Fenster der ungeheuren Wölbung dieses geistigen Treibhauses zerschlagen. Das dritte Jahrtausend der Stadt schien sich zu friedlicher, niemals endender Herrschaft ausdehnen zu wollen. Rom eine Weltuniversität für reife Männer aller Nationen. Ein buntes Gewühl nahm jeden Ankömmling auf, in dem viele Sprachen gesprochen wurden, die alle doch der italienischen sich beugten, in dem man rein von Namen und Titel und äußeren Ansprüchen seine eignen Wege suchte, um nur als das zu gelten, was man durch seine Person wert sei. Goethe war siebenunddreißig Jahre alt. Er nennt seine römische Zeit sein „zweites akademisches Freiheitsleben".

Und er hatte wirklich etwas hinter sich, das wie ein Schülerleben in engen Verhältnissen zum ersten Male nun mit freierm Aufatmen vertauscht werden konnte. Goethe war ja immer bis dahin nur aus einem kleinstädtischen Nest in das andere übergegangen. Er war weder in Paris, geschweige in London, noch in Wien gewesen. Dresden und Berlin, höher hatte er es nicht gebracht. Und auch dahin gelangte er nur als flüchtiger Reisender. Leipzig, Frankfurt, Köln, Straßburg waren enge, alte, von Mauern und Gräben umschlossene Bürgerstädte, während Berlin ihm nur die Bemerkung abgepreßt hatte: „Je größer die Welt, desto garstiger die Farce." Goethe war wohl hier und da mit den Mächten in Berührung geraten, die die Welt regieren, aber er hatte so gut wie nichts von der wirklichen großen Welt gesehen, ehe er nach Rom gelangte. Von allem wußte Goethe sich vorher eine Idee zu machen, dieses römische Leben war ihm so neu und unbekannt, daß, wenn er es in einem Roman aus der Phantasie hätte schildern sollen, ihm das schwerlich gelungen wäre. Ein unbegrenztes Feld zu geistigen Entwicklungen tat sich vor ihm auf, und zugleich lag dicht um ihn her vor seinen Füßen das Wissenswürdigste schon in Massen aufgestapelt. Aus dem Anblick einzelner elender Abgüsse von Antiken, um derentwillen er in Deutschland Reisen hatte machen müssen, war er in den Reichtum der damals noch unberaubten Villen und Paläste des Kapitols und des Vatikans versetzt. Die Werke Raffaels und Michelangelos in nächster Nähe, als edelste Erholung von seinen Studien, denn die eigne Arbeit blieb unbestrittene Hauptsache. Dazu eine angenehme freie Geselligkeit und keinen Herrn über sich, dem zu Hause doch alle Stunden zur Verfügung stehen mußten. Dies muß erwogen werden, um das Entzücken zu begreifen, in welches das römische Dasein Goethe versetzte. Wirklich zum erstenmal in seinem Leben war er ganz sein eigner Herr. Ihn erfüllte nicht die künstliche, durch ästhetische Überreizung erzeugte Begeisterung, wie sie heute viele, auf Anleitung von Reisehandbüchern, als eine nüchterne, erheuchelte Betrunkenheit, zu der der gebildete Mensch sich für verpflichtet hält, in sich zu verspüren meinen: sondern das natürliche Wonnegefühl eines Menschen, der nach langer Unterdrückung sich endlich zum erstenmal in seinem wahren Elemente fühlt. In Rom durfte Goethe seinem Triebe, „ins Allgemeine zu gehen", bis in alle Konsequenzen sich hingeben.

Wir brauchen uns, um die Natürlichkeit und Echtheit dieser Empfindung in einem Spiegelbild zu verstehen, wieder nur Winckelmanns zu erinnern, dem es ähnlich gegangen war. Mit himmlischem Behagen war dieser dreißig Jahre vor Goethe in Rom heimisch geworden. Winckelmanns Briefe, wie bemerkt, drücken dieses Aufatmen im Lande der Freiheit noch drastischer aus als die Goethes, der seinen Berichten, auch den intimsten, eine gewisse Form und Haltung geben mußte, da sie für Zirkulation bestimmt waren, und der bei der Überarbeitung für den Druck diese Rücksicht abermals stark eintreten ließ. Winckelmann dagegen schüttete als obskurer Schriftsteller an obskure Freunde sein Herz aus, und seine Briefe sind gedruckt worden, wie sie ihm aus der Feder flossen.

Ich bemerke: Goethes „Italienische Reise" ist 1817 zuerst herausgekommen. Er hat eine Auswahl aus seinen Briefen getroffen, diese ineinander gearbeitet und ihnen den einheitlichen Stil gegeben, in dem er, als er alt war, zu schreiben pflegte. Wer ermessen will, mit welcher Sorgfalt Goethe 1817 für den Druck arbeitete und in welchem Maße die „Italienische Reise" ein Kunstwerk sei, vergleiche die Briefe an Frau von Stein vom 19. Februar 1787, über den Frühling in Villa Medici, mit der entsprechenden Stelle in der gedruckten „Italienischen Reise", wozu er die Vorlage gebildet hat, aber auch mit einem Briefe vom gleichen Tage an Knebel. Wie verschieden sind beide am 19. Februar 1787 über dasselbe Thema geschriebenen Briefe! An Knebel, den alten Lebensgenossen, schreibt Goethe, im Anklang an den in den ersten Zeiten zwischen ihnen waltenden Ton,

unbefangen frei, notizenhaft (vielleicht nicht mehr völlig natürlich); an Frau von Stein wendet er sich mit einer gewissen gemessenen Lehrhaftigkeit. Ihr gegenüber notiert er nun nicht mehr bloß, sondern stellt dar. Dies klassisch ruhige Darstellen war das neue Element, das Goethe in Italien in sich aufnahm. 1787 laufen beide Schreibweisen, die ältere und die neuere, noch nebeneinander her; 1817 dagegen war die klassische Art, die ich Geheimratsstil nenne, längst die herrschende bei ihm geworden. Goethe warf die Sätze nicht mehr hin wie ehedem, sondern ließ sie sanft abrinnen. Noch anders hat er wiederum zehn Jahre später seine allerletzten Gedanken eingekleidet. Fast priesterlich schreiten sie nun einher. —
Man hat auch, indem man an das Buch die Ansprüche stellte, als ein Reisehandbuch dem Leser bestimmte Kenntnisse zu verleihen, seine Unzulänglichkeit und Auslassungen getadelt. Was dies betrifft, so kann nur der Unverstand so urteilen, und was die ausgleichende Überarbeitung anlangt, so hat sie dem Buche das wohltuende Kolorit und die Abrundung verliehen, die es als ein lebendiges Werk durch die Jahrhunderte forterhalten wird. Es verhält sich in seiner jetzigen Form zu dem realen Leben, wie „Dichtung und Wahrheit“ dazu sich verhält.
Goethes spätere Herausgabe der Briefe Winckelmanns und die Zusammenstellung seiner biographischen Notizen über denselben, wobei er ein ganz neues Schema für Biographien erfand, sind der Zoll der Dankbarkeit gewesen für das ihm von Winckelmann in Rom Gewährte. Winckelmann war der erste, der in Deutschland von der nationalen Kunst der Griechen so sprach, daß das Publikum gepackt und, mitten in den Anschauungen der gleichzeitigen kleinlichen, manierierten Kunst, von einer Ahnung griechischer Schönheit ergriffen wurde. Das freilich ist seltsam: die kunsthistorische Begeisterung, welche Winckelmann, Lessing, Herder und Goethe selbst später erregten, trat ein ohne die reale An-

schauung der Werke selber, auf die es doch zumeist angekommen wäre. Das deutsche Publikum begeisterte sich an
den Worten und supplierte den Anblick der Werke aus
seiner Phantasie, als ob dieser entbehrlich sei.

Beim Maler Oeser in Leipzig, der Winckelmanns naher
Freund gewesen war, hatte Goethe zum ersten Male von
ihm gehört. Seine Ermordung hatte er als einen ungeheuren Schlag mit empfunden. Aber erst in Rom sollte er
die Arbeit des Mannes ganz schätzen lernen. Gewiß ist,
ohne Goethes Buch über Winckelmann würde uns dessen
Gestalt nicht in so ruhigem Licht vor den Augen stehen;
uns auch nicht so klar sein, mit welcher Mühe und mit welchem Erfolg Winckelmann, der zugleich völlig im Leben
seiner Zeit drinsteckte, sich der antiken Kunst zu bemächtigen wußte.

Wir dürfen Goethe selber hier nicht auf den verschlun-
genen Pfaden seines italienischen Lebens nachfolgen, sondern begnügen uns, die großen Richtungen anzugeben, in
denen er vorwärts kam. Sehr bald, nachdem der erste Sturm
der Überraschung sich gelegt, empfand seine auf systematische Arbeit angelegte Natur die Nötigung, sich einen
Feldzugsplan zu machen. Er wollte alles umfassen, an
nichts vorübergehen, aber es konnte nicht in einem Schlag
getan werden. Die Dinge selber und die zu Gebote stehende
Zeit mußte in Einklang gebracht, und die obliegende nebenher laufende Herausgabe seiner Gesammelten Werke damit verbunden werden. Dabei regte sich der alte Trieb, als
Künstler in eignen Arbeiten Auge und Hand zu bilden,
und dann bedurfte er auch einer gewissen Fülle strebender
Menschen um sich her. Wie er allen diesen Ansprüchen
nun auf die natürlichste Weise gerecht geworden ist, wie er
allem sich hingab und dennoch jedem einzelnen sein Recht
gewährte; das zu erkennen, lehrt uns seine „Italienische
Reise". In diesem Sinne gibt es keine höhere Unterweisung
für einen längeren Aufenthalt in Italien als dieses Buch.

Es zeigt, daß ohne ein gewisses Quantum fester Arbeit, an
der man immer wieder inne wird, daß neben den ungeheuren Werken, die uns umgeben, die eigne Tätigkeit denn
doch die Hauptsache bleiben müsse, ohne eine gewisse Ruhe
und Gelassenheit beim ersten Angriff der Erscheinungen
und ohne den Umgang mit gleichgesinnten Freunden eine
solche Reise zu Gewinn höherer Resultate nicht zu denken
sei. Goethe liebt das Gleichnis von dem Taucher, der einige
Zeit unter dem Wasser unsichtbar bleibt, bis er wieder
hervorkommt, auf sich selber anzuwenden. Ich brauche es
deshalb noch einmal: Goethe taucht unter in dem neuen
Elemente, er lernt wirklich schwimmen darin, er schlägt
sich mit den Wellen und Wogen herum und kommt langsam, aber von den eigenen Armen getragen, vorwärts,
während der heutige Bildungsreisende, rasch und trocken
von bezahlten Ruderern über die Gewässer fortbewegt,
viel erlebt zu haben glaubt, wenn ihm hier und da der Zufall einmal eine Welle über Bord ins Gesicht spritzte.
Noch eines muß ich sagen: Dieses Rom Goethes existiert
auch ganz äußerlich genommen nicht mehr. Ich selbst habe
noch einen allerletzten Schimmer der Abendröte erleben
zu dürfen geglaubt, in welcher Goethe Rom erblickte. Ich
bin in den fünfziger Jahren noch eingefahren durch die
Porta del Popolo, nachdem ich in langer Fahrt Rom näher
und näher gekommen war, und habe die letzten Priester
und Mönche noch in voller Berechtigung leben und weben
sehen, die wie arme abgedankte Statisten eines abgebrannten Theaters in den alten Kostümen herumgingen.
Nun (1877) sind die letzten Schatten dieses Daseins auf-
geflogen. Wir haben überhaupt keine Städte mehr, die als
Städte etwas an sich sind, auch Rom hat diesen Charakter
der „Stadt" par excellence verloren. Heute dringt man,
wie durch eine Bresche, durch einen Mauerdurchbruch an
ganz anderer Stelle ein und findet sich am Bahnhof in
einem neuen Quartier mit glatt aufgeschossenen, eleganten

Häusern, die ebensogut Berlin, Wien oder einer andern modernen Stadt gehören könnten. Von da aus suchen wir das alte Rom erst auf wie eine abseits liegende Merkwürdigkeit. Früher wurde man gleich ins Herz der alten Stadt geführt und sah sich von ihr umringt und eingesponnen. Keine Macht würde dies Gefühl zurückrufen können; denn die Bedingungen sind in der Wurzel verändert, unter denen die Menschheit jetzt die Erde bewohnt.

Die Werke Raffaels und Michelangelos, die Galerien des Vatikans, die historischen Erinnerungen werden niemals ihre Kraft verlieren. Wer auf den von Lorbeer- und Rosengebüschen überwachsenen Trümmern des Palatin umhergeht, die warme Sonne dort sich umspielen läßt, während Briefe von zu Hause von Kälte und Schnee erzählen, zu den Gebirgen von da hinübersieht, weit in der Runde, deren Linie seit undenklichen Zeiten sich nicht verändert hat, wer im Sonnenlicht und Mondschein die römischen Brunnen rauschen hört, wer wollte das nicht genießen? wer es je vergessen?

Aber die Seele dieses ungeheuren Organismus ist davongeflogen. Die Jesuiten, die in erträumter Allmacht heute da noch herumgehen, haben nichts gemein weder mit den Geistlichen der Gregore noch mit den Kardinälen des sechzehnten Jahrhunderts noch auch mit den Abbaten des achtzehnten. Wer griechische Kunst kennenlernen will, geht nach Griechenland selber, wo in Olympia Werke zutage gefördert wurden, die mehr über die künstlerische Macht der Griechen verraten, als alle Museen Italiens imstande sind, und wer das Leben kennenlernen will, jedes nach seiner Nation, wendet sich ebensogut zu den großen Hauptstädten, in denen heute die regierenden Kräfte der Völker sich betätigen.

Wenn wir diesen Gegensatz uns nicht klarmachen, so verstehen wir weder Goethes Begeisterung noch den Einfluß, den Rom auf ihn gehabt hat.

11

GOETHES RÖMISCHE DICHTUNG

Als die letzte römische Arbeit an „Iphigenie" getan worden war, verstand sich von selbst bei Goethe, daß das Stück vorgelesen würde: alle seine Werke sind so geschrieben worden, als hätten sie überhaupt nur dem Zweck zu dienen, vor Freunden gelesen zu werden. Goethe hatte sich in Rom bald einen Kreis gebildet. Anfangs zwar verleugnete er seinen Namen: er wollte einsam leben; allmählich aber sammelte sich eine Anzahl Leute um ihn, auf die er Einfluß hatte. Aus andern Elementen bestand seine Umgebung überhaupt niemals. Er brauchte eine Geselligkeit, in der er die dirigierende Macht war. Wer sich seinem bildenden Einfluß entzog, mußte auch auf den Verkehr mit ihm Verzicht leisten.

Auch das verstand sich von selbst, daß eine Frau die Seele dieses Kreises sei. Goethe fand die Malerin Angelika Kauffmann in Rom, der diese Rolle zufiel. Angelika Kauffmann war, nach traurigen Schicksalen, zu einer angesehenen Stellung gelangt. Sie wurde als Historienmalerin geachtet, war als Porträtmalerin berühmt und gesucht, verdiente viel Geld und machte mit ihrem alten italienischen Eheherrn ein Haus, wozu in Rom, wie bekannt ist, nicht einmal bedeutende Mittel gehören. Es bedarf dazu dort nur eines angemessenen Raumes und persönlicher Liebenswürdigkeit; Essen und Trinken tut jeder für sich ab. Bei Angelika fand Goethe eine Häuslichkeit. Sie hat ihn porträtiert, auch die schöne Mailänderin, die es ihm damals antat, und auch eine Szene aus der „Iphigenie" gemalt.

Angelika galt ihrer Zeit sicherlich weder so viel als Raphael Mengs, der von Winckelmann und andern Raffael gleichgestellt wurde, noch so viel als Battoni, Mengsens italienischer Konkurrent um den höchsten Ruhm; sie nahm als Frau eine bescheidene Stellung ein, und doch sind ihre Arbeiten heute, wenn auch schwächer in Zeichnung und Modellierung, dennoch innerlich lebendiger als Mengs' und Battonis Gemälde. Als Frau kam ihr zugute, daß die gesamte Malerei ihrer Zeit etwas Weibliches, Zartes, Pastellmäßiges hatte, denn die Epoche war eben erst wieder im Erwachen, wo Männer die erschöpfte Kunst wieder auf eine höhere Stufe brachten. Angelikas Sachen erkennt man sofort. Man fühlt, wie sie rein zu sehen und rein darzustellen wußte.

Bei Angelika fand die Lektüre der endlich vollendeten „Iphigenie" statt. Es war auf das Stück gewartet worden, und die Blüte der deutschen Kolonie hatte sich zusammengefunden, den berühmten Dichter selbst lesen zu hören.

Goethe sollte jetzt etwas Neues und Unerwartetes erleben: er ließ das Publikum kalt mit seinem Werk, über dessen begeisternde Wirkung langjährige Erfahrung ihn völlig sicher gemacht hatte. Er berichtet selbst darüber. Man hatte etwas anderes erwartet. Goethe war Deutschlands erster Dichter auf seinen „Götz", besonders aber auf den „Werther" hin, dessen Einfluß damals noch immer in Blüte stand. Man hoffte etwas Leidenschaftliches, Weltstürmendes zu hören, vor allen Dingen etwas „Deutsches". Statt dessen gab Goethe eine griechische Fabel zum besten, glatte antikisierende Verse, gemäßigte Gefühle, Sehnsucht nach Ruhe und Stille, einen gleichmäßigen Glanz von Erhabenheit und einen Inhalt des Werkes, dessen eigentliche Pointen diesen römischen neuen Freunden ein Rätsel bleiben mußten. Was wußten sie in Rom, wer unter Thoas und Taurien gemeint sei?

Das, womit „Iphigenie" in Deutschland überrascht hatte, gewährte Rom ja ohnedies auf Schritt und Tritt! Man brauchte keinen griechischen Geist; man verlangte, was in Rom fehlte: deutsche frische Luft wollte man einatmen, sich vom Dichter in das ferne Vaterland versetzt fühlen. Eine Enttäuschung trat ein, die um so härter wirkte, als endlich aus Deutschland auch die Stimmen der Freunde eintrafen, welche, ohne Goethes Gegenwart, ihrerseits mit dem gedruckten Stück in der neuen Form nichts anzufangen wußten. Ihnen war es in der gewohnten alten Gestalt viel lieber. Sie wußten, wie jedes Wort in Weimar geklungen hatte.

Diese Erfahrung: den gehegten Erwartungen nicht zu entsprechen, wurde Goethe von jetzt an bald so oft geboten, daß sie als Regel dastand. Niemals aber hat er sich dadurch irre machen lassen. Er gewöhnte sich daran, seine Arbeiten nun oft jahrelang daliegen zu sehen, ehe das Verständnis eintrat: an der Richtigkeit der in Italien neugewonnenen Prinzipien ist er niemals zweifelhaft geworden.

Es hat etwas Großartiges, die Bescheidenheit zu sehen, mit der er sich von nun an „glatt und kalt" schelten läßt. Er fühlte, daß er aufgehört habe, für den Moment zu schaffen, sah vom Publikum und vom Lobe des Tages ab und arbeitete für das Volk und für die Anerkennung der kommenden Jahrhunderte.

Über die Aufnahme „Iphigeniens" zu Hause haben wir merkwürdige Äußerungen. Ich will hier aber nur von einer einzigen sprechen, welche Goethes Charakter zugleich wiederum in ganz neuem Lichte erscheinen läßt.

Er hatte einen jungen Menschen aus Frankfurt nach Weimar mitgenommen, der zugleich als Sekretär und Bediener bei ihm fungierte, mit Namen Philipp Seidel. Wir kennen

Goethes Briefe an ihn; außerdem sind Briefe Seidels an dessen Frankfurter Freunde gedruckt worden, in denen über die ersten Zeiten in Weimar erzählt wird. Diese Briefschaften zeigen ein Verhältnis zwischen Herr und Diener, das als einzig in seiner Art dasteht.

Seidel wurde Goethes „vidimierte Kopie" genannt. Seine Briefe zeigen, wieweit die Nachahmung bei ihm ging. Er hatte sich zum vollkommenen Werther ausgebildet. Es ist köstlich, ihn von oben herab die weimarische vornehme Gesellschaft schildern zu sehen. Wehmütig, wohlwollend glaubt er alles besser zu wissen und gibt sein absprechendes Urteil ohne den leisesten Zweifel ab, daß er das Richtige treffe. Da er Goethes Dichtungen ab- oder nach seines Herrn Diktat niederschrieb, tat er, als sei er dessen Mitarbeiter. Schließlich fing er selbständig zu schriftstellern an.

Seidel schlief mit Goethe in einer Stube. Nachts, nachdem dieser vom Hofe zurückgekommen, liegen beide im Bett und lassen Gott und die Welt die Revue passieren. Während Goethe die Dinge milder beurteilen lernte, verfocht Seidel Werthers alte radikale Anschauung.

Den 23. November 1775 nachts elf Uhr schreibt er an seinen Freund Wolf in Frankfurt (keine drei Wochen also nach Goethes erstem Eintritt in Weimar): „Nein, in dieser seligen Lage muß ich Dir schreiben, guter Bruder, da kopier ich einen Roman, von welchem mein Herr der Verfasser ist. Ich bin an einer Stelle, die mich wahrhaft himmlisch entzückte, und in dieser Lage will ich Dir schreiben, ob ich gleich sehr getrieben werde, es fertig zu machen. Ich hab' alles, Arbeit genug, Essen, Trinken und Geld, nur — nur keine Liebe, keine Seele, der ich mich mitteilen könnte. Es ist ein müßiges, steifes, üppiges Volk, das einem oft unleidlich wird. Ihr ganzes Verdienst ist, daß sie Bücher lesen und dadurch noch unerträglicher werden. Ich soll Dir was über'n Hof sagen. Viel kann ich nicht, weil ich nicht viel dran zu tun habe und mich eigentlich nichts da interessiert. Aber das muß ich Dir sagen, daß meine Seelenlust ist, die fürstliche Familie zu sehen. Man kann die große fürstliche aise an der verwitweten Herzogin und den gütigen jugendlichen Blick des Herzogs nicht genug bewundern. Wenn aber auch das Volk von ihnen redet, solltest Du auch das Rühmen hören und das: Gott sei Dank! mit tränenden Augen und: Gott erhalte sie uns! Es ist rührend.

„Am ♀ den 17. huj. waren wir auf der Redoute, da gefiel mir's. Es gab allerlei artig Zeug ... Nun hör. Die Nacht schliefen wir also nicht. Die folgende, als Samstags den 18. November um 12¹/₄ Uhr, legten wir uns. Wir schlafen nun zu dreien in einer Kammer. Da kamen wir ins Gespräch aus einem ins andere bis zu allen Teufeln. Stell Dir die erschreckliche Wendung vor: Von Liebesgeschichten auf die Insel Korsika, und auf ihr blieben wir in dem größten und hitzigsten Handgemenge bis morgens gegen viere. Die Frage, über die mit so viel Heftigkeit als Gelehrsamkeit gestritten wurde, war diese: Ob ein Volk nicht glücklicher sei, wenn's unter dem Befehl eines souveränen Herrn steht: Denn ich sagte: Die Korsen sind wirklich unglücklich. Er sagte, nein, es ist ein Glück für sie und ihre Nachkommen, sie werden nun verfeinert, entwildert, lernen Künste und Wissenschaften, statt sie zuvor roh und wild waren. Herr, sagte ich, ich hätt' den Teufel von seinen Verfeinerungen und Veredelungen auf Kosten meiner Freiheit, die eigentlich unser Glück macht. Die Korsen können nicht wild sein, die Gebirgsbewohner ausgenommen, sonst hätten sie kein so groß Gefühl von Freiheit und nicht so viel Tapferkeit zeigen können. Sie waren glücklich. Sie stillten ihre Bedürfnisse gemächlich und konnten sie stillen, da sie sich keine unnötigen machten. Jetzt bekommen sie deren täglich mehr und können sie nicht befriedigen, denn keiner von uns kann, wie er will, sich kleiden, essen, trinken, in Gesellschaft gehen und dergleichen. Sie hatten alles, was sie verlangten, weil sie nicht viel verlangten, und hatten's in Freiheit."

Seidel war der einzige, der in Weimar um Goethes Reise nach Italien gewußt hatte. Er blieb als Agent zurück, durfte die Briefe öffnen, hatte Goethes Geld zu besorgen, und so weiter. An Seidel sendet nun auch Goethe die letzte Redaktion seiner „Iphigenie".

Dieser vermeldet darauf unverfroren, wie wenig zufrieden er sei, und nun hören wir, wie Goethe darauf erwidert, der erste Dichter Deutschlands, ein Mann von bald vierzig Jahren, einem sechs Jahre jüngeren subalternen Schreiber. Mitte Mai 1787 antwortete er ihm aus Neapel: „Dein Brief vom 7. März hat mich gestern, da ich vom Schiffe stieg, empfangen, und Deine treuen Worte waren mir herzlich willkommen. Die Reise durch Sizilien ist denn auch glücklich vollbracht und wird mir ein unzerstörlicher Schatz auf mein ganzes Leben bleiben. — Was Du von meiner ‚Iphigenie' sagst, ist in gewissem Sinne leider wahr. Als ich mich um der Kunst und des Handwerkes willen entschließen mußte, das Stück umzuschreiben, sah ich voraus, daß die besten Stellen verlieren mußten, wenn die schlechten und mittlern gewannen. Du hast zwei Szenen genannt, die offenbar verloren haben. Aber wenn es gedruckt ist, dann lies es noch einmal ganz gelassen und Du wirst fühlen, was es als Ganzes gewonnen hat."

Es atmet aus diesen Worten eine Humanität und reinmenschliche Demut, die Goethes Herz zeigen, wie es war. Noch eins aber enthält dieser Brief, was nach allem über „Iphigenie" nun offenbar Gewordenen in Erstaunen setzen wird: „Doch liegt", fährt Goethe fort, „das Hauptübel in der wenigen Zeit, die ich darauf hab verwenden können. Den ersten Entwurf schrieb ich unter dem Rekruten-Auslesen und führte ihn aus auf einer italienischen Reise. Was will daraus werden. Wenn ich Zeit hätte, das Stück zu bearbeiten, so solltest Du keine Zeile der ersten Ausgabe vermissen!" Wir sehen also, daß Goethe jetzt noch „Iphigenien" für eine flüchtige Arbeit hielt, die ganz anders hätte werden können.

Es scheint, daß Seidel auch nach diesen Belehrungen seiner Vorliebe für die frühere Form des Stückes treu blieb. Goethe schreibt wiederum an ihn den 27. Oktober 1787 „Du sollst auch eine ‚Iphigenie' in Prosa haben, wenn sie Dir Freude macht. Der Künstler kann nur arbeiten, Beifall läßt sich wie Gegenliebe wünschen, nicht erzwingen."

In ebenso demütiger Weise verteidigt Goethe „Claudine von Villabella", deren Prosa in Italien in Jamben umgesetzt worden war, gegen ähnliche Ausstellungen Philipp Seidels. Er legte stets den größten Wert auf ehrliche Kritik, mochte sie ihm zufließen, woher sie wolle.

An „Iphigenie" übrigens, nachdem sie in der vorliegenden Gestalt gedruckt worden war, hat Goethe nie wieder gerührt: kein Jahr, und die Arbeit war ihm fremd geworden, als sei sie gar nicht seine eigene. Mit seiner Liebe zu Frau von Stein erkaltete das Interesse daran. Schiller gegenüber, zehn Jahre etwa nach der römischen Umarbeitung, gesteht er offen ein, er habe kein Verhältnis mehr zu dem Stück, welches er so gleichgültig wie die Arbeit eines Fremden behandelt, so daß Schiller sich des Werkes geradezu annehmen muß. „Iphigenie" soll aufgeführt werden, und einige Änderungen sind nötig: Schiller übernimmt sie. Goethe wäre nicht dazu zu bewegen gewesen. Schon 1792, als Goethe Jacobi am Rheine wiedersah und etwas vorlesen sollte, hatte er „Iphigenie", die man ihm in die Hand geben wollte, zurückgewiesen. Er habe sich, sagt er, dem zarten, darin herrschenden Tone entfremdet gefühlt. Gegen Schiller spricht er von ihr als von dem „gräzisierenden Schauspiel" und sagt spöttisch, daß sie „verteufelt human" sei. Seltsam ist auch: als Goethe in hohem Alter Eckermann von „Iphigenie" spricht, meinte er, eine wirklich gute Aufführung der „Iphigenie" niemals ge-

sehen zu haben. Ich glaube, wenige können von sich sagen, daß ihnen eine solche jemals zuteil geworden sei. —
Bezeichnet die „Iphigenie" den Übergang Goethes nach Italien, so ist die Arbeit an einem anderen Stück nun symbolisch für sein Wiederfortgehen. „Tasso" ist die Frucht seiner Sehnsucht nach Italien zurück. Am „Tasso" dichtete Goethe, um sich zu betäuben, auf dem Wege nach Hause, und vollendete ihn in Weimar, als ihm der Anschein der alten unveränderten Zustände dort unerträglich wurde. Im Garten Boboli in Florenz, wo er sich nur kurz aufhielt, schrieb er daran. Alle freien Stunden in Weimar widmete er diesem Werke: Tasso mußte als Vertrauter seiner Seele völlig an Iphigeniens Stelle treten. Es ist Goethes vollendetste, reifste Tragödie geworden. „Tasso" kam zum Abschluß, als Goethe in voller Kraft zwischen Jugend und Alter in der Mitte stand.

„Iphigenie" war wie eine junge Tanne, die sich in Italien in eine Pinie verwandelte: bei „Tasso" blieb nur der Kern deutsch. Zwei Akte, in poetischer Prosa geschrieben, nahm Goethe nach Rom mit, die, „in Absicht und Plan und Gang ungefähr den gegenwärtigen gleich, etwas Weiches, Nebelhaftes hatten, welches sich bald verlor, als er, nach neueren Ansichten, die Form vorwalten und den Rhythmus eintreten ließ". „Tasso" wuchs aus der alten Wurzel neu auf, schlank und kräftig wie ein glatter Lorbeerbaum, der nie andere als italienische Sonne gekostet hat. Griechische Gesinnung, römische Bildung, deutsches Gemüt vereinigen sich in ihm zu einem neuen modernen Elemente, das man das Goethesche im allereigensten Sinne nennen könnte. „Tasso" gibt die Goethesche Sprache in der Vollendung. Diese Jamben haben Schiller Jamben machen gelehrt und Schlegel die Sprache geliefert, in der er Shakespeare wie zu einem deutschen Dichter umwandelte. Ohne „Tasso" wäre unsere heutige poetische Diktion nicht das geworden, wozu sie sich entwickelt hat.

Die ersten Gedanken des Stückes könnten aus Goethes frühesten Zeiten stammen. Schon bei Jacobi in Düsseldorf las er die novellistische Darstellung des Wahnsinns Tassos. Da kann ihm, ohne daß er an Niederschrift dachte, eine Idee des Stückes aufgestiegen sein. Es bedurfte bei Goethe wiederholter, sich agglomerierender Erlebnisse, um eine solche erste Idee zu einem Plane zu gestalten. Für „Tasso", wenn wir suchen wollen, böte sich hier folgendes:
Unter den Straßburger Genossen Goethes trat als einer der talentvollsten Lenz hervor. Einzelne Verse der Gedichte, die von ihm herrühren, sind von ergreifender Schönheit. Goethe scheint auf ihn mehr gehalten zu haben als auf andere. Lenz ist nach einem verwirrten, verwüsteten Leben früh gestorben.
Er hatte sich in Weimar eingestellt, als Goethe dort festen Fuß gefaßt, erschien als Genie und wurde als solches anerkannt. Er wollte auffallen in Kleidung, Ton und Ansprüchen. Goethe wußte ihn immer als möglich zu erhalten, und Lenz, der dies eigenem Verdienst zuschrieb, mag dadurch zu einem entscheidenden Streiche angereizt worden sein.
Genug, eines Tages floß der Becher über, Lenz hatte irgendeinen „Unsinn" begangen, über dessen Inhalt wir nichts wissen: man vereinigte sich, was er getan, eine „Eselei" zu nennen. Es scheint ein Zuviel gegen eine Dame gewesen zu sein, wozu er sich hinreißen ließ. Ich glaube, daß, wenn wir unter diesen Umständen in einem Shakespeare liebenden Kreise das Wort Eselei finden, wir es am einfachsten mit dem verbinden, was im „Sommernachtstraume" geschieht, wo der in einen Esel verwandelte Zettel gegen Titania zärtlich wird. Und ich glaube, es könnte eine solche „Eselei" der Grund der verhängnisvollen Szene geworden sein, welche den Umschwung des „Tasso" Goethes bildet. Tasso, betört von der mehr seinem Geiste als seiner Person geltenden Neigung einer vornehmen Dame, welche ihn liebt,

aber keine Ahnung hat, wie weit ihre Herablassung ein
Genie erregen könne, reißt sie an sein Herz und vernichtet
sich damit.

Indessen dies ist bloße Konjektur. Es fehlt die voritalie-
nische Form des „Tasso". Begonnen hatte Goethe ihn sechs
Jahre ehe er nach Rom kam. Ihn gedichtet, „um sich zu befreien", wie er Eckermann sagte, wobei er Tasso zugleich
einen „gesteigerten Werther" nennt. An anderer Stelle
sagt er, Tasso sei eine der Phantasiegestalten, der man
seine eignen „Albernheiten" anhänge und die man dann
Tasso nenne.

Aber auch Antonio ist Goethe, wie Goethe gleichfalls selbst
sagt. Goethe hat im Widerstreite dieser Gestalten, die sich
unerbittlich abstoßen, die Unverträglichkeit der beiden
Rollen dargestellt, zu denen er während der zehn Jahre in
Weimar verurteilt war. So war er seiner innersten Neigung und Anlage nach. In Lenz erblickte er seine eigne
Karikatur, und in der entscheidenden Szene des Stückes, zu
der Lenz, wie ich vermutete, den Anlaß gab, legte Goethe
nieder, was hätte werden können, wenn er sich wie Lenz
fortreißen ließe, ohne sich sein eignes Königreich, um so zu
sagen, im Rücken frei zu halten. Antonio dagegen ist
Goethe, wie dieser fühlte, daß er werden müsse, wenn er
sich als Staatsmann in eine einseitige Richtung verlocken
ließe, um bestenfalls zuletzt ein Mann zu werden, wie
Fritsch war. Hier lernen wir recht kennen, was das sagen
will: „symbolische Dichtung". Was Goethe im „Tasso"
darstellt, sind die Gedanken, die tagtäglich in seiner Seele
auf und nieder gingen, und doch haben die Ereignisse des
Stückes nicht einen Schimmer realer Erlebnisse. Unmöglich, aus den Gestalten des „Tasso" eine einzige wirkliche
Figur herauszuschälen. Es waren ganz neue Wesen, alle
miteinander geschaffen, nur um Begriffe und Verhältnisse
zu personifizieren. Und gerade deshalb, je mehr diese Figuren nur willkürliche Kreaturen Goethes waren, um so

wahrhaftiger sind sie. Goethe hat mit ihnen eine neue
Welt hervorgebracht, der er die Gedanken verlieh, die
seine Seele durchwogten. Und hätte er ein Stück schreiben
wollen mit den Personen: Herzog, Herzogin, Goethe, von
Fritsch, Frau von Stein, Lenz usw. und Wort für Wort Sätze
hineingebracht, die wirklich gesprochen worden waren, so
würde dies, verglichen mit „Tasso", doch nur eine vergängliche reale Puppenkomödie geworden sein, geeignet, einige
Liebhaber sogenannten exakten Materials in Entzücken zu
setzen, sonst aber nicht mit einem Schimmer der Wahrheit
in sich, die uns aus „Tasso" entgegenleuchtet.
Indem Goethe Ferrara verherrlichte, hat er Weimar ein
indirektes Lob gespendet, das schöner nicht denkbar ist
und auf geradem Wege niemals möglich war. So hätte
Weimar sein können: er hat es dargestellt, als sei es so.
Auch das echte Ferrara ist dadurch zu unverdientem Ruhm
gelangt. Aus einer öden Fürstenresidenz zweiten Ranges
ist ein wiederauflebender Absenker alten perikleisch-athe-
nischen Lebens entstanden. Ranke hat zuerst darauf hingewiesen. Die Fremden laufen heute in den langweiligen
Straßen von Ferrara umher, die wohl auch im 16. Jahrhundert nicht anders waren, und suchen die große Vergangenheit den Mauern abzuschnüffeln. Und aus einem für
deutschen Geschmack leeren Dichter, dessen Werke durchzulesen heute nur wenigen gelingen dürfte, so glänzend ihr
Tonfall ist, hat Goethe eine heroische Gestalt gemacht,
einen Genius, dem man die herrlichsten Werke anver-
mutet. Und dies Ferrara aus Goethes Phantasie, diese
Fürstenfamilie darin, dieser Hof und Hofdichter sind so
überzeugend wahr geschaffen worden, daß die Wirklichkeit dagegen nicht aufkommt: die ganze erdichtete Herrlichkeit ist nachträglich von Goethe in die Historie hineingebracht und dermaßen darin festgenagelt worden, daß
auch die stärkste kritische Kneipzange nichts wieder davon
losbekommt. Mögen wir studieren, wie wir wollen, Goe-

thes Ferrara wird die Blüte des italienischen Daseins im 16. Jahrhundert repräsentieren, das von hier aus mit dem Glanze milder Gesinnung und Gesittung überstrahlt dasteht, die wir vergeblich suchen, wenn wir die wahrhaftigen Dokumente der Zeit zu Rate ziehen.

Und doch müssen wir auch demgegenüber uns wieder sagen: Goethe hatte recht. Es lebte im Italien des Cinquecento ein Geist, der sich personifizieren ließ, wie im „Tasso" geschehen ist. Man lese, wie es in Deutschland damals zuging. Gegenüber den düsteren Wildnissen der übrigen Nationen herrschte in Italien jener Zeit eine gepflegtere, sonnigere Gartenwirtschaft, wo goldne Früchte still an den Spalieren reiften. Nur daß die Seelen der Menschen nicht so glatt und offen dalagen, wie sie im „Tasso" sich uns auftun.

Im Bau der Akte, in der Führung der Szenen, im Ausdrucke der Gedanken ist dieses Werk vollendet und unübertrefflich. Jedes Wort ein Gedanke. Aber, wie ich schon sagte, auch dieses Drama für keine Bühne mehr geschrieben. Wir haben gesehen, wie Goethe mit dem Eintritt in Weimar jene ideale Bühne aufgegeben hatte, auf der er „Götz" dargestellt dachte. „Iphigenie" wurde für die wirklichen Bretter geschrieben und konnte deshalb zumeist zu keiner höheren Gestalt gelangen. Die in Rom neu entstandene „Iphigenie" aber kehrte zu jener alten idealen Bühne zurück, und in noch höherem Maße gehört „Tasso" dieser an und keiner andern.

Nur langsam konnte in Deutschland begriffen werden, was Goethe mit dem Stücke gewollt und geleistet hatte. Leopold Stolberg schrieb an Jacobi: „Was sagen Sie zu Goethens ‚Tasso'? Mir mißfällt er tout uniment. Warum gibt er dem kleinlich-stolzen, großmütelnden Antonio diese Superiorität über den Zögling der Muse und der Grazie?" — „Einzelne Züge sind vortrefflich", setzte er jedoch hinzu. Solche, vom höhern Inhalte der Dichtung absehende Urteile mußte Goethe als das Gewöhnliche entgegennehmen. Ihn indessen beirrte das nicht. Er war in jedem Betracht nun ein M a n n und wußte, was er zu tun hatte. Es war ihm klar, daß inskünftig keine Kritik ihn mehr belehren könne, sondern daß er allein nur wisse, welche Richtung er innezuhalten habe.

„Tasso" ist der Dank, den Goethe Italien abgestattet hat. Doch er hat es dabei nicht bewenden lassen. Er hat Rom selber noch ein eigenes Denkmal errichtet: die „Römischen Elegien", an denen er in Weimar jetzt gleichfalls zu arbeiten begann. Von diesen soll nun die Rede sein.

Wir haben gesehen, wie Goethe in Weimar zum legitimen Mitgliede der höheren Gesellschaft geworden war; wie er auch den Wert der Abzeichen, durch welche diese Gesellschaft sich von der niedriger stehenden unterschied, wohl zu schätzen wußte und nicht versäumte, sich in ihren Besitz zu setzen. Goethe konnte so betrachtet im besten Sinne als ein Parvenü gelten. Er legt sich selbst unbefangen diesen Titel bei.

Wir haben aber auch gesehen, wie sehr er dies alles entweder nur suchte, weil es ihn als etwas Neues, Unbekanntes reizte oder weil es ihm im gewöhnlichsten Sinne nützlich war. Wie bescheiden und rein menschlich demütig Goethe stets blieb, zeigte ja sein Verhalten zu Seidel oder sein Verkehr mit dem armen Kraft, einem elenden Prügeljungen des Schicksals, den er mit rührender Gutmütigkeit tröstet und aufrecht hält, ja dessen Mißtrauen er sich gefallen läßt. Nie hat er den Äußerlichkeiten seiner hohen Stellung anderen Wert beigelegt, als den sie verdienten. Er betrachtete sie als Vorspann auf dem Lebenswege. Er wußte, wo sie ihm die Wege verkürzten, seinen Adel, Minister, Orden und Exzellenz wohl hervorzukehren: als Dichter und in seinen intimen Verhältnissen aber ist er stets einfach bürgerlich geblieben.

Goethe verlangte Wahrheit um jeden Preis. Es sollte auf den Etiketten rein ausgeschrieben zu lesen stehen, was in den Büchsen drin wäre. Seine Dichtungen enthalten das Höchste und Erhabenste, das in deutscher Sprache gesagt worden ist; aber Goethe fiel nicht ein, zu verleugnen, was unserer menschlichen Natur zugleich innewohnt: er hat mit antik zynischer Offenheit auch das Entgegengesetzte zu Worte kommen lassen. Goethe schrickt vor nichts zurück. Er sieht alles und nennt alles beim echten Namen, und es gibt weniges, das er nicht einmal so beim echten Namen zu nennen Gelegenheit gefunden hätte. Was in ihm sich regt, soll zu Worte kommen: wir haben Verse von ihm (die freilich nicht für andere bestimmt waren, aber die schließlich nun doch einmal herausgekommen sind: die Paralipomena zum „Faust"), in denen das Irdischste, Schmutzigste mit einer Sicherheit und Deutlichkeit ausgesprochen wird, als habe es den gleichen Anspruch auf dichterisch präzisen Ausdruck wie jenes, das sich auf den reinsten Höhen des Gefühles hält.

Goethe kannte die doppelte Natur des Menschen und hat niemals geleugnet, daß er aus eigner Erfahrung rede. Er war eher kalt als leidenschaftlich. Sein Wesen mag dem seiner Schwester ähnlich gewesen sein. Goethe ist niemals liederlich gewesen. Seine Werke enthalten nicht eine einzige Stelle, die lüstern genannt werden könnte. Aber Goethe war ein Mensch und — um aus dem allgemeinen auf ganz besondere Verhältnisse überzugehen — wo die Forderungen seiner Natur mit jenen vorhin genannten Äußerlichkeiten in Kollision gerieten, hat er als echter innerer Demokrat niemals gezweifelt, auf welche Seite er sich zu stellen habe. Goethe bedurfte, als er nach Weimar zurückkam, einer Frau neben sich. Er hatte sich in seinen Gedanken so weit abgetrennt von dem äußeren Zwange der weimarischen Verhältnisse, daß es ihm unmöglich gewesen wäre, sich aus einer der weimarischen vornehmen Familien zu versorgen. Das dortige Dasein erschien ihm, was sein innerstes Leben anlangte, als abgetan: Frau von Stein hatte die Blüte einer Freundschaft für sich vorweggenommen. Goethe verlangte jetzt nur Gesundheit, Frische, Jugend, Hingabe, gepaart mit offenem Verstande, sei es übrigens aus welcher Sphäre der Gesellschaft. Und so scheut er sich nicht, als ihm aus niederen Kreisen ein schönes Mädchen begegnet, die ihm alles das gewährte, sie an sich zu fesseln.

Das ist Goethes Verhältnis zu Christiane, oder, wie Goethes alte Freundinnen betonten: Mamsell Vulpius. Von Anfang an den einen Umstand abgerechnet, daß keine kirchliche Trauung stattfand, eine Ehe und niemals von Goethe anders angesehen. Er nahm sehr bald Christiane samt deren Tante und Schwester in sein Haus und lebte mit ihnen wie mit seiner legitimen Familie. Christiane und ihre Kinder waren seine Frau und seine Kinder jedem gegenüber, der danach fragen mochte. Auch hat ihm niemand in Weimar dies eigentlich übelgenommen. Die Vorwürfe bezogen sich auf die Qualität der Frau: von der man behauptete, daß ihr Auftreten „gemein" sei. Das heißt, daß ihre Erziehung und Denkungsart sie niemals so weit erhoben hätten, um den Ansprüchen zu genügen, welche die bessere Gesellschaft an diejenigen machen muß, die als ihre Mitglieder gelten wollen.

Es ist die Frage, wie wir uns zu dieser Persönlichkeit stellen sollen, die von jetzt an auf fast dreißig Jahre ein Anhängsel Goethes ist und bedeutenden Einfluß auf ihn gehabt hat.

Man ignoriert oft Menschen, die nun einmal vorhanden sind, von denen man aber wünschte, sie wären es lieber nicht. Man begräbt sie in Gedanken und scheint sie nicht mehr zu sehen. Aber ein Wesen, das Goethe so nahe stand und auf seine Werke eingewirkt hat, zwingt uns, uns eine Ansicht über sie zu bilden. Es würde sich da wahrhaftig nicht geziemen, ein Paar Hände voll dicht vor uns wachsender Vorwürfe zusammenzuraffen, diese als vollgültig und genügend anzunehmen und danach abzuurteilen. Eine Art von Köchin soll Christiane gewesen sein, die sich in späterer Zeit aufs Trinken legte und von der Goethe bis zuletzt reichlich Verlegenheiten bereitet worden sind. Warum denn aber, statt das zu wiederholen, was in der Weimarer Gesellschaft die herrschende Ansicht war, sich nicht lieber an das halten, was Goethe in Christiane sah und an ihr hatte: ein Mädchen, das er leidenschaftlich liebte, wie er Herder mit klaren Worten gestand; das bei seinen Untersuchungen über die Pflanzenmetamorphose seine Zuhörerin und Vertraute war; die Mutter seines Sohnes, an dem sein ganzes Herz hing; die Frau, die sein Hauswesen leitete, die er nicht entbehren konnte und deren Tod ihn zur Verzweiflung brachte!

Niemals ist gegen das Leben, das dieses Mädchen führte, ehe es Goethe angehörte, etwas gesagt worden. Goethe selber nennt sie gegen Frau von Stein „ein armes Geschöpf“, hat sie das aber nie entgelten lassen. Er schrieb an sie, wenn sie sich trennen mußten, Briefe, welche von Christiane als ihr höchster Schatz aufbewahrt wurden. Die von der innigsten Anhänglichkeit zeugen und wie Briefe lauten, die ein zärtlicher Mann seiner Frau schreibt. Goethes Mutter nennt Christiane in ihren Briefen von Anfang an ihre „liebe Tochter“ und wußte gut mit ihr auszukommen, als Goethe sie nach Frankfurt brachte. Und als er sie nach der Mutter Tode wieder dahin sandte, um seine Ansprüche an die Erbschaft zu vertreten, benahm sie sich so generös, daß die Verwandten sich nicht beklagen konnten. Wir haben einen aus diesen Verhältnissen stammenden Brief, welcher Goethes Frau volle Gerechtigkeit zuteil werden läßt und dem wir entnehmen, wie Christiane über die Art dachte, in der die Welt sie behandelte. Der Ausdruck „gemein“ ergibt danach schließlich, daß Christiane überall mit unver-

frorener Derbheit auftrat, niemals aber Eigennutz zeigte
oder eine Erwiderung der mißgünstigen Kritik hervortreten ließ, die sie erfahren mußte, was im historischen Sinne
doch als das eigentliche Zeichen der Gemeinheit gilt. Sobald der gesellschaftliche äußere Gegensatz aufhörte, existierte ihre Gemeinheit nicht mehr, auch ist es undenkbar,
daß Goethe jemand neben sich dulden konnte, dessen Charakter in seinen Grundzügen nicht Probe hielt. Als nach
der Schlacht von Jena die Franzosen Weimar plünderten,
hatte Christiane den Mut, durch die Marodeure hindurch
zu den französischen Offizieren zu dringen und eine Sauve-
garde für Goethe zu erwirken. Überall, wo wir diese Frau
handeln sehen, handelt sie mutig, energisch und mit Umsicht. Es ist bekannt, daß Goethe sich nach der Schlacht von
Jena mit ihr trauen ließ.

Das schönste Denkmal hat Goethe seiner Frau und Rom
zugleich in den „Römischen Elegien" gesetzt, deren Haupt-
trägerin in seiner Phantasie sicherlich ihrem Anblick entsprach.

Goethes Seele war voll von römischen Bildern, als er in
Weimar Christiane begegnete. Ihr Wesen mag etwas Römisches damals für ihn gehabt haben. Daß sie in Wuchs und
Gestalt das Feste, Untersetzte hatte, was die römischen
Frauen auszeichnet, sieht man aus den erhaltenen Porträts. Die Römerinnen haben einen stolzen Wuchs, als
stammten sie alle von den alten Imperatoren ab, und gehen
kühn aufs Leben los: Goethe hat in seinen Elegien Christiane zu einer so echten Römerin gemacht, wie je eine im
Karneval auf Piazza Navona erschienen ist.

Goethe hatte, als er aus Frankfurt nach Weimar ging, den
ungezwungenen Ton der Thüringer besten Gesellschaft als
eine Befreiung kennengelernt: Frau von Stein repräsentierte den Inbegriff dieses neuen Daseins. Er traf aber,
nach Rom gelangt, dort etwas an, was noch höher stand als
deutsche feine Gesellschaft: völlige Freiheit, nur im Schach

gehalten durch das gewaltige historische Gewicht, mit dem Rom auf jedem lastet, den seine Mauern einschließen. Er ging in Rom absichtlich der vornehmen Gesellschaft aus dem Wege, die er ja, wie er sagte, „zu Hause gehabt habe". Gegenüber der Vergangenheit, die uns in Rom umgibt, verschwinden alle Unterschiede des Ranges. Man begreift in Rom erst, wie dort geistlicher und weltlicher Adel sich so hoch aus den untersten Ständen erheben konnten. Überall sonst, wo das geschieht, bleibt etwas zurück: in Rom bleibt gar kein Rest. Goethe hatte dort gelernt, daß es der höchste Begriff der Freiheit sei, einem Mädchen aus jedem beliebigen Stande eine Stellung neben sich zu geben, und er machte, nach Weimar zurückgekehrt, von dieser Freiheit Gebrauch. Wer einmal in Rom war, zählt sich, auch heute noch, heimlich weiter in den Listen der Stadtbewohner. Wer Rom verläßt, sagt, wie Wilhelm Müller in seinen römischen Briefen schreibt, a rivederci und niemals addio. In hohem Alter mit dem Kanzler von Müller vor dem großen Plane von Rom stehend, der bei ihm hing, tupfte Goethe mit dem Finger auf Ponte molle und sagte, er wolle nur gestehen, seit er jenes letzte Mal darüber gefahren sei, habe er keinen ganz glücklichen Tag mehr gehabt. Goethe hat niemals aufgehört, die erfrischende Idee zu nähren, einmal wieder und dann für immer nach Rom zurückzukehren. Als er Christiane in sein Haus nahm, war ihm zumute, als sei es noch immer Rom, in dem er lebte, er schloß sich in seinem Hause mit ihr ein, wie er in Rom getan hätte, ohne daß irgend jemand eingefallen wäre, ihm über den Gartenzaun zu spähen. Goethe, umschwebt in seinen Gedanken von der römischen Freiheit, glaubte in Weimar die Welt entbehren zu können wie in Italien; war jedenfalls entschlossen, sie sich vom Leibe zu halten, wie er dort getan. Er wagte, in der Stille sich in Weimar eine Fortsetzung des gewohnten freien Daseins zu schaffen, und wenn es auch nicht ohne allen Schaden dabei für ihn abging, so muß man ihm doch zugestehen, daß er seinen Willen hatte.

Goethe sagt in seinen Elegien, wie die Triumvirn der Liebe, Katull, Tibull und Properz, ihn begeisterten. Er vergißt an dieser Stelle des armen Johannes Sekundus, dem er vielleicht nicht weniger verdankte. Nichts Modernes ist jemals gedichtet worden, das so antik ist als Goethes „Elegien". Er verrät einmal im halben Scherze von sich: es sei ihm, als wäre seine Seele schon einmal in den Zeiten Hadrians in einem Römer lebend gewesen. Man meint, einer der drei römischen Dichter habe auf dem Wege der Seelenwanderung sich nun in Weimar wiedergefunden, habe seine Leier aufs neue gestimmt, sich, wenn auch alles sonst verändert war, an der Lust des neuesten Tages wieder berauscht und den altgewohnten Wein neu an die Lippen geführt, der zweitausend Jahre lang seitdem doch alle Jahre neu gekeltert worden war. Und der uralte Geist des echten Genusses am Dasein sei wieder mit ihm aus Gräbern heraufgekommen.

Goethe hat Christiane zu einem römischen Mädchen gemacht, das auf einer Vigna Wein schenkt: sich selbst als Zugabe dem, der unter den Gästen ihr am liebsten ist. Mit allem, was das italienische Leben in seiner Erinnerung schmückte, hat Goethe dies Mädchen umgeben und ihr und sein anfängliches Geheimnis zu einer der schönsten Idyllen gemacht. Wie er ihr zuerst begegnete, unerkannt im Dunkeln, wie sie heimlich zu ihm kam, wie sie sich verstanden, ohne daß die Welt es ahnte: all diese weimarischen Erlebnisse sind ins römische Leben übertragen worden. Mit dem Dufte Italiens umhüllte er die Gestalt. Die „Römischen Elegien" sind die erste Frucht, die die italienische Sonne nachträglich noch in seiner Seele auf deutschem Boden gereift hat.

An diese in der Tiefe und Dunkelheit wohnende Milchschwester der Leonoren im „Tasso" müssen wir denken, wenn wir „Tasso" ganz würdigen wollen. Goethe beherbergte nicht nur die Verwirrungen der Gesellschaft in seiner Phantasie, die auf der Höhe des Lebens sich bewegte, sondern er schilderte zur gleichen Zeit und mit gleicher Meisterschaft, was in einem Herzen vorging, das aus andern Regionen sich an das seinige anschloß. Wir sehen Goethe hier ebenso feurig, als er dort zart und andächtig ist. Die „Römischen Elegien" und „Tasso" sind zusammen entstanden und dürfen nicht getrennt voneinander betrachtet werden. Sie ergänzen sich als unzertrennliche Teile derselben Ernte. Im „Tasso" historische Begeisterung, in den „Elegien" Genuß der Gegenwart.

Christiane, „die kleine Frau", starb 1816. Einige Verse auf ihren Verlust, denen man anfühlt, wie der Drang, ein gepreßtes Herz zu erleichtern, sie hervorgerufen hat, zeigen, daß sie ein Teil von ihm war und wie untröstlich er ihr nachsah. „Der ganze Gewinn meines Lebens ist, ihren Verlust zu beweinen"; da dies nun so offenbar vorliegt, da nichts verrät, daß Goethe in seinem geistigen Leben durch Christiane vom Rechten abgelenkt oder daß seinen Arbeiten durch sie Abbruch getan sei, da er ihre Anwesenheit vielmehr, wie seine Briefe an sie und wie persönliche Erinnerung anderer an sie bezeugen, als etwas zu seinem Wohlsein Unentbehrliches ansah, so weiß ich nicht, warum wir darüber nachdenken sollen, ob seine Ehe mit einer andern Frau glücklicher ausgefallen wäre. Von unserer heutigen Ferne aus betrachtet, gewinnt die Gestalt einen humoristischen Schimmer. Daß wir unseren vornehmsten Dichter — vornehm hier in jeder Beziehung genommen — als den Ehegatten einer fidelen, strammen Hausfrau, ja sogar als den Schwager ihres Bruders, jenes Vulpius erblicken, dessen Phantasie der berühmte Räuberhauptmann Rinaldo Rinaldini entsprang, schadet Goethes Andenken durchaus nicht. Robinson, Goethes alter Verehrer, der, nachdem er Anno 1802 in Jena studiert hatte, etwa alle zehn Jahre wieder nach Deutschland kam, erwähnt Christiane bei seinem ersten Aufenthalte: „Während meiner gelegentlichen Besuche sah ich die Genossin an Goethes Tische, die Mutter seiner Kinder. Wie allgemein bekannt, wurde sie nachmals seine Frau. Sie hatte ein angenehmes Gesicht und einen herzlichen Gesprächston; ihre Manieren waren ohne Förmlichkeit und ungezwungen. Wunderliches Gerede erging über ihr unterwürfiges Benehmen und die Freiheit ihres Umganges mit ihm, als sie jung war; aber als ich sie sah, waren alle jene Exzentrizitäten längst vorüber." Wie bei allen Engländern von guter Erziehung hat man auch bei Robinson das Gefühl der reinsten Aufrichtigkeit. Ohne Zweifel wurde Christiane öfter Gelegenheit gegeben, die weimarischen Damen merken zu lassen, wie wenig sie Lust habe, sich um sie zu kümmern. Goethes Gestalt, rein menschlich betrachtet, verliert so wenig durch diesen Hintergrund, als Sokrates etwa durch seine Ehe mit Xanthippe in unsern Augen einbüßt. Ich kann es nicht für notwendig halten, daß wir in Goethes Gemahlin eine jener Naturen zu verehren hätten, wie Tassos Leonoren etwa sind.

Von Christianen sind nun noch mannigfache Porträts zum Vorschein gekommen, darunter die beinahe lebensgroße Zeichnung von Meyer, die die junge Frau mit ihrem ersten Kinde zeigt. Sie hat volle herabhängende Locken um das Antlitz. So haben wir sie also zu der Zeit zu denken, als Goethe die „Metamorphose der Pflanzen" für sie dichtete.

Ich rekapituliere: Goethe ging im Herbst 1786 nach Italien und kam im Sommer 1788 wieder. Er war Anfang November 1786 in Rom eingetroffen, im März 1787 nach Neapel, im April von da nach Sizilien gegangen und im Mai nach Neapel zurückgekehrt. Im Juni ist er wieder in Rom und verläßt es jetzt erst nach beinahe einjährigem Aufenthalt, um im Fluge 1788 nach Weimar zurückzugehen.
Die Briefe aus Sizilien sind wohl das Vollkommenste in

der „Italienischen Reise". Der Leser ist hier am neugierig-
sten und bringt zugleich am wenigsten eigne Kritik mit.
Dieser Ausflug hebt sich vom übrigen als Episode ab.
Goethe selber tritt fast ganz zurück: man hat nur die herrlichen Wege vor sich, die er zurücklegte, und die Stätten,
die er besuchte. Hier bot sich auch Goethe seltener die Gelegenheit, seine eignen Gedanken einzumischen: niemals
hat er so unter der Herrschaft der äußeren Dinge gestanden. Er ist nur der morgens ausreitende, abends erschöpft
einschlafende und in der Zwischenzeit scharf beobachtende
Reisende, dessen Gedanken nach Hause kaum zu Worte
kommen.
Neapel wiederum regt Goethe zu glänzenden Beschreibungen an. Ich zweifle, ob die Darstellung einer Fahrt auf den
Vesuv, von irgend jemand in irgendwelcher Sprache, an
die in Goethes Briefen gegebene heranreicht. Neapel selbst
aber ist dann nur wieder als Hintergrund seiner bedeutenden Persönlichkeit sichtbar. Goethe lernt in Neapel den bei
König und Königin wohlgelittenen, im königlichen Schlosse
wohnenden Maler Hackert kennen, dessen Lebensgeschichte
er in der Folge als Gegenstück zu der Winckelmanns gegeben hat. Die heute verlassenen oder zu Gehäusen von
Sammlungen oder öffentlichen Anstalten gewordenen, alt
erscheinenden Schlösser von Capo di Monte und Caserta
waren damals eben im Entstehen, Hackert einer der guten
Genien, die da walteten, und Goethe ihm bald eng be-
freundet.
Goethe lobt Hackerts Landschaften, nicht überschwenglich,
aber er lobt sie als etwas, das in hohem Grade Beachtung
verdiene. Man ist heute gewöhnt, mit Achselzucken darauf
herabzusehen. Die wenigsten freilich, die so urteilen, haben
vielleicht Landschaften von Hackert vor sich gehabt, und
wenn es der Fall war, höchstens verblaßte Wasserfarben-
malereien. Ich selbst habe lange unter einem solchen Eindruck gestanden, bis ich an anderen Stellen Arbeiten

Hackerts in größerer Anzahl fand, die mir eine bei weitem vorteilhaftere Meinung beibrachten. Eine Zartheit der Behandlung, ein wahrhaftiger Blick für die Natur, eine Abwesenheit falscher Effektsucherei begegnete mir da, gepaart mit einem Sinne für die landschaftliche Linie, die Goethes Vorliebe für den Meister nun begreiflich werden ließen. In der gezeichneten, nur auf die Linie basierten Nachbildung eines weiten Landes liegt Hackerts Stärke und das, was damals überhaupt verlangt wurde.

Das Hauptgewicht des italienischen Lebens jedoch fällt bei Goethe auf den zweiten Aufenthalt in Rom. Jetzt, zum ersten Male in seinem Leben, setzt er sich an einer Stelle freiwillig fest, mit dem Gedanken, als sei es für immer, da sitzenzubleiben. Weder, wie einst von Frankfurt, ging er ins Exil dahin, noch, wie einst nach Weimar, lockte ihn ein Fürst dahin: Goethe läßt sich in Rom nieder, weil die Stadt ihn festhält. Er fühlt sich zu Hause. Er nimmt sich eine bequeme Wohnung, er verliert all die frühere Hast, als müsse er sich sammeln, das Gefühl, als müsse er vorwärts: er lebt ruhig, bequem und ohne Gedanken an den nächsten Tag. Auch hier wird Goethe in der Schilderung seines italienischen Lebens wieder ganz die Hauptperson, und Rom nimmt neben oder hinter ihm den gebührenden Platz der bloßen Landschaft ein. Goethes römisches Dasein von 1787 und 1788 ist in seinen Briefen mit einer Anschaulichkeit geschildert, die über das in „Dichtung und Wahrheit“ Geleistete hinausgeht. Die behagliche briefliche Form gestattete einen größeren Realismus: er will keine historischen Gemälde liefern, sondern scheint seine Skizzenmappe zum Durchblättern vor uns zu legen. Goethe hat Augen für alles und dazu die Gabe, es sich an jeder Stelle wohl sein zu lassen. Er reist wie ein Fürst, der neue Provinzen besucht und überall, wohin er kommt, sich als Herr fühlen darf.

Das Rom, welches Goethe sah und das in dieser Gestalt

hundert Jahre nach ihm noch dauerte, dessen letzten Schein ich selbst noch sah, ist als Gesamtanblick neuester Zeit nun völlig verschwunden. Die Kirchen und Paläste, in Goethes Tagen trotz Schmutz und Ruinenhaftigkeit die ehrfurchtgebietenden Zentren ihrer Stadtviertel, liegen heute wie seltsame, unverständliche, graue Überbleibsel einer gleichgültigen Vergangenheit innerhalb des eleganten, ebenso gleichgültigen, neuen Roms, das bei dem allseitigen Zuwachs mit den übrigen großen Menschenwohnplätzen, die unsre heutige Erde trägt, äußerlich und innerlich bald übereinstimmen wird: der älteren Generation ein bedauerlicher Anblick, der jüngeren eine mit der allgemeinen Entwicklung der Welt im Einklange stehende, weiter nicht auffallende Erscheinung. Späteren Geschichtsschreibern erst wird möglich sein, das, was hier sich vollzieht, richtig zu beschreiben.

Schon einmal hat Goethe zwischen der Welt zweier Jahrhunderte vermittelnd gestanden: die Zeiten vor und nach der Französischen Revolution spiegelten sich in seiner, der ihn umgebenden Gegenwart voranschreitenden Persönlichkeit. Noch viel großartiger aber wird Goethe einst dastehen, wenn er unserem zwanzigsten Jahrhundert das neunzehnte erklären und der dann abermals neuen Epoche die vergangene deuten wird.

Nicht nur für Goethe paßte der Ausdruck: zweites akademisches Freiheitsleben, mit dem er bezeichnete, was er in Rom erlebte und genoß. Jeder, der in Rom länger leben, die Überbleibsel der Vergangenheit dort studieren und die Gegenwart zugleich genießen konnte, wird für sich selbst den Goetheschen Ausdruck in gewissem Sinne als den zutreffenden empfinden.

Niemals hatte Goethe so ganz sich selbst gehört. Er durfte sich daran gewöhnen, als sei es der natürliche Zustand, zu leben, wie es ihm gerade einfiel. Gleich nach seiner Rück-

kunft von Neapel spricht er sich darüber aus. „Auch neue
Gedanken", schreibt er, „und Einfälle hab ich genug; ich
finde meine erste Jugend bis auf Kleinigkeiten wieder, indem ich mir selbst überlassen bin, und dann trägt mich die
Höhe und Würde der Gegenstände wieder so hoch und
weit, als meine letzte Existenz nur reicht. Mein Auge bildet
sich unglaublich, und meine Hand soll nicht ganz zurück-
bleiben. Es ist nur ein Rom in der Welt, und ich befinde
mich hier wie der Fisch im Wasser und schwimme oben wie
eine Stückkugel im Quecksilber, die in jedem andern Flui-
dum untergeht." Das war die Freiheit, die Winckelmann
nicht wieder entbehren wollte und um derentwillen er die
Anerbietungen aus Deutschland zurückwies. Man liest von
dem Entzücken der Franzosen, die nach langer Abwesenheit sich endlich wieder auf dem geliebten Straßenpflaster
von Paris bewegen; was aber ist das gegen das Gefühl,
mit dem man Rom genießt! Der ungeheure historische
Druck macht den einzelnen da bescheiden. Wie man im
Zimmer, wo ein Toter liegt, der ja nichts mehr hört, leise
redet, so dämpfen sich die Gedanken in Rom, weil das Vergangene zu mächtig und nahe an uns herantritt. Und doch
gewahrt man nirgends so wie in Rom wieder die Unver-
gänglichkeit menschlicher Größe, denn Raffael oder Michelangelo scheinen noch zu leben, es ist, als säßen sie irgendwo in der Stille, und die Welt sei ihnen nur nicht gut genug, um hervorzukommen. Nirgends glaubt man die Fuß-
tritte der großen Menschen selber noch zu sehen wie in
Rom, und nirgends fühlt man sich so unausgesetzt aufgefordert, sich mit ihnen zu beschäftigen. In Neapel oder
Florenz übertäubt das Geräusch des Tages solche Gedanken. Man muß sich absondern, wenn man ihnen nachhän-
gen will. In Pisa oder Siena dagegen, wo alles alt ist, fühlt
man sich belastet und sagt sich gleich, daß man nur auf
wenige Tage da sitzen werde. In Rom aber atmet man
diesen Atem der Vergangenheit leicht ein, er weckt kein

beengendes Gefühl der Trauer, es ist, als wüchsen einem,
wie den Aposteln aus dem Sarkophage der Maria, aus den
Gräbern Rosen und frisches Grün entgegen, und man
gewöhnt sich daran, wie Goethe sagt, „mit Geistern zu
reden“.

Und nun aber! — mitten in diesem schwebenden Dasein
erwacht und regt sich stärker als alles, was ihn in Rom
fesseln könnte, das Heimweh: nach Hause! Weimar, das
er wie einen bedrückenden Traum abgeschüttelt zu haben
glaubte, fängt an, sich seinen Blicken anders zu zeigen als
früher. Alles, was er kannte und liebte, war dennoch dort.
Dieses egoistische Leben, schrieb er dem Herzog, mache
den Menschen kalt und frech. Die Heimat trat Goethe in
neuer Gestalt entgegen. Weimar war eine Zeitlang wie
untergegangen: plötzlich taucht es empor. Was ihm dort
alt und zuviel gewesen war, bekommt wieder frischen
Glanz vor seinen Augen. Seine Freunde, die er, einzeln
und einsam jeden dasitzend, verlassen hatte, vereinigen
sich wie zu einem Kreise, der ihn erwartet. Er empfindet,
daß, was er in Weimar wiederfände, sein Häuschen und
sein Garten, doch sein Nest war, von dem er ausgeflogen
war. Wie Dante sagt: il disiato nido, zu dem die Tauben
endlich doch zurückkehren. Zurückgelassen hatte er da den
Herzog, Frau von Stein, Herder, Knebel und so viele andere minorum gentium, die ihm teuer waren, weil er sie
kannte.

Dieses Weimar zeigt sich seinen Blicken wieder.

Es gibt nur eines, was die Menschen wirklich verbindet: zu
wissen voneinander, sich gekannt zu haben. Ein alter Spitz-
bube, der von meiner seligen Mutter noch weiß, ist mir
lieber als viele ehrliche Leute, die sie nicht kannten. Goethe
erinnert sich an so manches Schicksal, das ihm zu Hause am
Herzen lag. Der Gedanke packt ihn, daß er alles, was er
erlebe, doch nicht für sich, sondern nur für seine Weimarer
Freunde erlebe. Für sie sammelt er ein, lernt er. Er kann

überhaupt nichts für sich genießen, nichts in Italien, ohne
die unsichtbare Gemeinde in der Ferne zum Mitgenusse
einzuladen. Eines Tages überwältigt ihn das Gefühl, und
der Beschluß wird gefaßt: wieder fort nach Weimar!
Goethe gibt eine Beschreibung, wie in seiner Brust die
Trauer um den bevorstehenden Verlust Roms und die
Sehnsucht nach Hause zugleich stark und lebendig werden.
Daß vom Momente des Entschlusses an, abzureisen, Rom
wie hinter ihm liegt, als wäre er schon nicht mehr dort. Er
beschreibt die letzte Nacht, als er im Mondschein zum Ko-
losseum wandelte. Er zitiert Ovids ergreifende Verse, in
denen dieser seinen Abschied von Rom beschreibt, als er in
die Verbannung ging. Später in Deutschland steigen ihm
die Tränen auf, wenn er sie sich vorsagt: in bald ein-
tretenden Zeiten, wo er Weimar mit Tomi vergleicht. Er
beschreibt, wie er „Tasso" als Arbeit für die Reise zurechtgelegt. Und nun im Fluge rückwärts!

12

DIE RÜCKKEHR NACH WEIMAR

Den vollen April hatte Goethe noch in Rom genossen, vor Ende Juni ist er schon wieder in Weimar. Von Weimar war er beinahe zwei Jahre fortgewesen. Das also hatte er wieder erreicht: was nun? So groß war seine Sehnsucht dahin gewesen: und alles, was er empfinden mußte, als er die ersehnte Schwelle wieder betrat, lautete nur: „Wieder untergekrochen im Norden", wieder eingegangen in das alte Gefängnis, wieder fort von Rom! Denn was fand er? Die ersehnten Personen. Zusammen freilich. Mit noch geringerem Zusammenhang untereinander als früher. Und jede von ihnen zwei Jahre älter geworden! Aber nicht in Rom.

Da sah er vor allen Dingen Frau von Stein wieder. Als er ihr zuerst begegnete, zählte er 26 und sie 35, jetzt er beinahe 40 und sie beinahe 50. Zwischen ihnen lag nichts Trennendes, ihr Briefwechsel war lebhaft gewesen, aber das fühlten beide doch, daß die „Zehn Jahre" als abgeschlossenes Faktum der Erinnerung angehörten. Goethe hatte sich in der Ferne daran gewöhnt, mit seinen täglichen Gedanken für sich allein fertig zu werden. Das Verhältnis zu seiner alten Freundin hatte seine erste historisch gewordene Periode hinter sich. Sollte er wieder anfangen, mit ihr all seine Ideen zu teilen, mit ihr zu arbeiten? Es wäre, selbst wenn er gewollt hätte, eine Lüge gewesen. Aber er wollte auch nicht.

Den Herzog fand Goethe als vollendet selbständigen Mann

und Fürsten. Karl August hatte das Alter erreicht, wo es keine unentbehrlichen Menschen mehr gibt. Auch für sie beide war die Vergangenheit abgetan. Es hatte so sein sollen, und es war so. Es war vorausgesehen. Dagegen trat hier etwas ein, das nicht vorausgesehen war: Karl August beutete die Vergangenheit insofern aus, als er Goethe gegenüber eine gewisse kordiale Vertraulichkeit zu zeigen fortfuhr, die dieser nicht erwidern konnte. Der Herzog hatte dadurch eine Nüance mehr auf seiner Palette, die Goethe nicht zu Gebote stand, und die Folge war, daß Goethe nur um so unverbrüchlicher an der respektvollen Form festhielt. Durch nichts läßt er sich diese wieder entwinden. Der Herzog weiß es oft verlockend genug einzurichten, aber Goethe widersteht. Neu und öde und gleichgültig jedoch mußte ihm dieses Spiel erscheinen, das Tag für Tag, Mann gegen Mann von nun an durchzuführen war und das gar keine Zukunft mehr hatte. Denn das einzige, worauf es ankam, war, in jedem einzelnen Falle sich, so klug es ging, zu benehmen und sich zu sagen, daß nichts eine Garantie für die Zukunft geben könne. Wie das der Erfolg, in ganz späten Zeiten zumal, auf das schärfste bestätigen sollte.

In diesen beiden Fällen hatte Goethe verloren; nur Herder gegenüber war Gewinst zu verzeichnen.

Herders Charakter war denen, die ihm näherstanden, ein Rätsel. Entweder hatte er blinde Anhänger oder kopfschüttelnde Freunde. Es lag etwas Disproportioniertes in seinem Wesen. Jacobi schreibt 1788: „Leider hat die Natur sein Ganzes nicht mit glücklicher Hand gemischt. Vultu mutabilis, albus et ater. — Auch zerplatzt ihm alles und ekelt ihn im voraus schon an. Schwerlich hat je ein Mensch einen andern so gedrückt, wie er sich selbst drückt." Der Ausdruck Zerplatzen war durch Goethes Vergleich aus früheren Zeiten hervorgerufen, wo er von dem „unaufhörlichen Blasenwerfen" Herders spricht.

Herder aber kannte sich selbst sehr wohl. Er wußte, wie unerträglich er andern und sich selbst werden konnte. Im Jahre 1769, also ehe er nach Deutschland kam, hatte er über sich geschrieben: „Mein Frühling schleicht ungenossen vorbei: meine Früchte waren zu früh reif und unzeitig." Und noch ungünstiger urteilt er über sich selbst in einem Briefe an seine Braut im nächsten Jahre. Herders Korrespondenz zeigt, woran es lag: Herders große Hingebung wurde durch einen noch größeren Egoismus überboten. Er war imstande, viel für seine Freunde zu tun, niemals aber, sich darüber selbst zu vergessen. Und so, bei aufrichtiger Freude an dem, was andere tun, quält ihn etwas wie Eifersucht, nicht selber alles getan oder gedacht zu haben. Ganz unbefangen und am schönsten hat doch nur Goethe über Herder gesprochen, und zwar nach Herders Tode, in den Jahresheften von 1803. „Mit seiner Krankheit", sagt Goethe, „vermehrte sich sein mißwollender Widerspruchsgeist und überdüsterte seine unschätzbare einzige Liebensfähigkeit und Liebenswürdigkeit. Man kam nicht zu ihm, ohne sich seiner Milde zu erfreuen; man ging nicht von ihm, ohne verletzt zu sein." Ungemeiner Inhalt liegt in diesen wenigen Worten.
Das Wort Liebensfähigkeit scheint besonders für diesen Fall erfunden, das Wort Liebenswürdigkeit zeigt das Anziehende, das Herder für die Menschen hatte, der letzte Gegensatz aber ist zugleich das Härteste, was gesagt werden konnte. Will man Herder ganz unbefangen beurteilen, so muß man diejenigen seiner Briefe vergleichen, in denen er am wenigsten daran denken konnte, irgendwelchen ästhetischen Effekt zu machen. Dies bietet, meiner Ansicht, seine frühe Korrespondenz mit dem Buchhändler Hartknoch dar, einem offenbar sehr rechtlichen, Herder verehrenden Manne. Hier gewinnt man den Eindruck, daß Herder launisch war. Er läßt an dem einfachen, wohlwollenden Geschäftsmann seinen Unmut aus. Nicht anders

hatte er Goethe selber behandelt, als dieser den „Götz"
schrieb und mit so viel Vertrauen Herders unfehlbares Urteil erwartete. Hier kann freilich in Betracht kommen, daß
Herder wohl erlaubt sein durfte, einen gewissen absicht-
lichen Druck auf einen jungen Emporkömmling auszuüben,
der ihm so sichtbar über den Kopf zu wachsen Anstalt
machte; aber was Herders Benehmen dennoch auch hier
häßlich macht, ist die so klarliegende Absicht bei Goethes
Arglosigkeit.

Goethe gegenüber war Herder jedoch vielleicht niemals
günstiger gestimmt als 1788. Während Goethe mit seiner
„Iphigenie" nur einen problematischen Erfolg gehabt hatte,
waren Herders „Ideen" ein großer kühner Wurf gewesen,
durch welchen Goethe selbst in gewissem Sinne wieder zu
seinem Schüler wurde. Goethes Urteil nach hatte Herder
nichts Besseres produziert als die „Ideen". Herder fühlte
endlich wieder: er sei Goethe etwas, und nichts kettet so
sehr Menschen aneinander. Die Wohltat, die ich gebe,
nicht die ich empfange, verpflichtet mich.

Goethe bedurfte in Rom neuer historischer Allgemeinbe-
griffe. Herder öffnete ihm zum zweiten Male jetzt die
Augen, wie er in Straßburg zum ersten Male getan. Herder
war schuld, daß Goethe nach Rom Weimar nicht ganz unerträglich fand und sein Vorsatz, nach Italien zurückzukehren, unausgeführt blieb. —

Allein alles dies wird zur Nebensache neben den Dingen,
von denen nun die Rede sein wird. Goethe fand, als er
jetzt wiederkam, nicht nur das Alte älter geworden in
Deutschland, sondern zugleich etwas Neues trat ihm entgegen.

In Italien kam zuerst seine ungemeine Verachtung des
deutschen Publikums zum Ausbruch, die er seitdem niemals wieder verloren hat. Die kühle Aufnahme der „Iphigenie" war ihm ein Symbol geworden, daß er „vergessen"
sei, und er erwiderte dieses Vergessen im vollsten Maße.

Das eigentliche Warum dieses Vergessens ging ihm nun aber erst auf, als er selbst wieder mit Augen sah, was geschehen war. Eine neue Generation Schriftsteller war bei uns emporgekommen. Goethe hatte völlig aufgehört, zu den Jüngeren zu gehören, auf denen die erwartungsvollen Blicke der Leute ruhten.

Es war im Jahre 1788. In Frankreich fing der Puls des Volkes bereits an zu fiebern. Auch in Deutschland war man weniger als je gewillt, sich in literarischen Dingen dem ruhigen Genuß der reinen „historisch geläuterten Schönheit" hinzugeben. An der Form hatte den Leuten nie gelegen. Der Stoff sollte überraschen, begeistern, berauschen. Und es hatten sich junge Schriftsteller gefunden, welche diese Ansprüche erfüllten. Einer darunter der bedeutendste: so groß, daß wir alle übrigen auf sich beruhen lassen. Und dieser Schriftsteller in Weimar selber zu Hause, als Goethe dahin zurückkehrte: Schiller.

Wenn irgend jemand Goethe erwartet hatte, so war es Schiller. Wenn irgend jemand Goethes ganzes Gewicht fühlte, so war es Schiller. Und wenn irgendeine Zeit in Goethes Leben die ungeeignetste war, ihn einem Manne wie Schiller begegnen zu lassen, so waren es die Tage dieser Rückkehr aus Italien. Und so werden wir sehen, welche Folgen ihr Zusammentreffen, als es endlich nicht mehr zu umgehen war, gehabt hat.

Ich will hier so wenig eine Lebensgeschichte Schillers geben, als es bei Goethe selber meine Absicht ist. Ich wiederhole zu allem Überflusse: Schiller, geboren 1759, war zehn Jahre jünger als Goethe. Er war ein Schwabe, ein Süddeutscher, während Goethe, da bekanntlich schon Sachsenhausen als südlich vom Maine gelegen zu Süddeutschland gerechnet wird, ihm gegenüber als Norddeutscher gelten konnte. Sein Vater ein kleiner Beamter. Schiller selbst nennt seine Jugend eine trübe, freudlose. Um den Inhalt dieser Jugend brauchen wir uns hier kaum zu kümmern, denn sie bildet keinen Prolog gleichsam zu seiner späteren Geschichte wie bei Goethe. Am besten wäre, wir wüßten überhaupt nichts davon. Schillers äußere Erlebnisse werden nicht zu Elementen seiner Dichtungen, wie bei Goethe. Schiller hätte ganz andere Wege gehen können und würde seine Stoffe in derselben Art behandelt haben. Und wären's diese Stoffe nicht gewesen, so hätte er andere gewählt: immer würden sie unter seinen Händen dieselbe fesselnde Wirkung gehabt haben. Bei Schillers Arbeiten handelte es sich auch in der Folge nicht so sehr um den speziellen Inhalt, als um die Frage, ob ihm seine Gesundheit Kraft genug gewähren werde, seine Pläne auszuführen. Schillers einziges, wirkliches Erlebnis im höheren Sinne ist gewesen, daß er Goethe begegnete.

Keines der Schillerschen Werke hat eine individuelle Lebensgeschichte wie die Werke Goethes. Ich hatte „Iphigenie" einer Tanne verglichen, die sich in eine Pinie verwandelte: so ließe sich für jedes Goethesche Stück, bis zum kleinsten Gedichte, ein botanischer Vergleich finden. Lindenrauschen bei „Werther", Eichenrauschen bei „Götz" usw. Bei Schiller fallen die Unterschiede fort: Baum ist Baum bei ihm, einerlei, ob er runde oder gezackte Blätter hat. Statt vom Dufte der Linden oder der Tannen zu reden, treten allgemeinere Begriffe ein: er kennt schattige, breitästige, feste, starkeingewurzelte, zu den Wolken aufragende, blitzzerschmetterte Bäume, auf andere Unterschiede läßt er sich nicht ein. Er stellt uns so weit zurück, daß botanische Einzelheiten verschwinden und nur noch die großen Massen sich dem Auge bieten. Und so die Wirkung seiner Werke. Es ist ihm ziemlich gleichgültig, was der dicht herzutretende, fein empfindende einsame Leser sagt, er will Massen von Lesern packen, der einzelne gilt ihm nur so weit, als er zu dieser Masse gehört: Schiller will ein ganzes Volk mit verbindender Kraft und tragender Begeisterung erfüllen, sein Publikum soll nach Tausenden zählen: Goethe hatte sich immer begnügt, ein paar Freunde zu haben, die ihn verständen, es war ihm gleichgültig, wer später mitgenießend hinzuträte. Man könnte auf Goethe das Beispiel anwenden, das er selbst von Wilhelm Meister braucht: er sei ausgegangen, seines Vaters Eselin zu suchen, und habe ein Königreich gefunden. Alle Goetheschen Werke haben diesen Ursprung; der ungemeine Erfolg fand sich unerwartet ein, und wo es scheint, daß Goethe darauf gerechnet habe. wie beim „Werther", hatte diese Erwartung eher etwas von kindlicher, freudiger Ungeduld als von der Berechnung eines Mannes, der bei seinen Spekulationen von bestimmter Kenntnis des Publikums ausgeht. Wo Schiller dagegen Königreiche gewinnt, hat er sie sicher von Anfang an im Auge gehabt. Man lese seinen Briefwechsel mit Cotta. Immer trägt er sich mit umfangreichen Unternehmungen. Viele Bände, Mitarbeiter, bedeutende Verbreitung, starker Gewinn, und ein fester Plan mit Vorausberechnung aller Chancen. Schiller war Dichter und Literat im Sinne Voltaires. Er sieht, daß er eine Partei braucht, er münzt sein Gold nicht zu Schaumünzen aus wie Goethe, sondern zu kurantem Gelde, das zu Millionen in Umsatz gebracht werden soll.

In Goethes Gedichten merkt man bei jedem leisen Atemzuge, woher er kommt. Man fühlt die südliche Luft, den Strom des Seewindes, der über das griechische Meer zu Iphigenie heranweht. Man fühlt den süßen Hauch der Lorbeerhecken und der Orangen von Ferrara, man saugt den reinen Luftzug des Rheintales ein, wenn man Goethes Briefe über den Straßburger Münster liest. Bei Schiller fühlt man nur die dynamische Kraft des Sturmes, einerlei. ob Süd- oder Nordwind. Alles Dichten Goethes war Gelegenheitsarbeit, seine Früchte reifen, je nachdem ihm die Sonne scheint. Schiller hat keine Zeit, das abzuwarten: er baut bei hartem Wetter ein Treibhaus über seine Fruchtbäume, damit ja keine Unterbrechung der Produktion eintrete, und heizt ein, wenn die Sonne nicht scheinen will. Schiller verlangt Freiheit, er zwang seinen kränklichen Körper: der Geist sollte freie Herrschaft haben über die geistige Arbeitskraft. Ihm fehlte das Schwanken, das geduldige Abwarten, ob die Hand des Schicksals winken werde, das Nachtwandeln Goethes: Schiller durchbrach die realen Lebensbande rücksichtslos. Bei Goethe saß das Vorzimmer immer voll Menschen: er brauchte nur zu winken, sie drückten ihm die Türe ein; wenn er sich einsam fühlte, so handelte es sich nur um das Genügen für die höheren Ansprüche, die sich an den Verkehr von Menschen stellen lassen; bei Schiller dagegen finden wir bittere, wirkliche Verlassenheit, er sieht die lange Straße herunter, und kein Mensch sichtbar, der sich um ihn kümmert, er hält dem Schicksal den Hut hin und dankt für die kleinste Münze, die hineinfällt. In Dresden saß ein Rat Körner und Frau und Schwester, gute, ehrliche, gebildete, begeisterte Menschen. Sie fühlen sich gedrungen, Schiller zu schreiben. Wie wir ihn da zugreifen sehen! Wie durstig er den dargebotenen Trunk an die Lippen setzt!

Mit Goethe ließ sich so nicht anbinden. Goethe kannte, als er so alt war wie Schiller, längst alle Weine im Keller der Menschheit. Er kostete lange, ehe er trank. Goethe durfte so verfahren. Goethe konnte behaglich von einem Orte zum andern gehen, während Schiller vom Schicksal per Schub von einer Stelle zur andern gebracht wurde. Er entflieht aus dem Dienst eines tyrannischen Fürsten, findet in Mannheim keine neue Heimat, geht aufs Land, wo man ihn aufnimmt, nach Leipzig, Dresden, überall mit Schulden, und gerät endlich auf nichts als einen bloßen Titel hin, den ihm der Herzog verliehen hatte, nach Weimar, nur um zu probieren, ob sich da leben lasse. Immer dieselbe Leier: Arbeit vom Tage zum Tage, um leben zu können, Gefühl der drückenden Schulden, Bewußtsein, seine beschränkte ärmliche Familie durch sein Entweichen noch un-

glücklicher gemacht zu haben, und Ermüdung: wozu noch
Menschen suchen, da es doch vergeblich ist?

Nur eins hält ihn aufrecht: das Bewußtsein einer gewaltigen Leistungsfähigkeit. Schiller war es zuletzt fast gleichgültig geworden, in welcher Richtung er seine Feder laufen
ließ: ob Historie oder Dichtung; aber daß er, wenn er
wollte, etwas schaffen werde, das Erfolg haben müsse, das
wußte er, und daraufhin durfte er sich erlauben, stolz zu
sein, und sich zu denen rechnen, die in der ersten Reihe
standen.

Und nur eine einzige große Erwartung hegte Schiller endlich noch: das Begegnen mit Goethe. Als Schiller sich in
Weimar niederließ, wußte niemand in Weimar zu sagen,
ob und wann Goethe zurückkehren werde; aber jedermann
sprach davon. Denn damals schon war es selbstverständlich, daß, was Goethe tat, das erste große Interesse der
Weimarer bildete. Man entbehrte ihn, ohne es sich Wort
haben zu wollen. Aus Schillers Briefen erfahren wir so
recht, welch ein dürrer Boden Weimar war, nachdem Goethe den Rücken gewandt. Er beschreibt die bürgerliche und
adlige Gesellschaft, er bespricht die hervorragenden Persönlichkeiten, mit denen er bekannt wurde, die Häuser, in
denen er verkehrte. Wie Goethe einst, saß er selber jetzt
„in entsetzlicher Einsamkeit" da, nur daß ihm die Arbeit
auf den Fingern brannte und das Geld zeitweise bis auf die
letzten Groschen ausging. Der Gedanke, alles das müsse
anders werden, wenn nur Goethe erst wieder da sei, war
der natürliche bei ihm. Man sieht, wie er aus ist auf Nachrichten von ihm. Er durfte sich selber doch schon für bedeutend genug halten, um sich zu sagen, auch Goethe werde
eine gewisse Erwartung hegen, mit ihm zusammenzutreffen.

Schiller hatte Goethe schon gesehen. Auf der Schweizerreise mit dem Herzog im Jahre 1779 war auch Stuttgart
von ihnen berührt worden. Schiller empfing als armseliger

Schüler ein paar Preise aus der Hand seines Herzogs, und er sah Goethe neben diesem stehen, in der steifen Tracht des Hofkleides. Goethe war damals noch von seinem jugendlichen Ruhm umgeben. Er machte auf Schiller einen großen Eindruck. Im nächsten Jahr wurde zum Geburtstage des Herzogs „Clavigo“ von den Karlsschülern aufgeführt, und Schiller spielte den Clavigo. Damals vollendete er die „Räuber“, er war einundzwanzig Jahre alt. In demselben Jahr wird er zum Regimentsarzt befördert und, bei tollem Leben, mit erborgtem Gelde der Druck der „Räuber“ begonnen.

Schiller träumte keine Goethesche Laufbahn: er hoffte nicht einmal der Freund eines Fürsten und der Genosse des Adels zu werden, er wollte an das wirkliche Theater gelangen, auf die Bretter, er wollte in stürmischen Verkehr mit dem großen Publikum treten. Nicht dieser oder jener sollte ihm die Hand drücken, sondern geklatscht, geweint, gezittert sollte werden. Als Schiller sich auf die Flucht begab, war das Theater sein natürliches Ziel, er wurde Theaterdichter und glaubte etwas zu erreichen. Aber die Täuschung dauerte nicht lange, und nun folgen Schlag auf Schlag die Enttäuschungen des Lebens, in das er sich gestürzt hatte.

1784 hatte Schiller in Darmstadt Karl August kennengelernt, den Goethe damals nicht begleitete. Bis dahin waren die „Räuber“, „Fiesko“ und „Kabale und Liebe“ von ihm erschienen. Er las dem Herzog den ersten Akt des „Don Carlos“ vor und hatte eine Unterredung mit ihm. Dafür wurde ihm der Titel eines herzoglich Weimarischen Rates zuteil. Wir wissen nicht, ob das durch Goethes Hände ging.

Darauf erst, im April 1785, zog Schiller nach Leipzig und siedelte im September zu seinem Freunde Körner nach Dresden über Von da im Juli 1787 nach Weimar. Er hatte ein volles Jahr Zeit, sich dort einzuleben, ehe Goethe zurückkehrte.

13

DIE JAHRE DES NEBENEINANDER
1788—1794

Den 18. Juni 1788, 10 Uhr abends bei aufgehendem Vollmonde, war Goethe in Weimar wieder eingetroffen. „Der vornehme Römer", wie Herder sagte. Man sieht, wie diesem Manne selbst zu der Zeit, wo er Goethe am herzlichsten verehrte, ein böser Dämon etwas Beleidigendes in den Mund legte. Herder nannte Goethes Briefe große Schüsseln mit breitem Rande und wenig Inhalt. Herder wußte am besten, wie wenig Goethe „vornehm" und wie sehr er gerade jetzt, wo die Sehnsucht zu seinen Freunden ihn zurückgeführt hatte, ein „Weimarer" statt eines „Römers" sein wollte.

Schiller war damals auf dem Lande in Volkstädt bei Rudolstadt. Er hatte Lengefelds kennengelernt, und es begannen ihm, nach der ewigen Heimatlosigkeit seines ganzen Lebens von Kind auf, Gedanken einer eignen Häuslichkeit aufzudämmern. Nichts Kahleres, Unfruchtbareres läßt sich denken als die Lebensverhältnisse, von denen er umgeben war. Die aus dieser Epoche an Körner gehenden Briefe sind die verzweifeltsten, trübsten, die er je geschrieben hat. Daher das Entzücken erklärlich, mit dem er die familienmäßig herzliche Aufnahme im Kreise der Frau von Lengefeld und ihrer Töchter genoß.

Eine Woche bereits vor Goethes Ankunft in Weimar hatte Schiller von Volkstädt Körner mitgeteilt, Goethe werde erwartet. „Man ist sehr begierig, ob er bleiben wird." Den 5. Juli, also nun schon einige Zeit nach Goethes Erscheinen in Weimar, schreibt Schiller, noch immer aus Volkstädt, an Körner: „Goethe ist jetzt in Weimar seit vierzehn Tagen; man findet ihn wenig verändert. Wie es weiter mit ihm werden wird, weiß noch niemand." Und abermals drei Wochen später (den 27. Juli): „Von Weimar höre ich seit vielen Wochen nichts, doch wird dieser Tage Frau von Stein hierherkommen, die mir von Goethe erzählen soll." Das klingt recht unverfänglich, aber man sieht, wie Schiller sich Körner gegenüber zusammennehmen wollte; denn in einer Nachschrift kommt nun doch zum Vorschein, wie erregt er bereits war und wie sich seine Gedanken mit Goethe beschäftigten. „Ich bin sehr neugierig auf ihn, auf Goethe, im Grunde bin ich ihm gut, und es sind wenige, deren Geist ich so verehre. Vielleicht kommt er auch hierher, wenigstens nach Kochberg, eine kleine Meile von hier, wo Frau von Stein ein Gut hat." Der Stil verrät hier in jeder Wendung Schillers Gefühl. „Neugierig" sollte doch wohl bedeuten: „brenne vor Ungeduld". „Neugier" besagt „gespannte Erwartung", aber „mit Gleichmut". „Neugier" sagt ferner, daß unbefangene Kritik vorbehalten bleibe. Endlich: „Neugier" schließt jeden Gedanken an Unterordnung aus. Und weiter: „im Grunde bin ich ihm gut" soll wohl sagen: „ich schwanke in einer mir selbst unerklärlichen Weise zwischen Ab- und Zuneigung", und daß er nur von Goethes „Geist" spricht, den er verehre, zeigt, wie sehr Herz und Gemüt, und was sonst zur Persönlichkeit gehört, vorbehalten sei. Aus dem Schlußsatze sehen wir, wie er eine Begegnung und Resultate dieser Begegnung mit Sicherheit erwartete. Und daraus, daß dies alles ungeordnet in einem Nachsatze kommt, schließen wir, wie absichtlich er es Körner zuerst hatte verschweigen wollen und wie es ihm endlich dennoch aus der Feder floß.

Schiller staunte Goethe an, er ermaß völlig Goethes Bedeutung nach innen wie seine Macht nach außen. Daß ein Mann wie Goethe jetzt nach Weimar käme, ohne von Schiller Notiz zu nehmen, war einstweilen undenkbar; geschah es aber, so war das schon etwas, das Schiller nötigte, seines eigenen Ansehens wegen, eine bestimmte Stellung einzunehmen. Schiller war ein Schriftsteller, der das Handwerk von Grund aus kannte. Sich Goethe zu beugen, ihm Schritte entgegen zu tun, wäre ihm nicht schwer gewesen: aber wer garantierte ihm, wie Goethe das aufnehmen würde? Und so blieb schon nichts übrig, als, ganz abgesehen von eigner Ab- oder Zuneigung, sich klarzumachen, daß standgehalten werden müsse. Aber es sollte anders kommen.

Da Goethe so gar nichts von sich hören ließ, begann Schiller in der Stille mit sich zu kapitulieren. Schon sein Brief an Körner zeigt: wäre Goethe nach Kochberg gekommen, so würde Schiller nichts dagegen gehabt haben, sich gleichfalls dort einzufinden. Man wäre sich ja immer von zwei Seiten entgegengekommen. Goethe kam aber nicht nach Kochberg. Schiller konnte freilich am wenigsten wissen, warum. Denn wie sollte er ahnen, was, während er so in Volkstädt wartete, zwischen Goethe und Frau von Stein vorgefallen war?

Vom ersten Zusammentreffen an hatte Frau von Stein die in Goethes Wesen vorgegangene Veränderung bemerkt. Sie konnte sie nicht verstehen, auch mußte sie ihr unverständlich sein. Goethes Briefe hatten die Fiktion der alten Vertraulichkeit aufrecht gehalten, und nun war er da: kalt, gezwungen, ausweichend, vertrauenslos, nicht einmal geneigt sich auszusprechen. Frau von Stein ahnte nicht, daß, kaum drei Wochen nach seiner Rückkehr, Christiane bereits von Goethe Besitz genommen hatte. Dies Verhältnis hüllte sich in den ersten Zeiten in tiefes Geheimnis. Einige in trochäischem Maße, das gleichsam die Sehnsucht ausdrückt, gehaltene Gedichte erzählen von Goethes verborgenem Verkehr mit Christiane. Wie er zu ihr kam, wie sie zu ihm kam, wie er sie erwartete. Alle seine Gedanken gehören dem schönen Mädchen. Endlich erträgt Frau von

Stein diesen Zwang nicht mehr und sucht mit Gewalt eine Erklärung herbeizuführen. Goethe aber weiß ihr auszuweichen. Eine Woche vor jener Nachricht Schillers an Körner, Goethe werde auf Kochberg erwartet, hatte Goethe eins seiner Billette an Frau von Stein folgendermaßen abgeschlossen: „Dir darf ich wohl sagen, daß mein Innres nicht ist wie mein Äußres." Wir sehen also, Goethe selbst fühlte, daß sein Äußres Frau von Stein unbegreiflich sein müsse, verweigert aber nicht nur darüber zu sprechen, sondern begnügt sich, indem er schreibt, mit einer bloß entschuldigenden Wendung, durch welche genugsam angedeutet ward, daß es sich hier um Dinge handle, über die zu schweigen er entschlossen sei. Frau von Stein wird das zuletzt zuviel, und sie verläßt Weimar. Goethe hatte wahrhaftig nicht die Absicht, ihr jetzt nach Kochberg zu folgen. Was Schiller anlangt, so fiel Goethen damals überhaupt wohl nur zuzeiten ein, daß Schiller auf der Welt sei. Er lebte in der Erinnerung an Italien, dichtete am „Tasso", beschränkte sich in der Stille auf Christiane, die er zur Vertrauten seiner botanischen Stunden gemacht hatte, und suchte in Weimar „so fortzuleben, ob es gleich eine sonderbare Aufgabe war". So formuliert er seinen Zustand in einem den 22. Juli an Frau von Stein geschriebenen Briefe. „Mögest Du", wünscht er, „in dem stillen Kochberg vergnügt und vorzüglich gesund sein." Vor zwei Jahren wäre ihm unmöglich gewesen, seiner geliebten Freundin mit einer solchen Bürophrase zu kommen, in der sogar nun der heimliche Wunsch lag, Frau von Stein möge so lange als möglich sich fern von Weimar „vergnügt und vorzüglich gesund" befinden.

Und so: Frau von Stein war längst sogar in Kochberg angelangt, als Schiller jene Zeilen an Körner schrieb, daß sie dort erwartet werde; Goethe aber kam nicht hinterher.

Einen Monat saß Schiller und wartete, und abermals wird jetzt beim Abschlusse eines Briefes, aus der zweiten Hälfte

Goethe
in der
Campagna
1786-88

Goethes Gartenhaus am Stern

des August bereits, Goethe genannt. „Goethe habe ich noch nicht gesehen“, schreibt er, „aber Grüße sind unter uns gewechselt worden. Er hätte mich besucht, wenn er gewußt hätte, daß ich ihm so nahe am Wege wohnte, als er nach Weimar reiste. Wir waren einander auf eine Stunde nahe. Er soll, höre ich, gar keine Geschäfte treiben. Die Herzogin ist fort nach Italien. — Goethe bleibt aber in Weimar. Ich bin ungeduldig, ihn zu sehen.“ Schiller hatte die Sache so oft überlegt, daß er bei der einfachen Wahrheit stehengeblieben war, die im letzten Satze enthalten ist. Endlich sollte nun auch diese Ungeduld befriedigt werden. Goethe erschien Anfang September in Rudolstadt im Hause der Frau von Lengefeld, Schillers späterer Schwiegermutter. Herders Frau, Frau von Stein, sowie deren Schwägerin, Frau von Schardt, waren dabei. Dazu die drei Lengefeldschen Damen: die Mutter, Lottchen (Schillers spätere Frau) und deren Schwester (Schillers spätere Biographin) Karoline von Wolzogen oder, wie ihr erster Name, in erster Ehe, damals noch lautete, von Beulwitz.

Schillern stand Goethe wohl noch in Gedanken so vor den Augen, wie er ihn nun fast zehn Jahre früher zum ersten und einzigen Male in Stuttgart mit den Blicken verschlungen hatte. „Endlich kann ich Dir von Goethe erzählen“, schreibt er den 12. September an Körner, „worauf Du, wie ich weiß, sehr begierig wartest. Ich habe vergangenen Montag beinahe ganz in seiner Gesellschaft zugebracht, wo er uns mit der Herder, Frau von Stein und der Frau von Schardt besuchte. Sein erster Anblick stimmte die hohe Meinung ziemlich tief herunter, die man mir von dieser anziehenden und schönen Figur beigebracht hatte. Er ist von mittlerer Größe, trägt sich steif und geht auch so; sein Gesicht ist verschlossen, aber sein Auge sehr ausdrucksvoll, lebhaft, und man hängt mit Vergnügen an seinem Blicke. Bei vielem Ernst hat seine Miene doch viel Wohlwollendes und Gutes. Er ist brünett und schien mir älter auszusehen, als er meiner Berechnung nach wirklich sein kann. Seine Stimme ist überaus angenehm, seine Erzählung fließend, geistvoll und belebt; man hört ihn mit überaus vielem Vergnügen; und wenn er bei gutem Humor ist, welches diesmal so ziemlich der Fall war, spricht er gern und mit Interesse. Unsere Bekanntschaft war bald gemacht und ohne den mindesten Zwang; freilich war die Gesellschaft zu groß und alles auf seinen Umgang zu eifersüchtig, als daß ich viel allein mit ihm sein oder etwas anderes als allgemeine Dinge hätte mit ihm sprechen können. Er spricht gern und mit leidenschaftlichen Erinnerungen von Italien; aber was er mir davon erzählt hat, gab mir die treffendste und gegenwärtigste Vorstellung von diesem Lande und diesen Menschen."

Hier sehen wir wieder, wie sehr der Stil Schillers Gedanken verrät. Wir empfinden die Absicht, gerecht und vorurteilslos schreiben zu wollen, und wie er die tiefe Niedergeschlagenheit, das Gefühl, daß er sich in jeder Weise getäuscht habe, nicht bemeistern kann. Schiller hatte geglaubt, irgend etwas werde sich ergeben aus dieser Berührung. Statt dessen: ganz gleichgültiger Verlauf. Körner antwortet auf diesen Teil des Briefes gar nicht, sondern bemerkt nur, fast möchte man sagen, nicht ohne eine gewisse Befriedigung: „Goethens Zusammenkunft mit Dir ist abgelaufen, wie ich mir dachte. Die Zeit wird es lehren, ob Ihr Euch näherkommen werdet. Freundschaft erwarte ich nicht, aber gegenseitige Reibung und Interesse füreinander." In Goethes gleichzeitigen Briefen findet sich keine Spur dieser Begegnung. Nur ein einziges Mal wird Schiller erwähnt und hier sogar mit Umgehung seines Namens, der geflissentlich ungenannt gelassen wird.

Die Gelegenheit war nicht unbedeutend.

Es war damals ein neuer Band der gesammelten Werke Goethes erschienen, welcher „Egmont" enthielt. „Egmont", bereits in Frankfurt begonnen und in Weimar gelegentlich fortgeführt, nahm in Rom eine neue Gestalt an, die einzige, in der wir ihn kennen, da von der früheren Fassung gar nichts veröffentlicht worden ist. In der Frankfurter Bearbeitung scheint das politische bürgerliche Element, das Verhältnis zwischen Klärchen und Brackenburg, mehr im Vordergrunde gestanden zu haben. Doch gebe ich das nur als Vermutung. Ob die Regentin dann erst durch die Herzogin-Mutter in die weimarische, zweite Redaktion des Stückes gekommen sei, und andere Fragen lassen wir hier auf sich beruhen; nur so viel: auch Klärchen hatte, als das fertige Manuskript von Rom nach Weimar zum Druck abgesendet worden war, dort keine Gnade gefunden, und Goethe sich ihretwegen zu verteidigen.

Goethes neuer Band also war Schiller damals zum Rezensieren zugesandt worden, und dieser an die Arbeit gegangen. Nicht lange nach jener ersten Zusammenkunft mit Goethe erschien seine Besprechung und machte wie jede literarische Kundgebung damals viel von sich reden.

Goethe las die Rezension. Er mußte abermals merken, daß seine Zeit vorüber sei, daß die Tage gekommen waren, in denen, wie er sich selbst vernehmen läßt: „das deutsche Publikum nichts mehr von ihm wußte". Eine neue Generation war aufgekommen, für die Goethes zarte Helden nichts Heldenmäßiges mehr besaßen.

Man könnte Egmont den aristokratischen, weichlichen Zwillingsbruder Götzens von Berlichingen nennen. Ein Mensch, der seine eigne edle Natur, von der er sich treiben läßt, zu seinem regierenden Schicksal erhoben hat. Er verhält sich leidend den Eingebungen des Moments gegenüber. Leidend im Sinne der leidenden Natur. Egmont ist wie ein üppiger Fruchtbaum, der es dulden muß, wenn plötzliche Kälte im Frühling seine jungen Triebe erstarren läßt. Götz und Egmont bieten sich dem Schicksale dar und nehmen gutes und schlechtes Wetter ohne Murren in Empfang. In diesem willenlosen Zustand liegt das Tragische. Das traum-

hafte Dahingehen durchs Leben finden wir als das ewige
Thema aller Gedichte aus jüngeren Jahren. Seine Helden
sind frei und unfrei, beides zugleich in der höchsten Potenz
und in der schönsten Erscheinung. Die Vermischung von
Freiheit und Unfreiheit war das ewige, alte Problem der
mit den Gedanken auf sich gewandten Menschheit, diese
Mischung von Wollen und Müssen, für die sich nie eine er-
schöpfende Formel finden wird.

Goethe empfand sich selbst als den vorzüglichsten Repräsentanten dieses Gegensatzes: immer stellt er sich selbst
neu in dieser Richtung dar, um so oder so eine Versöhnung
zu finden. In „Götz" sahen wir die höchste Vaterlandsliebe, welche Unterordnung unter die Gesetze erfordert
hätte, verbunden mit einer individuellen Selbständigkeit,
die aller Gesetze spottet; im „Tasso" sehen wir ein fast
andachtsvolles Empfinden für die Wünsche des Herzogs,
der im Sinne des 16. Jahrhunderts als halbgottartiges Wesen dastand, verbunden mit der rücksichtslosesten Vernach-
lässigung dieser Position, sobald Verdacht und Laune sich
erheben; in „Egmont" das höchste Selbstgefühl eines freien
niederländischen Edelmannes, der sein Volk repräsentiert,
und zugleich die Unmöglichkeit, das individuelle gedankenlose Dahinleben und den kindlichen Genuß des Daseins politischer Konsequenz zum Opfer zu bringen. Der
Abschluß mußte Egmonts tragischer Untergang sein.

Aber schon „Götz" war, was diesen innersten Konflikt anlangt, vom Publikum nicht verstanden worden. Begeistert
hatte man in dem Stücke das echte Abbild deutschen Daseins gefunden: die Herzlichkeit, die vertrauende Bieder-
keit, die unverwüstliche gutmütige Kraft bei Götz, und,
ihm gegenüber, die Elendigkeit des Hoflebens bis in alle
Konsequenzen bei Weislingen sichtbar. Dazu die Güte und
die lebendig verschiedene Charakteristik der Götzischen
Frauen im Gegensatze zu Adelheid. Soweit sich diese Elemente im „Egmont" fanden, wurden sie auch jetzt wenig-

stens verstanden, wenn auch freilich nur im Hinblicke auf „Götz": die Volksszenen wurden für vorzüglich gelungene Genrebilder erklärt, allein auch hier waltete ein Unterschied zwischen Verständnis des einzelnen und begeisterter Zustimmung aller. Der unbekannte Autor des „Götz" war wie ein Retter in literarischer höchster Not begrüßt worden, dem bekannten und berühmten Verfasser des „Egmont" wurde mitgeteilt, daß man ihn, unter Bedingungen, immer noch gelten lassen wolle. Zum ersten Male wurde das Goethe rücksichtslos und öffentlich ins Gesicht gesagt, und zwar in Weimar selber, und zwar von Schiller — zum Willkomm! Schillers mildere Stimmung bei der endlich zustande gekommenen persönlichen Begegnung mit Goethe entstammte vielleicht einer gewissen wehmütigen Zufriedenheit, die er nun empfand, da seine Rezension des „Egmont", worin er sich hart und unabhängig aussprach, bereits fertig war. Sie enthielt sein Programm. Goethe sollte damit vieles angedeutet werden. Vor allen Dingen ging aus diesem Aufsatz hervor: auch Goethe war in Deutschland nun historisch geworden: dies wurde konstatiert. Ferner: daß Jüngere vorhanden seien, welche sich als Inhaber der Zukunft betrachteten, und daß diese Jüngeren jetzt — ganz wie Goethe einstens in den Frankfurter Anzeigen — sich erlauben müßten, die ältere Generation unbefangen vorzunehmen und ihr ohne viel Umschweife die Wahrheit zu sagen. Als glänzendster Repräsentant dieser „Älteren" stehe nun zwar Goethe da, als berechtigter Wortführer der „Jüngeren" jedoch Schiller. Als solcher wünsche er mit Goethe von gleich zu gleich zu verkehren. Sei Goethe eine Macht, so sei man seinerseits nicht ohnmächtig. Gehe er aus dem Wege, so suche man ihn nicht: dem Range nach walte kein Unterschied, und sollte das irgendwo geglaubt werden, so gehöre man nicht zu denen, die diesen Glauben teilten.

Es ist nicht schwierig, diese Andeutungen in Schillers „Egmont"-Rezension zwischen den Zeilen zu lesen. Schiller beweist Goethe mit der Sachkenntnis eines geschulten Schriftstellers, daß seine Behandlung Egmonts eine verfehlte sei. Er erspart ihm die betreffende historische Vorlesung nicht. Der wirkliche Egmont sei ein verschuldeter hoher Herr und Familienvater gewesen und in keiner Weise König Philipp so gegenübergetreten, wie Goethe wolle. Die ganze Weisheit, wieweit historische Helden den wirklichen Persönlichkeiten zu entsprechen hätten, deren Namen sie trügen, wird vorgebracht, und alles die Politik Betreffende als verfehlt aus Goethes Stück ausgeschieden. Dagegen — auch dies im Geiste der Zeitläufte — wird dem volkstümlichen Elemente hohes Lob erteilt, und Goethe schließlich kalt abgefertigt. Zwar erteilt ihm Schiller „magna cum laude" als Prädikat, aber mit dem Hinweise, daß „summa cum laude" diesmal entschieden zurückbehalten werde.

Um nun aber Schiller ganz zu zeigen, wie er war: als diese Rezension kurz nach seiner Begegnung mit Goethe (im September 1788) erschienen war, erzählt irgend jemand Schiller, Goethe habe sich anerkennend darüber geäußert. Und Schiller glaubt das! Die ganze Unschuld Schillers liegt in diesem Glauben. Er hielt in der Tat „Egmont" für ein schwaches Produkt und stellte Goethe hoch genug, um ihm zuzutrauen, daß er das selber einsehe.

Nur eine einzige Äußerung Goethes über Schillers Aufsatz haben wir. Er schreibt Anfang Oktober dem Herzog, „in der Literaturzeitung stehe eine Rezension seines ‚Egmonts', welche den sittlichen Teil des Stücks gar gut zergliedere". „Was den poetischen Teil betrifft, möchte Rezensent andern noch etwas zurückgelassen haben." Auch hier verrät der Stil deutlich genug, was Goethe empfand. Supplieren wir das zwischen den Zeilen zu Lesende, so würde der Brief an den Herzog etwa folgende Gestalt annehmen: „Der von Eurer Durchlaucht zum Weimarischen Rat ernannte politische Schriftsteller, dessen Namen ich ja weiter nicht zu nennen brauche, hat seine Dankbarkeit gegen Ew. Durchl. und mich damit bewiesen, daß er über meinen ‚Egmont' abgeurteilt hat. Was die in Deutschland jetzt waltende politische Weisheit anlangt, so mag er recht haben. Was die Poesie anlangt, so versteht er überhaupt nichts davon."

Daß dies Goethes innerste Gesinnung Schiller gegenüber damals gewesen sei, das zu beweisen braucht es jedoch keiner fingierten Briefe. Goethe spricht sich mit völliger Deutlichkeit selbst darüber aus. Im hohen Alter (1817) rekapituliert er sein Verhältnis zu dem verstorbenen Freunde von Anfang an. Er berichtet, wie er, aus Italien zurückkehrend, alles in Deutschland verändert gefunden habe. Wie Schiller nebst Heinse — dessen „Ardinghello" damals verschlungen wurde — als die vornehmsten Repräsentanten einer Richtung dastanden, welche er verdammte. Wie die Begeisterung, welche die „Räuber" erregten, ihn erschreckt habe. Seine feste Absicht sei gewesen, alles Zusammentreffen mit diesem Mann entweder zu vermeiden oder doch auf das Unumgänglichste einzuschränken — Goethe war ein Heros im Schweigen und im Aus-dem-Wege-Gehen.

Hier nun sehen wir auch, was Schiller in Weimar blühte, als er im Spätherbst vom Lande dahin zurückkehrte. Ich sagte soeben, welcher Täuschung er sich über die Aufnahme seiner Rezension des „Egmont" hingab. Er kam in der bestimmten Erwartung, daß sein Verhältnis zu Goethe jetzt eine feste Form annehmen m ü s s e. Immer noch war in ihm das alte Selbstgefühl lebendig. Bald dämmert ihm nun aber auf, wie die Dinge in Wahrheit ständen.

„Goethe ist jetzt auf einige Tage verreist", lesen wir im ersten Briefe an Körner, „es ist nun ziemlich entschieden, daß er hier bleibt, aber privatisiert. Im Conseil steht nur noch sein Stuhl, er ist so gut als ausgeschieden." Vierzehn Tage lang schreibt Schiller dann überhaupt nicht an Körner, und im Brief vom 1. Dezember wird Goethe gar nicht erwähnt. Noch den 27. November hatte Schiller an Karoline von Beulwitz geschrieben: „Goethe sprach ich noch nicht. Es geschieht aber dieser Tage." Wollte Schiller ihn aufsuchen, hoffte er ihm irgendwo zu begegnen? Genug, es geschah keines von beiden, und wir finden nirgends, warum nicht.

Goethe, inzwischen längst zurückgekehrt, beginnt sich nun seinerseits und in seiner Weise mit Schiller zu beschäftigen. Es sollte für ihn, der ohne Gehalt in Weimar saß, gesorgt werden; Schillers Berufung als Professor nach Jena kam aufs Tapet.

Eichhorn war von dort nach Göttingen berufen worden und hatte angenommen. Goethe fördert seinen Ersatz durch Schiller. Wir haben sein die Berufung Schillers betreffendes Promemoria vom 9. Dezember (1788). Goethe betreibt die Angelegenheit so sehr als eine rein äußerliche, daß er gegen Herder, der damals in Italien war und dem er aus „Kälte und tiefem Schnee" nach Rom schrieb, darüber kein Wort verliert. Schiller, obwohl er sich selbst um die Stelle bemüht hatte, beschlich, als endlich alles seinen Wünschen gemäß verlaufen war, ein Gefühl, „daß man ihn übertölpelt habe". Indessen Schiller hatte es gewollt und mußte Goethe für die gewährte Unterstützung obendrein verpflichtet sein. Er entschließt sich, Goethe eine Dankvisite abzustatten. Über dieses Zusammentreffen lesen wir nichts in seinen Briefen; jetzt aber scheint das Entscheidende vorgefallen zu sein.

Schiller meldet sich bei Goethe, immer noch in der Hoffnung, endlich als Dichter dem Dichter zu begegnen. Schiller schreibt an Karoline von Beulwitz mit einiger Sicherheit, er hoffe Goethen, der „so gar selten allein sei", bei seinem Besuche „nicht bloß zu beobachten, sondern sich auch etwas für sich aus ihm zu nehmen". Es lag also der Plan vor, einen Angriff auf Goethes Herz zu machen. Aber umsonst. Schiller findet nur den höheren Beamten, den Vorgesetzten, der das Gespräch auf den bestimmten Fall konzentriert und sich auf nichts außerhalb der Jenenser Professur Liegendes einläßt. Goethe ermuntert ihn mit „docendo discitur" und spricht sich in wohlwollender Weise dahin aus, daß die Stelle zu Schillers Glücke beitragen werde. Den 15. Dezember sendet er ihm das Reskript aus der Regierung zu, worin Schiller angewiesen wird, sich auf die Professur einzurichten. Zwar sieht es aus, als habe Schiller nachher noch einmal Goethe aufgesucht, der „überaus gütig" in dieser Sache gewesen sei; sicher aber war dieser Besuch dann der allerletzte. Mochte auch der „Don Carlos" die Blicke Deutschlands wiederum auf Schiller gelenkt haben, Goethe will von dem Stück so wenig wissen wie von den übrigen. Schiller sah, daß von Goethe nichts weiter zu erwarten war.

Wahrhaftig jämmerlich ist es nun, zu beobachten, wie Schiller auf die Länge — denn er ging nicht sofort von Weimar nach Jena ab — diese Mißhandlung nicht mehr erträgt. Jämmerlich, wenn wir bedenken, wie in späteren Zeiten Goethe jeden Tag mehr mit Schiller zusammen mit seinem eignen Leben erkauft haben würde. Durch ein besonderes Zusammentreffen mußte Schiller sich damals zuletzt von dem Umgang mit Goethe geradezu ausgeschlossen finden.

Einer von denen, die in Rom Goethes nächste Umgebung bildeten, war Moritz. Moritz hat sein Leben in dem auch heute noch lesenswerten Romane „Anton Reiser" beschrieben. Aus elenden Verhältnissen hatte er sich emporgewunden. Sein Ruhm wird bleiben, daß er eine vorzügliche deutsche Prosa geschrieben und daß seine „Deutsche Verslehre" Goethe, wie dieser eingesteht, für die abschließende Gestaltung der „Iphigenie" große Dienste geleistet hatte. Moritz brachte den regierenden Tonfall der Worte mit ihrem geistigen Werte in Einklang, er gestaltete zu einer

Theorie, was Klopstock praktisch zuerst eingeführt hat. Er fand für eine quantitätlose Sprache eine Akzentlehre, welche „geistige" Längen und Kürzen herstellte und eine Nachahmung der antiken Maße im Deutschen im antiken Sinne nach festen Prinzipien möglich erscheinen ließ. Wir haben von Moritz Briefe aus Italien, welche in die Goethesche Epoche fallen und eine interessante Ergänzung der „Italienischen Reise" bilden, vor deren Erscheinen sie herauskamen. Moritz, der aus Italien zurückkehrte, traf im Dezember 1788 in Weimar ein und wohnte bei Goethe.

Mit ihm ward Schiller jetzt aufs neue bekannt (nachdem er schon früher einmal in Leipzig mit ihm verkehrt hatte). „Moritzen hatte Goethe seinen Stempel mächtig aufgedrückt", urteilte er. „Sein Wesen hat viel Tiefe, seine Seele wirkt schwer, aber er bearbeitet seine Ideen zu möglichster Klarheit." Moritz aber ist es gewesen, erzählt Goethe selbst, der sich mit ihm „leidenschaftlich in den Gesinnungen bestärkte", welche Goethe gegen Schiller hegte. „Ich vermied Schillern, der, sich in Weimar aufhaltend, in meiner Nachbarschaft wohnte." Soll man daraus schließen, daß Moritz damals Schiller ausholte und dann Goethe im ungünstigsten Sinne über ihn berichtete? Jedenfalls sahen Moritz und Schiller jenerzeit sich oft, und Goethes Charakter war das Thema, über das heftig und immer wieder von neuem verhandelt wurde. Es liegt nichts Illoyales darin, weder daß Moritz sich auf diese Gespräche einließ, noch daß er Goethe davon wiedererzählte. Ja, solange Moritz in Weimar blieb, vom Dezember 1788 bis zum 1. Februar 1789, bildete dieser Verkehr für Schiller beinahe einen Ersatz für den wirklichen Verkehr mit Goethe, über den er wenigstens mit einem seiner Intimen sich nun aussprechen konnte. Denn der Druck der bloßen Gegenwart Goethes nötigte die Menschen, ihn als Gegenstand des Nachdenkens immer dicht vor sich zu sehen. Nun aber geht Moritz fort, und nun ging auch dieses Surrogat eines Umganges mit

Goethe Schillern verloren. Ihm bleibt nichts mehr als der
Briefwechsel mit Körner, dem er jetzt sein beleidigtes Gefühl auf das bitterste auszusprechen beginnt.
Anfang Februar 1789 schreibt er an Körner: „Dieser Tage
ist Moritz wieder von hier abgegangen. — Moritz ist ein
tiefer Denker, der seine Materie scharf anfaßt und tief
heraufholt. — Die Abgötterei, die er mit Goethe treibt und
die sich so weit erstreckt, daß er seine mittelmäßigen Produkte zu Kanons macht und auf Unkosten aller anderen
Geisteswerke herausstreicht, hat mich von seinem näheren
Umgange zurückgehalten. Sonst ist er ein sehr edler Mensch
und sehr drollig-interessant im Umgange. — Öfters um
Goethe zu sein, würde mich unglücklich machen: er hat auch
gegen seine nächsten Freunde kein Moment der Ergießung,
er ist an nichts zu fassen; ich glaube in der Tat, er ist ein
Egoist in ungewöhnlichem Grade. Er besitzt das Talent, die
Menschen zu fesseln und durch kleine sowohl als große
Attentionen sich verbindlich zu machen; aber sich selbst weiß
er immer frei zu behalten. Er macht seine Existenz wohltätig
kund, aber nur wie ein Gott, ohne sich selbst zu geben —
dies scheint mir eine konsequente und planmäßige Hand-
lungsart, die ganz auf den höchsten Genuß der Eigenliebe
kalkuliert ist. Ein solches Wesen sollten die Menschen nicht
um sich herum aufkommen lassen. Mir ist er dadurch verhaßt, obgleich ich seinen Geist von ganzem Herzen liebe
und groß von ihm denke ... Eine ganz sonderbare Mischung von Haß und Liebe ist es, die er in mir erweckt hat,
eine Empfindung, die derjenigen nicht ganz unähnlich ist,
die Brutus und Cassius gegen Cäsar gehabt haben müssen;
ich könnte seinen Geist umbringen und ihn wieder von
Herzen lieben. Goethe hat auch viel Einfluß darauf, daß
ich mein Gedicht (‚Die Künstler‘) gern recht vollendet
wünsche. An seinem Urteil liegt mir überaus viel. ‚Die
Götter Griechenlands‘ hat er sehr günstig beurteilt; nur zu
lang hat er sie gefunden, worin er auch nicht unrecht haben

mag. Sein Kopf ist reif, und sein Urteil über mich wenigstens eher gegen mich als für mich parteiisch. Weil mir nun überhaupt nur daran liegt, Wahres von mir zu hören, so ist dies gerade der Mensch unter allen, die ich kenne, der mir diesen Dienst tun kann. Ich will ihn auch mit Lauschern umgeben, denn ich selbst werde ihn nie über mich befragen."

Wir sehen, Goethe hatte Schiller außer sich gebracht. Es konnte keine härtere Tortur erdacht werden für einen Mann von Schillers Selbstgefühl, als so dicht neben Goethe zu leben, immer von ihm zu hören, heimlich ihn als die höchste dichterische und höchste kritische Instanz anzuerkennen und sich von ihm wie einen Aussätzigen zurückgestoßen zu sehen.

Ein Brief von Anfang März enthält noch einmal die volle Bitterkeit, welche Schiller erfüllte: „Ich muß lachen, wenn ich nachdenke, was ich Dir von und über Goethe geschrieben habe. Du wirst mich wohl recht in meiner Schwäche gesehen und im Herzen über mich gelacht haben, aber mag es immer. Ich will mich gern von Dir kennen lassen, wie ich bin. Dieser Mensch, dieser Goethe ist mir einmal im Wege, und er erinnert mich so oft, daß das Schicksal mich hart behandelt hat. Wie leicht ward sein Genie von seinem Schicksal getragen, und wie muß ich bis auf die Minute noch kämpfen! Einholen läßt sich alles Verlorene für mich nun nicht mehr — nach dem dreißigsten bildet man sich nicht mehr um — und ich könnte ja selbst diese Umbildung vor den nächsten drei oder vier Jahren nicht mit mir anfangen, weil ich vier Jahre wenigstens meinem Schicksale noch opfern muß. Aber ich habe noch guten Mut und glaube an eine glückliche Revolution für die Zukunft."

So also lag die Rechnung. Eine halbverfehlte Jugend, und jetzt, wo der äußerste Termin gewesen wäre für Nachholung des Versäumten, die Notwendigkeit elender Arbeit, um das tägliche Brot zu gewinnen und Schulden zu bezahlen. Und neben sich den großen Genius, dessen be-

lebender Umgang diese ungeheure Lücke der Vergangenheit hätte ausfüllen können, kalt und gleichgültig an ihm vorübergehend. Das Kapitel „Goethe" war für Schiller abgeschlossen. Ostern 1789 ging er nach Jena hinüber. Die Jenenser Universitätsarbeit auf der einen, seine glückliche Verheiratung mit Lotte Lengefeld auf der andern Seite nehmen ihn für die nächste Zeit ganz in Anspruch.
Allerdings, die anfängliche Bitterkeit des Gefühls milderte sich. Ende September 1789 — ein Jahr also, nachdem er Goethe dort zum ersten Male gesehen — hatte er von Rudolstadt aus an Körner über Goethe und über Herder geschrieben, mit denen Körner inzwischen ohne Schiller in nähere Berührung gekommen war. Für Körner eröffnete sich damals eine Existenz in Weimar, und an Schiller war es nun, Körner über dessen unzweifelhaft bevorstehendes Zusammentreffen mit den beiden großen Männern dort seine Prognose zu stellen. „Was Dich betrifft", schreibt Schiller, „so wirst Du hoffentlich die Bekanntschaft mit Goethe und Herder bald auf ihren wahren Wert herabsetzen lernen; aber mit aller Vorsicht wirst Du dem allgemeinen Schicksal nicht entgehen, das noch jeder erfuhr, der sich mit diesen beiden Leuten liierte." Das heißt, Körner werde zuerst bezaubert werden und sich eines Tages, auf die grausamste Weise sich selbst überlassen, einsam wiederfinden. Diese Stimmung hielt nicht vor. Im Dezember schon, als die Heirat mit Lotte näherrückte, kam Schiller doch einmal wieder der Gedanke, sich Goethe anzuvertrauen; aber dies wurde überflüssig, da Lottes mütterliche Freundin Charlotte von Stein Schillers Gehaltswünsche beim Herzog durchsetzte. Und als dann Anfang 1790 die Heirat zustande kam, hat Lotte vielleicht bei mehr als einer Gelegenheit eine Annäherung herbeizuführen versucht. Aber es gelang nicht. Sie gingen kalt nebeneinander her.
Fünf Jahre dauerte diese Entfremdung, während welcher

keiner von beiden imstande war, den anderen im rechten Lichte zu sehen. Nehmen wir an, einer von ihnen, Schiller oder Goethe, sei während dieser fünf Jahre gestorben! Würden jene schonungslosen, immer neu gewandten, immer heftiger lautenden Urteile Schillers Goethe in diesem Falle nicht wie ein Brandmal anhaften? Würden sie nicht Goethes moralische Existenz in Frage stellen und wie ein kalter Moorrauch über ihm liegen und lasten, den zur Seite zu blasen kein Atem stark genug wäre? Würde jemand den Mut haben, diesen zahlreichen Briefen Schillers entgegenzutreten, um ihn für verblendet, ungerecht und parteiisch zu erklären? Würde irgendein Verehrer Goethes Aussicht haben, auch nur gehört zu werden, wenn er sagte: wäre Schiller (oder Goethe) nur leben geblieben: später würde er schon eingesehen haben, wie sehr er sich täuschte? Wem würde, wäre Schiller oder Goethe vor 1794 gestorben, erlaubt worden sein, das, was in der Tat später dann geschah, als Hypothese aufzustellen?

Wir wissen heute, daß diese Einsicht auf beiden Seiten sich eines Tages fand. Es ist eine der glücklichsten Fügungen der Vorsehung, daß trotz allem, was zwischen ihnen lag, Schiller und Goethe endlich zusammengeführt wurden.

14

DIE VERSTÄNDIGUNG

Goethe hatte durch den Eintritt der Familie Vulpius in sein Haus mit der Weimarer Welt abgeschlossen. Es ist kaum nötig zu berichten, auf welche Weise der Bruch mit Frau von Stein erfolgte: Goethe schrieb, nachdem die Mißverständnisse immer schärfer und deren geheimer Grund allmählich offenbar geworden war, den berüchtigten Absagebrief, nach dessen Empfang die alte Freundin sich als verabschiedet ansehen mußte. Es kann mancherlei zur Entschuldigung dieses Briefes gesagt werden, wodurch Einzelheiten darin gemildert erscheinen: der Brief selber aber läßt sich nicht fortschaffen, und auch die rücksichtslose Gesinnung nicht, mit der er geschrieben worden ist. Ein harter Brief. Ein furchtbares historisches Memento für alle Frauen in ähnlichen Verhältnissen. Stellen wir uns die Lage Charlotte von Steins vor.

Seit länger als zehn Jahren durch Goethe zur höchsten Richterin seiner Schicksale und seiner geistigen Tätigkeit gemacht, in unermüdlicher Treue mit zahllosen schmeichelnden Beweisen seiner Sorge umgeben, zumal mit allem versorgt, was an geistigen neuen Erscheinungen auf den Markt kam, von ihm in ihren besten Fähigkeiten entwickelt, durch ihn zur beneideten Teilhaberin seiner geistigen Existenz erhoben und in keiner Weise auf die nun eintretende plötzliche Entbehrung vorbereitet, sah sie sich ohne sichtbare Schuld von der alten gewohnten Höhe in eine Leere und Dunkelheit herabgedrückt, die sie aus eigner Kraft nicht mehr aufzuhellen vermochte. Goethe hatte ihr unmerklich eingeredet, seine Anhänglichkeit werde, wenigstens der Gesinnung nach, niemals aufhören. Und nun brach er auf so schmähliche Weise ab. Denn nicht nur abgesetzt fühlte sie sich, sondern es empörte sie die Persönlichkeit, die sie nun an ihrer Stelle sah. Zugleich mußte Charlotte von Stein sich sagen, daß eine natürliche Rache des Schicksals in alledem liege, oder hätte es sich sagen können. Sie hätte Goethe nicht so in ihrer Nähe leiden gedurft, seine unfruchtbaren Huldigungen nicht in Jahren dulden sollen, wo er sich ein eignes Hauswesen gründen konnte. Gerade sie war vielleicht die erste Ursache, daß Goethe, übersättigt an den feineren Saucen des Lebens, bei denen das Herz hungerte, jetzt einen tüchtigen Laib Schwarzbrot unter den Arm nahm, in den man hineinbeißen konnte ad libitum und von dem er fortan sich seine Mahlzeiten zuschnitt. Wie dem nun sei: das Entscheidende war geschehen. Goethes Türe war verriegelt und blieb es. Er gibt Gesellschaften, wo auch Damen erscheinen, aber sie treten bei Goethe in keinen Familienkreis ein. Der Welt gegenüber war er von nun an Junggeselle. Über diese Partie, den Mann, der das vornehmste Haus in der Stadt inne hatte, war nicht mehr zu disponieren in der Weimarer Gesellschaft. Dergleichen pflegt empfunden zu werden.

Goethe hatte sich ferner durch sein ablehnendes Verhalten gegen Schiller mit der strebenden gleichzeitigen Literatur außer Verbindung gesetzt. Es waltete jetzt ein schärferer Geist bei uns als früher. Ehedem hatte es nur Cliquen gegeben, jetzt erleben wir die Anfänge von Parteien. Goethe wähnte in aller Stille aus dem tätigen ins beschauliche Leben eingetreten zu sein, aber sein Verleger sollte bald merken, daß mit der Gesamtausgabe der Goetheschen Werke nicht viel zu machen sei. Die Sammlung seiner Gedichte, welche Goethe jetzt zum ersten Male Deutschland darbot, fand eine sehr kalte Aufnahme. Die Kritik kam

Goethes Haus am Frauenplan in Weimar

Schiller

Charlotte von Stein

über eine höfliche Anerkennung nicht hinaus, das Publikum ließ sie sich eben gefallen, ohne irgend in Begeisterung zu geraten. Goethe focht das freilich nicht an. Er war vollauf beschäftigt. Er arbeitete, seiner Idee nach, jetzt nur noch poetisch, um einmal Begonnenes zu vollenden. Bei „Tasso" und was ihn sonst beschäftigte, dachte er kaum mehr an das größere Publikum. Schon als er dem Herzog über den „Egmont" aus Italien schrieb, hatte es in dem Briefe geheißen: „Ich möchte nun nichts mehr schreiben, was nicht Menschen, die ein großes und bewegtes Leben führen und geführt haben, nicht auch lesen dürften und möchten." Goethes Erwartung eines seiner würdigen Leserkreises sehen wir damit auf einen so engen Kreis beschränkt, daß von Publikum kaum mehr gesprochen werden kann.

Endlich: unter Goethes amtliche Tätigkeit war ein Strich gemacht worden; im Conseil erschien er nicht mehr.

Goethe siedelte sich wie ein Privatmann neu in Weimar an. Die „Zehn Jahre" waren zur mythischen Frankfurter Zeit geschlagen worden, und ein neues Konto ward angelegt. Goethes in öffentlichen Leistungen sich äußerndes Interesse ist der Pflege der Wissenschaft zugewandt. Aus den Lavaterschen dilettantischen Bestrebungen war bei ihm ein solides anatomisches, osteologisches Studium erwachsen. Botanik und Geologie hatten längst den Rang von Lieblingsfächern bei ihm eingenommen, in die er sich nun gelehrtenmäßig immer gründlicher hineinarbeitete. Die Kunstgeschichte war seit Italien zu einem Felde für ihn geworden, das, wie ein reicher Garten dicht um sein Haus liegend, ihn zu fortwährender, bald gar nicht mehr fortzudenkender gärtnerischer Arbeit verleitete (Goethe erkannte, daß die Aufzeichnungen der bildenden Künstler neben denen der literarischen Historiker, die beim besten Willen meist doch nur Mythen produzieren, das eigentlich exakte historische Material seien), und zu Philologie und

Literaturgeschichte stand er in ganz neuem Verhältnis, seit er die unentbehrliche Wichtigkeit der griechisch-römischen Kultur als Ausgang aller Fortbildung erkannt und anerkannt hatte, denn sofort ist er öffentlich für diese Wahrheit eingetreten. Ich habe den Vergleich schon früher einmal gebraucht: Goethe stiftet in der Stille in Weimar eine unsichtbare Universität, an der er zugleich Rektor, Professor in allen Fakultäten, Privatdozent, Zuhörer und Pedell ist. Alles bezieht sich hier nur auf ihn, alles geht von ihm aus, alles besorgt er selber.

Selten ist eine so umfassende wissenschaftliche Tätigkeit in so ernster Weise von einem einzigen Manne begonnen worden, als jetzt die seinige. Nur eine Kraft wie Goethe konnte sich scheinbar so völlig zersplittern und das Unternommene nach verschiedenen Seiten hin dennoch so ernst und so umfassend durchführen. Die neu erworbenen Kenntnisse fangen an, bei ihm produktiv zu werden: entweder indem sie ihn wissenschaftlich forschend mit einzugreifen oder, dem Publikum gegenüber, zu erklärender Kritik herausfordern. Sein Verhältnis zu Jena wird dadurch ein immer innigeres. Und, indem ich, diesen Überblick abschließend, das zusammenfasse, was sich als Resultat der ersten Jahre nach Italien ergibt: Goethe gelingt es, sich, als einen bereits integrierenden Bestandteil des Weimarischen Staatswesens, in eine dem Herzog, den Interessen des Landes und seinen eigenen Wünschen entsprechende unentbehrliche Stellung zu bringen. Er erhebt sich zum Rang eines Staatskanzlers für die geistigen Angelegenheiten und eröffnet sich ein umfangreiches freies Feld persönlichen Wirkens, wobei er seine Energie bald dahin, bald dorthin wendet, wie ihm gerade zu Sinne ist. Und alles das macht sich unmerklich, als reiften die Verhältnisse wie die Äpfel am Baum und sei nichts davon hinwegzunehmen oder hinzuzutun. Goethe fühlt sich als Mann von vierzig. Equipiert sich so gemächlich als möglich für die kommenden Jahre

und geht mit einem gewissen Fatalismus vorwärts. Die
Stadt Weimar ist nicht mehr, wie früher in den Steinschen
Zeiten, der unentbehrliche Boden, außerhalb dessen er
nicht leben möchte, sondern für die nächste Zeit nur sein
Absteigequartier, wohin er von längeren oder kürzeren
Abwesenheiten zurückkehrt, ohne daß jemand anderes als
die Leute in seinem Hause sich darum zu kümmern hatten.
Dazu noch folgendes, um den Hintergrund dieses neuen
Daseins ganz verständlich zu machen.
Goethe hatte sich, seit er Frankfurt verließ, immer mehr
von der allgemeinen Menschheit zurückgezogen. Er hatte
sich langsam auf die Defensive gestellt und wenig Eifer
gezeigt, mit alten Freunden im Verkehr zu bleiben. Er
suchte sich seinen Umgang sorgfältig aus, und es umgab
ihn, nicht gegen seinen Willen, der Schein einer gewissen
Unnahbarkeit, ja Absonderlichkeit. Kein Zweifel, daß er
manchen kühl an die Luft gesetzt hat, der ihm wie in
guten alten Tagen gemütlich auf die Schulter klopfen
wollte.
Auch das hatte nun wieder ein Ende. Nachdem Goethe den
ehemaligen Begriff persönlicher Herzensbrüderschaft in
den „Zehn Jahren" fallen gelassen hatte, gab er jetzt
selbst den der „Freundschaft" auf: jedermann war nun
willkommen, von dem er Förderung seiner Zwecke erwartete. Die gesamte Menschheit verwandelte sich für ihn
in einen höchst wissenswürdigen Gegenstand. Wo es etwas
zu lernen gibt, da ist Goethe zu finden. Statt der leidenschaftlichen Abneigung oder Hingabe der früheren Zeit:
eine gleichmäßige wissenschaftliche Neugier, mochte es sich
um gedruckte Kenntnisse und Ideen oder um die Menschen
handeln, welche sie vermittelten. Auf diese Epoche des
Goetheschen Lebens paßt Emersons Ausspruch: Goethe
würde seinem Feinde nachgelaufen sein, wenn er geglaubt
hätte, etwas Wissenswürdiges von ihm lernen zu können.
Und deshalb sehen wir ihn nun auch alte abgetane Freund-

schaften mit einer gewissen kühlen Zutunlichkeit wieder aufnehmen: sie gehörten in sein großes Inventarium, in dem kein Stück, das etwas gelten konnte, dem Mottenfraß anheimfallen durfte.

Der Wert seiner Verhältnisse wird deshalb von jetzt ab ein anderer. Sie dürfen selbst bei scheinbarer Vertraulichkeit nicht überschätzt werden.

In jüngeren Jahren kommt es bei persönlichen Verbindungen mehr auf die Einwirkung eines Menschen im ganzen auf den andern im ganzen an. Das, was man ist, alles mit eingerechnet, der Charakter, bestimmt das Zusammengehen. Ich brauche nicht auf Goethes frühere Verbindungen einzeln hinzuweisen; jede ist ein Beispiel dafür. In späteren Jahren dagegen ist nur noch das einzelne wichtig, wobei es sich um Zusammenarbeiten auf Zeit, um bestimmte Zwecke handelt und wobei die Totalität des Menschen ausdrücklich ignoriert wird. (Wie sollte man sonst im Leben auskommen?) Hierfür sind eine Fülle neuer Verhältnisse Goethes die Belege.

Schon bei Moritz handelt es sich um bestimmte Punkte, welche Goethe in Gemeinschaft mit diesem wunderlichen Heiligen im Auge hielt, der Rest von Moritzens dunkler Existenz blieb außer Betracht. Trotzdem sehen wir ihn zu Goethe in ziemlich engem Verhältnisse. Goethe sitzt in Rom an seinem Krankenlager und nimmt ihn in Weimar in sein Haus auf. Nicht anders war es mit Meyer, dem sogenannten Kunst-Meyer, der sich damals Goethe als kunsthistorischer Adjutant anschloß und seitdem bei ihm in Weimar, zum Teil in Goethes Hause lebte: auch diese Intimität blieb nur auf die kunsthistorische Provinz beschränkt. Goethe stand zu diesen und vielen anderen etwa auf dem Fuße wie ein Fürst zu seinen Ministern, deren jeder sich auf sein Ressort beschränkt. Goethes Verbindungen von nun an, mögen sie amtlicher oder wissenschaftlicher oder gesellschaftlicher Natur sein: stets ist ein festes Programm vorhanden, an das beide Teile sich als gebunden betrachten.

Das konnte der um so viel jüngere Schiller freilich nicht wissen, der an den ganzen Menschen in Goethe appellierte. Er hätte zehn Jahre früher kommen müssen. Schon dies also hatte Goethe verhindert, Schillers Ansprüchen gerecht zu werden. Diesen Naturprozeß konnte freilich auch Frau von Stein nicht begreifen, welche früher bei Goethe den Schlüssel zur Speisekammer gehabt hatte und der jetzt bloß herausgegeben werden sollte wie den übrigen. Das begriff Christiane aber, welche es niemals nach dem Eintritt in die Gemächer gelüstete, die Goethe etwa vor ihr verschlossen halten wollte. Das konnte nun selbst Herder nicht recht einsehen, dessen Verhältnis zu Goethe von jetzt ab langsam wieder erkaltete. Herders Frau konnte Christiane nicht ertragen: sie verteidigte zwar das Verhältnis, sprach aber darüber ohne Rückhalt.

Nur der Herzog verstand Goethe jetzt, weil er sich so durchaus im gleichen Falle befand. Mochte Karl August auch viel jünger sein: Fürsten fangen früher an zu leben. Allein zwischen ihm und Goethe sehen wir die alte große Wirkung von Charakter zu Charakter fortbestehen. Als echte Grandseigneurs gehen beide nebeneinander her, und die sie trennende Distanz war ihnen gerade recht. Sie kümmern sich einer um den andern genau so viel, als notwendig ist, und halten getrennte Wirtschaft. Aber sie fühlten, wie nützlich sie einander waren. Aus Freunden wurden Goethe und der Herzog allmählich Verbündete. Während alle Welt an Goethes verlängerter Abwesenheit in Italien zu mäkeln fand, wollte der Herzog ihm großzügig weiteren Urlaub zugestehen. Als Goethe dann zurückkam, erleichterte er in derselben fürstlichen Gesinnung den Gewinn einer neuen Form für Goethes Wirksamkeit. Anfang 1790 übertrug er ihm die Oberaufsicht über die Landesanstalten für Kunst und Wissenschaft, im Frühjahr 1790 sendet er

ihn der Herzogin-Mutter, welche in Italien war und die
Goethe selbst anfangs dort hatte erwarten sollen, bis Venedig entgegen — dies Goethes zweiter italienischer Aufenthalt, wobei, in Erinnerung an Christiane, die „Venetiani-
schen Epigramme" entstanden —; im Sommer desselben
Jahres begleitet er den Herzog zu den preußischen Manö-
vern nach Schlesien, wo dann, neben dem Leben im Lager,
wertvolle wissenschaftliche und amtliche Verbindungen gewonnen werden und die Reise bis nach Galizien, der Berg-
werke wegen, ausgedehnt wird. Vom Mai 1791 an dirigiert
er das (nachdem 1785 schon die Belluomosche Gesellschaft
Weimar wegen Nahrungslosigkeit verlassen hatte, um in
Göttingen zu spielen) neubegründete Hoftheater, für das
er eine Menge Dramatisches liefert: Prologe, Epiloge, Ein-
lagen, Übersetzungen, einige Stücke, und dessen Schicksale er auf das umsichtigste leitet. Dekorationen, Kostüme,
Einstudieren, Sorge für das persönliche Wohl des Per-
sonals: alles wird wie ein großer neuer Haushalt übernommen und mit peinlicher Gewissenhaftigkeit fortgeführt.
Im Juli 1791 stiftet Goethe die Versammlungen bei der
Herzogin-Mutter, unter dem Namen Freitagsgesellschaft,
wo es um Kenntnisnahme wissenschaftlicher Neuigkeiten
zu tun war. Im Sommer 1792 folgt er dem Herzog in den
französischen Feldzug. Die Frucht dieser Expedition, die
Beschreibung der „Campagne", ist mit anschaulicher Kraft
gegeben: erzählt wird, wie oft dabei neue Bekanntschaft
und unerwartetes Wiedersehen zusammenlief. Ein Kunstwerk! In Weimar wird derweile Goethes Haus umgebaut.
1793 macht er die Belagerung von Mainz mit. Am Schlusse
des Jahres verläßt der Herzog den preußischen Dienst,
und Weimar wird wieder Mittelpunkt ihrer beiderseitigen
Tätigkeit.
Ich unterlasse, die Dinge in annähernder Vollständigkeit
auch nur anzudeuten. Diese Erlebnisse hätten ausbleiben

oder anders eintreten können, ihr Wert wäre derselbe geblieben. Es war gelegenes Futter für eine energische Natur, die sich betäuben mußte, weil ein eigentlicher Endzweck ihrer Existenz mangelte. Andere große Herren pflegen in solcher Lage weite Reisen zu machen. Im ganzen' ist für diese Zeit, Ende der achtziger und Anfang der neunziger Jahre, nur das eine Resultat für uns von Wichtigkeit: daß sie, alles in allem genommen, doch nur so hingebracht worden sei. Goethe lebte ziellos. Er besaß in diesen Jahren, was er wollte und bedurfte. Er hatte sich ein neues Leben gezimmert und darin eingewohnt, er hatte seine tägliche Tätigkeit, genoß Ansehen, Einfluß und Ruhm und konnte den Verfolg ruhig erwarten, wenn er überhaupt damals an die Zukunft groß dachte. Allein diesem Dasein fehlt ein letzter Glanz, eine höchste Weihe. Es scheint sich in Einzelheiten aufzulösen. Er gibt mit einem gewissen Zynismus zu, daß man älter geworden sei. Wollte man ehrlich sein: bei aller Bewegung hatte doch ein Stillstand stattgefunden. „Egmont" und „Tasso" zogen nicht, selbst der 1790 endlich gedruckte Beginn des „Faust", der, in früherer Zeit den Freunden vorgelesen, so ungemeine Wirkung hatte, blieb fast unbeachtet. Die „Römischen Elegien" blieben vorerst, bis Schiller sie 1795 in die „Horen" aufnahm, ungedruckt, und eine Menge anderer Sachen, die hier nicht genannt zu werden brauchen, wurden beinahe übersehen, während die Anfänge der „Farbenlehre" schon durch den Titel „Beiträge zur Optik" die Mißbilligung der Fachleute erregten. All das waren sich zersplitternde Leistungen eines Schriftstellers, dessen letzte Ziele niemand mehr zu erraten vermochte und auf dessen Fortentwicklung niemand mehr neugierig war. Wäre Goethe bei der Kanonade von Valmy durch eine Kugel vom Pferde gerissen oder sonstwie damals hinweggenommen worden, so würden seine besten Freunde vielleicht, wie bei Lord Byron, geurteilt haben, es sei sein Verlust zwar zu bedauern, für seinen dichterischen Ruhm aber habe er das Nötige geleistet und man zweifle, ob Größeres noch zu erwarten gewesen wäre.

Das aber war der Wille der Vorsehung nicht. Jetzt endlich kam die Zeit, wo Goethe und Schiller einander anders kennenlernen sollten, als bis dahin. Ich hatte bei Jacobi das Bild gebraucht, er und Goethe seien eins geworden wie zwei ineinanderfließende Meere — Goethe und Schiller sollten wie zwei Flüsse zu einem großen Strome gewaltiger Wirkungen sich nun vereinigen. Diese Annäherung ist gerade so organisch, als es die ihres anfänglichen Auseinandergehens war.

Schiller saß in Jena. Er war glücklich verheiratet, hatte zu leben, anhängliche Schüler und arbeitete ununterbrochen. Seine dichterische Produktion trat zurück gegen historische und ästhetische Arbeiten, sein Kredit als Schriftsteller aber wuchs zusehends, und seine Ideen entsprangen stets dem, was im Moment zumeist die Welt bewegte. Seine Frau war eine der intimsten Freundinnen, welche am Kummer der an Erinnerung und Gegenwart zehrenden und sich verzehrenden Frau von Stein teilnahmen. Goethe galt in diesen Kreisen als ausgebrannter Vulkan, als „verlöschter Stern“, als der dicke Geheimrat mit dem Doppelkinn, als der Epikuräer. Seine neuerscheinenden Sachen finden wir in Schillers Briefen kaum erwähnt.

So standen die Dinge, als Schiller auf einer 1793 mit seiner jungen Frau in die Heimat unternommenen Reise die Bekanntschaft eines Mannes machte, dessen entscheidender Einfluß für seine spätere Entwicklung nicht zu verkennen ist: des Buchhändlers Cotta. Die Erfolge Cottas lagen in einer Spürkraft für die Lebensfähigkeit literarischer Unternehmungen, die genial genannt werden muß, in einem ebenso großen Geschick, die rechten Leute nicht nur zu finden, sondern auch festzuhalten, und in einer, was den Geldpunkt anlangt, vorwaltenden Rücksicht nur auf große

Summen. Durch die großartige Behandlung der Geschäfte hat sich Cotta den Freiherrntitel wohl verdient.

Cotta ging damals mit den ersten Gedanken der „Augsburger Allgemeinen Zeitung" um. Daraus, daß ein so kalt urteilender Geschäftsmann, wie er, Schiller als den Mann erkannte, der mit 2000 Gulden an die Spitze eines solchen Unternehmens gestellt werden müsse, ersehen wir, wie Schillers Stellung eine immer gebietendere geworden war. Schiller war vor allem anderen jetzt Politiker. Seine Geschichtsschreibung bezweckte sofortige Einwirkung auf das große Publikum, er dachte nie daran, als Gelehrter für Gelehrte zu schreiben. Auf Cottas Plan konnte er seiner Kränklichkeit wegen nicht eingehen, dagegen wurde die Herausgabe einer Zeitschrift verabredet, welche Anfang 1795 zuerst erscheinen sollte: die berühmten „Horen". Alle Monate ein Stück von acht Bogen. Will man wissen, was in Deutschland während der letzten zwanzig Jahre sich verändert hatte, so braucht man nur Wielands „Teutschen Merkur", als den seinerzeit höchsten Anspruch an die lesende Welt, und jetzt die „Horen" zu vergleichen.

In Jena wurden sie unter Schillers Oberleitung heimisch. Bei hohem Honorar sollten die vornehmsten Kräfte Deutschlands zur Mitarbeit gewonnen werden. Kant, Jacobi und Goethe waren die ersten Schriftsteller: schon Cotta hätte darauf bestanden, Goethe müsse gewonnen werden, aber Schiller übernahm diese Verhandlung unaufgefordert, und sie gelang ihm. Wir empfangen aus Schillers Korrespondenz mit Cotta neue Beweise, wie staatsmännisch er Goethe beurteilte und behandelte. Immer ist er darauf bedacht, Goethes Eigentümlichkeiten ihr Recht zu verschaffen. Die Art, wie er ihn jetzt endlich zu erobern weiß, muß uns mit der reinsten Bewunderung erfüllen.

Wir notieren als erstes Aktenstück den Brief vom 13. Juni 1794. Ehrfurchtsvoll, aber geschäftsmäßig wird im Namen einer ihn „unbegrenzt hochschätzenden Gesellschaft" — die

sich freilich mit derselben unbegrenzten Hochachtung auch
an Kant gewandt hatte (auch von Humboldt wurde Körner
damals unbegrenzt geschätzt) — Goethe zur Mitarbeiterschaft an den „Horen" aufgefordert.

Ein völliger Bruch war zwischen Schiller und Goethe nie
eingetreten. Zuweilen erscheint sogar eine Art von Zusammenhang. 1790 gibt Goethe die Idee zu einem Titelkupfer
für eine der Schillerschen literarischen Unternehmungen
an; er besucht Schiller in Jena (einmal oder öfter, was nicht
ganz klar ist), und es wird über Kantsche Philosophie gestritten — wie kalt aber Schillers Brief, worin an Körner
darüber berichtet wird; endlich: Goethe bringt den „Don
Carlos" zur Aufführung, und es tritt dabei eine gewisse
Mitwirkung Schillers hervor. Von da ab kaum Spuren persönlicher Begegnung.

Goethe läßt die amtlichen vierzehn Tage nicht verstreichen
und antwortet unterm 24. Juni kühl, freundlich, ermun-
ternd und zustimmend. Er hätte einer solchen Unternehmung gegenüber kaum anders gekonnt. Auch sagte er der
Gesellschaft und nicht Schiller zu. All das war, wenn es als
erster Schritt gelten soll, freilich nur ein sehr kleiner Schritt
gegenseitiger Annäherung.

Goethes engeres Verhältnis zur Universität Jena, als deren
oberste Instanz er fungierte, brachte vielfachen persönlichen Verkehr mit sich. Goethe ging oft hinüber. Der heute
behaglich sanfte Weg zwischen Weimar und Jena läßt
nicht ahnen, daß selbst diese kurze Partie für Wagen damals eine „Reise" nicht ohne Gefahren war. Der Professor
der Botanik Batsch hatte eine Naturforschende Gesellschaft zustande gebracht, deren periodischen Versammlungen Goethe beiwohnte. Hier traf er Schiller. Zufällig verlassen beide zu gleicher Zeit die Versammlung. Es entspinnt sich ein Gespräch, das Goethe bis zu Schillers Wohnung und endlich die Treppe hinauflockt. Beim Abschiede
sagt er: er hoffe Schiller bald persönlich wieder zu spre-

chen. Goethe also war diesmal der gewesen, der seines großen Nachbars Haus zuerst wieder betreten hatte.

Schon am folgenden Tage schickt er für die „Horen" eingesandtes, ihm zur Begutachtung übergebenes Manuskript mit der Wendung zurück: „Erhalten Sie mir ein freundschaftliches Andenken und seien Sie versichert, daß ich mich auf eine öftere Auswechslung der Ideen mit Ihnen recht lebhaft freue." Man muß diese Worte mit den bei weitem gemesseneren Wendungen vergleichen, welche Goethe im brieflichen Verkehr damals zu gebrauchen pflegte, um den herzlich wohlwollenden Akzent und mehr herauszufühlen. Goethe hatte in seinem Wesen etwas Steifes, Kerzengerades, Dienstmäßiges angenommen, das, schon in seiner Art, den Rücken und den Kopf zu halten, den Leuten auffiel.

Nun eine neue Zusammenkunft in Jena. Man kam tief ins Gespräch und wieder auf philosophische Dinge, bei denen Schiller gerade am wohlsten und Goethe am unbehaglichsten war. Goethe beschreibt in fast dramatischer Wirkung, wie Schillers prinzipieller Widerspruch ihn so unglücklich gemacht habe, daß „alles wieder in Frage gestellt wurde". Schiller war eine hagere, engbrüstige Gestalt, die den Kopf etwas gebeugt hielt. Er rauchte und schnupfte, was Goethe unerträglich war, und war unruhig und hastig in seinen Bewegungen. Doch, fährt Goethe in seiner Erzählung fort, Schillers persönliche Liebenswürdigkeit sei unwiderstehlich gewesen und habe ihn festgehalten. Die Lebensklugheit und Lebensart, welche Schillern in weit höherem Maß als ihm selber eigen gewesen, hätten ihn gefesselt. Die beiden großen Naturen waren einander zu nahe gekommen, um sich wieder zu trennen. Goethe fiel in die Begeisterungsfähigkeit seiner Jugendjahre zurück, er hatte endlich einmal wieder jemand gefunden wie Jacobi und Lavater: von dem er nicht los konnte.

Der entscheidende Schritt für Schiller und Goethe war

Schillers Brief an Goethe vom 23. August 1794. Dieser Brief, lang und ausführlich, in tadellosem, farblosem Deutsch verfaßt, sollte Goethe beweisen, daß nur e i n Mensch imstande sei, unter den in Frage kommenden Mitlebenden, ihn völlig zu begreifen und dafür, daß er ihn begriffen, öffentliches Zeugnis abzulegen: Schiller. Goethe, in seinem Charakter, in seinen Werken, in seinem ersten Auftreten, in seiner jetzigen vielfach verkannten Stellung konnte in der Tat von niemand so gewürdigt werden als von Schiller.

Goethes ganze Entwicklung legt er ihm dar. Was Goethe gewollt, was er erreicht habe, was ihm zu verdanken sei. Abermals trägt er sich Goethe an. Abermals stellt er ein festes Programm auf. Abermals stellt er sich ihm als Macht gegenüber: nun aber nicht mehr auf gleich und gleich, sondern in deutlich ausgesprochener Unterordnung dem Range nach.

Und diesmal nimmt Goethe an. Und zwar in einer Art, die auch seine ganze Größe enthüllt, Sein Brief ist vom 27. August 1794. „Zu meinem Geburtstag", schreibt er, „der mir diese Woche erscheint, hätte mir kein angenehmer Geschenk werden können als Ihr Brief, in welchem Sie mit freundschaftlicher Hand die Summe meiner Existenz ziehen und mich durch Ihre Teilnahme zu einem emsigern und lebhaftern Gebrauch meiner Kräfte aufmuntern. — Reiner Genuß und wahrer Nutzen kann nur wechselseitig sein, und ich freue mich, Ihnen gelegentlich zu entwickeln: was mir Ihre Unterhaltung gewährt hat, wie ich von jenen Tagen an a u c h eine Epoche rechne, und wie ich zufrieden bin, ohne sonderliche Aufmunterung, auf meinem Wege fortgegangen zu sein, da es nun scheint, als wenn wir, nach einem so unvermuteten Begegnen, miteinander fortwandern müßten. Ich habe den redlichen und so seltenen Ernst, der in allem erscheint, was Sie geschrieben und getan haben, immer zu schätzen gewußt, und ich darf nunmehr Anspruch

machen, durch Sie selbst mit dem Gange Ihres Geistes, besonders in den letzten Jahren, bekannt zu werden."
Die Leute fallen sich jetzt nicht um den Hals oder stehen nachts am Fenster miteinander und sehen zu den Sternen empor, küssen sich und nennen sich du — sondern sie bleiben in den Formen, die ihrer Lebenserfahrung entsprechen. Aber sie sagen einander das Höchste, was ein Mensch dem andern sagen kann. Goethe ist jetzt der erste, der das Wort F r e u n d s c h a f t ausspricht. Er bietet sich an. Davon war nichts in Schillers Briefen zu lesen, der sich in seinen Wendungen nicht über die Grenzen geschäftlicher Höflichkeit gewagt hatte. Goethe aber ist es unerträglich, einen umfassenden Geist wie den dieses Mannes verkannt zu haben. Mit Scham erinnert er sich seines früheren Benehmens und gesteht das durch den nun angeschlagenen Ton offen ein. Er gibt sich so unbefangen, daß Schiller jetzt seine Bedingungen hätte stellen können. Schillers Größe aber erkennen wir in der Mäßigung, mit der er diesen Erfolg ausnutzt. Auch ihm ging nun bald auf, wie falsch er Goethe beurteilt hatte. Goethe ahnte nichts von den Briefen, in denen Schiller auf das härteste sein Urteil über ihn abgegeben: Schiller aber war sich seines Irrtums bewußt und suchte ihn wiedergutzumachen. Für beide war die Trennung eine vorbereitende Zeit der Prüfung gewesen.
Schiller war auf einer kleinen Reise abwesend, als Goethes Rückäußerung in Jena eintraf. Er gibt in seiner Antwort, die den 31. August erfolgte, eine Fortsetzung seines Briefes vom 23.: „Unsre späte, aber mir manche schöne Hoffnung erweckende, Bekanntschaft ist mir abermals ein Beweis, wie viel besser man oft tut, den Zufall machen zu lassen, als ihm durch zu viele Geschäftigkeit vorzugreifen. Wie lebhaft auch immer mein Verlangen war, in ein näheres Verhältnis zu Ihnen zu treten, als zwischen dem Geist des Schriftstellers und seinem aufmerksamsten Leser möglich ist, so begreife ich doch nunmehr vollkommen, daß

die so sehr verschiedenen Bahnen, auf denen Sie und ich
wandelten, uns nicht wohl früher, als gerade jetzt, mit
Nutzen zusammenführen konnten. Nun kann ich aber hoffen, daß wir, soviel von dem Wege noch übrig sein mag,
in Gemeinschaft durchwandeln werden, und mit um so grö-
ßerm Gewinn, da die letzten Gefährten auf einer langen
Reise sich immer am meisten zu sagen haben."
Es ist nicht denkbar, daß das, was Schiller hiermit sagen
wollte, besser und schöner gesagt würde. Schiller ist der be-
wußte Meister deutscher Prosa. Wie zart der Vorwurf in
dem Adjektiv „s p ä t e Bekanntschaft", wie schön gleich
darauf die völlige Entschuldigung. Wie wehmütig pro-
phetisch für einen noch so jungen Mann die Wendung „soviel von dem Wege noch übrig sein mag", und gleich darauf das überströmende Vertrauen auf von nun an rück-
haltslose Waffengemeinschaft. Er geht dann über zu einer
Charakteristik seiner Individualität im Gegensatz zu der
Goethes. Diese ersten Briefe der Korrespondenz enthalten
Charakterschilderungen, welche uns, wären wir es nicht
von sonst her, vollkommen über beide Männer ins klare
setzten. Von diesen Briefen ab hat der Briefwechsel regel-
mäßigen Fortgang. Schon den 4. September lädt Goethe
Schiller zu sich nach Weimar hinüber, wo dieser vierzehn
Tage in seinem Hause zubringt. Und dann lese man Schillers ersten Brief, nachdem er nach Jena zurückgekehrt ist,
„mit seinem Sinne aber immer noch in Weimar" weilt. Ich
hatte Goethe einen „Professor" genannt: jetzt endlich hatte
er einen Zuhörer gefunden, wie er ihn brauchte. Schiller
wollte nichts Besseres sein als das. Nie hat er um eine Linie
die Grenzen überschritten, welche Ehrfurcht und Dankbarkeit und das Gefühl, zu empfangen, während er nichts dagegen bieten könne, ihm Goethe gegenüber zogen. —
Es sei, nachdem die Errichtung dieses Freundschaftsbünd-
nisses erzählt worden ist, zum Schlusse ein Element noch
erwähnt, welches bei ihrem Zustandekommen ganz in der

Stille gewaltet hat und ohne das sich die beiden Männer am Ende doch nicht gefunden haben würden, deren Naturen so verschieden waren, daß ihr Zusammengehen wie eine Art Wunder erscheinen muß.

Schillers Frau war eine zart angelegte Natur: als Lottchen von Lengefeld aus ihrem Briefwechsel mit ihrem Verlobten allbekannt, als Lotte Schiller später am schönsten aus ihrer Korrespondenz mit einem alten Jenenser Zuhörer ihres Mannes, Fischenich, kennenzulernen. Ohne diese Frau hätte Schiller nicht die zehn Jahre noch gelebt, die ihm neben ihr gegönnt waren. Hingebend, fast willenlos, wo es sich um Schillers Wünsche handelt, sehen wir sie doch niemals in den Überzeugungen wanken, die der Mensch für sich allein hat, und als Witwe später hat sie Schillers Andenken würdig aufrechterhalten und ihre Kinder zu erziehen gewußt. Ihre Gaben waren nicht glänzend, ihr Trieb, sich Kenntnisse zu erwerben, hat zuweilen etwas Pedantisches, Mechanisches, dennoch war sie es, die mit Schiller zusammen Goethes Arbeiten und Gedanken beurteilte, wie Herders Frau dies neben Herder tat, während Goethe beide in dieser Stellung respektvoll gelten ließ. Die Art, wie Lotte bei soviel Bescheidenheit immer wieder vortritt und genannt wird, zeigt, wie unentbehrlich sie auch als geistiges Element in ihrem Kreise anerkannt wurde. Der Stil ihrer Briefe ist einfach und fließend und läßt die natürliche Begabung erkennen, die in ihrer Schwester sich in dem Maße ausbildete, daß, wie in den Literaturgeschichten nicht übergangen zu werden pflegt, Karoline von Wolzogens Roman „Agnes von Lilien" von scharfsichtigen gleichzeitigen Jenenser Kritikern mit Sicherheit für ein anonymes Werk Goethes erklärt wurde. Man sieht es Lotte Schillers Briefen an, daß sie Karolinens Schwester war.

Zu Lotte Schillers Überzeugungen gehörte von Kind auf der Glaube an Goethe, und nichts konnte sie später darin wankend machen.

Wir sehen, mit welcher Energie sie in ihrem Briefwechsel mit Schiller dessen Abneigung gegen den großen Nebenbuhler umzustimmen sucht. Schiller ist geneigt, sich in allem den Anschauungen seiner Braut anzubequemen, nur da will er ihr nicht Glauben schenken, wo sie ihm von Goethes gutem, großem Herzen erzählt. Gegen Lotte hat er sich über Goethe am stärksten ausgesprochen. Sie nimmt das ruhig hin und wartet: immer wieder erfolgt in ihren Briefen ein Hauptangriff nach dieser Seite. Endlich schweigt sie hier freilich ganz, um Schiller nicht wehzutun, aufgegeben aber hat sie den Gedanken an eine Vereinigung beider gewiß niemals. Dieses Festhalten eines jungen Mädchens an Goethe zu einer Zeit, wo er sich völlig verändert zu haben schien, so daß seine besten Freunde irre geworden waren, hat etwas Großartiges und erscheint später in noch höherem Maße als der Ausfluß einer auf sich selbst gegründeten Natur, da Lotte, wie bereits bemerkt worden ist, Charlotte von Steins Patin war und als verheiratete Frau ihre intimste Freundin wurde, diese in ihrem Kummer verstand, das Verlorene mit ihr betrauerte und gewiß die Abneigung gegen Christiane teilte, deren ewige Gegenwart in Weimar den dortigen Frauen eine Quelle der Beschämung war. Mußte Lotte unter diesen Umständen oft das Bitterste gegen Goethe mit anhören, niemals hat dies auf ihre eigne Stellung zu Goethe Einfluß gehabt. Ohne Zweifel ist Lotte es gewesen, die, als endlich die Möglichkeit sich bot, beide Männer zusammenzubringen, ihr Bestes dazu getan hat. Denn wenn ich Schiller auch als einen geübten Schachspieler dargestellt habe, dem daran gelegen war, Goethe matt zu setzen, so blieben ihm doch immer der alte Stolz und das Gefühl, er müsse sich selber genug sein, treu, und er wäre niemals weitergegangen, als er gegangen ist. Die Frauen sind es zuletzt meistens, die Männer trennen oder zusammenhalten. Wir sehen bald, in welcher Weise zwischen den beiden Männern als still waltendes

Element Schillers Frau die dritte im Bunde ist. Goethe nimmt Lotte und die Kinder mit in sein Herz auf. Es ist ein schöner Anblick, wie Goethe, nachdem der erste Schritt hinein geschehen war, in Schillers Hause sich heimisch fühlt.

Goethes Bestreben ist von nun an, seinen Freund nach Weimar zurückzuziehen, was ihm natürlich gelingen mußte. Ihr Briefwechsel ging dann wieder in das persönliche Zusammenleben über, und nur, wenn Reisen, oder, was schlimmer war, Krankheit sie zeitweise voneinander hält, nehmen die kurzen Billetts den alten Umfang inhaltreicher Mitteilungen an.

15

DIE JAHRE DES MITEINANDER

Wenn zwei Männer von hervorragenden Mitteln sich zu gemeinsamer Aktivität vereinigen, so verdoppelt sich nicht ihre Kraft, sondern vervierfacht sich. Jeder von beiden hat den andern unsichtbar neben sich. Die Formel würde nicht lauten G + S, sondern (G + S) + (S + G). Jedem wächst die Kraft des andern zu. „Schiller und Goethe" ist ein Kollektivbegriff innerhalb der deutschen Geschichte. In Weimar stehen sie nebeneinander, mit den Händen den gleichen Lorbeerkranz fassend. Der Ansicht des größeren Publikums, dem die Einzelheiten nicht gegenwärtig sind, entspricht es, daß Schiller und Goethe jetzt ihre besten Werke mit vereinten Kräften geschaffen hätten, daß keiner ohne den andern geworden wäre, was er geworden ist.

Hier aber waltete doch ein Unterschied, und hier, wenn wir es genau nehmen wollen, dreht Rietschels Weimarer Gruppe durch den äußerlichen Habitus der beiden Männer das Verhältnis um. Rietschel hat Goethe in Hoftracht, Schiller ·in dem schlafrockartigen Kleidungsstück dargestellt, das etwa einen Menschen charakterisiert, welcher selten aus der Studierstube herauskommt und dessen große, weite Seitentaschen eine gewisse Bedürftigkeit andeuten. Auch Begas hat diesen Rock für die Berliner Statue übernommen, ein Kleidungsstück, von dem zu wünschen wäre, daß es wieder abkäme.

Die Dinge standen nicht so. Schiller, der jetzt mit ruheloser Energie in das Leben neu eintritt, ist der Repräsen-

tant des Bündnisses. Schillers Kränklichkeit wurde immer
privatim abgemacht. Nach außen hin ist er allen Anstrengungen gewachsen. Jetzt geht er wieder nach Weimar,
wird dort geadelt, erscheint bei Hofe und führt keineswegs
einen Haushalt, in dem es ärmlich herging, während Goethe neben ihm mehr als der stille Gesellschafter, der Privatmann erscheint, der den aus der neuen Gemeinschaft
fließenden Ruhm so viel als möglich Schiller zuzuwenden
suchte. Und so sei auch dies gleich ausgesprochen: für Schiller ist die Vereinigung mit Goethe der Anbruch einer
neuen Epoche gewesen, welcher eine frische Reihe von
Werken entsprungen sind, an denen Goethes Mitarbeiterschaft sich beteiligte; für Goethe war diese Gemeinschaft
nur eine Episode, und was während ihrer Dauer an n e u e n
Arbeiten zustande kam, nimmt innerhalb der Entwicklung
Goethes geringeren Raum ein. Goethe verdankte Schiller
das wiedererweckte Interesse an augenblicklicher literarischer Wirkung auf das Publikum. Er arbeitete wieder
wie in den alten Frankfurter Zeiten vom Tage zum Tage;
aber als Schiller endlich fortging, floß der große Strom im
alten ruhigen Takt einsam weiter.
Schillers und Goethes vereinigtes Kapital war eine Macht,
gegen die niemand aufkam. Nach außen konnten sie jeder
Konkurrenz die Spitze bieten: was sie dem Publikum schenk-
ten, mußte mit Entzücken in Empfang genommen werden,
und ward es. Nach innen waren sie beide einander so sehr
genug, daß einer, der hier so natürlich der dritte im Bunde
hätte sein müssen, auf das traurigste verstoßen ward. Nicht
etwa Wieland, welcher bereits in das Alter unschädlicher
Gemütlichkeit getreten war und dankbar annahm, was
man ihm zukommen lassen wollte, sondern Herder. Schillers Freundschaft mit Goethe ist das Datum der Trennung
Goethes von Herder, der jetzt in die Epoche der Verbit-
terung eintrat, aus der er sich nie wieder herauswand. Herder ist in jämmerlicher Weise überall vom Schicksal an die

falsche Stelle gebracht worden, und daß er selber dies
wußte, trug nicht zum wenigsten zu seiner traurigen Lage
bei. Ausgerüstet mit ungeheurer geistiger Kraft, hat er niemals bei deren Anwendung in vollen Zug kommen können
und ist schließlich durch seinen Handel mit dem Homer-
Forscher Friedrich August Wolf, diesem fatalen Vertreter
einer Hypothese, an der noch jetzt die Altertumswissen-
schaft leidet, in würdelose Streitigkeiten verwickelt worden, welche sogar seinen Nachruhm angetastet haben. Späteren Generationen, die aus den neuen Ausgaben der Herderschen Schriften den großen Mann neu kennengelernt
haben, wird es ein Rätsel sein, wie eine solche Leuchtkraft
so wenig Strahlen zu werfen vermochte. Herder erinnert
an Lionardo da Vinci, welcher neben Michelangelo und
Raffael als ein Riese erscheint, aber als ein Riese, der,
nachdem er ein paar Felsen, die keine andere Hand bewegt
hätte, von der Stelle gerückt, wie Simson in der Mühle des
täglichen Lebens sich unnütz abnutzte. Bis zuletzt aber ist
Herder die Kraft geblieben, durch sein Urteil zu verletzen.
Man kann Goethes dichterische Kraft nicht kälter und bös-
williger anerkennen, als von Herder in seinem in der
„Adrastea" gegebenen Abrisse der deutschen Literaturgeschichte geschah. Die Formel lautet: „Teilnahmlose genaue Schilderung der Sichtbarkeit." In jedem Worte liegt
ein Hieb, der bis auf den Knochen geht. Ich bekenne mich,
im Gegensatz zu Freunden, die sich weit kühler verhalten,
zu besonderer persönlicher Verehrung für Herder: diese
dämonische Macht aber, seine besten, intimsten Freunde zu
treffen, flößt mir Schrecken ein. Viel unschuldiger klingt,
was Knebel, der sich durch Schiller ebenfalls abgesetzt
fühlte, Herders Frau als das Stichwort der Jenenser gegen
Goethe mitteilte: „der gebildetste Mann des Jahrhunderts". Goethe hat sich damals still von Herder abgewandt,
Schiller aber seiner Abneigung starken Ausdruck gegeben.
Vielleicht, daß ohne Schiller in Weimar Goethe doch nicht

so unerbittlich mit seinem ältesten Freunde und Lehrer
zerfallen wäre.

Schillers Gewinst durch Goethe erstreckte sich auf alle Verhältnisse. Dadurch, daß er Cotta mit Goethe leise in Verbindung brachte, gab er dem damals unternehmendsten
deutschen Buchhändler, der, tief in Schwaben sitzend, den
süddeutschen Markt mit beherrschte, einen Zuwachs an
Macht, für den Cotta ihm ewig dankbar sein mußte, während Goethe und Schiller wiederum die Verbreitung ihrer
Werke und deren hohe Verwertung, sowie die bedeutenden Honorare derer sicherten, denen sie die Ehre gonnen
wollten, ihre Mitarbeiter zu heißen. Es wäre damals unmöglich gewesen, in Deutschland eine Zeitschrift zu gründen, welche sich neben den „Horen" gehalten hätte. Schiller und Goethe hatten unter den besten Kräften die Auswahl und taten zugleich die Hauptarbeit.

Schiller brauchte sich von nun an auch nicht mehr um den
guten Willen der fremden Bühnen zu kümmern; das Weimarische Theater unter Goethes Direktion stand ihm zur
Verfügung. In Goethes Hause wurden die ersten „begeisternden" Proben der Schillerschen Stücke abgehalten, von
Schiller und Goethe gemeinschaftlich jeder szenische Effekt
berechnet und probiert. Schiller dagegen inszenierte Goethes Stücke: „Iphigenie", wie schon gesagt worden ist, und
„Egmont".

Schiller brauchte nun auch keinen fremden Kritiker mehr.
Goethes Kritik stand ihm von den ersten Gedanken seiner
Dramen an hilfreich zur Seite. Goethe hat „Wallenstein",
das größte der Schillerschen Dramen aus dieser neuen
Epoche, umgestalten helfen, er es (durchweg in neuen glän-
zenden Kostümen von Atlas) aufgeführt, und er endlich
durch seine Besprechung in der Cottaschen „Allgemeinen
Zeitung" dem deutschen Volke diktiert, was es über das
Stück zu denken habe. Ihr Briefwechsel zeigt, wie in allen
Schillerschen Schöpfungen Goethes Hand von jetzt an mit-

formen half. Und, was im allgemeinen schon gesagt worden ist, Schiller wurde von Goethe so ausschließlich und so reichlich mit neuen Interessen und Erfahrungen versorgt, daß diese Verbindung seine übrigen hätte unnötig machen können.

Goethe seinerseits fand in Schiller einen Freund, der ihn unablässig zu dichterischer und kritischer Arbeit ermunterte (oder ihm Cotta als zweiten Ermunterer sanft auf den Leib hetzte), der ihn durch seine rückhaltlose Anerkennung über Nacht in allen seinen alten Ruhm zurückversetzt hatte, so daß die dazwischenliegenden kühlen Jahre wie fortgeblasen waren und es den Anschein gewann, als werde die glänzende Frankfurter Zeit fortgesetzt. Schiller und Goethe organisieren nun die Meinung des Publikums im besten Sinne, sie sind es, welche Lob und Tadel in Deutschland austeilen; denen, die nicht damit einverstanden waren oder die gern dieses Amt für sich in Anspruch genommen hätten, blieb nur ohnmächtige Wut übrig. So den Brüdern Schlegel, jedenfalls den talentvollsten Schriftstellern jener Zeit, von denen der eine, nachdem Schiller ihm den Stuhl vor die Türe gesetzt, wenigstens mit Goethe in Berührung blieb, während Friedrich Schlegel Norddeutschland gänzlich aufgab und, unterstützt von seiner Frau, von Wien aus einen ununterbrochen überfließenden Giftvulkan gegen Goethe aufwarf. Goethes Feinde für das 19. Jahrhundert schreiben sich in der ältesten Auflage aus dieser Zeit her. Seine früheren Gegner waren antiquiert; die Vorwürfe der jetzt Aufkommenden aber haben auch für die Bildung unserer Anschauungen noch literarischen Wert. Dicht neben Goethe, in Weimar selber, setzen sich jetzt einige dieser Wanzen an: Kotzebue, Merkel usw. stechen in sicheren Augenblicken und machen sich mit derselben Sicherheit unsichtbar. Wenn es Goethe gelang, Heroen wie Herder aus dem Wege zu gehen, so erblickte er dieses Gesindel so tief unter sich, daß es völlig straflos walten durfte. Zwischen Goethe und

Schiller aber ist dergleichen niemals Gegenstand der Diskussion geworden; die große, einmal zu Weimar angesponnene Intrige, Goethe und Schiller zu trennen, wobei Kotzebues Gesellschaft Schillers Eitelkeit, die man nach dem eignen Maßstab maß, zu reizen gedachte, bedurfte kaum eines erklärenden Wortes. Schillers und Goethes Gemeinschaft beruhte auf festerer Basis. Wie hätten sie einander je entbehren mögen? Sie, zwischen denen die höchsten Gedanken ausgetauscht wurden, empfanden so tief die welthistorische Bedeutung ihres Zusammengehens, daß all diese auf das Geschwätz von zwei, drei Tagen gerichteten Kleinlichkeiten kaum von ihnen beachtet wurden. Goethe fand in Schiller einen Freund, dessen Bestreben war, sich in alle Richtungen, welche Goethes Gedanken genommen hatten, einführen zu lassen. Rasch fühlt Schiller sich auf Gebieten jetzt zu Hause, in die Goethe ihn eben nur hätte hineinblicken lassen. Schiller vereinigte den Eifer eines Schülers mit der reifen Kritik eines Mannes, der sich als gleichstehend empfindet.

Und nun das Glücklichste für beide: ihr Verhältnis trug die Möglichkeit unendlichen Wachstums in sich. Ihre Naturen waren so grundverschieden, daß niemals der Moment kommen konnte, wo einer im andern aufging. Der gute Kunstmeyer hatte sich nach einigen Jahren gemeinsamen Lebens so in Goethe hineingedacht und dieser in ihn, daß einer von ihnen gar nicht mehr imstande gewesen sein soll, ein Kunsturteil abzugeben, das der andere nicht bereits vorausgewußt. Schiller und Goethe würden niemals so zusammengefallen sein. Wie zwei einander sich zuneigende Linien, die durch unendlich dazwischen geschobene kleine Räume immer wieder verhindert werden sich zu schneiden, würde sich dieser kleinste Grund zur Divergenz immer wieder gefunden haben.

Nun aber stellen wir die Frage: wie würde das fortgegangen sein, wenn Schiller leben geblieben wäre?

Es scheint unnötig nach etwas zu fragen, was niemand wissen kann und zu wissen braucht. Ich habe ja eben dargelegt, daß aus der Verschiedenheit beider Naturen die Garantie für die Unerschöpflichkeit ihrer in stetigem Wachstum sich ausbreitenden Freundschaft gelegen habe. Aber von Goethe selbst in späteren Jahren getane, sein vergangenes Leben betreffende Äußerungen verleiten uns, zu berechnen, was entstanden sein könnte.

Für Goethe war dieses Zusammenleben nicht, was es für Schiller geworden war: der Abschluß einer Lebensarbeit, sondern nur gleichsam eine zehnjährige Ehe, nach deren Verlauf man einen geliebten Lebensgefährten verliert, lange beweint, schließlich aber ruhig beurteilt. Auch über Schiller hat Goethe endlich unbefangen wie über sich selber gesprochen. Doch darf uns nicht zweifelhaft sein, daß Goethe, als Schiller noch lebte, genau wußte, wie ihr Verhältnis beschaffen sei. Goethe besaß die Gabe, das Gleichzeitige historisch zu sehen. Zwar sagt er: „Unmöglich ist's, dem Tag den Tag zu zeigen", gibt damit aber nur zu erkennen, wie einzig er mit der Gabe, dies zu vermögen, dastand. Er sah mit den Augen der Zukunft. Er urteilte über die Gegenwart, wie wir über Dinge von vor 50 Jahren. Er weiß 1820 bereits, daß „jedes Gefühl vom Werte der Gegenwart in Deutschland mangle". Er hält sich im hohen Alter politisch indifferent, weil er voraussieht, wann der Sturm in Deutschland auch ohne sein und anderer Leute Zutun losbrechen müsse. Deshalb wirken seine Urteile auch heute mit so zutreffender Kraft. Dem echten Historiker rücken sich die Dinge gleich in die rechte Entfernung, wie dem Porträtmaler, welcher weiß, wie weit man zurück, wie nah man herantreten müsse, um einen Kopf im richtigsten Maße zu sehen. Es gibt Charaktere, die nur in kolossalen einfachen Linien dargestellt werden können und von denen ab ein weites Zurücktreten nötig ist, es gibt andere, die nur als Miniaturporträt wirken und die man dicht unter das

Auge halten muß. Goethe hatte im Verkehr mit Schiller niemals vergessen, auf welche Höhe Schiller zu stellen sei, da aber hat er ihn ruhig ins Auge gefaßt und kritisiert, als historisches Objekt wie jedes andere. Zwanzig Jahre nach Schillers Tod urteilt Goethe folgendermaßen über seinen großen Freund: „Schiller, der wahrhaft poetisches Naturell hatte, dessen Geist sich aber zur Reflexion hinneigte und manches, was beim Dichter unbewußt und freiwillig entspringen soll, durch die Gewalt des Nachdenkens zwang, zog viele junge Leute auf seinem Wege fort, die aber eigentlich nur seine Sprache ihm ablernen konnten." Damit ist Schillers Rhetorik abgetan. Und weiter, als Eckermann, Goethes letzter Amanuensis, eines Tages Anweisung zu empfangen wünschte, wie er es selber denn als Autor zu machen habe, sagte Goethe, dem hier einige Ermunterung ausnahmsweise ungefährlich erschien: „Halten Sie Ihre Kräfte zusammen. Wäre ich vor dreißig Jahren so klug gewesen, ich würde ganz andere Dinge gemacht haben. Was habe ich mit Schiller an den ‚Horen' und Musenalmanachen nicht für Zeit verschwendet! Gerade in diesen Tagen, bei Durchsicht unserer Briefe, ist mir alles recht lebendig geworden, und ich kann nicht ohne Verdruß an jene Unternehmungen zurückdenken, wobei die Welt uns mißbrauchte und die für uns selbst ganz ohne Folge waren." —
Was heißt das, „wobei uns die Welt mißbrauchte"? Schiller und Goethe hatten sich mit ihren Unternehmungen ja der Welt aufgedrängt? Goethe wollte nicht deutlicher sprechen, um von dem eine gewisse Linie des Verständnisses nicht überschreitenden Eckermann nicht mißverstanden zu werden. Sein Gedanke war: daß er von Schiller mißbraucht worden sei. Wir müssen das Wort hier im edelsten Sinne nehmen. Er wollte sagen: hätte ich mich stille auf dem einsamen Wege gehalten, der meiner Natur gemäß war, so wäre ich weiter gekommen als auf all meinen großen Expeditionen mit Schiller. Goethe sah, als er seine

Fassung und Ruhe nach Schillers Tod wieder gewonnen hatte, auf diese abermals „Zehn Jahre" zurück wie ein Reisender, der sich lange in aufreibender Mühseligkeit in einem fremden Erdteile umhertrieb, erschöpft und mit unendlichen Erfahrungen bereichert zurückkehrt und zu Hause angelangt, alles i n   g a n z   a n d e r e r   Weise fast mühelos und durch eigne Schwerkraft fortgeschritten findet. Er möchte die Erinnerung an seine Mühen um keinen Preis hergeben, muß sich aber doch sagen, du hättest bei geringerer Kraftverschwendung zu Hause vielleicht mehr nützen und erreichen können.

Wir dürfen so weit urteilen. Jedenfalls sah Goethe im Alter, sei es auch nur an dem Tage, wo er mit Eckermann darüber sprach, die Dinge so an. Er betrachtete sein Zusammenwirken mit Schiller als das größte äußere Ereignis seines Lebens, Schiller als die bedeutendste Persönlichkeit, der er begegnet war, seinen Verlust als den schmerzlichsten, der ihn je betroffen. Er dachte an diese Zeiten zurück wie ein Feldherr an einen siegreichen Feldzug, über dessen Erfolge kein Zweifel sein kann, bei dem zugleich aber doch eine gewisse Begrenzung dieser Heldenzeit der Dauer nach nicht ausgeschlossen blieb. Man möchte nicht sein ganzes Leben damit verbringen, von Sieg zu Sieg zu eilen. Und deshalb fragen wir: was würde geworden sein, wenn Schiller länger gelebt hätte? Würde es ihm gelungen sein, in alle Zukunft hinein jedes Jahr eine neue große literarische Unternehmung zu beginnen und Goethe als Verbündeten dafür in Beschlag zu nehmen? Man könnte es für möglich halten, denn wer ist vor und nach Schiller Goethe in den Weg gekommen, der ihn eingenommen hat wie er? Aber Goethes Unabhängigkeitsgefühl? Vielleicht, daß er eines Tages dennoch auch hier empfunden hätte: genug! Daß er, noch einmal fliehend, den stets im Hintergrunde lauernden Vorsatz, nach Rom zu gehen und dort zu bleiben, wirklich ausgeführt hätte. Es scheint töricht, so zu kannegießern. Aber die Äußerungen Goethes nötigen solche Fragen auf. —

Kriegszeiten allerdings sind die zehn Jahre neben Schiller für Goethe gewesen. Kein Jahr war ihr Bündnis alt, als sie, auf Goethes Anregung, den berühmten und berüchtigten „Xenienkampf“ begannen, deutlicher: den gemeinsamen Angriff gegen ihre gesamten literarischen Zeitgenossen, unternommen mit der Absicht, eine Fülle unklarer Verhältnisse mit einem großen Schlage zu bereinigen.

Ich möchte behaupten, Schiller habe die notwendigen Folgen dieser Unternehmung nicht nur deutlicher erkannt, sondern auch entschiedener gewollt als Goethe.

Es handelte sich zuerst dem Anscheine nach um eine Anzahl witziger, unschuldig beißender Epigramme in Distichenform zu dem und jenem in Deutschland, Dingen und Persönlichkeiten, denen sich ein kleiner Verweis anhängen ließ. Während der Arbeit ging ihnen auf, eine gewisse Planmäßigkeit werde gute Wirkung tun. So kam es, daß niemand ungewaschen blieb und daß, um keinem unrecht zu tun, die nächsten nicht am besten behandelt wurden. Anfangs ist jedermann unbefangen, und die Angegriffenen wissen nicht recht, ob man lachen oder weinen soll. Allmählich aber melden sich einzelne, bei denen die geführten Schläge zu fest sitzen, um zu tun, als sei nichts vorgefallen. Und daraus wird bald ein Sturm sittlicher Entrüstung, und zugleich treten die Versuche auf, Gleiches mit Gleichem zu vergelten. Das Resultat war, daß beide Dichter sich getadelt und angegriffen sahen — dies hatten sie vielleicht gewollt —; zugleich aber, daß sie sich dagegen wehren mußten — dazu wurden sie genötigt. Schiller war einmal so weit gebracht, daß er an polizeiliche Hilfe gegen die persönlichen Beleidigungen dachte, welche auf ihn und Goethe losgelassen wurden; denn kann man der Sache nach nichts tun, so sucht man sich an der Person zu rächen.

Schiller arbeitete von Anfang an mit zerstörter Gesundheit. Als Goethe ihn das erstemal einlud, bei ihm in Weimar zu wohnen, nahm Schiller an, indem er zugleich jedoch auseinandersetzte, welche Lebensweise er innezuhalten genötigt sei· dieser Brief läßt am besten erkennen, unter welch unablässig ihn bedrückender und bedrohender Last Schiller seine größten Werke schuf. In elende zehn Jahre ist seine höchste Lebensarbeit hineingepreßt worden. Er arbeitete fieberhaft, eilte von einem Werke zum andern, ehe das vorhergehende nur vollendet war, und trug sich neben dem, was er unter den Händen hatte, mit neuen Plänen. Er mußte, wie er selbst gesteht, immer viele große Unternehmungen zu gleicher Zeit betreiben. Von der einen zur andern gehend, erhöhte er seine Arbeitskraft. Eines Tages aber war das letzte Goldstück ausgegeben. Er brach ab, wie Byron, wie Raffael, wie Mozart; hätten sie langsamer gelebt, so würden sie bei der großen Krankheit, der jeder von ihnen erlag, mag sie heißen wie sie will, vielleicht durchgekommen sein. Aber sie hatten zu rasch und reichlich gelebt, um für solche Fälle Sparpfennige zurückzulegen.

Schiller dichtete von 1794 bis 1805 die drei Stücke, welche zusammen unter dem Namen „Wallenstein“ gehen, und ließ „Maria Stuart“, „Die Jungfrau von Orleans“, „Die Braut von Messina“, „Wilhelm Tell“ nachfolgen. Unter den Anfängen des „Demetrius“ starb er. Daneben eine Fülle von kleineren, aber nicht kurzen Gedichten, Bearbeitungen und Abhandlungen. Daneben wiederum eine ungemeine Korrespondenz mit Freunden. Und neben dieser endlich ein ausgedehnter geschäftlicher Briefwechsel, die Redaktion der „Horen“ und der Musenalmanache. Schiller nutzte jede Minute aus, zuletzt indem er durch gewaltsame Mittel seine Natur der Übermacht körperlicher Mattigkeit entreißen mußte. Ein traurigerer Kampf zwischen Arbeitslust und Zusammenbrechen ist niemals gekämpft worden.

Über Schillers letzte Zeiten liest sich am ruhigsten und
rührendsten in den Briefen des jüngeren Voß, Sohn des
berühmten Voß, der, selber einem frühen Tode zueilend,
Lehrer von Schillers Kindern war. Eine sanfte, zartbesai-
tete, durchgebildete Natur, hatte er zu Schiller eine kindliche Liebe gefaßt und war in den letzten Krankheiten hilfreich bei ihm. (Hans Gerhard Gräf hat aus Voß' Briefen
Auszüge zusammengesetzt, die ein wohlgefügtes und in-
haltsvolles kleines Buch bilden.) Man hat bei Schillers frü-
hem Tode immer das Gefühl, als sei etwas verfehlt worden. Man meint, das Unglück hätte sich verhüten lassen.
Man sucht nach jemand, dem sich Vorwürfe deshalb machen
ließen. Man ist schließlich, da die Dinge so ganz natürlich
und unaufhaltsam gingen, darauf verfallen, die Art anzu-
greifen, wie er beerdigt wurde. Und als auch da sich her-
ausstellte, daß alles ordnungsmäßig verlaufen sei, hat man
Goethe vorwerfen wollen, Schiller nicht genug Teilnahme
gezeigt zu haben. Goethe war von einer Krankheit befallen,
als Schiller starb. Wir wissen genau, wie er sich benahm,
als ihm endlich die furchtbare Nachricht nicht mehr verheimlicht werden konnte. Es gibt nichts Erschütterndes
als Goethes Anblick, wie er da in Tränen ausbrach; wie er
verlassen und beraubt dastand und sich sagen mußte, daß
diese Einsamkeit nun für immer dauern werde. Denn
Goethe kannte das Leben genugsam, um zu wissen, daß
die Natur, die nur „das Notwendige tut", ihn nicht zum
zweiten Male mit einem solchen Freunde beschenken werde.

16

GOETHES SCHAFFEN
1794—1805

Wenn eine Geschichte der deutschen Literatur gegeben werden sollte, so wäre es unumgänglich, da wo von Schillers und Goethes gemeinsamer Arbeit die Rede ist, von der großen literarischen Bewegung zu sprechen, welche mit ihr anhebt. Hier liegt das Schöpfungschaos der Gedankenwelt des Jahrhunderts. Weiter brauchen wir nicht zurückzugehen, bis hierher aber zu gehen, ist notwendig. Die Dichtung, Philosophie, Philologie und Geschichtschreibung, in deren Entwicklung wir heute noch stehen, treten am glänzendsten in der Wirksamkeit der jenaischen Gelehrten am Schluß des achtzehnten und zu Anfang des folgenden Jahrhunderts hervor.

Sobald wir aber nur Goethe ins Auge fassen, ändert sich der Anblick. Wir sahen vor dem Zusammenleben mit Schiller einen einsamen Mann, der sich vom Lichte ganz besonderer Gestirne den Weg bestimmen läßt, welchen er einschlägt. Wir sehen ihn neben Schiller eine Reihe von Jahren mitten im allgemeinen großen nationalen Fortschritt eine leitende Stellung einnehmen, allein wir gewahren auch, wie er, sobald Schiller tot ist, in die alte Zurückgezogenheit verfällt. Goethe, unser größter Dichter und Schriftsteller, hat mit der allgemeinen literarischen Arbeit nur in geringem direktem Zusammenhange gestanden. Ihre Vertreter haben sich mit ihm zu tun zu machen gesucht; aber eine dieser Verbindung entspringende konsequente gemeinsame Tätigkeit hat niemals existiert. Goethe hat immer nur herausgegeben, was ihm ein Zufall als Geschenk brachte, er hat als Dichter oder Gelehrter nur weniges geplant, gewollt, ausgeführt, es hat seine Tätigkeit zuzeiten, zumal unter Schillers erklärendem Beisein, wie regelmäßige Produktion ausgesehen: gewesen ist sie es auch da niemals. Sobald Goethe die Dinge über waren, ließ er sie liegen. Nur in Sachen der Gelehrsamkeit machte er eine Ausnahme.

Und ferner, obgleich Goethes Dichtungen zwischen 1794 und 1805 unter Schillers Hilfe und Mitarbeit zu entstehen scheinen, so hat Goethe in Wahrheit sie ganz für sich hervorgebracht. Wir haben auch „Iphigenie", obgleich kein Vers darin ohne Frau von Steins, Herders und Wielands approbierendes Votum für fertig erklärt worden ist, dennoch nicht als unter dem Beirate dieser Personen zustande gekommen betrachtet, und so wird niemand in Goethes Sachen eine einzige Wendung nachzuweisen vermögen, welche auf Schillers Einfluß zurückzuführen wäre. Es ist alles einsame Goethesche Arbeit. Schiller hat auf die endliche Gestaltung des „Wilhelm Meister" Einfluß gehabt, aber nur indem er Goethe zu einigen äußerlichen Änderungen bewegte, so daß dieser Schiller gleichsam die Feder in die Hand gab. Schiller hätte fehlen können: Goethe würde die früheren gewohnten Kritiker zu Rate gezogen und sich ihnen untergeordnet haben.

Unter den Dichtungen, die Goethe für Schillers „Horen" beisteuerte, stehen in erster Reihe die „Römischen Elegien."

Ihr Ursprung ist bereits genannt worden: es sind zu römischen Erinnerungen zurückverklärte Abenteuer neuester weimarischer Gegenwart. Nachdem sie aber einmal als fertige Gedichte Existenz für sich gewonnen haben, läßt Goethe, der jetzt die Lehren der antiken Meister nie wieder vergißt, ihnen eine rücksichtslose Feile zuteil werden. Sie sollen sich völlig von ihm ablösen und die Fähigkeit erwerben, für sich zu existieren. Er unterwirft sie der härtesten Erziehung. Er gibt sie fremden Menschen in die Hände, damit nichts zurückbleibe, was auf persönlichen Zusammenhang deute, und so ist bewirkt worden, daß diese Verse etwas für sich Bestehendes gewonnen haben, was sie allem früher Entstandenen unähnlich macht. Man denkt nicht an Goethe, der uns bloße Erfindungen auftischt, sondern was durch diese Hexameter in unserer Phantasie erweckt wird, ist so mächtig, daß es als unmittelbare Wirklichkeit wirkt. Mögen wir noch so sehr wissen, es seien die weimarischen Erlebnisse nach Rom verlegt worden: wir lehnen diese Kenntnis ab und genießen die Elegien als „roba di Roma", ohne über ihren Ursprung uns irgend belehren lassen zu wollen. Das ist derselbe Geist, der uns Homers „Ilias" als Bericht buchstäblich so geschehener Tatsachen aufdrängt. Immer wieder werden die Gelehrten mit der „Ilias" und der „Odyssee" in der Hand die troische Ebene rekonstruieren oder die Höhle auf Ithaka wiedererkennen, in die der schlafende Odysseus niedergelegt wurde, und immer wieder wird in Rom die Schenke besucht werden, wo Goethe sein Abenteuer erlebte. Goethe hat hier eine Realität gedichtet, wie Properz das getan hat, dessen nächtliche römische Straßenabenteuer uns so unbefangen wahrhaftig ansprechen, als seien es die in Hexameter gebrachten Berichte eines Reporters, dem es überhaupt nicht möglich gewesen wäre, aus seiner Phantasie zu schöpfen, sondern der nur das einzige Geschäft betreibe, das Vorgefallene so faktisch als möglich in Sprache wiederzugeben.

Worin lag nun diese Kunst, im Sinne der Alten so zu dichten, daß das zur Erscheinung kam, was ich eine „Realität" nenne? Es hätte schon bei der römischen Umarbeitung der „Iphigenie" davon die Rede sein müssen; denn es handelt sich hier um den letzten Grund der entscheidenden Umwandlung welche Goethes künstlerisches Schaffen in Rom

erfuhr, um das Geheimnis, welches sich ihm dort erst ent-
hüllte und um dessentwillen die Schriften und Kunstwerke
der Griechen ihm von nun an unentbehrliche Muster sind.
Wollen wir dem Geschehenen den rechten Namen geben,
so sagen wir: Goethe gewann in Italien, was wir den „Stil"
nennen.
Vom „Stil" eines Werkes ist oft genug die Rede. Jeder
spricht davon. Man sagt, ein Werk habe Stil oder es mangle
ihm der Stil. Es würde nicht jeder gleich erklären können,
einmal, was überhaupt Stil sei, und zweitens, was er gerade diesmal damit meine. Und doch wird der Unterschied
immer wieder gemacht und der Begriff, so undeutlich er
scheint, ist ein unentbehrlicher. Was ist Stil? Worin unterscheidet sich „Iphigeniens" letzte Form von den früheren?
Ich will die Wendung jetzt weiter ausführen, welche ich
vorhin brauchte: Goethe habe bei den „Römischen Elegien"
gewollt, daß sie, ohne persönlichen Zusammenhang mit
ihm, f ü r s i c h existieren sollten.
Wir wissen, von welcher Wichtigkeit die Kenntnis der Entwicklung eines Kindes ist von den ersten Anfängen der
Entstehung an. Setzen wir statt Kind Kunstwerk.
Wir glauben bei mehr als einem Goetheschen Kunstwerk
die Entstehung vom ersten Gedankenblitze verfolgen zu
können. Wir beobachten die ersten dunkeln Bewegungen.
Es ist vorhanden und ist zugleich auch nicht vorhanden.
Wir sehen es wachsen und endlich bei ausgebildeten Glie-
dern zur Welt kommen. Nun ist es da und schreit. Die Betrachtung dieses Werdens, dieser Entwicklung aus dem
Nichts zur Persönlichkeit scheint beim Kinde wie beim
Kunstwerk das wichtigste. Sobald eins wie das andere erst
einmal lebend ans Licht der Sonne getreten ist, scheint das
Geheimnis aufzuhören. Im geistigen Sinne beginnt es aber
jetzt erst! Das Entscheidende im Lebenslauf eines Kindes
ist nicht der Moment, wo es als Wesen für sich zu bestehen
beginnt, sondern die Epoche, wo seine Erziehung voll-

endet ist und es, sich von seinen Eltern nun auch geistig freimachend, ein nur auf sich gestelltes Leben beginnt. Wenn der Knabe ein Mann geworden ist.

Diese Macht, geistig ganz für sich zu existieren, so daß, wie beim Manne von Vater und Mutter, so beim Kunstwerk vom Künstler gar nicht mehr die Rede ist, haben nur die griechischen Künstler ihren Gestalten verleihen können, und von den nachfolgenden nur die, welche den Griechen das Geheimnis absahen. Bei Dantes, Shakespeares und Lionardos Figuren, bei denen aus Raffaels und Michelangelos Jugendzeit drängt sich die Frage nach dem, der sie hervorgebracht hat, fast immer wieder als das Wichtigere auf. Dante, Shakespeare, Lionardo, den jungen Raffael und Michelangelo selbst erblicken wir zumeist in den Gestalten, die sie schufen: es sind ihre Kinder, aber unmündige Kinder, und der Vater steht in erster Linie; ohne ihn würde seiner Schöpfung zum Teil die Erklärung fehlen. Homers, Sophokles' und Äschylos' Gestalten aber leben ihr abgeschlossenes Dasein: die Väter verschwinden neben den Schöpfungen.

Und so sind die vor seinen römischen Zeiten entstandenen Werke Goethes nur abgesplitterte Teile einer Persönlichkeit, welche selber uns ebenso wichtig bleibt als ihre Werke, und erst was er nach der italienischen Reise gedichtet hat, bedarf Goethes Person nicht mehr, um eine vollendete freie Schöpfung mit eignem Willen und eigner Bewegung zu sein. Das ist es, was die Arbeiten des jungen Goethe zurücktreten läßt gegen die des Goethe, welcher in Rom den Griechen das Geheimnis des Stiles abgesehen hatte.

Und weiter: Die griechischen Künstler schufen neben der natürlichen eine ideale künstlerische Menschheit, deren Körper niemals mit den natürlichen Leibern übereinstimmten, sondern die, wie ein Volk von Erz oder Marmor, ihre eigne Gestalt hatten. Der Körper, den die griechischen Künstler neu erfanden, ist einfacher als der natürliche.

Nur die edelsten Flächen und Linien, in einer künstlerischen Harmonie zueinanderstehend, wie die Natur sie niemals zeigt, wandten sie an. Der Arzt, der Naturforscher sieht im menschlichen Körper einen Komplex nie völlig zu ergründender Stoffe und Bewegungen. Für ihn gibt es weder ein Innen noch ein Außen; je schärfer er beobachtet, um so unerwartetere neue Feinheiten entdeckt er; — der griechische Künstler will nur das zur Darstellung bringen, was den geübten Blicken seines Volkes als die wünschenswerteste äußere Form erscheint. So wie alle Männer oder Frauen am liebsten selbst gebildet sein möchten, formt er seine Gestalten. Und indem Generationen von Künstlern auf dieses Ziel hin den Geschmack des Publikums und die Mittel, ihn zu befriedigen, immer von neuem studierten, gelang es ihnen endlich, das höchste Maß von Schönheit so zur Anschauung zu bringen, als habe die Natur selber es hervorgebracht. Der griechische Künstler wuchs innerhalb eines Überlieferten auf, welches ihm die Freiheit nahm. Dieses Marmorvolk schien sich selber in neuen Generationen fortzuzeugen. Der Zeus des Phidias, wenn auch nur Phidias allein ihn schaffen konnte, war den Griechen das Bild des Gottes, als sei Zeus im Marmor gegenwärtig und als habe Phidias nur im Auftrage des Volkes so lange an dem Steinblock gemeißelt und geglättet, bis die letzte notwendige Form entstanden war.

Und nun: dieses Volk von Statuen ist nicht stumm: es redet, und seine Sprache ist die der griechischen Dichtung! Diesen Marmorlippen entspricht der Vers der griechischen Dichter.

Nur diejenige Gestalt einer Dichtung redet wirklich, deren Worte sich in dem einfachsten Tonfalle bewegen, der über den zufälligen Akzenten des menschlichen Geschwätzes erhaben ist, wie die Marmorleiber über den lebendigen. Die dichterische Sprache gibt den Worten klaren, abgegrenzten Wert. Sie verleiht ihnen zugleich aber den Klang, der an

die höchsten Gedanken erinnert, deren die Menschheit
fähig ist. Sie engt die Sprache scheinbar ein, zwängt sie in
Regeln und schließt gewisse Worte aus, denen jener ideale
Akzent noch fehlt. Nur die Griechen haben ihrer Sprache
diesen Klang und Tonfall so zu verleihen gewußt, daß ein
System daraus wurde; andere Nationen haben es nur zu
einzelnen Lauten der dichterischen Sprache gebracht. Angesichts der Kunstwerke Griechenlands in Italien hat Goethes „Iphigenie" diese Form und diese Sprache nachträglich angenommen, hat er „Tasso" und „Egmont" umgearbeitet. Jede Spur subjektiven Zusammenhanges mit dem
Dichter sollte getilgt werden. Iphigenie hat mit der Gestalt
der Frau von Stein, Orest mit der Goethes nichts mehr zu
tun. Keine persönlichen Schicksale, unter deren Anstoß sie
entstanden waren, kleben den Personen mehr an: sie sind
mündig und der Gewalt selbst desjenigen nicht mehr unter-
tänig, der sie formte und der, ehe er ihnen in Rom die
höchste Vollendung lieh, sie nach seinem Willen immer
noch hierhin und dorthin lenken durfte.

Eins aber hatte Goethe auch hier nicht fortzuschaffen vermocht: daß diese Gestalten in ihren ursprünglichen Anfängen doch anders geformt gewesen waren, als sie endlich erschienen. Die alte erste Anlage behielt ihren subjektiven
Ursprung, und sogar bei den „Römischen Elegien" bleibt
ein gewisser letzter Anschein allzu nahen Zusammenhanges mit Goethes Person, weil er sich als Träger der berich-
teten Abenteuer einführt. Wir müssen, um zu gewahren,
wie durchaus Goethe jetzt im Sinne der antiken „Kunst-
mäßigkeit" zu dichten versteht, uns an eine Anzahl Dichtungen halten, bei denen Inhalt und Form noch auffallender sind: „Die Braut von Korinth", „Der Gott und die
Bajadere", „Der neue Pausias und sein Blumenmädchen",
vor allem aber „Alexis und Dora". Diese Gedichte — ich
nenne nur die vorzüglichsten — sind im eigentlichen Sinne
des Wortes Meisterwerke, das heißt: Arbeiten eines Dich-

ters, der sich zur Meisterschaft erhoben hat. Man kann, ohne zu übertreiben, bei diesen Gestalten, — welche nicht, wie Goethes frühere, als ganz entfernte himmlische Verwandte des Dichters selbst durch eine verfolgbare Genealogie mit ihm zusammenhängen, sondern die er nun wie aus dem Gewölk uns plötzlich entgegentreten läßt, — von einer Vereinigung griechischer Skulptur, Raffaelischer Zeichnung und Tizianischer Farbe sprechen. Dieser Vergleich drängt sich auf, weil ein so bedeutender Zuwachs an plastischer, zeichnender und kolorierender Kraft bei Goethe hier sichtbar ward. Er weiß durchaus, welche Effekte er haben will, mit welchen Mitteln sie zu erreichen seien und wie schließlich dem Werke eine derartige Vollendung verliehen werden könne, daß von der „Arbeit" die letzte Spur getilgt wird. „Alexis und Dora" ist unübertrefflich. Nicht wie aus dem Griechischen übersetzt, sondern als hätte ein alter Grieche deutsch zu dichten gewußt. Goethe hatte sich damals in die antike Welt, als eine lebende, dermaßen eingelebt, daß er sogar der „Ilias" einen Gesang zufügte, ein Beginnen, zu dem die neue Theorie, es lägen hier nur zufällig zusammengeschweißte Lieder vor, ihn berechtigte. Goethes „Achilleïs" ist kaum bekannt und pflegt als verunglückter Versuch angesehen zu werden. Ich stimme dem nicht bei. Ich halte dieses Gedicht für eines, das mit seinen gelungensten in der gleichen Reihe stehen darf. Leider ist es unvollendet geblieben.

Doch es würde dieser Art zu arbeiten etwas ankleben, was sie als ein Herabsteigen von der Höhe der Kraft erscheinen lassen könnte, hätte Goethe nicht alle Vorzüge dieser neuen Methode in einem großen Werke zur vollsten Blüte kommen lassen, das im artistischen Sinne als die schönste und tadelloseste, und im reinmenschlichen Sinne als die wahrste aller seiner Dichtungen dasteht: „Hermann und Dorothea".

Der Triumph eines Kunstwerkes, im Sinne der echten Kunst, war, wie wir gesehen haben, die Phantasie so zu berühren, daß sie eine Schöpfung vor sich zu haben glaubt, bei der über dem Werke selber der Künstler ganz vergessen werde, so daß man nachträglich, und wie aus einer Bezauberung sich erholend, erst sich sagen müsse, die Natur, oder das Bild, oder die Dichtung verdanke den Händen eines Mannes ihre Entstehung, ohne den es nicht vorhanden sein würde. Diese Höhe hat Goethe bei „Hermann und Dorothea" erreicht. In der Form dieses Gedichtes scheint er den Urrhythmus der germanischen Sprache entdeckt zu haben; in seinem Stoffe verklärt er dasjenige, was die Quelle aller deutschen Kraft und Herrlichkeit ist, das gesunde, gemäßigte Familienleben. Waren die „Römischen Elegien" aus der Beschreibung des Glückes entsprungen, das ein aus langer Einsamkeit zum Besitz einer Geliebten Gelangender empfindet, so haben wir hier den Inhalt der ruhigen Häuslichkeit, die aus jenen Anfängen sich entwickelte, in der schönsten Form niedergelegt, die sich denken läßt.

Ich will zuerst von dieser Form reden.

Klopstock ist der Schöpfer der modernen deutschen Verskunst. Versuche, die vor ihm gemacht worden sind, sind eben nur Versuche gewesen. Klopstock dichtete zuerst wirkliche deutsche Oden, er baute wirkliche deutsche Hexameter, indem er unsere Sprache, in Nachahmung des antiken Satzbaues und im Nacherschaffen neuer Wortformen, gleichsam im antiken Maße einexerzierte.

Klopstock würde mehr geleistet haben, wenn er weniger geschrieben hätte: er gewann eine solche Leichtigkeit, im antiken Schritte zu gehen, daß seine Kunst die natürlichen Fähigkeiten unserer Sprache überbieten wollte. Es war nicht mehr Deutsch, sondern Klopstockisch, was er schrieb, und so großes Gefallen das Publikum eine Zeitlang an seinen Versen fand, so konnte, was nur eine Mode war, doch immer nur begrenzte Dauer haben.

Ewald von Kleist (der ältere Kleist, welcher im Siebenjährigen Kriege fiel) hat Hexameter und antikisierende
Phantasiemaße in diskreterer und darum heute lesbarerer
Weise angewandt. Ich erwähne Kleist unter vielen, die hier
zu nennen wären — gedenken wir nur Ramlers, von dessen
Oden zu Friedrichs des Großen Zeiten Berlin widerhallte
— weil er uns auf den Mann bringen soll, dem die eigentliche Gründung des deutschen Hexameters verdankt wird:
auf Voß. Kleist besaß schon etwas, das hier bedeutend in
Frage kommt und bei Klopstock vergeblich gesucht wird: er
formte nur wenig an der Sprache um, in welcher er dichtete,
sondern suchte sich ihren Wendungen nach Vermögen unterzuordnen. Statt sie zu zwingen, schmeichelte er ihr. Statt
neue Erfindungen zu machen, paßt er das vorhandene
Material den fremden Maßen an und vermeidet sorgfältig
den Schein der Fremdartigkeit. Er bittet ausdrücklich, man
möge seine Hexameter und anderen antiken Maße lesen,
als wenn es einfache Prosa sei.
In dieser Richtung ist Voß weitergegangen und der Ent-
decker des eigentlich epischen Deutsch geworden. Wobei
freilich gleich gesagt werden muß, daß auch er seine eigne,
so glücklich erfundene Sprache später zu einem künst-
lichen Idiome zu erheben trachtete, welches die Vorteile
wieder einbüßte, die es zuerst besessen hatte und Vossens
letzte Arbeiten beinahe unverständlich gemacht hat. Während Klopstocks künstliche Bauten immer doch nur Schwierigkeiten boten, die sich überwinden ließen, wird Voß
ledern, oder hölzern, oder starr, oder wie man sonst geist-
losen Formalismus bezeichnen will.
Hier aber ist von dem Voß die Rede, welcher den Deutschen zuerst die Gedichte Homers erschlossen hat. Der
Hexameter des Homer war ein Produkt eines Dialektes:
des ionischen. Das Epos bedarf einer einfachen, sich mühelos breitmachenden, durch den Wohlklang der Worte die
Gedehntheit der Konstruktion aufhebenden Sprache. Der

ionische Dialekt war die Sprache der behaglichen Prahlerei mit Abenteuern. Homer war Speise für jedermann. Der gröbste Geschmack und die feinste Zunge ergötzten sich an ihm. Sein melodischer Gang versetzte den einen wie in einen Traum, während er den andern zur Beobachtung seiner Feinheiten aufreizte. Die Substantiva schreiten in Begleitung wohltönender, sich wiederholender, beinahe inhaltsloser Adjektiva langsam einher, aber diese Beiwörter, wenn man sie genauer betrachtet, scheinen doch unentbehrlich, wie die Schleppen fürstlicher Gewänder durch unnützen, aber prachtvollen Faltenwurf das Auge erfreuen. Dieses Vorwalten eines wohlklingenden Sprachmateriales, das in Molltönen zu klingen scheint, verleiht der Erzählung einen festen sinnlichen Grund. Man geht einher wie über eine weite blumenbesäte Wiese. Es scheinen überall nur dieselben Blumen, denen man immer wieder begegnet, es ist stets dasselbe Gras, das am Ende nur die Schritte hemmt, aber es atmet überall dieselbe Frische aus, gibt das Gefühl mühlosen, elastischen Fortschrittes, bietet willkommene Zögerung und erhebt die Reise zum Spaziergang, während selbst die Gleichartigkeit der Blumen sich zuletzt in unmerkliche Unterschiede auflöst. Wer hat im Frühlinge nicht auf den Wiesenflächen der römischen Villen die Anemonen gepflückt, die in unendlicher Fülle da aufsprießen? Zuerst sieht eine aus wie die andere, und es scheint sich bald nicht mehr der Mühe zu lohnen: allmählich erkennt man, wie jede an Farbe und Wachstum ein eignes Wesen sei, und man kann nicht müde werden, sie einzusammeln. So mit Homers einfachen sich wiederholenden Worten, die an jeder eignen Stelle neue Farbe und Gestalt annehmen.

Die deutsche Sprache hat einen Dialekt, welcher dem ionischen nahe kommt: das in den nördlichen Ebenen und an den nördlichen Küsten heimische Platt. Ein rauher, aber sanfter Tonfall, ein Beruhen der Stimme auf gebrochenen

Vokalen, eine Fähigkeit, breit zu sein, ohne leer zu werden, zeichnet es aus. Die Niederdeutschen haben keinen Homer und Herodot gehabt und müssen es sich schon gefallen lassen, daß dies gesagt werde: vielleicht würde, wären Vorgänger von solcher Kraft dagewesen, Voß seinen Homer gar nicht ins Hochdeutsche übertragen haben. Voß, als Niederdeutscher, fand den Ton, in welchem das Ionisch des Homer in einem, man möchte sagen: als Platt empfundenen Deutsch wiederzugeben sei. Er wußte seinen Hexametern die Ruhe zu geben, die diesem Maße unentbehrlich ist. Voß erhob sich, nachdem er durch seinen Homer eine Prosodie angebahnt hatte, welche eine deutsche Prosodie zu nennen war, zu eignen Dichtungen. Er schuf das Epos „Luise", die Geschichte einer Pfarrerstochter, die mit einem jungen Amtsbruder des Vaters verheiratet wird, und lieferte damit das Vorbild für Goethes „Hermann und Dorothea" so unmittelbar, daß Goethe die Nachahmung gern eingestand und daß die Schar seiner Gegner ihm sogar zutraute, er habe Vossens „Luise" Konkurrenz machen wollen. Goethe Konkurrenz!

Der uralte Gleim, der in Halberstadt sitzend nichts mehr zustande brachte, als zugunsten seiner Freunde (die ihn heimlich für einen eitlen alten Narren hielten) in ohnmächtige Wut zu geraten, wo er sie für angegriffen sah, schrieb über „Hermann und Dorothea" an Voß, er habe Goethes „Sechsfüßer" angesehen, denn zu l e s e n sei dergleichen ja nicht, und nun sage er sich, dieser „Hermann und Dorothea" sei eine „Sünde gegen seinen heiligen Voß" — „ich laß es mir nicht nehmen, eine gottlose Satire: Vossens ‚Luise' will der Bube lächerlich machen! Robespierre beging kein größeres Bubenstück! Hier (in Halberstadt nämlich) sind alle guten Seelen meiner Meinung!" Dies war nun gewiß eine Übertreibung von seiten des guten Kanonikus; im ganzen aber urteilte man: Goethe habe Hexameter gemacht, wie sie vor zwanzig Jahren

Mode gewesen. Und heute noch, wo Goethes Gedicht aus-
nahmsloser Bewunderung begegnet, will man die Hexameter nicht alle gelten lassen.

Ich erlaube mir dagegen zu behaupten, durch Goethe erst
sei der von Voß zu einem deutschen Metrum erhobene
Hexameter mit vollem Leben begabt worden. Goethes Anfänge, die in die beginnenden achtziger Jahre fallen, sind
freilich öfter schwer zu lesen. In Italien aber ging ihm der
Fall des elegischen wie des epischen Hexameters auf. Was
ihm früher wie eine mühsam nachgeahmte Tanzbewegung
war, wurde ihm zum natürlichen Gange. Jetzt nahm er
Vossens Art in die richtige Schule, streifte dem deutschen
Hexameter die akademische Unbehilflichkeit ab und machte
ihn den Lippen des Volkes geläufig. Goethe ist dabei mit
bewußter Vorsicht und zartem Sprachgefühl verfahren.
Klopstocks verfehlte Methode erkannte er: er hatte erlebt, wie dessen Schule aufgekommen war und sich schließlich verflüchtigte; aber er durchschaute ebensosehr Vossens
gefährliche Neigung zum Gemütlich-Hausbacknen: es handelte sich für Goethe darum, einen hochdeutschen, nicht
fremd klingenden, ungezwungenen Hexameter zu schaffen,
der dem Genius der Sprache sich anbequemte. Das ist ihm
gelungen. Goethes Hexameter fielen dem Spott der von
Voß eingenommenen Schriftsteller anheim. Man lese über
diese Frage die inhaltreichen Rezensionen der Jenaischen
Literaturzeitung aus dem Jahre 1797 nach. Goethes Arbeit
erst, sein unendliches Feilen, sein Zurateziehen anderer,
denen er ein feines Ohr zutraute, seine zögernde Auswahl
dessen, was ihm als das Beste erschien, bei fortwährender
Rücksicht auf den Klang der Sprache, wie sie gesprochen
wurde, hat den Mustervers geschaffen, den wir brauchen.

Merken wir uns das wohl: es gibt keine r i c h t i g e n V e r s e
a n s i c h , so wenig wie es eine r i c h t i g e S p r a c h e a n
s i c h gibt. Es gibt nur Verse, die große Dichter gemacht
haben, und eine Sprache, deren sie sich bedient haben.

Man hat Goethes Hexameter und Pentameter durch sogenannte r i c h t i g e r e zu überbieten gesucht. Platen z. B. hat, alles in allem genommen, einige hundert Verse dieser Art geschrieben, welche in ihrem Bau gewissen Feinheiten entsprechen, die sich an griechischen Hexametern entdecken lassen. Platens Hexameter sind vortrefflich, aber die Goethes, weil bei ihrer Entstehung die Rücksichten nicht sämtlich genommen wurden, welche Platen walten ließ, sind darum wahrhaftig nicht etwa geringer. Im Gegenteil, Goethes sogenannte inkorrekte Verse sind unentbehrliche Erweiterungen der uns gestatteten Freiheit. Unser heutiges Ohr verlangt nicht mehr, als Goethe geleistet hat. Es ist gerade so mit den Reimen. Goethe reimt:

> Allein und abgetrennt von aller Freude,
> Seh ich ans Firmament nach jener Seite.

Man wirft ihm „Freude" und „Seite" als u n r e i n e Reime vor. Ich möchte fragen, wo die Männer denn sitzen, welche darüber zu entscheiden haben, ob „Seite" und „Freude" von Goethe hier gereimt werden durften? Eine Sprache hat ihr zartes Wachstum. Man muß ihren Ranken den Willen lassen, wohin sie sich wenden wollen, man muß mit geübtem Auge beobachten, wohin der Drang ihres Lebenssaftes sie vorwärts treibt. Fast unbegreiflich erscheint uns die tastende, zögernde Arbeit Goethes, der jahrelang mit sich und andern beratschlagt, wie ein Wort zu wählen, ein Tonfall zu gestalten sei. Ich sehe eine Zeit kommen, wo diese Sorgfalt einem Studium unterliegen wird, dessen höchsten Nutzen in Zweifel zu ziehen dann als wissenschaftlicher Hochverrat gilt.

Goethes Hexameter, wo sie in „Hermann und Dorothea" fehlerhaft erscheinen, bedürfen nur der richtigen Wortakzentuation bei lauter Rezitation, um sich in Wohlklang aufzulösen. Sie sind fürs Ohr und nicht fürs Auge geschrieben.

Was den Stoff des Gedichtes anlangt, bemerke ich:
Vossens „Luise" ist in ihrer Art eine hohe Leistung. Hier erkennen wir am einfachsten die Einwirkung der klassischen Vorbilder. Sie ist ein rundes abgeschlossenes Gemälde, das, um verstanden und genossen zu werden, nichts weiter bedarf. Sie hat die Eigenschaft des echten klassischen Kunstwerkes: in der Tat „vollendet" zu sein, das Wort in beiden Bedeutungen genommen. Goethe las das Gedicht gern vor und zeigte sich bewegt von seiner Schönheit. Die Reize des schleswig-holsteinschen Landes sind durch Voß verewigt worden. Klaus Groth hat später hinzugefügt, was von ihm etwa nicht gesagt worden war. Voß hatte mit erstaunlicher Treue der Natur ihre Farbengebung abgesehen und von Homer gelernt, Landschaften in Worte zu übertragen. Goethes Gedicht gegenüber aber kommt Voß nicht auf. Wer außer Goethe vermochte den friedlichen Szenen „Hermann und Dorotheas" die ungeheure Verwüstung der Revolution zum Hintergrunde zu verleihen, welche damals die Welt verdüsterte?

Goethe hatte diesen Stoff lange Jahre mit sich herumgetragen, noch ehe an die französische Revolution gedacht wurde. Er schwankte über die Form, in der er ihn geben sollte: wir sehen, wie beides, die Form und die Beziehung auf die Zeit, ohne welche das Gedicht gar nicht denkbar scheint, erst im letzten Momente hinzukamen. Vielleicht sind sie es, die den Ausschlag gegeben haben. Goethe vollendete das Werk, im Jahre 1796, in der größten Schnelligkeit — der Briefwechsel mit Schiller gibt diese Daten genau an — und brachte es in raschem Tempo gleich bis zum Abschlusse. Hinterher begann erst die peinliche Kritik, welche die Mündigkeitserklärung des Gedichtes hinausschob.

Goethe sagte zu Eckermann, in hohem Alter, „Hermann und Dorothea" sei unter seinen größeren Gedichten das einzige, das ihm noch Freude mache, wenn er es wieder lese. Dorotheas Gestalt steht so fest auf dem Boden des

Vaterlandes wie meiner Erfahrung nach überhaupt keine
andere der deutschen Dichtung entsprungene Gestalt. Sie
hat nur eine Schwester, an die sie mich erinnert und die
wiederum eine der wenigen dichterischen Figuren ist,
welche Goethe nicht gekannt haben mag: Gudrun, die Heldin des Gedichtes, das mit Recht neben den „Nibelungen"
als die deutsche „Odyssee" gilt. Auch hier tritt uns diese
Verbindung tiefen Gefühls mit einer gewissen Zurückhaltung, dies feste Beruhen auf dem Boden der Pflicht entgegen, diese fast philosophische Mäßigung in Glück und
Unglück. Goethes Dichtung steht das so wohl an, daß die
sittlichen Konflikte aus dem Gegensatz des deutschen Charakters zu den Ereignissen erwachsen, welche eben von den
nächsten Nachbarn zu uns ins Land getragen wurden. Dorothea empfängt dadurch eine besondere Mission. Sie tritt
für die edelsten Gedanken ein, welche die Zeit bewegen,
und ist sich dessen nicht einmal bewußt. Sie erscheint als
Vertreterin jener gesunden Gesinnung, die nicht darin besteht, daß man sich an das Alte anklammere, sondern daß
man das Gute mitzuerhalten wirke und die Ruhe in natürlicher Tätigkeit als den Preis des Lebens ansehe. Mit wie
sicherem Fuße sie einherschreitet, etwas bürgerlich Heldenmäßiges liegt in ihrem Auftreten. Goethes andere Gestalten haben mit ihr verglichen etwas Schwebendes, nicht
völlig Konsistentes, als kämen sie mit einer letzten Falte
ihrer Gewänder nicht ganz und gar aus dem Gewölk hervor. Man würde es kaum bemerken, stände Dorothea nicht
als Gegensatz da. Und doch ist ihre Gestalt diejenige, die
mehr als alle andern im realen Sinne einzig aus Goethes
Phantasie zur Entstehung kam. Es liegt nahe, bei der Mutter und deren Verhältnis zu Hermann an Goethes Mutter
zu denken. Doch fördern solche Vergleiche hier nicht, weil
die Gestalten ihrer nicht bedürfen. Auf das eine weise ich
noch hin. Indem Goethe das wohlbegründete, unerschüt-
terte Familienleben des inneren Deutschlands der durch

Frankreichs Nachbarschaft bereits aus den Fugen gegangnen Existenz am Rheinufer entgegensetzte, ahnte er damals nicht, daß dieser Sturm zehn Jahre später sich über ganz Deutschland ausdehnen werde. Das Gedicht verewigt als historisches Denkmal die Zeiten zwischen den Anfängen der Französischen Revolution und den Napoleonischen Kriegen, einen für uns verhältnismäßig friedlichen, geistig bewegten, erwartungsvollen Zustand, der ja auch die Stimmung geliefert hat, aus welcher heraus Schillers Hauptwerke gedichtet und in welcher sie aufgenommen worden sind.

Die mißgünstige Kritik, mit welcher „Hermann und Dorothea" zum Teil aufgenommen .worden war, hatte ihren Entstehungsgrund in den „Xenien". Einem Manne, der an einem solchen Attentate beteiligt war; mußte gezeigt werden, selbst wenn es Goethe war, daß man auch zu zürnen verstehe. Es half den Leuten blutwenig: denn bereits im Mai 1798 berichtet Cotta an Schiller über die „ungeheuere Verbreitung" des Werkes. —

Ich würde „Wilhelm Meister", als fast zu gleicher Zeit in Arbeit, hier auf sich beruhen lassen, wenn nicht über Schillers Anteil daran gesprochen werden müßte. In den Jahren 1777 bis 1785 hatte Goethe in größeren und kleineren Abständen daran gearbeitet. Er wollte „das ganze Theaterwesen" darin behandeln, und auch der damalige Titel „Wilhelm Meisters theatralische Sendung" deutet an, daß die Entwicklung des Helden zum Reformator der deutschen Bühne der hauptsächliche Inhalt sein sollte. Alle Zustände des deutschen Theaters gelangten zur Darstellung, und seine großen Persönlichkeiten in Vergangenheit und Gegenwart traten in leicht erkenntlichen Masken auf, vor allem die Neuberin und der große Schröder. Jedoch bereits in den letzten Teilen der ursprünglichen Fassung ist dies Ziel aufgegeben, und dafür die Lebensbildung des Helden durch seinen Eintritt in die Welt des Adels getreten.

Im November 1785 hatte Goethe den Roman liegen lassen. Dann hatte er sich 1791 kurz damit beschäftigt, aber erst 1793 begann er die durchgreifende Umformung zu der Gestalt, die als „Wilhelm Meisters Lehrjahre" erschien. In einem seiner ersten Briefe sprach Schiller die Hoffnung aus, den Roman für die „Horen" zu erhalten; aber Goethe hatte ihn schon an den Berliner Verleger Unger gegeben. Trotzdem bildete die allmähliche Vollendung den hauptsächlichen Inhalt ihrer Gespräche und ihres Briefwechsels in den ersten Jahren ihrer Freundschaft. Den Anfang lernte Schiller in den fertigen Druckbogen, die weiteren Teile schon vor der Drucklegung in der Handschrift kennen.

Je weiter das Werk fortschritt, um so eingehender waren Schillers Vorschläge, zumal für das sechste Buch, die „Bekenntnisse der schönen Seele". Am 26. Juni 1796 übersandte Goethe das letzte, achte Buch. Schon am 2. Juli, nachdem Schiller nicht nur das neue Manuskript, sondern auch alles Vorhergehende noch einmal durchlaufen hatte, erklärte er, er wolle die nächsten vier Monate ganz allein und mit Freuden dem Studium dieses einen Werkes widmen; so, wenn er es ganz durchdringe und sich aneigne, werde es „eine wichtige Krise seines Geistes sein". „Ohnehin gehört es", so schreibt er, „zu dem schönsten Glück meines Daseins, daß ich die Vollendung dieses Produkts erlebte, daß sie noch in die Periode meiner strebenden Kräfte fällt, daß ich aus diesen reinen Quellen noch schöpfen kann; und das schöne Verhältnis, das unter uns ist, macht es mir zu einer gewissen Religion, Ihre Sache hierin zu der meinigen zu machen, alles, was in mir Realität ist, zu dem reinsten Spiegel des Geistes auszubilden, der in dieser Hülle lebt, und so, in einem höheren Sinne des Wortes, den Namen Ihres Freundes zu verdienen." Und er schließt mit einem Satz, den Goethe später in den „Wahlverwandtschaften" wiederholt hat und der dadurch in den Schatz der deutschen Bekenntnisworte eingegangen ist: „Wie leb-

haft habe ich bei dieser Gelegenheit erfahren, daß das Vortreffliche eine Macht ist, daß es auf selbstsüchtige Gemüter auch nur als eine Macht wirken kann, daß es dem Vortrefflichen gegenüber keine Freiheit gibt als die Liebe."
In einer Fülle von Aussprüchen hat Schiller bezeugt, was er an Goethes Werk bewunderte und wodurch es ihn so tief traf. Wir heben nur einige wenige heraus: „Die lebendige und bis zum Greifen treffende Natur, die in allen Schilderungen herrscht...", „die unendliche Wahrheit der Schilderungen...", „die schonungslose Wahrheit der Naturgemälde..." und als Wirkung auf den Leser: „eine süße und innige Behaglichkeit, ein Gefühl geistiger und leiblicher Gesundheit"; — „Ruhig und tief, klar und doch unbegreiflich wie die Natur, so wirkt es und so steht es da, und alles, auch das kleinste Nebenwerk, zeigt die schöne Gleichheit des Gemüts, aus welchem alles geflossen ist."
Schiller mußte durch den Sinn des Romans ganz besonders berührt werden. Es war ja sein eigenes Schicksal, das er in diesem sentimentalischen Helden dargestellt fand, in dem Goethe den modernen Menschen überhaupt und seine notwendige Erziehung zur Lebenstüchtigkeit geschildert hatte. „Er tritt", so bezeichnet Schiller die Idee des Ganzen, „von einem leeren und unbestimmten Ideal in ein bestimmtes tätiges Leben, aber ohne die idealisierende Kraft dabei einzubüßen" (an Goethe 8. Juli 1796). Von einem Extrem wende er sich zuerst zum andern, um schließlich zur Harmonie zu gelangen. „Daß er nun, unter der schönen und heiteren Führung der Natur, von dem Idealischen zum Reellen, von einem vagen Streben zum Handeln und zur Erkenntnis des Wirklichen übergeht, ohne doch dasjenige dabei einzubüßen, was in jenem ersten strebenden Zustand Reales war, ... dieses nenne ich die Krise seines Lebens, das Ende seiner Lehrjahre."
Wenn sich Schiller so bemühte, die Idee oder „den philosophischen Gehalt des Werkes" in eine Formel zu fassen, so

war das bereits das wesentlichste Stück der Kritik, die er übte, und der Hilfe, die er leistete. Goethe erkannte seine Einwände so sehr an, daß er ihn schließlich geradezu bat, „mit einigen kecken Pinselstrichen das noch selbst hinzuzufügen, was er selber — durch die sonderbarste Naturnotwendigkeit gebunden — nicht auszusprechen vermöge" (9. Juli 1796). „Ich bitte Sie", hatte er kurz vorher geäußert, „nicht abzulassen, um, ich möchte wohl sagen, mich aus meinen eigenen Grenzen hinauszutreiben." Diese Grenzen nannte er den „realistischen Tic", so daß Schiller als sein besonderes Anliegen die Betonung der Idee hinzubringen müßte. Ja, nach allem Hin und Her von Kritik, Vorschlägen und Korrekturen war gerade diese Forderung noch immer nicht erfüllt, und beide erblickten darin den letzten Mangel des Werkes. —

„Wilhelm Meister" zeigt am besten die Eigenschaften des Goetheschen Stiles. Wie ein Gebirge in seinen verschiedenen Höhenregionen die Flora verschiedener Zonen beherbergen kann, so finden wir hier Stilproben aus allen Epochen Goethes. Die Erzählung bewegt sich zuerst in der lebendigsten Frankfurter Diktion, geht durch die Prosa der „Zehn Jahre" hindurch und endigt mit einem schematisch gehaltenen, für bloßes Fertigwerden hingeworfenen Abschlusse, der in Sprache und Komposition weder Linien noch Farben, sondern nur erst den skizzenhaften Entwurf gibt. Der Roman beginnt als festgewebte Novelle, welche auf einen Abschluß los will, wird von immer loserem Stoffe, läßt immer mehr die alten Fäden fallen, während neue dafür eingeschlagen werden, und endigt in fast rätselhaft eiligen Mitteilungen.

„Wilhelm Meisters Lehrjahre" beherbergen Mignon und Philine, die beiden seltsamsten und liebenswürdigsten Ausgeburten der Phantasie Goethes. Weder bei Mignon noch bei Philine wissen wir, woher sie stammen. Es sind von verschiedenen Seiten Vermutungen aufgestellt worden, die uns aber schon deshalb nicht fördern, weil wir von den Persönlichkeiten, welche genannt werden, nicht mehr als die Namen haben. Niemals ist eine kokette, unruhige, unwiderstehliche Soubrette realistischer dargestellt worden als in Philine, und niemals ein im Süden gebornes, vom Schicksal zunicht geschlagenes, träumerisches, leidenschaftliches Mädchen so hinreißend, rührend und so unvergeßlich als in Mignon.

Ein Kind, von dämonischer Anhänglichkeit an ihren Beschützer gefesselt, fühlt Mignon plötzlich, daß sie kein Kind mehr sei. Als Kind noch schleicht sie nachts zu ihm, wie ein Hund sich zu Füßen seines Herrn betten will, sie erlebt, daß Philine ihr zuvorgekommen ist, und so wird ihr Wesen der Vernichtung geweiht. Sie muß sich von nun an verzehren, und ihr Tod ist mit ergreifender Wahrheit geschildert. Nachdem Marianne, welche die Heldin des Romanes in seinen novellistisch für sich bestehenden Anfängen gewesen war, beiseitegeschafft worden ist, tritt Mignon als die ein, um derentwillen die ganze Dichtung sich erneut. Goethe selbst sagt es. Er warf Frau von Staël vor, in ihrer Beurteilung des „Wilhelm Meister" Mignon nur als Episode gefaßt zu haben, während um sie doch alles übrige sich bewege. Was anders wohl konnte Goethe so erschüttert haben, als er den Weg zwischen Erfurt und Gotha einmal einsam zurücklegend sich mit dem Gedanken in den Roman verlor, bis er in Tränen ausbrach? Er schreibt Frau von Stein darüber, es war in den ersten Zeiten. Mignons Schicksal, wie ein dünnes Spinnweb von Blume zu Blume gespannt, durch einen einzigen Atemzug der Leidenschaft gerissen, muß ihm da vor der Seele gestanden haben.

„Wilhelm Meister" bringt neben entzückender Abwechslung der Szenen eine Fülle von Lebenserfahrungen, die unerschöpflich scheint. Bei jeder wiederholten Lektüre wird man neue Züge ausfindig machen, die von durchdringender Beobachtungsgabe zeugen. Goethe versetzt uns in die Stimmung ironischen Vorherwissens bei jedem neuen Abenteuer Wilhelms: er werde ohne rechten Genuß, aber doch mit heiler Haut wieder davonkommen. Das menschliche Leben erscheint als eine ewige Folge von Gastmählern, wo entweder der Hunger oder die Gäste fehlen, sowie von Stunden des schönsten Appetites, wo man mit einer Brotrinde vorlieb nehmen muß. Einige Zeit nach dem Erscheinen „Wilhelm Meisters" lieferten ein paar jüngere Schriftsteller eine Kritik desselben: sie ließen in einem Romane, „Karls Versuche und Hindernisse" betitelt, einen blöden Menschen auftreten, welcher, vom Schicksal ewig an der Nase herumgeführt, zu einer komischen Figur wird. Darin aber liegt eben der wahrhafte Inhalt der Goetheschen Dichtung, daß uns Wilhelm Meister niemals lächerlich erscheint. Le Sage hat im „Gil Blas von Santillana" in derselben Weise seinen Helden durch unzählige, meist resultatlose Abenteuer hindurchgeleitet, ohne ihn, selbst da, wo er die übelste Figur spielt, lächerlich werden zu lassen. Denn jeder Leser wird sich sagen: dir hätte es nicht besser gehen können.

Goethes Roman ist zugleich von literarhistorischer Wichtigkeit. Er enthält sehr wichtiges Material für die Geschichte der Aufnahme Shakespeares in Deutschland. Die in ihm gegebene Erklärung von Hamlets Charakter ist berühmt und allbekannt.

Nur einen Nachteil hatte das Werk: die Dinge sind von Goethe mit einer so völligen Ungeschminktheit genannt und dargestellt worden, daß man ihm, wie Schiller mit Recht voraussah, diese Persiflage der Menschheit nicht verzeihen konnte. Gerade weil man wußte, daß man so sei, sollte es nicht gesagt werden. Schiller hatte die Welt richtig beurteilt. Wenn von Goethes Immoralität die Rede ist, pflegt man sich vorzugsweise auf „Wilhelm Meister" zu berufen.

Hiermit ist dasjenige genannt und besprochen worden, was

von Hauptarbeiten in die Epoche der Gemeinschaft mit Schiller an dichterischer Arbeit zu setzen ist. Halten wir es neben die das deutsche Volk damals begeisternden Werke Schillers, so ist uns bei dieser Zusammenarbeit zumute, als werde, während in einem großen Theatersaale umfangreiche Orchestermusik und laute Stimmen ertönen, nebenan ein Streichquartett aufgeführt, dessen zarte Melodien nur manchmal, wenn dort der Zufall eine Pause schafft, vernommen werden. Goethe dichtete für sich. Die in plötzliche Teilnahme übergehende frühere Kälte des Publikums war beinahe ein Werk Schillers; kaum war Schiller tot, so zeigte sich der alte Zustand. Wieder kamen diejenigen empor, welche Goethe als den großen Mann priesen, der nun aber genug geleistet habe; wieder war Goethe selber dies Geschrei ebenso gleichgültig als früher. Der Betrieb wissenschaftlicher Tätigkeit erschien ihm wichtiger als das Schicksal seiner dichterischen Werke, und es muß davon nun als einer Hauptangelegenheit die Rede sein.

FÜNFTER TEIL

GOETHE ALS WELTMACHT

Die letzten siebenundzwanzig Jahre: 1805—1832

17

GOETHES NATURWISSENSCHAFT
„Die Wahlverwandtschaften"

Nach Schillers Tode war das natürlichste Mittel, Fassung zu gewinnen, für Goethe Tätigkeit. Eine herrliche Arbeit schien sich jetzt von selbst zu bieten: die Vollendung des „Demetrius", des letzten Dramas, welches unfertig auf Schillers Tische lag.
Goethe allein hätte das Stück in Schillers Geist abzuschließen vermocht. Er, der alle Geheimnisse und Absichten des Hinweggegangenen kannte. Auch glaubte er es im ersten Augenblick; er hielt sich für berufen und verpflichtet. Die Aufführung des Stückes hätte sich zu einer großartigen Totenfeier für den verstorbenen Freund gestaltet. Aber trotz des besten Willens: Goethe fühlte sich außerstande, der Aufgabe zu genügen. Nicht einmal Versuche sind von ihm gemacht worden. Das einzige, was Goethe zu Schillers Andenken damals gedichtet hat, ist der „Epilog zur Glocke", die zu einer Erinnerungsfeier für ihn dramatisch in Szene gesetzt wurde, der ergreifende Trauergesang, in dem sich die Verse finden:

> Und hinter ihm, in wesenlosem Scheine,
> Lag, was uns alle bändigt, das Gemeine.

Warum ist Goethe machtlos dem „Demetrius" gegenüber? Warum sinkt mit Schiller selbst alles in die gleiche Grube mit hinab, was Goethe während des Zusammenarbeitens mit ihm so ganz und gar in Beschlag genommen zu haben schien?

Goethe, um sich über den unersetzlichen Verlust hinauszu-
bringen, flüchtet sich in seine praktische Tätigkeit oder
nimmt etwas vor, das ihn am wenigsten an Schiller erinnert: er kehrt zu den Briefen Winckelmanns zurück. Schiller war wie ausgelöscht. Woran Schiller bei seinen Lebzeiten sich kaum zu beteiligen fähig gewesen war, aus Mangel an Vorkenntnissen, waren Goethes Kunststudien: er
nahm lebendigen Anteil daran, aber verhielt sich zu ihnen
wie ein Außenstehender, der in aller Eile so viel als möglich zu lernen sucht, ohne viel auf eignes Urteil Anspruch
zu machen: hierauf schien Goethe jetzt seine vornehmste
Kraft richten zu wollen. Schon während Schillers letzter
Jahre hatte er damit begonnen. Die äußere Lage der europäischen Verhältnisse machte die Kunstgeschichte zu einem
mehr und mehr sich vordrängenden Gegenstande des öffentlichen Interesses. Die große Beute des italienischen Feldzuges Bonapartes, welche das Louvre in Paris füllte, bot
eine Vereinigung von Gemälden und Statuen, wie sie seit
dem Bestehen der modernen Welt noch niemals auf einer
Stelle zusammen sichtbar gewesen waren.

Indessen, das hatte, wie bemerkt, sich schon ereignet, als
Schiller noch am Leben war: der Hauptgrund, weshalb
nach seinem Tode Goethe in eine so auffallende dichterische Untätigkeit verfiel, ist, daß eine Abspannung nach
dieser Seite hin, welche gleichfalls bei Schillers Lebzeiten
schon begonnen hatte, nun im vollsten Umfange ihre Rechte
geltend machte. Zugleich wirkten die beiden großen Ereignisse, welche jetzt erst eigentlich das achtzehnte Jahrhundert abschlossen: das Ende der Französischen Revolution
durch Napoleons Kaisertum und der Umsturz des deutschen Kaisertums samt dem der preußischen Monarchie
durch die entscheidenden Siege der Franzosen, von denen
der eine in Goethes nächster Nähe gewonnen wurde. Die
Zeiten gemäßigter Freiheit, auf welche Schiller trotz der
Schandtaten der Französischen Revolution bis zu seiner

letzten Stunde noch hatte hoffen dürfen, waren für alle Völker wie zu einem Traum geworden. Eine furchtbare Ernüchterung, verbunden mit dem Schrecken vor der ins Ungeheure wachsenden Macht des einen Mannes, der alles in den Händen hielt, übertäubte alle andern Gefühle. Goethe, an der Schwelle des Alters stehend, mußte erleben, daß Konstellationen irdischer wie geistiger Art eintraten, für die sein bis dahin geführtes Leben in keiner Weise ihn vorbereitet hatte. Er erkennt, daß eine große Epoche abgetan sei, und indem er sich still auf sich selber zurückzieht, erwartet er, welche neue Welt sich aus dem Chaos entwickeln werde.

Und hier nun haben wir, was seine dichterische Fähigkeit anbelangt, ein seltsames Schauspiel. Er fängt gleichsam ganz von vorn an. Es beginnt ein Roman in seiner Phantasie zu wachsen, in derselben Art, wie einst „Werther" entstanden war: rein aus innerem Anstoße, nur für sein eignes Herz geschrieben gleichsam und ohne Gedanken an ein Publikum, welches daran teilnehmen könnte; wie „Werther" auch nur für einige wenige Leute gedichtet, die im Geheimnisse waren.

Dieses Werk ist nun aber doch in einem anderen Geiste geschrieben als „Werther" einst. Trotz des leidenschaftlichen Inhaltes fehlt ihm das bewegte persönliche Element, welches bis dahin das Kennzeichen der Goetheschen Dichtungen gewesen war, nur seine damals letzte: „Die natürliche Tochter", ausgenommen, in welcher dieser neue Geist ebenfalls zu bemerken ist. Und es war nicht Goethes Alter etwa, das sich hier geltend machte, denn derjenige durfte nicht als alter Mann bezeichnet werden, der die glühenden Konflikte der „Wahlverwandtschaften" zu empfinden und darzustellen imstande war. Etwas anderes erklärt diese veränderte Art zu dichten.

Erwähnt ist bereits, um was es sich hier handelt, nun jedoch muß es in vollem Umfange besprochen werden: wir haben den Einfluß des Studiums der Naturwissenschaften auf Goethes Dichtung und Weltanschauung zu untersuchen. Ihr Einfluß wird jetzt erst entscheidend. Denn obgleich Goethe seit seinem Eintritt in Weimar sich den Naturwissenschaften hingegeben und besonders nach der Rückkehr aus Italien sich so tief hinein versenkt hatte, daß Schiller ihn ihrer Herrschaft geradezu „entreißen" mußte, tritt der Zusammenhang dieses Studiums mit seinen Dichtungen nicht eher in sichtbaren Folgen wirklich zutage, als in den Zeiten, von deren Anbruche ich eben gesprochen habe. Denn selbst von dem, was Goethe nach der italienischen Zeit an dichterischen Werken ganz neu produziert zu haben scheint, war das meiste nichts als die Ausführung alter, längst in ihm lagernder Anschauungen. „Hermann und Dorothea", „Der Gott und die Bajadere", „Die Braut von Korinth", die „Achilleis" haben jahrelang unausgesprochen in seiner Phantasie gelegen. Neu dagegen, vom ersten Keime an, sind „Die natürliche Tochter" und „Die Wahlverwandtschaften", bei denen die Angabe des neuen Jahrhunderts auf ihren Titeln zugleich das neue Jahrhundert als die Zeit ihrer Entstehung anzeigt. —

Goethe hat über sein sich allmählich bildendes Verhältnis zu den Naturwissenschaften an vielen Stellen seiner Werke so ausführlich berichtet, daß wir ihn auch hier von Schritt zu Schritt verfolgen können. Die Anlage dafür war von Anfang an vorhanden. Wir wissen, wie er in Leipzig medizinische und physikalische Vorlesungen hörte und sich in Straßburg so sehr diesen Dingen zuwandte, als ob sie sein Hauptfach ausmachten. Doch schneiden wir dies alles und andere Momente seiner Frankfurter Zeit ab als bloße Vorstufen, welche gar nicht in Betracht kommen, mit Goethes eignem Bekenntnisse: er habe von den Naturwissenschaften bei seinem Eintritt in Weimar nichts gewußt. Dort erst führt sein Amt ihn ernsthaft in sie ein. Die Sorge für

die Staatswaldungen in die Botanik, die Verwaltung der
Jenaischen Universitätssammlungen in die Anatomie, der
Ilmenauische Bergbau in die Geologie, die Kunststudien in
die Physik. Nach allen diesen Richtungen sucht sich Goethe
anfangs nur den Bestand der vorhandenen Lehre anzueignen, geht rasch jedoch zu selbständigen Untersuchungen
über und endet mit Entdeckungen, deren Wichtigkeit erst
spät in gebührender Weise anerkannt zu werden begann.
Es kann, das Wort in ernsterem Sinne genommen, nichts
Anmutigeres gedacht werden als die umständlichen Darstellungen Goethes, wie er auf ganz besondere Weise in
die verschiedenen Fächer der Naturwissenschaften teils hin-
eingenötigt ward, teils in sie eindrang. Dem Anfänger gewöhnlichen Schlages pflegt die Grundlage alles Wissens zu
einer Zeit, wo der menschliche Geist für die bloße Aufnahme der Dinge zumeist gemacht ist, wie eine wohlgeord-
nete Erbschaft übergeben zu werden, bei der es nur zuzu-
greifen gilt. Goethe kam als fertiger Mann, bei dem alles
Neuaufgenommene sofort eigne Gedanken erweckt, stoß-
weise und gleichsam nur auf Nebenwegen zu den Dingen!
Um sich in der Botanik, mit der er, wie wir sahen, den Anfang macht, zurecht zu finden, sucht er in den Wäldern die
Förster, Kräutersucher und Essenzenkocher, an versteckten
Stellen die Besitzer von Herbarien auf, liest in großen
Stößen dazu, was die Weimarische Bibliothek besitzt, beobachtet im eigenen Garten und beginnt nach kurzem auf
neue, zu allem in Büchern Enthaltenen in Widerspruch
stehende Gedanken zu geraten, die er eifrig, aber ganz im
stillen verfolgt. Nur hier und da bleiben ihm einzelne
Stunden dafür übrig. In seinem Geiste bildet sich die Gestalt der „Urpflanze", aus der alle anderen gesetzmäßig sich
entwickeln mußten und auf die sie wieder zurückzuführen
seien. Plötzlich überrascht ihn, an dieser oder jener Stelle,
die Fortsetzung der diesem Phantasiegebilde gewidmeten
Träume. Dann versinkt alles übrige, und Goethe lebt in

diesen Gedanken, als habe sein Leben nur diesen einzigen Zweck. Lange Jahre braucht er, ehe er so weit kommt, von seinen Ideen öffentlich zu sprechen, und als er sich endlich dazu entschließt, wird er von den Fachleuten mit Achselzucken und mitleidigem Lächeln abgewiesen. Ihm aber ist, scheint es, am Beifall eines ganz anderen Publikums gelegen. Mit Christiane betreibt er in den ersten weimarischen Monaten nach der italienischen Reise diese Studien. Für sie faßt er seine botanische Lehre in ein Gedicht zusammen, dessen Hauptinhalt nicht einmal die Wissenschaft, sondern die Andeutung seines geheimen, ihn beglückenden Verkehres mit der Geliebten ist.

Längst wird von Fachleuten versichert, daß Goethes Ideen die grundlegenden Anschauungen enthalten, auf denen die moderne Botanik beruht.

Einen ähnlichen Verlauf haben Goethes anatomische Studien gehabt.

Auch hier beherrschte eine äußerlich vergleichende Methode die Wissenschaft, welcher Goethe seine auf eine höchste ideale Einheit losarbeitenden Phantasien entgegenstellte.

In der Botanik wurde eine Anzahl von Familien angenommen, in die alle Pflanzen untergebracht waren. Das entscheidende Kriterium war ihre Blüte. Die Verschiedenheit der Familien blieb als eine im Schöpfungsplane bereits enthaltene vorausgesetzt. Gegen beide Prämissen richtete sich Goethes höheres Bewußtsein.

Er wollte nicht die Pflanze nur als Trägerin einer Blüte bestimmter Art mit anderen in derselben Periode stehenden Pflanzen verglichen haben: er wollte das einzelne botanische Individuum vorerst gar nicht mit andern vergleichen. Verfolgen wollte er es in der Aufeinanderfolge seiner eignen Zustände vom ersten Moment ab. Eine Pflanze nimmt er vor, als gebe es nur diese einzige auf der Welt, die er in den sämtlichen Stadien ihrer Entwicklung kennenzulernen sucht. Er beobachtet ihren Samen, ihre Versuche aufzukeimen, ihr Wachstum, die Einflüsse von Boden, Sonne, Licht und Dunkelheit, den Reichtum oder die Armut ihrer Blätter und Blüten, das Aufsteigen ihrer Säfte. Er examiniert sie auf ihre persönlichen Verhältnisse in jeder Richtung und sucht die Gesetze, nach denen die unaufhörliche Folge neuer Zustände eintritt, die sich seinem Auge hier bietet. Er hat kein bestimmtes Ziel für seine Beobachtungen, auf welches er gleichsam polizeilich losrecherchierte: er verfolgt unbefangen alle Lebensäußerungen, von denen seinen liebenden Blicken keine entgehen soll. Allmählich, nachdem er, von Pflanze zu Pflanze vorschreitend, gemeinsame Eigenheiten der Entwicklung zu erkennen glaubt, wagt er Gesetze überhaupt als vorhanden anzunehmen. Diese sind es endlich, die ihn auf jene ideale Formel aller Pflanzengestaltung hinleiteten. Seine Entdeckung war: daß die einzelnen Pflanzenteile, Blatt, Blüte, Stengel usw., einem gemeinsamen Bildungsgesetz folgend, nur die verschiedengestaltete Manifestation derselben Urform seien, so daß Goethes Urpflanze sich in Blüte, Blatt, Stengel und Wurzel nur als ein Agglomerat idealer gleicher Teile zu erkennen gibt, die unter verschiedenen Einflüssen verschieden geformt in die Erscheinung hervorbrachen.

Das gleiche Prinzip nun sucht Goethe im Reiche der Tiere nachzuweisen. Doch wir dürfen uns hier nicht in Spezialitäten verlieren, um Goethes osteologische Entdeckungen zu verfolgen: genug, daß es ihm auch hier anfangs nicht gelang, sein Prinzip überzeugend zu begründen, sondern daß seine Entdeckungen erst nach der Dezennien hindurch dauernden Ungunst der Gelehrten heute nicht nur als begründet, sondern abermals als grundlegend für die neuere Wissenschaft anerkannt worden sind.

Wir sehen Goethe, wenn ihm als Dichter oder Schriftsteller etwas gelungen ist, zuzeiten seine Freude darüber aussprechen. Der Ausdruck seiner Gefühle übersteigt dann aber niemals den einer ruhigen Befriedigung. Er empfindet ein sanftes, wohltätiges Behagen an dem Geleisteten. Niemals aber befällt ihn das direkte Entzücken, mit dem er seine Entdeckungen als Naturforscher seinen Freunden frisch mitteilt. Hier wird er leidenschaftlich. Eine „markerschütternde" Freude erfüllt ihn. Er vergißt alles andere in solchen Momenten. Man glaubt zurückblickend heute zu ersehen, als habe die Tragweite seiner neuen Gedanken ihn im ersten Augenblick ihres Auftauchens ergriffen wie ein ungeheures Erstaunen, das ihn außer sich brachte.

Was die geologischen Studien anlangt, so sei nur bemerkt, daß Agassiz die ersten Gedanken der die Erde einstmals beherrschenden, heute theoretisch so wichtigen „Eiszeit" Goethe zuschreibt.

Es bliebe noch übrig, von Goethes bedeutendstem wissenschaftlichen Werke, der „Farbenlehre", zu sprechen.

Hier dauert die trübe Ungunst, welche seine wissenschaftlichen Ansichten sämtlich anfangs erfahren haben, und die auf den übrigen Gebieten dem klaren Sonnenschein der Anerkennung gewichen ist, noch fort. Er geht von dem gleichen Prinzip aus, das er überall verficht: er will auch hier auf einfache Anfänge zurück. Er leugnet die Vielheit der Farben, die er sämtlich als Zwischenstufen zwischen Licht und Dunkelheit auffaßt. Es kann nicht unsere Aufgabe sein, in dieser Frage entscheiden zu wollen, und ich beschränke mich, als Nichtfachmann, nur auf folgende, die Sache selber kaum berührende Bemerkung.

Als „Buch" betrachtet, als Produkt aus Worten und Gedanken, ist Goethes „Farbenlehre" ein entzückendes Werk. Das allein, was es an historischem Material, nach unendlichen Richtungen hin, mitteilt, würde ihm diese Bezeichnung sichern. Nach Goethes Prinzip, daß man, um eine Wissenschaft zu geben, die Geschichte dieser Wissenschaft liefern müsse, hat er, indem er über das Verhältnis der Menschen und Jahrhunderte, der gelehrten Forschung sowie der unbefangenen Beobachtung, zu den Farben schrieb, ein Buch zustande gebracht, in dem zu lesen derjenige gewiß niemals müde werden kann, der es einmal kennengelernt hat.

Überblicken wir Goethes naturwissenschaftliche Gedankentätigkeit vorerst nur auf den maßgebenden Gedanken hin: daß die schaffende Natur bis zu den einfachsten Gedanken in ihrer Wirksamkeit verfolgt werden müsse, so ersehen wir nun den Zusammenhang dieser Idee mit derjenigen, die wir als Grundprinzip der griechischen Kunst erkannten; die tatsächliche Zurückleitung der menschlichen Gestalt und der menschlichen Sprache auf einfachere, aber inhaltsreichere Formen. Nicht in der genauen Nachahmung dessen, was in niedrigeren Eigenheiten die Erscheinungen t r e n n t, liegt die Aufgabe des Künstlers, sondern in Erfindung einfacher Gestaltungen, in denen das Getrennte sich vor uns vereinigt. Goethes Enthusiasmus für die Kunst der Griechen erkennen wir nun als in inniger Verbindung mit seiner Naturanschauung. Doch nicht dies ist es, worauf es uns jetzt zumeist ankommt, sondern einige wichtigere Gesichtspunkte sind auszusprechen, durch welche Goethes Art, die Natur zu beobachten, nicht nur für seine Zeit eine ganz eigentümliche war, sondern durch welche sie heute noch einen besonderen Platz für sich einnimmt.

Goethes großer Gesichtspunkt ist die Beschränkung aller Naturerkenntnis auf das Gebiet des „Zugänglichen", wie er sich ausdrückt. Von vornherein wird das „Unzugängliche" anerkannt, nicht nur als die a n d e r e, sondern als die g r ö ß e r e Hälfte der Naturerscheinungen. Dieses Unzugängliche, das er auch das „große Geheimnis" nennt, dominiert in solchem Maße, daß sich das ihm innewohnende Wesen sogar auf das „Zugängliche" erstreckt, so daß Goethe das Zugängliche und Unzugängliche z u s a m m e n als „das große Geheimnis" bezeichnet. Immer wieder erklärt er davon, daß es dem einzelnen unmöglich zu begreifen sei. Immer wieder versagt er sich und anderen das Recht, aus dem Bekannten hier das Unbekannte zu konstruieren. Er sieht sich gleichsam als einen Seefahrer an, der, einen Erdteil zu Schiff umkreisend und höchstens hier und da die Küste betretend, sich nicht anmaßen dürfe, von dem, was nur aus der Ferne sich seinen Blicken offenbare, bindende Schlüsse auf das Innere des Landes zu ziehen.

Allein, so sehr Goethe dem Verstande hier verbietet, mehr für Wahrheit zu nehmen, als sich in der Tat mit den fünf Fingern der Hand greifen lasse, um so voller gibt er der Phantasie des Dichters das Recht, aus unbewußter, träumender Kraft Bilder dessen zu schaffen, was der Geist zu erblicken wünscht. Nur daß er mit Schärfe die Grenze beider Tätigkeiten aufrecht hält. Längst hatte, in seinen Jugendzeiten schon, die große Laplace-Kantsche Phantasie von der Entstehung und dem einstigen Untergang der Erdkugel Platz gegriffen. Aus dem in sich rotierenden Weltnebel — die Kinder bringen es bereits aus der Schule mit — formt sich der zentrale Gastropfen, aus dem hernach die Erde wird, und macht, als erstarrende Kugel, in unfaßbaren Zeiträumen alle Phasen, die Episode der Bewohnung durch das Menschengeschlecht mit einbegriffen, durch, um endlich als ausgebrannte Schlacke in die Sonne zurückzustürzen: ein langer, aber dem modernen Publikum völlig begreiflicher Prozeß, für dessen Zustandekommen es nun weiter keines äußeren Eingreifens mehr bedürfe, als die Bemühung irgendeiner außenstehenden Kraft, die Sonne in gleicher Heiztemperatur zu erhalten.

Es kann keine fruchtlosere Perspektive für die Zukunft gedacht werden als die, welche uns in dieser Erwartung als wissenschaftlich notwendig aufgedrängt werden soll. Ein Aasknochen, um den ein hungriger Hund einen Umweg machte, wäre ein erfrischendes appetitliches Stück im Vergleiche zu diesem letzten Schöpfungsexkrement, als welches unsere Erde schließlich der Sonne wieder anheimfiele, und es ist die Wißbegier, mit der man dergleichen aufnimmt

und zu glauben vermeint, ein Zeichen kranker Phantasie,
die als ein historisches Zeitphänomen zu erklären die Gelehrten zukünftiger Epochen einmal viel Scharfsinn auf-
wenden werden.

Niemals hat Goethe solchen Trostlosigkeiten Einlaß gewährt. Die unendliche Vergangenheit zu enträtseln, ist ihm
ein Genuß, der unendlichen Zukunft anders als dichterisch
beizukommen aber, reizt ihn nicht.

Während er im „Faust", wo nur seine Phantasie waltet,
sich nicht scheut, die entfernten Himmelsräume in die elenden Schranken einer Theaterbühne zu bringen, rührt er als
Gelehrter jene exakten Phantasien gar nicht an. Es würde
seinem Begriffe von Freiheit widersprechen, heute bestimmen zu wollen, was einst sein wird. Nur Ahnung ist hier
gestattet. Ihm ist die Natur ein fortwährend in jungfräu-
lichen Zustand zurückkehrendes Ganzes, dessen Zukunft
verhüllt bleiben muß. Offenbaren kann sich nur, was zufällig sich auftut. Kein System umfaßt diese Totalität. Alle
Namen und Ziffern sind den Erscheinungen nur aufge-
schrieben: jeder Regen löscht sie aus.

Daher Goethes Unbekümmertheit um die Vollständigkeit
seiner Beobachtungen. Er konstatiert die ewige Veränderung der Dinge. Einen unendlichen Übergang aus einem
Zustande zum andern beobachtet er: wo denn, fragt er, sei
der Moment, in dem ein sich entwickelnder abgetrennter
Teil der Natur als in dem Zustande befindlich bezeichnet
werden dürfe, welcher die übrigen repräsentiere. Der wichtigste Lebensmoment einer Pflanze tritt vielleicht in einem
Augenblicke ein, wo niemals ein menschliches Auge sie
beobachtet oder nur betrachtet hat. Goethe glaubt nichts,
als was er selbst gesehen hat, und nimmt fremde Beobachtungen nicht an, ehe er sie nicht wiederholte. Sein Genuß
ist, darzustellen, was er selbst gefunden hat. Er betrachtet
sich als Reisenden auf einer Entdeckungsexpedition, für
den jeder erste beste Gegenstand Wert und Wichtigkeit

hat und der auch zu notieren nicht unterläßt, wo ihm einmal die Lebensmittel ausgehen oder seine Leute rebellieren. Rechts und links bückt er sich, hebt auf, was gerade am Wege liegt und ihm zuerst in die Augen fällt. Ein anderer Weg würde ihm andere Objekte geliefert haben. Goethe ist der echte Dilettant. Er hoffte nie auch nur annähernd der Natur so viel Geheimnis abzuhorchen, um den verhüllten Rest danach erraten zu können; es sind doch immer nur einzelne Laute einer unbekannten Sprache, die an sein Ohr schlägt, von der nur hier und da ein ganz einfacher Satz ihm klar wird. Goethes Überzeugung nach stehen a l l e Erscheinungen in einem Zusammenhang, welcher niemals aus der mit noch so großer Geschicklichkeit vorgenommenen Behandlung einzelner, abgesonderter Teile herauszudemonstrieren sei. Dies ist der Sinn seines Axioms, daß die Natur „weder Kern noch Schale habe", weder ein Inneres noch ein Äußeres, weder ein Notwendiges noch ein Nebensächliches, sondern daß jeder Teil neben dem andern Teil als gleich wichtig angesehen werden müsse.

Daher die Behaglichkeit, mit der er sich nur in den gelegensten Momenten den Naturerscheinungen zuwendet. Ja, dieses Verhalten seiner eignen Persönlichkeit sieht er als ein so bedeutendes Ingrediens seiner wissenschaftlichen Tätigkeit an, daß er seine gelehrten Untersuchungen gar nicht von seinem übrigen Leben abtrennen will. Er betrachtet sie als Symptome seiner gesamten Lebensführung, die mit allen andern auf gleicher Reihe stehen. Daher die Wichtigkeit, mit der er seinen persönlichen Zustand bei seinen wissenschaftlichen Arbeiten mit in Rechnung zieht. Diese Art, die Dinge zu betrachten, wird schließlich zu einer solchen Hauptsache bei ihm, daß er wissenschaftliche Entdeckungen als unvollkommen mitgeteilt ansieht, ehe er nicht die Person und Lebensgeschichte des Entdeckers kenne. Daher, als er sich im höchsten Alter der Meteorologie und der Beobachtung der Wolkenbildung zuwandte, sein wunderlich-schönes Verhältnis zu Howard, dem englischen Forscher, der hier zuerst etwas Entscheidendes leistete. Er wollte Howards Resultate nicht eher gelten lassen, als bis er wisse, wie seine Person dazu stände, fragte in einem Briefe an und erhielt die schöne rührende und ausführliche Auskunft, die er als Übersetzung zum biographischen Ehrendenkmal des einfachen Mannes veröffentlichte.

In wie eminenter Weise diese Art, die Dinge zu betrachten, als die „antike" bezeichnet werden dürfe, ergibt sich, wenn wir einen Blick auf die Stellung des Menschen zur Natur werfen, wie sie seit Jahrtausenden bestand und wie sie sich, im Gegensatze dazu, im Umschwunge des siebzehnten zum achtzehnten Jahrhundert verändert und umgewandelt hat.

Die mosaische Schöpfungsgeschichte gipfelt im Menschen, welcher als Inhaber der Nutznießung alles Vorhergeschaffenen eintritt. Auch die griechische Mythe läßt ihre Götter und Titanen im menschlichen Sinne als Herren der irdischen Erscheinungen auftreten, so daß sie als direkte Vorläufer der Menschheit dastehen. Selbst Aristoteles würde sich die Welt nicht ohne die Griechen als das ihr Zentrum bildende, an sich bevorzugte Volk darin haben denken können, und das Christentum erhebt den Menschen in solchem Sinne zum Zweck der Schöpfung, daß ohne ihn die Welt inhaltlos wäre.

Gegen diese Anschauung empörten sich die Naturwissenschaften. Die Astronomie eröffnete den Kampf, indem sie die Erde, die für den Mittelpunkt des Weltsystems galt, als ein nur untergeordnetes Gestirn erkannte, dessen herrschende Bewohner damit zugleich degradiert wurden. Schlag auf Schlag wurde diese Degradation nun für die Erde selbst aber weiter durchgeführt. Ungeheure Zeiträume ihrer Dauer, bevor Menschen existierten, wurden nachgewiesen. Kräfte wurden entdeckt, deren Wirkungen vom Geiste des Menschen weder geleitet noch gar erkannt worden sind; statt der früher in behaglicher Nähe stehenden göttlichen Gestalten nun dunkle, aus ungeheuren Entfernungen wirksame Mächte.

Und selbst diesen steht der Mensch nicht mehr gegenüber, wie er es früher der Gottheit durfte. Neben dem Reiche der Menschen sind die der Gesteine, Pflanzen und Tiere die Herren der Erdoberfläche. Kein Gedanke mehr an die alte Untertänigkeit, als sei ihre höchste Aufgabe, der Menschheit dienstbar zu sein; nach unbekannten Konstitutionen existieren sie für sich, sprechen eine dem Menschen unverständliche Sprache und wissen nichts von ihm. Aber der Mensch selber weiß nicht mehr, wohin er gehört. Dankbar nimmt er an, daß man ihm im großen Tierreiche eine zweifelhafte Stelle einräume, wo er, bescheiden sitzend, über seinen letzten verwandtschaftlichen Zusammenhang mit der übrigen Tierwelt beschämt nachdenken und sich Mühe geben darf, in seinen ohnmächtigen Gedanken zu der Einsicht zu gelangen, daß es weder für die eigne Seele noch für Gott, als deren Schöpfer und letzte Zuflucht, irgend bindende Beweise gebe. Dies der geistige Zuschnitt der Menschheit, welche die einstmals in jene Schlacke sich verwandelnde Erde heute mit so zweifelhaftem Eigentumsgefühl inne hat.

Diese Anschauung der Dinge ist es, die in der zweiten Hälfte des achtzehnten Jahrhunderts allgemeinwerdend der Herrschaft der „Römischen Welt" ein Ende bereitete. Denn aus dieser plötzlich einbrechenden Lehre ging der unerhörte geistige Zustand hervor, dessen Folge die Französische Revolution war. Eine Auflösung des allgemeinen Bewußtseins fand statt, auf dem Tausende von Jahren die Struktur des europäischen Lebens beruht hatte. Alles wurde in Frage gestellt, und keine Frage gab es, welche nicht als wissenschaftlich erlaubt gelten durfte. Jede praktische Betätigung der so gewonnenen Resultate schien geboten. Staat und Kirche waren in Gedanken längst aufgeopfert, che das erste Flämmchen des großen Brandes der Französischen Revolution aufleuchtete. Nicht bloß der liberale Bürgerstand, sondern hoch und niedrig dachte so, und die katholische und protestantische Geistlichkeit leistete keinen Widerstand. Christentum und Verehrung des antiken Wesens vermischten sich friedlich. Darauf kam es gar nicht an: alle Augen waren geblendet von den neuen Offenbarungen, welche im Bereiche der Naturwissenschaften Schlag auf Schlag sich folgten. Beim Aufsteigen des ersten Luftballons herrschte wirklich ein Gefühl, als fliege man ein Stück Weges in den unendlichen Raum hinein. Aus dem Munde der großen Mutter Natur erwartete man die höchsten Gesetze, denen die neue Menschheit nachzuleben hatte.

Man sollte denken, Goethe, der ohne Lehrmeister aus eigner Erfahrung in den Umsturz der bisherigen Gedankenwelt hineingerissen wurde, hätte sich am willigsten den neuen Anschauungen beugen müssen: gerade hier aber sehen wir in ihm etwas sich erheben, was der verzweifelten Logik der Naturphilosophie sich unbesiegbar entgegenstellte.

Für Goethes früheste Zeiten waren jene auflösenden Gedanken noch nicht vorhanden gewesen, von denen Voltaire freilich ausging, denen Rousseau aber Widerstand leistete. Seine Frankfurter Sachen nennt Goethe selbst später poetische Versuche, welche nur den inneren Menschen schildern und von den Gemütsbewegungen genugsame Kenntnis voraussetzen. „Hier und da", fährt er fort, „mag sich ein Anklang finden von einem leidenschaftlichen Ergötzen an ländlichen Naturgegenständen sowie von einem ernsten Drange, das ungeheure Geheimnis, das sich in stetigem Erschaffen und Zerstören an den Tag legt, zu erkennen. Ob sich schon dieser Trieb in ein unbestimmtes, unbefriedigtes Hinbrüten zu verlieren scheint."

Aber auch in den ersten weimarischen Zeiten noch beherrscht die alte Weltanschauung seine Dichtung. Langsam und unabhängig von dem, was um ihn her geschieht, verändert Goethe seinen Standpunkt.

Je mehr er dem „ungeheuren Geheimnisse" näher zu kommen suchte, um so mehr trat das sich vordrängende Gefühlselement zurück, während die Beobachtung dessen, was wir den Verkehr der Natur mit sich selber nennen können, sich bei seiner Anschauung der Dinge in den Vordergrund drängte. Die der Historie nahm unter Herders Einflusse zuerst eine andere Gestalt an. Die Geschichte trat für Goethe als eine Reihe natürlicher Prozesse in Verbindung zu den Erlebnissen des Bodens selber, auf dem die Geschichte sich abspielt. Die Völker wurden zu Individuen in seinen Augen, deren Bewegungen zu beobachten einen Teil der naturwissenschaftlichen Forschung bildet. Und so das Leben des einzelnen: immer tiefer verweben sich vor seinen Blicken die Schicksalsfäden der Menschheit in das allgemeine Geflecht der Erscheinungen überhaupt.

Aber erst die eignen osteologischen Entdeckungen haben Goethes veränderter Weltanschauung ganz neuen Boden geliefert. Er findet, daß der von den Gelehrten seinerzeit festgehaltene materielle Unterschied zwischen dem Menschenschädel und dem der übrigen Tiere nicht existiere. Zwar will man es ihm nicht glauben, daß der durch ihn so berühmt gewordene „Zwischenknochen" (der eine Teilung des Oberkiefers in mehrere Stücke vollbringt) auch dem Menschen eigen sei (bei dem man die meist völlig verwachsene, eigentlich nur ideal vorhandene Trennung nicht erkennen wollte): für Goethe war sie vorhanden und die Zugehörigkeit des menschlichen Skelettes in die große Reihe aller anderen Säugetierskelette ausgesprochen. In Europa erlebte er zuerst in seinem Geiste die definitive Entthronung des früheren Herrschergeschlechtes.

Sträubte sich auch sein höheres Bewußtsein gegen jede auf das Geistige gehende Folgerung, so war doch die Summe dieser neuen Erfahrungen zu stark, um nicht eine Revolution in ihm hervorzubringen. Goethe verläßt nun völlig seinen früheren Standpunkt. Er erkennt die Menschheit, und sich selbst mit, als unter dem Banne einer schicksalsmäßigen Knechtschaft stehend, welche für ganze Gebiete die da früher scheinbar waltende Freiheit nun als unmöglich erkennen ließ. Seine eignen Erfahrungen, die ununterbrochene stille Selbstbeobachtung mußten es ihm bestätigen, auch wenn er anderen nicht hätte Glauben schenken wollen. Mit Staunen hatte er längst in sich eine periodische Wiederkehr moralischer (guter und böser) Erscheinungen bemerkt, deren „Umdrehungszeit“ er zu berechnen wünschte. Immer neue Beispiele belehrten ihn, wie sehr der freie Wille dem Einflusse der „Gestirne“ gegenüber machtlos sei. Immer neue Ketten entdeckte er, deren Endpunkte sich im Nebel verlieren, aber deren Druck er selber nur zu deutlich fühlt. Nichts wäre natürlicher gewesen, als jetzt den letzten Schritt zu tun. Den aber tut er nicht! Goethe verfolgt willig den Weg, auf den die immer größer werdende Macht der Naturwissenschaften ihn drängt: nur aber bis zu einem gewissen Punkte läßt er sich leiten. Erstaunlich ist bei all seiner wissenschaftlichen Unterordnung unter die Gebote der Natur Goethes privates persönliches Verhalten.

Niemals ist Goethe von dem uralten aristokratischen Standpunkt herabgestiegen: trotz dem, was die Wissenschaft dagegen vorbrächte, die Menschheit dennoch als die Mitte der Schöpfung anzusehen, um derenthalben alles da sei. Niemals ist ihm eingefallen, für sein Recht, sich so zu verhalten, erst Beweise vorzubringen: er nahm es in Anspruch. Hier erblicken wir ihn in flagrantem Gegensatz zu den Grundbedingungen der Wissenschaft, welche auf Erforschung exakter Dinge geht. Hier zumeist könnte man Goethe einen „Griechen“ nennen, den sein angeborenes Adelsgefühl sogar der Philosophie gegenüber nicht verläßt. Er will sich unter keinen Umständen zum Sklaven machen

lassen. Wer hatte ihn darüber zur Rede zu stellen? Wo für
Goethes persönliche, individuelle Gedanken kein Raum
ist, da wendet er sich schweigend ab.

Goethe, den keine Verpflichtungen banden, nutzte seine
freie Stellung gründlich aus. Er arbeitete an keiner Universität, wo er auf Kollegen oder Schüler Rücksicht zu nehmen hatte, er war Mitglied keiner Akademie, was ihm vielleicht eine gewisse repräsentierende Zurückhaltung auf-
erlegt hätte: er war ganz auf sich gestellt. Niemand durfte
ihn interpellieren oder ihm den Kopf mit Gewalt in diese
oder jene Richtung wenden, so daß er hätte sehen müssen, was in ihr lag. Mit seinen gesunden fünf Sinnen stellt
Goethe sich als die Mitte der Erscheinungen hin, indem er
das dem unbewaffneten menschlichen Auge Erkennbare als das eigentliche Maß der Dinge proklamiert.
Dies der Grund, weshalb er an Astronomie, wozu es der
Fernröhre bedarf, und an mikroskopischen Untersuchungen keinen Gefallen findet. Auch gegen Newton nimmt ihn
sogar der ganz äußerliche Umstand in gewissem Sinne
ein, daß dieser mit einem Prisma operiert, statt direkt
von dem auszugehen, was das gesunde menschliche Auge
vor sich hat.

Es hat etwas Erquickendes, die Unbefangenheit zu sehen,
mit der er sich in einer Zeit, wo alles zu wanken begann,
durch dieses subjektive Verfahren festen Grund unter die
Füße schaffte.

Er hatte gelernt, die Entwicklung der Menschheit nur als
einen Teil des allgemeinen Fortschritts der gesamten Natur
zu sehen und das Schicksal des einzelnen als eine Welle des
großen Stromes, deren Sichheben und Sichsenken von Gesetzen beeinflußt wird, welche zu erkennen ins Bereich des
„Unzugänglichen" gehörte. Goethe ist viel zu praktisch,
um die Grenze zwischen Freiheit und Notwendigkeit philosophisch herausrechnen zu wollen. Er läßt den Grund der
Dinge auf sich beruhen, aber er untersucht die einzelnen

Fälle. Auf irgendeinem Wege, fühlt er, muß das Gesetz sich von selbst ergeben, und endlich entdeckt er, ausgehend von naturwissenschaftlicher Vergleichung, die Formel, welche auch für das geistige Leben paßt. Sie ist in seiner Erklärung des „Notwendigen in der Natur" enthalten.

Als der beinahe letzte seiner alten Freunde, Karl August, gestorben war und Goethe sich anschicken mußte, dessen Sohn, den er von den ersten Lebensmomenten her kannte, als seinen neuen Herrn zu begrüßen, hat er diesem einen Brief zugehen lassen, worin er ihm seine formelle Huldigung darbringt. Dieses Schreiben, das alle Zeichen des Stiles trägt, welcher Goethes, wie Gervinus sagt, „orphische" Periode auszeichnet, hat etwas in seinen Wendungen greisenhaft Umständliches. Man kann erleben, daß uralte Männer, indem sie eine teure Erbschaft weitergeben, ein seltsam zeremoniöses Wesen annehmen, weil sie, durch ein langes Leben von der Wichtigkeit auch der nur unbedeutend erscheinenden Handlungen überzeugt, wenn diese nun gar sich über den gewöhnlichen Inhalt erheben, sich zu feierlichen Umschweifen gedrängt fühlen. So Goethe in diesem Schreiben, aus dessen Sätzen ich den folgenden herauswähle: „Die vernünftige Welt ist als ein großes unsterbliches Individuum zu betrachten, welches unaufhaltsam das Notwendige bewirkt und dadurch sich sogar über das Zufällige zum Herrn erhebt." Dieses „Wort eines großen Weisen" wird hier als die letzte Konsequenz aller Betrachtung überhaupt gegeben.

Wir sehen, wie Goethe hier zu einer Idee gelangt, bei welcher die physische und die moralische Welt im genauesten Zusammenhange stehen. Für die physische formuliert sich das Gesetz des Notwendigen dahin, daß die schaffende Natur sich gleichsam ihr festes Budget machte, dessen Grenzen sie nicht überschreitet, so daß, wo sie ihren Gestalten auf der einen Seite ein Plus gibt, diesem ein Minus auf der andern notwendigerweise entsprechen müsse. Goethe führt

das in Beispielen sorgfältig aus. Für die moralische Welt
dagegen gewinnt er so das Eintreten gewisser unabwend-
barer Folgen aus vorhergegangenen Handlungen und Zuständen, deren Erfolge in bestimmter Form er nicht verlangt, deren dynamisches Erscheinen er aber für unab-
änderlich hält. Und hier gilt ihm für die kleinste menschliche Handlung dasselbe Gesetz, welches die Taten der
größten Massen regelt: überall eine der „Sparsamkeit der
Natur" entsprechende Kompensation des Geschehenden.
Man könnte diese Anschauung der Dinge einen nach rückwärts gewandten Fatalismus nennen.

Ihr begegneten wir in seinen Dichtungen zum ersten Male,
wie schon gesagt worden ist, in der „Natürlichen Tochter".
Goethe sieht hier davon ab, das Publikum überraschen zu
wollen, die poetischen Gestalten wie Fische durcheinander
schwimmen, sie vor den Augen des Beschauers, und vorein-
ander selbst, graziös gleichsam Versteck spielen zu lassen,
so daß der goldene Schuppenschimmer an d e r Stelle immer
in vollem Lichte glänzt, wo man ihn am wenigsten vermutete. Er läßt diesmal seine Gestalten, denen er nicht
einmal allen Namen gibt, sondern die er nur mit Gattungs-
begriffen bezeichnet, als König, Herzog, Gerichtsrat usw.,
wie Repräsentanten halb historischer, halb allgemein
menschlicher Abteilungen der großen Gesellschaft halb
frei, halb unfrei sich vorwärts bewegen zu unvermeidlichen
Katastrophen.
Goethe hatte den Griechen abgelernt, daß die menschlichen
Figuren, in deren Kreise sich ein wahrhaftiges Schicksals-
drama entwickeln sollte, gleichsam auf ihre moralische
höchste Essenz zu reduzieren und dann einander in unaus-
weichbaren, ihre ganze Kraft erfordernden Situationen ent-
gegenzustellen seien. Wir wissen, auf wie einfache Formeln
Antigone, Kreon, Orest, Iphigenie sich zurückführen lassen.
So, auf die letzten Konsequenzen ihrer geistigen Existenz

hin, meint Goethe, müßten auch die modernen Individualitäten zu formulieren sein, und er versucht es. Er läßt in Eugenien, der Heldin der Tragödie, ein Mädchen auftreten, dessen Schicksal daran hing, ob es fortan als hervorragende Fürstentochter oder als bloß beliebiges Bruchstück der großen gleichmäßigen Menschenmasse gelten dürfte. In dem Momente der Prüfung zeigt sie, daß sie nichts als ein gutes, aber neugieriges und eitles junges Mädchen sei, und ihr Los ist geworfen. Aber diese entscheidenden Szenen entwickeln sich in einer kalten Notwendigkeit, als setzte man einen Pendel in einem luftleeren Raum in Bewegung, um jede feinste Schwingung möglich zu machen.

Es hat etwas Beängstigendes, diese ästhetisch präparierten Gestalten erscheinen und handeln zu sehen, von deren Leben alles Zufällige abgetrennt ist, so daß nur der, man könnte sagen, in höchster chemischer Reinheit hergestellte freie Wille des Individuums übrigbleibt, dessen Entscheidung die Katastrophe bewirkt.

Goethe hat die Trilogie nicht vollendet, auf welche dieses Stück berechnet war und in der er, wie er ausspricht, das furchtbare Ereignis der Französischen Revolution dichterisch zu gestalten hoffte. Er hat den Versuch aufgegeben, weil er beim Publikum durchaus kein Verständnis fand für das, was er wollte. Wir haben nur Schemata der Fortsetzung, aus denen sich nichts erkennen läßt. Aber er suchte die Behandlung menschlicher Schicksalswendungen, die ihm hier mißlungen war, an einem anderen Stoffe durchzuführen, den „Wahlverwandtschaften". Wie er in der „Natürlichen Tochter" die Französische Revolution darzustellen unternahm, so sollte in den „Wahlverwandtschaften" sein Verhältnis zu Frau von Stein endlich die künstlerische Verklärung empfangen. Wie eine tiefe Wunde, welche Heilung begehrte, lag es in seiner Brust. Aber nach Jahren erst gelang es, auch hierfür die Form zu finden.

Wir dürfen hierbei nichts Äußerliches im Sinne haben: als habe Goethe eine Dichtung wie ein Pflaster auf die Wunde legen und damit die verschobenen Dinge wieder ins Gleiche rücken wollen. Er war längst wieder mit Frau von Stein, wenn auch nicht versöhnt, so doch in ein erträgliches Verhältnis zu ihr zurückgekehrt. Mit ihrem Sohn hatte er immer in Verbindung gestanden. Der junge Mensch hielt in alter Anhänglichkeit an ihm fest. Eine Anzahl Briefe bezeugen es. Nur anfangs wird darin von den Eltern nichts gesagt, nach kurzer Zeit aber finden wir in ihnen bereits wieder Grüße an Vater und Mutter, und nach abermals kurzer Zeit ist der Verkehr mit der Familie ganz hergestellt. Schon 1789 hatte Herders Frau Goethe wieder bei der Stein getroffen. Doch war das wohl nur ein äußerlicher Verkehr. Zu gegenseitigem Aussprechen kam es erst viel später. Schillers scheinen am meisten dabei gewirkt zu haben. 1796, als Frau von Stein morgens einmal unter den Orangenbäumen vor ihrem Hause saß, kam Goethe mit seinem Söhnchen an der Hand zu ihr durch den Park den alten Weg herüber, und als er endlich gegangen war, schreibt sie nieder, wie es nur möglich gewesen sei, daß sie ihn so lange verkannt habe. Als Frau Charlotte im selben Jahre bei Schillers zweitem Sohne Pate stand, wunderte sie sich, nicht Goethe neben sich zu finden, der seinerseits dann durch Schiller Grüße an sie senden läßt. Von Jahr zu Jahr kehrt das Verhältnis mehr in die alten Formen zurück, und es darf uns nicht wundern, im neuen Jahrhundert Goethe in freundlicher Korrespondenz mit seiner alten Freundin zu finden. Ein mildes Vertrauen hatte wieder zwischen ihnen Platz gegriffen.

In diesem Sinne war also kein Ausgleich mehr nötig. Auch sollte mit dem Roman in keiner Weise eine Entschuldigung seines Bruches oder eine Verklärung der ehemaligen Geliebten vorgenommen werden. Ich sage dies ausdrücklich, weil es trotzdem so scheinen könnte. Es wäre nicht un-

natürlich gewesen, wenn Goethe das Problem sich gestellt
hätte, zu verkörpern, was etwa geworden sein würde, wenn
er Frau von Stein nach dem Tode ihres Mannes geheiratet
hätte. Der Roman scheint sogar so zu beginnen. Ein Witwer, aber noch junger Mann, beredet eine ihm an Jahren
gleichstehende, gleichfalls verwitwete Freundin, für die er
vor Zeiten vergeblich geglüht, auf Rechnung jener alten
Liebe hin nachträglich seine Hand anzunehmen. Die Heirat
kommt zustande. Ein junges Mädchen, Ottilie, wird in
dieses Hauswesen eingeführt. Zwischen ihr und Eduard,
dies der Name des Mannes, entzündet sich eine Leidenschaft, an der Eduard, Charlotte, die Frau, und Ottilie, alle
drei, zugrunde gehen. Nichts natürlicher scheinbar als die
Annahme, Goethe habe als Phantasiebild ausführen wollen, was menschlicher Voraussicht nach ja hätte eintreten
müssen, falls Frau von Stein spät noch seine Frau geworden wäre. Der Zweck des Romanes wäre dann gewesen, zu
zeigen, wie wohl er daran getan habe, wenn auch in noch so
harter Art, dem Verhältnis zu rechter Zeit ein Ende zu
machen.

Fast möchte ich glauben, Goethe habe diesen Anschein absichtlich gesucht und deshalb auch Eduards Gattin in so
auffallender Weise Frau von Steins Vornamen verliehen.
Er wünschte vielleicht die Kritik auf falsche Wege abzulenken. Weimar war ein zu gefährlicher Boden; es sollte
kein Klatsch entstehen. Goethe durfte, sobald ihm geglückt
war, die Spürkraft der Gesellschaft falsch zu leiten, nun
sein Verhältnis zu Frau von Stein, zum zweiten Male gleichsam, in demselben Roman in voller Prägnanz auffassen.
Goethe (der wegen des als unmoralisch angefochtenen Inhalts der Erzählung in der Folge öfter Anfragen über das,
was der eigentliche Inhalt der Dichtung sei, zu beantworten
hatte) spricht einmal einfach aus: das, was der Roman
wolle, sei ja so deutlich: er bilde nur eine Illustration des
Wortes Christi: „Wer ein Weib ansiehet, ihrer zu begehren,

der hat schon die Ehe gebrochen mit ihr." Das konnte sich nicht auf sein späteres Verhältnis zu Frau von Stein beziehen, als er sie verließ, sondern auf sein anfängliches, als er ihrer noch begehrte!

Fassen wir in drei Worten noch einmal den Inhalt seiner „Zehn Jahre" neben Frau von Stein zusammen: Ein junger Mann ist zu einer verheirateten Frau in eine Verbindung getreten, die man eine geistige Ehe nennen konnte und aus der, wäre der Mann nicht dagewesen, sicherlich eine volle Ehe hervorgegangen wäre. Schon diese geistige Ehe aber verstößt gegen die Moral der menschlichen Gesellschaft, welche in den zehn Geboten und in höchster Konsequenz in jenen Worten Christi (Matth. 5, 28) enthalten ist.

Goethe stellt demgemäß ein Ehepaar hin, das beiderseits die erste Blüte der Leidenschaft einander nicht mehr darbringen konnte, wenn es auch aus Liebe sich heiratet. Ein Paar also, das, wie Herr von Stein und seine Frau, halb aus äußerlichen Ursachen zusammengekommen war. Diesen Eheleuten nun läßt er durch Ottilie das widerfahren, was Stein und seiner Frau durch ihn selbst einst widerfahren war.

In Charlottens und Eduards Ehe tritt Ottilie ein, wie Goethe einst in Frau von Steins Haus eingetreten war. Goethe hatte nicht sofort, sondern langsam, wie ein moralischer Polyp, sich in der Steinschen Familie festgesogen. Im Jahre 1780, vier Jahre nachdem diese Freundschaft begonnen, schreibt er Lavater über Frau von Stein: „Sie hat meine Mutter, Schwester und Geliebten nach und nach beerbt, und es hat sich ein Band geflochten, wie die Bande der Natur sind." Goethe war Frau von Steins Sohn, Bruder und Bräutigam geworden. All das mußte im Romane nun zur Schuld eines armen Geschöpfes werden, dem Goethe diese Last aufbürdete. Ottiliens Schuld ist das Hineinwachsen in jene Stellungen zu Eduard, in welche Goethe zu

Frau von Stein getreten war. Bei aller Unschuld Ottiliens — wie Goethe unschuldig einst sich zu Frau von Stein hingezogen gefühlt hatte — wurde sie dennoch schuldig von dem Augenblick an, wo sie dem Gedanken Raum gab, Eduard könne durch eine Scheidung von Charlotten frei und sie Eduards Frau werden. Wie Goethe durch das geistige Element, welches er in die Familie Stein hineingetragen hatte, so großes Übergewicht gewann, daß eine Trennung von ihm undenkbar wurde, so läßt er Ottilie durch ihr geistiges Übergewicht zwischen Eduard und Charlotte eine unantastbare Stellung erlangen. Dieses Mädchen ist mit einem natürlichen Verständnis alles Menschlichen ausgerüstet, demgegenüber man sich machtlos fühlt. Wer verdenkt Eduard seine Leidenschaft, wer Charlotte, daß sie um Ottiliens willen in eine Scheidung willigen will? Wer hatte einst Frau von Stein verdacht, sich einen Geist wie den Goethes in freier Abhängigkeit zu halten? Goethe hätte gehen müssen. Ottilie allein trägt unschuldig die Schuld an allem Unheil und muß dafür büßen.

Nicht weil er in Herrn von Steins Rechte eingreifen wollte, war Goethe einst schuldig gewesen, sondern weil er gegen ein göttliches Gebot verstoßen hatte, das er nun als einen Teil der natürlichen Weltordnung auffaßte, deren Gesetze unbeachtet zu lassen Verderben bringen mußte. In ihrem Verhältnisse zu Charlotte war Ottilie kaum schuldig zu nennen, Charlotte selbst wollte ja zurücktreten, um Eduards Ehe mit Ottilie zu ermöglichen: schuldig war Ottilie nur, weil sie den Gedanken, eine Ehefrau aus dem Herzen ihres Mannes zu verdrängen, in sich aufkommen ließ. Und darin erkannte Goethe nachträglich seine Schuld: daß er in einer Stellung jahrelang verharrte, welche eine Sünde gegen die geheiligten Ordnungen war, auf deren Bewahrung die Menschheit gegründet war. Hier schon sehen wir den Einfluß der neuen Weltanschauung Goethes, der, das Allgemeine im Auge haltend, seinen besonderen Fall jetzt unter dem Gesichtspunkt des großen sittlichen Weltverkehrs beurteilt und verurteilt.

Davon war bei Werther keine Rede gewesen, daß dieser in seiner Liebe zu Lotten nicht nur Alberts Rechte, sondern zugleich die Grundgesetze des menschlichen Daseins beschädigte. Der Liebe Ottiliens zu Eduard stellt sich zuletzt gleichsam die Natur selbst entgegen, welche für die Heilighaltung ihrer Ordnungen eintritt. Die geistige Ehe Ottiliens und Eduards neben dessen realer Ehe mit Charlotte war nichts als feinere Bigamie, gegen welche die Mächte der Vorsehung sich empören mußten. Eine solche geistige Ehe hatte, wie wir gesehen haben, zwischen Goethe und Frau von Stein bestanden. In dem, was ihnen beiden einst der erlaubteste, unschuldigste Ersatz für alles Versagte erschien, sah Goethe jetzt das Unerlaubte, Schuldige, Bestrafungswürdige.

Ziehen wir die Gesamtheit aller in den „Wahlverwandtschaften" auftretenden Personen in Betracht, so sehen wir, nach welchem festen Prinzipe die Komposition diesmal aufgeführt worden ist. So pflegte Goethe früher nicht zu arbeiten. Jetzt scheint er Schillers Methode sich angeeignet zu haben. Jede Handlung ist vorausbedacht, die Effekte steigern sich in bewußt geschaffener Stärke bis zum Abschlusse. Es ist eine in Form einer Erzählung sich aufbauende Tragödie. Nichts mehr von dem früheren fragmentarischen Drauflosschreiben.

Die Überlegung, mit welcher der Roman mehr auf den Totaleffekt geschrieben worden ist, verleugnet sich auch im Stil nicht. Goethe hat nicht wie früher bis auf jedes Wort eine unruhvolle, immer neu ansetzende Feile angewandt, welche er endlich aus Ermüdung neben sich legte, sondern er hat der stilistischen Arbeit ihr bestimmtes Quantum Zeit gegönnt und sie dann als genügend nicht weitergetrieben. Daher kommt es, daß einige Stellen mit offenbarer Nachlässigkeit obenhin behandelt sind, andere die Absicht, ver-

Goethe 1828

Goethe, seinem Schreiber John diktierend

mittelst stilistischer Behandlung bestimmte Effekte erreichen zu wollen, offen zur Schau tragen. So die in absichtlich kurzen Sätzen gehaltene Erzählung von dem Tode des
Kindes durch Ottiliens Schuld. Der Leser soll durch die
atemlose Satzfolge erregt werden. So endlich das äußerliche Mittel, Ottiliens geistigen Reichtum dadurch als sehr
bedeutend erscheinen zu lassen, daß ihr unter dem Titel
„Tagebuch" eine Fülle der feinsten Lebenserfahrungen in
einzelnen Aperçus untergeschoben wird. Diese Beobachtungen sind die einer älteren geistreichen Person und konnten niemals der Seele eines jungen Mädchens wie Ottilie
entsprungen sein.

Aber in etwas anderem noch sehen wir Goethes neue Weltanschauung bei diesem Roman durchbrechen. Er sucht die
„Notwendigkeit" des sich Ereignenden dadurch zu erklären, daß er jeder Figur gleichsam einen doppelten Wert
verleiht. Er läßt jeden Mitspieler einmal als naturhistori-
sches, willenloses Stück Schöpfung agieren, wie einen Würfel, von höheren dämonischen Mächten auf den Tisch geworfen, der selber nicht mit zu entscheiden hat, wieviel
Augen fallen; und auf der andern Seite läßt er dieselbe
Gestalt als freien, verantwortlichen Menschen handeln, der
jeden Gedanken seiner Seele zu verantworten hat. Dadurch entsteht im Leser derselbe wunderbare Zwiespalt,
mit dem man aus der Ferne geschichtliche Ereignisse zu beurteilen pflegt, deren Unabwendbarkeit man erkennt und
bei denen man trotzdem niemandem die Last eigner Verantwortlichkeit abnehmen kann.

Um dieses fatalistische Element anzudeuten, hat Goethe das
zu so viel Mißverständnissen Anlaß gebende Beispiel aus
der Chemie gewählt, nach dem er den Roman genannt hat.
Er stellt die Menschen als Elemente hin, welche sich abstoßen und verbinden, ohne daß etwas, was irgendwie
Willen genannt werden könnte, dabei in Frage käme. Um
ihn hier zu begreifen, muß man allerdings in seinen Wer-

ken bewandert sein. Diese Anschauung war bei ihm bereits durch die Art angebahnt worden, in welcher Spinoza die menschlichen Dinge behandelt. Den Vergleich gesellschaftlicher Verbindungen mit chemischen finden wir schon im Briefwechsel mit Schiller, als einfachen Vergleich, bei dem an nichts Besonderes gedacht wird. In der Einleitung zu den „Wahlverwandtschaften" erst gewinnt dieses Bild das den Leser beleidigende fatalistische Ansehen, welches Goethe gar nicht hineinlegen wollte. Denn der Roman selbst ist ein Beweis des Gegenteils. Er sollte zeigen, wie all dieser chemische Zwang von der Verantwortlichkeit für das nicht entbindet, in das die dämonischen Mächte den Menschen hineinstoßen. Goethe wollte sagen: was auch durch fremde und eigne Verschuldung hier entstehe, wie sehr auch unerkannte schicksalsbildende Mächte über allen Sterblichen walten: daß aus ihrer Macht zu entrinnen dem Menschen dennoch zuletzt gegeben sei. Dies aber vermochte das Publikum nicht herauszufinden. Goethe behielt den Anschein, als sehe er die sittlichen Handlungen als unfrei, ja als Ausflüsse einer dem Stoff anklebenden unerklärbaren, bewegenden Kraft an, welche die Bewegungen der menschlichen Seele hervorbringe, so daß diese als der Spielball finsterer Dämonen erscheint, deren Absichten, selbst wenn wir sie kennten, wir niemals abändern könnten.

Dürfen wir für die Entstehung der „Wahlverwandtschaften" nach Maßgabe der übrigen Werke Goethes urteilen, so liegt die Anlage viel weiter zurück als der Beginn der Arbeit. Goethe verrät gelegentlich, daß es zuerst nur auf eine kurze Erzählung abgesehen war. Auch hat der Roman der Form nach diesen Charakter behalten: er ist auf die einzige große Entwicklung angelegt, und man erkennt an vielen Stellen Einschiebsel und absichtliche Dehnungen. Offenbar unterblieb die schließliche Ausführung so lange, weil Goethe, nachdem er das Ganze zu innerer Selbstän-

digkeit gebracht und von den persönlichen Trägern der Erfindung abgelöst hatte, neuer Erlebnisse für die neuein-
tretenden Träger der Ereignisse bedurfte, die in seiner
Phantasie sich entwickelten. Immer war ja dies der Verlauf
bei Goethes Dichtungen gewesen. Seine Fabeln, auch wenn
sie aus den persönlichsten Erfahrungen entstanden, sind ja
niemals bloß verhüllte Wiederholungen des Erlebnisses,
sondern gestalteten sich, je mehr ihr Wachstum sich aus-
breitete und abrundete, zu neuen Schöpfungen, deren letzte
Vollendung eben darin besteht, daß der Charakter des Erlebten, auf dem zuerst alles beruhte, zuletzt vernichtet
wurde.

Um Ottiliens Gestalt zu gewinnen, bedurfte es für Goethe
eines neuen Erlebnisses; nach diesem erst war es möglich,
den Roman abzuschließen. Wir wissen, wie er dazu gelangte. In derselben Weise, wie, was Goethes Herz anlangt, um Frau von Stein gekämpft wird, ist auch um das
junge Mädchen, das für Ottiliens Urbild gilt, der Kampf
entbrannt. Es soll mit beweisenden Gründen festgestellt
werden, wie weit Goethes Gefühle sich erstreckten, ob er
Ottiliens Urbild geliebt oder sich ihr gegenüber nur in den
Grenzen leidenschaftlichen, aber väterlichen Wohlwollens
gehalten habe. Auch hierüber haben wir eine kleine Literatur. Es handelt sich diesmal nicht darum, der schönen,
guten, liebenswürdigen Minna Herzlieb etwas anzuhän-
gen, sondern eher, ihr zu der gebührenden Ehre zu verhelfen, Goethe wirklich eine Leidenschaft eingeflößt zu
haben, auch einige Sonette als an sie gerichtet anzuerkennen, welche Bettina, die Tochter jener Maxe Laroche, welche Brentano geheiratet hatte, als an sie gerichtet für sich
allein in Anspruch nahm.

Was diese Sonette anlangt, so hat, wie festgestellt ist, Goethe nach verschiedenen Seiten eigenhändige Abschriften
verschenkt und dadurch bei Bettina den Glauben erregt,

sich als die einzige geistige Inhaberin ansehen zu dürfen. Der Inhalt ist wenig leidenschaftlicher Natur; wie man heute sagen würde: mehr akademisch.

Was dagegen Minna Herzlieb anlangt, so brauchen wir weder die vielfach zu deutenden Äußerungen Goethes unter die Presse zu legen, noch Minnas ausdrückliche Angaben: es sei niemals zwischen ihr und Goethe von Liebe die Rede gewesen, auf den Grad ihrer Glaubwürdigkeit hin mit Säuren zu behandeln: Ottiliens Gestalt in den „Wahlverwandtschaften" zeigt, daß sie keine Konzeption der Leidenschaft gewesen sei. Goethe schildert ihre und Eduards wachsende Neigung mit den lebendigsten Farben und weiß mit Meisterschaft den Leser auf die höchste Stufe der Teilnahme zu führen; allein er steht dabei als ruhig erzählender epischer Dichter, welcher nicht sein Herz im Sturme erleichtern, sondern einen tragischen Vorgang gesetzmäßig erzählen will, über den Gestalten. Er entwickelt Ottiliens Charakter, wie ein Vater den seiner geliebten Tochter entwickeln würde. Und wenn Goethe später gelegentlich einmal die Wendung gebraucht (und zwar ohne Not und bei ganz gleichgültiger Gelegenheit), „er habe das Mädchen mehr geliebt, als er sollte", so ist dies eine Wendung, die in keiner Weise den Stempel eines „Geständnisses" trägt. Ottilie ist ein Erzeugnis der künstlerischen Reflexion eines Dichters, welcher, als er diesen Roman schrieb, alles vermochte, nur das eine nicht: in eine bloß epische Erzählung mit Leidenschaft seine Gefühle hinzuwühlen, wie er früher getan. Der Ausdruck, er habe das Mädchen mehr geliebt, als er sollte, ist aus der seinem Alter eigenen, zuweilen geheimnistümelnden Weise zu erklären. Es sollte damit ein höchster Grad des behaglichen Wohlwollens angedeutet werden, mit dem Goethe sich öfter nun an junge Mädchen und Frauen anschloß. Wir wissen jetzt, wie in die um Suleika spielenden Liebeslieder das leidenschaftliche Element erst hinterher hineingemischt wurde.

Goethes Roman machte bei seinem Erscheinen ungemeines Aufsehen und erregte neben rückhaltsloser Bewunderung den schärfsten Widerspruch. Cotta betrachtete ihn als „Schatz der höchsten Lebensweisheit". Die jüngere Generation sah in Ottilie ihr Ideal. Ein einsam in der Welt stehendes unschuldiges Mädchen. das so recht offenbar von den himmlischen Mächten ins Leben hineingerissen war, um schuldig zu werden, — die Verbindung schüchterner Bescheidenheit mit umfassender Weltkenntnis, demütiger Untertänigkeit mit eiserner Willenskraft, erschien als die Vereinigung der edelsten Eigenschaften. Die ältere Generation dagegen sah mit Erstaunen und Unmut, welche bedenklich irdischen Geheimnisse an manchen Stellen des Romans mit beinahe antiker Scheulosigkeit besprochen und erzählt werden.

Die Intimen endlich suchten herauszubekommen, wer zu den verschiedenen Gestalten Porträt gesessen haben könne. Ich brauche bei diesen Versuchen nur an das zu erinnern, was wir über die Genesis anderer Goethescher Figuren wissen, um auf die Hoffnungslosigkeit der Mühe derer hinzuweisen, welche ganz sichere Daten hier herzustellen versuchen. Obgleich Minna Herzlieb so gewiß Ottilie ist, als Lotte Buff Werthers Lotte war, so schützt dieses Zugeständnis Minna Herzlieb durchaus nicht vor weiteren Teilnehmerinnen an Ottiliens Ursprung. Es gab „mehrere Ottilien", wie es einst „mehrere Lotten" gegeben hatte. Es hilft Minna nichts, daß sie allein hier zufällig bekannt ist: denn ein Zufall kann alle Tage enthüllen, mit wem sie etwa ihren Ruhm zu teilen hätte. Bei Charlotten dürfen wir doch nur von weitem an Frau von Stein denken. Bei Luciane riet der Jacobische Kreis auf Bettina; Mittler, der Freund, der überall die Wahrheit sagt, guten Rat gibt und damit nur Unheil anrichtet, könnte Knebel sein. Diesen Ähnlichkeiten nachzugehen, hat aber nur für diejenigen wahres Interesse, welchen das gesamte literarische Material

bekannt ist und die mit Sicherheit von sich sagen dürfen,
daß nichts ihrer Aufmerksamkeit entgangen sei. Ohne
solche Kenntnis handelt es sich um ein leeres Vermuten,
bei dem nicht einmal eine Befriedigung oberflächlicher
Neugier erreicht wird.

Es ist bereits gesagt worden, wie sehr auch die Gestalten
der „Wahlverwandtschaften" darin denen der „Natürlichen Tochter" gleichen, daß sie sichtlichen Mangel an Individualität haben. Sie sind nicht, was man im gemeinen
Sinne interessant nennt. Sie haben das Allgemeine der
Figuren der griechischen Tragödie. Es sind Typen. Es fehlt
ihnen die scheinbar intimere Wahrheit, mit welcher die
Figuren im „Werther" oder in den Anfängen des „Wilhelm Meister" uns anmuten. Goethe hat sogar die Landschaft in allgemeinen Linien dargestellt. Während man im
„Werther" jeden Baum zu kennen glaubt, von dem er
spricht, und sich von Garbenheim angeheimelt fühlt, gewinnen wir nirgends eine rechte Anschauung des Parkes,
von dessen Anlage in den „Wahlverwandtschaften" soviel
die Rede ist. Es sind die Beschreibungen eines Ingenieurs.
Der Teich, in dem das Kind ertrinkt, steht uns nie land-
schaftlich deutlich vor Augen, während die unzähligen
Blicke ins Freie, welche Goethes Briefe erfüllen, uns mit
wenig Worten ein so volles Gefühl der Natur geben. Diesmal haben die Naturbeschreibungen etwas Kulissenartiges:
sie bilden kein organisches Ganzes mit den Gestalten zusammen, sondern dienen nur als Hintergrund.

Die „Wahlverwandtschaften" sind, wie dargetan worden
ist, eine in das Gewand einer Erzählung gehüllte Tragödie,
in der die ethischen Motive vorwalten sollten. Dächten wir,
Goethe hätte die dramatische Form für sie gewählt, so
würden die Figuren vollends etwas Unpersönliches empfangen haben, gleich denen der „Natürlichen Tochter".
Auch dies mag denn mit der Grund gewesen sein, daß man
das Walten chemischer Verwandtschaften hier für mehr

gehalten hat, als es sein sollte. Das starke Hervortreten des Reinmenschlichen in dem Roman wirkte zu schwer und brachte falsche Auffassungen mit sich. Und schließlich mag es jedem Leser etwa wie jener jungen Frau gegangen sein, welche, wie sie Goethe erzählte, das Buch, das ihr zuerst unverständlich war, plötzlich verstanden hatte, ohne es doch zum zweiten Male gelesen zu haben: es gehörten bestimmte Erfahrungen dazu, um ihr die Dinge später begreiflich werden zu lassen. Nicht jeder macht solche Erfahrungen. Der Hauptgrund jedoch, warum „Die Wahlverwandtschaften" einen so verwirrenden Eindruck machten, muß aus dem allgemeinen Umschwung der Dinge in Deutschland und Europa entwickelt werden, wie ihm Goethe als Dichter und Mensch im Jahre 1810 gegenüberstand, als der Roman herauskam. Sein Werk gelangte, ohne daß Goethe sich dessen recht bewußt gewesen zu sein scheint, an eine ganz andre Adresse, als an die es gerichtet war.

Goethe schrieb seinen Roman in Gedanken an ein Publikum, das schon nicht mehr da war. Herder und Schiller waren tot, Knebel und Wieland alte Männer, und Frau von Stein zählte nun auch beinahe siebzig. Diejenigen, für die diese Apologie längst verrauschter Ereignisse gedichtet war, gehörten nicht mehr zu den Lesern neuer Werke. Die Herzogin, welcher Goethe den Roman vorgelesen und deren Beifall ihn fortzufahren ermuntert hatte, war nur noch eine der wenigen übriggebliebenen Repräsentantinnen einer vergangenen Zeit, in die Goethe als Dichter sich zurückversetzt hatte.

Nun kam das Buch heraus, frisch, als neueste Neuigkeit, und wurde von einer jugendlichen Generation ergriffen, die sich darin wiederzufinden hoffte und sich entweder nicht fand oder, indem sie sich an dem Werke begeisterte, Dinge darin entdeckte, die zum Teil nicht beabsichtigt waren. Und so konnte das Urteil des Tages nur das seltsame Echo einer Stimme geben, die Goethe in ein ganz andres Gefilde hineingerufen hatte, als das war, welches in der Tat den Ton aufnahm und zurückwarf.

Aber auch das genügte nicht, um den wunderlich verschobenen Standpunkt zu kennzeichnen, auf dem „Die Wahlverwandtschaften" sich der Welt zuerst sichtbar machten. Nicht lange vor ihnen war ein anderes Werk erschienen, dessen Reflex das Urteil verwirren mußte. Der vollendete erste Teil des „Faust".

18

GOETHE ALS POLITIKER

Was sich mit der Französischen Revolution und dem Umsturz des Römisch-Deutschen Kaisertumes ereignete, war ein so grenzenloser Umsturz des Bestehenden, wie er niemals vorher erlebt worden war und wie er auch nachher nicht wieder erlebt werden konnte, da es sich bei allen späteren Revolutionen nur um die fortgesetzte Bewegung von Elementen handelte, welche sich zeitweise wohl zu scheinbarer, aber doch nur oberflächlicher Festigkeit wieder ineinandergeschoben hatten, wie sich beim Eisgang in größeren Strömen die Schollen zuweilen wieder stauen und aufs neue fest werden. Jeder weiß, daß das nur auf kurze Zeit sein kann und daß heiße Tage die Dinge bald wieder in Fluß kommen lassen. Bei der ersten Französischen Revolution aber handelte es sich um das plötzliche Bersten einer festen Bahn, auf der seit tausend Jahren Schlittschuh gelaufen war: nun zeigte sich, daß die Gewässer in der Tiefe die lang vergessene Macht noch besaßen, sich zu heben. Man glaubte nicht daran, weil man es nicht begriff. Die tausend Risse, die sich zeigten, hatten die durcheinandergleitende bunte Gesellschaft nicht gewarnt: man tanzte und lachte weiter, und die Musik ließ die gewohnten alten Melodien hören: da eines Tages tut der Abgrund sich auf, die Wellen strömen über und empor, und ein unerhörter Untergang beginnt: ein Untergang von Menschen, Vermögen und Meinungen.

Nur daß der Einbruch dennoch langsamer erfolgte, als man heute denken möchte.

In Deutschland kam die große Flut viel später als in Frankreich. Zu uns floß sie erst herüber, als nach der Schlacht von Jena sich die eigentliche Masse des inneren Deutschlands aus einer, sagen wir, österreichischen in eine französische Provinz verwandelt hatte. Wir bedenken heute zu wenig, daß Napoleon 1806 nicht Deutschland, sondern nur das trotz Friedrichs des Großen Eroberungen noch ziemlich außerhalb Deutschlands liegende Preußen besiegte. Deutschland, wozu auch Thüringen gehörte, hatte der fremden Kraft keine eigne entgegenzusetzen gehabt, es war nur der dienende Tisch, auf dem fremde Hände Würfel spielten. Der französische Feldzug gegen Preußen war für Deutschland wie der Ausbruch eines rasch weiterziehenden Gewitters. Die Armeen kamen plötzlich von Westen und Osten her, platzten aufeinander und wälzten sich als Sieger und Besiegte rasch nach Osten weiter. War es, mit heutigem Maßstabe gemessen, vorher politisch still gewesen in Deutschland, so regte sich auch nachher nichts. Das geplünderte Weimar richtete sich ruhig wieder auf wie ein verhagelter Garten am nächsten Morgen, wenn die Sonne den Schaden wieder auszugleichen beginnt. Man sah die Franzosen nicht als Feinde an. Sie waren die Vorkämpfer der Freiheit unter einem jugendlichen Helden, der die Revolution im eigenen Lande niedergeworfen hatte. Der Druck der französischen Tyrannei mußte sich von da an erst dichter und dichter über Deutschland legen, um im Herzen des Volkes das Gefühl dessen zum Erwachen zu bringen, was in Preußen vernichtet sei: daß man sich anschließen müsse an Preußen, daß man eins mit ihm sei, daß man sich zu neuem politischen Dasein umgestalten müsse. Bei verhältnismäßig friedlichen Zuständen begann diese Überzeugung langsam jetzt aufzuwachsen, und wieder bedurfte es einer Reihe von Jahren, sie zu zeitigen. In diesen Jahren war es, wo die neue Dichterschule aufkam, der man ohne rechten Grund mit jener älteren Jenenser literarischen Gesellschaft den gemeinsamen Namen der „Romantiker" gegeben hat, deren innere vaterländische Richtung aber etwas ganz Neues war. Während der Zeiten der französischen Übermacht gestaltete diese Schule die deutschen Universitäten um und gab den Wissenschaften neue Konstitutionen. Wenn dieser neuen Bewegung gegenüber ein Mann wie Goethe sich zurückzog, war das natürlich. Mit der Blüte Jenas und Weimars war es nun auch im bisherigen ausschließlichen Sinne vorüber: Jena hatte Erfurt einst ausgestochen, Halle trat jetzt neben Jena in den Vordergrund. Bald wurde sodann Berlin zur Universität erhoben. Die älteren Romantiker, die Schlegel und Tieck, durften vor der Schlacht von Jena noch als Anhängsel und Ausflüsse des weimarischen geistigen Lebens gelten; die in den neuen Zeitläuften emporkommenden Jüngeren aber sproßten überall auf deutschem Boden auf, fanden, ebensogut wie in Jena, in München und Heidelberg, ihre Zentren, betrachteten Goethe bereits mit bloß historischer Bewundrung und hatten statt ruhiger ästhetischer Ziele, deren Verfolg auf die Antike leitete, politische leidenschaftliche Hintergedanken, deren ideales Gebiet die eigne vaterländische Poesie und Geschichte waren, an denen ihnen mehr lag als an den Schätzen des griechischen Altertums. Nichts natürlicher doch, als daß da auch Goethe sich mehr auf sich zurückzog. Goethe konnte schon deshalb mit dieser Jugend nicht zusammengehen, weil ihm dasjenige fehlte, worauf die neue Generation gegründet war: der Haß gegen Frankreich. So wenig vermochte er dieses Gefühl seinem Herzen einzuimpfen, daß es ihm selbst in den Tagen nicht gelang, wo der deutsche Freiheitskrieg endlich zum Ausbruch kam. Man hat es ihm scharf vorgeworfen. Suchen wir festzustellen, wie dieser in späterer Zeit erst aufgekommene Tadel überhaupt entstehen konnte.

Es ist bereits genug von Goethes allgemeiner Weltanschauung gesagt worden, um ohne weiteres verstehen zu lassen, warum Goethe die Ereignisse, die er jetzt, zwischen seinem sechzigsten und siebzigsten Jahre, erleben sollte, mit derselben philosophischen Ruhe sich gefallen ließ, mit der er alles von nun an behandelte. Diese leidenschaftslose Aufnahme des Geschehenden — hätte er auch überwinden wollen, was der Erfüllung der Aufgabe sonst entgegenstand — wäre allein schon genügend gewesen, ihm nach Schillers Tode die Fortführung des „Demetrius" unmöglich zu machen. Goethe war kein handelnder Politiker.

Schiller war die Lehre vom souveränen Volk so völlig ins Blut gemischt worden, daß er bei seinen Dichtungen unwillkürlich davon ausgeht. Maria Stuart ist die von der legitimen Elisabeth gemordete, nicht minder legitime Rebellin. Die Jungfrau von Orleans ist das in Gestalt eines Schäfermädchens unbesiegbare niedere Volk, dessen Kraft erlischt, sobald in seine reine Leidenschaft egoistische Motive hineinspielen. Wallenstein ist der Genius einer Armee, deren edelste Anstrengungen in nichts verfliegen, weil sie einem elenden Kaiser dient, dessen Anhänger und Willensvollstrecker als nackte Egoisten dastehen. Überall stellt Schiller großartig angelegte Naturkräfte im Kampfe gegen politische Verhältnisse dar, die sich wie Schlangen um ihre Füße winden. Goethe besaß nichts von dieser Auflehnung gegen das historisch Gegebene. Sogar beim „Götz von Berlichingen" war die politische Begeisterung nur eine gelehrte, ästhetische gewesen: Goethes eigentliches Glaubensbekenntnis ist im „Egmont" enthalten. Wie da Klärchen verzweifelnd durch die Straßen irrt und die Bürger teilnahmlos sie anstarren: so sah er als Historiker das Volk an. Wie Goethe als praktischer Staatsmann in seinem engen Kreise die unteren Klassen bemitleidete und ihr damals jammervolles Los zu verbessern trachtete, darüber haben wir Zeugnisse genug, die sich aus den weimarischen

Archiven wahrscheinlich in großartigem Maßstabe· vermehren lassen könnten. Dieses Volk aber interessiert ihn nur als moralisches Objekt, er kümmert sich um die Einzelnen: universell reorganisierende Ideen, wie sie die Französische Revolution aufbrachte, hegte Goethe damals nicht. Das Politische im heutigen Sinne existierte nicht für ihn.

Wie genau sieht er sich in Italien alles an: die schauderhaften politischen Zustände aber sind für seine Blicke kaum vorhanden, denen doch keine Regung des Volkslebens sonst entging. Er nimmt sie wie Klima usw. als ein Gegebenes. Bei der Betrachtung der Mißwirtschaft im Kirchenstaate scheint ihm der Gedanke niemals zu kommen, daß diese Bevölkerungen eines Tages über ihre Erniedrigung Scham empfinden und sich aus eigner Kraft aufraffen könnten.

Freilich sehen wir, daß der Herzog auch in politischen Dingen Goethes Urteil verlangte, daß Goethe bei den wichtigen Verhandlungen, welche die Bildung des deutschen Fürstenbundes bezweckten, die Protokolle geführt hat, wir haben einen ausführlichen Brief von ihm an den Herzog, worin er seine Ansichten über die deutschen Verhältnisse, unter Kaiser Joseph noch, darlegt. Allein was will dies sagen? Für deutsche, französische, italienische politische Zustände im heutigen Sinne des Fortschrittes scheint Goethe keine Augen zu haben. Die politische Bewegung war damals nur auf das allgemein Menschliche gerichtet, spielte international innerhalb der gebildeten Kreise und hatte nichts zu tun mit den Regierungen.

Hier erinnere ich an den früher dargelegten Unterschied zwischen der definitiv für uns abgeschlossenen europäischen Geschichte, welche die Roms war, und der seit 1850 beginnenden, die fünf Weltteile umfassenden Weltgeschichte, welche die germanische ist. Goethe ahnte diese letztere nur, während er in jener voll drinsteckte. Denn in ihren Anschauungen war er erzogen worden.

Die römische Geschichte hat eine Vertretung des Volkes im germanischen Sinne niemals hervorgebracht. Sie kennt, in aristokratischer Auffassung, Stände mit Repräsentanten, denen die Vertretung ihrer Rechte aufgetragen ist: allein diese Vertreter sind in keiner Weise die des gesamten Volkes. Das Volk im ganzen hat nur e i n e n Vertreter: den Kaiser, der die rechtloseren von seinen Untertanen gegen die berechtigteren in Schutz nimmt; der Gedanke einer einheitlichen Nation und einer Anzahl Leute aus ihr hervorgehend, die neben dem Kaiser stehend die Schicksale des Landes im Auge halten, so daß ohne ihr Ja und Nein überhaupt kein legaler Akt möglich wird, war Goethe so unfaßbar, als er es den Franzosen, bei denen in der Revolution diese Lehre zum ersten Male angewandt werden sollte, anfangs selber gewesen ist. Man begeisterte sich in Frankreich an Formeln, deren Tragweite man nicht verstand. Dem Volke, gewöhnt an eine felsenschwer lastende Regierungsmaschine, begann schwindlig zu werden, als diese plötzlich nicht mehr da war. Eine unerhörte Selbstzerfleischung nahm ihren Anfang, bis Napoleon auf die roheste Weise den alten Zustand zum Teil wieder herstellte, indem er seine eiserne Faust als Beschwerung auf die in alle Winde zerflatternden Verhältnisse darauflegte.

Goethe hatte sich zwar zu Rousseau gehalten, von dem die Lehre der Nationalitätssouveränität ausgegangen war. Er hatte die wohltätige Gärung eintreten sehen, welche durch diesen Gedanken in den stagnierenden Zuständen überall hervorgebracht worden war: niemals aber wäre ihm in den Sinn gekommen, dergleichen könne in Wahrheit zur Norm für Bestehendes gemacht werden. Und als er es in Frankreich erlebte, hätte er es nicht in Deutschland für möglich gehalten. Als Goethe an dem Feldzuge von 1793 teilnahm, ging er als Privatmann mit, der sich Ereignisse mitansieht, deren letzte Gründe seine eigne Teilnahme niemals bis in alle Tiefen herausfordern könnten. Die wie in patriotische

Krämpfe geratenen Franzosen waren ihm Gegenstand
höchster Verwunderung. Kein Gedanke, dieses vom Tag
zum Tage fortstürmende Volk könne einmal zu einem
furchtbaren Angriff gegen das von Jahrhundert zu Jahrhundert sich langsam fortwälzende Deutschland aufstehen,
mit seinem Fieber uns anstecken und Ursache revolutionärer Umgestaltungen sein. In Deutschland hatte Friedrich der Große Preußen als einen so gesund scheinenden
Großstaat zur Garantie alles Bestehenden geschaffen, daß
der Gedanke an Preußen allgemein beruhigend wirkte. Erhob dieses seine Stimme, so war alles wieder in Ordnung.
Es gab damals bereits Kreise, die für einen preußischen
Kaiser von Deutschland schwärmten. Man sah deshalb im
Innern des Landes dem, was an den Grenzen geschah, in
voller Gleichgültigkeit zu, und selbst, als die Franzosen in
ihren Händeln mit den süddeutschen Staaten dicht an die
nördlichen herankamen, regte dies niemand zur geringsten
Ängstlichkeit auf. Man war überzeugt, die in Frankreich
jetzt sich sammelnden Erfahrungen würden der ganzen
Welt friedlich zugute kommen. Niemand sah in Frankreich
ein feindliches Element, und selbst Knebel wünschte sich,
Bonapartes Erfolge „besingen“ zu dürfen, dessen Taten
wie ein von der Natur gestaltetes Heldenepos wirkten.
Endlich ward Preußen denn doch genötigt, diesem Heros
Widerstand zu leisten. Wir wissen, was geschah. Ein so
überraschender Sturz der öffentlichen Meinung war niemals erlebt worden. Der eiserne Koloß hatte nicht nur auf
tönernen Füßen gestanden, sondern war ganz und gar nur
von Ton gewesen. Preußen war nicht geschlagen: es hörte
auf. Mit Genugtuung boten Österreich und Sachsen die
Hand dazu: es waren noch keine fünfzig Jahre her, daß
Friedrich der Große sie gedemütigt hatte. Preußen war so
rettungslos vernichtet, daß die preußische Größe wie eine
kleine Episode der deutschen Geschichte nun abgespielt zu
haben schien.

Diese absolute Vernichtung aber wirkte beruhigend. Napoleons Siegeszug im Jahre 1806 war kaum ein Krieg zu nennen. Die Festungen ergaben sich ohne Belagerung. Er zog in Berlin ein, und weiter, ohne Gegner zu finden. Alles machte sich wie von selbst. Deutschland zerfiel von jetzt an auf fast zehn Jahre in drei Hälften: die Staaten des mit Frankreich fast zusammengehörigen Rheinbundes: das wahre Herz Deutschlands; das mit Frankreich verknüpfte, bald verschwägerte Österreich; und, fern im Nordosten, die niedergetretenen Länder Preußens, denen aussaugende Kontributionen am Leben zehrten. Damals ist der Reichtum des preußischen Adels daraufgegangen.

Dieser Zustand wurde dadurch zu einem noch seltsameren, daß, so sehr Napoleon allmählich auch verhaßt zu werden anfing, die Franzosen selber persönlich nicht gehaßt wurden. Unsere guten Familien verdankten ihre solidere Bildung den Franzosen. Deutsche Literatur war ein Emporkömmling und noch ohne das feste Fundament der französischen. Aber auch die Republik verehrte man. Die neuen bürgerlichen Freiheiten, welche ins Land kamen, hatten unendlichen eingewurzelten Mißbräuchen und Unerträglichkeiten im Sinne vernünftiger bürgerlicher Freiheit ein Ende gemacht. Die Wohltaten der französischen Siege wurden bei uns ebenso lebhaft empfunden als ihre Nachteile. Das Emporkommen des deutschen bürgerlichen Elementes wurde den Franzosen verdankt. Eine Ära wirtschaftlichen Aufschwunges begann: das westliche Deutschland, so hart es vom Kriege mitgenommen war, atmete auf unter bequemen Institutionen nach französischem Muster.

Allmählich erst trat hier der Umschwung auf. Noch überall, wohin Franzosen als Eroberer gekommen sind, ist beobachtet worden, wie bald sie aus liebenswürdigen Gesellschaftern zu übermütigen Despoten wurden. Das in Frankreich als unerträglich empfundene Polizeiregiment, welches, mit falschen Berichten operierend, eine erlogene Stille

Goethe 1826

Das Türmerlied aus „Faust II"

im Lande auf immer gewaltsamere Weise aufrechterhielt, wurde in Deutschland nun gar zum unerträglichen Drucke. Mehr und mehr fühlten wir, daß die systematische Niederhaltung Preußens eins sei mit dem Untergange des deutschen Volkes. Die Wut, mit der die preußischen Beamten, die adligen wie bürgerlichen Familien, die unwürdige Rolle ertrugen, die sie zu spielen gezwungen waren, teilte sich dem übrigen Deutschland mit. Innerhalb der jüngeren und jüngsten Generation erwachte das Gefühl der Auflehnung, welches als der Anfang der Erhebung im Jahre 1813 dasteht und als der Grund unserer heutigen Freiheit zu dem Ehrwürdigsten gehört, das wir kennen. Woher aber sollte Goethe, dem Staatsmanne der alten Schule, dem intimen Miterleber von so viel Schwachheit in den höchsten Kreisen, außerhalb Preußens das Vertrauen zu einer populären Regung kommen, deren Nachhaltigkeit zu würdigen er nicht imstande war?

Vor allen Dingen doch hätte, Goethes Gedanken nach, jede erfolgreiche Bewegung von den Regierungen ausgehen müssen. Goethe wußte zu gut, wie es mit diesen bestellt war. Keine seiner Erfahrungen konnte ihm den Begriff eines Volkes verleihen, welches aus eigner Kraft, undiszipliniert und nur auf ungewisse ideale Regungen vertrauend, in eine Bewegung eintrat, die doch ganz privater Natur war. In Frankreich hatte man den König guillotiniert und sich selbst an seine Stelle gesetzt: in Deutschland aber sollte, nicht im Widerspruche zu König und Regierung, sondern mit Umgehung aller bestehenden Gewalten, eine stille Erhebung vorbereitet werden, ohne Plan und Hilfsmittel, von der man erwartete, sie werde Deutschland Freiheit und Frieden und Größe bringen. Um sich an einer solchen Agitation zu beteiligen, bedurfte es entweder, daß man ein junger begeisterter, historisch fanatisierter, unerfahrener Lebensanfänger war, oder daß man als Preuße zu denen gehörte, welche von den bestehenden Verhältnissen materiell und geistig so furchtbar gedrückt wurden, daß man va banque zu spielen immer noch für das Menschenwürdigere hielt. Dies die Gründe, warum Goethe, der niemals in Preußen gelebt hatte, dessen erste und zweite Heimat auf der damaligen Karte von Deutschland weitab von Preußen lagen, der die Ratlosigkeit des Hofes und die Erschöpfung des Landes kannte, der sich in Karlsbad erzählen lassen mußte, wie es in Berlin aussah, unsere Zustände als unheilbar betrachtete. Nur einen einzigen Krieg im Geiste der neuen germanischen Welt hatte man bis jetzt gesehen: den Abfall Amerikas von England. Hier aber erschien doch zweifelhaft, ob England ohne die Gegnerschaft Frankreichs zu gleicher Zeit und ohne die damals sehr weite Abgelegenheit Amerikas nachgegeben hätte. Der Gedanke einer „Erhebung Deutschlands", eines „Aufstehens des Volkes" war für Goethe nicht einmal ein Traum. Der bis zum letzten Moment übermächtig bestehenden Zentralgewalt Napoleons gegenüber mußte ein „einiges freies Deutschland in Waffen" als eine Verrücktheit erscheinen. So deuchte es vielen unserer besten Patrioten sogar dann noch, als nach dem nordischen Feldzug die Anzeichen vom Ende Napoleons eintraten und Yorck schon zu den Russen übergegangen war. Lesen wir, wie, als das Volk sich zu bewaffnen begann, Graf Geßler, der im Jahre 1813 dem Vater Theodor Körners tröstend zur Seite stand, an Karoline von Wolzogen, eine glühende Patriotin, schreibt: „In meine Nation ist eine Exaltation gefahren, die mir manchmal lächerlich vorkommt. Wir gehen wie ein Volk von Don Quichotes für unsere Nationalehre zugrunde. Von oben herab ist es nicht gekommen, es kam rein aus der Nation. Wie alle die heterogenen Elemente, die sie zusammensetzten, so homogen gestimmt werden konnten unter den ungünstigsten Umständen, begreife ich nicht. Indessen habe ich es gesehen, wie man ein Mirakel sieht, mit einer Kälte und Ruhe, die ich zu verbergen suchen muß." Goethe

konnte nicht anders denken. Es war nicht Mangel an Vaterlandsliebe, es war die Unmöglichkeit, sich mit vierundsechzig Jahren wieder in einen Jüngling von zwanzig zu verwandeln. Dieser heimliche Zweifel war auch der Grund, weshalb Goethe, als in Weimar die Freiwilligen sich organisierten, seinen Sohn zurückhielt. Goethe konnte sogar bei einem Freiheitskrieg, den die Regierungen unternahmen, an keinen Erfolg dieser freiwilligen Elemente glauben, die, wie er Anno 1793 den Krieg selber kennengelernt hatte, im Felde nur zur Last fallen mußten.
Zu besprechen ist hier endlich Goethes Vorliebe für Napoleon.
Wir wissen, wie Napoleon in Erfurt Goethe kommen ließ und die berühmte Unterredung mit ihm hatte, deren Abschluß sein Ausspruch war: „Voilà un homme", eine Wendung, die sich übersetzen ließe: endlich einmal ein Mann, der mir in Deutschland gegenübersteht! Napoleon hatte Goethe durchschaut, aber auch Goethe wußte Napoleon zu würdigen.
Goethe lernte Napoleon in der Mitte seiner Marschälle kennen, mit denen er arbeitete. Niemals hatte er dergleichen für möglich gehalten. Liebenswürdige, gebildete junge Männer sah er, denen Kunst und Wissenschaft nicht fremd waren, deren ungeheure Energie sogar in sanften Formen sich geltend machen konnte, unabhängig von jeglichem Vorurteil, strotzend von Kraft, Ehrgeiz und Gesundheit, daran gewohnt Besieger zu sein, wo sie auftraten: was vermochte diesem unerhörten Element Widerstand zu leisten? Was schien selbst Friedrich der Große dagegen, der ein festes fügsames Volk unter sich hatte, während Napoleon, mit ungeschirrtem Rosse einhersprengend, sein zur Frechheit verwildertes Volk zugleich bezähmte, indem er fremde Völker überwand?
Als historisches Phänomen machte der Kaiser einen solchen Eindruck auf Goethe, daß keine Macht der Erde, soweit

ihm diese Mächte bekannt waren, genügend schien, gegen ihn aufzukommen. Wir wissen, wie allgemein dieser Glaube in Europa herrschte und wie wenig sogar der russische Feldzug ihn zu erschüttern vermochte. Der aus Moskau allein durch Deutschland nach Paris eilende Kaiser war, was die Furcht der Völker anlangt, auf dieser Flucht noch ebenso mächtig als beim Beginne des Feldzuges. Deshalb: weder Goethe noch den andern, welche wie er rechneten, wollen wir Mangel an Patriotismus vorwerfen. Sie waren zu betäubt vom Erlebten, um es überschauen zu können.

Nun sei aber auch ausgesprochen, was ebenso wahr ist. So sehr Goethe praktisch die Zeit noch nicht für gekommen ansah, so sehr er zu den Staatsmännern gehörte, welche auch nach dem Unheil in Rußland an den Erfolg der deutschen Volksbewegung nicht glaubten, so sehr hat sein Herz doch stets, und besonders in jenen Zeiten, den Gedanken gehegt: was ein freies und einiges Deutschland sein könnte. Hierfür haben wir die Beweise. Natürlich mußte ein Mann wie Goethe zurückhaltend in seinen Äußerungen sein, aber man lese, was Dr. Kieser aus Jena, der in Weimar das Freiwilligenkorps organisierte, von seinen Unterredungen mit Goethe Luise Seidler damals erzählte. In welches Feuer Goethe geraten konnte, wenn er sein Herz wirklich eröffnete. Wir halten die damaligen Verhältnisse für flüssiger, als sie waren. Wir beurteilen alles von der Stimmung in Berlin aus. Wir bedenken nicht, wie zerstreut, nachrichtenlos und mißtrauisch das übrige Deutschland nicht wußte, wohin es die Blicke wenden solle. Wenn man nach oben hinblickte, hatte man schwankende Gestalten vor Augen, von denen niemals eine ermutigende Äußerung die Bevölkerung erreichte; nach unten dagegen ein von historischer unklarer Begeistrung angeregtes Volk, das sich seiner Ohnmacht bewußt war.

Diesen Zuständen entsprach auch die Art, wie Goethe in der Folge unsere Siege und Erfolge aufgenommen hat. Er war überrascht und hat das niemals verheimlicht. Er hatte, als Mann der alten Schule, der den Fürstenbund scheitern sah, immer nur die auseinanderfallenden Fürsten vor Augen, welche die Völker repräsentierten, und sah die große Besiegung Frankreichs als eine historische Merkwürdigkeit an, die er nimmermehr erwartet hatte. Im Dezember 1813 schreibt er an Knebel, er habe die Deutschen nie einig gesehen als im Hasse gegen Napoleon; er wolle nun sehen, was sie anfangen würden, wenn dieser über den Rhein gebannt worden sei. Es ist, als habe Goethe alle die Jämmerlichkeiten des Wiener Kongresses voraus gewußt. Nun erst, als er den zukünftigen Gegenstoß der Völker berechnete, erwachte seine Überzeugung, daß eine neue Epoche eintreten werde. Jenes „Gefühl von der gänzlichen Wertlosigkeit der Gegenwart" überkam ihn, das bis an sein Ende dauerte. Er sah ein, daß der Abschluß seines Lebens, nach allzu gewaltsamen politischen Kämpfen, in eine Epoche der Erschöpfung, Ruhe und leisen Vorbereitung für neue Stürme falle, in deren Voraussicht er nun wieder all seinen Zeitgenossen voraus war. Jetzt erwachte bei Goethe, da ihm offene liberale Opposition als verfrüht und unnötig erschien, der ironische Geist, der sich in den politischen Partien des zweiten Teiles des „Faust" geltend machte und der mit der vielfach mißverstandenen Gesinnung verglichen werden kann, welche Alexander von Humboldt am Hofe Friedrich Wilhelms IV. hegte.

Goethe und Humboldt wußten, daß ein Sieg der liberalen Idee unaufhaltsam heranrückte. Sie sahen aber auch, daß das Zutun des Privatmannes das welthistorische Heranschreiten der Bewegungen, welche dann Europa erschüttern würden, nicht beschleunigen könne. Sie begnügten sich, die Nebenrolle des politischen Mephisto zu spielen und pro virili parte für die bevorstehenden Stürme an der Arche Noah im voraus mitzuarbeiten, in welcher während der Zeit der hohen Gewässer all unsere geistige Arbeit eingeschlossen den Winden und Wogen preisgegeben wäre. Goethes Unterhaltungen in den letzten zehn Jahren seines Alters offenbaren ein volles Verständnis der Zeit. Allein er wußte sicher, daß er für seine Person den Umschwung nicht mehr erleben werde. Die französische Julirevolution interessierte ihn kaum; der damals schwebende Streit über naturwissenschaftliche Dinge, der zwischen Cuvier und Geoffroy de St. Hilaire entbrannte, war ihm bei weitem bedeutender als die Pariser Straßenkämpfe.

Ich habe hier Goethes politische Ansicht vorweg im ganzen zu fassen gesucht. Kehren wir nun auf den Punkt zurück, wo, einige Zeit nach der Schlacht von Jena, bei gewaltsamer Befriedung Deutschlands durch den allmächtigen französischen Kaiser, die deutsche Jugend nach Gedanken suchte, an denen sie sich in der Stille über die erlittene große Schmach trösten und für eine bessere Zukunft vorbereiten könnte.

Niemandem wäre damals in den Sinn gekommen, Goethes Gesinnungen untersuchen zu wollen, ob er nicht etwa ein Freund der Franzosen sei. Nie auch sind Verdächtigungen dieser Art gegen Goethe erhoben worden, solange er lebte. Aufgebracht wurden sie in den dreißiger und vierziger Jahren, als die Gestaltung des deutschen Kaiserreiches sich vorbereitete und bei jedem, der auf Ruhm und Größe Anspruch hatte, das politische Verhalten, auch nachträglich, untersucht wurde. Da schien es, als habe Goethe in den Jahren der Unterdrückung und der Freiheitskriege seine Pflichten gegen das Vaterland nicht erfüllt. In Goethes eigenen Zeiten wurde anders empfunden.

Der Gedanke an Goethe war ein erhebender für jung und alt. Sein Name war unauslöschlich in das Buch des deutschen Ruhmes eingezeichnet. Schien seine Tätigkeit als Dichter auch abgeschlossen zu sein: Goethe war der Altmeister. Man freute sich, einen so gewaltigen Mann noch bei frischen Kräften zu sehen. Eine Wallfahrt nach Weimar begann zum Notwendigen zu gehören. Die von dort ausgehende Kritik gewann an Wichtigkeit. Wie in früheren Zeiten die älteren Dichter und Schriftsteller der in Goethe sich erhebenden neuen Macht geschmeichelt hatten, um ihn für sich auszunutzen, so versuchten es jetzt die jüngeren. Goethe ließ sich das gefallen, wie er es ehemals getan: eines Tages aber zeigt er den Leuten, daß auch er noch mitzuarbeiten gedenke und daß all das, was er bisher geleistet habe, doch wieder nur die Vorstufe gewesen sei für seine größte Leistung, mit der er Deutschland nun überraschte!

19

„FAUST"

Machen wir uns klar, daß bis jetzt dasjenige Werk nur erst beiläufig erwähnt worden ist, auf dem heute nicht nur der Ruhm Goethes, sondern der unserer ganzen deutschen Literatur zumeist beruht: der „Faust". Die im Jahre 1790 erschienenen geringen Fragmente waren so gut wie unbemerkt vorübergegangen: erst 1808, als der erste Teil in seinem vollen Umfang erschien, machte er Eindruck, nun aber auch in solchem Maße, daß Goethes sämtliche bisherige Leistungen neben dieser letzten neuen Dichtung im Schatten standen.

Vom „Faust" soll nun die Rede sein, von dem Werke, das den Dichter jetzt, wie im Traume, in die Zeiten seines ersten jugendlichen Ruhmes zurücktrug, ihm die erste Stelle unter den Dichtern neu schenkte, als sei er jung wie alle übrigen eben erst eingetreten, und von dessen Erscheinen ab erst der Weltruhm datiert, der Goethe von da an bis zu seinem Tode begleitet hat und heute noch dauert. Jeder, der Goethe nennt, nennt den „Faust" in Gedanken mit.

„Faust" ist Goethes schönstes, größtes und wichtigstes Werk. Das, das er am frühesten begann, und das, an dem er bis zuletzt arbeitete. Keines, auf das der Ausdruck Lebenswerk mit solcher Wahrheit angewandt werden kann, als dieses. „Faust" würde genügen, Goethe zu unserm größten Dichter zu machen, auch wenn alles übrige niemals von ihm geschrieben worden wäre.

„Faust" ist für uns „das poetische Werk an sich". Legen wir

nicht nur Goethes übrige Dichtungen, sondern unsere ganze poetische Literatur auf die andere Schale und warten wir ab, welche sinkt! Fausts Person erscheint uns heute als ein natürliches, unentbehrliches Produkt des deutschen Lebens. Ich würde sagen: der deutschen Geschichte, wäre „Geschichte" hier nicht ein unzureichender Begriff. Geschichte bezieht sich zu sehr auf die rohen Ereignisse: das Element, dem Faust entsprang, ist feiner und umfassender. Es umgreift neben den äußeren Erlebnissen des Volkes auch die Gestalten der Phantasie. Diese sind unsere eigentlichen Unsterblichen! Nehmen wir eine Handvoll unserer edelsten Namen: Karl der Große, Otto der Große, Friedrich der Hohenstaufe, Friedrich der Große, oder, nach einer andern Richtung: Schiller, Lessing oder Goethe selber; setzen wir diesen allen Faust entgegen, so werden sie etwas Lückenhaftes, Vergängliches, zum Teil Verblaßtes, zum Teil Nachgedunkeltes empfangen: das Gefühl, daß sie sämtlich neben all ihrem unsterblichen Dasein doch nur sterbliche, längst begrabene, verweste Menschen gewesen seien, wird uns beschleichen: und Faust, der in Träumen wie aus Nebeln zusammengeblasen wurde: welche Lebenswärme diese Gestalt ausstrahlt! Wie unverwüstlich fest er dasteht!

Faust ist für uns Deutsche der Herrscher unter den übrigen Figuren der gesamten europäischen Dichtung. Hamlet, Achill, Hektor, Tasso, der Cid, Frithjof, Siegfried und Fingal: all diese Gestalten erscheinen unseren Blicken nicht mehr ganz frisch, wenn Faust erscheint. Das Licht, das auf ihnen ruht, bekommt etwas von Mondenschein, während Faust in voller Sonne steht. Ihre Sprache empfängt irgendwie einen fremden Klang, während Faust so redet, daß jeder erste beste, dem er begegnete, ihn bis in die kleinsten Akzente verstehen würde. Der Atem jener Helden, mit dem sie uns anhauchen, ist nicht so bergluftartig frisch wie der, der Fausts Lippen zu entströmen scheint. Ihr Geist, so

weite Schwingen er hat, zeigt nicht die Spannweite der
Flügel, von denen emporgehoben Faust über der Welt und
ihren Erscheinungen schwebt, um sie mit seinen Blicken zu
durchdringen. Eine Romanfigur muß aushalten, daß man
sich frage, wie würdest du sie ansehen, wenn sie ein halbes Jahr in deiner Familie lebte, ein Gemälde muß ertragen, daß man es in Gedanken als an der Wand der eignen Stube hängend betrachte, ein Theaterfeldherr muß sich
in Gedanken von der Bühne in wirkliches Schlachtgetüm-
mel versetzen lassen. Denken Sie, in den Reichstag träte
irgendeine jener Gestalten ein, welche Phantasie und Geschichte hervorgebracht haben: ob nicht sofort sich zeigen
müßte, daß ihre Sprache nicht die unsere, ihr Gedanken-
gang veraltet, ihr Auftreten unbehilflich sei. Was würden
Achill oder Cäsar oder selbst Friedrich der Große heute zu
sagen haben, das, ohne ihnen oder uns Gewalt anzutun,
aus ganz natürlichem Verständnis der Weltlage hervorzu-
gehen schiene? Und nun ließen wir auch Faust erscheinen,
mit Mephisto neben sich: ob diese beiden nicht sofort über-
blickten, um was es sich im Moment handelt, und den richtigen Augenblick erspähten, um sich mit ein paar durch-
schlagenden Gedanken aufmerksame Zuhörer zu verschaffen. Faust ist freilich das jüngste unter den dichterischen Phantasiegeschöpfen, die sich aufzählen ließen. Er
steht uns räumlich näher als die übrigen. Allein bedenken
wir dennoch, wie lange Jahre verflossen sind, seitdem er
entstanden und auch seitdem er vollendet worden ist! Wie
wenig Goethe, als er daran schrieb, vom Leben des heutigen
Tages wußte, wie wenig die Generationen, die zuerst am
„Faust" sich begeisterten, die Eigenschaften besaßen, welche
für unser heutiges öffentliches Leben wertvoll erscheinen:
und doch gelang es Goethe, eine Gestalt zu schaffen, welche
heute so lebendig erscheint, als habe der neueste Tag sie
mitformen helfen. Ganz andere Seiten Fausts erscheinen
heute beleuchtet, als vor fünfzig Jahren erschienen, und

doch glauben wir seine Gestalt heute im richtigen Lichte zu sehen. Wer weiß, was diejenigen an ihr und in ihr einst entdecken, die von unserer Zeit ab in hundert, fünfhundert, tausend Jahren über sie urteilen werden, wie wir über die Helden Homers sprechen, die seit dreitausend Jahren nun bereits im Gedichte lebendig sind.

Und wie Faust zu den Männern sich verhält, so Gretchen zu den Frauen. Antigone, Iphigenie, Ophelia, Imogen müssen ihr, was die innere Lebenskraft anlangt, den Vortritt lassen. Selbst Shakespeares Julie kann neben ihr nicht aufkommen: sie steht uns ferner; wir müssen bei Julie zuviel fremde Zutaten erst fortdenken, während Gretchen kein Wort sagt, keinen Schritt tut, der uns nicht verständlich wäre.

Ich hatte, als von „Hermann und Dorothea“ die Rede war, Dorothea zu Goethes übrigen Frauengestalten in Gegensatz gestellt. Keine besaß meiner Meinung zufolge die Realität Dorotheas; ich hatte in der Liste der aufgezählten Namen jedoch wohlweislich Gretchen ausgelassen, das über allen Goetheschen Schöpfungen doch den höchsten Platz einnimmt. Denn Gretchen besitzt nicht nur Dorotheas Realität in vollem Maße, die uns ganz nahe heranzutreten gestattet, sondern sie ist zugleich trotzdem durch jenen idealen Nebelschleier wieder von uns getrennt, der sie, dicht vor unsern Augen, dennoch wie aus unnahbaren Fernen vor uns erscheinen läßt. Diese Vereinigung des herzlichsten Verständnisses, als sei sie unsere Schwester, und eines unergründlichen Geheimnisses, als sei sie eine Heilige, verleiht ihr einen so entzückenden Reiz in unsern Augen, daß wir sie unbedenklich über alle Gestalten erheben, die, soweit unsere Kenntnis reicht, überhaupt jemals der Phantasie eines Dichters entsprungen sind. Alle Vorzüge sind ihr eigen, welche Goethes erste jugendliche Kraft den Werken seiner früheren Jahre verlieh, und alle d i e zugleich, welche seine in reifer Zeit erworbene Kritik der ursprünglich in ihm liegenden schaffenden Fähigkeit hinzufügte. Und diese Vorzüge doppelter Art vereinigen sich auf das natürlichste in Gretchen, da sie die erste seiner Schöpfungen und zugleich die letzte ist. Menschenalter hindurch hat er an diesem höchsten Werke gearbeitet und bis zuletzt immer noch hinzuzufügen und zu bessern gefunden.

Dadurch, daß wir Faust und Gretchen besitzen, stehen die Deutschen in der Dichtkunst aller Zeiten und Nationen an erster Stelle. Auch wird dies neidlos zugegeben. Immer wieder erscheinen englische, französische und italienische Übersetzungen, deren Autoren ihre Arbeit von vornherein nur als Versuche geben, da die Schönheit des Originals zu erreichen unmöglich sei. Keinem andern Werke gegenüber würde man in so ehrfurchtsvoller Weise sich persönlich unterordnen. Es ist, als sei „Faust" ein über den modernen Nationen stehendes Allgemeingut, auf das Deutschland nicht einmal mehr besondere Ansprüche habe.

Daß unter diesen Umständen Fausts Gestalt sich bereits von Goethe als ihrem Urheber emanzipiert habe, darf nicht wundernehmen. Auch bei den vollendetsten Werken Goethes, jenen klassischen Erzeugnissen seiner vollen Kraft, welche für sich allein stehen, blieb doch immer Goethes Hand sichtbar, wenn auch nur insoweit, als gerade er und kein anderer Künstler als ihr Urheber möglich schien. Es war Goethes Sprache, die sie redeten, Goethe selber streckte immer doch als der große Fruchtbaum aus der Ferne uns die Äste entgegen, an denen diese goldenen Äpfel gewachsen waren: „Faust" aber steht so gänzlich allein da, als sei er überhaupt nirgends gewachsen, sondern fertig vom Himmel gefallen.

Und doch, so losgetrennt „Faust" von Goethes übrigen Arbeiten erscheint, so unentbehrlich ist er für sie. Denn jetzt nun, nachdem wir endlich auf Faust gekommen sind, darf auf einen Mangel der anderen Goetheschen Männergestalten hingewiesen werden, den ich bis dahin verschwiegen habe, weil ich ihn erst dann erwähnen wollte, wenn ich ihn zugleich als notwendig erklären durfte.

Wir waren bei der Betrachtung des dichterischen Schaffens Goethes stets zu dem Fundamentalsatze zurückgekehrt: es sei als eine ewige Konfession aufzufassen. Eine Übertragung seines Lebens in dichterische Form. Daraus entnahmen wir die Berechtigung, besonders die Frauengestalten seiner Dichtungen auf lebende Urbilder zurückzuleiten. Wir würden bei Homers Nausikaa nie darauf kommen, ebensowenig bei Sophokles' oder Äschylos' Frauen, noch weniger bei denen Molières, Shakespeares oder Schillers. Den Frauenfiguren dieser Dichter fehlt die individuelle Beimischung ganz, die uns bei denen Goethes so fragwürdig erscheint. Romeos Julia hat etwas Elementares: man denkt nicht daran, feststellen zu wollen, wieweit persönliche Neigung zu einer bestimmten Frau Shakespeare hier begeistert haben möchte, so sehr auch, wie von Lessing gesagt worden ist, die Liebe selber an dem Stücke mitgearbeitet zu haben scheint.

Während Goethes Frauen durch diese Besonderheit nun die feinen Unterschiede, wie das Leben selber sie sonst allein hervorbringt, als ein Vorteil verliehen worden sind, ist Goethes männlichen Figuren der Umstand nachteilig geworden, daß sie sämtlich auf Goethes eigne Person zurückzuführen sind. Es scheint immer derselbe etwas verschwommene Charakter in anderer Verkleidung wiederzukehren. Goethe hat oft genug über sich selbst gesprochen und seine Eigenschaften gleichsam inventarisiert: meistens begegnen wir bei seinen Männern in veränderter Zusammenstellung nur einer Auswahl dieser Elemente seines eignen Wesens.

Indem Goethe bald diese, bald jene Seite seiner Natur bei der Anlage zum Ausgange nahm, wohnt seinen männlichen Gestalten etwas Fragmentarisches inne. Sie runden sich nie ganz ab. Sie zeigen uns nur die eine Seite, welche zufällig beleuchtet ist. Wollte man Werther, Tasso, Eduard und die andern als volle Figuren betrachten, so würde sich herausstellen, daß der Dichter ganze Partien ihrer Erscheinung ausgelassen habe. Wir würden bei Werther oder Tasso z. B. vergebens danach fragen, durch welche absonderlichen Fügungen denn diese Charaktere sich so hätten gestalten dürfen, um sich kurz vor der Katastrophe ihres Schicksales so zu benehmen, wie der Roman und die Tragödie sie zeigen. Nur die seltsamsten Lebenswege hätten sie zu dieser unendlichen Zartheit der Empfindung leiten können. Welche aber waren es? Erst aus Goethe selber wird ihre Existenz erklärbar. Alle diese Figuren scheinen nur in den Momenten gleichsam lebendig zu sein, in denen Goethe sie handelnd vor uns erscheinen läßt.

Fassen wir sie nun jedoch als Inkarnationen Goethes, der in stets wechselnden Verhältnissen immer nur in eigner Person wieder auftritt, so fehlt ihnen dann aber auch sämtlich eine gewisse rohe Kraft, ohne die ein voller Mann nicht zu denken ist. Diese Goetheschen Männer riechen nicht recht nach Menschenfleisch. Sie transpirieren nicht, sie essen und trinken nie vor unsern Augen, sie würden, rekrutenmäßig untersucht, eine zu zarte Haut und keine festen Muskeln haben.

Goethe selbst aber war doch anders. Er konnte Strapazen ertragen, behielt in schwierigen Verhältnissen zu Wasser und zu Lande seine Energie und Spannkraft, konnte grob sein, wenn es nötig war, hatte eine gute Verdauung und stand überhaupt stets seinen Mann, wo es sich menschlich zu betätigen galt. Warum haben seine poetischen Abbilder samt und sonders diesen Zusatz von mondscheinhafter Blässe, während der Dichter selber so gesund und wetterbraun umherging?

Wir haben uns bei all jenen Figuren Faust als unsichtbaren Doppelgänger zu denken! Faust, den Goethe niemals los ließ, solange er atmete, war der ältere Bruder dieser ganzen Gesellschaft, der immer die besten Bissen vorab bekam und der für sie alle einstehen muß. Neben Werther, Tasso, Wilhelm, Eduard, Ferdinand und der ganzen Reihe steht unsichtbar immer Faust und macht sein Erstgeburtsrecht geltend. Er ist der Kronprinz, auf den einmal das Reich übergeht, die andern sind nur nachgeborene Söhne und haben sich mit dem zu begnügen, was nebenher abfällt. Faust hat Goethe immer sich zur rechten Hand; die übrigen behandelt er nach Belieben und teilt ihnen nicht mehr zu, als ihr Pflichtteil beträgt.

Vor Faust fürchtete sich Goethe selber. Dieser Junge war ihm zu früh schon über den Kopf gewachsen und ließ sich nichts gefallen. Lange Jahre rührt Goethe ihn gar nicht an, weil er sich nicht Manns genug fühlt, ihn zu erziehen. Faust ist aber auch zuletzt übrig geblieben, als alle andern längst abgetan waren. Er repräsentiert für Goethe am letzten Ende seine gesamte Dichtung. Er allein überlebt seinen Meister, der ihn, solange er selber noch Leben hatte, als vollendet nicht hatte fortgeben wollen. Faust wird aber auch in kommenden Perioden Goethe selber und all seine schwächlicheren jüngeren Brüder durch das Meer der Vergessenheit durchreißen. Denn daß Epochen kommen werden, in denen Goethes Werke ihrem gesamten Umfange nach nur wenigen bekannt sein werden, läßt sich als Möglichkeit wohl denken. „Faust" aber wird eine Ausnahme machen. Er wird immer verstanden werden. „Faust" werden sich die erdbewohnenden Völker nie wieder entreißen lassen.

Es ist wunderbar zu beobachten, wie Goethe von Anfang bis zuletzt dieses Gedicht mit einem besonderen Respekt behandelt hat. Ich sagte eben: er scheute sich davor, es war ihm zu mächtig. Wir kennen seine Abneigung, seine Werke für mündig zu erklären: immer meint er, es fehle noch Arbeit daran. Früher oder später aber macht ein Entschluß diesem Zaudern äußerlich wenigstens ein Ende. Beim „Faust" hat er den Gedanken, dies Gedicht könne jemals zum Abschlusse gelangen, überhaupt nie fassen können.

Diese Arbeit war ihm die liebste von Anfang an, und doch findet er stets Vorwände, sie aufzuschieben. Von Zeit zu Zeit liest er sie vor, aller Beifall aber kann ihn nicht reizen, sie zu beendigen. Das dauerte bis zur italienischen Reise. Für die erste zusammenfassende Ausgabe seiner Werke hoffte er jetzt den „Faust" zu „bewältigen". Er packte das Manuskript ein und arbeitete gelegentlich daran, und doch, als alles andere absolviert war, hatte er hier so gut wie nichts getan. Am Schluß des Jahres 1787, als die Heimkehr scharf ins Auge gefaßt wurde, schreibt Goethe dem Herzog, an den „Faust" wolle er ganz zuletzt gehen. „Um das Stück zu vollenden", heißt es dann in dem Briefe weiter, „werd ich mich sonderbar zusammennehmen müssen. Ich muß einen magischen Kreis um mich ziehen, wozu mir das günstige Glück eine eigne Stätte bereiten möge."

Dieser magische Kreis und diese eigene Stätte wurden Goethe aber niemals gewährt. Von Jahr zu Jahr beobachten wir seine Furcht, sich mit den „Faust"-Papieren zu befassen. Die 1790 gedruckten Fragmente waren fast eher ein Versuch, die Dichtung weiter zu verheimlichen, als sie herzugeben. Schiller macht die größten Anstrengungen, Goethe auf die Arbeit hinzulenken. Auch gelingt es ihm: immer aber wieder läßt Goethe die Hände sinken. Auch was 1808 erschien und so großes Aufsehen machte, war für Goethe nur erst ein Fragment. Schließlich gewöhnte er sich an den Gedanken, das Gedicht als Lebender überhaupt nicht abschließen zu wollen, und er würde, hätte er länger gelebt, wahrscheinlich auch das, was aus seinem Nachlaß herauskam. nicht in der Form gegeben haben, in der es zum Vorschein gekommen ist.

Für das Verständnis des „Faust" halten wir vor allen Dingen fest, daß er ein Ganzes bildet. Erster und zweiter Teil, Prolog, Vorspiel, kurz was als „Faust" heute zusammengedruckt wird, muß als Einheit angesehen werden. Goethe sagt, das Gedicht sei ihm s e i n e m   g a n z e n   U m f a n g e nach vor den Blicken aufgestiegen, als seine Phantasie zum ersten Male davon berührt wurde.

Goethe spricht dies in einem Schriftstück aus, welches, gleich jenem Brief an den jungen Großherzog, worin über das Notwendige in der Natur gehandelt wird, etwas besonders Feierliches hat: es ist das Allerletzte, was er überhaupt geschrieben hat. Kurz vor seiner letzten Krankheit verfaßte er diesen Brief an Wilhelm von Humboldt, den 17. März 1832, fünf Tage vor seinem Tode. Das Schreiben enthält seine letzte Konfession: das einfachste, großartigste, inhaltvollste Bekenntnis über sich selbst, das seinem Munde entströmte. Goethes wissenschaftliches Testament haben wir darin vor uns. Und doch nicht wie die Worte eines Sterbenden, sondern fast wie die eines bereits über das irdische Leben Hinausgegangenen tönen sie, welcher mit einem letzten Gedanken in die eben verlassene Laufbahn zurücklenkend noch ein einziges Mal sich der Sprache bedient, um über seine irdischen Absichten Rechenschaft zu geben.

Damit dergleichen zustande käme, bedurfte es zweier Männer: der eine, der sich mitteilt, und der andere, der die Mitteilung herauslockt. Es war für Goethe (und für uns) die günstigste Fügung, daß in der zweiten Hälfte seines Lebens ein Mann wie Wilhelm von Humboldt neben ihm herging. Man könnte diesen einen Fürsten der Kritik nennen. Niemals wieder sind große Dichtungen in der Art durch gleichzeitiges Urteil erklärt worden, wie Schillers und Goethes letzte Werke durch Wilhelm von Humboldt. Ihm ist es zu verdanken, um mit dem Niedrigsten zu beginnen, daß von den neunziger Jahren an über alles, was Goethe und Schiller produzierten, sofort in der würdigsten Weise bei uns geurteilt wurde. Humboldt hat verhindert, daß der brillanteste, geistreichste aller kritischen Schriftsteller jener Tage, der zugleich aber unzuverlässig, launisch und eitel war, emporkommen konnte als maßgebender Urteilsspender: August Wilhelm Schlegel. Wilhelm von Humboldt hat Goethes und Schillers Werke eigentlich auch zuerst den deutschen Gelehrten und Philologen vermittelt. Und um Humboldts bedeutendste Leistung zuletzt zu nennen, soweit sein Wirken Goethe und Schiller angeht: er ist ihnen bei der stilistischen Vollendung ihrer Werke behilflich gewesen. Es gab keine sprachliche Feinheit, die ihm entgangen wäre. Unermüdlich nimmt er das Neue entgegen und hält das Alte in erneuter Betrachtung fest. Nur einem Manne wie Humboldt gegenüber würde Goethe seine letzten Gedanken so zusammengefaßt haben, wie er in dem Brief getan hat, von dem ich hier nun mitteile, was uns besonders angeht.

Goethe betrachtet in dem höchsten Sinne, in welchem Aristoteles den Menschen als Objekt kalter Beobachtung setzt, sich hier gleichsam selbst als „dichtendes Geschöpf" und kritisiert demgemäß seine Entwicklung.

„Die Tiere", heißt es in dem Briefe, „werden durch ihre Organe belehrt, sagten die Alten. Ich setze hinzu: die Menschen gleichfalls, sie haben jedoch den Vorzug, ihre Organe wieder zu belehren.

„Zu jedem Tun, daher zu jedem Talent, wird ein Angebornes gefordert, das von selbst wirkt und die nötigen Anlagen unbewußt mit sich führt, deswegen auch so geradehin fortwirkt, daß, ob es gleich die Regel in sich hat, es doch zuletzt ziel- und zwecklos ablaufen kann. Je früher der Mensch gewahr wird, daß es ein Handwerk, daß es eine Kunst gibt, die ihm zur geregelten Steigerung seiner natürlichen Anlagen verhelfen, desto glücklicher ist er. Was er auch von außen empfangen, schadet seiner eingeborenen

Individualität nichts. Das beste Genie ist das, welches alles in sich aufnimmt, sich alles zuzueignen weiß, ohne daß es der eigentlichen Grundbestimmung, demjenigen, was man Charakter nennt, im mindesten Eintrag tue ...

„Hier treten nun die mannigfaltigsten Bezüge ein zwischen dem Bewußten und Unbewußten. Denke man sich ein musikalisches Talent, das eine bedeutende Partitur aufstellen soll: Bewußtsein und Bewußtlosigkeit werden sich verhalten wie Zettel und Einschlag, ein Gleichnis, das ich so gern brauche. Die Organe des Menschen, durch Übung, Lehre, Nachdenken, Mißlingen, Fördernis und Widerstand und immer wieder Nachdenken, verknüpfen ohne Bewußtsein in einer freien Tätigkeit das Erworbene mit dem Angeborenen, so daß es eine Einheit hervorbringt, welche die Welt in Erstaunen setzt ...

„Es sind über sechzig Jahre, daß die Konzeption des ‚Faust' bei mir jugendlich, von vornherein klar, die ganze Reihenfolge hin weniger ausführlich vorlag. Nun hab' ich die Absicht immer sachte neben mir hergehen lassen, und nur die mir gerade interessantesten Stellen durchgearbeitet, so daß im zweiten Teile Lücken blieben, durch ein gleichmäßiges Interesse mit dem übrigen zu verbinden. Hier trat nun freilich die große Schwierigkeit ein, dasjenige durch Vorsatz und Charakter zu erreichen, was eigentlich der freiwilligen, tätigen Natur allein zukommen sollte. Es wäre aber nicht gut, wenn es nicht auch nach einem so lange tätig nachdenkenden Leben möglich geworden wäre, und ich lasse mich keine Furcht angehen: man werde das Ältere vom Neuern, das Spätere vom Frühern unterscheiden können; welches wir denn den künftigen Lesern zur geneigten Einsicht übergeben wollen."

Hier also sein Testament, was „Faust" anbetrifft: er erkenne dieses Werk als die Aufgabe, für welche sein poetisches Talent eigentlich angelegt war. Goethe verlangt ausdrücklich, es solle das Werk als ein Ganzes betrachtet werden, und weist die kritische Unterscheidung der Jahrgänge seiner Arbeit zurück.

Er gibt damit das Datum der Entstehung: mehr als sechzig Jahre früher als 1832, mithin 1772. Damals stand ihm das Werk in einem günstigen Momente plötzlich vor Augen! Es war der Abschluß seiner Studentenzeit, als er dreiundzwanzigjährig in Straßburg eben Doktor geworden war.
Von diesem Datum an wollen wir das Werk nun begleiten und werden sehen, daß seine G e s c h i c h t e seine beste E r klärung und Deutung sei.
Wir blicken vor allem auf Gretchen.
Goethe hatte in der letzten Straßburger Zeit, als der Faust entstand, den ihn peinigenden Vorwurf auf der Seele: ein argloses Geschöpf in eine Leidenschaft verlockt zu haben und dann treulos davongegangen zu sein. Ohne Zweifel ist Gretchen auf Friederike von Sesenheim zurückzuführen. Kein Gedanke dabei an das, was man bürgerlich gemeinhin eine Verführung nennt: geistig aber eine Verführung im höchsten Grade. Goethe mußte empfinden, daß Friederike nach diesem Verlassenwerden für immer gleichsam zu einer Witwe geworden sei. Er wußte, was er für sich hinweggenommen und für Friederike zerstört hatte. Er hatte sich eingedrängt in die Seele eines jungen Mädchens, ihm das Gefühl gegeben, als habe eine Verbindung hier begonnen, die ewig sei, und eines Tages sie merken lassen: nun genug, leb wohl, sieh, wie du darüber hinwegkommst. Goethe faßte diese furchtbare Grausamkeit symbolisch auf. Das Verhältnis wuchs in seiner frei schaltenden dichterischen Phantasie in die äußersten Konsequenzen hinein, deren es in Wirklichkeit hätte fähig werden können. Im Kunstwerke mußte wirkliche Verführung sichtbar hinzutreten, um die Schuld völlig zu dem zu machen, was sie hätte sein können. Alle nur denkbaren Folgen mußten vorgeführt werden. Damit war das Verbrechen der Kindes-

mörderin gegeben: Goethe brauchte seiner Phantasie nur die Zügel über den Hals zu werfen, und der Weg von Friederike zu Gretchen fand sich von selber. Goethe brauchte Friederiken sogar noch nicht einmal verlassen, sondern die eigne Treulosigkeit nur erst ahnend vor sich gesehen zu haben: daraufhin allein schon konnte sie sich in Gretchen verwandeln, das so offenbar mit Friederikens Wesen übereinstimmende Züge trägt. Man fühlt heraus, wie Goethe, als er später Friederikens Bild zeichnete, diese Ähnlichkeit andeuten wollte. Das reizend Schnippische ihres Auftretens, das so völlig Vertrauensvolle bezeichnet er in „Dichtung und Wahrheit" als Friederikens vorleuchtende Eigenschaften.

Diese Züge also bildeten von Anfang an, bei der ersten dichterischen Vision, die Grundlage der Gestalt und ihres Schicksals. Daran durfte und konnte später nichts verändert werden. Alle Zusätze und Fortlassungen konnten keiner Hauptlinie in den Umrissen Gretchens eine andere Richtung geben.

Wohl aber könnte Gretchen, wie sie, nach ihrem Tode in verklärter Gestalt unter den Seligen schwebend, mit Faust wieder zusammentrifft, eine Schöpfung der späteren Jahre scheinen. Hier wäre eine der im Briefe an Humboldt erwähnten Lücken später ausgefüllt worden. Doch auch hier ist kritisch mit Vorsicht zu verfahren. Goethe war gerade in seiner Jünglingszeit in mystisch-religiösen Anschauungen so wohl zu Hause, zu denen er — auf ganz anderem Wege — im höchsten Alter naturgemäß zurückkehrte, daß diese letzte versöhnende Szene ebensogut in der ersten Anlage vorhanden gewesen sein kann, als sie für eine Ausgeburt seiner letzten Tage ausgegeben werden dürfte. Denn, wenn Fausts Existenz gleich in der ersten Anlage des Gedichts ihre Versöhnung fand (was anzunehmen wir genötigt sind), warum die letzte Begegnung mit Gretchen hier ausschließen?

Und nun gestehen wir uns: die Szenen des ersten Teiles in
der Ausgabe von 1808, in denen Gretchen sich entwickelt
(auch die, welche in der von 1790 n i c h t enthalten sind,
aber die ohne Zweifel [und wie der „Ur-Faust" beweist]
gleich zu Anfang mit entstanden), atmen eine Kraft, eine
Lebensglut aus wie nichts anderes, was in den siebziger
Jahren von Goethe gedichtet worden ist. Wären sie nachträglich niemals gedruckt worden, was ja ein böser Zufall
so leicht hätte herbeiführen können, so würde uns heute
der Ruhm der ersten jugendlichen Dichtung Goethes um
seine besten Beweisstücke verkürzt erscheinen. Seine Verse
strahlen hier ein unmittelbares Feuer aus, das wir weder
im „Werther" noch in den anderen Dichtungen der ersten
Zeit empfinden. Nicht an jene übrigen Werke, welche damals Goethes Ruhm begründeten, sondern an „Faust" zumeist denken wir heute, wenn wir von dem überwältigen-
den Eindruck lesen, den Goethes Erscheinung auf alle
machte, die ihn in seiner Jugend kennenlernten, und doch
war „Faust" damals nur einigen wenigen bekannt. Diese
Jugendkraft ließ „Faust" im Jahre 1808 auf die jüngere
Generation so stark wirken, die Goethe nun wieder als
einen der Ihrigen betrachtete und, gerade wie es beim Erscheinen des „Götz" und „Werther" gewesen war, jetzt
neue und noch größere Werke von Goethe erwartete. Die
sich auch in ihren eignen dichterischen Versuchen nun von
vornherein als von dem neuerstandenen Heros überboten
und überwunden gab.

Deshalb zumeist werden „Die Wahlverwandtschaften", als
sie 1809 nach dem „Faust" erst erschienen, mit solcher Gier
von den jüngeren Leuten aufgenommen, an die Goethe, als
er den Roman schrieb, vielleicht am wenigsten gedacht
hatte. Das kam Ottilien jetzt zugute, daß sie gleichsam wie
Gretchens ältere Schwester einherging, mit der vereint sie
die früheren weiblichen Figuren der Goetheschen Dichtung
in Schatten treten ließ.

Gretchens Gestalt ist sich in allen Phasen und Lebensaltern des Gedichtes gleich geblieben. Anders aber stellt
sich die Rechnung bei Mephistopheles.

Gewöhnlich, weil Goethe so auffallend und so geflissentlich Merck mit Mephisto identifiziert, wird dieser als der
Ursprung der Gestalt und als die einzige Person angesehen, auf die es hier ankomme. Was aber wußte Goethe
von Merck, als er in Straßburg den „Faust" erfand, und
wie wäre ohne Mephisto das Gedicht denkbar? Wir haben
andere Anfänge für diese Gestalt zu suchen.

Goethe war als souveräner Geist nach Straßburg gegangen,
der sich längst ohne fremde Führung die richtigen Wege zu
finden getraute. Der die Absicht hatte, alles der Reihe nach
zu studieren: Jurisprudenz, Theologie, Physik: wie sie im
Eingange des „Faust" aufgezählt sind. Der daran gewöhnt
war, daß, wer ihm begegnete, sich ihm unterordnete oder
wenigstens entschiedene Rücksicht auf ihn nahm. Und der
auf diesem Wege, nachdem es ihm einige Jahre so geglückt,
sich schon trefflich weit gekommen zu sein dünkte. Da begegnet er Herder! Es muß, was diesen anlangt, längst Gesagtes nun noch einmal berührt werden.

Der erste Mensch, der Goethe durchaus an sich herankom-
men läßt. Der auch dann wenig nach ihm fragt, als Goethe
sich neben ihm erniedrigt, wie er niemals vorher getan, ja,
der sich gar nichts aus ihm zu machen scheint und ihn, je
nach Stimmung und Belieben, abfallen läßt. Der nichts von
dem brauchen kann, was Goethe ihm etwa darbieten könnte,
sondern seine fertige, selbsterworbene Weltanschauung
besaß. Und der Goethen geistige Perspektiven eröffnete,
von denen dieser fühlte, daß er sie für sich allein nimmermehr erworben haben würde. Herder gab Goethe zuerst
einen historischen Weltstandpunkt. Und das alles mit fast
höhnischem Verzicht auf die etwaige Dankbarkeit Goethes.
Herder strömte seine Ideen aus: sie standen jedem zu Gebote, der ihm nahe kam. Keinem aber auch, der die Hände

danach ausstreckte, blieb die Mißhandlung erspart, welche Herders kostbare Geschenke zu begleiten pflegte.

Nun das eben ist es, was Mephistos Gestalt so großartig erscheinen läßt: daß er alles kennt, nicht nur das Böse, sondern auch das Gute, Große und Edle. Daß er jedes Faktum als in seiner allumfassenden Weltanschauung längst vorhanden nachweist. Daß er nach allen Richtungen Fausts Wissen im weitesten Maße überbietet. Daß er diesem die Geheimnisse des Daseins aufschließt, ihm eine Welt nach der andern zeigt, alle geistigen und irdischen Genüsse und Reichtümer der Menschheit vor ihm ausbreitet —: aber nur wie zum Spotte, um zu beweisen, daß Groß und Klein, Gut und Böse identisch und die ganze ungeheure Summe gleich Null sei.

So weit ging Herder, dieser großartige, positive Charakter, natürlich nicht, aber er verleitete Goethe, im stillen seinerseits so weit zu gehen! Das war es, was Goethe bei Herder ängstigte: daß Herder unaufhörlich mit dem Golde der Ideen in den Taschen klimperte, es mit vollen Fäusten herauszog, es in der Sonne funkeln ließ und dann als wertlose Kohlen hinwarf. Herders dämonische Eigenschaft war, das innerste Vertrauen zuerst herauszulocken und dann das sich arglos offenbarende Wesen seiner Freunde vor ihren Augen in nichts zerrinnen zu lassen.

Goethe erkannte bei Herder zum ersten Male die furchtbare Macht kalter, uneigennütziger, aber schonungsloser Kritik. Wer käme je von einem Menschen wieder los, von dem man weiß, daß er uns durch und durch schaut, Gutes und Böses sieht, ohne einen Gedanken an Gewinn für sich selbst? Darin liegt, daß Faust sich sofort Mephisto unterordnet und den Vertrag mit seinem Blut unterschreibt. Nicht um des verheißenen Genusses willen, sondern aus dem Gefühl rettungslosen Verlorenseins an diese geistige Übermacht. Mephisto seinerseits will nichts, als diese geltend machen. In allem Menschlichen ordnet er sich Faust unter. Faust ist der Herr, Mephisto der Sklave. Faust genießt; Mephisto kuppelt ihm willig zu, was irgend Genuß zu gewähren scheint. Eins aber behält er sich vor: hinterher überzeugend darzulegen, daß alles doch nicht der Mühe wert gewesen sei. Noch einmal: so weit ging Herder nicht, so weit zu gehen aber leitete er Goethe an. Wie Gretchen die Ausbildung dessen enthielt, was aus Friederike hätte werden können, so Mephisto das, wohin Herders Lehren Goethe vielleicht geführt hätten. Herder war es, der Goethes natürliche Mitgift zuerst ausbildete: sich durch Kritik im Genusse zu unterbrechen. Mitten in der Leidenschaft vorher zu wissen, daß man schließlich treulos davongehen werde. Goethe schildert bei der gemeinsamen Lektüre des „Vicar of Wakefield" symbolisch diese verderbliche Kunst Herders, den Genuß eines Kunstwerkes durch Kritik im Genusse selber noch aufzuheben.

Jetzt erst, nachdem Herder die Elemente vorbereitet hatte, aus denen Mephisto erwachsen konnte, traf Goethe mit demjenigen zusammen, der die Gestalt dazu lieferte, mit Merck. Wir haben gesehen, wie das öfter der Weg für Goethe war: zuerst eine Figur nur in der Empfindung zu tragen und dann zu warten, bis eine irdische Begegnung ihm das Modell lieferte, dessen Porträt er benutzen durfte. Nun erst empfing Mephisto Individualität, Sprache und das Element bodenloser Gemeinheit, das ihn auszeichnet.

Merck, so hoch Goethe ihn stellte, hätte bei weitem nicht genug positiven Inhalt besessen, um für eine Gestalt den Ton zu liefern, die von solcher Höhe herab die Dinge betrachtete, wie Mephisto tut. Mercks Kritik zerstörte, sie baute nirgends auf. Merck ist der Geist, der nur verneint, der nichts als verneinen kann, weil ihm die schöpferische Kraft fehlt. Mephisto aber, was auch Goethe selbst dagegen sagen mag, trägt eine ganze Schöpfung in sich. Man sehe seine Aussprüche näher an, ob in ihrer verneinenden Kritik nicht zugleich doch ein höchst positiver Inhalt liegt. Goethe,

wie gesagt, stellt es in Abrede, auch war es nicht sein Plan:
hier aber wuchs die Figur über die Absichten Goethes hinaus in einer höheren Natur auf. Mephisto, als Examinand
gedacht, würde nicht etwa seine Examinatoren bloß zum
Narren haben, sondern ihnen zugleich zeigen, daß er mehr
verstehe als sie sämtlich, daß ihm die ganze Literatur bekannt und alle Theorien praktisch geläufig seien. Merck
war nicht bedeutend genug, um Mephistos späterem geistigen Umfang zu genügen.

Für Mephisto also war, anders als bei Gretchen, in der Betätigung seines Wesens ein unermeßlicher Zuwachs möglich. Alles, was Goethe an Erfahrungen in der Stille sammelte, seiner eigenen Persönlichkeit wie seinen Freunden
und der ganzen Welt gegenüber, wurde Mephisto, als dem
Doppelgänger seines eignen Geistes, zu nackter Kritik vor-
gelegt und von ihm beurteilt. In jede Gesellschaft begleitete
ihn Mephisto, bei jedem Buche las er, ihm über die Schulter
sehend, mit, und, weil die Bekanntschaften und Erfahrungen Goethes sich immer weiter ausdehnten und damit Goethes Fähigkeit sich ausbildete, schließlich in jeder Gesellschaft den richtigen Ton anzuschlagen, so lernte Mephisto
das gleichfalls mit und empfing als Realität immer neue
Seiten. Das Vornehme, Weltmännische, gesellschaftlich
Überlegene kam allmählich in seine Gestalt hinein. Er
wurde immer feiner und eleganter; aus dem anfänglichen
Zerrbild eines verrotteten Universitätsmagisters, der ein
von ihm verdammtes Metier zum Überdrusse kennengelernt hat, wird Mephisto allmählich zur Karikatur eines
geistreichen hohen Staatsbeamten, der nach einer verfehl-
ten Karriere sich widerwillig zur Ruhe gesetzt hat und unbarmherzig sein Scheidewasser auf alles ausgießt.

Hierzu trug ein Umstand besonders bei, der bereits erwähnt worden ist. Goethe hatte das Schicksal, was die
politischen Zustände anlangt, die er erlebte, zwei große
Umschwünge mit durchzumachen. Zuerst, im achtzehnten

Jahrhundert, den aus der Epoche sanfter Erwartung in die der furchtbarsten Empörung, dann, im neunzehnten Jahrhundert, als in Deutschland selbst der Kampf begann, den Übergang aus dem Sturme nationaler Begeisterung in die zu gewaltsamer, sich steigernder Stille gebrachte Atmosphäre des Druckes der Regierungen auf die Völker, eine Stagnation, die ihn zu jener 1820 getanen Äußerung nötigte, daß das volle Gefühl vom „Unwerte der Gegenwart" herrschend sei. Goethe war von Grund aus liberal, allein er mußte die nach den Freiheitskriegen bei uns und überall eintretende reaktionäre Strömung nicht nur begreifen, sondern sogar in ihrer Berechtigung anerkennen und unterstützen. Öffentlich etwas dagegen zu sagen, war unmöglich, ebenso unmöglich aber die Kritik zu unterdrücken, welche ihn die bloß palliative Wirkung dieser politischen Wirtschaft erkennen ließ und ihm eine spätere Revolution weissagte, deren Hereinbrechen er mit Sicherheit voraussah. Für diese doppelte Rolle war Mephisto ein treffliches Organ. Sein Benehmen als Fausts Adjutant am Hofe des Kaisers liefert, in ungefährlich erscheinender Form, eine Kritik der Dinge, die Goethe vor Augen sah. Nur im ganz allgemeinen drückt Goethe sich aus, jedes seiner Worte aber schneidet tief ein. Kein Vorwurf würde ihm auf seine Verse hin zu machen gewesen sein, und trotzdem weiß er mit Machiavellistischer Unbarmherzigkeit durch Mephistos Mund das Bestehende zu geißeln.
Natürlich, daß diese Seite des mephistophelischen Wesens nachträglich hinzukam. 1772 konnte Goethe nur wenig in dieser Richtung vorschweben.

Neben Gretchen und Mephisto bleibt nun nur Faust selber noch zu besprechen: alle andern Personen und Erscheinungen bedürfen weiterer Erklärung nicht: Wagner, der Schüler, Valentin, Marthe und die übrigen sind feste Typen, über deren Auffassung kein Zweifel walten kann, während die allegorischen und mythologischen Persönlichkeiten des zweiten Teiles dem Erklärer nur dadurch Schwierigkeiten bereiten, daß Goethe sie zuweilen absichtlich rätselhaft gestaltet, sie teils doppelsinnige, teils einstweilen unerklärbare Dinge sagen oder tun läßt und eingestandenermaßen Absichten dabei hatte, die zu durchdringen nicht möglich war. Goethe wollte vieles sagen, das aber nur bis zur Unkenntlichkeit verhüllt hervortreten durfte, er hatte dabei wohl öfter das zuwachsende Verständnis einer noch ferneren Zukunft im Auge, als selbst unsere jetzigen Jahre sind.

Die wichtigste Figur des Gedichtes also ist die, deren Namen es trägt.

Wir sahen, wie die ununterbrochene Selbstbeobachtung, in der Goethe befangen war, schon in früheren Jahren bei ihm begann. Als Knabe bereits betrachtet und behandelt er sich gleichsam als Objekt außer sich selbst; er trug zwei Menschen in sich: einen, der handelte, und den andern, der mitten im Handeln darüber nachdachte. Wiederum in Straßburg mußte er bei dieser Selbstkritik sich im ärgsten Zwiespalt mit sich erscheinen. Er hatte die erste Jugend hinter sich, das Examen sollte seinen Lernjahren den Abschluß geben: er empfand das Unzureichende seiner Kenntnisse, zugleich aber das seiner Examinatoren. Eine sogenannte bürgerliche Existenz stand bevor: er fühlte sich in keiner Weise ausgerüstet für sie. Er sollte, wie Faust, Lehrmeister sein und glaubte entdeckt zu haben, daß aller Lehrstoff, sowohl der bisher aufgenommene als der, den er weitergeben könnte, eine Masse leerer Formeln sei. Einen unversöhnlichen Gegensatz schien seine Existenz zu enthalten, wohin er sich auch wenden mochte. Von der einen Seite umfingen ihn ganz regelmäßige Verhältnisse: wohlgesetzte gute Familie, annehmbare bürgerliche Position, genossene gute Erziehung, gehegte vorzügliche Absichten, fleißig durchgemachtes Fachstudium und ausgedehnte allgemeine

Bildung. Dem entgegengesetzt aber wühlte in ihm das Gefühl der Einsamkeit und Verlassenheit bei noch so ausgebreiteten Verbindungen, die Ungewißheit, ob er es in
irgendwelchem bindenden Verhältnisse aushalten werde,
und bei unbezähmbarer wissenschaftlicher Neugier das vor-
wurfsvolle Bewußtsein der Oberflächlichkeit. Goethe gesteht im Alter einmal offen ein, er habe nie ein neues Buch
aufgeschlagen, ohne sich einzubilden, noch ehe er eine Seite
darin gelesen, alles besser zu wissen als sein Verfasser. In
späteren Jahren nahm er diese Betrachtung seines doppelten Wesens, das er so gut kannte, ruhiger hin; in früheren, wo sie ihn noch überraschten, erschütterten ihn diese
Entdeckungen. Er sah, daß diese Widersprüche eine unver-
tilgbare Eigenschaft seiner Natur bildeten. Wie auch das
Gute in ihm walten mochte, das Böse stellt sich zugleich ein
und gewinnt die Oberhand. Die ungeheure Frage war
schließlich, ob er das Böse als etwas Positives zu betrachten
habe oder ob es immer nur ein Phantom sein und beim
Abschlusse der Rechnung in nichts zusammenfallen werde.
Goethes Glauben war das, aber er suchte Sicherheit. Diese,
sahen wir, fand er in Spinozas Lehre als das, was ihn am
meisten zu diesem hinzog. Das war das eigentliche Problem
des „Faust". Goethe sagte einmal: von allen Verbrechen
könne er sich denken, daß er sie begangen habe, alle Laster
sehe er als möglich bei sich selber an (nur den Neid ausgenommen): das sollte im „Faust" verkörpert werden. Und
dann, als zuletzt eintretende Versöhnung, die Darstellung,
wie dieser irdische Wust beim Tode als überwundene Qual
vom Menschen abfalle, damit er rein in die Hände seines
Schöpfers zurückkehre.

Für diese Widersprüche und Probleme suchte Goethe eine
dichterische Gestalt, in der er sie mitteilen könnte. Eine
quälende Sehnsucht, sich selbst zu entfliehen, die sich bis zu
Selbstmordgedanken steigerte, empfand er. In Straßburg,
zu einer Zeit, wo das mit unerträglicher Gewalt wieder

über ihn kam, trat ihm irgendwie die Geschichte Dr. Fausts in der alten Volkskomödie entgegen. Das war die Figur, die er brauchte! Eine plötzliche Erleuchtung durchzuckt seine Phantasie. Alles, was dieses rohe Schauspiel enthält, bot sich ihm als Ausgang dichterischer Visionen, die ihm seine innersten Gedanken zu formen, auszusprechen, von sich loszuschaffen erlaubten. In märchenhaften Bildern ziehen seine Vergangenheit, seine Gegenwart, seine Zukunft ihm vor der Seele vorüber und nehmen bleibende Gestalt an. Die läppischen Szenen des Schauspieles formen sich um zu Teilen eines Dramas voll hohen symbolischen Inhaltes. Seine quälenden Gedanken werden von Personen übernommen, die sich plötzlich vor seinen Blicken erheben, wie uralte Bekannte, die bis dahin gleichsam in einem verwünschten Berge hausend durch eine Erderschütterung Ausgang gewinnen und, dicht vor ihm stehend, nun ihm mehr noch als seine nächsten Verwandten sind. Was er in sich verdammte und nicht besiegen konnte, wälzt er in ihre Seelen hinüber; zugleich aber das Gefühl seines unverwüstlichen Selbstvertrauens, und den verkörperten Triumph dieses Glaubens zeigt ihm seine Phantasie nun in der endlichen Lösung des Dramas, das als das Evangelium der Erlösung des Menschen durch Tätigkeit gelten darf. Wie wäre es möglich, diesen Inhalt des zweiten Teiles abgesondert zu denken? Die letzte Phase des zweiten Teiles m u ß t e mit dem ersten Teil zugleich entstehen: die Verhöhnung Mephistos, die Rettung Fausts aus seinen Krallen, denen die Macht, ihn festzuhalten, genommen wird. Durch kolossale reale Schöpfungen wird diese Rettung vorbereitet. Faust ringt dem Meere ein neues Stück Weltteil ab. Die höchste Verherrlichung menschlicher schaffender Tätigkeit, die denkbar ist, sehen wir in Fausts Lebensausgang vor uns.

War Mephisto aber eine Figur, die sich während Goethes Leben fortschreitend erweitern mußte, so war diese fortwährende Umgestaltung für Faust noch notwendiger. Darüber braucht weiter nichts gesagt zu werden. Wie begreiflich, daß Goethe diese Dichtung niemals abschließen wollte. Die Natur seines Werkes und dessen vornehmster Gestalt war, daß sie unendlich sein mußten. Wir dürfen heute behaupten, es sei notwendig gewesen, daß Goethe den Druck des Abschlusses bis über seinen Tod hinaus verzögerte. Erst nach seinem Lebensende konnte Faust selber dem deutschen Volke als fertige Gestalt geboten werden.

Wir hatten gesehen, wie dadurch, daß Faust die beste dichterische Kraft Goethes vor allen andern Kindern seines Geistes zugewandt war, bei diesen andern nun ein gewisser Mangel an innerem Gewicht erklärbar werde. Wir haben Werther als Werther plus Faust, Egmont als Egmont plus Faust, und so die Reihe durchzunehmen. Und in der Tat verfahren wir unbewußt immer so. Es ist keine künstliche Rechnung. Sie aber wieder macht nun klar, was Faust für sich allein anlangt: warum diese kräftigste aller Goetheschen Gestaltungen nach außen ein gewisses formloses, verschwimmendes Dasein empfing. Faust hat etwas Unbedingtes in seiner Erscheinung. Er empfindet, genießt, stürmt durchs Leben, ohne festen Fuß zu fassen, wie ein Dämon, der in menschlicher Gestalt zu leben genötigt ist. Das irdische Schicksalmäßige ist bei ihm bloß zufällige Nebensache. Er fliegt dahin und dorthin, nirgends festgehalten: Zeit und Entfernung, mit denen wir alle zu rechnen gezwungen sind, scheinen gleichgültige Elemente zu werden.

Dies eben entspringt als notwendige Folge aus jener geteilten Existenz. Bedurften jene Gestalten Fausts als unsichtbaren Zusatzes, so bedarf Faust Goethes selber als seines sichtbaren Zwillingsbruders. Faust repräsentiert Goethes wirkliches Leben. In seiner allgemeinen Existenz wird Faust fähig, mit Goethe zu altern und doch jung zu bleiben. Bis zu den letzten Tagen nimmt er ihm jeden Ge-

danken ab. Faust ist der verkörperte Geist Goethes, dem
keine Entfernung zu weit, keine Erfahrung unmöglich war.
Wir trauten Faust zu, alle Gedichte Goethes, all seine wissenschaftlichen Werke geschrieben zu haben. Was Goethe
an einzelnen Versen und Gedanken hinterlassen hat, die
der Moment von ihm ablöste, könnte samt und sonders als
Paralipomena zum Faust betrachtet werden.

Damit ist die Genesis auch dieser Gestalt und damit die
des ganzen Gedichtes in fortschreitender Entfaltung gegeben. In demselben Maße, als Goethes geistige Fähigkeiten wuchsen, strömte seinem Drama neue Kraft zu. Im
Alter genügte ihm vieles nicht mehr in der Fassung, in der
er es jung geschrieben hatte. Er bringt in Verse, was ihm in
der prosaischen ersten Gestalt zu grell vorkommt. Immer
neue Umgestaltungen nimmt er vor, immer neuen Vorrat
arbeitet er hinein, immer neue Versuche stellt er an, die
Komposition abzurunden. Er vergleicht das Werk Schiller
gegenüber einmal mit einem Haufen von Pilzen, die an-
einandergepreßt gleichzeitig aufgeschossen sind, während
jeder doch für sich ein Ganzes bildet. Er will damit das
agglutinative Wachstum des Dramas charakterisieren, dessen einzelne Teile trotz ihres Fürsichseins als Mitglieder
derselben Familie kenntlich seien. Goethe durfte mit Recht
in seinem letzten Briefe sagen: eine auflösende Kritik
mache ihm diesem Werke gegenüber nicht bange.
Auf das glücklichste aber kam ihm bei diesem Bestreben,
der Dichtung einheitliches Kolorit zu geben, das lokale
Element zu statten. Goethe brauchte 1772 seine Phantasie
nicht auf weite Reisen zu schicken, er hatte nur zusammen-
zustellen, was die nächste Erinnerung ihm verlieh, und
Faust und Gretchens Vaterstadt waren fertig. Auch daran
war nachträglich nichts zu bessern und zu ändern.
Frankfurt schon lieferte die Grundlage: die mauerum-
gebene, abgeschlossene, uraltbegründete deutsche Reichs-

stadt, von deren Gassen und Gäßchen, Durchgängen, Winkeln und Ecken mit Handwerksgeräusch und -geruch (1876) nur noch die letzten Reste bestehen. Unsere kahlen Wohnstätten sind nicht mehr die heimatlichen Nester jener Zeit, die, von Vater, Großvater und Urgroßvater warmgewohnt, in jeder Dielenritze bekannt und ehrwürdig, als mitlebende Gehäuse der Familie dastanden. Zu Goethes Zeiten war das noch das natürliche. Die engen Häusermassen bewohnt bis unter die Dächer, die Kirchen mitten darin als die Hauptschauplätze städtischen Pompes. All das strebte in tausend Spitzen der Höhe zu, weil sich der Breite nach zu entfalten kein Raum war, oben lag die Sonne auf den Dächern und Schornsteinen, unten, je mehr man hinabstieg, war es dumpfig und dämmerte selbst am hellen Mittage. Da gab es enge Hinterhäuser mit Gärtchen und Mauern, fließende Brunnen mit schwatzenden Mägden, feste Tore, aus denen an Sonn- und Festtagen die Menge ins Freie strömte.

Das hatte Goethe in Frankfurt vor den Augen gehabt und in Leipzig und Straßburg wiedergefunden. Und sogar in Weimar vor seinem Hause fehlte, als Mitte des dreieckig unregelmäßigen kleinen Platzes davor, der Brunnen nicht, an dem abends die Mägde einander den Stadtklatsch zutrugen.

Damit war den Gestalten des Dramas ein festes Kostüm gegeben. Die Szenen am Hofe des Kaisers schlossen sich an die städtischen Abenteuer des ersten Aufzuges organisch an, und auch die allerletzten Szenen, wo Faust erblindet, ordnen sich äußerlich in eine gewisse Zeit ein, eine Beschränkung, der ihr Inhalt zu widerstreben scheint. Sogar den himmlischen Szenen passen sich so die Darstellungen der Renaissancemeister des sechzehnten und siebzehnten Jahrhunderts als Dekorationen an, und selbst für die im klassischen Altertum spielenden Partien ergibt sich eine bildliche Anlehnung an die Auffassung der

Antike, die den Meistern des sechzehnten Jahrhunderts geläufig war.

Anfangs hatte man „Faust" als bloßes Gedicht angesehen. Nur der geistige Inhalt schien wichtig, die Bühne, auf der das Drama spielt, in der Phantasie aufgeschlagen, und selbst der erste Teil so wenig für das wirkliche Theater geeignet, daß die erste Bühnendarstellung des „Faust" in Weimar nicht früher als im Jahre 1829 erfolgte. Zur Feier von Goethes achtzigstem Geburtstage wurde das Wagstück unternommen. Daß der zweite Teil jedoch darstellungsmöglich sein könne, kam wohl niemandem in den Sinn, noch weniger, daß Goethe auch hier stets wirkliche, praktisch erreichbare Bühneneffekte im Auge gehabt. Goethe allein wußte, daß die szenische Darstellung der ganzen Dichtung ein Werk der Zukunft sei. Er äußerte gelegentlich, es werde einmal ein Franzose darüber kommen und ein Spektakelstück daraus machen müssen, und er hat selbst mit diesem Scherz recht gehabt. Ein französischer Komponist hat eine große Zauberoper aus „Faust" gemacht. Und so ist endlich auch der zweite Teil des Dramas mit handelnden Personen aufgeführt worden. Wer sich das Werk ernsthaft hierauf ansieht, wird herausfinden, daß dergleichen nicht auf den ersten Schlag gelingen könne. Es werden nach langen Versuchen Drama, Oper, Ballett und Dekorationsdarstellung zusammenwirkend die richtige Methode ausfindig machen müssen. Dann erst kann hervortreten, welche großartigen Effekte für die Bühne Goethe im Auge hatte, die seinen Blicken anfangs allein sichtbar waren und deren Auffindung er späteren Tagen als Erbschaft getrost überließ. Ich zweifle nicht, daß eine Zeit kommen wird, wo Aufführungen des zweiten Teiles des „Faust", vereint mit dem ersten, sich zu wirklichen dramatischen Volksfesten gestalten könnten. Die Laufbahn dieses größten Werkes des größten Dichters aller Völker und Zeiten hat erst begonnen, und es sind für die

Ausnutzung seines Inhalts nur die ersten Schritte getan
worden.

Die Erklärung oder Deutung des „Faust" gehört zu unseren
wissenschaftlichen Problemen. Das Werk enthält neben seinen offenen dichterischen Schönheiten einen so kolossalen
Schatz an Weltweisheit, zum Teil in rätselhafter Form,
daß es den Scharfsinn der Leser, besonders aber den der
deutschen Gelehrten immer aufs neue herausfordert. Wir
haben eine eigne Literatur darüber, deren Zweck es ist,
nicht nur Goethes Credo, sondern das Credo seines gesamten Jahrhunderts im „Faust" nachzuweisen.

„Faust" machte gleich 1808 den Eindruck einer literarischen
Offenbarung. In diesem Werke, in den „Wahlverwandtschaften" und in den bald folgenden Nachrichten über sein
früheres Leben, worin Goethe sich in seinen Anfängen als
zukünftigen Bürger des neunzehnten Jahrhunderts kon-
struierte, schien ein neuer Genius in der alten Gestalt auf-
zusteigen. Wie Goethes erste Lebenszeit sich im „Werther"
gespiegelt hatte, auf den seine Bewunderer, die mit ihm
jung gewesen waren, stets zurückkamen, so begann Goethes neueres Dasein, der Goethe des neunzehnten Jahrhunderts, mit „Dichtung und Wahrheit", mit den „Wahlverwandtschaften" und mit „Faust", zu denen das Frühere
nun wie in prähistorischem Verhältnisse steht. Die wahre
Popularität Goethes nimmt mit diesen Werken ihren Anfang.

Zugleich aber hören seine engeren persönlichen Verhältnisse nun auf, maßgebend für unser Urteil über ihn zu
sein. Jetzt, wo Generation auf Generation das geistige
Leben in Deutschland auf Goethe hinlenkt, wird es fast
gleichgültig, wem aus diesem großen Kreise er noch in be-
sonderem persönlichen Verhältnisse näher trat. Goethe hat
bedeutenden Menschen die entscheidende Richtung gegeben, welche niemals, oder besten Falles ein-, zweimal

mit ihm in persönliche Berührung treten durften. Es wäre
nicht nur ungerecht, sondern geradezu falsch, die Verhältnisse, welche die im engeren Weimarer Dasein nun sich
folgenden Tage für Goethe gestalteten, als den Rahmen
seiner Biographie zu betrachten. Wo eine Sonne einen ganzen großen Frühling hervorruft, einen Sommer befruchtet
und einenHerbst zeitigt, an dem ein gesamtes Volk Teil hat,
da wird man nicht als das Wichtigste betrachten, von welchen nächsten Wolkenbildern umgeben tagtäglich das große
Gestirn am Himmel aufsteigt und seinen Weg vollendet.
Es könnten andere Wolken sein, es brauchten auch gar
keine zu sein.

20

DER AUSGANG

Hiermit schließe ich diese Betrachtung Goethes ab.
Ich habe zu Anfang gesagt, ich würde von seinen Werken ausgehen: sie sind besprochen worden.
Nach „Dichtung und Wahrheit" erscheint bei nebenherlaufender unablässiger Produktion anderer Sachen, dichterischer wie wissenschaftlicher, deren nicht abbrechende Fülle sich fast vom Tage zum Tage verfolgen läßt, der „Westöstliche Divan" als abermaliges Hauptwerk. An diese Sammlung neuer Gedichte im orientalischen Gewande knüpft sich die Erinnerung der Freundschaft Goethes mit Marianne Willemer, die er als Suleika darin verherrlicht hat. Im „Buche des Timur" dagegen sind Goethes letzte Gedanken über Napoleons Sturz und Größe niedergelegt. Der „Westöstliche Divan" hat aus dem Grunde besondere Wichtigkeit, weil in ihm eine neue Phase der Goetheschen Verskunst hervortritt, welche sich von den antiken Maßen abwendend zu neuen Freiheiten aufschwingt. Abermals seiner Zeit voraneilend, hat Goethe hier den Ton angeschlagen, in dem Rückert, Platen u. a. gedichtet haben.
Nach diesen Gedichten trat die „Italienische Reise" als letztes großes selbständiges Werk hervor, im Jahre 1817. Darauf beginnt die Sorge für die neue Gesamtausgabe der Werke Goethe in Anspruch zu nehmen, an die sich, nach seinem Tode, die vielen Bände der „Nachgelassenen Werke" anschlossen, von denen er nicht wollte, daß sie vor seinem Abtreten von der Lebensbühne gedruckt würden.

Bis zu seinem Tode aber blieb Goethe, so viele auch ihn
kannten und von ihm wußten, seinen eigentlichen Schicksalen nach eine halb mythische Gestalt für die Deutschen.
Außer verhältnismäßig geringen Bruchstücken seiner Korrespondenz war damals von seinen Briefen nichts bekannt.
Diese sind jetzt unsere vornehmste Quelle für seine historische Betrachtung.

Nehmen wir, aus dieser uns heute zu Gebote stehenden
Kenntnis, Goethes letzte zwanzig Jahre zusammen, so
ergibt sich:

In einer Zeit der politischen Zerrissenheit und dumpfen
Schweigens im öffentlichen Leben war die Verehrung für
Goethe eins der wenigen vaterländisch-gemeinsamen Gefühle, welche offen bekannt werden durften. Ihm allein
gegenüber war von einem einigen Deutschland zu reden
erlaubt. Hier liegt Goethes politische Wirkung höchster
Art. Er war der leuchtende Punkt, auf den in trüben
Tagen, die nicht enden zu wollen schienen, in den zwan-
ziger und dreißiger Jahren, jedes Auge sich wandte.

Goethes Haus war in seinen letzten Jahren zu einem Wall-
fahrtsort geworden. Weimar war damals nicht mehr, wie
zu Schillers Zeiten, eine Brutstätte für literarische Tätigkeit, ein Herd für Intrigen und persönliche Händel, es war
ganz zu Goethes Ruhesitz geworden, der dort in stiller
Arbeit neben Karl Augusts Residenz die seinige hatte.
Dieses ungestörte und zugleich bewegte Dasein war für
seine Natur ein wahres Geschenk der Vorsehung. In natürlicher Weise thronte er da, unbehelligt von der Eifersucht
anderer, und nahm mit kaiserlichem Wohlwollen jeden
gern an, der an seine Türe klopfte. Weimar bildete nun
die vermittelnde Grenzstation zwischen Nord- und Süddeutschland. Eine gewisse feierliche Abgemessenheit war
in Goethes Art und Weise eingedrungen. Seine Sprache
bewegte sich nun zuweilen in fast befangener Weise in den
von ihm selbst gefundenen Wendungen, seine Urteile

wurden oft in einer Form gegeben, deren lapidaren Stil
man bewegter gewünscht hätte. Am offenbarsten zeigt sich
Goethes Stil der letzten Periode im Briefwechsel mit Zel-
ter, dem Berliner Komponisten, mit dem ihn eine fast nur
auf äußerem Zusammengehen beruhende, trotzdem aber
innige Freundschaft verband.

Verlangen wir eine getreue Darstellung dieser Weimarer
Existenz, wie sie Tag für Tag sich abspann, so treten Goethes letzte zehn Jahre am schönsten hervor, wenn wir
Eckermanns Erinnerungen, vereint mit denen des Kanzlers
von Müller, lesen. Hier sehen wir, als hätten wir es miterlebt, wie Goethe bis zuletzt sich mit der herrschenden
Jugend in Berührung zu halten bestrebt war. Er sagte, daß
dies das einzige Mittel sich zu verjüngen sei. Seine Lebenskraft war unerschöpflich. Noch in seinem siebzigsten Jahre
hatte ein schönes junges Mädchen eine Leidenschaft in ihm
entzündet, die niederzukämpfen ihn ungeheure Anstren-
gung kostete, ein Kampf, aus dem leidenschaftliche Dichtungen entsprungen sind. Goethe, indem alle Vorteile des
Alters ihm zuströmten, schien die alten Kräfte seiner
Jugend nur zu verstecken, nicht aber verloren zu haben.
Alle seine Freunde waren endlich tot: der Herzog, Frau
von Stein, ja sogar sein Sohn war ihm vorausgestorben. Er
läßt es sich nicht anfechten. Zu leben war ihm bis zum
letzten Tage ein Genuß, immer wieder entzücken ihn Frühling und Sonnenschein, locken ihn in sein geliebtes Land
hinein nach allen Seiten, und die aufsteigenden Erinnerungen vergangener Zeiten erquicken ihn, statt ihn traurig
zu machen. Er sieht mit heiterer Erwartung, mit echt
menschlicher Neugier: was denn nun kommen werde,
jedem neuen Tage entgegen.

Am 22. März 1832 starb er. Er hätte noch Jahrzehnte so
fortleben können wie die Patriarchen, von denen das Alte
Testament berichtet. Und deshalb kam sein Verlust so unerwartet und wurde so tief empfunden: es schien unmög-

lich, daß ein Mann mitten aus dem Genuß seiner besten
Kräfte herausgerissen werden sollte.

„Am andern Morgen nach Goethes Tode", lesen wir in
Eckermanns Aufzeichnungen, „ergriff mich eine tiefe Sehnsucht, seine irdische Hülle noch einmal zu sehen. Sein treuer
Diener Friedrich schloß mir das Zimmer auf, wo man ihn
hingelegt hatte. Auf dem Rücken ausgestreckt, ruhte er wie
ein Schlafender; tiefer Friede und Festigkeit waltete auf
den Zügen seines erhaben-edeln Gesichts. Die mächtige
Stirn schien noch Gedanken zu hegen. Ich hatte das Verlangen nach einer Locke von seinen Haaren, doch die Ehrfurcht verhinderte mich, sie ihm abzuschneiden. Der Körper lag nackend in ein weißes Bettuch gehüllt, große Eis-
stücke hatte man in einiger Nähe umhergestellt, um ihn
frisch zu erhalten so lange als möglich. Friedrich schlug das
Tuch auseinander, und ich erstaunte über die göttliche
Pracht dieser Glieder. Die Brust überaus mächtig, breit
und gewölbt; die Arme und Schenkel voll und sanft mus-
kulös; die Füße zierlich und von der reinsten Form; und
nirgends am ganzen Körper eine Spur von Fettigkeit oder
Abmagerung und Verfall.

„Ein vollkommener Mensch lag in großer Schönheit vor
mir, und das Entzücken, das ich darüber empfand, ließ
mich auf Augenblicke vergessen, daß der unsterbliche Geist
eine solche Hülle verlassen. Ich legte meine Hand auf sein
Herz — es war überall eine tiefe Stille — und ich wendete
mich abwärts, um meinen verhaltenen Tränen freien Lauf
zu lassen."

SCHLUSSWORT

(1894)

Goethes Zeitalter ist mit dem Jahrhundert, dem es den Namen gibt, im Untergehen begriffen.

Wir begeistern uns für das Vergangene nicht mehr, bloß weil es vergangen ist. Mag heute mit noch soviel Mitteln gegraben und gesucht werden, mögen die Fundberichte der Altertumsforscher noch so emphatisch von der Wichtigkeit neuester Entdeckungen reden: der Goethesche Blick ruht nicht mehr darauf, unter dem der ausgewühlte Marmor früher in Geist verwandelt wurde. Und auch das Publikum fehlt, das früher an den geheimnisvollen Wert der in diesen Fundstücken schlummernden Gedanken glaubte. Wir glauben nicht mehr an das Altertum des Goetheschen Jahrhunderts.

Die früher, fast könnte man sagen, verbotene Beteiligung an politischen Dingen ist für jeden heute zur Pflicht geworden. Die Goethesche Epoche durfte die in ihr längst wach gewordene Ahnung großer Wandlungen nicht offen aussprechen und hatte sich an dieses ihr auferlegte Schweigen gewöhnt, als gehöre es zu den natürlichen Lebensbedingungen. In halb flüsterndem Tone nur wurden die Meinungen ausgetauscht über das, was die Zukunft bringen müsse. Eine Art künstlicher Dämmerung fuhr fort zu herrschen. Heute faßt man die Verhältnisse mit festen, rauhen Händen an und formt sie neu, wie der Tag sie verlangt, um sie wieder und wieder einzureißen und neu zu gestalten. Das ist die Aufgabe.

Das Goethesche Zeitalter ist vorüber: Goethe selbst aber? Hier stehen wir einer neuen historischen Erfahrung gegenüber.

Die Strahlen des noch im Leben stehenden Goethe hatten das deutsche Land erleuchtet, als der Krieg gegen Napoleon I. vollbracht war und das befreite Volk sich im eigenen Hause einzurichten begann, im guten Glauben, als müsse der sieghafte Geist auch dafür ausreichen. Solange die lebten, welche damals noch mitgetan hatten, regierte ein unantastbares Vertrauen auf die Kraft höherer geistiger Arbeit. Lange Jahre der Erniedrigung, welche den Befreiungskriegen folgten, vermochten nicht, es zu erschüttern. Der erste Gedanke nach dem Wiedergewinn des Elsasses war die Neugründung der Straßburger Universität. Der Wissenschaft sollten die Vorteile des Kaiserreichs zugute kommen. Noch war dieser Geist lebendig. Schon aber bildeten die die Übermacht damals, die von der Wissenschaft im hergebrachten Sinne nichts Förderndes mehr erwarteten. Wissenschaft, wie wir Alten den Begriff fassen, beruhte auf unbegrenzter Anerkennung des in griechischer und lateinischer Sprache Überlieferten. Das neunzehnte Jahrhundert hegte die „ewige Sehnsucht" nach einem „Altertume", das die Geheimnisse, die der Gegenwart auf dem Herzen lasteten, endlich doch enthüllen werde. Einige glauben heute noch an die Hoheit des Altertums, wenige aber noch an seine Allmacht. Wir sind auf unsere eigenen Füße gestellt, und unsere Ziele liegen nach vorwärts. Goethe war im stillen derselben Meinung: aber er verheimlichte sie! Im Abschlusse des Faust liegt sie ausgesprochen. D i e s e s Element seines Geistes aber blieb der Epoche fast noch unbekannt, die Goethes Namen trägt. —

Der wohlbedacht geschriebene Satz, der innerhalb geschlossener Wände rezitiert oder gelesen wird, ist für uns das Zeichen der Goetheschen Epoche: der glatte, sanfte Stil; heute herrscht das im Momente produzierte, gesprochene politische Wort, in freier Luft oder in weiten Räumen in die Menge geschleudert. Die öffentliche Rede, die telegraphische Depesche, der Reporterbericht: alles, was Proklamation genannt werden kann, halten die Pässe besetzt, durch die Gefühle und Gedanken, welche Sprache werden wollen, hindurchmüssen. Und nicht Goethesche Gedanken — was bisher darunter verstanden wurde — sind es, für deren Ausdruck diese Sprache des neuesten Tages dienen soll. Es handelt sich nicht mehr um die einsame Betrachtung des Geschehenen, die das neunzehnte Jahrhundert erfüllte. Wir wissen heute, daß unsere feinsten philologischen Künste uns Cäsar und seine Genossen nicht näher bringen. Es waren Politiker, die auf verhältnismäßig eng begrenzten Gebieten einander entgegengearbeitet haben, Leute, deren Gedanken wir kaum kennen: die Zeiten des wirklichen eigenen Erlebens haben begonnen!

Das einzig Bleibende sind die unverwüstlichen Eigenschaften des deutschen Charakters. Ungeahnte Dimensionen wird das Flüssigwerden aller Verhältnisse annehmen. Die unübersehbare Masse der bloß Erwerbenden gibt bereits den Ton für das Urteil in geistigen Dingen an. Schon vollzieht sich der Übergang der um ihrer selbst willen schaffenden Kunst in das verdienende Kunstgewerbe, der Gelehrsamkeit in das Schriftstellertum. Zeiten wiederkehrender Stille sind beinahe undenkbar. Die Kämpfe beginnen ja erst. Nur ein beruhigendes Zeichen in ihnen: das wachsende Gefühl der brüderlichen Zusammengehörigkeit der deutschen Stämme nach außen, des Einstehens aller für alle, wo es sich um deutsche Ehre handelt.

Was soll Goethe innerhalb dieses Ringens um Dinge, die so weit entfernt von dem zu liegen scheinen, was er war und betrieb? Es brauchte, um diese Frage zurückzuweisen, doch nur des Hinblickes auf die Verbreitung seiner Werke, die stärker ist, als je in seinem Leben. Wenn ich sage, die Nach-Goethesche Epoche des zwanzigsten Jahrhunderts habe schon begonnen, so meine ich damit nicht eine Zeit des Abgetanseins für Goethe; aber man wird ihn anders auffassen. Vom „Faust" wird ausgegangen werden. Einzig dem inneren Feuer seiner Dichtung nachgehend, wird man „Werther" und „Götz" dem „Faust" anreihen. Dann wird die lange Reihe seiner Briefe ihn als den erscheinen lassen, dessen Gedanken das Wachsen der Ereignisse am besten widerspiegeln. Dann seine kürzeren Gedichte, die den melodischen Wohlklang unserer Sprache aller Zukunft verkünden. Es wird eine Zeit kommen, wo Goethes Werke: seine Anschauung des Weltganzen, seine Weisheit, die Schönheit seiner Sprache und der Gedanke, einen Schatz bilden werden, dessen Wertes die germanische Rasse in höherem Grade als je zuvor sich bewußt ist als eines unschätzbaren Etwas, an dessen Besitz mit ihr Glück gebunden ist.

Goethes geistige Arbeit wird immer mehr als eine einheitliche sich zeigen. Als ein Unbeabsichtigtes, aus sich selbst Harmonisches, als ein Unentbehrliches. Unsere zukünftige Wissenschaft wird, soweit die heutige von Goethe abzulenken scheint, von neuem sich an seine Gedanken anschließen. Als ein Kreis von Freunden Goethes Geburtstag 1893 auf dem Brenner in Tirol feierte, trat ein Romanist auf, um darzulegen, wie Goethes kurze Begegnung mit Diez für diesen so wichtig wurde, daß von hier aus die Gründung der romanischen Philologie in Deutschland zu rechnen sei. Nach wieviel Seiten noch wird Goethe als der Gründer der Gedankenarbeit von Jahrhunderten erkannt werden!

Das zwanzigste wird vielleicht die Entdeckung machen, daß von Goethe das vorausgewußt worden sei, was es einst für sich erreicht haben wird, und sogar das, was es noch erstrebt. Man wird die Stellen seiner Werke bezeichnen, wo das ausgesprochen sei. Immer breiter werden die Zeiträume sich ausdehnen, welche die einander folgenden Generationen von Goethe trennen: was aber tut ein Jahrhundert mehr oder weniger für das Verhältnis der sich weiterentwickelnden Menschheit zu Homer oder Shakespeare? Ihre Kraft, in die Seelen einzudringen, nimmt immer mehr zu. Mit ihnen wird auch Goethe einmal als Gestirn für sich die Menschheit begleiten.